MARMARA-MEER
HELLESPONT
PHRYGIEN
Troja
KLEINASIEN
Lesbos
Chios
Samos
Andros
Tenos
Mykonos
Delos
Meer
Meer

Gustav Schwab

Die schönsten Sagen des klassischen Altertums

GUSTAV SCHWAB

DIE SCHÖNSTEN SAGEN DES KLASSISCHEN ALTERTUMS

Ausgewählt und bearbeitet
von Hans Friedrich Blunck

Neu bearbeitet von Burkhard Heiland

Loewe

ISBN 978-3-7855-8275-6
Veränderte Neuausgabe 2015
3. Auflage 2022

Vorsatzillustration: Prof. H. E. Köhler
Umschlagfoto: Ödipus und die Sphinx /
griechische Vasenmalerei © akg-images
Printed in the EU

www.loewe-verlag.de

INHALT

AUS DER HERAKLESSAGE

DIE SAGE VON DEN HERAKLIDEN

THESEUS

DIE SAGE VON ÖDIPUS

DIE SIEBEN GEGEN THEBEN

ZWEITER TEIL

DIE SAGEN TROJAS

Erstes Buch

Zweites Buch

Drittes Buch

Viertes Buch

Fünftes Buch

DRITTER TEIL

DIE LETZTEN TANTALIDEN

ODYSSEUS

GOTTHEITEN UND GÖTTER DER GRIECHEN UND RÖMER

Zu Beginn einige wenige Bemerkungen – es könnte sonst geschehen, dass die in diesem Buch zu findende ungeheure Fülle der Sagen und Überlieferungen zu einem Verwirrspiel wird. Und zugleich, es mag paradox erscheinen, soll hier in einigem über das hinausgegangen werden, was uns die alten Geschichten erzählen, und die Götter der Griechen und Römer in einen größeren Zusammenhang gestellt werden, damit all das, was dann folgt, verständlicher wird ...

Der Glaube beider Völker, deren Gottheiten einander so ähnelten, kommt aus einem Kreis uralter Vorstellungen. Diese Vorstellungen richten sich allesamt auf den einen Gott: Im Germanischen ist es Tiu oder Ziu, im Römischen ist es Jupiter, im Griechischen Zeus, im Indischen Djaus. Ein Gott, der als „Vater der Welt" gilt; er ist unnahbar, gütig, Licht spendend, und er schuf die Menschen und die Erde und das All. Aber die Menschen der frühen Kulturen haben neben ihm, dem „Großen", einen weiteren Götterhimmel aufgebaut; ihre Götter, gute und weniger gute himmlische Wesen, sind oft ein Spiegelbild des Lebens, ein Spiegelbild menschlicher Leiden und Ängste, Hoffnungen und Freuden. Alle Völker haben im Lauf der Jahrtausende ihre Sagen von Göttern und Göttinnen geschaffen, sie immer wieder erweitert und in ihren Liedern lebendig erhalten. Im Götterhimmel der Griechen und Römer ist vieles aus noch früheren Legenden von den europäischen Urvölkern übernommen worden. Unter anderem Namen tauchen sie abgewandelt wieder auf. Es sind Geschichten, die besonders zu den Gestalten der kleinen, weniger „gewaltigen" Götter vieles beigetragen haben. – Im Übrigen benannten die Römer ihrerseits sämtliche alten griechischen Gottheiten neu; und ab der Äneas-Sage, die von den Urvätern des Römischen Reiches berichtet, werden in diesem Buch entsprechend auch die römischen Namen verwendet ...

Zu den erwähnten kleinen, „geringen“ Göttern gehören zumeist die GOTTHEITEN DER GEWÄSSER, DER ERDE UND DER UNTERWELT.

Von der Unterwelt zunächst, der Welt des Todes: Griechen und Römer haben eine düstere Vorstellung vom Leben nach dem Tod. Der finstere HADES (oder PLUTO bei den Römern) beherrscht die Unterwelt, die Seelen der Verstorbenen hausen in lichtlosen Räumen. Erst wenn man ihnen Brot und Milch spendet – oder Blut! –, erwachen sie, etwa, um Antwort auf Fragen zu geben, die die Menschen an sie richten. PERSEPHONE (in Rom: PROSERPINA) ist die Frau des Hades, er hat sie ihrer Mutter entführt, der Erdgöttin der Fruchtbarkeit. Und Zeus, oberster Gott der Griechen, der zwischen dem Gatten und der Mutter zu richten hatte, entschied, dass die Geraubte zwei Drittel des Jahres bei ihrer Mutter zu bleiben, das letzte Drittel aber ihrem Mann zu dienen habe. – Zu den Gottheiten der Unterwelt gehören auch die Rachegöttinnen, ERINNYEN (römisch: FURIEN), die mit Schlangen und Geißeln die Missetäter verfolgen, bis sie ihre Schuld erkennen oder von ihnen „zur Strecke gebracht“ werden.

Zu den ERDGOTTHEITEN zählt die Göttin der Fruchtbarkeit und des Ackerbaus, DEMETER (in Rom: CERES). Zu ihnen gehörte weiterhin der gehörnte PAN (FAUN bei den Römern), der Gott der heißen Sommertage, der die Berge und Ebenen durchstreift, um Viehherden und ihre Hirten zu schützen. Die Gestalt des DIONYSOS (in Rom: BACCHUS) ist ein Beispiel dafür, wie Göttergestalten entstehen oder von den Menschen nach ihren Vorstellungen „geschaffen“ werden. Dionysos ist der Freund des Rausches, der Ekstase, der Fruchtbarkeit. Er, ein später Sohn des Zeus, führt eines Tages Königstöchter in die Berge und lässt sich von den verzückten Wein trinkenden Frauen bedienen. Er ist ein sterblicher Gott, der einmal sogar mit Apoll um den Tempel von Delphi, das berühmte Orakel, ringt und der seine Waldgeister, ein Bocksvolk, in die Welt schickt, um Verehrung für sich und die Freuden des Rausches zu fordern ...

Zu den Erdgöttern gehört auch die Welt der Nymphen. Sie sind

Töchter des Zeus, vergleichbar mit den Elfen unserer Märchen und Sagen – sie bevölkern die Bäume und Berge als DRYADEN und OREADEN. Und sind meist sehr schöne, verführerische Mädchen.

HERR DER WASSER ist POSEIDON (in Rom: NEPTUN), der Bruder des Zeus. Er ist stets von schönen Nereïden und Najaden umgeben, den Wasser- und Quellnymphen, unseren Nixen ähnlich, und er fährt in einem goldenen Wagen über die Wogen der Meere. Er ist auch der „Erderschütterer“, dessen zerstörerische Fluten ganze Gebirge und Inseln verschlingen können. Poseidon hat einen Sohn, Triton, der halb Mensch und halb Fisch ist, „passend“ zu seinem Vater, der mit den Meeren und Gewässern umgeht und dennoch wie ein Mensch denkt und handelt. Dem Gott Poseidon haben die Griechen einige der schönsten Sagen gewidmet. Ihre Göttin Athene und er streiten sich um Attika, die bedeutende griechische Landschaft mit der Stadt Athen. Zeus spricht das Land dem zu, der ihm das wertvollste Geschenk zu bringen weiß. Da schickt der Meeresgott den Menschen das Pferd, Athene aber pflanzt ihnen den Ölbaum – und gewinnt vor Zeus. All die Jahrtausende waren die Menschen im Zweifel darüber, ob es berechtigt war, Athene den Sieg zuzusprechen. Aber für Griechenland hatte die Göttin wohl die bessere Wahl getroffen ...

Nun zu den Großen der Götter bei Griechen und Römern. Sie sind in den Sagen deutlicher gezeichnet, und sie werden mit Ernst und Ehrfurcht betrachtet, was man den „Geringen“ nicht immer zusprach. Auch sie sind durchaus nicht frei von Schuld und vielen Fehlern. Wenn sie auch die Taten der Menschen beurteilen und über sie richten, so bedeutet das nicht, dass ihr eigenes Leben in jedem Fall ein Vorbild wäre. Sie haben Fehler und Schwächen wie die Menschen und müssen verantworten, was sie bisweilen anrichten.

ZEUS (in Rom: JUPITER) beherrscht vom griechischen Berg Olymp aus die Götter. Er hat einst seinen Vater entmachtet. Die Sagen über jene frühen Machtkämpfe sind nicht schön und haben wenig „Göttliches“, also Übermenschliches an sich; auch die Götter mussten erst lernen, „göttlich“ zu werden. Zeus ist in den Sagen der allgewaltige Blitzeschleuderer; er lässt aus dem Rauschen der heiligen Eichen die Zukunft vorhersagen; er verkörpert das Recht und die Treue, und er hütet die guten Eigenschaften der Menschen. Zeus ist Führer und Beschützer in den großen Kämpfen der Völker und ihrer Helden. Als der berühmte Kampf der Griechen um die Stadt Troja zu Ende geht, von dem viel zu hören sein wird in diesem Buch, nimmt er die goldene Waage zur Hand und wägt die Todeslose, um das Schicksal zu erkunden – wem der Sieg zukommen soll.

Neben seiner Schwester und Gattin Hera (die am wenigsten freundlich dargestellte Gestalt des Olymps) erlebt Zeus viele Abenteuer, die Griechen wie auch Römern einen besonderen Spaß bereitet haben. Aus der Ehe mit Hera gibt es nur einige unbedeutende Kinder – HEPHÄSTOS, der Schmied (römisch: VULKANUS), versprach ein großer Künstler zu werden, aber seine Mutter schleuderte ihn bald nach der Geburt ins Meer, als sie sah, dass er hinken würde. Mit Mühe zog ihn Thetis auf, eine Meeresnymphe. Der Riese ARES (römisch: MARS) wird nichts als ein plumper Kriegsgott, nur von wenigen ernst genommen – obwohl die Götter ohne ihn eine gewaltige Schlacht gegen das uralte Göttergeschlecht der Titanen nicht gewonnen hätten. Gäa, die Erdmutter, hatte die aufrührerischen Titanen zur Eroberung des Olymps ausgeschickt ...

HERA (die römische JUNO) ist die Hüterin der Ehe, ihre von den Menschen errichteten Tempel sind groß und reich, und niemand bezweifelt ihre Macht. Sie ist aber selbst mit vielen Vorurteilen und Schwächen ausgestattet, eine sehr „menschliche“ Göttin. – Als ihr Mann Zeus von der Titanentochter LETO (römisch: LATONA) ein Kind erwartete, machte Heras Eifersucht ihm Sorge. Sie verfolgte die arme Leto; niemand wagte es, sie bei sich aufzunehmen. Auf der Insel Delos versteckte Leto sich endlich und gebar dort Zwillinge, ARTEMIS (die römische DIANA) und APOLL, den Gott der weit tragenden Pfeile; Gott der Weisheit, des Gesanges und der Dichtkunst. Apoll wurde Hirt aller Viehherden der Olympier; er war aber auch der Gott, der in Delphi, dem Ort des Orakels, auf die Vorhersagen über Menschen und Völker und ihre Zukunft einen so großen Einfluss ausübte, dass eigentlich er höchster Richter über Griechenland war. Seine Sprüche, zumeist voller Weisheit und Gerechtigkeitssinn, bestimmten lange das Schicksal auch der Nachbarvölker Griechenlands. Apoll wurde beinah bedeutender als Vater Zeus. Er wurde der Gott der Besonnenen, Nachdenklichen; und seine Kinder waren ganz von seinem Geist erfüllt. Der Gott der Ärzte, Äskulap, war einer seiner Söhne. Neben ihm, dem so überaus Bedeutenden, verblasste seine göttliche Schwester Artemis ...

ATHENE (römisch: MINERVA) war eine der wichtigsten Göttinnen Griechenlands überhaupt. Sie wurde zur Schutzherrin des Wissens, der Künste, des Schiffbaus, und sie war eine listenreiche Göttin in Kriegs- und Friedenszeiten. Es hieß, sie sei eine Tochter der Metis, die von Zeus geschwängert worden war. Die Weissagungen, denen die Götter wie die Menschen in Griechenland und Rom oft rettungslos verfallen waren, hatten dem Himmelsvater indes verraten, dass er von Metis einen Sohn zu erwarten habe. Einen Sohn, der ihn überwinden würde! Kurz entschlossen verschlang Zeus die Geliebte, noch bevor das Kind zur Welt kam. Aber nach diesem Akt der Gewalt begann seine Stirn zu schmerzen, dass er Hephästos bitten musste, ihm den Kopf zu öffnen. Und heraus sprang Athene, die Lanze in der Hand!

Apoll wie Athene sind die großen Götter des klassischen Griechenlands. Sie sind oft im Streit miteinander; hilft Athene im Krieg den einen, steht Apoll den anderen bei. Aber sie gehorchen schließlich immer dem Zeus, der es nicht leicht hat mit ihnen und den anderen eigenwilligen Göttern um ihn her. Jedoch mit seinem Blitz und den furchtbaren Strafen, die er gegen Aufrührer wie Prometheus verhängt (der den Menschen trotz Zeus' Verbot das Feuer bringt), weiß der oberste Gott sich als Herrscher des Olymps zu behaupten. Und am wichtigsten: Er sorgt für Ordnung auf Erden.

Auch APHRODITE (die römische VENUS) ist eine Tochter des Zeus. Von ihr stammt EROS (römisch: AMOR), der mit seinen Pfeilen, die er auf die Menschen richtet, dafür sorgt, dass Männer und Frauen in Liebe zueinander entbrennen.

HERMES, Sohn der Maja und häufiger mutiger Bote im Auftrag des Zeus, wurde als Helfer in der Not angerufen. Er ist der Gott der Schlaflosen, der Händler – und der Diebe. Aber er ist auch der Lachende, der weiß, wie man zwischen dem strengen Befehl des Zeus und dem Empfänger der Botschaft, die er zu überbringen hat, vermitteln und ausgleichen kann.

Hermes besitzt eine besondere Gabe, die wir in den großen Werken der griechischen Dichter wiederfinden, eine Leichtigkeit, die ihn von den Göttern unterscheidet. MERKURIUS hieß er bei den Römern. Flügel trug er an den Füßen, um schnell genug zu sein, und nur selten nahm er den Reisehut ab – so sehen wir ihn noch heute auf den alten, uns überlieferten Darstellungen ...

ERSTER TEIL

ÄLTERE GRIECHISCHE SAGEN

PROMETHEUS

Himmel und Erde waren erschaffen, das Meer wogte in seinen Ufern, und die Fische schwammen durch die Fluten. In den Lüften sangen die Vögel, und die Wälder wimmelten von Tieren. Aber noch fehlte es an Geschöpfen, die Geist und Klugheit besaßen, um die Welt beherrschen zu können. Da erschien Prometheus. Er war ein Nachkomme jenes alten Göttergeschlechts der Titanen, das von Zeus entthront worden war, und er war klug und voll Erfindergeist.

Prometheus, ein Sohn von Japetos, wusste, dass im Boden unter seinen Füßen der Samen des Himmels zu finden war. Er nahm deshalb Tonerde auf, befeuchtete und knetete sie und formte daraus den Menschen, genau nach dem Bild der unsterblichen Götter, der Herren der Welt. Um seinen Kloß aus Erde aber auch zu beleben, nahm er von den Tieren gute und böse Eigenschaften und senkte sie in die Brust des künftigen Menschen. Unter den Göttern hatte Prometheus eine Freundin, Athene. Sie bewunderte die Schöpfung des Titanensohnes sehr und blies dem Erdkörper ihren Atem ein, ein Atem der Weisheit und des Geistes.

So entstanden die ersten Menschen, und sie bevölkerten bald die Erde. Lange wussten sie nichts anzufangen mit ihrem Körper, der den Göttern glich, und dem Geist, den sie von Athene empfangen hatten. Sie sahen und sahen doch nichts, sie hörten und hörten doch nichts; sie liefen umher wie im Traum und ahnten nichts von dem, was Prometheus mit ihnen bezweckte. Die Kunst, Steine auszugraben und zu behauen, war ihnen nicht bekannt, ebenso aus Lehm Ziegel zu brennen, Balken aus den Bäumen des Waldes zu schlagen und Häuser zu bauen. In tiefen sonnenlosen Höhlen wimmelte es von Menschen wie von Ameisen; nicht den Winter, nicht den Frühling mit seinen Blüten, nicht den früchtereichen Sommer erkannten sie, noch wussten sie den Wechsel der Jahreszeiten zu deuten. Sie lebten dumpf und ohne einen Gedanken an den nächsten Tag.

Da nahm sich Prometheus seiner Geschöpfe an; er lehrte sie den Auf- und Niedergang der Gestirne, unterrichtete sie in der Kunst zu zählen und in der Buchstabenschrift. Er zeigte ihnen, wie sie Tiere zu Helfern bei ihrer Arbeit machen konnten; er gewöhnte die Pferde an Zügel und Wagen und erfand Schiffe und Segel für die Seefahrt. Sogar für das alltägliche Leben der Menschen sorgte Prometheus. Wenn einer von ihnen erkrankte, wusste man kein Mittel und auch nicht, was an Essen und Trinken er zu sich nehmen dürfte, noch kannte man Arzneien zur Linderung seiner Beschwerden. Prometheus zeigte den Menschen die Mischung milder Heilmittel, um Krankheiten damit zu bekämpfen. Er lehrte sie das Wahrsagen, deutete ihnen Vorzeichen und Träume, Vogelflug und Opferschau. Er lenkte ihre Aufmerksamkeit unter die Erde und ließ sie die Erze Eisen, Silber und Gold entdecken. In viele Bereiche des Lebens führte er sie ein.

Im Himmel herrschte mit seinen Götterkindern Zeus, der seinen Vater Kronos entthront und das alte Geschlecht, von dem auch der Titanensohn Prometheus abstammte, gestürzt hatte.

Jetzt aber wurden die Herren des Olymps aufmerksam auf die Menschen. Sie verlangten Verehrung von ihnen für den Schutz und die Hilfe, die auch sie ihnen freiwillig boten. In der Stadt Mekone in Griechenland fand ein Tag der Begegnung zwischen den sterblichen Menschen und den unsterblichen Göttern statt, um die Rechte der Irdischen, der Erdbewohner, festzulegen. Bei dieser Versammlung erschien Prometheus als der Anwalt seiner Geschöpfe, um dafür zu sorgen, dass für all die übernommenen Schutzämter die Götter den Sterblichen nicht allzu viele Pflichten auferlegten. Dabei griff er in seiner Liebe zu den Menschen zu Listen; er versuchte, die Unsterblichen zu betrügen. Er schlachtete einen großen Stier; die Himmlischen sollten wählen, was sie davon für sich verlangten. Er hatte aber nach Zerlegung des Opfertiers zwei Haufen aufgeschichtet; auf der einen Seite sammelte er Fleisch und Speck in der Haut des Tieres und legte die Eingeweide darüber, auf der anderen – und dieser Haufen war der größere – die kahlen Knochen, künstlich verborgen vom Unschlitt, dem Talg des Schlachtopfers.

Zeus, der Göttervater, der Allwissende, aber durchschaute den Betrug. „Sohn des Japetos", sagte er, „guter Freund, du hast ungleich geteilt!"

Prometheus glaubte, dass die List gelungen sei, dass Zeus den größeren Haufen wählen würde, und er antwortete: „Erlauchter Zeus, größter der ewigen Götter, wähle den Teil, den dir dein Herz anrät zu wählen."

Zeus wurde zornig, tat aber so, als ginge er Prometheus auf den Leim, und fasste mit beiden Händen das weiße Unschlitt. Als er es nun auseinander gedrückt hatte und die bloßen Knochen sah, tat er, als entdeckte er erst jetzt die List. „Ich sehe", zürnte er, „dass du auch die Kunst des Betruges beherrschst!"

Dann überlegte der Göttervater, wie er sich an Prometheus rächen könnte, und er verwehrte den sterblichen Menschen die letzte Gabe, die sie für ihr Leben brauchten, das *Feuer.* Doch auch dafür wusste Prometheus Rat. Er nahm einen langen Stängel des Riesenfenchels, näherte sich damit dem vorüberfahrenden Sonnenwagen des Zeus und setzte den Stängel in Brand. Mit diesem Zunder kam er aus den Wolken zur Erde zurück, und bald loderte der erste Holzstoß zum Himmel empor.

Es machte den Vater der Götter wütend, als er das weithin leuchtende Feuer bei den Menschen sah. Da er den Sterblichen jedoch den Brand nicht mehr nehmen konnte, dachte er sich ein Übel für sie aus. Der wegen seiner Schmiedekunst berühmte Feuergott Hephästos musste ihm die Figur eines schönen Mädchens anfertigen; Athene selbst, die nicht mehr auf der Seite von Prometheus stand, warf der Skulptur ein weißes, schimmerndes Gewand über, ließ einen Schleier vor ihrem Gesicht wallen, schmückte das Haupt mit frischen Blumen und tat ein goldenenes Band darum, das Hephästos ebenfalls kunstvoll angefertigt und mit bunten Tiergestalten herrlich verziert hatte. Hermes, der Götterbote, musste dem „Mädchen" Sprache verleihen und Aphrodite sie ausstatten mit Anmut und Grazie. Pandora nannte Zeus die künstliche Gestalt, das heißt die Allbeschenkte. Jeder der Unsterblichen nämlich hatte ihr ein Unheil für die Menschen mitgegeben.

Darauf führte Zeus das Mädchen zur Erde, und alle bewunderten die unvergleichlich schöne Gestalt. Pandora aber schritt zu Epimetheus, dem Bruder des Prometheus, um ihm die Geschenke der Götter zu überbringen.

Vergebens hatte Prometheus seinen arglosen Bruder gewarnt, niemals eine Gabe von Zeus anzunehmen, damit den Irdischen damit kein Leid zugefügt würde. Epimetheus aber schlug die Warnung in den Wind, empfing das Mädchen mit Freuden – und entdeckte all das Übel erst, als es zu spät war.

Denn bisher lebten die Menschen, von seinem Bruder Prometheus beraten, sorgenlos, ohne schwere Arbeit, ohne quälende Krankheiten. Die Fremde nun trug in ihren Händen eine große, geschlossene Büchse. Kaum war sie im Haus von Epimetheus angekommen, öffnete sie den Deckel, und sogleich flogen aus dem Gefäß viele Übel und verbreiteten sich in Blitzesschnelle über die Erde. Ein einziges gutes Geschenk war ganz zuunterst versteckt, die Hoffnung. Auf den Rat des Göttervaters warf Pandora den Deckel wieder zu, ehe sie herausflattern konnte, und verschloss sie für immer in ihrer Büchse.

Nun erfüllte das Elend in allen nur denkbaren Gestalten die Erde, die Luft und das Meer. Zahllose Krankheiten gingen bei Tag und bei Nacht unter den Menschen umher, heimlich und schweigend, denn Zeus hatte ihnen keine Stimme gegeben; Fieber breiteten sich aus, und der Tod, der früher nur langsam zu den Sterblichen kam, beschleunigte seinen Schritt.

Anschließend rächte sich Zeus an Prometheus. Der Sohn des Japetos war in seinen Augen ein Verbrecher, und er übergab ihn Hephästos und seinen Dienern. Die mussten ihn in die skythische Wildnis schleppen und hier, über einem schauerlichen Abgrund, an eine Felswand des Kaukasus mit unzerstörbaren Ketten festschmieden. Hephästos erledigte den Auftrag seines Vaters nur widerwillig, er liebte in dem Titanensohn Prometheus den ihm ebenbürtigen Gott. Doch es half nichts; voller Mitleid befahl er den rohen Knechten, den grausamen Auftrag zu erfüllen.

So musste Prometheus fortan an der steilen Klippe eines Berges hängen, aufrecht, schlaflos, niemals im Stande, sich zu setzen und auszuruhen. „Viele Klagen und Seufzer wirst du hinausschreien, doch sie werden vergeblich sein“, sagte Hephästos zu ihm, „denn der Wille des Göttervaters ist unerbittlich!“

Und tatsächlich sollte die Qual des Gefangenen ewig oder doch zumindest dreißigtausend Jahre währen. Aber Prometheus bedauerte nicht, was er getan hatte, auch wenn er oft Winde, Ströme, Quellen und Meereswellen, die Mutter Erde und die Sonne um Hilfe in seinen Schmerzen rief.

Diese mutige Standfestigkeit erboste den Zeus, und er sandte dem Gefesselten einen Adler, der täglich seine Leber fraß, die sich, ihm aus dem Leib gerissen, immer wieder erneuerte und nachwuchs. Die Qual sollte nicht aufhören, so hatte es der Oberste der Götter bestimmt – es sei denn, ein anderer würde sich freiwillig an den Felsen schmieden lassen.

Doch für Prometheus nahte der Tag der Erlösung, und er nahte früher, als der Verurteilte erhofft hatte. Als er schon viele Jahre an dem Felsen hing, kam Herakles zu ihm, ebenfalls ein Sohn des Zeus, der auf weiter Fahrt zu den Hesperiden war, den Nymphen, welche goldene Äpfel bewachten. Herakles hatte Erbarmen mit dem Gefangenen. Er musste sehen, wie der Adler, auf den Knien des Prometheus sitzend, an der Leber des Unglückseligen riss und sie fraß. So legte Herakles Keule und Löwenhaut vor sich nieder, spannte den Bogen, schoss den Pfeil und traf den grausamen Vogel. Dann gelang es ihm, den gefesselten Prometheus von seinen Ketten zu befreien, und nahm ihn mit sich.

Damit jedoch das Urteil des Göttervaters, der Prometheus für alle

Zeiten an den Felsen geschmiedet sehen wollte, auch weiterhin erfüllt werde, trug Prometheus von nun an einen eisernen Ring, an dem sich ein Stein aus dem Kaukasusgebirge befand. So konnte sich Zeus rühmen, dass sein Feind noch immer an einen Felsen geschmiedet lebte.

DEUKALION UND PYRRHA

Das Menschengeschlecht wohnte auf der Erde, und Zeus, der Weltbeherrscher, erhielt schlimme Nachricht von Gewalt und von üblen Taten unter den Irdischen. Er beschloss deshalb, sich selbst ein Bild davon zu machen und auf die Erde hinabzugehen. Aber überall fand er die Wahrheit noch ärger als all die Gerüchte, die man ihm zugetragen hatte. Eines Abends, in später Dämmerung, trat er unter das Dach des Königs von Arkadien, Lykaon, und ließ durch einige Wunderzeichen erkennen, dass ein Gott gekommen war. Die Menge warf sich auf die Knie; Lykaon jedoch spottete über ihre frommen Gebete. „Lasst uns sehen“, sprach er, „ob der Fremde ein Sterblicher oder ein Himmlischer ist!“, und er beschloss, den Gast um Mitternacht, wenn er schlafen gegangen war, zu töten. Noch vorher aber schlachtete er einen armen Gefangenen vom Volk der Molosser, kochte die Glieder in siedendem Wasser, briet ihn am Feuer und setzte dies dem Fremden zum Nachtessen vor. Zeus aber durchschaute die Untat, er lehnte das Mahl ab und sandte ein rächendes Feuer über die Burg des Gottlosen. Voller Bestürzung floh König Lykaon hinaus ins Freie. Der erste Laut der Klage, den er nun ausstieß, war ein Geheul; zugleich wurde sein Gewand zu Zotteln, seine Arme zu Beinen – er war in einen blutdürstigen Wolf verwandelt.

Zeus kehrte zum Olymp zurück, hielt mit den Göttern Rat und wollte das ruchlose Menschengeschlecht vernichten. Schon überlegte er, auf alle Länder Blitze zu schleudern; aber die Furcht, die Lüfte könnten in Flammen geraten und die Achse des Weltalls verbrennen, hielt ihn zurück. Er legte die Donnerkeile, die er benutzen wollte, wieder beiseite und beschloss, über die ganze Erde Regengüsse zu senden und so die Sterblichen zu vernichten. Sogleich wurden alle Stürme, die die Regenwolken sonst verscheuchten, in den tiefen Höhlen des Äolos, des Beherrschers der Winde, eingeschlossen. Nur der Regen bringende Südwind flog mit triefenden Schwingen zur Erde. Sein Gesicht war pechschwarz, sein Bart schwer von Nässe, und aus seinem weißen Haar floss die Flut.

Der Südwind griff hinauf zum Himmel, er fasste mit der Hand die tief hängenden Wolken und fing an, sie auszupressen. Donner rollte, Regenfluten stürzten nieder. Die Saat auf den Feldern beugte sich unter den wogenden Stürmen, die Arbeit des ganzen Jahres war verdorben. Auch Poseidon kam seinem Bruder Zeus bei dem Zerstörungswerk zu Hilfe; er rief alle Flüsse zusammen und befahl ihnen, die Dämme zu durchbrechen. Er selbst durchstach mit seinem Dreizack die Befestigungen. Bald strömten die Flüsse über die ungeschützten, offenen Ebenen und rissen Wälder, Tempel und Häuser fort. Blieb ein Palast stehen, so stieg das Wasser bis über seinen Giebel; die höchsten Türme versanken in den Strudeln.

Alles war See, so weit das Auge reichte. Die Menschen suchten sich zu retten, so gut sie konnten; der eine erkletterte einen Berggipfel, der andere bestieg einen Kahn und ruderte über das Dach seines versunkenen Hauses oder über die Hügel seiner Weinberge dahin. Auch die Tiere kamen in den jagenden Fluten um, ganze Völker wurden vom Wasser hinweggerafft, und was die Wellen verschonten, starb den Hungertod auf den wenigen Gipfeln der übrig gebliebenen Berge.

Ein einzelner hoher Felsen ragte noch mit zwei Spitzen im Lande Phokis aus der alles bedeckenden Meerflut. Es war der Parnassos. Dorthin trieb Deukalion in einem Schiff, der Sohn von Prometheus, der sich retten konnte, gewarnt von seinem Vater. Er hatte seine Frau Pyrrha bei sich. Schon vor der alles verschlingenden Flut hatte es keinen Mann und keine Frau gegeben, die an Rechtschaffenheit und Ehrfurcht vor den Göttern diese beiden übertroffen hätten.

Als nun Zeus, vom Himmel herabschauend, die Welt weithin überschwemmt sah und dass von den vielen tausend Menschen nur ein einziges Paar übrig war – beide ohne Tadel, beide tiefe Verehrer der Götter –, da sandte er den Nordwind aus und ließ ihn die schwarzen Wolken und die Nebel entführen; und die Wasser flossen langsam ab. Auch Poseidon legte den Dreizack nieder und besänftigte die Flut. Am Meer erschienen wieder die Ufer, die Flüsse kehrten in ihr Bett zurück; Wälder streckten ihre mit Schlamm bedeckten Baumwipfel aus der Tiefe hervor. Endlich breitete sich auch wieder ebene Erde aus.

Deukalion blickte um sich. Das Land war verwüstet und grabesstill. Tränen rollten ihm bei diesem Anblick über die Wangen. „Geliebte", sagte er zu Pyrrha, seiner Frau, „so weit ich blicken kann, nach allen Weltgegenden hin, kann ich keine lebende Seele mehr entdecken. Wir zwei sind nun das Volk der Erde, alle anderen sind in den Wassern untergegangen. Aber auch wir sind unseres Lebens nicht sicher. Jede Wolke, die ich sehe, erschreckt mich. Und selbst wenn alle Gefahr vorüber wäre: Was fangen wir in unserer Einsamkeit an? Ach, hätte mich mein Vater Prometheus die Kunst gelehrt, Menschen aus Tonerde zu erschaffen und ihnen Leben einzuhauchen!" So sprach er, und das Paar warf sich vor einem halb zerstörten Altar der Göttin Themis auf die Knie und begann zu der Himmlischen zu flehen: „Sag uns, Unsterbliche, wie können wir das Menschengeschlecht erneut entstehen lassen! Oh hilf der versunkenen Welt wieder zum Leben!"

„Verlasst meinen Altar", tönte da die Stimme der Göttin, „verhüllt euer Haupt und werft die Gebeine eurer Mutter hinter euch!"

Lange wunderten sich beide über diesen rätselhaften Spruch. Pyrrha brach zuerst das Schweigen. „Verzeih mir, hohe Göttin", sprach sie, „wenn ich dir nicht gehorche und den Tod meiner Mutter nicht entehre!"

Aber Deukalion fuhr es wie ein Lichtstrahl durch den Kopf. „Entweder trügt mich mein Sinn", sagte er, „oder die Worte der Göttin bedeuten keinen Frevel! Unsere Mutter, das ist die Erde, ihre Knochen sind die Steine – und diese, Pyrrha, sollen wir hinter uns werfen!"

So verließen die beiden den Altar, verhüllten ihr Haupt und warfen, wie ihnen befohlen war, Felsbrocken hinter sich. Da ereignete sich ein Wunder: Das Gestein begann seine Härte und Spröde zu verlieren, wurde geschmeidig und wuchs und gewann an Größe. Menschliche Formen traten hervor, zunächst rohe Gebilde, wie wenn ein Künstler aus einem Marmorblock zunächst eine grobe Gestalt herausmeißelt. Was dabei an den Steinen feucht oder erdig war, das wurde zu Fleisch an dem Körper. Das Feste wurde in Knochen verwandelt; das Geflecht der steinernen Adern füllte sich mit Blut. Auf diese Weise wurden mithilfe der Götter in kurzer Frist die vom Mann geworfenen Steine zu Männern, die von der Frau geworfenen zu Frauen.

So sind die Menschen erneut entstanden. Sie wurden ein hartes Geschlecht und ernährten sich durch ihre Arbeit. Und immer war ihnen im Bewusstsein, auf welche Weise sie erschaffen waren.

PHAETON

Auf herrlichen Säulen erbaut, stand die Königsburg des Sonnengottes Helios, von blitzendem Gold und leuchtenden Edelsteinen schimmernd. Den obersten Giebel bildete weißes Elfenbein, die Flügel der Tore strahlten im Silberglanz. Auf ihnen waren Reliefs, die von wundersamen Geschichten erzählten.

Phaeton, der Sohn des Sonnengottes, trat in den Palast und verlangte, seinen Vater zu sprechen. Er vermochte nur aus der Ferne zu reden, denn in der Nähe war das Licht des Gottes nicht zu ertragen.

Helios, vom Purpurgewand umhüllt, saß auf seinem fürstlichen Stuhle der mit brennend roten Smaragden besetzt war; zur Rechten und zur Linken stand das Gefolge: der Tag, der Monat, das Jahr, die Jahrhunderte und die Horen, Gottheiten der Naturkräfte. Weiterhin der jugendliche Frühling mit seinem Blütenkranz, der Sommer mit Gewinden aus Ähren auf dem Haupt, der Herbst mit einem Korb voller Trauben, der eisige Winter mit schneeweißen Haaren. Bald entdeckte Helios den Jüngling, der über so viele Wunder staunte. „Nenn mir den Grund dieses Besuchs“, sagte er, „was führt dich in den Palast deines göttlichen Vaters, mein Sohn?“

Phaeton antwortete: „Erlauchter, man spottet über mich auf Erden und bezichtigt meine Mutter der Lüge! Sie sagen, ich würde meine himmlische Abkunft nur behaupten und sei der Sohn eines Unbekannten. Darum wollte ich von dir ein Pfand erbitten, etwas, das mich vor aller Welt als dein Kind ausweist.“

Da legte Helios die Strahlenkrone, die ihm das Haupt umleuchtete, ab und hieß Phaeton näher treten. Dann umarmte er ihn und verkündete: „Deine Mutter Klymene hat die Wahrheit gesagt, Sohn, ich bin dein Vater, und ich werde dich vor der Welt niemals verleugnen. Damit du aber nicht zweifelst, erbitte dir ein Geschenk! Ich schwöre beim Styx, dem Fluss der Unterwelt, bei dem alle Götter schwören, was du auch forderst, es soll dir gewährt sein!“

Phaeton ließ den Vater kaum ausreden. „So erfülle mir“, bat er, „meinen glühendsten Wunsch und vertraue mir nur für einen Tag die Lenkung deines geflügelten Sonnenwagens an.“

Erschrecken wurde da auf dem Angesicht des Gottes sichtbar. Drei-, viermal schüttelte er sein Haupt und rief endlich: „Oh Sohn, du hast mich zu einem schlimmen Versprechen gebracht! Darf ich dir doch deinen Wunsch nicht erfüllen! Du verlangst, dass ich dir etwas anvertraue, dem deine Kräfte nicht gewachsen sind. Du bist jung; du bist sterblich, und was du möchtest, ist ein Auftrag für Unsterbliche! Du erstrebst mehr, als selbst den anderen Göttern vergönnt ist. Außer mir vermag keiner auf der Glut sprühenden Achse des Wagens zu stehen. Und der Weg, den mein Wagen zu machen hat, ist schwer, mit Mühe erklimmt mein Rossegespann ihn in der Frühe des Morgens. Noch schwieriger ist die Bahn oben am Himmel. Glaube mir, wenn ich in der Höhe auf meinem Wagen dahineile, graust mir oft vor der Tiefe, auf die ich niederblicke, auf Meer und Land, die so weit unter mir liegen. Zuletzt geht es steil hinab, da kommt es auf sicherste Lenkung an. Die Meeresgöttin Tethys selbst, die mich am Ende der täglichen Fahrt in ihren Fluten aufnimmt, fürchtet oft, ich könnte in die Tiefe stürzen. Schließlich denk daran, dass der Himmel sich mit großer Geschwindigkeit dreht und ich diesem reißenden Kreislauf entgegenfahren muss. Wie könntest du all das, auch wenn ich dir meine Rosse gäbe? Darum, geliebter Sohn, erbitte kein so schlimmes Geschenk und ändere deinen Wunsch, solange es noch Zeit ist! Sieh mein erschrecktes Gesicht! Könntest du in mein sorgenvolles Vaterherz schauen! Verlange, was du sonst willst von allen Gütern des Himmels und der Erde! – Alles andere sei dir gewährt!"

Aber der Jüngling hörte nicht auf zu flehen, und der Vater hatte den heiligen Eid geschworen. So musste er nachgeben, nahm endlich Phaeton bei der Hand und führte ihn zu dem Sonnenwagen, des Hephästos herrliche Arbeit. Achse, Deichsel und der Kranz der Räder waren von Gold, die Speichen Silber; vom Joch schimmerten die Juwelen. Während Phaeton noch alles anstaunte, erschien im Osten die Morgenröte, der Tag brach an. Die Gestirne verschwanden, der Morgenstern verließ als Letzter seinen Posten am Himmel. Da gab Helios, voll schlimmer Ahnungen, den geflügelten Horen den Befehl, die Rosse anzuschirren; und diese führten die Glut sprühenden Tiere von ihren Krippen und warfen das Zaumzeug über.

Der Vater aber bestrich das Gesicht seines Sohnes mit einer heiligen Salbe, sodass es die glühende Flamme zu ertragen vermochte. Um den Kopf legte er ihm seine eigene Strahlensonne. Er seufzte dazu und sprach warnend: „Kind, schone mir die Peitsche und nutze die Zügel! Die Rosse rennen schon von selbst, es kostet große Mühe, sie zu lenken! Die Straße geht schräg hinauf in weiter Krümmung; Südpol und Nordpol musst du meiden. Du wirst deutlich die Gleise sehen, in denen die Räder laufen. Lass dich nicht zu tief sinken, sonst gerät die Erde in Brand; steige nicht zu hoch, sonst verbrennst du den Himmel! Und nun geh, die Nacht verlässt uns, nimm die Zügel zur Hand! Oder – noch ist es Zeit: Überlege noch einmal, überlass den Wagen mir, lass mich der Welt das Licht schenken und schaue mir dabei zu!"

Der Jüngling schien die Worte des Vaters gar nicht zu hören, er schwang sich mit einem Sprung auf den Wagen, voller Freude, die

Zügel in den Händen zu haben, und nickte Helios einen kurzen, freundlichen Dank zu. Schon füllten die vier Flügelrosse mit Glut atmendem Wiehern die Luft, ihre Hufe stampften gegen die Schranken. Jetzt öffneten sich die Sperren; die Welt wurde weit, ein unendlicher Raum lag vor den Blicken des Jünglings. Dann flogen die Rosse ihre Bahn aufwärts und spalteten die Morgennebel, die vor ihnen wogten.

Bald aber fühlten die Tiere, dass sie nicht die gewohnte Last zogen und dass die Zügel weniger straff waren als sonst. Wie ein schlecht belastetes Schiff in wildem Wetter sprang der Wagen hoch empor oder rollte dahin, als wäre er leer. Als die Rosse die nachlässige Führung bemerkten, verließen sie die feste, gewohnte Bahn und liefen nicht mehr in der vorigen Ordnung. Phaeton fing an zu beben, er wusste nicht, mit den Zügeln zu lenken, er wusste den Weg nicht, er wusste nicht, wie er das Gespann bändigen sollte. Als er dabei hoch vom Himmel auf die tief, tief unter ihm sich erstreckenden Länder blickte, wurde er blass, seine Knie zitterten vor Schrecken. Er schaute rückwärts; schon lag eine steile Strecke hinter ihm, doch vor seinen Augen wölbte sie sich ins Unermessliche. Unschlüssig starrte Phaeton in Höhe und Weite, lockerte die Zügel nicht, zog sie aber auch nicht an. Er wollte die Pferde rufen und kannte ihre Namen nicht. Mit Grauen sah er die riesigen Sternbilder, die über ihm in abenteuerlichen Gestalten am Himmel hingen. Er wandte den Blick zur Tiefe, dabei wurde er so von Entsetzen erfasst, dass die Zügel seinen Händen entglitten. Kaum berührten sie die Rücken der Pferde, da verließen die Rosse ihre Spur, schweiften ab und suchten sich, bald hoch empor, bald steil hinab, ihren Weg. Jetzt stießen sie an die Sterne, jetzt wurden sie zur Erde herabgerissen. Schon berührten sie die ersten Wolkenschichten, die heiß erhitzt aufdampften. Tiefer und tiefer stürzte der Wagen in rasender Fahrt einem Hochgebirge entgegen.

Der Boden glomm vor Hitze und riss auf. Und weil plötzlich alle Feuchtigkeit entwich, fing er zu brennen an; das Gras wurde weißgelb und welkte hinweg, das Laub der Bäume fing zu brennen an. Bald war die Glut der Ebene so nahe, ganze Städte loderten in gewaltigen

Flammen auf, Länder mit all ihren Menschen wurden verbrannt, rings schwelten Hügel, Wälder und Berge.

Viele der Ströme trockneten aus, das Meer schrumpfte, und was eben noch ein See war, wurde zu weitem, trockenen Sandfeld.

Nach allen Seiten sah Phaeton die Erde entzündet, er vermochte die Glut nicht zu löschen. Wie aus einem Feuersturm atmete er siedende Luft ein und fühlte, wie der heiße Boden des Wagens seine Sohlen versengte. Schon konnte er den Dampf und die von den Bränden emporfliegende Asche nicht mehr ertragen. Qualm und pechschwarzes Dunkel umgaben ihn; herrenlos geworden, riss ihn das Flügelgespann des Helios fort. Schließlich ergriff die Glut seine Haare, er stürzte aus dem Wagen und wurde brennend durch die Luft gewirbelt, wie eine Sternschnuppe vom Himmel fällt. Fern von der Heimat nahm ihn der breite Strom Eridanos auf, die kühlen Fluten umspielten ihn und linderten den Schmerz auf seinem Gesicht.

Helios, der Vater, der alles hatte mit ansehen müssen, verhüllte sein Haupt in trostloser Trauer. Damals, sagt man, sei ein Erdentag ohne Sonnenlicht geblieben. Allein der ungeheure Brand leuchtete.

EUROPA

Im Lande von Tyrus und Sidon wuchs die Jungfrau Europa, die Tochter des Königs Agenor, in der Abgeschiedenheit des väterlichen Palastes auf. Einmal, in den Stunden nach Mitternacht, einer Zeit, wo die Menschen von Zukünftigem träumen, erschien ihr ein seltsames Bild. Es kam ihr vor, als träten - sehr merkwürdig - zwei Weltteile in Frauengestalt zu ihr und stritten sich darum, sie, Europa, zu besitzen. Die erste der beiden war eine Unbekannte; die zweite – und dies war der Weltteil Asien – glich an Aussehen und der Art, sich zu bewegen, einer der ihren aus dem Palast. Diese kämpfte tapfer für ihr Kind, für die träumende Jungfrau, und rief, dass sie es gewesen sei, die ihre geliebte Tochter Europa geboren und sie an ihren Brüsten getragen habe. Die Unbekannte aber umfasste das Mädchen mit gewaltigen Armen und zog sie mit sich fort, ohne dass sie sich wehren konnte. „Komm nur mit mir, Liebes“, sprach die Fremde, „ich trage dich als Beute zu Zeus, dem Göttervater, so hat das Schicksal es für dich beschlossen!“ Mit klopfendem Herzen erwachte Europa und richtete sich vom Lager auf.

Was sie im Traum gesehen hatte, schien ihr so wirklich, als wäre es tatsächlich geschehen. Lange Zeit saß die Königstochter unbeweglich aufrecht im Bett, mit starrem Blick. Vor ihren weit offenen Augen standen noch die beiden Frauen. Sie hatte Angst. „Welcher Himmlische“, fragte sie endlich laut sich selbst, „hat mir diese Bilder zugeschickt? Was für Träume haben mich aufgeschreckt? Wer war die Fremde, die ich im Schlaf sah? Und warum“, sie schüttelte gedankenverloren den Kopf, „sehne ich mich nach ihr? Und wieso hat sie mich angelächelt, nachdem ich in ihren Armen war und sie mich entführte? Mögen die Götter mir alles zum Besten wenden!“

Der Morgen war herangekommen; der helle Tagesschein verwischte den seltsamen nächtlichen Traum, und Europa erhob sich aus ihrem Bett. Der Tag wartete auf sie. Bald kamen gleichaltrige Mädchen zu ihr, ihre Freundinnen, Töchter der Edlen ihres Volkes. Sie luden Europa zu einem Gang nach den blumigen Wiesen am Meer ein, wo sich die Mädchen an den bunten Blüten und an der rauschenden Brandung der See gern erfreuten.

Die Freundinnen hatten blumenbestickte Gewänder angetan, Europa selbst trug ein golddurchwirktes Kleid voll glänzender Bilder aus den alten Sagen. Das herrliche Gewand kam aus der Werkstatt des Hephästos, und es war ein einstiges Brautgeschenk des Gottes Poseidon, das dieser Libya gebracht hatte, als er um sie warb. Aus ihrem Besitz war es von Hand zu Hand als Erbstück in das Haus König Agenors gekommen.

Mit diesem uralten Brautschmuck angetan, eilte die anmutige Europa an der Spitze ihrer Mädchen den Wiesen und Gärten am Meer zu, die voll bunter Blumen standen, so weit das Auge reichte. Fröhlich zerstreute sich die Schar der Jungfrauen, jede suchte sich einen Strauß, der ihr gefiel. Die eine pflückte die glänzende Narzisse, die zweite wandte sich der süßen Balsam ausströmenden Hyazinthe zu, eine dritte wählte das duftende Veilchen. Wieder anderen gefiel der würzige Thymian, oder sie brachen den gelben lockenden Krokus. So flogen die Freundinnen hin und her; Europa aber stand, alle anderen überragend, und hielt einen vollen Strauß Rosen hoch in der Hand, die sie nahe am Meeresufer gefunden hatte.

Als sie genug Blumen gepflückt hatten, lagerten sich die Jungfrauen, Europa in der Mitte, auf dem Rasen und fingen an, Kränze zu flechten, die sie, den Nymphen der Wiese zum Dank, an den Bäumen aufhängen wollten. Aber nicht lange sollten sie sich an den Blumen erfreuen. Zeus, der Allwissende, war von der Schönheit der jungen Europa ergriffen. Weil er jedoch den Zorn seiner eifersüchtigen Frau Hera fürchtete, auch nicht hoffen durfte, dass die unschuldige Europa seinem Begehren einfach nachgeben würde, sann der verschlagene Gott auf eine neue List. Er verwandelte sich und wurde ein Stier. Aber welch ein Stier! Nicht, wie er auf der gewöhnlichen Wiese steht oder, unters Joch gebeugt, den schwer beladenen Wagen zieht – nein, groß, herrlich von Gestalt und mit schwellenden Muskeln am Hals. Seine Hörner waren klein, wie von Meisterhänden gedrechselt, und durchsichtiger als reine Juwelen. Goldgelb war das Fell des Tieres, nur mitten auf der Stirn schimmerte ein silberweißes Mal, der Mondsichel ähnlich; voll Verlangen funkelten die bläulichen Augen.

Noch bevor Zeus diese Verwandlung mit sich vorgenommen hatte, hatte er Hermes auf den Olymp gerufen und ihm, ohne etwas von seinen Absichten preiszugeben, befohlen: „Spute dich, lieber Sohn, treuer Vollbringer meiner Befehle! Siehst du dort unten das Land?“ Und er streckte den Arm aus. „Es ist Phönizien. Geh hin und treibe mir das Vieh des Königs Agenor, das du auf den Weiden finden wirst, zum Meeresufer hinab!“

Wenig später war der geflügelte Gott, dem Befehl seines Vaters gehorchend, auf den Bergen von Sidon angekommen. Er trieb die Herde des

Königs, unter die sich auch, ohne dass Hermes es ahnte, der verwandelte Zeus als Stier gemischt hatte, von den Berghöhen zum Strand hinab, eben auf jene Wiesen, wo die Tochter Agenors sorglos zwischen ihren Jungfrauen saß. Die übrige Herde zerstreute sich wieder, nur der schöne Stier, in dem der Gott verborgen war, näherte sich dem Rasenhügel, auf dem Europa mit ihren Freundinnen saß. Schön anzusehen, wandelte er im üppigen Gras umher, seine Gestalt war nicht drohend, sein funkelndes Auge flößte keine Furcht ein, sein ganzes Aussehen war voller Sanftmut.

Europa und ihre Jungfrauen bewunderten das edle Tier und seine friedlichen Gebärden, ja, es lockte sie, ihn aus der Nähe anzusehen und ihm den Rücken zu streicheln. Der Stier kam ihnen entgegen, dicht vor Europa hielt er an. Das Mädchen sprang vom Boden auf und wich zunächst einige Schritte zurück; als aber das Tier so zahm stehen blieb, fasste sie sich ein Herz, näherte sich wieder und hielt ihm ihren Rosenstrauß vor das Maul. Der Stier leckte schmeichelnd die dargebotenen Blumen und auch die Hand Europas, und das Mädchen begann, ihn zu streicheln. Immer reizvoller schien er Europa, ja, sie wagte es und drückte einen Kuss auf seine glänzende Stirn. Da ließ das Tier ein freudiges Brüllen hören, es tönte wie der Klang einer Bassflöte, die durch ein Bergtal hallt. Dann kauerte es sich zu den Füßen des Mädchens nieder, blickte sie sehnsüchtig an, wandte ihr den Nacken zu und zeigte ihr den breiten Rücken.

Da rief Europa ihre Freundinnen: „Kommt doch näher, dass wir uns auf den Rücken dieses schönen Tieres setzen! Ich glaube, es könnte vier von uns aufnehmen wie ein geräumiges Boot. Auch scheint es mir sanft zu sein und Verstand wie ein Mensch zu haben. Es fehlt ihm nichts, als sprechen zu können!“ Bei diesen Worten nahm sie ihren Freundinnen die Kränze, einen nach dem anderen, aus den Händen und behängte damit die gesenkten Hörner des Stieres; dann schwang sie sich lächelnd auf seinen Rücken, während die Mädchen zaudernd und unschlüssig zusahen.

Als er erreicht hatte, was er gewollt, sprang der verwandelte Zeus vom Boden auf. Anfangs bewegte er sich langsam mit der Jungfrau davon, doch auch so, dass ihre Freundinnen nicht gleichen Schritt mit ihm halten konnten. Als er die Wiesen im Rücken und den kahlen Strand vor sich hatte, verdoppelte er seinen Lauf und glich nun nicht mehr einem trabenden Stier, sondern einem schnellen Pferd. Ja, ehe sich Europa besinnen konnte, war er mit einem Satz ins Meer gesprungen und schwamm mit seiner Beute davon. Das Mädchen hielt mit der Rechten eines seiner Hörner umklammert, mit der Linken stützte sie sich auf den Rücken; in ihre Kleider blies der Wind wie in ein Segel. Ängstlich blickte sie nach dem verlassenen Land zurück und rief nach den Freundinnen. Es war umsonst; das Wasser umwallte sie, voller Furcht zog sie die Fersen herauf.

Das Tier schwamm eilig dahin wie ein Schiff. Bald war das Ufer verschwunden, die Sonne untergegangen; im Dunkel der Nacht sah die unglückliche Europa nichts um sich her als Meereswogen und Gestirne. So ging es fort, auch als der Morgen kam; den ganzen Tag glitt sie auf dem Stierrücken durch die unendliche Flut. Dabei wusste das Tier so geschickt die Wellen zu durchschneiden, dass kein Tropfen seine geliebte Beute benetzte.

Endlich, gegen Abend, erreichten sie ein fernes Ufer. Der Stier schwang sich an Land, ließ das Mädchen vom Rücken gleiten und verschwand vor ihren Blicken. An seine Stelle trat ein schöner, göttergleicher Mann, der ihr erklärte, dass er der Beherrscher der Insel Kreta sei und sie schützen werde, wenn sie ihn nur erhören und ihn lieben würde. In ihrer trostlosen Verlassenheit reichte die Königstochter ihm ihre Hand, und Zeus hatte das Ziel seiner Wünsche erreicht.

Europa erwachte aus langer Betäubung, als schon die Morgensonne am Himmel stand. Mit verwirrten Blicken sah sie sich um, als wollte sie die Heimat suchen.

Laut rief sie nach ihrem Vater. Doch dann besann sie sich. „Ich schlechte Tochter, wie darf ich ihn wohl rufen, da ich ihn leichtsinnig verlassen habe?“ Noch einmal blickte sie um sich, als käme sie nur langsam zu sich, und fragte sich wieder: „Woher bin ich gekommen? – Wache ich denn, bin wirklich schuldig? Nein, unschuldig bin ich an allem, mich trügt ein übler Traum. Wie wäre es auch möglich, dass ich mich hätte entschließen können, lieber auf dem Rücken eines Untiers durch unendliche Fluten zu schwimmen, als in glücklicher Sicherheit Blumen zu pflücken!"

So sprach Europa und fuhr mit der flachen Hand über die Augen, als wollte sie den verhassten Traum verwischen. Als sie aber um sich schaute, blieben die fremden Gegenstände vor ihren Blicken; unbekannte Bäume und Felsen umgaben sie, und eine unheimliche Meeresflut schäumte an den Klippen eines nie gesehenen Ufers empor. „Ach, dass mir jemand den verwünschten Stier ein zweites Mal brächte", rief sie verzweifelt, „wie wollte ich ihn strafen! Nicht ruhen würde ich, bis ich die Hörner des Ungeheuers zerbrochen!" Tränen rannen aus ihren Augen. „Ach, frommer Wunsch! Nachdem ich die Heimat verloren habe, was bleibt mir anderes übrig, als hier, allein in dieser Einöde, Hungers zu sterben? Wenn ich nicht von allen Göttern verlassen bin, so sendet mir, ihr Himmlischen, einen Löwen, der mich tötet!"

Aber kein wildes Tier erschien; friedlich lag die fremde Gegend vor ihr, und vom umwölkten Himmel leuchtete die Sonne. Da sprang die Verlassene auf. „Elende", schrie sie und rief ihren eigenen Namen. „Elende Europa, entehrt von einem Barbarenfürsten, hörst du nicht die Stimme deines Vaters, der dich verfluchen wird, wenn du deinem schimpflichen Leben kein Ende machst? Deutet er nicht hin auf jenen spitzen Felsen, von dem herab ein Sprung ins Meer dich für immer begraben wird? Oder willst du einem Barbarenfürsten als Nebenweib dienen oder als Sklavin von Tag zu Tag die zugeteilte Wolle spinnen, du, eines großen Königs Tochter?"

So quälte sich die unglückliche Europa mit Todesgedanken und hatte doch nicht den Mut, das Ende zu suchen. Auf einmal vernahm sie ein Flüstern hinter sich, ein Kichern, glaubte sich belauscht und blickte sich erschrocken um. In überirdischem Glanz sah sie Aphrodite vor sich, ihren kleinen Sohn, den Liebesgott, mit gesenktem Bogen zur Seite.

Die Göttin blickte sie lächelnd an, dann sprach sie: „Lass deinen Zorn! Der verhasste Stier wird kommen, und du wirst seine Hörner zerbrechen. Ich aber bin es, die dir jenen Traum im Palast deines Vaters sandte. Tröste dich, Tochter des Agenor! Zeus ist es, der dich geraubt hat; du bist die irdische Gattin des großen Gottes. Unsterblich wird dein Name werden; denn der fremde Weltteil, der dich aufgenommen hat, heißt nach dir: Europa!“

PERSEUS

Perseus war einer der vielen Söhne des Zeus. Sein Großvater, von Seiten der Mutter, war der König von Argos, Akrisios, dem eine Weissagung, ein Orakelspruch, verkündet hatte, dass ein Enkel ihm das Leben und den Thron rauben würde. So wurde Perseus mit seiner Mutter Danae von König Akrisios in einen Kasten eingeschlossen und ins Meer geworfen.

Zeus aber behütete die beiden in Stürmen und wilden Wogen, sie trieben bei der Insel Seriphos ans Land. Dort herrschten zwei Brüder, Diktys und Polydektes. Diktys fischte eben, als der Kasten angeschwommen kam, und holte ihn ans Ufer. Beide Brüder nahmen sich der Gestrandeten an; Polydektes nahm die Mutter, Danae, zur Frau, und der Sohn des Zeus wurde von ihm sorgfältig erzogen.

Als der Knabe herangewachsen war, überredete ihn sein Stiefvater Diktys, in die Welt zu ziehen und etwas Großes zu unternehmen. Der Jüngling war bereit dazu, und bald waren sie sich einig darüber, dass er der schrecklichen Medusa ihr furchtbares Haupt abschlagen und König Polydektes bringen sollte.

Perseus machte sich auf den Weg und kam mithilfe der Götter in eine Gegend, wo Phorkys, der Vater vieler entsetzlicher Ungeheuer, hauste. Zuerst traf er auf drei seiner Töchter, die Gräen. Sie waren grauhaarig von Jugend an; alle drei hatten insgesamt nur ein Auge und einen Zahn, die sie einander liehen. Perseus nahm beides an sich, und als sie flehentlich baten, ihnen das Gestohlene doch wiederzugeben, ließ er ihnen Zahn und Auge nur unter der Bedingung, dass sie ihm den Weg zu den Nymphen zeigten. Das waren seltsame Geschöpfe, die Schuhe mit Flügeln, einen Schultersack als Tasche und einen Helm aus Hundefell besaßen. Wem die drei Dinge gehörten, konnte reisen, wohin er wollte, er sah, wen er wünschte, und wurde selbst nicht gesehen.

Die Töchter des Phorkys verrieten Perseus den Weg; er erreichte die Nymphen und nahm ihnen, was er wollte, warf den Sack auf die Schulter, schnallte die Flügelschuhe an seine Knöchel und setzte den Helm aufs Haupt. Von Hermes, dem Götterboten, der ihm erschien, erhielt er eine scharfe Sichel. So ausgerüstet flog Perseus zu dem Ozean, wo die letzten drei Töchter des Phorkys, die Gorgonen, hausten. Sie waren unsterblich bis auf eine von ihnen – die Medusa! Ihr Haupt sollte der Held dem König bringen.

Perseus überraschte die Gorgonen in tiefem Schlaf; ihre Häupter waren mit Drachenschuppen übersät und mit Schlangen statt Haaren bedeckt. Große Reißzähne hatten sie, eherne Hände und goldene Flügel, mit denen sie flogen. Jeden, der sie ansah, verwandelte ihr Anblick in Stein.

Der Sohn des Zeus wusste davon. Unsichtbar, wie er war, stellte er sich mit abgewandtem Gesicht vor die Schrecklichen und spiegelte in seinem glänzenden Schild ihr Bild. So sah er sie nicht an und sah sie doch. Und er erkannte die Gorgo Medusa. Flüsternd bat er die Göttin Athene, ihm sicher die Hand zu führen, dann trennte er dem schlafenden Ungeheuer das Haupt ab. Kaum hatte er dies getan, entsprangen dem Rumpf ein geflügeltes Ross, der Pegasus, und ein Riese, Chrysaor, beides Geschöpfe des Poseidon. Der unsichtbare Perseus schob rasch das Haupt der Medusa in den Schultersack und entfernte sich, wie er gekommen war. Noch während er sich davonmachte, hatten sich die Schwestern der Medusa vom Lager erhoben. Sie erblickten mit Entsetzen den Rumpf der Getöteten und stiegen auf, um den Räuber des Kopfes zu verfolgen. Aber der Nymphenhelm verbarg ihn auch vor ihren Augen, sie konnten ihn nirgendwo ausmachen.

Die Winde erfassten den fliegenden Perseus und schleuderten ihn wie eine Wolke bald da, bald dorthin. Als er über den Sandwüsten Libyens schwebte, rieselten blutige Tropfen vom Medusenhaupt auf die Erde nieder; sie wurden zu giftigen Nattern.

Perseus flog westwärts immer weiter und ließ sich erst im Reich des Königs Atlas sinken, um zu rasten. – König Atlas war ein gewaltiger Riese, aber umsonst bat der Sieger über die Gorgone ihn um Obdach. In Furcht um sein Besitztum – er hütete einen Garten voll goldener Früchte – stieß Atlas ihn unbarmherzig aus seinem Palast. Da ergrimmte Perseus und sprach: „Du willst mir nichts gönnen; empfange wenigstens ein Geschenk von mir!" Er holte die Gorgo aus seinem Sack hervor, wandte sich ab und streckte sie dem Atlas entgegen. Groß wie der König war, wurde er augenblicklich zu Stein und in einen Berg verwandelt. Bart und Haar dehnten sich zu Wäldern; Schultern, Hände und Knochen wurden Felsrücken; sein Haupt wuchs als hoher Gipfel in die Wolken.

Perseus stieg erneut in seine Flügelschuhe, hängte den Schultersack um, setzte den Helm auf und schwang sich in die Lüfte. Auf seinem Flug kam er an die Küste Äthiopiens, wo König Kepheus regierte. Hier sah er zu seinem Schrecken eine Jungfrau, die war an eine hoch aufragende Meeresklippe gefesselt. Wenn nicht die Luft ihre Haare bewegt und in ihren Augen Tränen geglitzert hätten, so würde er sie für ein Marmorbild gehalten haben.

„Sprich, schöne Jungfrau", redete Perseus sie an, „du, die du einen anderen Schmuck verdientest als diese Ketten, warum bist du hier gefesselt? Nenne mir den Namen deines Landes, nenne mir deinen eigenen Namen!" Das Mädchen schwieg verschämt; sie scheute sich, dem Fremden zu antworten, und hätte gern ihr Gesicht mit den Händen bedeckt, wenn sie sich hätte bewegen können. So aber füllten sich nur ihre Augen mit Tränen.

Endlich, damit Perseus nicht glaube, sie habe etwas vor ihm zu verbergen, erwiderte sie: „Ich bin König Kepheus' Tochter und heiße Andromeda. Meine Mutter hat einst vor den Töchtern des Nereus, vor den Wasserfrauen, geprahlt, schöner zu sein als sie alle. Das erboste die Nixen. Ihr Freund, der Meeresgott Poseidon, ließ eine Überschwemmung über unser Land kommen und schickte uns einen alles verschlingenden Fisch. So gerieten mein Vater und seine Äthiopier in große Not. Endlich verkündete uns ein Orakelspruch, dass wir von der Plage befreit würden, wenn ich, die Tochter des Königs, dem Fisch zum Fraß vorgeworfen würde. Das Volk bestürmte meinen Vater, dies letzte Rettungsmittel zu ergreifen, und die Verzweiflung zwang ihn, mich an diesen Felsen zu binden. Hier soll ich das schwimmende Untier erwarten."

Andromeda hatte die Worte noch nicht zu Ende gesprochen, als die Wogen aufrauschten und aus der Tiefe des Meeres ein Scheusal heraufkam, das mit seiner breiten Brust die ganze Wasserfläche schäumen ließ. Das Mädchen klagte laut auf; zugleich sah man Vater und Mutter herbeieilen. Sie umarmten die gefesselte Tochter noch einmal und brachten ihr doch nichts als Tränen und Leid. Da begann der Fremde: „Zum Jammern bleibt noch Zeit genug! Die Stunde der Rettung ist kurz! Ich bin Perseus, ein Sohn des Zeus und der Danae. Ich habe die Gorgone besiegt, wunderbare Flügel tragen mich durch die Luft. Selbst wenn Eure Tochter frei wäre und zu wählen hätte, wäre ich ein ihr Ebenbürtiger und würde um sie werben. Jetzt aber werbe ich um sie mit dem Erbieten, sie zu retten. Nehmt Ihr meine Bedingung an?"

Wer hätte in solcher Lage gezaudert? Die Eltern versprachen ihm nicht nur die Tochter, sondern auch ihr ganzes Königreich als Mitgift dazu.

Inzwischen war der entsetzliche Fisch wie ein schnell ruderndes Schiff herangeschwommen und nur noch einen Steinwurf von dem Felsen entfernt. Perseus sah es; er stieß sich mit dem Fuß vom Land in die Wolken empor. Das Tier aber erkannte den Schatten des Mannes auf dem Meere. Während es tobend darauf losfuhr, als sei es ein Feind, der ihm die Beute zu entreißen drohte, ließ sich Perseus aus der Luft wie ein Adler herab, trat schwebend auf den Rücken des Ungeheuers und stieß ihm sein Schwert bis an den Knauf in den Leib. Kaum hatte er es wieder herausgerissen, sprang das verletzte Tier bald hoch in die Lüfte, um nach ihm zu schnappen; bald tauchte es tief in die Flut, um sich zu verstecken; bald tobte es nach beiden Seiten wie ein von Hunden verfolgter Eber. Perseus folgte dem Untier, er brachte ihm Wunde um Wunde bei, bis ein dunkler Blutstrom sich aus seinem Rachen ergoss. Aber auch die Flügel des Perseus troffen von der Gischt der Wogen, waren schwer vom Wasser und taugten nicht mehr zum Fliegen. Zu seinem Glück erblickte er ein Riff, dessen oberste Spitze aus der See hervorragte. Auf jene Klippe stützte er sich mit der Linken und stieß das Eisen noch mehrfach in den Unterleib des Ungetüms, bis es sich nicht mehr regte. Das Meer trieb die ungeheure Leiche fort, bald war sie in den Fluten verschwunden.

Perseus hatte sich währenddessen ans Land geschwungen, hatte den Felsen erklommen und die Jungfrau, die ihn mit Blicken des Dankes und der Liebe begrüßte, von ihren Fesseln befreit. Er brachte sie den glücklichen Eltern, und sie empfingen ihn in ihrem goldenen Palast. Schon dampfte das Hochzeitsmahl, und die Stunden vergingen dem Vater und der Mutter, dem Bräutigam und der geretteten Braut wie im Fluge, als sich plötzlich die Vorhöfe der Burg mit einem dumpfen, brausenden Getümmel füllten. Phineus, der Bruder des Königs, der zuvor seine Nichte Andromeda ebenfalls zur Frau wollte, sie aber in ihrer Not verlassen hatte, nahte mit einer Schar von Kriegern und erneuerte seine Werbung um sie. Den Speer schwingend, trat er in den Hochzeitssaal und schrie den erstaunten Perseus an: „Sieh mich hier, der ich komme, die mir geraubte Braut wiederzugewinnen. Weder deine Flügelschuhe noch dein Vater Zeus werden dir helfen!“ So rief er und schickte sich schon zum Speerwurf an.

Da erhob sich Kepheus, der König, vom Hochzeitsmahl. „Rasender Bruder“, rief er, „was treibt dich zu dieser Drohung? Es ist nicht Perseus, der dir die Geliebte raubt! Du hast sie verloren, als wir sie dem furchtbaren Tode preisgaben, als du zusahst, wie sie gefesselt wurde, und ihr als Bräutigam nicht halfst. Warum hast du dir nicht selbst den Preis von dem Felsen geholt, an den er geschmiedet war? Nun lass den Helden, der mir mein Kind gerettet hat, in Frieden!“

Phineus antwortete ihm nicht, er betrachtete nur abwechselnd mit grimmigen Blicken bald seinen Bruder, bald Perseus, als überlegte er, auf wen er zuerst zielen sollte. Endlich schwang er mit aller Kraft, die der Zorn ihm gab, den Speer gegen Perseus; aber er warf daneben. Zugleich fuhr Perseus hoch und schleuderte seinen Spieß zu der Tür, in der Phineus stand. Und er hätte die Brust seines Feindes durchbohrt, wenn der nicht zur Seite gesprungen wäre. Schon gerieten die Männer des Eingedrungenen mit den von der Tafel aufgestörten Gästen ins Handgemenge. Lang und mörderisch war der Kampf, aber Phineus und sein Gefolge waren in der Mehrzahl. Zuletzt wurde Perseus, zu dem sich Schutz suchend die Schwiegereltern und die Braut retteten, in die Enge getrieben und eingekreist. Die Pfeile flogen wie Hagelkörner im Sturm.

Perseus hatte die Schultern an einen Pfeiler gelehnt und sich so den Rücken gedeckt. Von da, zur Schar der Feinde gewandt, streckte er einen nach dem anderen nieder. Erst als er sah, dass trotz seiner Tapferkeit die anderen siegen würden, entschloss er sich, das letzte, aber unfehlbare Mittel, das ihm zu Gebot stand, zu gebrauchen. „Weil ihr mich zum Kampf getrieben habt", sprach Perseus, „will ich mir die Hilfe bei einem alten Feinde holen! Wer mein Freund ist und noch am Leben, der wende seine Augen ab!" Mit diesen Worten zog er aus dem Schultersack, der ihm immer an der Seite hing, das Gorgonenhaupt und streckte es einem der Gegner entgegen, der jetzt eben auf ihn eindrang.

„Such dir einen anderen, den du mit deinem Wunderding erschüttern kannst!", schrie der Angreifer verächtlich. Aber als er seine Hand erheben wollte, den Spieß zu werfen, blieb sie mitten in der Gebärde stehen, versteinert wie eine Bildsäule. So ging es einem nach dem anderen. Zuletzt waren nur noch einige Dutzende übrig. Da hob Perseus das Gorgonenhaupt hoch in die Luft empor, damit alle es erblicken konnten, und verwandelte die letzten Feinde in starres Gestein. Jetzt erst bereute Phineus den unrechtmäßigen Angriff. Rechts und links sah er nichts als Statuen aus Stein. Er rief seine Freunde mit Namen, er berührte ungläubig die Körper der neben ihm Stehenden: Alle waren sie zu kaltem Marmor geworden. Entsetzen erfasste ihn, sein Trotz wurde nun zur Furcht.

„Lass mir nur das Leben! Das Reich und die Braut, sie gehören dir!", flehte er und wandte seinen angstvollen Blick von Perseus ab.

Aber der war über den vielfachen Mord erbittert und kannte kein Erbarmen. „Friedensstörer", schrie er, „ich will dir für alle Ewigkeit ein bleibendes Denkmal setzen!" So sehr Phineus auch bemüht war, ihm zu entgehen, traf doch einmal auch sein Blick das Schreckensbild der Medusa. Da erstarrte sein Hals, sein Auge wurde blicklos. Mit furchtsamer Miene, die Hände gesenkt, in unterwürfiger, demütiger Haltung blieb er stehen – und wurde zu Stein.

Ohne Hindernis führte Perseus jetzt seine geliebte Andromeda heim, machte sich mit ihr auf die lange Reise bis nach Argos, wo ihn sein Großvater, König Akrisios, einst – zusammen mit seiner Mutter Danae – in jenen Kasten geschlossen und ins Meer geworfen hatte. Viele glückliche Tage erwarteten ihn. Er fand auch seine Mutter Danae wieder. Sein Großvater freilich sollte für seine böse Tat büßen, und es war Perseus, der unfreiwillig zum Vollstrecker der Strafe wurde. Akrisios war aus Furcht zu einem König im Nachbarland geflohen. Hier nahm er an Kampfspielen teil, gerade als Perseus ankam, um auf seiner Fahrt nach Argos hier auszuruhen und Station zu machen. Perseus ließ sich einladen, einen Wurf mit dem Diskus zu versuchen. Dabei traf er König Akrisios, ohne dass er ihn erkannt hatte, geschweige denn ihn bestrafen wollte.

Perseus blieb nicht lange verborgen, was er getan hatte. Obwohl Akrisios ihm übel mitgespielt hatte, trauerte er um den toten König. Danach reiste er weiter. Andromeda gebar ihm viele herrliche Söhne, und der Ruhm ihres Vaters lebte in ihnen fort.

DÄDALUS UND IKARUS

Dädalus aus Athen war der kunstfertigste Mann seiner Zeit als Baumeister und Bildhauer. In vielen Teilen der Welt wurden Werke von ihm bewundert, und von seinen Statuen sagte man, sie lebten, gingen und schauten und seien nicht aus Stein, sondern beseelte Geschöpfe. Denn während an den Figuren der Meister vor ihm die Augen blicklos und tot wirkten, die Hände schlaff und kraftlos herunterhingen, war er der Erste, der seinen „Menschen" offene Augen gab, sie die Hände ausstrecken und auf schreitenden Füßen stehen ließ.

Aber so kunstreich Dädalus war, so eitel und eifersüchtig war er auch. Diese Untugenden verführten ihn zum Verbrechen und trieben ihn schließlich ins Elend. Er hatte einen Neffen, Sohn der Schwester, namens Talos, den er unterrichtete und der noch viel größeres Talent zeigte als er selbst, sein Onkel und Meister. Dädalus begann zu fürchten, der Name des Schülers möchte größer werden als der des Lehrers; Neid überkam ihn und wurde so heftig, dass er den Knaben von Athenes Burg, hoch über der Stadt, hinabstürzte.

Während Dädalus noch mit des Neffen Begräbnis beschäftigt war, wurde er gefangen genommen, vor dem Gericht der Stadt wegen Mordes angeklagt und – natürlich – für schuldig befunden. Es gelang ihm aber die Flucht aus der Stadt, und er irrte lange in Attika umher, bis er endlich mit dem Schiff zur Insel Kreta weiterfliehen konnte. Dort wurde er von König Minos aufgenommen, wurde dessen Freund und als berühmter Künstler hoch angesehen. Von ihm erhielt er auch den Auftrag, dem Minotaurus, einem Wesen, das vom Kopf bis an die Schultern die Gestalt eines Stieres hatte, sonst aber einem Menschen glich, eine Behausung zu schaffen, in der das Ungetüm für immer verborgen sein würde.

Der erfindungsreiche Dädalus erbaute dafür das Labyrinth, ein Gebäude voll gewundener Krümmungen, die jedermann verwirrten, der es betrat. Unzählige Gänge schlangen sich ineinander wie der verworrene Lauf des Flusses Mäander, der bald vorwärts, bald rückwärts fließt und oft seinen eigenen Wellen entgegenläuft. Als der Bau vollendet war und Dädalus ihn begutachtete, fand der Meister selbst nur mit Mühe zum Eingang des Labyrinths zurück, einen so trügerischen Irrgarten hatte er geschaffen. Im Innersten des Labyrinthes wurde dem Minotaurus nun ein Gehege erbaut. Zu seiner Speise gehörten – unter anderem – sieben Jünglinge und sieben Jungfrauen, die wegen alter Verpflichtungen alle neun Jahre von Athen dem König Kretas zugesandt werden mussten.

Dädalus wurde der Verlust der geliebten Heimat trotz seines Erfolges eine Last. Auch quälte es ihn, bei einem zwar kunstsinnigen, im Übrigen jedoch tyrannischen und selbst gegen seine Freunde misstrauischen Herrscher sein ganzes Leben zubringen zu sollen. Er schmiedete Pläne zu seiner Rettung, dachte lange über alle Möglichkeiten nach und rief schließlich aus: „Mag König Minos meine Flucht zu Land und Wasser verhindern, die Luft bleibt mir offen! So viel der König auch vermag, über sie hat er keine Gewalt. Durch die Luft will ich fliehen!“

Gesagt, getan. Dädalus fing an, Vogelfedern von verschiedener Größe so zu legen, dass er mit der kleinsten begann und zu der kürzeren stets eine längere fügte, so geschickt, dass man glauben konnte, sie seien von selbst in dieser Weise gewachsen. Die Federn verknüpfte er in der Mitte mit Fäden, unten mit Wachs, sodass sie ganz das Aussehen von Flügeln bekamen.

Nun hatte Dädalus einen Sohn namens Ikarus. Der stand neben ihm und half voller Neugierde bei der Arbeit; bald griff er nach dem Gefieder, dessen leichter Flaum von dem kleinsten Luftzug bewegt wurde, bald knetete er das gelbe Wachs, das sein Vater verwendete, mit Daumen und Zeigefinger. Der Vater ließ es sorglos geschehen und lächelte über die unbeholfen aussehenden Bemühungen des Kindes. Als er die letzte Hand an seine Arbeit gelegt hatte, passte sich Dädalus selbst die Flügel an seine Arme, gewann mit ihnen das Gleichgewicht und schwebte leicht wie ein Vogel in die Lüfte empor. Dann, nachdem er sich wieder zu Boden gelassen hatte, zeigte er die Kunst des Fliegens auch seinem Sohn, für den er ein kleineres Flügelpaar angefertigt hatte.

„Flieg immer auf der mittleren Straße, Ikarus“, riet er, „damit nicht, wenn du zu tief gerätst, die Fittiche das Meerwasser streifen und, feucht und schwer, dich in die Wogen hinabziehen. Ebenso gefährlich aber ist es, wenn du zu hoch in die Luft steigst und dein Gefieder den Sonnenstrahlen zu nahe kommt. Es könnte Feuer fangen. Zwischen Wasser und Sonne halte dich also, immer meinem Fluge folgend!“ Unter solchen Ermahnungen knüpfte Dädalus auch dem Sohn das Flügelpaar an die Arme, doch zitterte die Hand des Vaters, während er es tat. Eine bange Träne tropfte ihm aus den Augen. Dann umarmte er den Knaben und gab ihm einen Kuss, der sein letzter sein sollte.

Jetzt erhoben sich beide mit ihren Flügeln. Der Vater flog voraus, sorgenvoll wie ein Vogel, der seine zarte Brut zum ersten Mal aus dem Nest in die Luft führt. Er schwang besonnen und kunstvoll das Gefieder, damit der Sohn sah, wie er es tat, und blickte von Zeit zu Zeit hinter sich, um zu prüfen, wie es dem Knaben gelänge. Anfangs ging es gut. Schon waren sie an Samos zur Linken, bald an den Inseln Delos und Paros vorbei. Noch weitere Küsten ließen sie zurück; alles schien gut. Doch da packte den Knaben Ikarus der Übermut, und er wagte sich verwegen mit seinem Flügelpaar in höhere Schichten der Luft.

Die Strafe blieb nicht aus. Er geriet immer näher zur Sonne, und die brachte mit ihren allzu kräftigen Strahlen das Wachs zum Schmelzen, das die Fittiche zusammenhielt. Bevor Ikarus es bemerkte, waren die Flügel aufgelöst und sanken zu beiden Seiten hinab in die Tiefe. Der Unglückliche schwang seine nackten Arme, dann stürzte er in rasender Geschwindigkeit ins Meer.

Das alles war so schnell geschehen, dass Dädalus, der von Zeit zu Zeit nach seinem Sohn ausschaute, ihn plötzlich nicht mehr erblickte. „Ikarus, Ikarus!“, rief er entsetzt. „Wo soll ich dich suchen?“ Als seine Blicke die Tiefe durchforschten, sah er das Federkleid auf dem Wasser.

Dädalus senkte seinen Flug, erblickte eine Küste unter sich und ging auf dem Strand nieder. Dort legte er die Schwingen ab und lief verzweifelt am Ufer hin und her, bis die Meereswellen ihm den Leichnam seines unglückseligen Kindes an den Strand trieben.

Der einst ermordete Talos war gerächt. Die Insel aber erhielt zum ewigen Gedenken an das entsetzliche Ereignis den Namen Ikaria.

Als Dädalus seinen Sohn begraben hatte, flog er weiter, immer nach Westen, bis er zur großen Insel Sizilien kam. Hier herrschte der König Kokalos. Wie einst bei Minos auf Kreta fand der Entflohene auch bei ihm gastliche Aufnahme. Seine Bauten setzten die Bewohner Siziliens in Erstaunen. Noch lange zeigte man einen künstlichen See, den er anlegen ließ und aus dem ein breiter Fluss sich in das benachbarte Meer ergoss. Auf dem steilsten Felsen, der nicht zu erstürmen war, wo kaum ein paar Bäume Platz zu haben schienen, ließ Dädalus eine gewaltige Burg errichten und führte zu ihr einen so engen und gewundenen Weg hinauf, dass drei oder vier Männer ausreichten, sie zu verteidigen. Diese unbezwingliche Burg wählte König Kokalos zur Aufbewahrung seiner Schätze.

Das dritte Werk des Dädalus auf der Insel Sizilien war eine tiefe Höhle. Hier fing er den Dampf unterirdischer Feuer so geschickt auf, dass der Aufenthalt in der Höhle, die sonst kalt und feucht war, angenehm wurde wie in einem geheizten Zimmer. Auch den Aphroditentempel der Insel erweiterte er kunstvoll und anderes mehr ...

Nun erfuhr aber König Minos, dessen Insel der Baumeister ja heimlich verlassen hatte, dass Dädalus nach Sizilien geflüchtet war, und fasste den Entschluss, ihn mit einem gewaltigen Kriegsheer zurückzuholen. Er rüstete eine Flotte aus und segelte damit von Kreta nach Agrigent. Hier schiffte er seine Landtruppen aus und schickte Botschafter an den König von Sizilien, die eine Auslieferung des Flüchtlings verlangen sollten. Aber Kokalos war über die Ankunft des fremden Kriegsherrn entrüstet und überlegte sich Mittel und Wege, ihn zu töten. Er tat, als ginge er auf den Wunsch des kretischen Königs ein, versprach, ihm in allem folgen zu wollen, und lud ihn zu einer Zusammenkunft. Minos kam und wurde mit großer Gastfreundschaft von dem Sizilianer aufgenommen. Ein warmes Bad sollte ihn nach seinem langen Weg erfrischen. Als er aber in der Wanne saß, ließ Kokalos diese so lange heizen, bis Minos in dem siedenden Wasser umkam.

Die Leiche überließ der König von Sizilien den Kretern – mit dem Bedauern, ihr Herrscher sei im Bade ausgeglitten und in das heiße Wasser gefallen. Hierauf wurde Minos von seinen Kriegern mit großer Pracht bei Agrigent bestattet.

Dädalus also blieb bei Kokalos und errichtete weiter prachtvolle Bauten für den König. Glücklich aber war er seit dem tödlichen Absturz seines Sohnes Ikarus nicht mehr, und er durchlebte ein kummervolles und trübsinniges Alter. Er starb auf der Insel Sizilien und wurde dort begraben.

TANTALUS

Tantalus, ein Sohn des Zeus, herrschte in der Stadt Sipylos im Lande Phrygien und war sehr reich und berühmt. Wenn die olympischen Götter je einen Sterblichen hoch geehrt haben, so war es dieser Mann. Seiner Abstammung wegen wurde er ihr Vertrauter und ihr Freund, zuletzt durfte er sogar an der Tafel des Zeus speisen und alles mit anhören, was die Unsterblichen unter sich besprachen.

Aber sein kleiner Menschengeist vermochte das überirdische Glück nicht zu erfassen, das ihm zuteil wurde, und er fing an, die Götter herauszufordern. Er verriet den Sterblichen die Geheimnisse der Himmlischen, er stahl von ihrem Tisch Nektar und Ambrosia und verteilte, was er geraubt hatte, an seine irdischen Freunde. Er verbarg einen kostbaren goldenen Hund, den ein anderer aus dem Tempel des Zeus in Kreta gestohlen hatte, und als der Göttervater ihn zurückforderte, leugnete Tantalus, ihn jemals erhalten zu haben. Endlich lud Tantalus in seinem Übermut die Himmlischen in sein Haus zu einem Gastmahl ein. Um ihre Allwissenheit auf die Probe zu stellen, ließ er für sie seinen eigenen Sohn Pelops schlachten und als ein Essen zurichten. Nur die Göttin Demeter, in kummervolle Gedanken versunken, aß von dem grässlichen Gericht ein Schulterblatt; die übrigen Götter merkten, was hier auf dem Tisch stand, warfen die zerstückelten Glieder des Knaben in einen Kessel, und die Göttin der Geburt, Klotho, zog ihn erneut lebendig daraus hervor. Anstatt der verspeisten Schulter wurde eine elfenbeinerne eingesetzt.

Jetzt hatte Tantalus aber das Maß seiner Untaten erfüllt. Er wurde von den Unsterblichen gepackt, in die Unterwelt gebracht und dort von furchtbaren Leiden gepeinigt. So war er dazu verurteilt, mitten in einem Teich zu stehen – das Wasser reichte ihm bis an das Kinn, dennoch litt er den brennendsten Durst und konnte den Trank, der ihm so nahe war, niemals erreichen. Sooft er sich bückte und gierig Wasser schlürfen wollte, verschwand augenblicklich die Flut, und der dunkle trockene Boden erschien zu seinen Füßen. Zugleich litt er den peinigendsten Hunger. Hinter ihm wuchsen herrliche Obstbäume am Ufer des Teiches empor, ihre Äste reichten bis zu seinem Haupt. Wenn er sich aufrichtete, so lachten ihn saftige Birnen, rote Orangen, glühende Granatäpfel, zuckersüße Feigen und grüne Oliven an. Aber sobald er hinauflangte, mit seiner Hand danach zu fassen, riss ein Wind, der plötzlich angeflogen kam, die Zweige von ihm fort. Zu dieser Höllenpein gesellte sich eine beständige Todesangst. Ein großes Felsenstück hing über seinem Kopf in der Luft und drohte unaufhörlich, auf ihn herabzustürzen. So erwuchs dem Manne, der die Götter verachtete und sich über sie lustig machte, dreifache Qual. Und die Qualen sollten niemals enden.

PELOPS

So übel Tantalus sich gegenüber den Göttern verhalten hatte, so sehr verehrte sie Pelops, sein Sohn.

Pelops war noch ein junger Mann, als die Götter seinen Vater in die Unterwelt verbannten. Eben erst wuchs ihm der Bart, aber schon hatte er sein Auge auf ein Mädchen geworfen, nämlich die schöne Tochter des Herrschers von Elis namens Hippodamia. – Aber sie war nicht leicht zu erringen. Eine Weissagung hatte ihrem Vater Önomaos verkündet, er werde sterben, wenn seine Tochter sich einen Mann nehme. Der erschrockene König ließ deshalb nichts unversucht, um Bewerber von ihr fern zu halten. Als man trotzdem in ihn drang, sein Kind herzugeben, da ließ er in alle Welt verkünden, dass derjenige seine Tochter zur Gemahlin erhalte, der ihn selbst im Wagenrennen überwinden könne. Wen aber er, der König, besiege, der solle sein Leben lassen. Der Wettlauf ging von Pisa bis hin zum Altar des Poseidon auf der Meerenge bei Korinth. Die Zeit der Abfahrt der Wagen bestimmte Önomaos wie folgt: Er selbst wolle, während der junge Freier mit seinem Viergespann losführe, dem Zeus zunächst einen Widder opfern. Erst wenn das Opfer beendigt sei, wolle er, der König, mit der Fahrt beginnen und auf seinem Wagen, einen Spieß in der Hand, den Werber verfolgen. Gelänge es ihm, den Vorauseilenden einzuholen, so habe er, der König, das Recht, ihn zu durchbohren.

Als die vielen jungen Männer, die Hippodamia wegen ihrer Schönheit umwarben, dies hörten, waren sie frohen Mutes. Sie hielten König Önomaos für einen Greis, der im Bewusstsein, mit Jünglingen doch nicht um die Wette fahren zu können, ihnen absichtlich einen Vorsprung bewilligt habe. Da konnte er seine Niederlage später als Folge seiner Großmut erklären ... Einer nach dem anderen kam also nach Elis gezogen, stellte sich dem König vor und begehrte seine Tochter zur Frau. Önomaos empfing jeden der Werber freundlich, gab ihm ein schönes Viergespann und ging hin, dem Zeus seinen Widder zu opfern. Dann erst bestieg er ein Fahrzeug, vor das seine Rosse Phylla und Harpinna gespannt waren, die schneller liefen als der Nordwind. Mit ihnen holte er die Freier jedes Mal lange vor Ende der ausgemachten Bahn ein. Erbarmungslos durchbohrte sie der Speer des grausamen Königs. Auf diese Art hatte er schon mehr als zwölf Freier getötet.

Pelops brannte vor Liebe nach der schönen Hippodamia, und er machte sich auf die Reise zu ihr. Bevor er die Geliebte aufsuchte, landete er in einem anderen Hafen der Halbinsel, die später seinen Namen führen sollte: Peloponnes. Bald erzählte man ihm, was in Elis geschah. Noch in derselben Nacht trat er ans Meeresufer und rief seinen Schutzgott an, den mächtigen Poseidon. Und wirklich rauschte der Gott aus der Flut zu ihm empor. „Erhabener“, sprach Pelops ihn an, „du weißt selbst um die Qualen der Liebe, so hilf mir und lenke den Speer des Önomaos von mir ab, bringe mich auf dem schnellsten Wagen nach Elis und führe mich zum Sieg! Schon hat der König zwölf Liebende ins Verderben gestürzt, und noch immer schiebt er die Hochzeit der Tochter auf. Große Gefahr braucht einen mutigen Mann. Ich bin entschlossen, sie zu bestehen. Du, Poseidon, hilf mir und gib mir den gewünschten Erfolg!“

So betete Pelops, und sein Flehen war nicht vergebens. Denn abermals rauschte es in den Wassern. Ein schimmernder goldener Wagen mit vier pfeilschnellen Flügelrossen stieg aus den Wellen empor. Pelops schwang sich hinauf und flog, die Götterpferde lenkend, mit dem Wind um die Wette nach Elis. Als Önomaos ihn kommen sah, erschrak er; auf den ersten Blick erkannte er das Gespann des Meeresgottes. Doch stellte er sich dem jungen Mann zum Wettkampf; er verließ sich auf die Wunderkraft seiner eigenen Rosse und hoffte, mit ihnen als Erster durchs Ziel zu kommen.

Nachdem Pelops seine Pferde vor dem Wettkampf hatte rasten lassen, begann er seine Fahrt. Schon war er dem Ziel nahe, als Önomaos, der das Widderopfer wie gewöhnlich verrichtet hatte, ihn mit seinen Rossen einzuholen drohte. Und schon schwang Önomaos den Speer, dem kühnen Freier den tödlichen Stoß zu versetzen!

Da griff Poseidon, der ja Pelops beschützte, in den Wettkampf ein. Er bewirkte, dass mitten im Lauf die Räder des Königswagens aus den Fugen gingen; Önomaos, in seiner rasanten Fahrt, wurde weit aus dem Wagen geschleudert und starb noch im selben Augenblick. Gleich danach preschte Pelops mit seinem Viergespann durchs Ziel. Als er hinter sich blickte, sah er den Palast des Önomaos in Flammen stehen; ein Blitzstrahl hatte ihn angezündet. Der junge Sieger aber eilte mit seinem Flügelgespann zurück und holte sich die Braut aus dem Feuer.

NIOBE

Niobe, die Königin von Theben, war eine stolze Frau, und sie hatte auch einigen Grund dazu. Amphion, ihr Mann, hatte einst von den Musen eine herrliche Leier erhalten; als er auf ihr spielte, hatten sich die Steine der Königsburg von Theben von selbst zusammengefügt. Niobe war die Gebieterin eines gewaltigen Reiches, voller Klugheit und von majestätischer Schönheit. Nichts schmeichelte ihr so sehr wie die große Zahl ihrer blühenden Kinder, sieben Söhne und sieben Töchter.

Auch darum wurde sie unter allen Müttern als die glücklichste angesehen, und sie wäre es tatsächlich auch gewesen, wenn ihr all dies nicht zu Kopfe gestiegen wäre.

Einst versammelten sich die Frauen Thebens zur Verehrung der Göttin Leto und ihrer Zwillingskinder Apollo und Artemis, bekränzten sich die Haare mit Lorbeer und brachten ihr fromme Gebete unter Weihrauchopfern dar. Als nun die Thebanerinnen in großer Zahl zusammenströmten, kam Niobe mitten in ihrem königlichen Gefolge daher, angetan mit einem golddurchwirkten Gewand. Sie strahlte von Schönheit und stellte sich in die Mitte der mit dem Opfer beschäftigten Frauen. Hoheitsvoll ließ sie die Augen auf dem Kreis der versammelten Frauen ruhen und rief: „Seid nicht so töricht, Götter zu verehren, von denen man euch erzählt! Wenn ihr die Leto anbetet, warum werde ich nicht in gleicher Weise von euch behandelt? War nicht mein Vater Tantalus der einzige Sterbliche, der je am Tisch der Himmlischen sitzen durfte, war nicht meine Mutter Dione eine Schwester der Plejaden, die als leuchtende Sterne glänzen, war nicht sogar einer meiner Vorfahren Zeus, der Vater der Götter? Und ich selbst? Jeder Teil meines Palastes zeigt unermessliche Schätze, ich bin so schön, wie es nur Himmlischen zukommt, und habe eine Kinderschar, wie keine Mutter sie aufweisen kann! Sieben blühende Töchter, sieben starke Söhne, bald ebenso viele Schwiegersöhne und -töchter. Sagt mir, ob nicht auch ich Grund habe, mich den Göttern ebenbürtig zu fühlen! Wagt es noch einmal, mir Leto, eine weithin unbekannte Titanentochter, vorzuziehen! Wisst ihr nicht, dass die breite Erde ihr einst keinen Platz gegeben hat, um ihre Kinder zur Welt zu bringen, bis die schwimmende Insel Delos sich ihr endlich darbot?

Dort wurde sie Mutter zweier Nachkömmlinge, die Armselige! Wer bezweifelt also, dass ich glücklicher bin als sie, wer bezweifelt, dass ich für immer glücklicher bleibe? Darum fort mit den Opfern, heraus mit dem Lorbeer aus den Haaren! Verschwindet in eure Häuser, und lasst euch nicht wieder bei den gleichen Dummheiten antreffen!"

Erschrocken nahmen die Frauen die Kränze vom Haupt und schlichen in ihre Türen, mit stillen Gebeten die gekränkte Gottheit verehrend.

Auf dem Gipfel des Berges Kynthos stand Leto mit ihren Zwillingskindern und verfolgte, wie man ihr im fernen Theben opfern wollte und was stattdessen vor sich ging. „Seht", seufzte sie, „ich, eure Mutter, die auf eure Geburt so stolz ist, die keiner Göttin außer Hera weicht, werde von einer Sterblichen beschimpft und verachtet! Ich, Leto, werde von den Altären hinweggestoßen, wenn ihr mir nicht beisteht!"

Sie wollte zu ihrer Erzählung noch Bitten hinzufügen, aber Phöbos Apollo, ihr Sohn, unterbrach sie: „Lass das Klagen, Mutter, Niobe soll ihre Strafe erhalten!" Ihm stimmte seine Schwester Artemis zu; beide hüllten sich in eine Wolkendecke, und mit einem raschen Schwung hatten sie die Stadt und Burg Theben erreicht. Hier breitete sich vor den Mauern ein großes Feld aus – nicht für Saat und Ernte, sondern für Wettläufe und Übungen zu Ross und Wagen.

Auf ihm waren gerade die sieben Söhne der Niobe und des Amphion. Die einen bestiegen die Rosse, andere übten sich in der Kunst des Ringens. Der Älteste, Ismenos, trieb sein Tier im Vierteltrab sicher im Kreis herum, als er plötzlich „Weh mir!" ausrief, das Zaumzeug aus den erschlaffenden Händen fahren ließ und, einen Pfeil im Herzen, langsam am Hals seines Pferdes hinuntersank. Sein Bruder Sipylos, der ihm zunächst war, hatte das Gerassel des Köchers in den Lüften gehört und floh so schnell er konnte auf seinem Pferd. Dennoch holte ihn ein schwirrender Wurfspieß ein; zitternd haftete der Schaft ihm im Genick, das Eisen ragte zum Hals heraus. Über die Mähne des Pferdes glitt der tödlich Getroffene zu Boden und färbte die Erde mit seinem Blut.

Zwei andere – der eine hieß wie sein Großvater Tantalus, der Bruder Phädimos – lagen, miteinander ringend, in Umklammerung im Gras. Da tönte der Bogen aufs Neue, und ein Pfeil durchbohrte sie. Beide seufzten auf, krümmten sich und hauchten mit einem Atem ihre Seelen in den Staub. Ein fünfter Sohn, Alphenor, sah sie fallen und beugte sich über sie und beklagte laut ihren Tod. Darüber wurde auch er getroffen; Phöbos Apollo hatte ihm das tödliche Eisen tief in sein Herz gesandt. Damasichthon, den sechsten, einen zarten Jüngling mit langen Locken, traf ein Pfeil in das Kniegelenk. Während er sich voller Schmerz mühte, um das unerwartete Geschoss mit der Hand herauszuziehen, durchdrang ihn ein anderer Pfeil bis an den Schaft. Der letzte und jüngste Sohn, der Knabe Ilioneus, der alles mit angesehen hatte, warf sich auf die Knie nieder, breitete die Arme aus und fing an zu flehen: „Oh ihr Götter, verschont mich!“ Den furchtbaren Bogenschützen berührte zwar das Flehen – aber der Pfeil war schon abgeschossen, der Knabe sank zusammen.

Die Nachricht des Unglücks verbreitete sich bald in der Stadt. Als Amphion, der Vater, die Schreckenskunde hörte, nahm er den Dolch und erstach sich. Der laute Jammer seiner Diener und des Volkes von Theben drang bald bis in die Frauengemächer der Burg. Niobe vermochte lange das Schreckliche nicht zu fassen; sie wollte nicht glauben, dass die Himmlischen so gnadenlos waren und so viel Tod und Verderben brachten.

Wie wenig ähnlich war sie nun jener Niobe, die zuvor die Frauen von den Altären gescheucht und so stolz durch die Stadt geschritten war! Die Königin kam auf das Feld herausgestürzt, sie warf sich auf die erkalteten Leichname, sie küsste ihre Söhne ein letztes Mal, bald diesen, bald jenen. Dann hob sie die Arme und rief: „Weide dich nun an meinem Jammer, grausame Leto! Und freue dich, der Tod dieser Sieben stößt auch mich in die Grube!“

Schon kamen ihre schönen Töchter, in ihre Trauergewänder gekleidet, und standen weinend um die gefallenen Brüder. Ein Strahl der Schadenfreude zuckte bei ihrem Anblick über Niobes blasses Gesicht. Sie vergaß sich, hob die Augen zum Himmel und sagte: „Auch in meinem Unglück bleibt mir noch mehr als dir, Leto! Noch bin ich die Siegerin!“ Kaum hatte sie es ausgesprochen, als man eine Sehne wie von einem straff angezogenen Bogen klingen hörte. Alle erschraken, nur Niobe bebte nicht, das Unglück hatte sie hart gemacht.

Da hob plötzlich die älteste der sieben Schwestern die Hand an ihr Herz und sank über einen der toten Brüder. Die zweite Tochter eilte auf die Mutter zu, sie zu trösten; aber auch sie verstummte. Die dritte sank im Fliehen zu Boden, andere fielen über die sterbenden Schwestern. Nur die Letzte blieb übrig, sie hatte sich in den Schoß zur Mutter geflüchtet und klammerte sich an sie, von ihrem weiten Gewand bedeckt.

„Eine Einzige lass mir“, schrie Niobe wehklagend zum Himmel, „nur die Jüngste von so vielen!“ Aber während sie noch flehte, sank schon das Kind aus ihren Armen; einsam saß die Königin zwischen den Leichen ihrer Söhne und ihrer Töchter. Da erstarrte sie vor Kummer; kein Lüftchen bewegte das Haar ihres Hauptes, das Blut stockte in ihren Adern, der Arm regte, der Fuß bewegte sich nicht mehr, und ihr Leib wurde zu Stein. Nichts lebte noch an Niobe außer den Tränen, die unaufhörlich aus ihren Augen rannen. Dann erhob sich ein gewaltiger Wind, hob sie in die Lüfte, weit fort bis über das Meer und setzte die Königin in ihrer alten Heimat, in Lydien, unter den hohen Klippen eines Felsens nieder.

Hier ist sie noch immer zu erblicken als Marmorblock am Gipfel des Berges, noch jetzt fließen aus dem Stein die Tränen.

Furchtbar ist die Rache der Götter, ihr Menschen!

BELLEROPHONTES

Sisyphus, der Listigste aller Sterblichen, baute und beherrschte die herrliche Stadt Korinth auf der schmalen Landbrücke zwischen zwei Meeren. In seiner Überheblichkeit versuchte er, die Götter zu betrügen, dafür traf ihn in der Unterwelt eine furchtbare Strafe. Er musste einen schweren Marmorstein eine Anhöhe hinaufwälzen – und jedes Mal, wenn er glaubte, den Gipfel erreicht zu haben, rollte der tückische Stein wieder in die Tiefe. So musste der Gepeinigte immer von Neuem das Felsstück emporwälzen, während der Angstschweiß von seinen Gliedern rann.

Sein Enkel war Bellerophontes. Wegen eines ungewollten Totschlags war er auf der Flucht und ging nach Tiryns, wo König Prötos regierte. Der nahm ihn gütig auf und sprach ihn von seiner Schuld frei. Bellerophontes hatte von den Unsterblichen eine schöne Gestalt empfangen, er war kraftvoll und mutig und wirkte ausgeglichen und besonnen auf jeden, der ihn sah. Die Frau des Königs, Antéa, entbrannte in Liebe zu ihm und wollte ihn verführen.

Doch Bellerophontes folgte ihr nicht. Da verwandelte sich ihre Liebe in Hass. Antéa schmiedete Pläne, ihn zu vernichten, und drehte den Spieß kurz entschlossen um. Sie ging zu ihrem Gemahl und sprach zu ihm: „Erschlage den Bellerophontes, mein König! Der Treulose hat mir seine Liebe zu mir bekannt und mich zur Untreue gegen dich verleiten wollen." Der König hörte es, und ein blinder Zorn bemächtigte sich seiner. Weil er jedoch den Jüngling lieb gehabt hatte, wollte er ihm nicht selbst den Tod bringen. Er schickte den Unschuldigen zu seinem Schwiegervater Jobates, König von Lykien, und gab ihm ein zusammengefaltetes Täfelchen mit, das Bellerophontes bei seiner Ankunft in Lykien gleichsam als Empfehlungsbrief vorzeigen sollte. In Wirklichkeit aber waren gewisse Zeichen auf der Tafel eingeritzt, die die Botschaft enthielten, den Überbringer hinrichten zu lassen.

Arglos machte sich Bellerophontes auf die Reise, die nach dem Willen des Prötos seinen Tod bedeuten sollte. Doch die Götter halfen ihm. König Jobates von Lykien war ein gütiger, gastfreundlicher Fürst. Er nahm den Fremdling auf, ohne zu fragen, wer er sei noch woher er komme; seine edle Gestalt und sein Benehmen genügten ihm. Er ehrte den Jüngling sogar auf manche Weise und gab ihm ein Fest nach dem anderen. Neun Tage gingen so vorüber. Erst als die zehnte Morgenröte am Himmel aufstieg, fragte er den Gast nach seiner Herkunft und seinen Absichten. Da sagte ihm Bellerophontes, dass er von König Prötos komme, und zeigte ihm das Beglaubigungsschreiben vor, das Täfelchen. Als König Jobates den Sinn der mörderischen Zeichen erkannte, erschrak er zutiefst. Andererseits jedoch konnte er sich auch nicht vorstellen, dass sein Schwiegersohn ohne ernsthafte Gründe die Todesstrafe über den unglücklichen jungen Mann verhängt hatte. Schließlich beschloss er, seinem Gast einige Aufträge zu geben, in deren Ausführung er untergehen musste. Zuerst ließ er ihn das Ungeheuer Chimära erlegen, das ganz Lykien verwüstete und das aus Halbgöttern, nicht aus Menschen, erwachsen war. Vorn war es ein Löwe, hinten ein Drache, in der Mitte eine Ziege. Aus seinem Rachen schlugen Feuer und glühender Hauch.

Die Götter aber hatten Mitleid mit dem Jüngling. Sie schickten ihm auf seinem Wege zu dem Ungeheuer das unsterbliche Flügelpferd Pegasus, das Poseidon mit Medusa gezeugt hatte. – Wie sollte es ihm aber helfen? Das Pferd Pegasus hatte nie einen sterblichen Reiter getragen, so stand es zwar vor Bellerophontes, aber es ließ sich nicht einfangen und nicht zähmen. Müde von seinen vergeblichen Versuchen, war der Jüngling am Quell Pirene, wohin die Götter ihm das Pferd geschickt hatten, eingeschlafen. Da erschien ihm im Traum seine Beschützerin Athene; sie stand vor ihm, einen goldenen Zaum in der Hand, und sprach: „Was schläfst du, Bellerophontes? Nimm dieses Zaumzeug, das alle Rosse bändigen kann; opfere dem Poseidon einen Stier, und dann schreite zur Tat!“ Damit verschwand sie. Bellerophontes fasste mit der Hand nach dem Zaum, erwachte aus dem Schlaf und sprang auf. Oh Wunder, das Zaumzeug, nach dem er im Traum gegriffen hatte – er hielt es wirklich in der Hand! Gleich suchte er den Wahrsager Polydos auf und erzählte ihm, was sich zugetragen hatte. Polydos riet ihm, zu tun, was die Göttin gesagt hatte – dem Poseidon einen Stier zu schlachten und seiner Schutzherrin Athene zum Dank einen Altar zu bauen. Als das geschehen war, fing und bändigte Bellerophontes das Flügelpferd ohne jede Mühe, legte ihm den goldenen Zaum an und bestieg es in seiner ehernen Rüstung. Nun erhob sich das Pferd in die Lüfte, Bellerophontes auf dem Rücken, und der Jüngling konnte die Chimära mit seinen Pfeilen töten.

Hierauf schickte ihn der König gegen das Volk der Solymer aus, das an den Grenzen von Lykien wohnte. Nachdem der Held entgegen aller Erwartung auch diesen harten Kampf glücklich bestanden hatte, wurde er von Jobates gegen die Amazonen gesandt, auch hieraus kehrte Bellerophontes unverletzt zurück.

Da legte ihm der König, um den Auftrag seines Schwiegersohnes endlich zu erfüllen, einen tückischen Hinterhalt, wofür er die besten Kämpfer seines Landes ausersehen hatte. Keiner von ihnen blieb übrig, Bellerophontes besiegte alle, die ihn überfallen hatten, bis auf den letzten.

Nun erkannte Jobates, dass der Gast, den er beherbergte, kein Verbrecher, sondern ein Liebling der Götter war. Statt ihm noch länger nach dem Leben zu trachten, behielt er ihn nun in seinem Königreich, teilte den Thron mit ihm und gab ihm seine Tochter Philonoe zur Frau. Sie gebar ihm drei Kinder, zwei Knaben und ein Mädchen.

Damit hatte das Glück des Bellerophontes allerdings ein Ende erreicht. Sein ältester Sohn Isander wuchs zwar zu einem gewaltigen Recken auf, aber er fiel in einer Schlacht gegen die Solymer. Seine Tochter Laodamia wurde, nachdem sie Zeus den Helden Sarpedon geboren hatte, durch einen Pfeil der Göttin Artemis erschossen. Nur der jüngere Sohn des Bellerophontes, Hippolochos, gelangte zu Ruhm. Im trojanischen Krieg stellte er sich auf die Seite der heldenhaften Bewohner von Troja, indem er ihnen seinen Sohn Glaukos mit einer großen Kampftruppe zu Hilfe schickte.

Bellerophontes selbst ging schließlich durch eigene Schuld zu Grunde. Der Besitz des Flügelpferdes Pegasus hatte ihn übermütig gemacht. So kam er, der Sterbliche, auf den Gedanken, sich auf dessen Rücken zum Olymp emporzuschwingen und an einer Versammlung der Unsterblichen teilzunehmen. Das göttliche Pferd widersetzte sich jedoch dem allzu kühnen Unterfangen, bäumte sich in der Luft auf und schleuderte Bellerophontes auf den Erdboden. Der erholte sich zwar von dem Fall, war aber den Himmlischen von da an verhasst. Sie straften ihn mit Einsamkeit. Allein irrte er umher, war keines Menschen Freund und verging in einem ruhmlosen und kummervollen Alter.

DIE ARGONAUTENSAGE

Jason und Pelias

Jason stammte von Äson ab, dessen Vater in einer Bucht des Landes Thessalien die Stadt und das Königreich Jolkos gegründet hatte. Äson vererbte das Reich an seinen Sohn Jason, aber dessen jüngerer Bruder Pelias bemächtigte sich des Thrones; Äson starb, und Jason, der eigentliche Thronfolger, wurde bei Chiron versteckt, dem Zentauren, einem Wesen halb Mensch, halb Pferd.

Als Pelias schon alt war, wurde er durch einen dunklen Orakelspruch geängstigt, der ihn warnte, er solle sich vor dem einen Mann „mit einem Schuh“ hüten. Pelias grübelte vergeblich darüber nach, was das zu bedeuten hatte. Um diese Zeit machte sich Jason, der jetzt zwanzig Jahre den Unterricht und die Erziehung des Chiron genossen hatte, heimlich auf, um in Jolkos, der Heimat, sein Thronrecht gegen seinen Onkel Pelias geltend zu machen. Er war mit zwei Speeren ausgerüstet, den einen zum Werfen, den anderen zum Stoßen; über seiner Reisekleidung trug er das Fell eines Panters, den er erwürgt hatte; sein ungeschorenes Haar hing ihm über die Schultern herab.

Unterwegs gelangte Jason an einen breiten Fluss. Eine alte Frau stand an seinem Ufer und bat ihn flehentlich, ihr über den Strom zu helfen. Es war die Göttermutter Hera, die Feindin des Königs Pelias. Jason erkannte sie nicht, er nahm sie auf die Arme und watete mit ihr durch das Wasser. Dabei blieb ihm der eine Schuh im Schlamm des Flusses stecken, so tief, dass er ihn nicht wiederfinden konnte. Dennoch wanderte er weiter und erreichte Jolkos, als sein Onkel Pelias gerade auf dem Marktplatz der Stadt dem Meeresgott Poseidon ein feierliches Opfer darbrachte. Die Menschen von Jolkos wunderten sich über die Schönheit und den majestätischen Wuchs des fremden jungen Mannes. Schon meinten einige, Gott Apollo selbst sei plötzlich zu ihnen gekommen.

Dann sah auch der König den Unbekannten. Und mit Schrecken bemerkte er, dass er nur einen Schuh trug.

Als die heilige Opferhandlung vorüber war, rief Pelias den jungen Mann zu sich. Er fragte ihn nach seinem Namen und seiner Heimat. Jason antwortete mutig, aber ohne vor dem König aufzutrumpfen. Er sei Äsons Sohn, erzählte er, sei in Chirons Höhle erzogen und komme jetzt, sich das Haus seines Vaters anzuschauen. Der kluge Pelias behandelte ihn freundlich und ließ sich seine Bestürzung nicht anmerken. Jason wurde überall im Palast herumgeführt, und er erkannte vieles darin wieder – hatte er doch in den ersten Jahren seiner Kindheit hier gelebt. Fünf Tage lang feierte er danach das Wiedersehen mit seinen Verwandten auf fröhlichen Festen.

Am sechsten Tag trat er dann gemeinsam mit ihnen vor die Zelte, in denen sie gefeiert hatten, und suchte Pelias auf. Freundlich und bescheiden sprach Jason zu seinem Onkel: „Du weißt, oh König, dass ich der Sohn des rechtmäßigen Herrschers bin und dass alles, was du besitzt, mein Eigentum ist! Dennoch lasse ich dir die Schaf- und Rinderherden und alles Feld, das du meinen Eltern fortgenommen hast; ich verlange nichts von dir zurück als das Zepter und den Thron, auf dem einst mein Vater saß.“

Pelias hatte sich längst sorgsam überlegt, was er Jason sagen wollte. Er erwiderte ebenso freundlich, doch nicht ohne Hintergedanken: „Ich bin willig, deine Forderung zu erfüllen, dafür sollst aber auch du mir eine Bitte gewähren und eine Tat für mich bestehen, zu der ich in meinem Greisenalter nicht mehr fähig bin. Mir erscheint seit Langem in nächtlichen Träumen der Schatten des verschollenen Phrixos und verlangt von mir, ich solle nach Kolchis zu König Aëtes reisen und von dort seine sterblichen Überreste heimholen – und dazu das Vlies des goldenen Widders. Den Ruhm dieses gefährlichen Abenteuers sollst du erringen. Wenn du mit der herrlichen Beute, dem Goldenen Vlies, zurückkehrst, sollst du Reich und Zepter von mir erhalten!"

Anlass und Beginn des Argonautenzuges

Mit dem Goldenen Vlies hatte es Folgendes auf sich: Phrixos, ein Sohn des Königs Athamas von Böoten, hatte viel von der Nebenfrau seines Vaters zu erdulden. Um ihn vor ihren Nachstellungen zu bewahren, raubte ihn die eigene Mutter, eine Freundin des Zeus, mithilfe seiner Schwester Helle. Sie setzte die Kinder auf einen geflügelten Widder, dessen Fell aus reinem Gold war – der Gott Hermes hatte ihr den Widder einst geschenkt. Auf dem Rücken des Tieres ritten Bruder und Schwester nun durch die Luft, weit über Land und See. Unterwegs aber wurde das Mädchen vom Schwindel überwältigt. Sie fiel in die Tiefe und fand ihren Tod in dem Meer, das seither Hellespont heißt.

Phrixos kam glücklich in das Land der Kolcher an der Küste des Schwarzen Meeres. Hier wurde er von König Aëtes gastfreundlich aufgenommen, der ihm später eine seiner Töchter zur Frau gab. Den Widder opferte Phrixos dem Zeus, dem Förderer seiner Flucht; das Vlies schenkte er seinem königlichen Beschützer. Der bewahrte es in einem Hain auf, der dem Gott Ares geweiht war.
Zur Bewachung des Goldenen Vlieses aber bestellte Aëtes einen ungeheuren Drachen.

Das Goldene Vlies wurde in der ganzen Welt als ein großer Schatz betrachtet. Manch ein Fürst hätte es gern besessen. So hatte Pelias nicht falsch gerechnet, wenn er hoffte, seinen Neffen durch die Aussicht auf eine so herrliche Beute zu reizen. Und wirklich erklärte sich Jason auch zu dem Abenteuer bereit. Er durchschaute die Absicht seines Onkels nicht, ihn in den Gefahren dieser Reise umkommen zu lassen, und verpflichtete sich feierlich, den Auftrag auszuführen. Die berühmtesten Helden Griechenlands wurden nun aufgefordert, an dem kühnen Unternehmen teilzunehmen. Am Fuß des Berges Pelion wurde unter Leitung der Göttin Athene aus einer Holzart, die im Meere nicht fault, von dem geschicktesten Baumeister Griechenlands ein herrliches Schiff mit fünfzig Rudern gebaut und ausgerüstet und nach seinem Erbauer „Argo" genannt. Es war das erste Schiff, mit dem sich Griechen auf die offene See wagten. Die Göttin Athene hatte noch etwas Besonderes getan; eine der Planken des Schiffes stammte aus ihrem Orakel von Dodona, ein Geschenk, das das Unternehmen schützen sollte.

Das Schiff war von außen mit vielen Schnitzereien verziert und obwohl stark und dauerhaft gebaut, war es so leicht, dass die Helden es zwölf Tagereisen weit auf der Schulter tragen konnten. Als das Fahrzeug fertig und die Seeleute versammelt waren, wurden die Plätze der Mitfahrer auf der Argo der Argonauten verlost. Jason wurde Befehlshaber des ganzen Zuges, Tiphys Steuermann; der scharf blickende Lynkeus machte den Lotsen des Schiffes. Im Vorderteil hatte Herakles die Aufsicht; im Achterteil Peleus, der Vater des Achill, und Telamon, der Vater des Ajax. Im mittleren Raum befanden sich unter anderen Kastor und Pollux, die Zeussöhne; Orpheus, der Sänger; Theseus, König von Athen, und Oïleus, der Vater von Ajax dem Kleinen.

Jason hatte sein Schiff dem Poseidon geweiht. Vor der Abfahrt wurde ihm und allen Meeresgöttern ein feierliches Opfer mit Gebeten dargebracht.

Die Argonauten auf Lemnos

Auf der Insel Lemnos, die sie zuerst erreichten, hatten im Jahr zuvor die Frauen, von Eifersucht getrieben, all ihre Männer erschlagen. Die Lemnier nämlich hatten sich Nebenfrauen aus Thrakien geholt. Nur die Königin Hypsipyle hatte ihren Vater, König Thoas, verschont und in einer Kiste dem Meer zur Rettung übergeben.

Seitdem fürchteten die Frauen auf Lemnos unaufhörlich einen Angriff der Thraker, der Verwandten ihrer Nebenbuhlerinnen, und blickten oft mit ängstlichen Augen auf die hohe See. Auch jetzt, da das Schiff, die Argo, näher glitt, stürzten sie aufgeschreckt aus den Toren und strömten, im Harnisch wie Amazonen, ans Ufer. Die Helden auf dem Schiff wunderten sich sehr, als sie das ganze Ufer voll bewaffneter Frauen erblickten, ohne einen einzigen Mann unter ihnen. Sie schickten erst einmal in einem Boot einen Herold, einen Boten, mit Friedensstab zu der seltsamen Zusammenrottung hinüber. Er wurde von den Lemnierinnen zu ihrer Königin Hypsipyle gebracht und trug in höflichen Worten die Bitte der Argofahrer vor, auf der Insel rasten zu dürfen.

Hypsipyle rief ihr Volk auf dem Marktplatz der Stadt zusammen. Sie selbst setzte sich auf den steinernen Thron ihres Vaters; neben ihr saß die greise Amme, ihnen zur Rechten und zur Linken waren je zwei blondhaarige, zarte junge Mädchen. Nachdem die Königin den Versammelten die Bitte der Argonauten wiederholt hatte, erhob sie sich und sprach: „Liebe Schwestern, wir haben eine große Freveltat begangen, und nun stehen wir ohne Männer da, die uns beschützen können; zugleich sollten wir gute Freunde, wenn sie sich uns darbieten, nicht zurückstoßen! Aber wir müssen auch dafür sorgen, dass sie nichts von unserer Untat erfahren. Darum rate ich, den Fremden Speise, Wein und alle Vorräte in ihr Schiff zu tragen, die sie brauchen, und sie durch solche Großzügigkeit aus unserer Stadt fern zu halten.“

Die Königin hatte sich wieder gesetzt, an ihrer Statt erhob sich jetzt die alte Amme. Mit Mühe reckte sie den Kopf aus den Schultern. „Nun gut, sendet den Fremdlingen Geschenke! Doch überlegt auch, ob ihr sie nicht trotz aller Bedenken in die Stadt lassen wollt. Überlegt, was euch bevorsteht, wenn die Thraker kommen. Und wenn ein gnädiger Gott sie blind macht, seid ihr darum vor ihrer Rache sicher? Und sollten die Thraker nicht hier erscheinen, seht auch dies: Unsere Vorräte sind bald zu Ende. Wovon wollen wir leben? Werden sich die Ochsen für euch von selbst ins Joch spannen und den Pflug durchs Ackerfeld ziehen? Werden sie an eurer Statt, wenn das Jahr herum ist, die reifen Ähren abschneiden? Denn ihr selbst werdet diese und andere harte Arbeiten nicht allein verrichten können. Ich rate euch, weist den Schutz nicht ab, der sich euch bietet; vertraut alles Hab und Gut den edlen Fremden an und lasst sie unsere schöne Stadt verwalten!"

Der Vorschlag gefiel den Frauen auf Lemnos. Hypsipyle ließ eine der Frauen den Herold auf das Schiff begleiten und den Argonauten den günstigen Beschluss der Versammlung kundtun.

Die Helden waren über die Nachricht hocherfreut, sie glaubten nichts anderes, als dass die Königin ihrem Vater nach dessen Tode – unter friedlicher Übernahme der Herrschaft – auf den Thron gefolgt sei.

Jason warf seinen kostbaren purpurfarbenen Mantel, ein Geschenk der Athene, über seine Schultern und wanderte der Stadt zu. Dienende Mägde taten die hohen Tore der Burg weit vor ihm auf; die Botin führte ihn in das Gemach ihrer Herrin. Auf einem prachtvollen Stuhl nahm er ihr gegenüber Platz.

Hypsipyle schlug die Augen nieder, und ihre Wangen röteten sich. Mit schmeichlerischen Worten wandte sie sich an Jason. „Fremder", fragte sie, „warum bleibt ihr, du und deine Getreuen, noch außerhalb unserer Tore? Diese Stadt wird nicht von Männern bewohnt, dass ihr euch zu fürchten hättet. Unsere Ehemänner sind uns treulos geworden; sie sind mit thrakischen Weibern, die sie im Kriege erbeutet, in das Land ihrer Nebenfrauen gezogen und haben ihre Söhne und Diener mit sich genommen. Wenn es euch gefällt, kehret hier bei unserem Volke ein und herrscht an meines Vaters Stelle. Du wirst den Ackerboden nicht tadeln, Jason! Diese Insel ist die fruchtbarste in diesem Meer. Geh jetzt, melde deinen Gefährten auch diesen Vorschlag, und bleibt nicht länger außerhalb der Stadt!" So sprach Hypsipyle und verheimlichte die Ermordung der Männer.

Jason erwiderte: „Königin, was du uns an Hilfe bietest, nehmen wir dankbar an! Wenn ich meinen Mitfahrern die Nachricht gebracht habe, werde ich in eure Stadt zurückkehren. Aber die Herrschaft über die Insel behalte du selbst! Mich erwarten schwere Kämpfe in fernem Lande." Jason reichte der königlichen Jungfrau die Hand zum Abschiedsgruß, dann eilte er ans Ufer. Bald kamen die Frauen auf schnellen Wagen nach. Ohne Mühe überredeten sie die Helden, die Stadt zu betreten und in ihren Häusern Quartier zu nehmen. Jason zog in die Burg, die anderen verteilten sich über die Stadt. Nur Herakles blieb mit wenigen Männern auf dem Schiff.

Bald füllten fröhliche Mahlzeiten und Tänze die Insel. Duftiger Dampf von Opferzeremonien stieg zum Himmel; Bewohner und Gäste ehrten den Schutzgott von Lemnos, Hephästos, und Aphrodite, seine Gemahlin. Von Tag zu Tag wurde die Abfahrt verschoben, und noch lange hätten die Helden bei den freundlichen Frauen verweilt, wenn nicht Herakles vom Schiff an Land herübergekommen wäre und die Männer, ohne dass die Frauen davon wussten, um sich versammelt hätte. „Ihr Elenden", schalt er, „hattet ihr nicht genug Frauen im eigenen Lande? Wollt ihr jetzt als Bauern auf Lemnos die Felder pflügen? Wird ein Gott für uns das Vlies holen und es uns zu Füßen legen?"

Keiner wagte gegen Herakles, als er so sprach, das Wort zu erheben und ihm zu widersprechen. Aber die Lemnierinnen, die die Absicht der Männer errieten, umschwärmten sie wie summende Bienen. Aber was half es? Sie mussten sich zuletzt trotz Klagen und Bitten in den Entschluss der Helden ergeben. Hypsipyle trat schließlich mit tränenden Augen vor ihre Schar, nahm Jason bei der Hand und sagte: „Geh, und mögen dir die Götter das Goldene Vlies übergeben! Wenn du aber je zu uns zurückkehren solltest, erwarten dich die Insel und die Herrschaft meines Vaters. Ich weiß zwar, es ist nicht dein Plan. So denke wenigstens an mich in der Ferne!"

Jason bestieg das Schiff und nach ihm die anderen Helden. Sie machten die Taue los, mit denen die Argo ans Ufer gebunden war, sie schwangen die Ruder, und in kurzer Zeit hatten die Männer den Hellespont hinter sich.

Die Argonauten im Land der Dolionen

Die Winde trieben das Schiff in die Nähe der phrygischen Küste, wo in einem wüsten Landstrich wilde Riesen und friedliche Dolionen nebeneinander wohnten. Den Riesen hingen sechs Arme vom Leib herab, zwei von den mächtigen Schultern und vier an den beiden Seiten. Die Dolionen aber, den Menschen ähnlich, stammten vom Meeresgott Poseidon ab, der sie auch gegen die Riesen beschützte. Ihr König war der fromme Kyzikos.

Als Kyzikos und sein Volk nun von der Ankunft des Schiffes und seiner Männer hörten, gingen sie den Fremden entgegen, empfingen sie gastfreundlich und überredeten sie, noch ein wenig weiter zu rudern und die Argo im Hafen der Stadt vor Anker zu legen.

Der König hatte einen Orakelspruch erhalten: Wenn die Helden kämen, so solle er sie liebevoll aufnehmen und nicht gegen sie kämpfen. Also versah er die Griechen sogar reichlich mit Wein und Schlachtvieh. Kyzikos selbst war noch jung, kaum war ihm der Bart gewachsen. Seine Frau erwartete das erste Kind und lag im Königspalast in den Wehen; dennoch verließ Kyzikos sie, um, dem göttlichen Orakel folgend, das Mahl mit den Fremden zu teilen.

Die Argonauten erzählten Kyzikos vom Ziel und dem Zweck ihrer Fahrt, und er unterrichtete sie über den Weg, den sie zu nehmen hätten. Am nächsten Morgen bestiegen sie einen hohen Berg, um die Lage der Insel und das Meer zu überschauen.

Inzwischen waren von der anderen Seite des Landes die Riesen hervorgebrochen und versuchten, den Hafen mit Felsblöcken zu versperren. Herakles bewachte aber auch diesmal das Schiff Argo; als er die

Ungeheuer sah, erlegte er viele von ihnen mit seinem Bogen. Zu gleicher Zeit kamen die übrigen Argonauten vom Berg zurück und richteten mit Pfeilen und Speeren unter den Riesen ein furchtbares Blutvergießen an, sodass sie in dem kleinen Hafen wie ein abgeschlagener Wald lagen, die einen mit Kopf und Brust im Wasser, die anderen mit den Füßen im Meer, mit Kopf und Brust am Ufersand.

Nachdem die Helden diesen Kampf glücklich bestanden hatten, lösten sie unter günstigem Wind die Taue und segelten weiter. In der Nacht legte sich der sanfte Wind; dafür aber erhob sich ein Sturm von der Gegenseite, da wurden sie gezwungen, noch einmal vor Anker zu gehen. Es war tiefe Nacht, der Himmel schwarz von den dahinjagenden Wolken, so glaubten die Argonauten, sie seien nunmehr an der phrygischen Küste gelandet. Doch in Wahrheit waren sie erneut bei den Dolionen, die, einen nächtlichen Überfall fürchtend, sich in aller Eile zum Kampf rüsteten. Keine der beiden Parteien erkannte in der Nacht die Männer der Gegenseite wieder, und so griffen sie zu den Waffen, und ein unglückseliger Kampf entbrannte. Jason selbst stieß dem gütigen König Kyzikos den Speer mitten in die Brust, ohne zu sehen, wer er war. Dessen Männer flüchteten und schlossen sich in die Mauern ihrer Stadt ein.

Am anderen Morgen wurde beiden Seiten der Irrtum offenbar. Drei Tage trauerten Griechen und Dolionen.

Herakles wird zurückgelassen

Nach stürmischer Fahrt landeten die Helden in einer Bucht Bithyniens bei der Stadt Kios. Die Mysier, die hier wohnten, empfingen sie freundlich, schleppten dürres Holz zum wärmenden Feuer herbei, machten den Ankömmlingen aus grünem Laub ein weiches Lager und setzten ihnen – eben dämmerte der Abend – reichlich Wein und Speise vor. Herakles schlug die Bewirtung aus; er ließ seine Mitfahrer beim Mahle sitzen und streifte durch den Wald, um sich aus einer Tanne ein besseres Ruder für den kommenden Morgen anzufertigen. Bald fand er einen Baum, der ihm dafür geeignet schien. Sogleich zog er den Stamm mitsamt den Wurzeln und der daran hängenden Erde heraus, sodass die Tanne dalag, als hätte ein Sturm sie entwurzelt.

Inzwischen war sein junger Gefährte Hylas vom Essen aufgestanden, um Wasser für seinen Herrn zu schöpfen. Herakles hatte Hylas' Vater einst im Wortwechsel erschlagen und damals das Kind mitgenommen und sich zum Diener und Freund erzogen. Hylas war ein schöner junger Mann. Als er nun Wasser holte, leuchtete der Vollmond, und die Quellfrau erblickte ihn aus der Tiefe. Von seiner Schönheit betört, stieg sie empor, schlang den linken Arm um ihn, mit der Rechten ergriff sie seinen Ellenbogen und zog ihn so hinab in ihr kühlendes Reich. Einer der Argonauten, Polyphemos, hörte den Hilfeschrei des Jünglings. Aber er fand ihn nicht mehr am Ufer der Quelle; dagegen begegnete er Herakles und gab ihm Bescheid, was geschehen war. Zornig rannte Herakles, wie ein von der Bremse gestochener Stier seine Herde verlässt, mit lauten Rufen auf die Quelle zu. Mühsam bahnte er sich seinen Weg durch das Dickicht, er kam nur langsam voran.

Inzwischen wurde es Morgen, und ein günstiger Wind erhob sich. Der Steuermann der Argo forderte die Helden auf, den Wind zu nutzen und das Schiff zu besteigen. Zu spät fiel den Männern ein, dass sie zwei ihrer Freunde, Polyphemos und Herakles, am Ufer zurückgelassen hatten. Ein stürmischer Streit brach aus, ob sie ohne die tapferen Begleiter weitersegeln sollten. Jason sprach kein Wort, er saß still da, denn er wusste, dass sie den günstigen Wind zum Weitersegeln nutzen mussten; es gab keinen Weg zurück. Da wandte sich Telamon zornig an ihn. „Wie kannst du so ruhig dasitzen?“, rief er dem Führer zu. „Gewiss fürchtest du, Herakles könnte deinen Ruhm verdunkeln!“ Da stieg aus der Flut Glaukos, ein Meergott, hervor und fasste mit starker Hand den Achtersteven des Schiffes. „Ihr Helden, was streitet ihr euch? Lasst Herakles beruhigt zurück. Ihm sind vom Schicksal ganz andere Aufgaben zugedacht als euch!“ Nachdem er ihnen dies offenbart hatte, tauchte Glaukos wieder in die Tiefe nieder, das dunkle Wasser schäumte in Wirbeln um ihn.

Telamon schämte sich nun, er ging auf Jason zu, gab ihm die Hand und sprach: „Zürne mir nicht! Der Schmerz hat mich dazu gebracht, unvernünftige Worte zu gebrauchen. Lass uns Freunde und Vertraute sein wie früher!“ Der Führer der Argonauten lächelte und nahm Telamon verzeihend in die Arme.

Der zurückgebliebene Polyphemos fand sich übrigens bei den Mysiern glänzend zurecht und baute ihnen später sogar eine Stadt. Herakles aber blieb nicht bei ihnen; er zog weiter, wohin ihn die Bestimmung des Zeus rief.

Pollux und der Bebrykenkönig

Am anderen Morgen gingen die Argonauten bei Sonnenaufgang an einer weit ins Meer hinausgestreckten Landzunge vor Anker. Dort befanden sich die Ställe und das Wohnhaus des Bebrykenkönigs Amykos. Er war ein wilder Mann, der einmal befohlen hatte, dass keiner sein Reich betreten oder verlassen dürfe, ehe er sich nicht mit ihm im Faustkampf gemessen hätte. Auch jetzt näherte Amykos sich mit schmähenden Worten den Fremden, die an Land kamen. „Hört, ihr Meervagabunden“, rief er, „niemand besucht mich, ohne mit mir gekämpft zu haben. Sucht euren tapfersten Helden aus, er soll sich mir zum Kampf stellen; sonst könnte es euch übel ergehen!“

Nun war der Held Pollux unter den Argoschiffern der beste Faustkämpfer Griechenlands. Ihn reizte die Herausforderung, und er antwortete dem König: „Beruhige dich, wir werden deinen Gesetzen gehorchen! In mir hast du deinen Mann gefunden!“ Der Bebryke blickte den Helden finster mit rollenden Augen an. Pollux aber sah sanft und heiter aus wie ein Stern am Himmel. Er lockerte seinen von der langen Ruderarbeit verkrampften Körper und schwang seine Hände in die Luft.

Dann stellten sich die beiden Kämpfer einander gegenüber. Ein Sklave des Königs warf ein doppeltes Paar von Fechthandschuhen zwischen sie auf den Boden. „Wähle, welches Paar du willst“, rief Amykos, „aber beeile dich, damit ich dir bald zeigen kann, welch guter Kämpfer ich bin!“ Pollux lächelte schweigend, nahm das Handschuhpaar, das ihm zunächst lag, und bat seine Freunde, es um die Gelenke festzubinden. Das Gleiche tat der Bebrykenkönig. Dann begann der Faustkampf. Wie ein Sturm, der sich einem Schiff entgegenwälzt, drängte der Fremde auf Pollux ein und ließ ihm keine Ruhe. Der wich seinem Angriff kunstvoll und unverletzt aus. Er hatte die schwache Seite seines Gegners bald herausgefunden und versetzte ihm manchen unabgewehrten Schlag. Doch auch der König erkannte seinen Vorteil, und nun krachten die Kinnhaken und knirschten die Zähne von gegenseitigen Schlägen. Die Männer ruhten nicht eher, bis beide erschöpft waren. Dann traten sie zurück, aber nur, um frischen Atem zu schöpfen und sich den strömenden Schweiß zu trocknen.

Als sie den Kampf wieder aufnahmen, verfehlte Amykos einige Male den Kopf seines Gegners; Pollux jedoch traf ihn über dem Ohr, dass ihm die Knochen im Kopfe zerbrachen und er vor Schmerz in die Knie sank.

Da jubelten die Argonauten und feuerten ihren Helden weiter an. Die Bebryken aber sprangen ihrem König bei, erhoben ihre Keulen und Jagdspieße und stürmten auf Pollux ein. Augenblicklich stellten sich die Argonauten mit blanken Schwertern vor ihm auf. Ein blutiger Kampf entbrannte; die Bebryken mussten zurückweichen, sie ergriffen die Flucht, und die Argonauten machten bei ihren Viehherden reichliche Beute.

Die Nacht über blieben sie nun an Land, verbanden die Verwundeten und opferten den Göttern. Ihre Stirnen bekränzten sie mit dem Lorbeer der Bäume, an die sie ihr Schiff vertäut hatten, und sangen zur Leier des Orpheus. Das schweigende Ufer schien ihnen freudig zuzuhören. Die ganze Nacht über besangen sie Pollux, den siegreichen Sohn des Zeus.

Phineus und die Harpyien

Der Morgen machte der Feier ein Ende, die Argonauten ruderten weiter. Nach einigen Abenteuern gingen sie am bithynischen Land vor Anker, in einem Ufergebiet, in dem König Phineus hauste. Phineus war von einem großen Unglück heimgesucht worden. Er hatte die ihm von Apoll verliehene Wahrsagergabe missbraucht und war deshalb von dem Gott im hohen Alter mit Blindheit bestraft worden. Auch ließen die Harpyien, die grässlichen Wundervögel, ihn keine Speise genießen und raubten, was sie nur konnten. Doch war dem Phineus ein Trostspruch von Zeus gegeben: Wenn die Boreassöhne auf einem griechischen Schiff kämen, würden sie das Unheil überwinden und ihn retten.

Bei der Ankunft der Argo verließ Phineus sein Gemach. Wie ein Schatten war er anzuschauen, seine Glieder zitterten vor Schwäche. Als er die Argonauten erreichte, sank er zu Boden. Die Männer umringten den Unglücklichen, entsetzt blickten sie auf ihn. Als Phineus wieder zu sich kam, brach er in flehende Bitten aus: „Oh ihr teuren Helden, wenn ihr wirklich diejenigen seid, auf die ich hoffe, so helft! Nicht nur mein Augenlicht haben die Rachegöttinnen des Zeus mir geraubt, auch die Speisen entziehen sie mir durch die grässlichen Vögel, die sie senden! Ihr leistet eure Hilfe keinem fremden Mann. Die Söhne des Boreas, die an eurem Zug teilnehmen und die mich allein retten können, stammen aus dem gleichen Geschlecht wie meine thrakische Frau."

Auf diese Worte hin warf sich ihm Zetes, einer der Söhne Boreas', in die Arme und versprach, mithilfe seines Bruders ihn von der Qual der Harpyien zu befreien. Gleich bereiteten sie ihm ein Essen zu, um zu sehen, was geschehen würde. Es war so, wie man es sich erzählte. Kaum hatte der König die Speise berührt, als die Vögel wie ein plötzlicher Sturm aus den Wolken herabgestürzt kamen und sich gierig auf Teller und Schüsseln setzten. Die Argonauten schrien laut, um sie zu verscheuchen, aber die Harpyien kümmerte es nicht; sie blieben, bis sie alles aufgefressen hatten, dann schwangen sie sich wieder in die Lüfte und ließen einen unerträglichen Geruch zurück.

Zetes und Kalais, die Boreassöhne, denen Zeus Flügel und unermüdliche Kräfte verliehen hatte, verfolgten sie mit gezogenem Schwert. Zwar waren die Harpyien in ihrem Flug schnell wie der Westwind, aber die Brüder waren noch schneller, und oft meinten sie, die Ungeheuer schon mit den Händen greifen zu können.

Da senkte sich Iris, eine Botin des Göttervaters, aus der Höhe nieder und redete das Heldenpaar an: „Es ist nicht erlaubt, ihr Edlen, die Gehilfen des Zeus, die Harpyien, mit dem Schwert zu töten. Aber ich schwöre euch den großen Göttereid, dass die Raubvögel König Phineus nicht mehr behelligen werden!" Da ließen Zetes und Kalais es genug sein und kehrten zurück zu ihrem Schiff.

Inzwischen sorgten sich die griechischen Helden um den Greis, hielten eine Opfermahlzeit und luden den Ausgehungerten dazu ein. Während sie auf die Rückkehr der Boreassöhne warteten, teilte ihnen der alte Phineus einiges über ihre Zukunft mit, wie es ihm, dem Wahrsager, gegeben war. „Zunächst", so lautete seine Warnung, „werdet ihr den Symplegaden begegnen. Es sind zwei Felseninseln, die nicht mit dem Meeresboden verbunden sind, sondern die in der See schwimmen; oft treiben sie einander entgegen, dann schwillt die Meeresflut mit fürchterlichem Toben an. Wollt ihr nicht mit Mann und Maus zerquetscht werden, so rudert zwischen ihnen so schnell hindurch, wie eine Taube fliegt. Danach werdet ihr das Ufer der Mariandyner erreichen, wo einer der Wege in die Unterwelt beginnt. An vielen Gebirgen, Flüssen und Ufern fahrt ihr noch vorüber, endlich dann werdet ihr das Land Kolchis erreichen, an dessen Küste der Fluss Phasis seine breiten Strudel ins Meer sendet. Dahinter steigt die gewaltige Burg des Königs Aëtes auf. Und dort, im Wipfel einer Eiche, findet ihr das Goldvlies; es wird von einem gefährlichen, niemals schlafenden Drachen gehütet."

Die Helden hörten dem Greis nicht ohne Grauen zu und wollten eben weiterfragen, als sich die Söhne des Boreas aus den Lüften in ihre Mitte niedersenkten und den König mit der tröstlichen Botschaft der Iris erfreuten.

Die Symplegaden

Phineus nahm dankbar und gerührt Abschied von seinen Rettern, die neuen Abenteuern entgegenfuhren. Zuerst wurden die Argonauten durch nordwestliche Winde in ihrer beabsichtigen Richtung aufgehalten, bis Opfer und Gebet zu allen zwölf Göttern ihnen zu den gewünschten Böen verhalfen. Kaum waren sie wieder auf der Reise, als ihnen auch schon ein lautes Tosen von fern ans Ohr schlug. Es war das Krachen der zusammenstoßenden und immer wieder zurückprallenden Symplegaden, das Brechen der Uferklippen und das Zischen des Meeres.

Tiphys, der Steuermann, stellte sich wachsam ans Ruder. Der starke Euphemos erhob sich von seinem Sitz im Schiff, in seiner flachen Rechten hielt er eine Taube. Wenn diese, so hatte Phineus ihnen geweissagt, zwischen den beiden Felsen ohne Schaden hindurchgelange, so dürften auch sie die Fahrt wagen. Eben trieben die Inseln auseinander: Euphemos ließ den Vogel los, alle richteten ihre Köpfe in Erwartung nach vorn. Da stießen die Felsen wieder zusammen; sie hatten der Taube vielleicht am Schwanz einige Federn ausgerissen, aber sie war glücklich hindurchgekommen. Mit lauter Stimme ermunterte Tiphys nun die Ruderer, schon öffneten sich erneut die Wände, die in die Zwischenräume strömende Flut zog das Schiff mit sich hinein. Einmal drohte der Strudel, die Argo wieder zurückzureißen. Da gab die Schutzgöttin Athene ihr unsichtbar einen Stoß, dass die zusammenschlagenden Wände nur eben noch die äußersten Bretter des Hecks berührten. Trotzdem atmeten die Ruderer von ihrer Todesangst erst auf, als sie die offene See vor sich sahen.

„Das eben ist zwar nicht allein durch unsere Kraft geschehen", rief Tiphys, „doch haben wir fortan nichts zu fürchten; alle anderen Abenteuer nach dieser Gefahr hat uns Phineus als leicht geschildert!"

Jason aber schüttelte sein Haupt. „Steuermann, ich habe die Götter herausgefordert, als ich mir von Pelias unsere Fahrt aufschwatzen ließ! Jetzt bringe ich mit Ängsten meine Nächte zu, nicht meinetwegen, nein, auf euer Leben und eure Sicherheit bedacht!“ So sprach Jason, um seinen Gefährten auf diese Weise die Rückkehr anzubieten. Die aber jubelten ihm freudig zu und verlangten weiterzufahren.

Weitere Abenteuer

Unter mancherlei Schicksalen ruderten die Helden weiter. Auf der Fahrt erkrankte Tiphys, der Steuermann, schwer; er starb und musste, weitab der griechischen Heimat, am fremden Ufer begraben werden. An seiner Stelle wählten sie jemanden, der das Steuer am ehesten beherrschte. Er hieß Ankäos und weigerte sich lange, den schwierigen Auftrag zu übernehmen, bis ihm Hera, die Göttin, Mut und Zuversicht ins Herz gab. Dann aber stellte er sich ans Ruder und lenkte das Schiff so gut, als wenn Tiphys selbst noch am Leben wäre.

Nach zwölf Tagen kamen die Argonauten unter vollen Segeln an die Mündung des Flusses Kallichoros. Dort fanden sie das Grabmal des Sthenelos, der mit Herakles einst in den Krieg gegen die Amazonen gezogen und, von einem Pfeil getroffen, am Meeresufer gestorben war. Sie wollten eben weitersegeln, als der Schatten des Helden Sthenelos, von Persephone aus der Unterwelt entlassen, sichtbar wurde und sehnsüchtig nach den Griechen hinüberblickte. Der Tote stand auf seinem Grabhügel in der Gestalt, in der er in die Schlacht gezogen war. Ein purpurner Busch mit vier schönen Federn wehte an seinem Helm. Doch war er nur wenige Augenblicke zu sehen und tauchte bald wieder in die Tiefe hinunter. Erschrocken ließen die Helden die Ruder sinken. Was hatte das zu bedeuten? Doch der Wahrsager Mopsos verstand das Verlangen des Toten; er riet seinen Gefährten, den Geist des Erschlagenen mit einem Trankopfer zu ehren. Schnell zogen die Männer die Segel ein, machten das Schiff am Ufer fest, schritten zum Grabhügel und brachten dem Toten von ihrem Wein.

Dann fuhren sie weiter und gelangten zur Mündung des Stromes Thermodon. Dort lebten die Amazonen. Sie waren ein Volk von

Frauen, stammten vom Gott Ares ab und liebten alles Kriegerische. Wären die Argonauten hier ans Ufer gegangen, würden sie ohne Zweifel in einen blutigen Streit geraten sein, denn die Amazonen waren den tapfersten Helden im Kampf gewachsen. Ein günstiger Westwind hielt die Argonauten von der Küste fern, und sie segelten unbehelligt weiter.

Nach einer weiteren Tagesfahrt erreichten sie, wie Phineus geweissagt hatte, das Land der Chalyber. Es war ein Volk, das keine Äcker kannte, noch fruchttragende Bäume pflanzte, noch Schafherden auf grünen Wiesen weidete. Man grub Erze und Eisen aus dem tiefen Boden und tauschte gegen beides Lebensmittel ein. Sie arbeiteten schwer; in der Dunkelheit ihrer Erzgruben und im Rauch der Eisenschmelzen verbrachten sie ihre Tage.

Noch an mancherlei Völkern kamen die Argonauten vorüber. Als sie einer Insel, Aretia oder auch Aresinsel genannt, gegenüberlagen, schwebte ihnen ein Vogel mit kräftigem Flügelschlag entgegen. Über dem Schiff schüttelte er seine Schwingen und ließ eine spitze Feder fallen, die in der Schulter des Oïleus stecken blieb. Das Ruder entglitt dem Verwundeten, und die Gefährten staunten über das gefiederte Geschoss. Der Mann, der Oïleus zunächst saß, zog die Feder heraus und verband die Wunde. Bald erschien ein zweiter Vogel. Ihn schoss Klytios, der den Bogen schon gespannt hielt, im Flug aus der Luft, sodass das getroffene Tier auf das Schiff herabfiel.

„Gewiss gibt es so viele von ihnen", sagte der erfahrene Amphidamas, „dass wir, wenn wir hier an Land gingen, nicht genug Pfeile hätten, sie zu erlegen. Lasst uns stattdessen auf ein Mittel sinnen, die kriegslustigen Tiere zu vertreiben. Setzt alle eure Helme mit den hohen, im Wind wehenden Federbüschen auf; alsdann rudert die eine Hälfte von uns, die andere deckt das Schiff mit ihren Schilden ab. Sobald die Vögel kommen, erheben wir alle ein entsetzliches Geschrei, sodass sie sich vor uns fürchten und davonfliegen!" Der Vorschlag gefiel den Argonauten. Und wie man die Fensterläden eines Hauses vor drohendem Hagelschlag schließt, so hoben sie, als wirklich unzählige Vögel kamen, die Schilde hoch, dass die herabfallenden Stachelfedern ihnen keinen

Schaden zufügten. Da verschwanden die Vögel, und die Männer wagten es und landeten auf ihrer Insel, so wie der wahrsagende König Phineus es ihnen geraten hatte.

Sie sollten hier unerwartet Freunde und Begleiter finden. Kaum hatten sie die ersten Schritte ans Ufer getan, als ihnen vier Jünglinge, nackt am ganzen Körper, begegneten. Einer von ihnen eilte den sich nähernden Seefahrern entgegen und redete sie an. „Wer ihr auch seid, gute Männer", sprach er, „kommt uns Schiffbrüchigen zu Hilfe! Gebt uns Kleider, unsere Nacktheit zu bedecken, und Speisen, unseren Hunger zu stillen!" Jason versprach es ihnen und erkundigte sich nach ihren Namen.

„Ihr habt wohl von Phrixos gehört, dem Sohn des Athamas", erwiderte der Jüngling, „von dem, der das Goldene Vlies nach Kolchis gebracht hat? Nun, König Aëtes hat Phrixos seine ältere Tochter zur Frau gegeben; wir sind seine Söhne, und ich heiße Argos. Vor einiger Zeit ist unser Vater gestorben. Nach seinem letzten Willen hatten wir uns mit dem Schiff aufgemacht, die Schätze, die er in seiner Stadt Orchomenos zurückließ, abzuholen. Dabei sind wir gestrandet!"

Die Argonauten waren hocherfreut, und Jason begrüßte die Phrixossöhne als seine Vettern, denn ihre Großväter Athamas und Kretheus waren Brüder gewesen. Dann erzählten die Jünglinge weiter, wie ihr Schiff in einem wütenden Sturm zerbrochen sei und wie ein Brett sie an diese unwirtliche Insel getragen habe. Als ihnen aber Jason den Grund seiner Reise verriet und sie zur Teilnahme an dem Abenteuer aufforderte, da zeigten sie ihre Furcht. „Unser Großvater Aëtes ist ein grausamer Mann! Auch soll er der Sohn des Sonnengottes sein und deswegen mit übermenschlicher Kraft begabt; unzählige Kolcherstämme beherrscht er grausam, und das Vlies hütet ein entsetzlicher Drache." Manche der Argonauten verloren jetzt noch einmal den Mut bei diesen warnenden Worten.

Jetzt erhob jedoch Peleus seine Stimme: „Glaub nicht, dass wir dem König von Kolchis unterliegen werden; auch wir sind Göttersöhne! Gibt er uns das Vlies nicht freiwillig, so werden wir es ihm im Kampf entreißen!“ Lange noch sprachen die Helden miteinander bei reichlichem Essen und Trinken.

Am anderen Morgen schifften sich die Söhne des Phrixos, neu gekleidet und gestärkt, mit den Argonauten ein, und die Fahrt ging weiter. Sie hatten nur einen Tag und eine Nacht gerudert, da sahen die Männer die Gipfel des Kaukasusgebirges über die Meeresfläche ragen. Als es wieder zu dunkeln begann, hörten sie plötzlich ein Geräusch über ihren Köpfen. Es war der Adler des Prometheus, von gewaltiger Größe, mit Flügeln wie große Segel. Bald darauf vernahmen sie aus der Ferne das tiefe Stöhnen des unglücklichen Titanensohnes, an dessen Leber der Räuber fraß. Nach einiger Zeit verhallte das Stöhnen, und die Argonauten sahen den Adler wieder hoch über sich zurückschweben.

Noch in derselben Nacht gelangten sie ans Ziel ihrer Reise und an die Mündung des Flusses Phasis. Freudig kletterten die Männer an den Segelmasten empor und takelten das Schiff ab; dann trieben sie es mit den Rudern in das breite Bett des Stromes. Zur Linken hatten die Argonauten jetzt das Kaukasusgebirge und Kytäa, die Hauptstadt des Kolcherlandes; zur Rechten breiteten sich das Feld und der heilige Hain des Ares aus, wo der Drache das Goldene Vlies, das an den Ästen einer Eiche hing, mit seinen scharfen Augen bewachte. Als die Argonauten es erreichten, erhob sich Jason; er schwenkte in der Hand einen goldenen Becher mit Wein und brachte dem Fluss, der Mutter Erde, den Göttern des Landes und den auf der Fahrt verstorbenen Helden ein Trankopfer dar. Dann warfen sie Anker.

Jason im Palast des Aëtes

Am frühen Morgen hielten die Argonauten eine Ratsversammlung ab. Jason erhob sich und sprach: „Wenn ihr euch meinem Plan anschließt, liebe Gefährten, so werdet ihr alle, die Waffen in der Hand, hier im Schiff bleiben. Nur die Söhne des Phrixos und zwei weitere Argonauten sollen mich begleiten, wenn ich mich nach dem Palast des Königs aufmache. Ich werde Aëtes zuerst mit höflichen Worten fragen, ob er uns das Goldene Vlies in Güte überlassen will. Wahrscheinlich wird er, im Bewusstsein seiner Macht und Stärke, unsere Bitte abweisen. So hören wir dann aus seinem eigenen Munde, wie wir uns weiter verhalten werden. Und wer weiß, vielleicht fallen unsere Worte auch auf günstigen Boden?“

Die Argonauten stimmten alle dem Plan Jasons zu. So verließ er mit den Phrixossöhnen und mit zwei seiner Gefährten das Schiff.

Die Kolcher waren ein zahlreiches, angriffslustiges Volk. Damit Jason und seine Begleiter nicht in Gefahr gerieten, hängte Hera, die Beschirmerin der Argonauten, eine dichte Nebelwolke über die Stadt, damit sie unterwegs unerkannt blieben, und zerstreute sie erst wieder, als die Männer vor dem Palast des Königs ankamen. Sie bewunderten die hohen Tore wie auch die mächtigen Säulen, die hier und dort aus den Mauern hervorsprangen. Das ganze Gebäude war umschlossen von einem steinernen Gesims.

Schweigend schritten Jason und seine Gefährten durch den Vorhof. Bald standen sie vor den beiden Hauptpalästen, von denen einer Aëtes selbst, der andere seinem Sohn Absyrtos gehörte. In den übrigen Gemächern wohnten die Dienerinnen des Königs sowie seine Töchter, Chalkiope und Medea.

Medea, die jüngere Tochter, zeigte sich selten im Palast. Fast alle Zeit brachte sie im Tempel der Persephone zu, deren Priesterin sie war. Diesmal aber hatte Hera, die Schutzgöttin der Griechen, ihr eingegeben, in ihren Palastgemächern zu bleiben. Sie wollte eben das Zimmer ihrer Schwester aufsuchen, als sie den unerwartet daherkommenden Fremden begegnete. Bei ihrem Anblick tat sie einen lauten, freudigen Schrei. Auch ihre Schwester, die herbeieilte, brach in einen Jubelruf aus, denn sie erkannte in vieren der jungen Krieger ihre eigenen Kinder, die Söhne des Phrixos. Lange nahm das Grüßen und Weinen kein Ende.

Medea und Aëtes

Zuletzt kam auch Aëtes mit seiner Gemahlin Idyia, der Jubel und die Tränen ihrer Töchter hatten sie aus ihren Zimmern gelockt.

Bald war der ganze Vorhof mit Getümmel erfüllt. Hier begannen Sklaven, einen stattlichen Stier für die neuen Gäste zu schlachten; dort spalteten andere dürres Holz für den Herd oder wärmten Wasser in Becken am Feuer. Da war keiner, der nicht eifrig oder neugierig im Dienste des Königs etwas zu tun hätte. Aber von allen ungesehen schwebte hoch in der Luft der Liebesgott, zog einen Pfeil aus dem Köcher, ließ sich nieder und schnellte, hinter Jason zusammengekauert, vom gespannten Bogen das Geschoss auf die Königstochter Medea. Der Pfeil, dessen Flug niemand und auch sie selbst nicht bemerkt hatte, brannte unter ihrer Brust wie eine Flamme. Das Herz schlug ihr bis zum Halse, und ihr Puls raste – immer wenn sie nun heimliche Blicke auf den Helden Jason warf. Ein süßer Schmerz durchfuhr ihren Körper; Blässe wechselte auf ihrem Gesicht mit Purpurröte.

In der frohen Stimmung war niemand darauf aufmerksam geworden, was mit Medea vor sich gegangen war. Knechte trugen die zubereiteten Speisen herbei; und die Argoschiffer, die sich vom Schweiß der Ruderarbeit im warmen Bad gereinigt hatten, saßen bald fröhlich an den Tischen. Während des Mahls fragte Aëtes seine Enkel nach dem Unglück, das sie unterwegs ereilt hatte. Er erkundigte sich auch leise nach den Fremden.

„Ich will es dir nicht verbergen, Großvater“, flüsterte ihm Argos zu, „diese Männer kommen, das Goldene Vlies unseres Vaters Phrixos von dir zu erbitten. Ein König, der sie aus ihrem Vaterland vertreiben und sie um ihr Eigentum bringen möchte, hat ihnen den Auftrag dazu erteilt. Er hofft, dass sie dem Zorn des Zeus und der Rache des Phrixos nicht entgehen werden, bevor sie mit dem Vlies in ihre Heimat zurückgekehrt sind. – Das Schiff hat ihnen Pallas Athene bauen helfen; es ist so fest gezimmert, dass alle Stürme vergebens dagegen ankämpften! Und die tapfersten Helden Griechenlands haben sich an Bord versammelt." Er nannte Aëtes die Vornehmsten, auch Jasons, ihres Vetters, Geschlecht.

Als der König die Namen hörte, erschrak er und wurde zornig auf seine Enkel. Er glaubte, die Fremden seien durch sie an seinen Hof gekommen. Seine Blicke begannen, unter den buschigen Brauen zu brennen. „Geht mir aus den Augen, ihr Verräter", drohte er ihnen. „Nicht um das Vlies zu holen, sondern um mir die Krone zu entreißen, seid ihr hierher gesegelt. Säßet ihr nicht als Gäste an meinem Tisch – ich würde euch die Zungen ausreißen und die Hände abhauen lassen!"

Als Telamon, einer der Begleiter Jasons, das hörte, wollte er sich erheben und dem König mit lauten Worten widersprechen. Aber Jason hielt ihn zurück und entgegnete sanft: „Sei beruhigt, Aëtes, wir sind nicht in deine Stadt und deinen Palast gekommen, um dich zu berauben! Wer würde wohl über ein so weites und gefährliches Meer fahren, nur um fremdes Gut zu erobern? Das Schicksal und ein grausamer Befehl brachten mich hierher. Gib uns das Goldene Vlies als ein Geschenk, und du wirst in ganz Griechenland dafür verehrt werden! Auch sind wir bereit, dir schnellen Dank abzustatten; gibt es einen Krieg in der Nähe, willst du ein Nachbarvolk erobern, so sieh uns als deine Gefährten an!" So sprach Jason zu Aëtes. Der König aber war unschlüssig, ob er die Gäste sofort umbringen lassen oder ob er ihre Kräfte vorher auf die Probe stellen sollte.

Nach einigem Überlegen wählte er den zweiten Weg, und er erwiderte ruhiger als zuvor: „Was braucht es so viele Worte, ihr Fremdlinge? Seid ihr wirklich Göttersöhne, so mögt ihr das Goldene Vlies mit euch fortnehmen. Der Tapferkeit gönne ich ihren Lohn! Aber vorher müsst ihr mir eine Probe eures Mutes geben und eine Arbeit verrichten, die ich sonst selbst übernehme, so gefährlich sie ist. Es weiden auf dem Feld des Ares zwei Stiere, sie haben eiserne Klauen, und sie können Flammen spucken. Mit diesen pflüge ich den Acker, und wenn ich alles gepflügt habe, säe ich in die Furchen nicht fruchtbares Korn, sondern die Zähne eines Drachen; daraus wachsen Männer hervor, die mich von allen Seiten umringen und die ich mit meiner Lanze erlege.

Am frühen Morgen gehe ich mit den Stieren über den Acker, am späten Abend ruhe ich aus von der Ernte. Wenn du das Gleiche vollbringen kannst, Jason, so magst du noch am selben Tag das Vlies mit dir fortnehmen in deine Heimat; aber erst dann, denn es ist nicht üblich, dass der stärkere Mann dem schwächeren nachgibt."

Jason saß stumm und unschlüssig da; er wagte nicht, eine so furchtbare Aufgabe anzugehen. Schließlich fasste er sich und antwortete: „So schwierig die Arbeit ist, so will ich sie doch versuchen, und wenn ich dabei umkommen sollte! Schlimmeres als der Tod kann einem Sterblichen nicht geschehen; ich gehorche der Notwendigkeit, die mich bis hierher gesandt hat!"

„Gut", sprach Aëtes, „kehre jetzt zu deinen Männern zurück, du kannst es dir immer noch überlegen! Kommst du zu dem Schluss, die Tat nicht auszuführen, so überlasse sie mir und mache dich aus dem Staub!"

Der Rat des Argos

Jason und seine Freunde erhoben sich von ihren Sitzen. Von den Söhnen des Phrixos ging nur Argos mit ihnen; er hatte den andern Brüdern zugewinkt, beim König zu bleiben.

Medea blickte den Griechen nach, ihr Sinn begleitete sie wie in einem Traum. Als sie wieder allein in ihrem Frauengemach war, fing sie an zu weinen. „Was kümmert mich das?", dachte sie zornig. „Was geht mich dieser Fremde eigentlich an? Mag er doch sterben! Aber dennoch – wie könnte ich ihn nur dem Verderben entreißen? Lass ihn, Persephone, Göttin des Zaubers, gesund nach Hause zurückkehren! Sollte er aber von den Stieren überwältigt werden, so möge er wissen, dass *ich* mich über sein trauriges Ende nicht freue!"

Inzwischen waren die Helden auf dem Weg zu ihrem Schiff, und Argos sagte zu Jason: „Du wirst meinen Rat vielleicht ablehnen; dennoch will ich ihn dir mitteilen. Ich kenne eine Frau, die mit Zaubertränken umzugehen weiß. Können wir sie auf unsere Seite bringen, so zweifle ich nicht, dass du im bevorstehenden Kampf siegen wirst. Wenn du es willst, werde ich versuchen, sie für uns zu gewinnen."

„So versuche es", erwiderte Jason. „Doch steht es wohl schlecht um uns, wenn unsere Heimfahrt von Weibern abhängt!" Unter solchen Reden gelangten sie zum Schiff und zu den Reisegefährten. Jason berichtete, was von ihm verlangt worden war und was er dem König zugesagt hatte. Eine Zeit lang saßen die Gefährten stumm und ratlos da.

Endlich erhob sich Peleus: „Held Jason, wenn du glaubst, dein Versprechen erfüllen zu können, so rüste dich! Glaubst du nicht an deinen Sieg, so bleibe der Probe fern! Es geht nicht nur um dich, sondern auch um deine Freunde hier auf dem Schiff!"

Bei diesen Worten sprangen Telamon und vier andere Helden auf, voller Mut und kampfeslustig.

Argos wiederholte schließlich, was er Jason gesagt hatte: „Ich kenne eine Jungfrau, die weiß mit Zaubertränken Bescheid. Sie ist eine Verwandte von mir; lasst mich zu meiner Mutter gehen und sie überreden, dass sie die Hexe auf unsere Seite bringe." Kaum hatte er ausgesprochen, da geschah ein Zeichen. Eine Taube, der ein Habicht nachjagte, flüchtete in Jasons Schoß; der nachstürzende Raubvogel aber schlug auf die Heckplanken nieder. Ein gutes Zeichen für die Argonauten. –

Aëtes berief währenddessen außerhalb seines Palastes eine Versammlung der Kolcher ein. Er erzählte ihnen von der Ankunft der Fremdlinge, ihrem Wunsch nach dem Goldenen Vlies und dem Untergang, den er ihnen bereiten würde. Sobald die Stiere Jason umgebracht hätten, wollte er das Schiff mitsamt den Männern verbrennen. Auch seinen Enkeln, die diese Abenteurer hierher geführt hätten, drohte er eine schreckliche Strafe an.

Danach schlich Argos zum Hof zurück und bat seine Mutter Chalkiope, sie möge ihre Schwester Medea zur Hilfe überreden. Chalkiope hatte viel Mitleid mit den Fremden gefühlt, aber nicht gewagt, dem Grimm ihres Vaters entgegenzutreten. Der Wunsch des Sohnes war ihr recht, sie versprach ihm ihre Hilfe.

Medea selbst lag in unruhigem Schlaf auf ihrem Lager. Sie hatte einen beängstigenden Traum. Ihr war, als ginge Jason schon zum Kampf mit den Stieren und als würde sie ihm beim Anschirren der Tiere helfen. Er nahm das Abenteuer aber nicht auf sich um des Goldenen Vlieses willen, sondern um sie als Frau in seine Heimat zu führen. Als er nun siegte, wollten ihre Eltern Jason den Preis nicht geben, weil nicht die Tochter, sondern er selbst die schrecklichen Stiere hätte anschirren sollen. Darüber entbrannte ein heftiger Streit zwischen ihrem Vater und den Fremden, beide Teile machten sie, Medea, zur Schiedsrichterin. In ihrem Traum gab sie Jason Recht. Da schrien ihre Eltern vor Schmerz laut auf – und Medea mit ihnen. Über ihre eigene Stimme erwachte sie.

Chalkiope eilte in das Gemach der Schwester und fand sie in Tränen gebadet. „Was ist dir geschehen, du Arme“, sprach sie voller Mitleid, „welcher Schmerz quält dich? Hat der Vater über mich und meine Söhne Grausames verhängt? Ach, wenn ich doch nur weit fort wäre vom Elternhaus, weit fort, wo man nichts von den Kolchern weiß!“

Medea verspricht den Argonauten Hilfe

Die Jungfrau errötete bei diesen Fragen ihrer Schwester. Endlich machte die Liebe sie mutig, und sie antwortete listig: „Chalkiope, ich bin voll Sorge um deine Söhne; ich fürchte immer, der Vater könnte sie mit den fremden Männern zusammen töten!“ Da umfasste die Schwester mit beiden Händen Medeas Knie, legte den Kopf in ihren Schoß und weinte bitterlich. Dann sprach Medea klug: „Beim Himmel und der Erde schwöre ich dir: Was ich tun kann, deine Söhne zu retten, will ich ausführen!“

„Nun“, nahm Chalkiope den Gedanken auf, „so musst du Jason etwas an die Hand geben, um jenen furchtbaren Kampf zu bestehen. Denn von ihm gesendet fleht mein Sohn Argos mich an, für den Gastfreund deine Hilfe zu erbitten!“

Das Herz hüpfte Medea vor Freude, ihr schönes Gesicht errötete.

„Morgen in aller Frühe", versprach sie, „werde ich zum Tempel der Persephone gehen und dort Jason die Zaubermittel übergeben." Chalkiope verließ das Gemach der Schwester und meldete Argos die erwünschte Botschaft.

Die ganze Nacht lag Medea in schwerem Kampf mit sich selbst. „Habe ich nicht zu viel versprochen", fragte sie sich, „darf ich so viel für den Fremden tun? Man wird sagen, dass ich mein Haus verraten habe, dass ich mich durch einen Unbekannten habe dazu hinreißen lassen." Sie ging, ein Kästchen zu holen, in dem sich zugleich heilende und todbringende Arzneien befanden, legte es auf ihre Knie und hatte es schon geöffnet, um sich selbst von ihren Zweifeln zu befreien. Doch da auf einmal wandelten sich ihre Gefühle, und die Sonne, ja, das Leben schienen ihr schöner als vorher. Eine unwiderstehliche Furcht vor dem Tode ergriff sie. Medea stellte das Kästchen auf den Boden. Hera, die Beschützerin Jasons, hatte diese Veränderung in ihr bewirkt. Kaum konnte Medea die Morgenröte erwarten, um dem Geliebten die versprochenen Zaubermittel zu bringen.

Jason und Medea

Während Argos mit der glücklichen Nachricht zum Schiff eilte, war Medea, als das erste Morgenlicht den Himmel erhellte, schon vom Lager aufgesprungen, band ihr blondes Haar auf und salbte sich mit köstlichem Nektaröl. Dann zog sie ein herrliches Gewand an, das auf der Brust von goldenen Nadeln zusammengehalten wurde, und warf einen weißen Schleier über ihren Kopf. Alle Schmerzen waren vergessen; mit leichten Füßen durcheilte sie das Haus und befahl ihren Dienerinnen, schnell die Maultiere an den Wagen zu spannen, der sie zum Tempel der Zaubergöttin Persephone bringen sollte. In der Zwischenzeit holte Medea eine Salbe hervor. Wer seinen Leib damit einrieb, konnte einen Tag lang von keinem Schwertstreich verwundet, von keinem Feuer versehrt werden.

Die Maultiere waren vor den Wagen gespannt; zwei Mägde bestiegen ihn mit der Herrin, sie selbst ergriff Zügel und Peitsche und fuhr, von einigen leichtfüßigen und schnellen Dienerinnen begleitet, durch die Stadt. Überall wich das Volk der Königstochter ehrerbietig aus dem Weg. Als sie am Tempel angelangt war, sprang sie vom Wagen und sprach mit listigen Worten zu ihren Mägden: „Freundinnen, der Fremde hat gebeten, ich möge ihn mit Zaubermitteln unverwundbar machen! Ich habe ihm zugesagt – zum Schein! – und ihn hierher bestellt. In Wirklichkeit aber werde ich ihm eine todbringende Arznei schenken, damit er umso sicherer zu Grunde geht! Entfernt euch, sobald er eintritt. Er soll keinen Verdacht schöpfen!"

Den Mägden gefiel der Plan. Während sie sich im Tempel zu schaffen machten, nahte Argos mit seinem Freund Jason und dem Wahrsager Mopsos. So schön war kein Sterblicher, ja keiner der Göttersöhne je zuvor gewesen, wie Jason es jetzt war; Jason, der von Hera, der Frau des Göttervaters Zeus, für die Begegnung mit Medea verwandelt war. Seine beiden Gefährten, die ihn heimlich unterwegs betrachteten, staunten über ihn.

Medea wartete; ihre Augen schweiften durch die offene Tempelpforte verlangend über die Straße. Bei jedem Fußtritt oder Windhauch richtete sie ihr Haupt in die Höhe. Als Jason schließlich eintrat, war es Medea, als würde ihr das Herz still stehen; fast schwanden ihr die Sinne, und ihr Gesicht war rot übergossen.

Inzwischen hatten die Dienerinnen sie verlassen. Lange standen der Held und die Königstochter einander wortlos gegenüber, es herrschte atemlose Stille. „Warum schweigst du und weichst mir aus", brach Jason zuerst das Schweigen, „nun, da ich allein bei dir bin? Fürchte dich nicht; ich komme als ein Schutzflehender und bitte dich um die Zaubermittel, die du deiner Schwester für mich versprochen hast. Die harte Notwendigkeit zwingt mich, deine Hilfe zu suchen; verlange, welchen Dank du willst, und wisse, dass du durch deinen Beistand in ganz Griechenland Unsterblichkeit erlangen wirst!"

Medea hatte ihn ausreden lassen; sie senkte die Augen, die Worte drängten sich auf ihre Lippen, gern hätte sie alles zugleich gesagt. Weil es indes zu viel wäre, wickelte sie nur die duftende Binde von dem Kästchen ab, das Jason ihr eilig und froh aus den Händen nahm. Sie hätte ihm sogar ihre Seele gegeben, wenn er sie verlangt hätte, so sehr erfüllte sie Amor, der Gott, in diesem Augenblick mit dem Feuer der Liebe. Beide, Jason wie auch Medea, blickten zu Boden, dann richteten sie ihre Augen wieder aufeinander.

Mit Mühe hob Medea an: „Höre, wie ich dir helfen will! Wenn dir mein Vater die verderblichen Drachenzähne zum Säen übergeben hat, dann bade allein im Wasser des Flusses, bekleide dich mit schwarzen Gewändern und grabe eine kreisförmige Grube. In dieser Grube errichte einen Scheiterhaufen und schlachte ein weibliches Lamm. Danach opfere der Persephone etwas süßen Honig. Um keinen Ruf, keinen Stoß, um kein Hundegebell kümmere dich, sonst wird das Opfer vereitelt! Am nächsten Morgen salbe dich mit diesem Zaubermittel, das ich dir hier reiche. In ihm wohnt unermessliche Stärke; du wirst dich nicht nur den Männern, sondern den Göttern gewachsen fühlen. Auch Lanze, Schwert und Schild musst du salben, dann wird kein Eisen in Menschenhand, kein Feueratem der Wunderstiere dir schaden oder widerstehen. Freilich, es gilt nur für jenen einen Tag! Ich will dir auch noch einen anderen Rat geben", nun flüsterte Medea. „Wenn du die gewaltigen Stiere eingespannt, das Feld gepflügt hast und die von dir ausgesäte Drachensaat aufgeht, so wirf den Männern einen mächtigen Stein zu. Um den werden jene aus der Erde geborenen rasenden Kämpfer balgen wie Hunde um ein Stück Brot; währenddessen kannst du auf sie losstürzen und sie niedermachen. Danach darfst du das Goldene Vlies unangefochten mit dir nehmen und gehen, wohin du willst!" So sprach Medea, und Tränen rollten ihr die Wangen hinab; sie dachte daran, dass Jason weit fortziehen würde. Traurig ergriff sie seine rechte Hand – der Schmerz ließ sie nicht wissen, was sie tat: „Wenn du nach Hause kommst, so vergiss meinen Namen nicht; auch ich will an dich denken. Sage mir, wo dein Vaterland ist, zu dem du auf deinem schönen Schiff zurückkehren wirst!"

Bei diesen Worten bemächtigte sich auch des Helden eine unwiderstehliche Liebe.

„Glaube mir, Medea, dass ich, wenn ich dem Tod entkomme, dich keine Stunde bei Tag und Nacht vergessen werde! Meine Heimat ist die Landschaft Jolkos, wo Deukalion, der Sohn des Prometheus, viele Städte gegründet und Tempel gebaut hat."

„So wohnst du in Griechenland, Fremder", erwiderte Medea; „dort sind die Menschen wohl gastlicher als bei uns? Erzähle draußen nicht, was du hier erleben musst. Und denke immer an mich – solltest du mich aber vergessen, so möge der Wind einen Vogel aus Jolkos hierher bringen, durch den ich dich daran erinnern könnte, dass du durch meine Hilfe den Gefahren in Kolchis entronnen bist!"

So sprach Medea und weinte. „Du Gute", tröstete Jason, „wenn du selbst nach Griechenland und in meine Heimat kämst, würdest du von den Frauen und Männern verehrt, weil ihre Söhne, ihre Brüder, ihre Gatten durch deine Hilfe heimkehren durften! Und du würdest mir dann ganz gehören, nichts sollte unsere Liebe trennen als der Tod!" Medea glaubte zu vergehen, als sie diese Worte vernahm. Zwar sah sie alles Schreckliche vor sich, was ihr bei der Trennung vom Vaterland drohte. Aber auch sie zog es mit wunderbarer Gewalt nach Griechenland. Hera hatte es ihr ins Herz gepflanzt, sie wollte, dass die Kolcherin Medea ihr Vaterland verließ.

Der Kampf

Dann trennten sie sich. Jason kehrte fröhlich zu seinen Gefährten und zum Schiff zurück. Medea begab sich zu ihren Dienerinnen, die ihr entgegeneilten.

Sie sah es kaum, denn sie schwebte gleichsam. Mit leichten Füßen bestieg sie den Wagen, trieb die Maultiere an, die von selbst nach Hause rannten, und kam zum Palast zurück. Hier hatte Chalkiope voll Sorge um ihre Söhne längst auf sie gewartet.

Jason erzählte unterdessen seinen Gefährten, dass Medea ihm das Zaubermittel gegeben habe. Alle freuten sich; nur einer von ihnen, Idas, saß seitwärts und knirschte mit den Zähnen vor Zorn. Am anderen Morgen sandten die Argonauten zwei Männer ab, um Aëtes zu unterrichten, dass ihr Fürst kämpfen werde. Er gab ihnen von den Zähnen des Drachen, den Kadmos bei Theben umgebracht hatte. Aber er glaubte nicht, dass es Jason gelingen würde, auch nur die Stiere ins Joch zu spannen.

In der folgenden Nacht badete Jason und opferte der Persephone, so wie Medea es ihm gesagt hatte. Die Göttin selbst vernahm sein Gebet und kam aus dem Dunkel hervor, umringt von Drachen, die flammende Eichenäste im Rachen trugen. Hunde der Unterwelt schwärmten bellend um sie her; der Boden zitterte unter ihrem Tritt. Selbst Jason ergriff das Grauen; aber der Anweisung Medeas treu, schaute er sich nicht um, bis er wieder zurück bei seinen Gefährten war. Schon schimmerte die Morgenröte über den Schneegipfeln des Kaukasus.

Jetzt warf auch König Aëtes seinen starken Panzer über, auf sein Haupt setzte er den goldenen Helm mit vier Federbüschen und griff zu dem berühmten gewaltigen Schild, den außer Herakles kein anderer hätte aufheben können. Sein Sohn Absyrtos hielt ihm die schnellen Rosse am Wagen; er bestieg ihn und flog geradezu, die Zügel in der Hand, aus der Stadt. Selbst zum Kampf gerüstet, wollte er dem Schauspiel des Jason zusehen.

Jason aber hatte nach Medeas Rat Lanze, Schwert und Schild mit dem Zauberöl gesalbt. Die Gefährten erprobten ihre Waffen an seinem Schild oder versuchten, die Lanze ein wenig zu krümmen. Niemand vermochte es, Schild und Waffe waren zu Stein geworden.

Jetzt erst salbte Jason auch sich selbst; danach fühlte er eine gewaltige Kraft in allen Gliedern, alles in ihm verlangte nach dem Kampf. Die Argonauten ruderten ihn zum Feld des Ares, wo sie Aëtes und die Menge der Kolcher schon antrafen, den König am Ufer, die Männer auf den Klippenvorsprüngen gelagert. Als ihr Schiff landete, sprang Jason mit Lanze und Schild ans Ufer und erhielt nun auch den funkelnden

Erzhelm voll spitzer Drachenzähne. Da hängte er das Schwert um die Schultern und schritt auf das Feld. Und er war anzusehen wie Gott Apoll.

Als Jason sich nun umblickte, sah er die Joche der Stiere auf dem Boden liegen, Pflug und Pflugschar daneben, alles ganz aus schwerem Eisen gehämmert. Schon ging er, von seinem Schild gedeckt, weiter und suchte nach den Fußstapfen der Tiere. Da brachen sie von einer anderen Seite unvermutet aus einem unterirdischen Gewölbe hervor, Flammen schnaubend und in dicken Rauch gehüllt. Die Argonauten erschraken, als ihr Blick auf die Ungeheuer fiel; Jason aber stand mit gespreizten Beinen, den Schild vorgehalten, und erwartete ihren Anlauf wie ein Fels in der Brandung. Die Tiere kamen wirklich, die Hörner vorgereckt, auf ihn zugestürzt, und doch brachte ihr Anrennen ihn nicht ins Wanken. Wie in den Schmiedewerkstätten die Blasebälge mächtige Feuer sprühen, so wiederholten die Stiere, brüllend und Flammen speiend, ihre Stöße. Den Held aber schützte das Zaubermittel der Medea.

Endlich ergriff er den Stier zur Rechten am äußersten Horn und schleppte ihn mit sich bis an die Stelle, wo das Joch lag. Hier rang er ihn zu Boden. Danach schleuderte er auch den zweiten, der ihn anrannte, mit einem einzigen Streich auf die Erde. Dann warf Jason seinen Schild weg und hielt, von Flammen bedeckt, die beiden niedergezwungenen Stiere mit beiden Händen fest. Und Aëtes musste seine ungeheure Stärke bewundern.

Inzwischen reichten Kastor und Pollux, wie es verabredet war, Jason die Joche, die auf dem Boden lagen, und er befestigte sie am Genick der Tiere. Dann erhob er die Deichsel des Pfluges und fügte sie in den Ring des Jochs. Die Zwillingsbrüder verließen schnell das Feuer, sie waren nicht geschützt wie Jason.

Der aber nahm seinen Schild wieder auf und warf ihn am Riemen über den Rücken; danach ergriff er den Helm voller Drachenzähne, fasste seine Lanze und zwang die zornigen und Flammen sprühenden Stiere, den Pflug zu ziehen. Tief wurde der Boden aufgerissen, die gewaltigen Erdschollen krachten.

Jason selbst folgte mit festem Schritt und säte die Zähne in die Furchen, vorsichtig rückwärts blickend, ob sich die keimende Gigantensaat nicht schon gegen ihn erhob; die Tiere aber arbeiteten sich mit ihren ehernen Hufen vorwärts. Am Nachmittag war das ganze Feld umgepflügt, da wurden die Stiere vom Joch erlöst. Von Jason bezwungen, flohen sie über den Acker dahin. Er selbst kehrte zum Schiff zurück, solange die Drachensaat noch nicht aufgegangen war.

Mit lautem Rufen umringten ihn die Gefährten von allen Seiten; Jason aber sprach nichts, sondern füllte seinen Helm mit Wasser und löschte seinen brennenden Durst. Dann kehrte er zum Feld zurück. Schon waren die Riesen hervorgekeimt; der Boden starrte von Schilden und spitzen Lanzen und glänzte von Helmen. Da dachte Jason an das Wort der schlauen Medea; er packte einen großen runden Stein und warf ihn mitten unter die den Ackerfurchen entsprossenen Krieger. Dann verbarg er sich unter seinem Schild. Die Erdgeborenen begannen sich wie Hunde zu umkreisen, gingen aufeinander los, brachten sich gegenseitig mit dumpfem Knirschen um und sanken zu Boden wie Bäume, die ein Windwirbel umgerissen hat. Als sie noch mitten im Kampf begriffen waren, stürzte sich Jason unter sie. Er war wie ein fallender Stern, der als Wunderzeichen durch die dunkle Nachtluft schießt. Kühn zog er sein Schwert aus der Scheide, hieb Krieger, die neu aufstanden, nieder und mähte andere, die erst bis zu den Schultern hervorgewachsen waren, wie Gras ab; noch anderen spaltete er das Haupt. Die Furchen strömten vom Blut, die Verwundeten und Toten stürzten nach allen Seiten, und viele sanken mit zerschlagenen Köpfen wieder ebenso tief in den Boden ein, wie sie aufgetaucht waren.

Medea raubt das Goldene Vlies

Die ganze Nacht hindurch hielt König Aëtes die Häupter seines Volkes um sich im Palast versammelt und beriet, wie die Argonauten zu überlisten seien; denn es war deutlich für ihn, dass alles, was sich den Tag zuvor ereignet hatte, nicht ohne besondere Zauberkräfte, nicht ohne seine Töchter hatte geschehen können.

Hera, die Göttin, sah die Gefahr, in der Jason schwebte, und auch Medea war voller Furcht und Trostlosigkeit. Ihr Haar hing in Trauer wirr um ihren Kopf, am liebsten hätte sie durch Gift ihrem Jammer ein Ende gemacht. So aussichtslos erschien ihr das Schicksal ihres Geliebten. Schon hatte sie die gefüllte Schale in der Hand, als Hera ihr neuen Mut eingab. Medea raffte sich auf, sie entschloss sich zu fliehen, bedeckte Lager und Türpfosten ihres Heims mit Abschiedsküssen, berührte mit den Händen noch einmal die Wände ihres Zimmers, schnitt sich eine Haarlocke ab und legte sie zum Andenken für die Mutter aufs Bett. „Lebe wohl, geliebte Mutter!“, flüsterte Medea weinend. „Oh Fremdling, hätte dich das Meer verschlungen, ehe du Kolchis erreicht hattest!“

So verließ sie die Heimat, wie eine Gefangene den Kerker verlässt. Die Pforten des Palastes öffneten sich vor ihren Zaubersprüchen; durch enge Seitenwege rannte die Flüchtende auf bloßen Füßen, mit der Linken den Schleier bis über die Wangen ziehend, mit der Rechten ihr Gewand schürzend. Bald war Medea, unerkannt von den Wächtern, draußen vor der Stadt und schlug einen Fußpfad zum Tempel ein; sie kannte alle Wege.

Als sie das Schiff erreichte, rief Medea laut nach dem jüngsten Sohn der Schwester, Phrontis. Er, der mit Jason sogleich die Stimme erkannte, erwiderte dreimal den dreifachen Ruf. Die Männer staunten erst, dann ruderten sie ihr im Boot entgegen und sprangen an Land. „Rettet mich“, flehte Medea, die Knie ihres Neffen umfassend, „entreißt mich und euch meinem Vater! Lasst uns mit dem Schiff fliehen, ehe er die schnellen Rosse besteigt; das Goldene Vlies will ich euch verschaffen, ich vermag es, den Drachen einzuschläfern. Du aber, Jason, schwöre mir bei den Göttern vor deinen Gefährten, dass du mich, die ich Haus und Herd verlasse, dafür nicht verachten wirst!“

Jason hob die ins Knie Gesunkene sanft vom Boden auf, umfasste sie und sprach: „Geliebte, Hera, die Beschirmerin der Ehe, und ihr Gatte

Zeus seien meine Zeugen, dass ich dich, nach Griechenland zurückgekehrt, als meine rechtmäßige Frau in mein Haus führen will!" So schwor er und legte seine Hand in die ihre.

Da ließ Medea die Argonauten noch in der Nacht zu dem heiligen Hain rudern, um das Goldene Vlies zu rauben. Jason und Medea selbst eilten über eine Wiese dem Heiligtum zu. Dort suchten sie die hohe Eiche, an der das Goldene Vlies hing. Es strahlte durch die Nacht, einer Morgenwolke ähnlich, die von der aufgehenden Sonne beschienen wird.

Darunter aber lag der Drache, reckte mit scharfen Augen seinen Kopf den Herannahenden entgegen und zischte, dass die Ufer des Flusses und der Hain widerhallten. Wie sich Flammen durch einen entzündeten Wald dahinwälzen, so rollte das Untier mit leuchtenden Schuppen in unzähligen Krümmungen daher. Medea aber rief mit süßer Stimme den Schlaf an, den mächtigen Gott, das Ungeheuer zu ermüden; sie rief die Königin der Unterwelt, ihr Vorhaben zu segnen. Und Jason folgte ihr, nicht ohne Furcht.

Schon war der Drache durch den Zaubergesang Medeas eingeschläfert, er senkte den gewölbten Rücken, sein geringelter Leib reckte sich, nur der grässliche Kopf stand noch aufrecht und drohte, die beiden mit seinem aufgesperrten Rachen zu verschlingen. Da sprengte ihm Medea mit einem Wacholderstängel einen Zaubertrank in die Augen; bald schloss sich nun auch der Rachen, und schlafend streckte sich das Ungeheuer auf den Boden.

Nun zog Jason das Vlies von der Eiche, während Medea den Kopf des Drachen weiter mit dem Zaubertrank besprengte. Dann verließen beide eilig den Hain.

Mit der Morgenröte erreichten sie die Argo. Die Gefährten staunten das Vlies an, jeder wollte es mit den Händen betasten, aber Jason fürchtete, dass es Schaden nehmen könnte, und so warf er einen Mantel darüber. Für Medea bereitete er auf dem Achterdeck des Schiffes ein Quartier und sprach zu seinen Freunden: „Nun, lasst uns ans Vaterland denken! Mit Rat und Tat Medeas ist vollbracht, weshalb wir unsere

Fahrt unternommen haben; zum Lohn führe ich sie als meine rechtmäßige Gemahlin nach Hause, als Helferin ganz Griechenlands. Ihr aber helft mir, sie zu beschützen. Denn ich zweifle nicht: Bald wird Aëtes uns verfolgen! In unserer Hand steht jetzt die Heimkehr zu den Unsrigen, steht Ehre oder Schande!“

Die Argonauten entkommen mit Medea

Inzwischen hatten der König und alle Kolcher von Medeas Liebe und Flucht erfahren. Sie traten bewaffnet auf dem Markt zusammen, und bald sah man sie eilig am Ufer des Flusses entlangziehen. Als sie aber an die Mündung kamen, fuhr das Schiff der Argonauten, von den unermüdlichen Ruderern getrieben, schon auf hoher See. Der König ließ die Waffen sinken; er hob die Hände zum Himmel, er rief Zeus und den Sonnengott als Zeugen an und erklärte grimmig seinem Volk: Wenn man ihm nicht die Tochter, zu Wasser oder zu Lande, zurückbringe, würden alle es mit ihrem Leben büßen. Die erschrockenen Kolcher machten noch am selben Tage ihre Schiffe seetüchtig, hissten die Segel und fuhren aufs hohe Meer. Ihre Flotte, befehligt von Absyrtos, dem Sohn des Königs, war wie ein schneller Vogelflug, der über die Wogen dahinschwirrte.

Aber in die Segel der Argonauten blies der günstigere Wind. Schon am dritten Morgen ihrer Fahrt banden sie das Schiff beim Flusse Halys an. Hier brachten sie auf Medeas Rat der Göttin Persephone, die sie gerettet hatte, ein Opfer.

Die Kolcher ließen jedoch mit ihrer Verfolgung nicht nach und holten mit ihren leichten Schiffen die Argonauten nun ein, legten einen Hinterhalt und verstellten Jason den Weg. Der wich mit den Gefährten aus und warf sich auf eine Insel des Flusses. Die Kolcher drängten nach. Da traten die Griechen in Unterhandlung, und es wurde verabredet, dass sie das Goldene Vlies, das Aëtes Jason versprochen hatte, behalten sollten. Medea aber habe einen nahen Tempel der Artemis aufzusuchen, bis entschieden wäre, ob sie zu ihrem Vater zurückkehren solle oder ob sie den Helden nach Griechenland folgen dürfe.

Bittere Sorgen bemächtigten sich der Königstochter; sie fragte Jason heimlich, unter Tränen: „Wie konntet ihr so über mich beschließen? Hast du alles vergessen, was du mir in der Not versprochen hast? Ich Leichtsinnige habe Heimat, Haus und Eltern verlassen, die mein Ein und Alles waren. Für deine Rettung fahre ich übers Meer mit dir und begleite dich als dein künftiges Weib nach Griechenland! Also beschütze mich nun!"

So sprach Medea voller Leidenschaft. Schon überlegte sie, Feuer in das Schiff zu legen, alles zu verbrennen und sich selbst hineinzustürzen. Aber Jason konnte sie beruhigen: „Fasse dich, Medea! Wir suchen nur nach einem Aufschub der Schlacht, weil eine ganze Wolke von Feinden uns umringt. Alles, was hier wohnt, ist mit den Kolchern befreundet und will deinem Bruder Absyrtos helfen, dass er dich als Gefangene dem Vater zurückbringe. Jene Verabredung soll nur ein Hinterhalt sein, Absyrtos ins Verderben zu stürzen. Wenn ihr Führer tot ist, werden die Nachbarn den Kolchern keine Hilfe mehr leisten!"

So sprach Jason, und Medea gab ihm den fürchterlichen Rat: „Höre! Ich habe meine Wahl getroffen. Zurück kann ich nicht mehr, so muss ich vorwärts schreiten und wenn es zum Bösen wird. Ich werde meinen Bruder dazu bringen, dass er sich in deine Hände gibt. Empfange ihn mit einem üppigen Mahl; alsdann magst du ihn töten und den Kolchern die Schlacht liefern!"

Wirklich stellten die beiden Absyrtos eine Falle. Sie sandten ihm viele Gastgeschenke, darunter ein herrliches Purpurkleid, das einst die Königin von Lemnos Jason gegeben hatte und das mit himmlischem Duft getränkt war. Die Boten mit den Geschenken sollten Absyrtos überreden, im Dunkel der Nacht zum Artemistempel zu kommen; dort wolle Medea ihm vorschlagen, wie er das Goldene Vlies wieder erhalte, um es dem König, ihrem Vater, zurückzubringen. Denn sie selbst, so sagte Medea heuchlerisch, sei von den Söhnen des Phrixos mit Gewalt den Argonauten ausgeliefert worden.

Absyrtos, im Vertrauen auf all die Versprechungen, ließ sich in dunkler Nacht zur heiligen Insel bringen. Dort, mit der Schwester allein, hörte er ihren Worten zu. Als sie mitten im Gespräch waren, stürzte Jason aus dem Hinterhalt hervor, das bloße Schwert in der Hand. Medea wandte ihre Augen ab und bedeckte sich mit einem Schleier, um den Mord an ihrem Bruder nicht mit ansehen zu müssen. Nur die Rachegöttin schaute mit finsterem Blick auf die grässliche Tat, die hier begangen wurde.

Nachdem Jason sich von dem Blut gereinigt und den Leichnam begraben hatte, gab Medea den wartenden Argonauten mit der Fackel das verabredete Zeichen. Die Griechen überfielen die ihres Führers beraubten Kolcher, die mit ihm zum Tempel gekommen waren. Keiner entging dem Tode.

Weitere Heimfahrt der Argonauten

Die Griechen ruderten jetzt schleunigst davon, ehe die Kolcher mit ihrer Flotte zur Besinnung kamen. Als man sich dort bewusst wurde, was geschehen war, dachten die Schiffsleute daran, die Feinde zu verfolgen. Aber Hera schickte warnende Blitze vom Himmel. Und weil die Männer den Zorn des Königs fürchteten, wenn sie ihm Sohn und Tochter nicht zurückbrächten, blieben sie, wo sie waren, in der Nähe des Artemistempels, und siedelten sich dort an.

Die Argonauten segelten an mancherlei Ufern und Inseln vorbei. Schon glaubten sie, in der Ferne die Berge des griechischen Festlandes aufsteigen zu sehen, als Hera, die den Grimm des Zeus über all die zurückliegenden Geschehnisse fürchtete, einen Sturm sandte, der die Argo bis zur unwirtlichen Insel Elektris zurücktrieb. Jetzt begann auch das weissagende Holz, das Athene in das Schiff eingefügt hatte, zu reden. „Ihr werdet den Irrfahrten zur See nicht entgehen“, ertönte eine Stimme, „bis die Zaubergöttin Kirke die grausame Ermordung des Absyrtos von euch abgewaschen hat. Lasst Kastor und Pollux zu den

Himmlischen beten, damit sie euch die Pfade des Meeres öffnen und ihr Kirke, die Tochter des Sonnengottes, findet!“ So sprach der hölzerne Mund des Schiffes in der Abenddämmerung. Furcht ergriff die Helden, als sie den seltsamen Wahrsager das Schreckliche verkünden hörten, nicht nach Haus zu kommen, Irrfahrten und großen Gefahren ausgesetzt zu sein. Die Zwillinge Kastor und Pollux allein hatten den Mut, zu den Unsterblichen zu beten; das Schiff aber trieb weiter bis in die innerste Bucht des Flusses Eridanos, da, wo einst Phaeton von seinem Sonnenwagen in die Flut gestürzt war. Ringsumher seufzten, in Pappeln verwandelt, Phaetons Schwestern und ließen helle Tränen aus Bernstein fallen.

Den Argonauten war alle Lust an Speise und Trank vergangen. Und sicher wären sie an dem unheimlichen Ufer gelandet, wenn nicht Hera plötzlich auf einer Klippe erschienen wäre und sie mit furchtbarer Stimme auf den rechten Weg gewiesen hätte. Sie hüllte das Schiff schirmend in schwarze Nebel, da fuhren die Argonauten an unzähligen Ländern und Völkern viele Tage und Nächte vorbei, bis sie endlich das tyrrhenische Ufer erblickten und bald darauf glücklich in Kirkes Hafen einliefen.

Die Zaubergöttin stand am Meeresufer, um sich zu reinigen. Sie hatte geträumt, dass ihr Gemach und ihr ganzes Haus von Blut überströmt werde und dass ein Feuer alle Zaubermittel fresse, mit denen sie sonst ihre Hexenkünste ausübte, sie aber schöpfe mit hohler Hand das Blut und lösche das Feuer damit. Der entsetzliche Traum hatte sie mit der Morgenröte vom Lager aufgeschreckt und hierher ans Meeresufer getrieben; hier wusch sie Kleider und Haare, als ob sie blutbefleckt wären, und kehrte in ihr Schloss zurück.

Jason hieß die ganze Mannschaft im Schiff bleiben, er selbst sprang mit Medea ans Land, zog die Widerstrebende mit sich und folgte Kirke. Die Zauberin wusste nicht, was die Fremden bei ihr suchten, sie lud sie ein, auf weichen Sitzen Platz zu nehmen. Die beiden aber schritten traurig an den Herd des Hauses und ließen sich dort auf dem Boden nieder.

Medea senkte ihr Haupt; Jason stieß das Schwert, mit dem er Absyrtos umgebracht hatte, in den Boden, legte die Hände über den Knauf und stützte sein Kinn darauf, ohne die Augen aufzuschlagen. Da merkte Kirke, dass es Schutzflehende waren, und verstand, dass es sich um die Sühnung eines Mordes handle. Sie stellte sich an den Herd und verbrannte heilige Opferkuchen unter feierlichen Gebeten, um den Zorn der Erinnyen, der Rächerinnen von Bluttaten, zu besänftigen und die Verzeihung des Göttervaters für die von Mord Befleckten zu erbitten. Erst als das Opfer vorüber war, nahmen die Gäste auf den Stühlen Platz und setzten sich ihr gegenüber. Dann fragte sie die schweigende Medea und Jason nach ihrer Schiffsfahrt, warum sie hier gelandet und wofür sie ihren Schutz begehrten. Ihr blutiger Traum zog Kirke wieder durch den Sinn.

Als Medea nun ihr Haupt aufrichtete und ihr ins Gesicht sah, fielen der Zauberin die Augen der Jungfrau auf. Medea stammte ja wie sie selbst vom Sonnengott ab, und all seine Abkömmlinge haben strahlende Augen voller Goldglanz. Dann erzählte Medea alles der Wahrheit gemäß, nur den Mord am Bruder wollte sie im letzten Augenblick verschweigen. Kirke aber blieb nichts verborgen, doch sie hatte Mitleid mit der jungen Frau vor ihr, und sie antwortete: „Arme, deine Flucht ist ein Unrecht, und du hast ein schlimmes Verbrechen begangen! Gewiss wird dein Vater nach Griechenland segeln, den Tod seines Sohnes an dir zu rächen. Von mir jedoch sollst du kein Übel erleiden, weil du eine Schutzflehende und dazu meine Verwandte bist. Nur verlange keine Hilfe von mir! Entferne dich mit dem Mann, dem du gefolgt bist!“ Ein unendlicher Schmerz ergriff Medea bei diesen Worten. Sie warf den Schleier über ihr Haupt und weinte, bis Jason ihre Hand ergriff und sie mit sich aus Kirkes Palast führte.

Hera aber erbarmte sich ein weiteres Mal ihrer Schützlinge. Sie sandte ihre Botin Iris auf einem Regenbogen zur Meeresgöttin Tethis hinab, ließ sie zu sich rufen und trug ihr auf, die weitere Fahrt des Schiffes zu schützen. Und gleich, als Jason und Medea an Bord waren, fingen sanfte Winde zu wehen an; erleichtert lichteten die Helden die Anker und spannten die Segel aus. Sanft zog die Argo dahin. Bald kam sie an einer blühenden Insel vorbei, wo die trügerischen Sirenen wohnten. Wer ihren Gesang hörte, wurde unwiderstehlich von ihnen angezogen und ins Verderben gebracht. Halb Vögel, halb Jungfrauen saßen die Sirenen hier; kein Fremder, der vorüberfuhr, entging ihnen. Auch den Argonauten sangen sie ihre Lieder vor; schon waren die Männer im Begriff, die Taue ans Ufer zu werfen und anzulegen, als der thrakische Sänger Orpheus sich von seinem Sitz erhob und seine Leier so mächtig zu schlagen begann, dass sie die Stimmen der Jungfrauen übertönte. Nur einer der Gefährten, Butes, der Sohn des Teleon, konnte dem hellen Gesang der Sirenen nicht widerstehen.

Endlich waren die Kolchisfahrer allen Gefahren glücklich entgangen und segelten weiter, bis sie zu einer Insel kamen, auf der die Phäaken wohnten.

Neue Verfolgung durch die Kolcher

Bei den Phäaken und ihrem frommen König Alkinoos wurden die Argonauten gut aufgenommen. Sie wurden zu Essen und Wein eingeladen und wollten sich gerade an die vollen Tische setzen, als an der Küste ein mächtiges Heer der Kolcher erschien. Es war mit der Flotte den Flüchtlingen nachgeeilt. Die Verfolger verlangten, dass Medea zu ihnen käme, um sie in das väterliche Haus zurückzuführen, und sie drohten, Aëtes, der König der Kolcher, werde mit einem noch gewaltigeren Heer nachkommen. Der Herrscher der Phäaken hielt die Argonauten zurück, die sich schon zum Kampf rüsteten; Medea sank vor seiner Gemahlin Arete auf die Knie. „Herrin, ich flehe dich an“, schrie sie, „lass mich nicht zu meinem Vater bringen! Nicht Leichtsinn, sondern Liebe hat mich zur Flucht mit diesem Manne bewogen. Erbarme dich meiner, mögen die Götter dir ein langes Leben und Kinder schenken und deine Stadt mächtig machen!“ Auch den phäakischen Fürsten warf sie sich zu Füßen. Und alle schüttelten ihre Lanze, zogen ihr

Schwert und versprachen, ihr beizustehen, wenn Alkinoos sie ausliefern wollte.

In der Nacht beratschlagte der König mit der Königin über das Mädchen aus Kolchis. Arete bat für sie und erzählte ihm, dass der große Held Jason sie zu seiner rechtmäßigen Frau machen wolle. Alkinoos war ein gutmütiger Mann. „Gerne würde ich“, erwiderte er, „den Helden und der Jungfrau zuliebe das Heer der Kolcher mit den Waffen vertreiben. Aber es ist nicht klug, den mächtigen König Aëtes zu reizen, denn, so weit von hier er auch wohnt, er wäre doch im Stande, mein Land mit Krieg zu überziehen.“ Er überlegte, dann sagte er: „Ist Medea noch nicht die Frau des Jason, so soll sie ihrem Vater zurückgegeben werden. Ist sie verheiratet mit dem Helden, so werde ich sie nicht ausliefern, denn zu ihm gehört sie mehr als zu ihrem Vater!“

Arete erschrak, als sie die Worte des Königs hörte. Noch in der Nacht sandte sie einen Boten zu Jason, der ihm alles erzählte und ihm riet, rasch, noch vor dem Anbruch des neuen Tages, Medea zu heiraten. Die Freunde, denen Jason den Vorschlag mitteilte, rieten ihm ebenfalls dazu, und so wurde Medea in einer heiligen Grotte bei den Liedern des Orpheus feierlich zur Frau Jasons.

Am Morgen, als die Ufer der Insel von den ersten Sonnenstrahlen schimmerten, war bereits das ganze Phäakenvolk auf den Straßen der Stadt. Am anderen Ende der Insel aber standen die Kolcher unter Waffen. Alkinoos trat, wie er es versprochen hatte, aus seinem Palast, das goldene Zepter in der Hand, um seine Entscheidung zu treffen. Hinter ihm gingen seine treusten Untergebenen. Auch die Frauen waren zusammengekommen, um die Argonauten zu sehen, und viele Leute des umliegenden Landes hatten sich eingefunden.

Alle warteten auf den Ausgang der Sache.

Nachdem nun der König auf seinem Thron Platz genommen hatte, trat Jason vor und erklärte, dass die Königstochter Medea seine rechtmäßige Frau sei. Als Alkinoos das hörte und einige Zeugen die Vermählung beschworen hatten, verkündete er das feierliche Urteil, dass Medea nicht ausgeliefert werden dürfe. Wutentbrannt widersprachen die Kolcher, doch es war vergebens. Der König hieß sie sich entscheiden, ob sie als friedliche Gäste bleiben wollten. Sonst müssten sie sich mit ihren Schiffen aus seinem Hafen entfernen. Die Kolcher wollten es dann doch nicht auf einen blutigen Kampf ankommen lassen und blieben als Gäste. Sieben Tage danach brachen die Argonauten, die Alkinoos ungern ziehen ließ, zur Weiterfahrt auf.

Letzte Abenteuer der Helden

Wieder segelten sie an mancherlei Ufern und Inseln vorüber, schon erblickten sie in der Ferne die heimatliche Küste von Peloponnes, der großen griechischen Halbinsel, als ein Sturm ausbrach und das Schiff mitten durchs Libysche Meer neun volle Tage und Nächte dahinjagte.

Endlich wurden die Argonauten an das Wüstenufer Afrikas verschlagen. Ringsum breiteten sich Sandflächen aus, auf denen kein Tier, kein Vogel zu sehen war. Das Schiff aber war von der Flut so hoch auf das Ufer geworfen worden, dass der Kiel ganz auf dem Sande aufsaß. Die Argo war gestrandet. Mit Schrecken sprangen die Helden von Bord, und mit Entsetzen erblickten sie die Wüste, die sich, der Luft ähnlich, bis ins Unendliche dehnte.

Kein Wasserquell, kein Pfad, kein Hirtenhof zeigte sich; alles ruhte in totem Schweigen. „Weh uns, wie heißt dieses Land? Wohin haben uns die Stürme verschlagen?" So fragten die Gefährten einander. „Wären wir lieber zwischen die schwimmenden Felsen gefahren und dabei untergegangen!"

„Ja", sagte der Steuermann Ankäos, „wir sitzen fest. Steure, wer da kann und will!" Und er setzte sich im Schiff nieder, Tränen rannen über sein Gesicht. Wie Männer in einer verpesteten Stadt untätig, Gespenstern gleich, dem Verderben entgegensehen, so trauerten die Helden, am öden Ufer entlangschleichend. Als der Abend gekommen war, gaben sie einander die Hände zum Abschied, warfen sich, ohne Nahrung zu sich genommen zu haben, der eine da, der andere dort, im

Sande nieder und erwarteten, in ihre Mäntel gehüllt, eine schlaflose Nacht hindurch, den Tag und den Tod.

Mit ihnen seufzten, um ihre Herrin gedrängt, die phäakischen Jungfrauen, die Medea von König Alkinoos als Geschenke bekommen hatte. Und gewiss wären sie alle, Männer und Frauen, untergegangen, wenn sich nicht die Beherrscherinnen Libyens, drei Halbgöttinnen, ihrer erbarmt hätten. Sie erschienen, vom Hals bis an die Knöchel in Ziegenfelle eingehüllt, um die heiße Mittagsstunde vor Jason und zogen den Mantel, mit dem er seinen Kopf bedeckt hatte, leise von ihm. Erschrocken sprang er auf und wandte den Blick voll Ehrfurcht von ihnen ab. „Unglücklicher", sprachen sie, „wir wissen, was du erleidest, aber klage nicht! Hier, an dieser Stelle, könnt ihr euer Schiff nicht wieder ins Meer setzen; es wird die Argo erneut aufs Ufer werfen. Doch wenn die Meeresgöttin den Wagen des Poseidon losgemacht hat, so zollt eurer Mutter Dank, die euch so lange in ihrem Leibe getragen hat!"

Damit verschwanden die Göttinnen, und Jason erzählte seinen Freunden das tröstliche, doch rätselhafte Orakel. Während noch alle über die Weissagung nachsannen, ereignete sich ein seltsames Wunderzeichen. Ein ungeheures Meerpferd, dem eine goldene Mähne über den Nacken wallte, hob sich aus der See, sprang an Land und schüttelte den Wasserschaum ab.

Freudig rief Peleus: „Die eine Hälfte des Rätsels ist erfüllt: Die Meeresgöttin machte eben ihren Wagen los, den dies Ross gezogen hat. Die Mutter aber, die uns so lange im Leibe trug, das ist unser Schiff Argo! Lasst es uns auf unsere Schultern nehmen und über den Sand tragen, den Spuren des Pferdes nach!"

Gesagt, getan. Die Argonauten nahmen das Schiff auf ihre Schultern und seufzten zwölf Tage und zwölf Nächte unter der Last. Immer ging es über öde, wasserlose Sandflächen dahin; hätte nicht ein Gott sie gestärkt, sie wären am ersten Tag schon jämmerlich verdurstet. So aber kamen sie glücklich an die tritonische Meeresbucht; hier ließen sie die Argo von den Schultern gleiten und suchten, vom Durst gepeinigt wie wütende Hunde, nach einer Quelle. Unterwegs begegnete der Sänger Orpheus den Hesperiden, lieblich singenden Nymphen, die auf dem Feld saßen, wo der Drache Ladon einst goldene Äpfel bewacht hatte.

Die Hesperiden erbarmten sich auf seine Bitte der dem Tode nahen Männer, und eine von ihnen, Ägle, zeigte den Argonauten einen Brunnen, um den sich bald alle drängten.

Endlich bestiegen sie das Schiff wieder. Lange versuchten sie vergebens, aus der tritonischen Bucht in die offene See zu gelangen. Auf den Rat des Orpheus kehrten sie noch einmal zum Land zurück und brachten den einheimischen Göttern ein Opfer. Da begegnete ihnen der Meeresgott Triton in der Gestalt eines jungen Mannes. „Mich hat Poseidon hier zum Beschützer eingesetzt“, sprach er. „Seht, wo das Wasser schwarz aus der Tiefe sprudelt, ist der schmale Ausweg aus der Bucht in die offene See; dorthin rudert!“ Fröhlich stiegen die Argonauten wieder ins Schiff; nach einer Fahrt von wenigen Tagen kamen sie unangefochten zur Felseninsel Karpathos und wollten von da nach Kreta hinübersegeln.

Als Wächter Kretas galt der schreckliche, riesige Talos. Er war allein noch übrig geblieben aus dem Geschlecht der Menschen, die einst Bäumen entsprossen waren. Zeus hatte ihn Europa geschenkt und ihm aufgetragen, dreimal am Tag mit seinen ehernen Füßen die Runde auf der Insel zu machen. Talos war am ganzen Leib aus Erz und deswegen unverletzlich, nur an einem seiner Knöchel hatte er eine gewöhnliche Sehne und eine Ader, in der Blut floss. Wer die Stelle kannte und sie treffen konnte, durfte sicher sein, ihn zu töten, denn er war nicht unsterblich.

Als die Helden nun Kreta ansteuerten, stand Talos auf einer der äußersten Felsen; sobald er das Schiff sah, stieß er mit seinen Füßen ganze Felsblöcke ab und fing an, sie gegen die herannahende Argo zu schleudern. Erschrocken ruderten die Argonauten rückwärts, und sie wären trotz ihres Durstes an Kreta vorübergefahren, hätte Medea ihnen nicht zugeredet: „Hört mich, Männer! Ich weiß, wie dieses Ungeheuer zu bändigen ist. Haltet das Schiff nur außerhalb der Steinwurfweite!“

Dann raffte sie die Falten ihres purpurnen Gewandes und betrat den Bug des Schiffes. Mit schauerlicher Zauberformel rief Medea dreimal die alles vernichtenden Parzen an. Danach bewirkte sie, dass die Augen des Riesen sich schlossen, und ließ ohnmächtig machende schwarze Traumbilder in seinem Kopf entstehen. Während er zusammensank, stieß er mit dem verletzlichen Knöchel an eine spitze Felsenkante, sodass sein Blut wie flüssiges Blei aus der Wunde quoll. Noch einmal versuchte er, sich aufzurichten, taumelte eine kurze Zeit auf seinen Füßen dahin und stürzte dann tot, mit ungeheurem Lärm, in die Meerestiefe.

Dies war das letzte Wunder, das die Argonauten erlebten. Bald darauf nahm sie die Insel Ägina auf. Von dort steuerten sie der Heimat zu, und ohne weiteren Unfall lief die Argo glücklich in den Hafen von Jolkos ein. Jason weihte das Schiff dem Meeresgott Poseidon. Als es nach Menschenaltern in Staub zu zerfallen drohte, glänzte es, in den Himmel erhoben, am südlichen Firmament als ein leuchtendes Gestirn.

Jasons Ende

Jason gelangte nicht auf den Thron von Jolkos, um dessentwillen er die gefahrvolle Fahrt unternommen hatte, Medea ihrem Vater geraubt und ihren Bruder Absyrtos ermordet hatte. Er musste das Königreich dem Sohne des Pelias, Akastos, überlassen und mit Medea, seiner jungen Gemahlin, nach Korinth flüchten. Hier wohnte er zehn Jahre mit ihr, und sie gebar ihm drei Söhne. Die beiden ältesten waren Zwillinge und hießen Thessalos und Alkimenes; der dritte, Tisander, war viel jünger. In diesen Jahren liebte Jason seine Medea über alles. Später dann wurde Jason von der Schönheit und der Anmut eines Mädchens, der Tochter des Korintherkönigs Kreon mit Namen Glauke, gefesselt. Ohne dass Medea es erfuhr, warb er um die Jungfrau, und erst nachdem der Vater eingewilligt und den Tag der Hochzeit bestimmt hatte, suchte er Medea zu bewegen, freiwillig auf die Ehe mit ihm zu verzichten. Er versicherte, dass er die neue Ehe nicht schließen wolle, weil er sie, Medea, etwa nicht mehr liebe, sondern weil für seine Kinder die Verwandtschaft mit dem hohen Königshause gut sei. Medea wandte sich voller Zorn an die Götter, doch sie halfen ihr nicht.

Jason achtete nicht auf die Verzweiflung, die Medea erfasst hatte, und er verlobte sich mit Glauke. Medea aber irrte durch den Palast ihres Gatten. „Weh mir“, rief sie, „mögen die Blitze des Himmels doch auf mein Haupt niederzücken! Ach, wenn der Tod sich meiner erbarmte! Oh Vater – oh Vaterstadt, aus der ich schmählich geflohen bin! Oh Bruder, den ich ermordet und dessen Blut jetzt über mich kommt! Oh Gerechtigkeit, mögest du Jason und sein junges Weib verderben!“

Noch klagte sie, als Kreon, Jasons neuer Schwiegervater, ihr im Palast begegnete. „Du finster Blickende“, redete er sie an, „nimm deine Söhne und verlasse mein Land!“

Medea, die ihren Zorn unterdrückte, antwortete gefasst: „Warum fürchtest du ein Übel von mir, Kreon? Hast du mir Böses getan, warst du mir etwas schuldig? Du hast deine Tochter dem Mann gegeben, der dir gefallen hat. Du musst auf mich nicht achten. Ich zürne nur meinem Gatten, der mich verließ!“ Sie umschlang Kreons Knie. „Dennoch will ich schweigen und mich den Mächtigeren unterwerfen!“

Der König aber sah den Hass in ihren Augen, er traute ihr nicht. „Geh“, erwiderte er, „und lass deinen Mann in Frieden hier zurück!“ Da erbat Medea einen einzigen Tag Aufschub, um einen Weg zur Flucht und ein Asyl für sich und ihre Kinder wählen zu können.

„Ich bin kein Tyrann!“, entgegnete Kreon. „Deshalb sei dir der eine Tag gestattet. – Wenn ich auch fühle, dass es vielleicht ein Fehler ist.“

Als Medea die gewünschte Frist erhalten hatte, bemächtigte sich ihrer der Wahnsinn. Sie verübte eine furchtbare Tat.

Vorher versuchte sie noch einmal, ihren Gatten von seinem Unrecht zu überzeugen. Sie trat vor Jason und sprach: „Du willst einen neuen Ehebund eingehen, während du doch drei Söhne mit mir hast. Wärst du kinderlos, so wollte ich dir verzeihen, dann hättest du eine Ausrede für das, was du tun willst. Jetzt weiß ich nicht: Ist es so, dass die Götter, die damals herrschten, als du mir Treue versprachst, nicht mehr regieren, oder haben die Menschen sich neue Gesetze für ihr Tun und Lassen gegeben? Vermähle dich nur", drohte Medea, „du wirst eine Hochzeit feiern, die dir leidtun wird!" Die letzten Worte bereute sie, nicht weil sie es sich anders überlegt hatte, sondern weil sie fürchtete, Jason könnte sie an ihrem Verbrechen hindern. Sie ließ ihn daher um eine zweite Unterredung bitten und sprach mit veränderter Miene: „Verzeih mir, was ich gesagt habe, der blinde Zorn hat mich dazu verleitet! Ich sehe jetzt ein, dass alles, was du getan hast, zu unserem Besten geschieht. Arm und verbannt sind wir hierher gekommen; du willst durch deine neue Heirat für dich, für deine drei Kinder, zuletzt auch für mich sorgen. Kommt herbei, kommt herbei, Kinder, umarmt euren Vater, versöhnt euch mit ihm, wie ich mich mit ihm versöhnt habe!"

Jason vertraute Medea. Da versuchte sie ihn noch sicherer zu machen und ließ aus ihrer Vorratskammer köstliche goldene Gewänder und Schmuck holen und reichte sie Jason als Brautgeschenk für die Königstochter Glauke. Nach einigem Nachdenken ließ er sich überreden – ein Diener wurde abgesandt, Medeas Gaben für die Braut zu holen. Aber die Kleider waren mit Zaubersäften getränkt, und nachdem Medea heuchlerischen Abschied von ihrem Mann genommen hatte, wartete sie von Stunde zu Stunde auf die Nachricht vom Empfang ihrer Geschenke.

Endlich kam ein vertrauter Bote und rief ihr entgegen: „Steig in dein Schiff, Medea, fliehe! fliehe! Deine Feindin und ihr Vater sind tot. Als deine Söhne mit ihrem Vater das Haus der Braut betraten, freuten wir Diener uns, dass der Streit beigelegt und die Versöhnung erreicht sei. Die junge Königstochter empfing deinen Mann mit heiterem Blick. Erst recht freute sie sich, als sie deine prächtigen Geschenke sah. Kaum hatte dein Mann sie wieder verlassen, da griff sie nach dem Schmuck, legte den Mantel um, setzte sich einen goldenen Kranz ins Haar und betrachtete sich vergnügt in einem Spiegel. Dann ging Glauke durch die Gemächer des Palastes und freute sich wie ein törichtes Mädchen ihrer Herrlichkeit.

Bald aber änderte sich das Bild. Bleich, an allen Gliedern zitternd, wankte die Braut rückwärts. Bevor sie einen Sitz erreicht hatte, stürzte sie auf den Boden nieder und begann die Augen zu verdrehen. Schaum trat ihr vor den Mund. Einige Diener eilten zum König, die anderen zu Jason, dem künftigen Gatten. Inzwischen flammte der verzauberte Kranz in ihrem Haar auf; Gift und Feuer zehrten an der Leidenden, und als der Vater jammernd herbeigestürzt kam, fand er nur noch den entstellten Leichnam der Tochter. In Verzweiflung warf er sich auf sie; so wurde auch er von dem Gift des mörderischen Gewandes ergriffen, und auch sein Leben endete. Von Jason weiß ich nichts!“

Diese Gräuel entflammten Medea noch mehr, statt ihren Hass zu dämpfen. Sie eilte zu der Kammer, wo ihre Söhne schliefen. Es wurde Nacht. „Wappne dich, mein Herz“, sprach sie unterwegs zu sich, „und zögere nicht, das Grässliche zu vollenden! Vergiss, Unglückliche, dass es deine Kinder sind, dass du sie geboren hast! Nur diese eine Stunde vergiss es! Nachher beweine sie dein ganzes Leben lang!“

Als Jason in sein Haus eilte, die Mörderin seiner Braut zu bestrafen, drangen ihm schon die ersterbenden Rufe seiner Kinder entgegen. Er sprang in die aufgestoßene Tür, das furchtbare Geschehen aufzuhalten, aber er kam zu spät und fand seine Söhne in ihrem Blut. Medea war nicht zu erblicken. Als er aus dem Haus stürzte, sie zu suchen, hörte er ein Geräusch über sich. Emporschauend sah er die fürchterliche Mörderin, wie sie auf einem mit Drachen bespannten Wagen, den ihre Kunst erzaubert hatte, durch die Lüfte davonfuhr und den Schauplatz ihrer Rache verließ.

Jason wusste, Medea niemals für ihre Verbrechen bestrafen zu können. Verzweiflung übermannte ihn, auch seine eigene Schuld wachte wieder in ihm auf. Er stürzte sich in sein Schwert und fiel auf der Schwelle seines Hauses.

AUS DER HERAKLESSAGE

Geburt des Herakles

Herakles war ein Kind von Zeus und von Alkmene. Hera, die Frau des Zeus, hasste Alkmene, ihre Konkurrentin, und gönnte ihr den Sohn nicht, von dessen Zukunft Zeus den Göttern Großes verkündet hatte. Als daher Alkmene Herakles zur Welt brachte, hatte sie Furcht vor der Göttermutter, sie ließ den Jungen aus dem Palast tragen und an einem Ort aussetzen, der noch in späten Zeiten das „Heraklesfeld" hieß. Hier wäre das Kind ohne Zweifel umgekommen, wenn nicht die Göttin Athene ihn dort gefunden hätte. Sie war mit Hera unterwegs, die nicht wusste, welches Kind da vor ihnen lag. Athene betrachtete die schöne Gestalt des Knaben mit Verwunderung, erbarmte sich seiner und überredete Hera, dem Kleinen ihre göttliche Brust zu reichen. Aber Herakles sog viel kräftiger, als man es bei seinem Alter erwartet hätte; Hera empfand Schmerzen und ließ das Kind erschrocken zu Boden fallen. Jetzt nahm Athene es voll Mitleid an sich und trug es in die nahe Stadt. Hier übergab sie es der Königin Alkmene und befahl ihr, den Findling aus Barmherzigkeit aufzuziehen.

Alkmene hatte ihren Sohn auf den ersten Blick erkannt und ihn freudig in die Wiege gelegt. Sie wusste dabei: Herakles hatte nur ein paar Züge an Heras Brust getan; aber die wenigen Tropfen Göttermilch genügten, ihm Hoffnung auf Unsterblichkeit zu schenken.

Auch Hera erfuhr, wer an ihrer Brust gelegen und wie leichtsinnig sie den Augenblick der Rache hatte vorübergehen lassen. Sogleich schickte sie zwei entsetzliche Schlangen aus, das Kind zu töten. Ehe die Dienerinnen der Königin es bemerkten, hatten sie sich um den Hals des Knaben gelegt. Schon zogen sie die Schlinge zu, aber da erwachte Herakles und gab die erste Probe seiner Götterkraft: Er ergriff mit jeder Hand eine der Schlangen am Genick und erstickte sie.

Jetzt traten auch Kriegsleute, durch den Hilferuf der Frauen aufgeschreckt, in das Schlafgemach; König Amphitryon, der den Stiefsohn als ein Geschenk des Zeus betrachtete, eilte erschrocken herbei. Da stand er vor der Wiege, sah und hörte, was geschehen war. Er hielt die Tat für ein Wunderzeichen und ließ den Wahrsager Tiresias rufen. Dieser weissagte dem König, der Königin und allen Anwesenden den Lebenslauf des Knaben: wie viele Ungeheuer auf der Erde, wie viele Ungetüme des Meeres er hinwegräumen, wie er selbst mit den Giganten, den erbitterten Gegnern der Götter, im Kampf zusammenstoßen und sie besiegen werde, und wie ihn am Ende seines abenteuerlichen Erdendaseins ein Leben bei den Göttern auf dem Olymp erwarte, zusammen mit Hebe, der Göttin der ewigen Jugend, als seiner Frau.

Die Erziehung des Herakles

Als Amphitryon all dies aus dem Munde des Sehers vernommen hatte, beschloss er, dem Knaben eine ihm würdige Erziehung zu geben. Die klügsten Männer vieler Landschaften versammelten sich, den jungen Herakles zu unterrichten. Sein Vater selbst unterwies ihn in der Fertigkeit, einen Wagen zu lenken; Eurytos lehrte ihn den Bogen zu spannen und mit Pfeilen zu zielen, und der greise Sohn Apollos, Linos, das Spielen auf der Leier. Herakles war klug und voller Wissensdurst, aber Ungerechtigkeit konnte er nicht ertragen, und der alte Linos war ein unbeherrschter Lehrer. Als er den Schüler einmal ohne wirklichen Grund schlug, griff der Knabe nach seiner Leier und warf sie Linos an den Kopf, dass er tot zu Boden fiel.

Amphitryon schickte Herakles deshalb auf das Land zum Ochsenhüten. Hier wuchs Herakles auf und tat sich durch seine Behändigkeit und Stärke vor allen andern hervor. Er war übergroß, Feuerglanz entströmte seinen Augen. Nie versagte er beim Pfeileschießen oder beim Werfen der Spieße. Als Herakles achtzehn Jahre alt war, war er der stärkste Mann Griechenlands, und es sollte sich jetzt entscheiden, ob er diese Kraft zum Guten oder zum Schlimmen anwenden würde.

Herakles am Scheideweg

Herakles verließ nun Hirten und Herden und begab sich in eine einsame Gegend, um darüber nachzudenken, welche Lebensbahn er einschlagen sollte. Als er so nachdenklich dasaß, sah er zwei Frauen auf sich zukommen. Die eine zeigte in ihrem ganzen Wesen Anstand und Adel, ihr Blick war bescheiden, ihre Haltung freundlich, fleckenlos weiß ihr Gewand. Die andere war wohl genährt und besaß üppige Brüste und Hüften, und sie war geschminkt. Ihre Augen waren nicht niedergeschlagen, sie blickten offen und herausfordernd, und ihr Kleid war gewählt, dass so viel wie möglich von ihren Reizen durchschimmerte. Oft blickte sie nach ihrem eigenen Schatten. Als die beiden näher kamen, blieb die Erste bei ihrem ruhigen Schritt, die Zweite aber überholte sie, lief auf den jungen Mann zu und redete ihn an: „Herakles, ich sehe, dass du noch unschlüssig bist, welchen Weg du durch das Leben einschlagen sollst! Wählst du mich zur Freundin, so werde ich dich auf die angenehmsten Wege führen, keine Unannehmlichkeiten sollst du erleben. Andere werden für dich arbeiten – so wirst du die Früchte fremden Fleißes genießen, und nichts wird dir fehlen."

Als Herakles die verlockenden Angebote hörte, fragte er verwundert: „Wie ist dein Name?"

„Meine Freunde", antwortete sie, „nennen mich ‚Glückseligkeit'; meine Feinde hingegen, die mich nicht mögen, nennen mich die ‚Liederlichkeit'."

Mittlerweile war die andere Frau hinzugetreten. „Auch ich", sagte sie, „komme zu dir, Herakles, denn ich kenne deine Eltern und deine Erziehung und hoffe, du wirst ein Meister im Guten und Großen werden! Du musst aber wissen, dass von all dem, was schön und wünschenswert ist, die Götter den Menschen nichts ohne Arbeit und Mühe gewähren. Möchtest du, dass die Griechen dich um deiner selbst willen bewundern, so musst du Gutes für das Land tun. Willst du ernten, so musst du säen, willst du siegen, so musst du die Kriegskunst erlernen; willst du deinen Körper stärken, so gelingt das nur durch Arbeit."

Hier fiel ihr die Liederlichkeit ins Wort. „Siehst du wohl, lieber Herakles“, sprach sie, „was für ein langer mühseliger Weg dich erwartet, wenn du darauf hörst?“

„Elende“, erwiderte die Tugend, „du isst, ohne hungrig zu sein, und du trinkst, ohne Durst zu haben. Kein Bett kann dir weich genug sein. Deine Freunde lässt du die Nächte durchprassen und den besten Teil des Tages verschlafen. Obwohl unsterblich, bist du von den Göttern verstoßen worden, und die guten Menschen verachten dich. An mir dagegen besitzen die Künstler eine tüchtige Helferin, an mir die Hausväter eine treue Wächterin. Speise, Trank und Schlaf schmecken denen, die auf mich hören. Die Jungen freuen sich über die Anerkennung der Alten, die Älteren über die Ehrung der Jungen; mit Vergnügen erinnern sie sich selbst an ihre früheren Taten und sind glücklich bei dem, was sie jetzt tun. Durch mich werden sie von den Göttern und von den Freunden geliebt, von allen geachtet. Zu solchem Leben, Herakles, entschließe dich, und du wirst glücklich werden!“

Des Herakles erste Taten

Die Gestalten waren verschwunden und Herakles wieder allein. Er war entschlossen, den Weg der Tugend zu gehen. Bald fand er auch Gelegenheit, etwas Gutes zu tun. Griechenland war zu dieser Zeit noch voll von Wäldern und Sümpfen, in denen grimmige Löwen und andere Ungeheuer lebten. Das Land von diesen Untieren zu befreien und Räuber zu vertreiben, die jedwedem einsamen Wanderer auflauerten, galt als größtes Verdienst. In das Königshaus seiner Familie zurückgekehrt, hörte Herakles, dass auf dem Berge Kithäron, an dessen Fuß die Herden des Königs Amphitryon weideten, ein entsetzlicher Löwe hause. Der junge Held war rasch entschlossen, das Untier zu töten. Er stieg bewaffnet ins Waldgebirge hinauf; er überwältigte den Löwen, erstach ihn, warf sich sein Fell um und setzte den Kopf mit seiner wilden Mähne als Helm auf.

Das ganze Land bewunderte die Tat, und der König von Theben, Kreon, gab dem jungen Mann, um sein Verdienst zu ehren, seine Tochter Megara zur Frau. Die Götter selbst beschenkten den Siegreichen: Hermes hing ihm ein Schwert um, Apoll wählte erlesene Pfeile für ihn aus, Hephästos einen goldenen Köcher und Athene einen Harnisch.

Herakles im Gigantenkampf

Der Held fand bald eine Gelegenheit, sich bei den Göttern für solch große Auszeichnungen zu bedanken. Die Giganten, Riesen mit schrecklichen Gesichtern, langen Haaren und Bärten – Ungeheuer, die Gäa, die Erde, geboren hatte –, wurden von ihrer Mutter gegen Zeus, den höchsten Herrscher, aufgewiegelt. Sie brachen in den Ländereien von Phlegra, in Tessalien, plötzlich aus der Unterwelt hervor. Aus Furcht vor ihrem Anblick erblassten die Sterne am Himmel, und Phöbus kehrte auf seinem Sonnenwagen um.

„Geht hin und rächt mich", sprach die Erde zu ihren Söhnen, den Titanen und deren Nachkommen. „An Prometheus, Sohn des Japetos, frisst der Adler, Prometheus' Bruder, Atlas, ist dazu verurteilt, den Himmel zu tragen, und viele der Titanen liegen auf Zeus' Betreiben in Banden. Geht, rächt und rettet sie! Braucht meine eigenen Glieder, die Berge als Stufen, als Waffen! Du, Enkelados, bemächtige dich des Meeres und verjage Poseidon! Rhökos möge dem Sonnengott die Zügel entreißen, Porphyrion das Orakel zu Delphi erobern!" Die Riesen jubelten bei diesen Worten auf, als hätten sie den Sieg schon errungen, als jagten sie schon Poseidon oder Ares im Triumph vor sich her und zerrten Apoll an seinen lockigen Haaren. Der eine nahm sich vor, Aphrodite zu seinem Weib zu machen, ein anderer wollte Artemis, ein dritter Athene. So zogen sie den thessalischen Bergen zu, um von dort aus den Olymp zu stürmen.

Währenddessen rief Iris alle Götter zusammen, die in Meeren und

Flüssen wohnen; sogar die Manen aus der Unterwelt beschwor sie, die Seelen der Verstorbenen. Auch Persephone verließ ihr schattiges Reich, die Unterwelt, und ihr Mann, der König der Schweigenden, fuhr mit seinen lichtscheuen Pferden zum strahlenden Olymp empor. Wie in einer Stadt, die der Feind bestürmt, die Bewohner von allen Seiten zusammenlaufen, um ihre Burg zu schützen, so kamen die Götter nun zum Haus des Zeus.

„Ihr seht", redete Zeus sie an, „wie die Mutter Erde sich aufs Neue gegen uns verschworen hat. Auf, sendet ihr so viele Leichen hinab, als sie uns Söhne heraufschickt!"

Als der Göttervater geendet hatte, ertönte sein Donner vom Himmel, die Tiefe antwortete mit einem dröhnenden Beben. Alles geriet in Verwirrung wie bei der ersten Schöpfung. Die Giganten rissen einen Berg nach dem anderen aus seinen Wurzeln, schleppten den Ossa, den Pelion, den Öta, den Athos herbei, brachen den Rhodope ab, schichteten die Gebirge übereinander und klommen wie auf einer Leiter zum Göttersitz empor. Dort begannen sie, Feuerbrände von Eichen und ungeheure Felsenstücke in den Armen, den Olymp zu stürmen.

Nun sagte den Göttern ein Orakelspruch, dass keiner der Giganten von der Hand der Himmlischen fallen werde, solange nicht ein Sterblicher auf ihrer Seite mitkämpfe. Gäa hatte es in Erfahrung gebracht und forschte deswegen nach einem Mittel, ihre Söhne auch Sterblichen gegenüber unverletzlich zu machen. Es gab wirklich ein solches Kraut. Aber Zeus kam der Erde zuvor; er verbot der Morgenröte, dem Mond und der Sonne zu scheinen, und während Gäa in der Finsternis herumsuchte, schnitt er alle Wunderkräuter ab, die ihr hätten dienen können. Zugleich ließ er seinem Sohn Herakles durch Athene bestellen, rasch zum Kampf zu eilen.

Auf dem Olymp war inzwischen die Schlacht schon gewaltig entbrannt. Ares hatte seinen Kriegswagen mit den wiehernden Pferden mitten in die dichteste Schar der heranstürzenden Feinde gelenkt. Sein goldener Schild flammte heller als Feuer, schimmernd flatterte die Mähne seines Helms. Im Kampfgetümmel durchbohrte er den

Giganten Peloros, dessen Füße zwei lebendige Schlangen waren. Dann fuhr er über die Glieder des Gefallenen hinweg; aber erst beim Anblick des sterblichen Herakles hauchte das Ungeheuer seine drei Seelen aus.

Herakles sah sich auf dem Schlachtfeld um und suchte sich ein Ziel für seinen Bogen; sein Pfeilschuss streckte Alkyoneus nieder, der zwar zur Erde stürzte, sich aber, sobald er seinen Heimatboden berührt hatte, mit erneuter Lebenskraft wieder erhob. Auf den Rat der Athene schleppte Herakles den Riesen Alkyoneus über die Grenze seines Geburtslandes hinaus. Sobald Alkyoneus auf fremder Erde angekommen war, verließen ihn seine Kräfte, und er starb.

Jetzt ging der Gigant Porphyrion in drohender Stellung auf Herakles und Hera los, um zugleich mit ihnen beiden zu kämpfen. Aber Zeus traf ihn mit seinem Donner, und Herakles tötete ihn mit seinem Geschoss. Danach rannte aus der Schlachtreihe der Giganten Ephialtes mit funkelnden Riesenaugen hervor. „Das sind helle Zielscheiben für unsere Pfeile!", sprach Herakles lachend zu dem neben ihm kämpfenden Phöbos Apollo, und sie schossen dem Unhold das linke und das rechte Auge aus dem Kopf. Den Giganten Eurytos schlug der Gott Dionysos nieder; mit einem Hagel glühender Eisenschlacken warf Hephästos den Giganten Klytios zu Boden; auf den fliehenden Enkelados schleuderte Pallas Athene in einem gewaltigen Kraftakt die Insel Sizilien. Die Übrigen schmetterte Zeus mit seinem Donner nieder, und Herakles erschoss sie mit seinen Pfeilen.

Für diese Tat wurde dem Halbgott Herakles eine hohe Ehre von den Himmlischen zuteil. Zeus nannte diejenigen unter den Göttern, die im Kampf geholfen hatten, *Olympier*, um durch diesen Ehrennamen die Tapferen von den Feigen zu unterscheiden. Nur zwei Söhne sterblicher Frauen ehrte er auf diese Weise: Dionysos, der auch Bacchus genannt wird, und Herakles.

Herakles und Eurystheus

Zeus hatte vor der Geburt des Herakles im Rat der Götter erklärt, der erste Enkel des Perseus, also Herakles, solle der Beherrscher aller weiteren Nachkommen werden. Aber Hera, die dem Kind der Alkmene, der Geliebten des Zeus, kein Glück gönnte, überlistete ihn und ließ Eurystheus, der auch ein Enkel des Perseus war, früher als Herakles auf die Welt kommen. Dadurch wurde Eurystheus König von Mykene und Herakles ihm untergeordnet.

Eurystheus sah mit Besorgnis den steigenden Ruhm seines jungen Verwandten und rief ihn zu sich, um ihm, als seinem Untertan, verschiedene Arbeiten aufzutragen. Da Herakles nicht gehorchte, ließ Zeus selbst seinem Sohn befehlen, dem König zu dienen. Der Halbgott Herakles wurde ungern der Untergebene eines Sterblichen; er ging nach Delphi und befragte das Orakel darüber. Dieses gab ihm zur Antwort: Die von Eurystheus beanspruchte Oberherrschaft sei von den Göttern abgemildert. Herakles müsse zehn Arbeiten, die jener ihm auftragen werde, vollbringen. Danach solle er unsterblich sein.

Herakles wurde schwermütig über diese Entscheidung. Es widerstrebte ihm, einem unter ihm Stehenden folgen zu sollen. Aber Zeus, seinem Vater, nicht zu gehorchen erschien dem Helden ebenso Unheil bringend. Das war der Augenblick der Hera. Alle Verdienste des Herakles hatten den Hass gegen den Sohn von Alkmene nur noch vertieft; so verwandelte sie seine Schwermut, in die er gefallen war, in wilde Raserei. Er kam so von Sinnen, dass er seine Freunde morden wollte und die Kinder erschoss, die ihm Megara geboren hatte, immer in dem Wahn, er würde auf die Giganten schießen. Lange dauerte es, bis er von seiner Krankheit wieder geheilt wurde. Danach litt er umso tiefer unter seinem Unglück. Er schloss sich in sein Haus ein und vermied jede Begegnung mit den Menschen. Als endlich die Zeit seinen Kummer linderte, erklärte er sich bereit, die Aufträge des Eurystheus zu übernehmen, und begab sich zum König, zur Stadt Tiryns, die zu dessen Reich gehörte.

Die drei ersten Arbeiten des Herakles

Die *erste* Arbeit, die der König ihm auferlegte, bestand darin, dass Herakles ihm das Fell des nemeïschen Löwen herbeizubringen hatte. Der Furchtbare hauste in den Wäldern von Argolis. Der Löwe konnte aber mit keinen menschlichen Waffen verwundet werden; die einen sagten, er sei ein Sohn des Riesen Typhon, die andern, er sei vom Mond auf die Erde gefallen.

Herakles zog gegen den Löwen aus, den Köcher auf dem Rücken, den Bogen in der Linken, in der Rechten eine Keule aus dem Stamm eines wilden Ölbaums, den er selbst ausgerissen hatte. Als er nach einiger Zeit in den Wald von Nemea kam, hielt Herakles vorsichtig Ausschau nach dem Untier, um es zu entdecken, ehe er selbst erblickt würde. Es war Mittag, und nirgendwo konnte er auch nur eine Spur des Löwen bemerken, nirgendwo den Pfad zu seiner Höhle entdecken. Keinen Menschen traf er auf dem Feld bei den Stieren oder im Wald bei den Bäumen; alle hielt die Furcht in ihren Höfen. Den ganzen Nachmittag durchstreifte Herakles den dichten Wald, entschlossen, seine Kraft zu erproben, sobald er das Ungeheuer sah. Erst gegen Abend schlich der Löwe auf einem Waldweg heran, um von der Jagd zu seiner Höhle zurückzukehren; Kopf, Mähne und Brust troffen von Blut. Herakles wartete, bis das Tier nahe war, und schoss ihm aus einem dichten Gebüsch einen Pfeil in die Flanken. Aber das Geschoss drang nicht ins Fleisch, es prallte auf den moosigen Waldboden zurück. Der Löwe ließ die Augen forschend nach allen Seiten rollen und sperrte den Rachen mit dem entsetzlichen Gebiss weit auf. Dabei streckte er Herakles die Brust entgegen, und der sandte schnell einen zweiten Pfeil ab. Auch diesmal prallte das Geschoss ab und fiel von dem Ungetüm nieder.

Herakles griff eben zum dritten Pfeil, als der Löwe ihn erblickte. Sein Nacken schwoll an vor Zorn, seine Mähne sträubte sich, der Rücken wurde krumm wie ein Bogen. Er setzte zum Sprung an. Herakles warf blitzschnell die Pfeile aus der Hand und das Löwenfell, das er trug, vom Rücken. Mit der Rechten schwang er die Keule über dem Kopf des

Tieres und versetzte, ihm geschickt ausweichend, einen Schlag auf den Nacken, dass es mitten im Sprung stürzte. Ehe es wieder atmen konnte, warf Herakles auch noch den nutzlosen Bogen zu Boden, um ganz ungehindert zu sein, näherte sich dem Tier von hinten, schlang die Arme um seinen Nacken und schnürte ihm die Kehle zu, bis es erstickte. Dann machte er sich, nunmehr das Fell auch dieses Löwen übergehängt, auf den Rückweg nach Tiryns. Als König Eurystheus ihn auf den Palast zukommen sah, geriet er über die göttliche Kraft des Herakles in solche Angst, dass er in ein Fass kroch. Vor Angst ließ er Herakles nun seine Befehle außerhalb der Mauern überbringen.

Die *zweite* Arbeit des Helden bestand darin, die neunköpfige Hydra zu erlegen, die als Tochter der Schlange Echidna galt. Sie war im Sumpf von Lerna aufgewachsen, streifte oft übers Land, zerriss die Viehherden und verwüstete das Feld.

Herakles ging auch diesem Kampf mutig entgegen. Er bestieg sofort einen Wagen. Sein Neffe Jolaos, der sein unzertrennlicher Gefährte blieb, setzte sich ihm zur Seite, und so eilten beide auf Lerna zu. Nach langem Suchen sichteten sie die Hydra endlich vor einem Hügel, unter dem sich auch ihre Höhle befand. Hier ließ Jolaos die Pferde halten; Herakles sprang vom Wagen und zwang durch brennende Pfeile die vielköpfige Schlange, die in ihren Schlupfwinkel kriechen wollte, wieder hervorzukommen. Sie kam zischend näher, ihre neun Hälse wiegten sich über dem Leib wie die Äste eines Baumes im Sturm.

Herakles ging unerschrocken auf die Hydra zu; sie umschlang schnell einen seiner Füße und versuchte, ihn zu Boden zu reißen. Es gelang ihr nicht. Jetzt zielte Herakles nach ihren Hälsen. Aber auch er konnte nicht gewinnen. Hatte er der Hydra ein Haupt abgeschlagen, so wuchsen zwei neue nach. Da rief er seinen Neffen zu Hilfe; Jolaos zündete eine Fackel an und brannte jedes Mal die neu emporschießenden Köpfe der Schlange aus. Auf solche Weise überwand der Halbgott die Hydra und hieb ihr zuletzt auch das neunte, das unsterbliche Haupt ab. Er begrub es und wälzte einen schweren Stein darüber. Den Rumpf spaltete er in zwei Teile, seine Pfeile aber tauchte er in ihr giftiges Blut.

Seitdem waren alle Wunden unheilbar, die von Herakles' Geschossen herrührten.

Der *dritte* Auftrag des Eurystheus betraf die Hirschkuh Kerynitis; Herakles sollte sie lebendig fangen. Kerynitis, ein herrliches Tier mit goldenen Geweihen und ehernen Füßen, weidete auf einem Hügel Arkadiens. Doch er konnte sie nicht einfangen. Ein ganzes Jahr lang verfolgte er sie; er gelangte durch weite Gebiete und holte die Hirschkuh endlich am Fluss Ladon in Arkadien ein. Doch sah er keine andere Möglichkeit, das Tier zu überwältigen, als es durch einen Pfeilschuss zu lähmen, um es dann auf seinen Schultern heimzutragen. Hierbei begegnete ihm die Göttin Artemis, sie bezichtigte ihn, dass er die Hirschkuh, die ihr geheiligt war, habe töten wollen, und versuchte, ihm die Beute zu entreißen. „Ich konnte nicht anders handeln, Artemis", sprach Herakles zu seiner Rechtfertigung, „die Notwendigkeit hat mich gezwungen, es zu tun! Wie könnte ich sonst vor Eurystheus bestehen?" So besänftigte er den Zorn der Göttin und brachte Kerynitis nach Mykene.

Die vierte, fünfte und sechste Arbeit des Herakles

Sofort ging es an die *vierte* Unternehmung. Sie bestand darin, den erymanthischen Eber, der die Gegend des Berges Erymanthos verwüstete, wiederum lebendig nach Mykene zu bringen.

Auf dem Weg zu diesem Abenteuer kehrte Herakles bei Pholos ein. Pholos, der wie alle Zentauren halb Mensch, halb Pferd war, empfing seinen Gast freundlich; er setzte ihm das Fleisch gebraten vor, während er selbst es roh aß. Aber Herakles wollte zu der guten Mahlzeit auch einen guten Trunk. „Es liegt zwar ein Fass in meinem Keller", sprach Pholos, „es gehört aber allen Zentauren gemeinschaftlich, und ich weiß nicht, wie meine Brüder es aufnehmen, wenn ich dir den Wein gebe."

„Öffne es nur", erwiderte Herakles, „ich verspreche dir, dich gegen alle Angriffe zu verteidigen!" So ging denn Pholos in den Keller.

Kaum hatte er das Fass aufgeschlagen, da rochen die Zentauren der Umgegend den Duft des starken alten Weins und umringten, mit Felsstücken und Baumstämmen bewaffnet, die Höhle des Pholos. Die Ersten, die einzudringen wagten, jagte der Sohn des Zeus mit Feuerbränden zurück; die anderen verfolgte er mit Pfeilschüssen bis nach Malea, wo der gute Zentaur Chiron, ein alter Freund des Herakles, wohnte. Zu ihm flüchteten nun seine Brüder.

Herakles verfolgte sie und schoss einen Pfeil ab, der, den Arm eines der Zentauren durchschlagend, unglücklicherweise in Chirons Knie fuhr und dort stecken blieb. Jetzt erst erkannte der Held seinen früheren Beschützer, lief bekümmert zu ihm, zog den Pfeil heraus und legte eine Arznei auf die Wunde. Aber die Wunde, nunmehr vom Blut der Hydra vergiftet, war unheilbar; der alte Zentaur ließ sich in seine Höhle bringen und wünschte, hier in den Armen seines Freundes zu sterben.

Vergeblicher Wunsch! Chiron war zu seiner Qual unsterblich. Herakles nahm endlich unter vielen Tränen Abschied von ihm und versprach, koste es, was es wolle, den Tod, den Erlöser, zu ihm zu senden. Dann ging er weiter, den Eber zu jagen; er trieb ihn aus dem Dickicht des Waldes heraus, verfolgte das Tier in ein tiefes Schneefeld und brachte es, wie befohlen, lebendig nach Mykene.

Darauf schickte ihn König Eurystheus zur *fünften* Arbeit fort, die eines Helden wenig würdig war. Er sollte den Viehhof des Augias an einem einzigen Tage ausmisten.

Augias war Herrscher in Elis und hatte eine Menge Herden. Sie standen in einem großen Gehege nicht weit vom Palast. Dreitausend Rinder hatten da seit vielen Jahren eine unendliche Masse Mist angehäuft, den nun Herakles in wenigen Stunden hinausschaffen sollte.

Als der Held vor König Augias trat und, ohne etwas von dem Auftrag des Eurystheus zu sagen, sich zum Dienst anbot, blickte Augias auf die herrliche Gestalt im Löwenfell und konnte kaum ein Lächeln unterdrücken, als er daran dachte, dass ein so außergewöhnlicher Krieger diese alltägliche Knechtsarbeit tun wollte. Dann überlegte er bei sich: „Nun gut, soll er es versuchen. Und wenn er nur einen Teil bewältigt, es soll mir recht sein. Alles wird er nicht schaffen, so kann ich ihm einen Lohn versprechen, das wird seine Anstrengungen nur verdoppeln."

So sprach Augias: „Höre, Herakles, wenn du das kannst und mir an einem Tag all den Mist hinausschaffst, so will ich dir den zehnten Teil all meiner Viehherden zur Belohnung geben." Herakles ging auf die Bedingung ein, und der König dachte nun nicht anders, als dass er zu schaufeln anfangen würde. Herakles aber riss den Boden des Viehhofs auf der einen Seite auf, leitete die nicht weit davon fließenden Bäche Alphëos und Penëos durch einen oberen Kanal herein, ließ sie den Mist wegspülen und durch eine untere Öffnung alles hinausströmen. So erledigte er den Auftrag, ohne eine Schaufel in die Hand zu nehmen, was für einen Unsterblichen unwürdig gewesen wäre.

Augias aber verweigerte ihm den Lohn; doch Herakles verzichtete darauf.

Als Herakles zu Eurystheus zurückkehrte, erkannte er das eben vollbrachte Werk nicht an, weil Herakles Lohn dafür nehmen wollte. Dennoch schickte er ihn auf der Stelle auf ein *sechstes* Abenteuer aus und gab ihm auf, die Stymphaliden zu verjagen. Das waren Raubvögel, groß wie Kraniche und mit eisernen Flügeln, Schnäbeln und Klauen versehen. Sie hausten um den See Stymphalos in Arkadien und besaßen die Macht, ihre Federn wie Pfeile abzuschießen und mit ihren Schnäbeln jeden Panzer zu durchbrechen.

Herakles stand ratlos da, als er zum ersten Mal die ungeheure Menge der Vögel über dem See erblickte und nicht wusste, wie er so viele Feinde bezwingen sollte. Auf einmal fühlte er einen Schlag auf der Schulter; er drehte sich um und sah die Göttin Athene. Sie kam als Riesin und gab ihm zwei mächtige eherne Klappern in die Hände, die Hephästos angefertigt hatte. Dann verschwand sie. Herakles aber bestieg eine Anhöhe in der Nähe des Sees und erschreckte die Vögel mit den Klappern. Die Stymphaliden hielten das gellende Getöse nicht aus und schwirrten auseinander. Da griff der Held zum Bogen, legte Pfeil um Pfeil an und erschoss viele in ihrem Flug. Die anderen verließen die Gegend und kehrten nicht zurück.

Die siebente, achte und neunte Arbeit des Herakles

König Minos auf Kreta hatte bei einer Wette Poseidon versprochen, ihm das zu opfern, was zuerst aus dem Meer emportauchen würde. Der Gott prüfte ihn und ließ einen ausnehmend schönen Stier aus der See aufsteigen. Minos tat es leid um das starke Tier, er steckte es heimlich unter seine Herden und brachte Poseidon einen anderen Stier als Opfer dar.

Darüber verärgert, hatte der Herr der Tiefe den Stier krank werden lassen, rasend und tobend richtete er auf der Insel Kreta große Verwüstungen an. Ihn zu bändigen und zu Eurystheus zu bringen, wurde die *siebente* Arbeit für Herakles.

Als der Halbgott mit seinem Auftrag nach Kreta kam und vor Minos trat, war der König nicht wenig erfreut über die Aussicht, den Verderber der Insel loszuwerden, ja er selbst half Herakles, den Wüterich einzufangen und zu bändigen. Diesmal war auch Eurystheus mit Herakles zufrieden. Aber er ließ, tückisch wie er war, das Tier, nachdem er es eine kurze Zeit in einem Gehege nahe dem Palast eingesperrt hatte, wieder frei. Da kehrte die alte Raserei zurück, der Stier durchirrte ganz Lakonien und Arkadien, streifte über die Landenge nach Attika und verwüstete hier alles wie zuvor auf der Insel Kreta. Erst Theseus gelang es später, ihn ein für allemal zu bezwingen.

Als *achte* Arbeit trug nun König Eurystheus Herakles auf, die Stuten des Diomedes aus Thrakien nach Mykene zu bringen. Diomedes war ein Sohn des Ares und König der Bistonen, eines sehr kriegerischen Volkes. Er besaß Stuten, die so wild und stark waren, dass man sie mit eisernen Ketten an ihren Krippen festmachen musste. Ihr Futter bestand nicht aus Hafer – Menschen, die das Unglück hatten, in die Stadt des Königs zu geraten, wurden ihnen vorgeworfen und dienten ihnen als Nahrung. Als Herakles eintraf, war seine erste Tat, den unmenschlichen Diomedes zu packen und ihn selbst den Stuten vorzuwerfen, nachdem er die bei den Krippen aufgestellten Wächter übermannt hatte. Danach wurden auch die Tiere zahm, Herakles trieb sie ans Ufer des Meeres. Aber die Bistonen folgten ihm, schwer bewaffnet, sodass er gegen sie kämpfen musste. Die Stuten gab er derweil seinem Begleiter Abderos zur Bewachung. Kaum war Herakles im Kampf gegen seine Verfolger fort, hatten die Rosse wieder Lust auf Menschenfleisch. Während der Held die Bistonen in die Flucht schlug, überfielen die Stuten Abderos, Herakles fand bei seiner Rückkehr den Freund zerrissen vor. Auch ihn griffen die wilden Pferde an.

Aber der Sohn des Zeus bändigte die Tiere noch einmal und gelangte glücklich mit ihnen zu Eurystheus. Der weihte die Stuten der Hera.

Danach unternahm Herakles den Zug gegen die Amazonen. Eurystheus hatte ihm als *neuntes* Abenteuer aufgetragen, das Wehrgehenk der Königin Hippolyta zu bringen, den Köcher für ihre Pfeile, sowie den ungeheuer weit schießenden Bogen. – Die Amazonen bewohnten die Gegend um den Fluss Thermodon in Pontus und waren ein Volk von ausschließlich Frauen. Kein Mann durfte sich lange bei ihnen aufhalten. Von ihren Kindern erzogen sie nur die Mädchen; die Jungen töteten sie.

Hippolyta trug als Zeichen ihrer Herrscherwürde Gürtel und Wehrgehenk des Ares, die sie von dem Kriegsgott selbst zum Geschenk erhalten hatte.

Herakles sammelte für sein Unternehmen freiwillige Kampfgefährten auf einem Schiff, fuhr nach mancherlei Ereignissen ins Schwarze Meer und lief endlich in die Mündung des Flusses Thermodon und in den Hafen der Amazonenstadt Themiskyra ein. Hier trat ihm die Königin entgegen. Als sie den Grund seiner Reise erfahren hatte, versprach sie Herakles das Wehrgehenk als Geschenk. Aber Hera, die unversöhnliche Feindin des Helden, nahm die Gestalt einer Amazone an, mischte sich unter die Menge der anderen und verbreitete das Gerücht, dass der Fremde die Königin Hippolyta entführen wolle. Augenblicklich schwangen sich die Amazonen auf ihre Pferde und griffen Herakles und seine Freunde im Lager an, das er vor der Stadt aufgeschlagen hatte. Die gewöhnlichen Kriegerinnen fochten mit seinen Männern, die vornehmen stellten sich ihm selbst und bereiteten ihm einen schweren

Kampf. Die Erste, die ihm gegenübertrat, hieß Aëlla, sie fand jedoch in Herakles einen noch schnelleren Gegner, musste aufgeben und wurde auf der Flucht von ihm eingeholt und niedergemacht. Die Zweite tötete er mit einem einzigen Schwertschlag, dann folgte Prothoë, die Dritte, die siebenmal im Zweikampf gesiegt hatte. Aber auch sie wurde getötet. Nach ihr erlagen ihm noch viele, darunter drei Jagdgefährtinnen der Artemis, die doch sonst immer so sicher mit dem Wurfspieß getroffen hatten. Nachdem auch Melanippe, die tapfere Führerin der Kriegerinnen, gefangen worden war, suchten die anderen ihr Heil in der Flucht, und Hippolyta, die Königin, gab das Wehrgehenk heraus, wie sie es vor dem Kampf versprochen hatte. Herakles nahm es an und ließ Melanippe frei.

Die letzten Arbeiten des Herakles

Auch als der Held das Wehrgehenk der Königin Hippolyta vor Eurystheus' Thron gelegt hatte, gönnte der ihm keine Ruhe, sondern schickte ihn auf der Stelle wieder aus, die Rinder des Riesen Geryones herbeizuschaffen, von denen er gehört hatte. Der sagenhafte Riese besaß auf der Insel Erythia eine Herde schöner braunroter Rinder, die ihm ein anderer Riese und ein zweiköpfiger Hund hüteten. Geryones selbst war ungeheuer groß, hatte drei Leiber, drei Köpfe, sechs Arme und sechs Füße. Kein Mensch hatte sich je in seine Nähe gewagt.

Herakles sah, dass dieses gefährliche Unternehmen besondere Vorbereitungen erforderte. Es war bekannt, dass Geryones' reicher Vater, Chrysaor, der den Beinamen Goldschwert trug, König von ganz Iberien war, dass außer Geryones noch drei weitere mächtige Söhne für ihn kämpften und dass jeder von ihnen ein riesiges Heer mit tapferen Männern führte. Ebendarum hatte Eurystheus Herakles diese Arbeit aufgetragen; er hoffte, auf einem Kriegszug zu den Riesen Iberiens werde der Held sein verhasstes Leben lassen.

Herakles aber ging den Gefahren ebenso unerschrocken entgegen wie bei seinen früheren Taten. Er sammelte drei Heere auf der Insel Kreta und segelte zuerst nach Libyen. Hier kämpfte er mit dem Riesen Antäos, der jedes Mal neue Kräfte erhielt, sooft er seine Mutter, die Erde, berührte; Herakles hob ihn hoch in die Luft und erdrosselte ihn. Anschließend segelte er weiter nach Iberien.

Hier fand er die drei Söhne des Chrysaor mit ihren großen Heeren, einen nicht weit vom anderen gelagert. Er aber besiegte alle im Zweikampf und eroberte das Land.

Danach erreichte er auch die Insel Erythia, auf der der Riese Geryones mit seinen Herden hauste. Sobald der doppelköpfige Wachhund den Fremden bemerkte, raste er ihm entgegen. Herakles aber fürchtete ihn nicht. Er erschlug ihn und tötete auch den Hirten, der dem Hund mit einem schweren Knüppel zur Hilfe geeilt war.

Dann machte der Halbgott sich mit den erbeuteten Rindern auf den Weg nach Griechenland. Aber Geryones holte ihn ein, und es kam zu einem schweren Kampf. Hera selbst erschien, dem Riesen beizustehen. Herakles schoss ihr einen Pfeil in die Brust, dass die Göttin, schwer verwundet, vor ihm fliehen musste. Und auch der dreifache Leib des Riesen Geryones erhielt seine tödlichen Pfeile. Unter mancherlei weiteren Taten erreichte der Held danach glücklich über Italien, Illyrien und Thrakien seine Heimat Griechenland.

Jetzt hatte Herakles zehn Abenteuer ausgeführt; weil aber Eurystheus zwei nicht anerkannte, musste er Ersatzarbeiten verrichten.

Einst, bei der Heirat von Zeus und Hera, als alle Himmlischen dem göttlichen Paar ihre Geschenke brachten, wollte auch Gäa, die Erde, nicht zurückstehen; sie ließ am Westgestade des Weltmeeres einen großen Baum voll goldener Äpfel wachsen. Vier Jungfrauen, Hesperiden genannt, Töchter der Nacht, schützten den heiligen Garten, ein hundertköpfiger Drache bewachte ihn. Kein Schlaf kam je in seine Augen, ein furchtbares Zischen verkündete seine Nähe; jede seiner hundert Kehlen ließ einen anderen Laut hören. Diesem Ungeheuer, so lautete der Befehl des Eurystheus, sollte Herakles die goldenen Äpfel der Hesperiden entreißen.

Herakles machte sich auf den langen und abenteuerlichen Weg. Vorerst überließ er sich dem blinden Zufall. Er wusste nicht, wo die Hesperiden wohnten, er wanderte durch illyrisches Land, eilte über den Fluss Eridanos und gelangte schließlich zu den Töchtern des Zeus und der Themis, die an den Ufern des Stromes ihre Hütte gebaut hatten. Sie fragte der Held, wie er zu den Hesperiden komme. „Geh zu dem alten Stromgott Nereus", war ihre Antwort. „Der ist ein Wahrsager und weiß alle Dinge. Überfalle ihn im Schlaf und fessle ihn, da wird er dir den Weg sagen." Herakles befolgte den Rat und überwältigte den Flussgott, obwohl der sich in allerlei Gestalten verwandelte. Er ließ ihn nicht eher los, bis er vernommen hatte, in welcher Weltgegend die Äpfel der Hesperiden wuchsen.

So gelangte der Held in das Land, wo Atlas die Last des Himmels trug, in dessen Nähe der Baum mit den goldenen Äpfeln bewacht wurde. Man hatte Herakles geraten, die Früchte nicht selbst zu rauben, sondern dies Atlas tun zu lassen. Er trat deshalb zu dem Riesen und erbot sich, solange der andere ihm die Äpfel pflückte, seine Last zu übernehmen. Atlas willigte ein, und Herakles stemmte die mächtigen Schultern unter das blaue Himmelsgewölbe.

Der Riese machte sich tatsächlich auf, schläferte den Drachen ein, der sich um den Baum geringelt hatte, und tötete ihn. Dann überlistete er die Hesperiden, die Jungfrauen, und kam mit drei Äpfeln, die er gepflückt hatte, glücklich zu Herakles zurück.

Aber er wollte den Himmel nicht mehr tragen. „Meine Schultern", erklärte er, „haben empfunden, wie es ist, wenn das Gewölbe nicht mehr auf ihnen drückt." So warf er die Äpfel vor Herakles auf den Boden und wandte sich zum Gehen.

Herakles musste rasch eine List ersinnen, um loszukommen. „Lass mich", rief er dem Riesen nach, „lass mich nur ein paar Stricke um den Kopf binden, damit mir die Last nicht das Gehirn zerquetscht!" Der andere fand die Forderung begreiflich und übernahm es, für wenige Augenblicke den Himmel wieder zu tragen. Aber der Betrüger wurde zum Betrogenen; er wartete vergeblich darauf, dass Herakles sich die

Stricke um den Kopf legte. Der Held nahm zwar die goldenen Äpfel vom Boden auf, dann machte er sich aber mit den Früchten eilig aus dem Staube.

Er brachte sie glücklich zu Eurystheus, der sie ihm als Geschenk zurückgab, da er seine Absicht, den Konkurrenten aus dem Weg zu räumen, noch immer nicht erreicht hatte. Herakles aber legte die goldenen Äpfel auf dem Altar der Göttin Athene nieder.

Statt ihn zu vernichten, hatten die bisherigen Arbeiten Herakles nur Ruhm eingebracht. Überall wurde er als Vernichter der Unmenschlichkeit auf Erden, als der echte Wohltäter der Sterblichen gepriesen.

Das letzte Abenteuer aber sollte er an einem Ort bestehen, wo ihn – so hoffte Eurystheus – seine Heldenkraft nicht zu schützen vermochte. Er sollte Zerberus, den Höllenhund, aus dem Hades, dem Reich der Toten, heraufholen. Das Untier hatte drei Köpfe mit grässlichen Rachen, aus denen giftiger Speichel tropfte, ein Drachenschwanz hing ihm vom Leibe, das Haar auf den Köpfen und den Rücken bildeten zischende Schlangen.

Um sich für diese grausige Fahrt vorzubereiten, ging Herakles in die Stadt Eleusis in Attika, wo einige Priester Näheres über göttliche Dinge der Ober- und Unterwelt wussten. Hier ließ er sich in ihre Geheimlehre einweihen, und so, mit unbekannten Kräften ausgerüstet, wanderte Herakles zu der Stadt Tänaros, in deren Nähe sich einer der Eingänge zur Unterwelt befand. Hermes, der Begleiter der Seelen, führte ihn dort in eine tiefe Erdkluft hinab. Schatten, die vor den Toren des Hades traurig umhergingen – denn in der Unterwelt gibt es kein heiteres Leben wie im Sonnenlicht –, ergriffen die Flucht, als sie Fleisch und Blut in Menschengestalt spürten. Nur die Gorgone Medusa hielt stand. Die Medusa wollte Herakles schon mit einem Schwertstreich attackieren, aber Hermes belehrte ihn, dass die Seelen der Toten nur leere Schattenbilder und durch das Schwert nicht mehr verwundbar seien. Nach einigen Abenteuern näherte Herakles sich auf seinem Weg durch die Unterwelt der Stadt der Toten.

Am Tor stand König Pluto, der Herrscher, und verwehrte ihm den

Eintritt. Aber Herakles schoss einen Pfeil auf ihn ab, der bohrte sich dem Gott tief in die Schulter, sodass er die Qualen der Sterblichen empfand und, als der fremde Gast nun bescheiden um die Herausgabe des Höllenhundes bat, sich dem nicht länger widersetzte. Doch forderte er als Bedingung, dass der Held aus der Oberwelt Zerberus überwinde, ohne die Waffen zu gebrauchen, die er bei sich habe. So ging Herakles los, um das Untier zu suchen, einzig mit seinem Löwenfell und dem Brustharnisch bedeckt. Er fand den Höllenhund an der Mündung des Acheron. Ohne auf sein Bellen zu achten, das wie ein dumpfer Donner ertönte, zwang er die drei Köpfe des Hundes zwischen die Knie, umschlang den Hals mit den Armen und ließ ihn nicht los, obwohl Zerberus' Schwanz, der ein Drachenmaul besaß, ihm die scharfen Zähne in die Hüfte schlug. Herakles aber hielt den Nacken des Ungetüms fest umschlungen und schnürte ihn so lange zu, bis der Höllenhund aufgab und er ihn zur Oberwelt schleppen konnte. Als Zerberus nun ans Tageslicht kam, war er voller Entsetzen und fing an, Geifer zu spucken. Herakles aber brachte ihn in Fesseln nach Tiryns und hielt ihn König Eurystheus entgegen.

Jetzt zweifelte der König daran, jemals den verhassten Herakles, Sohn des Zeus, loszuwerden. Er gab auf und sprach den Helden von seinen Pflichten frei. Herakles aber trug den Höllenhund zu seinem Besitzer, zu Pluto, zurück in die Unterwelt.

Herakles und Eurytos

Herakles kehrte von Tiryns nach Theben zurück. Mit seiner Frau Megara, deren Kinder er im Wahn umgebracht hatte, konnte er nicht mehr zusammenleben. Sie wurde die Frau seines Neffen Jolaos. Er selbst dachte an eine neue Heirat und verliebte sich in die schöne Jole, die Tochter des Königs Eurytos auf Euböa, der ihn einst als Knaben in der Kunst des Bogenschießens unterrichtet hatte.

Eurytos hatte seine Tochter dem versprochen, der ihn und seine

Söhne im Bogenschießen übertreffen würde. Herakles nahm am Wettkampf teil und bewies, dass er kein schlechter Schüler des alten Eurytos gewesen war; er gewann sogar gegen ihn und seine Söhne. Der König erschrak über diesen Sieg. Er musste an das Schicksal von Megara denken und befürchtete, dass seiner Tochter das Gleiche passieren könnte. So kam es, dass Herakles, als er sich um die Hand der schönen Jole bewarb, hören musste, dass der Vater nicht gleich eine Entscheidung treffen könne.

Inzwischen war der älteste Sohn von König Eurytos, Iphitos, der die Stärke des Gastes anerkannte, dessen enger Freund geworden und versuchte, seinen Vater zu überreden, der Heirat seiner Schwester mit dem Helden Herakles zuzustimmen. Eurytos aber blieb bei seiner Weigerung. Gekränkt verließ Herakles den Palast und irrte lange durch die Welt.

Bald darauf trat ein Bote vor den König und meldete, dass ein Räuber unter seine Rinderherde gefallen sei. Eurytos erklärte: „Das hat kein anderer getan als Herakles; solch böse Rache nimmt er, weil ich ihm, dem Mörder seiner Kinder, meine Tochter verweigert habe!“

Iphitos verteidigte seinen Freund und erbot sich, selbst zu Herakles zu gehen und mit ihm nach den gestohlenen Rindern zu forschen. Er machte sich auch bald auf den Weg.

Lange suchten die beiden die Tiere vergebens. Als sie dabei die hohen Mauern von Tiryns bestiegen, um von dort die Rinder zu entdecken, da bemächtigte sich des Herakles noch einmal der Wahnsinn. Von Heras Zorn getrieben, hielt er die Freundschaft von Iphitos für nur vorgetäuscht und stürzte ihn über die hohen Stadtmauern in die Tiefe.

Herakles bei Admetos

In der Zeit, als Herakles das Haus des Königs Eurytos verlassen hatte, war nun Folgendes geschehen. In Pherä in Thessalien lebte als Herrscher der edle Admetos mit seiner jungen und schönen Gemahlin Alkestis, von blühenden Kindern umringt, von glücklichen Untertanen geliebt. Als nun die Lebenszeit des Königs um war und er den Tod erwartete, da erwirkte Apoll bei den Schicksalsgöttinnen das Versprechen, dass Admetos nicht hinab in den Hades müsse, wenn ein anderer Mensch für ihn sterben und in die Unterwelt gehen wolle.

Apoll kam selbst nach Pherä zu seinem alten Freund, um ihm und seiner Familie die Nachricht vom bevorstehenden Tod zu überbringen, zugleich aber auch, um ihm zu sagen, auf welche Weise er seinem Schicksal entgehen könnte.

Admetos erschrak, er liebte das Leben; auch Frau und Kinder sowie seine Untertanen erschraken, dass dem Hause die Stütze, der Königin und den Kindern der Mann und Vater, dem Volk ein gütiger Herrscher geraubt werden sollte. Admetos suchte deshalb, wo er jemanden fände, der für ihn sterben wollte. Aber da war nicht einer, der dazu Lust gehabt hätte, und so sehr die Freunde den Verlust, der ihnen bevorstand, bejammerten, so abweisend wurden sie, wenn sie hörten, unter welcher Bedingung ihrem König das Leben erhalten bleiben könne. Selbst sein greiser Vater und seine gleichfalls hochbetagte Mutter, die den Tod jede Stunde vor sich sahen, wollten die Zeit, die sie noch zu erhoffen hatten, nicht für den Sohn hergeben. Nur Alkestis, die junge Frau des Admetos, Mutter seiner Kinder, liebte ihren Mann so, dass sie sich bereit erklärte, für ihn in den Tod zu gehen.

Kaum hatte die Königin das geäußert, als sich auch schon der schwarze Priester der Toten, Thanatos, den Toren des Palastes näherte, um sein Opfer ins Schattenreich hinabzuführen.

Apoll sah den Boten kommen, er verließ schnell den Königspalast, um als Gott des Lebens nicht entheiligt zu werden. Alkestis aber wusch sich in fließendem Wasser, nahm ein festliches Gewand und ihr

Geschmeide und betete, nachdem sie sich so würdevoll geschmückt hatte, zur Göttin der Unterwelt. Dann nahm sie ihren Mann und ihre Kinder tröstend in den Arm und trat endlich an der Seite ihres Gatten in das Gemach, wo sie den Boten der Unterwelt empfangen wollte. Hier schickte sie sich zum feierlichen Abschied von ihrer Familie an.

„Lass mich zu dir reden, ein letztes Mal", sprach sie zu Admetos. „Weil dein Leben mir mehr bedeutet als meines, sterbe ich für dich! Ich wollte nicht bleiben und ohne dich sein. Das Einzige, worum ich dich bitte, ist, meine Liebe nicht zu vergessen und unseren Kindern, die du nicht weniger gern hast als ich, keine andere Frau als Mutter zu geben." Unter Tränen schwor der König, ihr diesen Wunsch zu erfüllen.

Dann übergab ihm Alkestis die weinenden Kinder und sank nieder.

Bei den Vorbereitungen zur Bestattung geschah es nun, dass der umherirrende Herakles nach Pherä und vor die Tore des Königspalastes geriet. Während er sich noch mit den Dienern des Hauses unterhielt, kam zufällig Admetos selbst dazu. Er nahm den Sohn des Zeus mit großer Herzlichkeit auf, doch als der, durch den Anblick seiner Trauerkleider betroffen, ihn nach dem Grund fragte, gab der König nur verhalten Auskunft. Er wollte mit der Nachricht den Gast nicht betrüben oder verscheuchen.

Herakles war nun der Meinung, es sei eine ferne Verwandte des Admetos gestorben, und fragte nicht weiter. Er ließ sich von einem Sklaven in sein Gemach geleiten und Wein vorsetzen. Als ihm die Traurigkeit auch dieses Mannes auffiel, fuhr er ihn an. „Was blickst du so ernst und feierlich?", sagte er. „Ein Diener muss freundlich zu den Gästen sein! Weißt du denn nicht, dass der Tod das übliche Los der Menschen ist? Komm und trinke mit mir! Ein voller Becher wird bald alle Falten auf der Stirn vertreiben."

Aber der Diener wandte sich bestürzt ab; da gab Herakles keine Ruhe mehr, bis er die Umstände dieses Todes erfahren hatte. „Ist's möglich?", rief er. „Der König hat eben die Frau verloren, die er liebt, und hat mich dennoch bei sich aufgenommen? Sag mir, wo liegt die Frau bestattet?"

„Wenn du den Weg gehst, der nach Larissa führt", erwiderte der

Sklave, „so siehst du das Grab, das ihr dort errichtet wurde." Mit diesen Worten entfernte sich der Diener weinend von Herakles.

Allein gelassen, brach Herakles in keine Klagen aus, sondern hatte schnell einen Entschluss gefasst. „Retten muss ich die Gestorbene", sprach er zu sich selbst, „und sie wieder in das Haus ihres Mannes bringen; ich gehe an das Grab; dort warte ich in einem Versteck auf den Thanatos, den Totenbeherrscher. Wenn er kommt, das Opferblut zu trinken, das ihm am Grab der Verstorbenen gespendet wird, springe ich vor, ergreife ihn schnell, und keine Macht auf der Erde soll ihn mir entreißen, ehe er mir nicht seine Beute überlässt!" Mit diesem Vorsatz schlich er in aller Stille aus dem Palast des Königs.

Admetos war inzwischen in sein leeres Haus zurückgekehrt und trauerte mit seinen verlassenen Kindern und voller Sehnsucht um seine Frau Alkestis. Das Mitgefühl der Diener konnte seinen Schmerz nicht lindern. Da betrat sein Gast Herakles den Palast, eine verschleierte Frau an der Hand. „Du hast nicht recht daran getan, König", sagte er, „mir den Tod deiner Gattin zu verschweigen! Du hast mich in deinen Palast aufgenommen, als ob das Leid dich nicht betreffen würde. So habe ich ohne besseres Wissen in diesem Haus des Todes fröhlich gegessen und getrunken. Höre nun, warum ich noch einmal gekommen bin! Dieses Mädchen hier habe ich als Lohn bei einem Kampfspiel empfangen. Jetzt verlasse ich dich und mache mich auf, gegen den König der Bistonier in Thrakien zu kämpfen. Bis ich das vollbracht habe, übergebe ich sie dir, sorge du für sie!"

Admetos erschrak, als er Herakles so sprechen hörte. Er schüttelte den Kopf. „Ich danke dir, aber ich werde deine Freundlichkeit nicht annehmen. Ich bitte dich, diese Frau einem anderen Bewohner von Pherä zu bringen, nicht mir. Hast du nicht Freunde in dieser Stadt? Wie könnte ich ohne Tränen eine Fremde in meinem Hause erblicken? Sollte ich ihr die Gemächer von Alkestis geben? Das ist undenkbar!"

Herakles unterdrückte seine wahren Gefühle und antwortete betrübt: „Oh wäre mir von Zeus die Macht gegeben, dir dein Weib aus dem Schattenreich ins Licht zurückzuholen!"

„Ich weiß, du würdest es tun", erwiderte der König, „wann aber kehrte je ein Toter aus dem Schattenreich zurück?"

Da fuhr Herakles lebhaft fort: „Eben. Und weil das nicht geschehen kann, so nimm dir die Zeit, deinen Kummer zu lindern! Nimm das Mädchen, das ich dir hier bringe, in dein Haus auf!"

„Nein", sprach Admetos fest, „ich werde es nicht tun, ich würde das Wort, das ich Alkestis gegeben habe, brechen!" Herakles jedoch gab nicht nach, bis er die Hand der Verschleierten ergriffen hatte.

„Und nun", sagte der Held freudig, „beschütze sie; sieh das Mädchen an, und beende deine Trauer!" Damit enthüllte er die Verschleierte und schenkte dem staunenden König seine Gemahlin wieder.

Herakles im Dienste der Omphale

Der Mord an Iphitos, auch wenn er ihn im Wahnsinn verübt hatte, lastete schwer auf Herakles. Er wanderte von einem Priesterkönig zum andern, um freigesprochen zu werden von seiner Schuld; aber die meisten weigerten sich. Erst Deïphobos zu Amyklä entlastete ihn von der Blutschuld.

Dennoch schlugen ihn die Götter zur Strafe für die Untat mit einer schweren Krankheit. Der Held, sonst voller Kraft und Gesundheit, konnte dies nicht ertragen. Er wandte sich nach Delphi und hoffte, bei dem Orakel geheilt zu werden. Aber die Priesterin verweigerte ihm, als einem Mörder, ihren Spruch. Da raubte er den Dreifuß des Apoll, das Gerät, mit dem die Kulte des Wahrsagers vollzogen wurden, trug ihn hinaus aufs Feld und errichtete ein eigenes Heiligtum. Erbost über diesen kühnen Eingriff in seine Rechte, erschien Apoll und forderte Herakles zum Kampf heraus. Zeus wollte indes kein Blut zwischen ihnen fließen sehen; er schlichtete den Kampf, indem er einen Donnerkeil zwischen die Streitenden warf.

Jetzt erhielt Herakles auch eine Antwort des Orakels, nach der er von seiner Krankheit befreit werde, wenn er sich zu dreijährigem

Knechtsdienst verkaufen lasse und das Geld aus diesem Dienst als Sühne dem Vater gäbe, dem er den Sohn erschlagen hatte. Herakles fügte sich diesem harten Spruch. Er schiffte sich mit einigen Freunden nach Asien ein und wurde dort mit seiner Einwilligung als Sklave an Omphale verkauft, die Königin Mäoniens. Den Kaufpreis überbrachte ein Freund, dem Orakel gemäß, an Eurytos, und als der das Geld zurückwies, übergab er es den Kindern des erschlagenen Iphitos.

Wirklich wurde Herakles gesund. Im Vollgefühl der wiedergewonnenen Körperkraft fuhr er auch als Sklave von Omphale fort, zu helfen und zu ordnen. Er bestrafte alle Räuber, die das Gebiet seiner Herrin und der Nachbarn beunruhigten. Den König Syleus in Aulis, einen Sohn des Poseidon, der reisende Fremde einfangen ließ und sie zwang, ihm die Weinberge zu hacken, erschlug er mit dem Spaten. Als die Itonen ins Land der Omphale einfielen, vertrieb er sie, verfolgte sie, zerstörte ihre Stadt und machte sie zu Sklaven.

Die Königin bewunderte die Tapferkeit ihres Knechts. Als sie erfuhr, dass es Herakles, der große Sohn des Zeus sei, gab sie ihm nicht nur die Freiheit wieder, sondern heiratete ihn auch noch.

Aber Herakles vergaß im üppigen Leben Mäoniens die Lehren, die ihm die Tugend einst am Scheideweg seines Lebens beigebracht hatte; er versank in weibische Arbeit. Omphale kleidete sich selbst in das Löwenfell des Helden, ließ ihn Frauengewänder anlegen und brachte ihn in seiner blinden Liebe so weit, dass er zu ihren Füßen Wolle spann. Der Nacken, der einmal den Himmel des Atlas getragen hatte, trug jetzt ein goldenes Halsband. So saß er, die Spinnarbeit vor sich, unter den Mägden und fürchtete die Schelte von Omphale, wenn er sein Tagewerk nicht vollständig ablieferte. War sie aber guter Laune, so musste der Mann in Frauengewändern ihr und ihren Frauen die Heldentaten seiner Jugend erzählen.

Endlich, als seine Dienstjahre bei Omphale vorüber waren, erwachte Herakles aus seiner Verwirrung. Mit Abscheu schüttelte er die Kleider ab; es kostete ihn nur einen Augenblick, und er war wieder der krafterfüllte Sohn des Zeus.

Die späteren Heldentaten des Herakles

Das Erste, was er unternahm, war, den gewalttätigen König Laomedon, den frühen Erbauer und Beherrscher der großen Stadt Troja, in seine Schranken zu weisen. Als Herakles einst die von einem Drachen bedrohte Tochter des Königs, Hesione, befreit hatte, betrog ihn der wortbrüchige Laomedon um den versprochenen Lohn und ließ den Helden weiterziehen.

Herakles nahm nicht mehr als sechs Schiffe und nur wenige Krieger mit sich. Aber unter ihnen waren die besten Männer Griechenlands, Peleus, Oïkleus, Telamon.

Telamon hatte Herakles in seinem Löwenfell aufgesucht und ihn eben bei einem üppigen Essen angetroffen. Telamon erhob sich vom Tisch und reichte dem Gast eine goldene Schale voll mit Wein. Freudig bewegt von solcher Freundschaft, reckte Herakles die Hände zum Himmel und betete: „Vater Zeus, wenn du je meine Bitten gnädig erhört hast, so flehe ich jetzt zu dir, dass du dem kinderlosen Telamon einen mutigen Sohn zum Erben schenkst, so unverwundbar, wie ich es im Fell dieses Löwen bin! Ajax soll sein Name sein.“ Nach diesem Gebet setzte er sich an den Tisch; dann zogen die beiden, vereint mit den anderen, in den frühen Krieg gegen Troja.

Als sie nun ans Land stiegen, übertrug Herakles die Wache bei den Schiffen seinem Freund Oïkleus; er selbst rückte mit den übrigen Männern gegen die Mauer der Stadt vor. Telamon überwand sie als Erster und drang noch vor allen anderen in die Stadt ein. Erst hinter ihm kam Herakles. Es war das erste Mal in seinem Leben, dass er sich in Tapferkeit von einem anderen übertroffen sah; er wurde eifersüchtig, ein böser Gedanke stieg in ihm auf. Er zückte das Schwert und war schon im Begriff, den vor ihm gehenden Telamon niederzumachen. Gerade da blickte der sich um und sah, was Herakles vorhatte. Schnell besann er sich, las die nächstgelegenen Steine zusammen, und auf Herakles' Frage, was er hier mache, erwiderte er: „Ich baue Herakles, dem Sieger, einen Altar!“

Die Antwort entwaffnete den Zorn des Helden. Sie kämpften wieder gemeinsam, und Herakles erlegte mit seinen Pfeilen König Laomedon samt seinen Söhnen - bis auf einen. Als die Stadt erobert war, schenkte er Laomedons Tochter Hesione seinem Freund Telamon als Siegesbeute. Zugleich gab er ihr die Erlaubnis, nach eigener Wahl einem der Gefangenen die Freiheit zu geben. Sie nannte ihren Bruder Podarkes. „Es ist recht, er ist frei", sagte Herakles, „aber er muss vorher Knecht gewesen sein; dann kannst du ihn für den Preis, den du für ihn geben willst, auch haben!" Als der Knabe nun wirklich als Sklave verkauft werden sollte, riss Hesione ihren königlichen Schmuck vom Haupt und gab ihn als Lösegeld für den Bruder. Seit der Zeit trug dieser den Namen Priamus, der Losgekaufte.

Herakles und Deïanira

Nachdem Herakles noch allerhand große Taten in Griechenland verrichtet hatte, besuchte er in Ätolien den König Öneus, der eine schöne Tochter, Deïanira, hatte. Sie war in großer Not wegen eines lästigen Freiers. Ein Flussgott, Acheloos, hatte sich in dreierlei Gestalten bei ihr vorgestellt. Das eine Mal kam er in einen Stier verzaubert, das andere Mal als schillernder Drache, endlich als Mensch, aber mit einem Stierkopf, dem vom zottigen Kinn Wasserbäche strömten. Lange hatte Deïanira dem Bewerber widerstrebt, er wurde jedoch immer aufdringlicher, und ihr Vater schien bereit, sie dem Flussgott zu geben. Da erschien, wenn auch spät, als zweiter Freier Herakles. Er ahnte, dass er um das schöne Mädchen kämpfen musste, und war dazu bereit.

Als der Flussgott ihn kommen sah, quollen ihm wütend die Adern auf seinem Stierhaupt, und er versuchte, Herakles mit den Hörnern zu verletzen. Doch König Öneus, vor dem die beiden Freier so streitlustig auftraten, wollte keinen von ihnen beleidigen und versprach, seine Tochter demjenigen zu geben, der den anderen besiegen würde.

Bald begann vor den Augen des Königs, der Königin und ihrer Tochter

Deïanira ein wütender Zweikampf. Herakles gebrauchte seine Fäuste, er schoss mit dem Bogen, aber immer wieder versuchte der Flussgott, ihn mit seinem gewaltigen Stierhaupt zu treffen. Endlich packten sie sich zum Ringkampf. Der Schweiß strömte ihnen von Haupt und Gliedern, beide stöhnten laut vor übermenschlicher Anstrengung. Zuletzt bekam der Sohn des Zeus die Oberhand und warf den starken Flussgott zu Boden. Der verwandelte sich sofort in eine Schlange; aber Herakles fasste sie und hätte sie erdrosselt, wenn nicht Acheloos plötzlich wieder die Gestalt eines Stieres angenommen hätte. Herakles ließ sich jedoch nicht irremachen, er ergriff das Ungetüm und drückte es mit Macht auf den Boden. Eines der Hörner brach ab. Nun erst war Acheloos überwältigt, und er überließ dem Sieger die Braut.

Die Heirat des Helden brachte in seiner Lebensweise keine Veränderung; er eilte, wie zuvor, von Abenteuer zu Abenteuer. Einmal, als er wieder bei seiner Frau und ihrem Vater zu Hause war, tötete er ohne Absicht einen Knaben, der ihm bei der Mahlzeit das Wasser zum Händewaschen reichen sollte. Er musste abermals fliehen, wobei ihn seine junge Gemahlin und sein kleiner Sohn Hyllos, den sie inzwischen geboren hatte, begleiteten.

Herakles und Nessos

Die Reise ging von Kalydon nach Trachis zu Keyx, einem Freund von Herakles. Es sollte die verhängnisvollste Reise werden, die er bisher unternommen hatte. Als er am Fluss Euenos angekommen war, traf er dort den Zentauren Nessos, der für Geld die Reisenden durch die Strömung trug. Herakles selbst brauchte ihn nicht; er durchschritt den Fluss ohne jede Hilfe, das Kind auf dem Arm. Deïanira aber überließ er dem Nessos, der ihn um den gewohnten Lohn ansprach; der Zentaur nahm die Gemahlin des Helden auf die Schulter und trug sie durch das Wasser.

Mitten in der Furt aber wagte es Nessos, von der Schönheit der jungen Frau betört, sie anzurühren. Herakles, der schon die andere Seite erreicht hatte, hörte den Hilferuf seiner Frau und wandte sich um. Als er sie in der Gewalt des Halbmenschen sah, besann er sich nicht lange, holte aus seinem Köcher einen Pfeil und traf Nessos, der mit seiner Beute eben ans Ufer emporstieg, in den Rücken, sodass das Geschoss zur Brust wieder herausdrang.

Deïanira war den Armen des zu Boden Sinkenden entkommen und wollte gerade zu ihrem Mann eilen, als der sterbende Zentaur sie zurückrief und die trügerischen Worte sprach: „Höre mich, Tochter des Öneus! Weil du die Letzte bist, die ich getragen habe, so sollst du noch etwas Gutes erhalten. Fange das Blut auf, das mir aus der Todeswunde quillt. Es soll dir als Gewähr für die Liebe deines Mannes dienen; färbst du damit sein Unterkleid, so wird er niemals eine andere Frau ansehen als dich allein! Hüte dich nur davor, dass heißes Sonnenlicht darauf fällt." Nachdem er Deïanira das tückische Vermächtnis hinterlassen hatte, starb Nessos an seiner Wunde.

Obwohl die Frau an der Liebe ihres Gatten nicht zweifelte, befolgte sie doch den Rat des Zentauren, fing rasch von dem dicken Blut etwas in einem Gefäß auf und bewahrte es ohne Wissen ihres Mannes. Beide kamen darauf nach einigen anderen Abenteuern glücklich zu Keyx, dem König von Trachis, und ließen sich bei dem freundlichen Wirt nieder.

Jole und Deïanira. Das Ende des Herakles

Der letzte Kampf, den der Held bestand, war sein Feldzug gegen Eurytos, auf den er wohl noch immer wütend war, weil er ihm seine Tochter Jole verweigert hatte. Herakles sammelte ein ansehnliches Heer von Griechen und zog nach Euböa. Die hohe Burg des Eurytos wurde erstürmt, der König mit seinen drei Söhnen erschlagen und seine Stadt dem Erdboden gleichgemacht. Jole, noch immer jung und schön, wurde die Gefangene des Rächers.

Während des Feldzuges hatte Deïanira zu Hause voller Sorge auf Nachrichten von ihrem Mann gewartet. Endlich meldete ein Bote: „Dein Gemahl, oh Fürstin, lebt! Er kommt im Ruhm, sein Herold Lichas schildert draußen dem Volk schon den Sieg. Unser Gebieter kommt später, weil er auf Euböas Vorgebirge dem Zeus ein Dankopfer bringen will." Bald danach erschienen der Bote des Helden und mit ihm die Gefangenen. „Gemahlin meines Herrn", verneigte Lichas sich vor Deïanira, „die Götter lieben den Bösartigen nicht! Unsere Gegner sind zum Hades geschickt, ihre Stadt ist zerstört. Aber die Gefangenen, die wir bringen, sollst du schonen, lässt dein Gemahl dir sagen, vor allem das Mädchen, das hier vor deine Knie sinkt!"

Deïanira heftete einen Blick voll tiefen Mitleids auf die schöne Unbekannte zu ihren Füßen, erhob sie vom Boden und sprach: „Ich habe Mitgefühl mit all jenen, die heimatlos durch fremde Länder irren. Zeus, mögest du nie deinen Arm so gegen mein Haus erheben! Wer bist du, armes Mädchen? Du scheinst unverheiratet und von hohem Hause! Sag mir, Lichas, wer sind ihre Eltern?"

„Wie sollte ich das wissen?", antwortete der Bote, aber sein Gesicht verriet ein Geheimnis. „Sie ist", fuhr er nach einigem Zögern fort, „sicher aus keinem der niedrigsten Häuser des Landes."

Da das Mädchen selbst nur seufzte und schwieg, forschte Deïanira nicht weiter, sondern ordnete an, sie in die Frauengemächer zu führen und dort auf das Schonendste zu behandeln. Während Lichas dem Befehl Folge leistete, trat der zuerst angekommene Herold wieder näher zu seiner Herrin und flüsterte ihr zu: „Traue dem Boten deines Mannes nicht, Deïanira! Er sagt nicht die Wahrheit. Aus seinem eigenen Munde habe ich gehört, dass dein Gemahl ganz allein nur wegen dieser Jungfrau die Burg auf Euböa zerstört hat. Es ist Jole, die Tochter des Eurytos, die du aufgenommen hast, die Herakles liebte, bevor er dich kennen lernte. Nicht als deine Dienerin, sondern als seine Nebenfrau ist sie in dein Haus gekommen, Herrin!"

Fern vom Feuer und in Dunkelheit hatte Deïanira, der Vorschrift des tückischen Zentauren gemäß, eine Salbe aufbewahrt, in der sie etwas von dem giftigen Blut des Halbmenschen gemischt hatte. An dieses Zaubermittel, das sie für unschädlich hielt und das ihr nur die Treue des Gatten zurückbringen sollte, dachte nun die Fürstin zum ersten Mal wieder. Sie schlich sich in das Gemach und färbte mit einer Flocke von weißem Lammfell, die sie mit der Salbe getränkt hatte, ein Unterkleid, das für Herakles bestimmt war. Sorgfältig hütete sie während dieser Arbeit das Gewand vor Sonnenstrahlen und schloss das blutrot gefärbte Kleid, schon zusammengefaltet, in ein Kästchen ein.

Dann warf Deïanira das Stück Lammfell achtlos auf die Erde und überreichte dem herbeigerufenen Lichas das Geschenk. „Bring meinem Gemahl“, sprach sie, „als meinen Gruß dies Gewand, das ich selbst angefertigt habe. Kein anderer soll es tragen als er selbst; doch soll er das Kleid nicht dem Sonnenglanz aussetzen, bevor er es angelegt hat.“ Lichas versprach, alles auszurichten, wie Deïanira es befahl. Er begab sich mit dem Geschenk nach Euböa, um seinen Herrn nicht länger ohne Nachricht von der Heimat zu lassen.

Einige Tage vergingen. Schon eilte der Sohn Herakles’ und Deïaniras, Hyllos, seinem Vater entgegen, um ihm die Ungeduld der wartenden Mutter zu schildern. Währenddessen betrat Deïanira zufällig das Gemach, in dem sie das Zaubergewand gefärbt hatte. Sie fand das Lammfell auf dem Boden, der Sonne ausgesetzt und von ihr erwärmt. Der Anblick erschütterte sie: das Fell war verschwunden, und aus den Überbleibseln zischte ein giftiger Schaum auf. Eine dunkle Ahnung ergriff die jammernde Frau. In entsetzlicher Unruhe durchirrte sie den Palast.

Endlich kehrte Hyllos zurück. „Ich komme vom Vorgebirge Kenäon“, rief der Sohn unter lautem Schluchzen, „Mutter, du hast mir den Vater getötet!“ Deïanira wurde totenbleich. „Ich war Zeuge dessen, wie es geschah“, fuhr der Jüngling fort. „Ich traf ihn auf dem Vorgebirge Kenäon, wo er eben dem Göttervater Zeus auf vielen Dankaltären Opfer darbringen wollte. Da kam der Herold Lichas mit deinem mörderischen Gewand. Deinem Wunsch entsprechend, legte Vater sofort das Unterkleid an und begann die Opferung von zwölf stattlichen

Stieren. Anfangs betete der Unglückliche, erfreut über das Geschenk, voller Heiterkeit. Plötzlich aber, als die Opferfeuer schon zum Himmel aufflammten, brach ihm ein heftiger Schweiß aus, das Gewand schien an seiner Haut zu kleben. Nach Lichas schrie der Gequälte, dem Überbringer deines giftigen Geschenks, ergriff ihn am Fuß und warf ihn über die Felsen ins Meer, dass er zerschmettert in die aufspritzenden Fluten sank. Niemand wagte, sich dem Rasenden zu nähern. Endlich wandte er sich zu mir um und rief: ‚Hyllos, bringe mich zum Schiff, wenn du Mitleid mit deinem Vater hast, auf dass ich nicht im fremden Lande sterbe!'"

Ohne auf diese schreckliche Nachricht etwas zu erwidern, verließ Deïanira ihren Sohn voller Verzweiflung. Die Dienerschaft, der sie ihr Geheimnis, wie man sich die Treue des Gatten erhalten könne, mitgeteilt hatte, sagte Hyllos, dass sein Zorn der Mutter Unrecht tat. Er eilte der Unglücklichen nach, aber es war schon zu spät; sie lag im Schlafgemach, die Brust von der Klinge durchbohrt. Hyllos umarmte klagend die Leiche.

Da traf sein Vater ein. „Sohn", rief er, „Sohn, wo bist du? Zieh doch dein Schwert, töte mich und heile mich so vom Grimm gegen deine Mutter! Kein Speer, kein wildes Tier des Waldes, kein Gigantenheer hat Herakles überwältigt; die Hand eines Weibes hat ihn getötet! Sohn, töte mich und strafe Deïanira!"

Als Herakles dann erfuhr, dass seine Gemahlin ihre Tat schon mit dem Selbstmord gebüßt habe, wandelte sich sein Sinn von Zorn zu Trauer. Und weil das Orakel von Delphi einst verkündet hatte, dass er auf dem Berg Öta sein Leben beschließen müsse, ließ er sich, allen Qualen zum Trotz, auf den Gipfel dieses Berges tragen. Hier wurde ein Scheiterhaufen errichtet, den er bestieg. Aber niemand wollte ihn entzünden. Endlich entschloss sich Philoktetes, dem von rasenden Schmerzen gequälten Helden seinen Willen zu tun. Zum Dank dafür reichte Herakles ihm vom Scheiterhaufen die unüberwindlichen Pfeile und den siegreichen Bogen.

Sobald der Flammenstoß angezündet war, senkte sich eine Wolke nieder und trug den Unsterblichen unter Donnerschlägen zum Olymp empor.

Dort empfing den zum Gott erhobenen Herakles seine Freundin Athene und führte ihn in den Kreis der Himmlischen. Hera selbst versöhnte sich mit ihm, nun, da er sein irdisches Geschick vollendet. Sie gab ihm ihre Tochter Hebe, die Göttin der ewigen Jugend, zur Frau, und Hebe gebar ihm droben im Olymp unsterbliche Kinder.

DIE SAGE VON DEN HERAKLIDEN

Die Herakliden kommen nach Athen

Als Herakles nun also die Erde verlassen hatte und Eurystheus, König von Argos, ihn nicht mehr zu fürchten brauchte, verfolgte er die Kinder des Helden, die mit Alkmene, Herakles' Mutter, in Mykene, der Hauptstadt von Argos, lebten. Sie flohen jedoch vor den Nachstellungen des Eurystheus und begaben sich zum König von Trachis. Als aber Eurystheus von diesem Fürsten ihre Auslieferung verlangte, fühlten sie sich unter seinem Schutz nicht mehr sicher, verließen Trachis und flüchteten durch Griechenland. Jolaos, der Gefährte des Herakles, stand ihnen zur Seite. Wie er in jungen Jahren mit dem Helden alle Mühsale und Abenteuer geteilt hatte, so nahm er auch jetzt, schon grau geworden, die Kinder des Freundes unter seinen Schutz.

Schließlich gelangten sie, immer wieder von Eurystheus bedrängt, nach Athen, wo der Sohn des Theseus, Demophoon, regierte. Dort gingen die Verfolgten zur Agora, dem Markt, und baten am dortigen Altar des Zeus um den Schutz des athenischen Volkes. Während sie auf die Antwort warteten, kam der Herold Kopreus, ein Abgesandter des Königs Eurystheus, zu ihnen, der sie verfolgte. Er stellte sich vor Jolaos und verhöhnte ihn: „Du meinst, hier wohl Sicherheit gefunden zu haben? Es wird jedoch niemandem in Athen einfallen, sich mit dem mächtigen Eurystheus anzulegen! Also fort von hier mit all den deinen nach Argos, wo euch der Tod erwartet!"

Bei diesen Worten klagten die Herakliden, die Kinder des Herakles, laut, und Jolaos wandte sich mit erhobener Stimme an die Bewohner Athens. „Ihr Bürger", forderte er sie auf, „duldet es nicht, dass die Enkel des Zeus mit Gewalt vertrieben werden, dass der Kranz, den wir als um euren Schutz Bittende auf dem Kopf tragen, besudelt wird!" Daraufhin strömten die Athener von allen Seiten auf den Markt und sahen nun erst die Flüchtlinge um den Altar sitzen.

„Wer ist der alte Mann? Wer sind die schönen Jünglinge?“, so kam die Frage von hundert Lippen zugleich. Als sie hörten, dass es Herakles’ Söhne seien, die den Schutz der Athener anflehten, ergriff die Bürger Mitleid und Ehrfurcht. Sie befahlen dem Herold, der die Flüchtigen schon mit sich nehmen wollte, von dem Altar zurückzutreten, und sie forderten ihn auf, zum König des Landes zu gehen und dessen Schiedsspruch abzuwarten.

„Wer ist euer König?“, fragte Kopreus eingeschüchtert.

„Er ist ein Mann“, war die Antwort, „dessen Urteil du trauen darfst; es ist Demophoon, der Sohn des unsterblichen Theseus!“

Demophoon

Es dauerte nicht lange, da erreichte den König in seiner Burg die Nachricht, dass der öffentliche Platz der Stadt von Flüchtlingen besetzt und dass eine fremde Heeresmacht drohe, sie zurückzuholen. Er selbst begab sich auf den Markt und hörte vom Auftrag des Eurystheus. „Ich bin ein Mann aus dem Volk von Argos“, erklärte Kopreus, „und Leute aus Argos sind es, die ich zurückbringen will. Du wirst, Sohn des Theseus, nicht so töricht sein, dich dieser Flüchtlinge anzunehmen und den Kampf mit der großen Kriegsmacht des Königs Eurystheus zu wagen!“

Demophoon war ein weiser und besonnener Mann. „Wie sollte ich den Streit entscheiden“, sprach er, „ehe ich nicht beide Parteien angehört habe? Sag, Führer dieser Jünglinge, was hast du deinerseits vorzubringen?“

Jolaos, an den diese Worte gerichtet waren, erhob sich von den Stufen des Altars, verneigte sich ehrerbietig vor dem König und begann: „Herr, ich weiß, dass ich in einer freien Stadt bin! Hier gilt reden lassen und anhören. Es ist so: Eurystheus hat uns aus Argos vertrieben. Wie kann der Herold uns da noch als Untertanen seines Königs ansehen? Und nun sind wir hier. Ich hoffe, Athen wird die Söhne des Herakles nicht aus seinen Mauern jagen und du, König, wirst die Schutzflehenden nicht vom Altar der Götter reißen!

Und denke daran, Demophoon, dass du keine Fremden bei dir aufnimmst. Dein Vater Theseus und Herakles waren Urenkel des Pelops. Noch mehr, beide waren Waffenbrüder. Der Vater dieser Kinder hat deinen Vater aus der Unterwelt erlöst!“ Mit diesen Worten sank Jolaos auf den Boden, umfasste die Knie des Königs und ergriff bittend seine Hand.

Demophoon überlegte und antwortete: „Drei Gründe sprechen dafür, deiner Bitte zu entsprechen, Jolaos! Zuerst Zeus, dann die Verwandtschaft und endlich die Wohltaten, die ich vom Vater her Herakles schulde. Würde ich euch vom Altar wegreißen lassen, so wäre dies Land nicht mehr das der Freiheit, der Götterfurcht und der Tugend! Du, Herold, kehre zurück zu deinem König, und melde, was du hörtest!“

„Ich gehe“, sprach Kopreus und erhob drohend seinen Heroldsstab, „aber ich komme wieder mit der Streitmacht aus Argos. Zehntausend argivische Kämpfer warten nur auf den Wink meines Königs; er selbst wird ihr Führer sein. Und falls du es noch nicht weißt, sein Heer lagert schon an deiner Grenze!“

„Scher dich zum Hades“, antwortete Demophoon verächtlich, „ich fürchte dich und dein Argos nicht!“

Der Herold entfernte sich, und jetzt sprangen die Söhne des Herakles, eine Schar blühender Jünglinge und Knaben, voller Freude vom Altar auf und dankten dem König der Athener. Jolaos dankte auch den Bürgern der Stadt voller Rührung. „Wenn wir zurückkehren können“, sagte er, „und wenn ihr Kinder Haus und Würden eures Vaters Herakles wieder in Besitz nehmt, so vergesst diese eure Retter und Freunde nie! Seht immer in diesem gastlichen Athen die Freundin und treueste Bundesgenossin!“

König Demophoon traf nun alle Vorkehrungen, das Heer seines neuen Feindes Eurystheus zu empfangen; er rief auch die Seher, die ihm vorhersagen sollten, wie der Kampf verlaufen würde.

Danach bestieg er den höchsten Turm der Burg von Athen und beobachtete das heranziehende Heer der Feinde. – Schon sammelte sich auch die Streitmacht der Athener. Demophoon traf alle kriegerischen Anordnungen und bat die Seher, ihm zu sagen, welche feierlichen Opfer er zu bringen habe. Am Altar des Zeus unten in der Stadt waren Jolaos und die Kinder des Herakles noch in Gebeten für den Krieg begriffen. Plötzlich nahte sich der König mit verstörtem Gesicht. „Was soll ich tun, Freunde?“, rief er sorgenvoll. „Mein Heer ist bereit, die Argiver zu empfangen, aber der Spruch meiner Seher knüpft den Sieg an eine Bedingung, die nicht zu erfüllen ist. Das Wort der Orakel, sagen sie, laute so: ‚Ihr sollt weder Kalb noch Stier schlachten, sondern eine Jungfrau, die von edelstem Geschlecht ist. Nur dann dürft ihr, nur dann darf die Stadt Athen auf Rettung hoffen!‘ Wie aber soll das gehen? Ich selbst habe Töchter in meinem Hause; aber wer kann mir, dem Vater, zumuten, ein solches Opfer zu bringen? Und welcher andere der edelsten Bürger, der eine Tochter hat, wird sie mir ausliefern, selbst wenn ich es wagen wollte, sie von ihm zu fordern?“

Mit Schrecken hörten die Söhne des Herakles die angstvollen Zweifel ihres Beschützers. „Es geht uns wie Schiffbrüchigen“, rief Jolaos, „die schon den Strand vor sich sahen und vom Sturm wieder auf die hohe See getrieben werden!“ Doch auf einmal blitzte der Strahl einer Hoffnung in dem Auge des alten Mannes. „Nimm *mich*“, rief er aus. „Liefere *mich* dem Eurystheus aus anstatt dieser Söhne des Herakles! Ich bin ein alter Mann; gern opfere ich mich für die Jünglinge!“

„Dein Angebot ist edel“, erwiderte Demophoon traurig, „aber es kann uns nicht helfen! Meinst du, das Schicksal und Eurystheus ließen sich mit dem Tod eines Greises zufrieden stellen? Das Geschlecht des Herakles selbst, das junge, blühende, will er ausrotten. Weißt du einen besseren Rat, so sag ihn mir. Dieser ist ohne Nutzen!“

Makaria

Jetzt entstand ein solches Weinen und Jammern unter den Herakliden wie auch unter den Bürgern Athens, dass es bis zur Königsburg hoch oben auf dem Berg zu hören war. Dorthin hatte Demophoon die greise Mutter des Herakles, Alkmene, und seine blühende Tochter Makaria, die ihm Deïanira geboren hatte, bringen lassen, um sie vor den Blicken der Neugierigen schützen zu können. Sie warteten hier auf den Ausgang der Dinge. Alkmene nun, hochbejahrt und in sich gekehrt, vernahm von dem, was draußen vorging, nichts. Ihre Enkelin aber horchte auf das Klagen, das aus der Stadt emporstieg. Angst um das Schicksal ihrer Brüder ergriff sie. Und allein lief sie in das Gewühl des Marktes hinunter. Die Bürger mit ihrem König und ebenso Jolaos mit seinen Schützlingen staunten, als sie das Mädchen plötzlich unter ihnen stehen sahen.

Makaria hatte aber schon gehört, in welcher Not sich Athen und die Herakliden befanden und welchen schlimmen Orakelspruch es gegeben hatte. Mit festen Schritten trat sie vor den König Demophoon und sagte: „Ihr sucht ein Opfer, das euch den glücklichen Sieg verbürgt, durch dessen Tod meine Brüder vor der Wut des Tyrannen Eurystheus geschützt werden? Habt ihr nicht daran gedacht, dass die jungfräuliche Tochter des adligsten Sterblichen, des Herakles, in eurer Mitte ist? Ich selbst biete mich als Opfer an, das den Göttern umso willkommener sein wird, als ich es freiwillig tue. Wenn diese Stadt edelmütig genug ist, für die Nachkommen des Herakles einen gefahrvollen Krieg zu beginnen, wird sich unter uns auch jemand finden, der den Sieg sichert! Bringt mich dorthin, wo ich geopfert werden soll, und zückt den Stahl; ich werde ohne Klagen sterben!"

So ging das Mädchen, von den edelsten Frauen Athens begleitet, dem Tode entgegen.

Die Rettungsschlacht

Voller Bewunderung blickten König und Bürger Athens, voll Wehmut und Schmerz die Herakliden und Jolaos Makaria nach. Aber sie durften sich nicht Gedanken und Empfindungen hingeben – und es blieb ihnen auch keine Zeit dafür, denn kaum war das Mädchen gegangen, als sich ihnen ein Bote näherte. „Seid gegrüßt", rief er, „wo ist der Führer der Herakliden? Ich habe ihm eine Nachricht zu bringen!"

Jolaos erhob sich. „Sag mir etwas Gutes, wie es dein fröhlicher Blick verrät!"

„Kennst du mich nicht mehr", sagte der Bote, „den Diener des Helden Hyllos, Sohn von Herakles? Du weißt, dass mein Herr sich auf der Flucht von euch getrennt hat, um Verbündete zu werben. Nun ist er mit einem mächtigen Heer in der Nähe und steht dem König Eurystheus gegenüber!" Eine freudige Bewegung durchlief die Schar der Flüchtlinge, die noch immer den Altar umringten, und teilte sich auch den Bürgern mit. Sogar Alkmene lockte die frohe Botschaft aus den Frauengemächern des Palastes hervor, und der alte Jolaos, auf keine Widerrede achtend, ließ sich Waffen bringen und schnallte sich den Harnisch um den Leib. Mit der jungen Mannschaft Athens und ihrem König Demophoon zog er aus, sich mit der Streitmacht des Hyllos zu vereinen.

Als sich die verbündeten Heere nun zur Schlacht ordneten und alles weithin von blanken Waffen und Rüstungen glänzte – einen Steinwurf gegenüber dem gewaltigen Heer des Königs Eurystheus, da stieg Hyllos, Herakles' Sohn, von seinem Kampfwagen, stellte sich mitten in die Gasse zwischen seinen Truppen und denen des Feindes. Und er rief dem König von Argos zu: „Fürst Eurystheus! Ehe sich zwei große Städte mit Vernichtung bedrohen, höre meinen Vorschlag! Lass uns beide durch einen Zweikampf den Streit entscheiden. Falle ich durch dein Schwert, so kannst du die Kinder des Herakles, meine Geschwister, mit dir nehmen. Gelingt es mir aber, dich zu besiegen, so soll die Würde und Herrschaft des Herakles und seiner Kinder für immer gesichert sein!" Das Heer der Verbündeten gab durch lauten Zuruf seinen Beifall zu erkennen, und auch die Kämpfer aus Argos murrten zustimmend herüber. Aber Eurystheus war zu feige. Er wollte von dem Vorschlag nichts hören und antwortete nicht.

Da trat Hyllos wieder zu seinem Heer zurück, die Seher opferten, und bald brauste der Schlachtruf auf. „Mitbürger", ermunterte Demophoon die Athener, „bedenkt, dass ihr für Haus und Herd und für die Stadt kämpft, die euch geboren und ernährt hat!" Auf der anderen Seite beschwor Eurystheus seine Truppen, Argos und Mykene keinen Schimpf anzutun und dem Ruhm des mächtigen Staates Ehre zu machen. Dann ertönten die Trompeten; Schild klang an Schild, Geräusch der Wagen erfüllte die Luft, Stoß der Speere, Klirren der Schwerter und dazwischen die Schreie der Fallenden. Zu Beginn wichen die Athener vor der gegnerischen Streitmacht zurück, aber bald wehrten sie die Feinde ab und rückten nun selbst vor; jetzt erst entstand das Handgemenge, das den Kampf lange unentschieden ließ. Endlich wankte die Schlachtordnung der Männer aus Argos, ihre Schwerbewaffneten und ihre Streitwagen wandten sich zur Flucht.

Da hatte auf einmal auch der alte Jolaos wieder Lust, seine hohen Jahre noch durch eine Tat zu krönen. Als Hyllos gerade auf seinem Gespann an ihm vorbeirollte, streckte er die Rechte zu ihm empor und bat, er möge ihn auf seinen Wagen lassen. Hyllos wich ehrerbietig dem Freund seines Vaters und dem Beschützer seiner Brüder; er sprang ab, und statt seiner schwang sich Jolaos in den Sitz. Es wurde ihm nicht leicht, mit seinen zitternden Händen das Vierergespann zu bewältigen. Doch er trieb es vorwärts und war schon bis zum Heiligtum der Athene gekommen, als er den fliehenden Wagen des Eurystheus in der Ferne dahinjagen sah. Da erhob sich Jolaos und flehte zu Zeus und Hebe, der Göttin der Jugend, der unsterblichen Gemahlin des in den Olymp versetzten Herakles, ihm nur für diesen Tag der Schlacht wieder Jünglingskraft zu verleihen – damit er sich an dem Feind des Freundes rächen könne.

Gleich nach seinen Worten geschah ein Wunder: Zwei Sterne kamen vom Himmel herab und setzten sich auf das Joch der Rosse, dabei hüllte sich der ganze Wagen in eine dichte Nebelwolke. Nur wenige Augenblicke, und Jolaos stand verjüngt da, mit braunen Locken, aufrechtem Kopf, kräftigen Armen, in festen Händen die Zügel des Vierergespanns haltend. So stürmte er dahin und erreichte Eurystheus, als der schon die skironischen Felsen im Rücken hatte, beim Eingang in ein Tal. Eurystheus erkannte seinen Verfolger nicht und wehrte sich; aber die Jolaos verliehene Jünglingskraft siegte, er zwang den alten Feind von seinem Wagen herunter, band ihn auf den eigenen und brachte ihn zurück vor die Stadt Athen. Jetzt war die Schlacht gewonnen, die führerlosen Scharen der Kämpfer aus Argos stürzten in wilder Flucht davon; alle Söhne des Eurystheus wurden erschlagen, und bald war kein Feind mehr zu sehen.

Eurystheus vor Alkmene

Das Heer der Sieger war in Athen eingezogen, und Jolaos, der jetzt wieder in seiner wirklichen Gestalt erschien, stand mit dem besiegten Verfolger der Herakliden vor Alkmene. „Kommst du endlich, Verhasster!“, rief die Greisin, als sie Eurystheus vor sich sah. „Hat dich nach so langer Zeit die Gerechtigkeit der Götter endlich erreicht? Sieh mir ins Gesicht. Du bist es also, der meinen Sohn Herakles so viele Jahre hindurch mit Arbeit überhäuft, der ihn ausgesandt hat, giftige Schlangen und grimmige Löwen zu erwürgen, damit er dabei umkomme, der ihn hinunterjagen wollte in das finstere Reich des Hades? Und nun triebst du mich, seine Mutter, seine Kinder fort und wolltest uns von den schützenden Altären der Götter hinwegreißen? Aber du bist auf Männer und auf eine freie Stadt gestoßen. Jetzt ist's an dir, zu sterben!“

Eurystheus wollte einer Frau gegenüber keine Furcht zeigen; er raffte sich zusammen und sprach mit erzwungener Kaltblütigkeit: „Du sollst kein Wort der Verzeihung aus meinem Munde hören, ich weigere mich nicht, zu sterben! Nur so viel sei zu meiner Rechtfertigung gesagt: Ich trat deinem Sohn Herakles nicht freiwillig entgegen. Hera hasste ihn; alles, was ich getan habe, ist in ihrem Auftrag geschehen. Da ich mir aber nun einmal auf diese Weise den mächtigen Mann und Halbgott zum Feind gemacht hatte, wie sollte ich nicht darauf bedacht sein, alles aufzubieten, was mich vor seinem Zorn bewahren konnte? Tue, was du willst; ich verlange nicht nach dem Tod. Aber es schmerzt mich auch nicht, wenn ich das Leben verlassen soll!"

So verteidigte sich Eurystheus und schien mit Ruhe sein Schicksal zu erwarten. Hyllos selbst sprach für seinen Gefangenen, und die Bürger Athens führten die milde Sitte ihrer Stadt an, nach der besiegte Feinde begnadigt werden konnten. Alkmene blieb indes unerbittlich, sie dachte an all die Leiden, die ihr Sohn zu erdulden hatte, solange er ein Knecht des grausamen Königs war. Ihr schwebte das Bild der geliebten Enkelin vor Augen, die freiwillig das Leben verlassen hatte; sie malte sich mit allen Farben aus, welches Schicksal ihr selbst und allen ihren Enkeln zuteil geworden wäre, wenn Eurystheus jetzt als Sieger und nicht als Gefangener vor ihr stünde. „Er soll sterben", rief Alkmene, „und kein Mensch soll ihn mir entreißen!"

Und Eurystheus ging in den Tod, unerschrocken und besser, als er gelebt hatte.

Hyllos, sein Orakel und seine Nachkommen

Die Kinder des Herakles gelobten ihrem Retter Demophoon ewigen Dank und verließen Athen unter der Führung ihres Bruders Hyllos und ihres Freundes Jolaos. Sie fanden jetzt überall Mitstreiter und holten sich ihr väterliches Erbe, den Peloponnes, zurück, jene riesige Halbinsel Griechenlands mit so klangvollen Landschaften wie Arkadien und Korinth, Achaia und Lakonien. Ein ganzes Jahr lang kämpften sie hier von Stadt zu Stadt, bis sie außer Argos alles unterworfen hatten. Während dieser Zeit wütete eine grausame Seuche, deren Ursache niemand herausfinden konnte. Endlich erfuhren die Herakliden durch einen Götterspruch, dass sie selbst Schuld an dem Unglück hätten, weil sie zu früh heimgekommen seien. Sie verließen also den schon eroberten Peloponnes wieder, kehrten nach Attika zurück und wohnten dort auf den Feldern von Marathon.

Hyllos hatte inzwischen die schöne Jungfrau Jole, um die Herakles einmal selbst geworben hatte, geheiratet und überlegte unaufhörlich, wie er und seine Brüder endlich das angestammte Erbe antreten konnten. Er wandte sich erneut an das Orakel von Delphi, und das gab ihm zur Antwort: „Erwartet ihr die dritte Frucht, so wird euch die Rückkehr gelingen.“ Hyllos bezog den Spruch auf die Früchte, die Ernte im dritten Jahr nach ihrem Rückzug aus dem Peloponnes. Er ließ die Zeit verstreichen und fiel dann aufs Neue in die Halbinsel ein.

In Mykene war nach dem Tod von Eurystheus der Enkel des Tantalus und Sohn des Pelops, Atreus, König geworden. Als die Herakliden auf die Stadt zuzogen, schloss er ein Bündnis mit den Einwohnern der Stadt Tegea und anderer Nachbarorte und ging den heranrückenden Truppen entgegen. An der Landenge von Korinth standen sich beide Heere gegenüber. Hyllos, der immer gern das Leben griechischer Männer schonte, war wieder bemüht, die Schlacht durch einen Zweikampf zu entscheiden. Er forderte einen der Feinde, ganz gleich wer, zum Kampf heraus und stellte, auf sein gutes Orakel vertrauend, die Bedingung: Wenn er, Hyllos, seinen Gegner besiegte, so sollten die Herakliden das alte Reich des Eurystheus ohne einen einzigen Schwertstreich einnehmen; sollte dagegen Hyllos besiegt werden, so war es den Nachkommen des Herakles fünfzig Jahre lang verboten, den Peloponnes zu betreten. Als dies im feindlichen Heer bekannt wurde, erhob sich Echemos, der König von Tegea, ein kühner Mann, und nahm die Herausforderung an. Beide kämpften mit ungewöhnlicher Tapferkeit. Zuletzt aber unterlag Hyllos. Voller Verwirrung über den Sinn des Orakelspruchs starb er.

Dem Vertrag gemäß brachen jetzt die Herakliden ihr Unternehmen ab, kehrten nach der Landzunge bei Korinth, dem Isthmus, zurück und ließen sich in der Gegend von Marathon nieder. Die Jahre gingen vorüber, und die Kinder des Herakles hielten sich an den Vertrag – bis Kleodäos, der Sohn von Hyllos und Jole, ein Mann von mehr als fünfzig Jahren geworden war. Als ihn des Versprechen des Vaters nicht mehr band, bot er die anderen Enkel des Herakles erneut gegen den Peloponnes auf. Auch Kleodäos indes kämpfte nicht glücklich und kam mit seinem ganzen Heer auf diesem Feldzug um. Zwanzig Jahre später machte sein Sohn Aristomachos, der Enkel des Hyllos und Urenkel des Herakles, einen neuen Versuch. Doch auch Aristomachos führte das Orakel durch einen zweideutigen Rat irre. „Die Götter", sprach es, „verleihen dir den Sieg, wenn du den Isthmus für deinen Truppenaufmarsch benutzt." Er brach also über die Landzunge in den Peloponnes ein, wurde zurückgeschlagen und verlor wie Vater und Großvater sein Leben.

Weitere dreißig Jahre gingen vorüber. Da unternahmen die Söhne des Aristomachos mit Namen Temenos, Kresphontes und Aristodemos den letzten Zug. Trotz aller Zweideutigkeit der früheren Sprüche hatten sie den Glauben an die Götter nicht verloren und befragten die Priesterin des Orakels in Delphi. Und wieder lauteten die Sprüche Wort für Wort genau so, wie sie ihren Vorfahren erteilt worden waren: „Wartet die dritte Frucht ab, dann wird die Rückkehr gelingen." Danach: „Die Götter verleihen den Sieg, wenn ihr den Isthmus benutzt." Klagend rief da der älteste der Brüder, Temenos: „Diese Worte haben mein Vater, mein Großvater und mein Urgroßvater befolgt, und sie haben alle Kämpfe verloren!"

Da erbarmte sich der Gott des Orakels und entschlüsselte durch den Mund seiner Priesterin den wahren Sinn des Spruchs. „An allen ihren Unglücksfällen", sprach sie, „sind eure Vorfahren selbst schuld gewesen! Die dritte Frucht ist nicht die der Erde, sondern die dritte Frucht der Geschlechter. Und unter dem Engpass, der zum Sieg führen soll, ist das schmale Meer zu verstehen. Nun tut, was ihr wollt, mit dem Glück der Götter!"

Als Temenos diese Auslegung vernahm, fiel es ihm wie Schuppen von den Augen; er sammelte mit seinen Brüdern ein Heer und ließ Schiffe bauen. Aber auch dieser Zug sollte für die Nachkommen des Herakles nicht leicht werden. Den Jüngsten der Brüder, Aristodemos, traf ein Blitzstrahl. Als die anderen ihn bestattet und beweint hatten und das Schiffsheer aufbrechen wollte, fand sich ein Seher beim Heer ein, der den Kriegszug begleiten sollte. Die Fürsten hielten ihn aber für einen Zauberer und Kundschafter, der von den Gegnern abgesandt war. Hippotes, ein Urenkel des Herakles, warf seinen Wurfspieß nach dem Wahrsager. Darüber wurden die Götter zornig und bestraften die Herakliden mit Sturm und Hunger. Auch über dieses Unglück befragte Temenos das Orakel. „Um des Sehers willen, den ihr getötet habt, hat euch dies neue Unheil getroffen!“, eröffnete ihm da der Gott. „Den Mörder sollt ihr auf zehn Jahre aus dem Land verweisen und dem Dreiäugigen Befehl über das Heer übertragen.“

Hippotes wurde ausgestoßen und musste in die Verbannung gehen. Wie sollten die Herakliden aber einen Menschen mit drei Augen finden? Da begegneten sie einem Reiter aus dem Königsgeschlecht der Ätolier, der sie aufsuchte. Es war Oxylos, ein einäugiger Mann; sein Maultier musste ihm sehen helfen, mit ihm hatte er drei Augen. Nun wählte das Heer den Oxylos zum Obersten, und als auf diese Weise die Bedingung des Orakels erfüllt war, griffen die Brüder mit frisch geworbenen Truppen und neu gezimmerten Schiffen die Feinde an und töteten deren Anführer Tisamenos.

Die Herakliden teilen den Peloponnes

Nachdem die Herakliden den ganzen Peloponnes erobert hatten, errichteten sie Zeus drei Altäre. Dann begannen sie, Land und Städte zu verteilen, indem sie untereinander losten. Das erste Los war Argos, das zweite Lakonien, das dritte Messene. Sie wurden einig darüber, dass in einer Urne voll Wasser gelost werden sollte. Jeder durfte einen Stein hineintun, der mit seinem Namen versehen war. Da warfen Temenos und die Söhne des Aristodemos, die Zwillinge Eurysthenes und

Prokies, entsprechend ihre Steine hinein; der schlaue Kresphontes aber, der am liebsten Messene gewonnen hätte, ließ einen Erdbrocken in das Wasser fallen. Der löste sich auf. Nun wurde zuerst über Argos entschieden. Wessen Name gezogen wurde, der sollte es haben. Da holte man den Stein des Temenos herauf. Dann loste man über Lakonien. Da wurde der Stein der Söhne des Aristodemos aus der Urne geholt. Nach dem Dritten zu suchen, fand man unnötig, und so erhielt Kresphontes Messene. Vom ganzen Peloponnes blieb allein das bergige Hirtenland Arkadien durch die Herakliden unbesiegt.

THESEUS

Geburt und Jugend

Theseus, der große Held und König von Athen, war ein Sohn des Ägeus und der Äthra. Seine väterliche Abkunft lässt sich bis zu jenen Athenern verfolgen, die der Sage des Landes nach aus dem Boden gesprossen waren.

Von mütterlicher Seite war Pelops sein Vorfahre, der mächtigste unter den Herrschern des Peloponnes.

Bei einem von dessen Söhnen, Pittheus von Trözen, kehrte einst König Ägeus von Athen ein; eine alte Freundschaft verband die beiden.

Ägeus war sehr betrübt darüber, dass er kinderlos war. So kam er auf den Gedanken, sich ohne Wissen seiner Gemahlin noch einmal zu verheiraten, in der Hoffnung, er werde so einen Sohn erhalten, der zur Stütze seines Alters und seines Reiches werden könnte. Er erzählte dies seinem Freund Pittheus, und das Glück wollte es, dass dem gerade ein Orakel zuteil geworden war, das ihm verkündete, seine Tochter werde zwar eine nicht eben glanzvolle Ehe führen, aber einen Sohn gebären, der es weit bringen würde.

Daraufhin gab Pittheus dem Mann, der zu Hause schon eine Gattin hatte, seine Tochter Äthra heimlich zur Frau. Nachdem es geschehen war, blieb Ägeus nur noch wenige Tage in der kleinen Stadt Trözen und reiste wieder nach Athen zurück. Als er am Meeresufer Abschied von seiner neuen Gemahlin nahm, legte er sein Schwert und seine Sandalen unter ein Felsstück und sprach: „Wenn die Götter unserem Bunde, den ich nicht aus Leichtsinn geschlossen habe, sondern um meinem Haus und Land eine Nachfolge zu schaffen, zustimmen und dir einen Sohn zugestehen, ziehe ihn heimlich auf und sage keinem Menschen, wer sein Vater ist. Ist er so weit herangewachsen, dass er die Kraft besitzt, das Felsstück vom Schwert zu wälzen, dann bringe ihn her, lass ihn Waffe und Schuhe hervorholen, und schicke ihn damit zu mir nach Athen.“

Äthra gebar wirklich einen Sohn und nannte ihn Theseus. Er wurde von seinem Großvater Pittheus erzogen. Den wahren Vater des Theseus verheimlichte die Mutter, und der Großvater verbreitete die Sage, dass sein Enkel ein Kind des Poseidon sei.

Als der Jüngling nicht nur zu großer Körperstärke heranwuchs, sondern auch Mut, Klugheit und Festigkeit zeigte, da brachte ihn seine Mutter Äthra eines Tages zu dem Stein des Ägeus, erzählte ihm von seiner wahren Herkunft und forderte ihn auf, die Erkennungszeichen seines Vaters hervorzuholen und nach Athen zu segeln. Theseus stemmte sich gegen den Stein und schob ihn mit Leichtigkeit zurück, er band sich die Sandalen unter die Füße und das Schwert an die Seite. Zur See zu reisen weigerte er sich allerdings, obwohl Großvater und Mutter ihn inständig darum baten. Der Landweg vom Peloponnes nach Athen war damals sehr gefährlich, weil überall Räuber lauerten. Einige von ihnen hatte Herakles auf seinen Zügen erschlagen. Um jene Zeit aber diente er gerade der Königin Omphale in Mäonien. Deswegen war die Landreise überall höchst gefährlich.

Pittheus beschrieb dem Enkel genau jeden dieser Mörder. Aber Theseus hatte sich den Helden Herakles und seine Tapferkeit zum Vorbild genommen. Dieser hatte seinen Großvater besucht, als Theseus selbst sieben Jahre alt war; er hatte zusehen dürfen, wie der Gast mit dem König zu Tisch saß und mit ihm aß und trank.

So konnte jetzt der Sechzehnjährige den Gedanken nicht ertragen, dass, während sein großes Vorbild überall die Räuber bekämpft und vertrieben hatte, er selbst vor ihnen ausweichen sollte. „Was würde der Gott Poseidon von dieser Reise im sicheren Schoß seiner Gewässer denken“, sagte Theseus unwillig, „und was würde mein wahrer Vater sagen, wenn ich ihm als Kennzeichen Sandalen ohne Staub und ein Schwert ohne Blut brächte?“ Diese Worte gefielen seinem Großvater. Die Mutter gab ihm ihren Segen, und Theseus machte sich auf.

Die Wanderung zum Vater

Als Erster kam ihm der Straßenräuber Periphetes in den Weg, der mit seiner Waffe, einer eisenbeschlagenen Keule, alle Wanderer zu Boden schmetterte.

Es war in der Gegend von Epidauros, wo der gefürchtete Mann aus einem dunklen Wald hervorbrach. Aber Theseus stellte sich dem Räuber entgegen und erschlug ihn nach kurzem Kampf. Dem Getöteten nahm er die Keule aus der Hand und trug sie als Siegeszeichen und Waffe mit sich.

Einem anderen Räuber begegnete der junge Held auf der Landenge von Korinth. Es war Sinnis, der Fichtenbeuger, so genannt, weil der Grausame, wenn er Wanderer in seiner Gewalt hatte, mit seinen riesenstarken Händen zwei Fichtenwipfel herunterbog. An sie band er seine Gefangenen und ließ sie von den zurückschnellenden Bäumen zerreißen.

Auch ihn tötete Theseus.

Nach solchen Taten erreichte er die Grenze von Megara und stieß hier auf einen dritten berüchtigten Räuber, der seinen Schlupfwinkel auf dem hohen Felsen zwischen dem Megarerland und Attika hatte. Er pflegte aus reinem Mutwillen seinen Gefangenen zu befehlen, ihm die Füße zu waschen, und stürzte sie, während sie das taten, mit einem Tritt ins Meer. Die gleiche Todesstrafe vollzog Theseus unverzüglich an ihm.

Als der junge Held wieder eine Strecke weitergereist war, kam er zu dem grausamsten jener Straßenräuber, dem Damastes, den jeder nur unter seinem Beinamen Prokrustes, der Gliedausrecker, kannte. Er hatte zwei Betten, ein sehr kurzes und ein sehr langes. Fiel ihm ein Fremder in die Hände, der klein war, so brachte ihn der Räuber beim Schlafengehen zum langen Bett. „Wie du siehst", erklärte er dann, „ist dies Bett für dich zu groß; lass es dir anpassen, Freund!" Damit zog und reckte er ihm mit seinen Riesenkräften die Glieder auseinander, bis der Gefolterte den Geist aufgab. Hatte er aber einen groß gewachsenen

Gefangenen, so brachte Damastes ihn zu dem kurzen Bett und sagte: „Es tut mir leid, Guter, dass mein Lager nicht für dich gemacht und viel zu klein ist, doch dem soll abgeholfen werden!“ Damit hieb er ihm die Füße ab, so weit sie das Bett überragten.

Der junge Rächer handelte nicht anders. Den Räuber, der auch ein Riese von Gestalt war, legte er in das kleine Bett und schlug ihm die Beine mit dem Schwert ab, dass er jämmerlich umkam. So erfuhren die meisten Verbrecher durch Theseus ihre Bestrafung in der gleichen Weise, in der sie selbst ihre Opfer ermordet hatten.

Theseus in Athen

In Athen fand der junge Held nicht auf Anhieb die Aufnahme, die er sich erhofft hatte. In der Bürgerschaft herrschten Verwirrung und Zank; um das Haus seines königlichen Vaters stand es schlecht. Medea, die auf ihrem Drachenwagen Korinth und den rachedurstigen Jason verlassen hatte, war in die Stadt eingekehrt; sie hatte sich beim alten Ägeus beliebt gemacht und versprochen, ihm durch ihre Zaubermittel die Kraft seiner Jugend zurückzugeben. Der König vertraute ihr und lebte mit ihr zusammen.

Durch ihre Hexerei wusste die furchtbare Medea aber auch von der Ankunft des Theseus. Sie fürchtete, von ihm aus dem Hause vertrieben zu werden. So überredete sie Ägeus, den fremden jungen Mann, in dem der Greis den Sohn nicht erkannte, den Medea als einen gefährlichen Kundschafter darstellte, zu bewirten und mit Gift aus dem Wege zu räumen.

Theseus erschien beim Frühstück, niemand wusste, wer er war; er wollte den Vater selbst entdecken lassen, wen er vor sich habe. Schon hatte man ihm den Giftbecher vorgesetzt, und Medea wartete auf den Augenblick, wo der Gast die ersten Züge daraus nehmen würde. Theseus aber, den es mehr nach der Umarmung seines Vaters als nach dem Trank verlangte, zog, scheinbar um das Fleisch zu zerschneiden, jene Waffe, die Ägeus für ihn unter dem Felsblock hinterlegt hatte, damit der König auf sie aufmerksam werde und den Sohn damit erkenne. Ägeus sah wirklich das ihm bekannte Schwert, er warf den Giftbecher um. Überglücklich, dass der ersehnte Sohn gekommen war, schloss er ihn in seine Arme. Medea aber wurde aus dem Lande vertrieben.

Theseus bei Minos

Die erste Tat, die Theseus verrichtete, nachdem er als Königssohn und Erbe des Thrones von Attika an der Seite seines Vaters lebte, war die Vertreibung der Söhne seines Onkels Pallas, die gehofft hatten, über Athen die Herrschaft zu erlangen, wenn Ägeus ohne Kinder stürbe. Sie waren ergrimmt, dass in Zukunft ein hergelaufener Fremdling – so sagten sie – die Macht über sie und das Land erhalten sollte, griffen zu den Waffen und legten Theseus einen Hinterhalt.

Aber der Herold, der sie begleitete, verriet dem Königssohn den Plan. Der überfiel ohne zu zögern das Lager seiner Feinde und machte alle nieder. Um durch das Blutvergießen das Volk nicht gegen sich aufzubringen, bezwang Theseus bald danach den Stier von Marathon, der den Bewohnern der attischen Gemeinden durch die Verwüstung, die er anrichtete, nicht wenig schadete. Nachdem er ihn überwältigt hatte, führte er ihn zur Schau durch die Stadt und opferte ihn endlich dem Gott Apoll.

Um diese Zeit kamen von der Insel Kreta zum dritten Mal Abgeordnete des Königs Minos, um den Tribut abzuholen, den die Athener ihm schuldeten. Damit verhielt es sich so: Der Sohn des Minos, Androgeos, war in attischem Gebiet durch einen Hinterhalt getötet worden. Sein Vater hatte die Einwohner Athens dafür mit einem Krieg heimgesucht, und die Götter hatten das Land durch Dürre und Seuchen verwüstet. Das Orakel Apollos in Delphi riet daraufhin, den Zorn der Unsterblichen und des Königs Minos durch Unterwerfung zu besänftigen. Den Athenern wurde auch Frieden gewährt, jedoch unter der Bedingung, dass sie alle neun Jahre sieben Jünglinge und sieben Jungfrauen als Tribut nach Kreta schicken sollten.

Es wurde jedoch berichtet, dass diese Unglücklichen in das Labyrinth eingeschlossen und dort vom Minotaurus, jenem Geschöpf, das halb Mensch und halb Stier war, getötet würden.

Als nun die Zeit des dritten Tributs gekommen war und die Väter, die unverheiratete Söhne und Töchter hatten, dem entsetzlichen Auslosen der Opfer entgegensahen, da wuchs die Wut der Bürger gegen Ägeus von Neuem. Sie fingen an, darüber zu murren, dass er allein, der Urheber des ganzen Unheils, keinen Anteil an der Strafe habe, während sie erdulden mussten, dass ihnen ihre Kinder entrissen wurden. Theseus hörte die Klagen, sie schmerzten ihn. Er stand in der Volksversammlung auf und erklärte sich bereit, die Ausgelosten dieses Mal auf ihrem Weg nach Kreta zu begleiten. Die Bürger bewunderten seinen Mut; viele rieten ihm ab, aber er blieb unerschütterlich in seinem Entschluss. Den Vater tröstete Theseus mit der Versicherung, dass er mit den Jungfrauen und Jünglingen nicht ins Verderben gehe, sondern den Minotaurus bezwingen werde.

Bisher war das Schiff, das die unglücklichen Opfer nach Kreta brachte, zum Zeichen ihrer Rettungslosigkeit mit einem schwarzen Segel ausgestattet worden. Jetzt, als Ägeus seinen Sohn so stolz sprechen hörte, rüstete er zwar das Schiff auf die gleiche Weise aus, doch gab er dem Steuermann ein anderes Segel, eines in Weiß, mit und befahl ihm, dieses helle zu hissen, wenn der Tapfere zurückkehre – und mit ihm die hoffentlich vom Tode Geretteten.

Als nun das Los gezogen war, führte Theseus die, die es getroffen hatte, zuerst in den Tempel des Apoll und brachte dem Gott in ihrem Namen den mit weißer Wolle umwundenen Ölzweig dar, das Weihgeschenk der Schutzflehenden. Nachdem das feierliche Gebet gesprochen war, ging Theseus, von allem Volk begleitet, mit den betroffenen Jünglingen und Jungfrauen zum Meeresufer hinab und bestieg das Trauerschiff.

Das Orakel von Delphi hatte ihm geraten, er solle die Göttin der Liebe zur Führerin wählen und sich ihren Schutz erbitten. Theseus verstand diesen Spruch nicht, brachte jedoch der Aphrodite ein Opfer dar. Der Erfolg aber gab der Weissagung Recht. Denn als Theseus auf Kreta gelandet und vor König Minos erschienen war, zogen seine Schönheit und seine Jugend die Augen der Königstochter Ariadne auf sich. Es gelang ihr, ihm einmal allein zu begegnen. Sie gestand ihm ihre Liebe und gab ihm ein Knäuel Faden, dessen Ende er am Tor des Labyrinthes festknüpfen und das er während seines Weges durch die verwirrenden Irrgänge ablaufen lassen sollte, bis er den Minotaurus gefunden hätte. Zugleich übergab sie ihm ein Schwert, mit dem er das Ungeheuer töten könnte.

Theseus wurde, wie auch die früheren Opfer, mit seinen Gefährten von König Minos in das Labyrinth geschickt. Dort erlegte er mit seiner Zauberwaffe den Minotaurus und fand mit allen, die bei ihm waren – den abgespulten Faden in der Hand – aus den Höhlengängen glücklich wieder heraus. Dann floh er mit den Geretteten in Begleitung Ariadnes, die der junge Held mit sich nach Athen nehmen wollte. Auf ihren Rat hatte er auch die Böden der kretischen Schiffe zerschlagen lassen und so ihrem Vater die Verfolgung unmöglich gemacht. Schon glaubte Theseus seine Beute und sich in Sicherheit und machte mit Ariadne sorglos an der Insel Naxos fest. Da erschien ihm der Gott Dionysos im Traum; er erklärte, dass Ariadne seine eigene Braut sei, ihm selbst vom Schicksal bestimmt, und drohte Theseus großes Unglück an, wenn er von der Geliebten nicht lassen wolle.

Der Königssohn war von seinem Großvater in Ehrfurcht vor den Himmlischen erzogen; er fürchtete den Zorn des Gottes, ließ die weinende Königstochter auf der Insel zurück und segelte weiter.

In der Nacht erschien wirklich Ariadnes Bräutigam, Dionysos, auf der Insel Naxos und entführte sie auf den Berg Drios. Dort, so heißt es, verschwand zuerst der Gott, und bald darauf wurde auch Ariadne unsichtbar. –

Theseus und seine Gefährten waren niedergeschlagen über den Raub der Jungfrau. In ihrem Kummer vergaßen sie, dass ihr Schiff noch das schwarze Segel aufgezogen hatte, mit dem es ausgefahren war. Sie unterließen es, dem Befehl des Königs zufolge das weiße Segel aufzuziehen, das Zeichen einer glücklichen Heimkehr; in schwarzer Trauer trieben sie der Heimat entgegen.

Ägeus wartete an der Küste, als das Schiff näher kam. Aus der Farbe des Segels schloss er, dass auch dieses Mal wieder all die ausgelosten Jungfrauen und Jünglinge vom Minotauren getötet worden seien – und auch sein Sohn Theseus. Er erhob sich von seinem Sitz auf dem Felsen, von dem er Ausschau hielt, und stürzte sich in die Tiefe.

Theseus als König

Theseus, der jetzt König von Athen geworden war, zeigte bald, dass er nicht nur ein Held in Kriegen und Kämpfen, sondern auch fähig war, einen Staat zu lenken und ein Volk klug und in Frieden zu führen. Darin tat er sogar mehr als sein Vorbild Herakles. Vor seiner Regierung wohnten die meisten Bürger Attikas zerstreut um die Burg Athen und auf Bauernhöfen oder in kleinen Dörfern. Sie konnten daher nur schwer zusammengebracht werden, um über öffentliche Angelegenheiten zu beratschlagen. Theseus war es nun, der alle Orte des attischen Gebietes vereinigte. Erst jetzt wurde Athen zu einer wirklichen Stadt. Vorher war es nichts anderes als eine Königsburg gewesen, um die sich einige Häuser gesammelt hatten.

Um die Stadt aber noch zu vergrößern, rief Theseus – unter Zusicherung des gleichen Bürgerrechts – aus allen Gegenden neue Ansiedler herbei. Und voller Klugheit beschränkte er seine eigene Macht als König und machte sie von dem Rat der Edlen und von der Volksversammlung abhängig.

Der Amazonenkrieg

Theseus stärkte den Staat, wo er konnte, auch indem er darauf achtete, dass die Menschen göttliche Gebote ernst nahmen. Er widmete der Göttin Athene große Verehrung, er erneuerte für Poseidon die Kampfspiele auf dem Isthmus von Korinth, wie Herakles es zuvor mit den Olympischen Spielen für Zeus getan hatte.

Dann wurde Athen von einem seltsamen Krieg heimgesucht. Theseus war in jüngeren Jahren einmal auf einem Fehdezug bei den Amazonen an Land gegangen, und sie hatten dem Helden Gastgeschenke an Bord gesandt. Theseus aber gefielen nicht nur die Geschenke, sondern auch die Amazone, die sie ihm brachte. Sie hieß Hippolyte, und Theseus lud sie ein, auf sein Schiff zu kommen. Kaum hatte sie es bestiegen, da fuhr er mit ihr, seinem schönen Raub, davon.

Hippolyte wurde nicht ungern die Frau eines Königs. Aber die streitbaren Amazonen waren über den frechen Raub entrüstet; sie wollten sich rächen, nahmen eine Gelegenheit wahr, wo Athen unbewacht schien, umzingelten die Stadt und brachen wie ein Sturm in sie ein. Ja, sie schlugen mitten in ihr ein Lager auf, die erschrockenen Einwohner zogen sich auf die Burg zurück.

Die Königin Hippolyte soll in dieser Schlacht mit ihrem Gemahl Theseus gegen die Amazonen gekämpft haben. Ein Wurfspieß traf sie an der Seite ihres Mannes und streckte sie nieder. Den Krieg beendete ein Friedensschluss, nach dem die Amazonen Athen zu verlassen und in ihr Vaterland zurückzukehren hatten.

Theseus und Pirithoos. Lapithen- und Zentaurenkampf

Theseus stand im Ruf außerordentlicher Stärke und Tapferkeit. Pirithoos, einer der berühmtesten Helden des Altertums, hatte Lust, ihn auf die Probe zu stellen, und trieb Rinder, die dem Athener gehörten, von Marathon weg. Als ihm zu Ohren kam, dass der König, die

Waffen in der Hand, ihm folgte, da hatte er, was er wollte, und floh nicht, sondern wandte sich um, um gegen Theseus zu kämpfen. Als die Helden sich dann nahe genug waren, wurde jeder von der Bewunderung des Gegners so sehr gepackt, dass beide wie auf ein Zeichen die Streitwaffen zu Boden warfen und aufeinander zuschritten. Pirithoos streckte Theseus die Rechte entgegen und forderte ihn auf, ihn für den Raub der Rinder zu bestrafen. „Die einzige Genugtuung, die ich verlange", erwiderte Theseus mit leuchtendem Blick, „ist die, dass du von einem Feind zu meinem Freund und Kampfgenossen wirst!" Nun umarmten sich die beiden Helden und schworen einander ewige Freundschaft.

Als bald darauf Pirithoos die thessalische Fürstentochter Hippodamia aus dem Geschlecht der Lapithen heiratete, lud er auch seinen Waffenbruder Theseus zur Hochzeit. Die Lapithen, bei denen sie gefeiert wurde, waren rohe, zum Tierhaften neigende Bergmenschen. Die Braut aber hatte äußerlich nichts mit den Männern dieses Stammes zu tun. Sie war zierlich und zart und so schön, dass alle Gäste den Bräutigam glückselig priesen. Viele Fürsten Thessaliens waren zu dem Fest erschienen; aber auch die Verwandten des Pirithoos, die Zentauren, fanden sich ein. Sie waren die erklärten Feinde der Lapithen, des Volkes der Braut.

Diesmal hatte die Verwandtschaft mit dem Bräutigam sie jedoch den alten Groll vergessen lassen, die Hochzeit hatte sie herbeigelockt. Die Hofburg des Pirithoos rauschte von Getümmel; Brautlieder wurden gesungen, von Wein und Speisen dampften die Säle. Der Palast fasste nicht einmal alle Gäste, viele Lapithen und Zentauren saßen draußen an Tischen in schattigen Grotten.

Lange brauste das Fest ungestört und fröhlich dahin. Da begann das Herz des wildesten unter den Zentauren, Eurytion, vom vielen Wein zu rasen. Der Anblick der schönen Hippodamia verführte ihn zu dem tollen Gedanken, dem Bräutigam die Braut zu rauben. Niemand wusste, wie es gekommen war, aber auf einmal sahen die Gäste, wie der Zentaur Eurytion die um Hilfe rufende Hippodamia an den Haaren gewaltsam über den Boden mit sich schleifte. Schnell sprangen Freunde und Verwandte der Braut von ihren Sitzen empor.

„Was tust du", rief ihm Theseus zu, „den Pirithoos so zu reizen, während ich noch lebe, und so zwei Helden mit deiner Tat herauszufordern?" Er drängte auf Eurytion ein und entriss dem wütenden Räuber die Geraubte. Der Betrunkene griff Theseus an, aber der nahm einen ehernen Krug und schmetterte ihn dem Gegner ins Gesicht, dass er rücklings in den Sand fiel. „Zu den Waffen!", schrien die Zentauren. Jetzt flog auch der Speer des Helden Pirithoos durch die Luft und durchbohrte den Riesen Peträos, als er gerade einen Eichenstamm aus der Erde rüttelte, um damit zu kämpfen. Ein zweiter, Diktys, stürzte unter den Streichen des Atheners nieder und zerknickte im Fallen eine mächtige Esche. Ein Dritter wollte ihn rächen, wurde aber von Theseus mit einem Eichenpfahl zermalmt.

Der Schönste und Jugendlichste unter den Zentauren war Kyllaros; goldfarben sein langes lockiges Haar und sein Bart, sein Blick freundlich. Nacken, Schultern und Hände wie von einem Bildhauer geschaffen. Auch sein Pferdeleib war ohne Fehler, die Brust hochgewölbt, die Farbe pechschwarz, nur Beine und Pferdeschweif waren licht und hell. Er war mit der schönen Zentaurin Hylonome zum Fest gekommen, die sich beim Mahl voller Liebe an ihn lehnte und auch jetzt, mit ihm vereint, an seiner Seite kämpfte. Diesen Kyllaros traf, von unbekannter Hand, ein Pfeil ins Herz, sodass er sterbend Hylonome in die Arme sank. Sie küsste ihn und versuchte vergeblich, ihm zu helfen. Als sie ihn sterben sah, zog sie ihm den Pfeil aus dem Herzen und stürzte sich selbst hinein.

Noch lange wütete der Kampf zwischen den Lapithen und den Zentauren, bis die Letzteren unterlegen waren und nur Flucht und Nacht sie vor dem Tod bewahrten. Pirithoos behielt seine Braut, und Theseus verabschiedete sich am anderen Morgen als Sieger von seinem Freund.

Theseus und Phädra

Theseus versuchte nun, selbst eine Familie zu gründen. Aber gerade das sollte sein Glück wenden. Als der Held die Geliebte Ariadne ihrem Vater Minos aus Kreta entführt hatte, war mit der Königstochter auch ihre kleine Schwester Phädra geflohen, die nicht von ihr gehen wollte. Dann wurde Ariadne von Dionysos geraubt, und Phädra hatte Theseus nach Athen begleitet, weil sie es nicht wagte, zu Minos zurückzukehren. Erst als ihr Vater gestorben war, suchte das Mädchen die Heimat Kreta wieder auf und wuchs dort in dem Haus ihres Bruders Deukalion, der als ältester Sohn von König Minos die Insel beherrschte, zu einer schönen und klugen Jungfrau heran.

Theseus, der nach dem Tod seiner Gemahlin Hippolyte lange Zeit unverheiratet geblieben war, hörte viel von Phädra und hoffte, dass sie seiner ersten Geliebten, ihrer Schwester Ariadne, ähnlich war. Deukalion, der König von Kreta, bewunderte den Helden und schloss, als Theseus von der blutigen Hochzeit in Thessalien zurückgekehrt war, ein Schutzbündnis mit den Athenern. Sein neuer Freund warb nun gleich um Phädra – und mit Erfolg. Bald führte Theseus die Jungfrau aus Kreta nach Athen, die wirklich der geliebten Ariadne so ähnlich war, dass Theseus alle Hoffnungen erfüllt glaubte. Damit am Glück nichts fehle, brachte Phädra in den ersten Jahren ihrer Ehe zwei Knaben, Akamas und Demophoon, zur Welt.

Aber Phädra blieb nicht treu. Ihr gefiel der junge Sohn des Theseus, Hippolytos, der in ihrem Alter war, besser als der Vater. Hippolytos war das einzige Kind, das die von Theseus einst entführte Amazone geboren hatte. Der König hatte ihn nach Trözen geschickt, wo er selbst aufgewachsen war, um ihn bei den Verwandten erziehen zu lassen. Als Hippolytos nun erwachsen wurde, kam er, der sein ganzes Leben der reinen Göttin Artemis zu weihen beschlossen und noch keine Frau geliebt hatte, nach Athen und Eleusis, um an den Mysterien teilzunehmen, den Feiern des Kults der Fruchtbarkeit. Damals begegnete Phädra ihm zum ersten Mal, und sie verliebte sich in ihn.

Als Hippolytos die väterliche Stadt wieder verlassen hatte, baute Phädra auf der Burg von Athen der Liebesgöttin einen Tempel, von dem man bis nach Trözen sehen konnte. Hier saß sie tagelang, den Blick auf das Meer gerichtet.

Einmal auch, als Theseus eine Reise nach Trözen unternahm, um seine Verwandten und den Sohn zu besuchen, begleitete ihn Phädra und blieb dort geraume Zeit. Noch immer kämpfte sie mit dem verbotenen Feuer in ihrer Brust, suchte die Einsamkeit und weinte über ihr Elend unter einem Myrtenbaum. An einem Tage aber, an dem Theseus abwesend war, vertraute sie sich ihrer alten Amme an, einem verschmitzten und ihrer Gebieterin blind ergebenen Weib, das es auf sich nahm, den Jüngling von der Liebe seiner Stiefmutter zu unterrichten. Hippolytos hörte ihren Bericht mit Abscheu an und verließ Trözen, um im Dienst seiner Herrin, der Göttin Artemis, in den Wäldern zu jagen.

Phädra jedoch konnte die Abfuhr, die sie erhalten hatte, nicht überwinden. Das Bewusstsein, Falsches zu wollen, und die Leidenschaft stritten lange in ihrer Brust. Dann aber gewann die Bosheit die Oberhand. Als Theseus zurückkehrte, fand er seine Gattin erhängt und in ihrer krampfhaft zusammengeballten Rechten einen von ihr selbst geschriebenen Brief: „Hippolytos hat nach meiner Ehre getrachtet; seinen Nachstellungen zu entfliehen, ist mir nur ein Ausweg geblieben. Ich sterbe lieber, als die Treue zu meinem Mann zu verletzen."

Lange stand Theseus vor Entsetzen bewegungslos. Schließlich hob er seine Hände zum Himmel und betete: „Vater Poseidon, du hast mir einst drei Bitten gewährt. Nur eine will ich erfüllt haben; lass meinen Sohn das Ende des heutigen Tages nicht mehr erleben!" Kaum hatte er den Fluch ausgesprochen, als Hippolytos nach der Jagd in den Palast kam und hörte, was geschehen war. Er trat vor den Vater und die Leiche der Stiefmutter.

Auf die Vorhaltungen des Theseus erwiderte er sanft: „Vater, mein Gewissen ist rein. Ich weiß mich keines Vergehens schuldig!" Da hielt ihm Theseus den Brief seiner Stiefmutter entgegen und verbannte ihn aus dem Lande. Hippolytos rief seine Schutzgöttin, die jungfräuliche

Artemis, zur Zeugin seiner Unschuld auf, doch umsonst, Theseus glaubte ihm nicht. So sagte Hippolytos seiner zweiten Heimat unter Seufzern und Tränen Lebewohl.

Noch am gleichen Abend suchte den König ein Bote auf und überbrachte, als er vor Theseus stand, eine Nachricht: „Herr, dein Sohn Hippolytos wird das Licht des nächsten Tages nicht mehr sehen!"

Theseus empfing die Botschaft ganz kalt und fragte: „Hat ihn ein Feind erschlagen? Sag mir, ist es geschehen?"

Der Mann fing an zu erzählen: „Wir Diener striegelten am Meeresufer die Pferde unseres Herrn Hippolytos, als er kam und uns befahl, den Wagen zur Reise zu rüsten. Als alles bereit war, hob er die Hände zum Himmel und betete: ‚Zeus, mögest du mich vernichten, wenn ich schlecht war! Aber möge mein Vater hören, dass er mich ohne Grund beschuldigt hat!' Dann schwang Hippolytos sich auf den Wagen, ergriff die Zügel und fuhr mit uns am Ufer entlang davon. Plötzlich erhob sich, mit einem unterirdischen Donnern, ein mächtiges Brausen. Eine Welle stieg aus dem Meer turmhoch zum Himmel. Mit ihr spie die See ein Ungeheuer aus, einen riesenhaften Stier, von dessen Brüllen die Felsen widerhallten.

Der Anblick jagte den Pferden Angst ein. Unser Herr, ans Lenken der Pferde gewöhnt, zog den Zügel mit beiden Händen straff an; aber die Tiere zerbissen den Zaum, rannten ihm davon, und dein unglücklicher Sohn stürzte kopfüber vom Wagen. Alles ging viel zu schnell, als dass wir begleitenden Diener ihm hätten zu Hilfe kommen können!"

Theseus starrte nach diesem Bericht lange schweigend zu Boden. „Ich freue mich nicht über sein Unglück, aber ich beklage es nicht", sprach er endlich, doch leise Zweifel beschlichen ihn. „Könnte ich ihn doch noch einmal lebend sehen!" Seine Worte wurden durch das Geschrei einer alten Frau unterbrochen, die mit grauem fliegendem Haar und zerrissenem Gewand herbeieilte und sich Theseus zu Füßen warf. Es war die alte Amme Phädras, die, von ihrem Gewissen gefoltert, nicht länger schweigen konnte und unter Tränen dem König die Unschuld des Jünglings und die Schuld Phädras, ihrer Herrin, offenbarte.

Ehe der Vater recht zur Besinnung kommen konnte, wurde sein Sohn, zerschlagen, aber noch atmend, auf einer Bahre zu ihm gebracht. Theseus warf sich verzweifelt über ihn. Seine letzte Kraft raffte Hippolytos zusammen und sagte: „Ihr wisst, dass ich unschuldig bin!" Die Nächststehenden nickten und winkten ihm zu. „Vater", flüsterte der Sterbende, „ich vergebe dir!"

Hippolytos wurde von Theseus unter dem Myrtenbaum begraben, unter dem einst Phädra gegen ihre Liebe angekämpft hatte – und unter dem der König, der seine Gemahlin trotz ihrer Verfehlungen nicht verwünschen konnte, auch ihre Leiche beizusetzen befahl.

Theseus auf Frauenraub

Durch die Verbindung mit dem jungen Helden Pirithoos erwachte in dem verlassenen und alternden Theseus noch einmal die Lust zu Abenteuern. Pirithoos' Frau Hippodamia war nach einer nur kurzen Ehe gestorben, und da auch Theseus Witwer war, gingen beide auf Frauenraub aus. Damals war die später so berühmt gewordene Helena, die Tochter des Zeus und der Leda, die im Palast von Sparta aufwuchs, noch sehr jung. Aber sie galt schon als die schönste Jungfrau ihrer Zeit, und ihre Anmut fing an, in ganz Griechenland bekannt zu werden. Theseus und Pirithoos sahen sie in einem Tempel der Artemis tanzen, als sie nach Sparta kamen. Beide verliebten sich augenblicklich. Sie raubten sie aus dem Heiligtum und brachten sie nach Tegea in Arkadien. Hier losten sie um Helena, und jeder versprach, wenn er gewinne, dem anderen beim Raub einer zweiten schönen Jungfrau zu helfen. Theseus zog das gute Los, und er brachte Helena zu seiner Mutter Äthra. Danach setzte Theseus seinen Weg mit dem Waffenbruder fort, und beide überlegten, wen sie nun in ihre Gewalt bringen sollten. Schließlich nahm Pirithoos sich vor, die Gemahlin Plutos, Persephone, aus der Unterwelt zu entführen und sich so für den Verlust Helenas zu entschädigen.

Der Versuch aber ging schief, die Freunde wurden von Pluto zu ewigem Verbleiben im Dunkel des Hades verdammt. Als Herakles sie befreien wollte, gelang es ihm nur, den Athener Pirithoos zu retten.

Während nun Theseus in der Unterwelt gefangen war, machten sich Helenas Brüder, Kastor und Pollux, auf und zogen von Sparta nach Attika, um ihre Schwester zu befreien. Die Athener erschraken, und einer aus ihrer Mitte, der das Geheimnis des Königs erfahren hatte, erzählte den Brüdern, dass Helena bei Theseus' Mutter in der Stadt Aphidnä versteckt gehalten werde. Dorthin rückten Kastor und Pollux nun aus, siegten in einer Schlacht und eroberten die Stadt im Sturm.

In Athen geschah inzwischen noch anderes, das für Theseus ungünstig war. Menestheus, ein Urenkel des Erechtheus, hatte als Volksführer die Menge gegen den abwesenden König aufgewiegelt – was nicht schwierig war, denn dessen Stellung unter den Bürgern war umstritten. Als die Eroberung der Stadt Aphidnä die Athener mit Schrecken erfüllte, benutzte Menestheus diese Missstimmung des Volkes. Er brachte die Verängstigten dazu, den Brüdern Helenas, Kastor und Pollux, die ihre Schwester mit sich führten, die Stadt zu öffnen und sie freundlich zu empfangen, da die beiden nur gegen Theseus, den Räuber des Mädchens, ausgezogen seien. Und ihr Verhalten zeigte, dass Menestheus damit Recht hatte; denn obwohl sie durch offene Tore in Athen einrückten und alles dort in ihrer Gewalt war, so taten sie doch niemandem etwas zu Leide.

Das Ende des Theseus

In seiner langen Gefangenschaft im Hades hatte Theseus Zeit, seine letzte Tat zu bereuen. Er kehrte als ernster Greis nach Hause zurück und war erleichtert, als er von der Rettung Helenas durch ihre Brüder hörte, denn er schämte sich seiner Tat. Er wandte sich nun wieder der Staatsführung zu. Doch obwohl er die Zügel der Regierung fest in die Hand nahm und die Partei des Menestheus verdrängte, genoss er doch keine rechte Ruhe mehr. Neue Empörungen brachen gegen ihn aus.

Zuerst versuchte Theseus mit gewaltsamen Mitteln dagegen vorzugehen; dann beschloss er, seine unbotmäßige Stadt zu verlassen. Er schiffte sich nach der Insel Skyros ein, deren Bewohner der König für seine besonderen Freunde hielt. Er besaß dort auch ansehnliche Güter, die er von seinem Vater geerbt hatte.

Damals war Lykomedes Herrscher von Skyros. Zu ihm ging Theseus und meldete seine Ansprüche an. Aber Lykomedes, der Theseus fürchtete und vielleicht auch mit Menestheus in geheimem Einverständnis stand, dachte nur daran, wie er den Gast aus dem Weg räumen konnte. Er führte ihn auf den höchsten Felsengipfel der Insel, der schroff in das Land ragte. Von dort seien, so sagte er, die schönen Güter, die sein Vater auf der Insel besessen hatte, mit einem Blick zu überschauen. Freudig ließ Theseus seine Augen über die herrlichen Ländereien streifen, da gab ihm der treulose Lykomedes einen Stoß von hinten, dass er über die Felsen hinab in den Tod stürzte.

In Athen wurde Theseus von seinem undankbaren Volk bald vergessen. Viele Jahrhunderte später, nach dem großen Krieg gegen die Perser, befahl das Orakel von Delphi, die Gebeine Theseus' heimzuholen und ehrenvoll zu bestatten. Die Athener aber wussten nicht, wo sie ruhten. Da geschah es, dass der berühmte Feldherr Kimon die Insel Skyros eroberte. Während er das Grab des Helden seines Volkes suchte, bemerkte er über einem Hügel einen Adler. Er machte Halt und sah, wie der Vogel herabschoss und den Boden mit seinen Krallen aufscharrte. Kimon erkannte in diesem Zeichen einen göttlichen Hinweis, ließ nachgraben und fand tief in der Erde Sarg, Lanze und Schwert. Er und seine Begleiter zweifelten nicht daran, die Gebeine des Theseus entdeckt zu haben. Sie wurden von Kimon auf ein schönes Kriegsschiff gebracht und in Athen mit Jubel empfangen. Es war, als ob Theseus selbst in die Stadt zurückkehrte. So bezeugten die Athener nach Jahrhunderten dem, der Freiheit und Bürgerverfassung für die Stadt geschaffen hatte, ihren Dank. Ein Dank, der Theseus zu seiner Zeit versagt geblieben war.

DIE SAGE VON ÖDIPUS

Die Geburt des Ödipus, seine Jugend und Flucht

Laïos war König von Theben und lebte mit Jokaste, der Tochter eines vornehmen Thebaners, lange in kinderloser Ehe. Doch er brauchte einen Erben, so befragte er das Orakel in Delphi, und er bekam zu hören: „Laïos, du willst Nachkommen! Gut, es soll dir gewährt werden. Aber du musst wissen, dass es dein Schicksal ist, durch die Hand deines eigenen Sohnes das Leben zu verlieren. Dies ist das Gebot des Zeus. Er hat den Fluch des Pelops erhört, dem du sein Kind geraubt hast."

Laïos war in seiner Jugend landesflüchtig gewesen und am Hof des Königs Pelops als Gast aufgenommen worden. Er hatte aber seinem Gastgeber nicht gedankt, sondern stattdessen Chrysippos, den Sohn Pelops', entführt. Laïos wusste von seiner Schuld, er nahm das Orakel ernst und lebte lange von seiner Frau getrennt. Doch die beiden liebten sich sehr, und so kamen sie trotz der Warnung des Schicksals wieder zusammen, und Jokaste gebar ihrem Mann einen Knaben.

Als das Kind drei Tage alt war, fiel den Eltern der Orakelspruch ein, und sie ließen den Neugeborenen mit durchstochenen und zusammengebundenen Füßen in dem wilden Gebirge Kithäron aussetzen. Der Hirte, der den Auftrag dafür erhielt, hatte jedoch Mitleid mit dem unschuldigen Kind und übergab es einem anderen Hirten, der in demselben Gebirge die Herden des Herrschers von Korinth, Polybos, weidete. Dem König und seiner Frau Jokaste meldete er, dass er den Befehl ausgeführt habe. Die Eltern glaubten, dass der Knabe nun von wilden Tieren zerrissen würde und hofften, dass sie den Orakelspruch damit unmöglich gemacht hätten.

Der Hirte des Polybos löste inzwischen dem Kind, von dem er nicht wusste, zu wem es gehörte, die Fesseln an den durchbohrten Fersen und nannte ihn nach seinen Wunden Ödipus, das heißt Schwellfuß. Er brachte ihn nach Korinth zu seinem Herrn. König Polybos und seine Gemahlin Merope erbarmten sich des Findlings und zogen ihn wie ihren eigenen Sohn auf – und alle am Hof und im ganzen Land hielten ihn auch dafür. Zum Jüngling herangewachsen, lebte Ödipus selbst in der Überzeugung, Kind und Erbe des Königs Polybos zu sein. Da geschah es, dass ein Korinther ihm bei einem Festmahl im Palast zurief, dass er nicht der Sohn des Königs sei.

Am anderen Morgen trat Ödipus vor seine Eltern und verlangte von ihnen Aufklärung. Polybos und seine Frau waren über den Betrunkenen, dem die Worte entfallen waren, sehr aufgebracht und suchten alle Zweifel in Ödipus zu zerstreuen. Aber das Misstrauen blieb.

Endlich machte sich Ödipus, ohne seinen Eltern etwas zu sagen, auf den Weg zum Orakel von Delphi. Er hoffte, dass man ihm dort die Behauptung des Korinthers widerlegen würde. Aber Phöbus Apollo, der Gott des Orakels, antwortete ihm nicht auf seine Frage, sondern deckte ihm nur ein neues, weit grauenvolleres Unglück auf. „Du wirst", verkündete das Orakel, „deinen eigenen Vater ermorden, deine Mutter heiraten und den Menschen eine Nachkommenschaft von verabscheuungswürdiger Art zeugen." Als Ödipus das hörte, erfasste ihn blankes Entsetzen, und da ihm sein Herz doch immer noch sagte, dass Polybos und Merope, die ihn so liebten, seine Eltern sein müssten, wagte er es nicht, in seine Heimat zurückzukehren. Er war verzweifelt und fürchtete, von der Vorhersage getrieben, Hand an seinen Vater Polybos zu legen oder, von den Göttern mit Wahnsinn geschlagen, eine verruchte Ehe mit seiner Mutter Merope einzugehen.

Ratlos irrte er umher und schlug endlich den Weg nach Böotien ein.

Ödipus befand sich noch auf der Straße von Delphi zur Stadt Daulia, als er einen Wagen auf sich zukommen sah, auf dem ein ihm unbekannter alter Mann saß, dazu ein Herold, ein Wagenlenker und zwei Diener. Der junge Wagenlenker trieb den Fußgänger, der ihnen im Wege war, ungestüm zur Seite, und Ödipus, von Natur aus jähzornig, versetzte ihm einen Schlag. Der neben dem Wagenführer sitzende Alte aber zielte wütend mit seinem Stab, mit dem er die Pferde anstachelte, nach dem Wanderer und traf ihn am Kopf. Jetzt war Ödipus außer sich, zum ersten Mal bediente er sich der Stärke, die ihm die Götter verliehen hatten, erhob seinen Reisestock und stieß den Alten vom Wagensitz. Ein Handgemenge entstand; Ödipus musste um sein Leben kämpfen. Aber seine Kräfte siegten, er erschlug den alten Mann und auch seine Begleiter bis auf einen Diener, der fliehen konnte.

Ödipus glaubte, nichts anderes getan zu haben, als sich aus Not gegen einen Phokier oder Böotier mit seinen Knechten gewehrt zu haben. Denn der Greis, den er eben niedergemacht hatte, trug keinerlei Zeichen höherer Würde an sich. Aber der Erschlagene war Laïos gewesen, der König von Theben. So wurde also die Weissagung, die Vater und Sohn erhalten hatten und der sie beide entgehen wollten, vom Geschick erfüllt.

Ödipus in Theben. Er heiratet seine Mutter

Nicht lange Zeit danach war vor den Toren der Stadt Theben die Sphinx erschienen, ein geflügeltes Ungeheuer, bis zur Brust wie eine Jungfrau, der Rest des Körpers gebaut wie ein Löwe. Sie war eine Tochter des Typhon und der Echidna, der schlangenhaften Mutter vieler Drachen, und eine Schwester des Höllenhundes Zerberus. Das Ungeheuer hatte sich zwischen den Felsen an der Straße sein Lager eingerichtet und legte dort allen vorüberkommenden Bürgern von Theben Rätsel auf. Wussten sie die Lösung nicht, so ergriff es die Armen und fraß sie auf.

In der Stadt herrschten Jammer und Elend, zumal alles noch um den König trauerte, der – niemand wusste von wem – auf einer Reise erschlagen worden war und an dessen Stelle Kreon, der Bruder der Königin Jokaste, die Herrschaft ergriffen hatte. Kreons eigener Sohn wurde von der Sphinx gefressen.

In dieser großen Not ließ der Fürst öffentlich bekannt geben, dass wer Theben von dem Ungeheuer befreien würde, König werden und seine Schwester Jokaste als Frau erhalten sollte. Gerade als das verkündet wurde, trat Ödipus mit seinem Wanderstab durch das Tor von Theben. Die Gefahr wie auch der ausgesetzte Preis reizten ihn – und er wusste nicht, wer sich hinter der Königin verbarg. Er suchte also den Weg zu dem Felsen, bei dem die Sphinx auf ihre Opfer wartete, und ließ sich von ihr ein Rätsel geben. Das Ungeheuer meinte, dem mutigen jungen Mann ein unlösbares aufzugeben. Der Spruch lautete: „Es ist am Morgen vierfüßig, am Mittag zweifüßig, am Abend dreifüßig. Es ist das einzige Geschöpf, das die Zahl der Füße verändert; aber dann, wenn es die meisten Füße bewegt, sind Kraft und Schnelligkeit bei ihm am geringsten."

Ödipus lächelte, als er das Rätsel vernahm, das für ihn nicht schwierig war. „Du meinst den Menschen", sagte er, „der am Morgen seines Lebens, solange er ein Kind ist, auf zwei Füßen und zwei Händen kriecht. Ist er stark geworden, geht er im Mittag seines Lebens auf zwei Füßen; am Lebensabend, als Greis, braucht er eine Stütze und nimmt den Stab als dritten Fuß zu Hilfe." Das Rätsel war richtig gelöst, aus Scham und Verzweiflung stürzte sich die Sphinx selbst vom Felsen in den Tod. Ödipus aber erhielt zum Lohn das Reich Theben und die Hand der Königswitwe, die seine eigene Mutter war.

Jokaste gebar ihm nach und nach vier Kinder, zuerst die Zwillinge Eteokles und Polynikes, dann zwei Töchter, die ältere Antigone, die jüngere Ismene.

Sie waren zugleich seine Kinder und seine Geschwister.

Die Entdeckung

Lange Zeit blieb das grauenhafte Geheimnis unentdeckt, und Ödipus, der trotz mancher Fehler ein guter und gerechter König war, herrschte – glücklich und geliebt – mit Jokaste über Theben. Dann aber schickten die Götter eine Krankheit in das Land, die grausam wütete und gegen die kein Heilmittel wirken wollte. Die Thebaner hofften, dass der König ihnen helfen könnte, den sie hielten ihn für einen Mann, den die Götter mochten. Männer und Frauen, Greise und Kinder sammelten sich vor dem Palast, setzten sich auf die Stufen des Altars und warteten auf das Erscheinen ihres Gebieters.

Als der König vor seine Burg trat und fragte, warum die ganze Stadt von Opferrauch und Klagelaut erfüllt sei, antwortete ihm im Namen aller der älteste Priester: „Du siehst selbst, Ödipus, welches Elend auf uns lastet: Wiesen und Felder versengt unerträgliche Hitze, in unseren Häusern wütet die furchtbare Seuche. In dieser Not hoffen wir auf dich, geliebter Herrscher! Du hast uns von der todbringenden Sphinx erlöst, sicher ist dies nicht ohne Hilfe der Himmlischen geschehen, die du darum gebeten hattest. Darum vertrauen wir, dass du bei ihnen noch einmal Freunde finden wirst!"

„Ihr Armen", erwiderte Ödipus, „ich weiß, wie es um euch und unsere Stadt steht! Längst habe ich nach Rettung gesucht. Mein Schwager Kreon ist von mir zum Gott Apoll nach Delphi gesandt worden, einen Rat zu erbitten."

Der König hielt noch seine Ansprache, als Kreon auch schon unter die Menschen trat und den Spruch des Orakels dem Volk mitteilte. „Der Gott sagte, der Mord an Laïos laste als schwere Blutschuld auf dem Lande. Bevor der Mord nicht gesühnt ist, sei keine Rettung möglich." Ödipus, der nicht ahnte, dass jener von ihm erschlagene alte Mann genau der war, um dessentwillen der Zorn der Götter sein Volk heimsuchte, rief sofort das Gericht zusammen. Er ließ sich noch einmal über die Ermordung des Königs berichten; aber noch immer ahnte er nicht, welche Rolle er dabei gespielt hatte. Er befahl sogar, überall bekannt zu geben und zu fragen, wer etwas wüsste über den Mörder des Laïos. Zugleich sandte er zwei Boten an den blinden Seher Tiresias, der sich mit seinen Kenntnissen über das Verborgene fast mit dem wahrsagenden Apoll vergleichen konnte. Der blinde Seher erschien auch, von der Hand eines Knaben geführt, in der Volksversammlung, Ödipus trug ihm die Sorge vor, die ihn und das ganze Land quälte.

Tiresias brach in Klagen aus und streckte seine Hände abwehrend gegen den Himmel. „Entsetzlich ist ein Wissen, das dem Wissenden nur Unheil bringt! Lass mich heimkehren, König! Lass mich in Frieden gehen!“ Ödipus drang aber nur umso mehr in den Wahrsager, und das Volk, das ihn umringte, warf sich flehend vor ihm auf die Knie. Als Tiresias immer noch keine Antwort gab, entbrannte der Jähzorn des Ödipus. Er nannte den Seher einen Mitwisser oder sogar Helfer bei der Ermordung des Laïos.

Als der Blinde seinen König so reden hörte, schonte er ihn nicht weiter. „Ödipus“, sprach er, „du selbst bist der Mörder!“ Und als Ödipus laut auflachte, entfernte sich der Seher zornig an der Hand seines kleinen Führers.

Noch verblendeter als der König selbst war seine Gemahlin Jokaste. Kaum hatte sie erfahren, dass Tiresias ihn den Mörder des Laïos genannt hatte, brach sie in Verwünschungen gegen alle Wahrsager und ihre Sprüche aus. „Sieh doch, Ödipus“, rief sie, „wie wenig Wahrheit die Orakel bringen! Mein erster Mann Laïos hat die Weissagung erhalten, dass er durch die Hand seines Sohnes sterben werde. Eine Räuberschar erschlug ihn am Kreuzweg. Unser einziger Sohn aber wurde, an den Füßen gebunden, im Gebirge ausgesetzt und nicht über drei Tage alt. Also gib nichts auf das Gerede von Tiresias!“

Die Worte, von der Königin mit Hohnlachen hingeworfen, machten auf Ödipus einen anderen Eindruck.

„Am Kreuzweg“, fragte er, „ist Laïos gefallen? Erzähl mir, wie sah er aus, wie alt war er?“

„Er war groß“, antwortete Jokaste, ohne die Aufregung ihres Gatten zu begreifen, „das erste graue Haar erschien auf seinem Kopf; er war dir selbst, mein Gemahl, mit seiner Gestalt und seinem Aussehen nicht unähnlich.“

„Tiresias ist nicht blind!“, schrie Ödipus, dem es wie ein Blitzstrahl durch den Kopf schoss. Alle Umstände trafen zusammen, er suchte und suchte weiter nach der Wahrheit. Zuletzt erfuhr er, dass ein Diener den Mord geschildert habe. Jener Knecht aber habe, sobald er den neuen König auf dem Throne gesehen, flehentlich darum gebeten, ihn so weit wie möglich auf die Weiden bis an die Grenze zu schicken. Ödipus wollte den Sklaven sprechen, doch ehe er eintraf, erschien ein Bote aus Korinth; er verkündete den Tod des Polybos und rief Ödipus, den Erben, auf den verwaisten Thron.

Bei dieser Botschaft jauchzte Jokaste. „Hohe Göttersprüche, dass ich nicht lache! Der Vater, den der König umbringen sollte, ist von selbst gestorben!“ Anders jedoch wirkte die Nachricht auf Ödipus. Er wollte Korinth nicht einmal besuchen, weil wie er glaubte, seine Mutter Merope dort lebte und der zweite Teil des Orakels, seine Heirat mit ihr, immer noch erfüllt werden könnte.

Da meldete sich der Bote aus Korinth wieder zu Wort. Er war der Hirte, der vor vielen Jahren das neugeborene Kind von einem Diener des Laïos auf dem Berg Kithäron bekommen und ihm die durchbohrten und gebundenen Fersen gelöst hatte. Er wollte dem König die Zweifel nehmen und bewies ihm, dass er, obwohl der Erbe des Polybos von Korinth, nur dessen Pflegesohn sei.

Ein dunkler Trieb nach Wahrheit ließ Ödipus jetzt nach jenem Hirten des Laïos forschen, der ihn als Kind dem Nachbarn übergeben hatte. Als sich der Greis einstellte, wurde er von dem Korinther sogleich als derjenige erkannt, der ihm den Knaben auf dem Kithäron gelassen hatte. Der alte Hirte erschrak und wollte alles bestreiten. Aber auf die zornigen Drohungen des Königs sagte er die Wahrheit: Dass Ödipus der Sohn des Laïos und der Jokaste sei und dass er selbst ihn aus Mitleid am Leben erhalten habe.

Jokaste und Ödipus strafen sich

Aller Zweifel war nun behoben und das Entsetzliche enthüllt. Mit einem Schrei des Wahnsinns stürzte Ödipus davon, irrte in seinem Palast umher und verlangte nach einem Schwert, um das Ungeheuer, das ihn einst ausgesetzt und all diese schrecklichen Ereignisse heraufbeschworen hatte, von der Erde zu vertilgen. Weil ihm alles aus dem

Wege ging, suchte er, grässlich heulend, sein Schlafgemach auf, sprengte das verschlossene Doppeltor und brach ein. Da sah er, dass Jokaste sich erhängt hatte. Nach langem Hinstarren nahte sich Ödipus der Toten, löste sie aus der Schlinge und ließ sie zu Boden gleiten. Dann riss er die goldgetriebenen Brustspangen aus dem Gewand der Frau. Und mit diesen spitzen Spangen durchbohrte er seine Augen, bis ein Blutstrom aus den Höhlen drang. Dann befahl er, dass man ihm, dem Geblendeten, das Tor öffne und ihn allen Thebanern als den Vatermörder, als den Muttergatten, als einen Fluch des Himmels vorstelle.

Die Diener erfüllten sein Verlangen, aber das Volk empfing den so geliebten und verehrten Herrscher nicht mit Abscheu, sondern mit großem Mitleid. Ödipus war gerührt über diese Güte. Er übergab seinem Schwager den Thron und erbat von ihm nur ein Grab für seine unselige Mutter und Schutz für seine verwaisten Töchter. Kreon aber segnete er und wünschte ihm bessere Fürsorge der Götter, als er selbst sie erfahren hatte.

Ödipus und Antigone

In der ersten Stunde der Entdeckung wäre Ödipus ein schneller Tod am liebsten gewesen. So erschien ihm auch die Verbannung, in die er gehen wollte, wie ein Geschenk. Bald aber begann das Gefühl in ihm zu wachsen, dass er für Verbrechen, die er nicht beabsichtigt hatte, genug bestraft sei. So wünschte er nun doch zu Hause zu bleiben und sagte dies Kreon und seinen Söhnen Eteokles und Polynikes. Kreon aber zwang seinen unglücklichen Schwager, beim ersten Entschluss zu bleiben, und die Söhne, deren Pflicht es gewesen wäre, dem Vater zu helfen, verweigerten ihm jede Unterstützung. Ja, fast ohne dass ein Wort gewechselt wurde, gab man Ödipus den Bettelstab in die Hand und wies ihn zum Königspalast von Theben hinaus. Nur seine Töchter fühlten Erbarmen mit dem Verstoßenen. Die jüngere, Ismene, blieb im Haus ihrer Brüder zurück, um hier die Söhne und ebenso Kreon vielleicht doch noch umzustimmen. Die ältere, Antigone, aber teilte die Verbannung mit Ödipus, half dem Blinden und war zufrieden damit.

Ödipus hatte sich anfangs vorgenommen, den Berg Kithäron aufzusuchen, um dort sein Leben zu fristen oder zu sterben. Doch wollte er diesen Schritt nicht ohne den Rat der Götter tun und pilgerte zum Orakel des Apoll nach Delphi. Hier erhielt er einen tröstlichen Spruch. Die Götter wussten, dass Ödipus sich schuldlos gegen die Natur und die heiligsten Gesetze der Menschen versündigt hatte. Freilich musste ein so schweres Verbrechen gebüßt werden; aber ewig sollte die Strafe nicht dauern. Darum eröffnete ihm das Orakel: Irgendwann, nach langer Zeit, werde er Erlösung finden, wenn er zu dem ihm vom Schicksal bestimmten Land gelangt wäre, wo auch die Rachegeister ihm eine Heimat gönnten.

Ödipus auf Kolonos

Wieder nach langer, langer Wanderung, bald durch bewohntes, bald durch wüstes Land, waren Ödipus und seine Tochter Antigone eines Abends in einer freundlichen Gegend bei einem schönen Dorf angekommen. Nachtigallen flatterten durch das Gebüsch und sangen ihr Lied; Rebenblüten dufteten, mit Oliven- und Lorbeerbäumen waren die rauen Felshänge bekleidet. Sogar der blinde Ödipus spürte die Lieblichkeit des Ortes. Aus der Ferne stiegen die Türme einer Stadt auf. Als Antigone sich umhörte, erfuhr sie, dass es Athen sei. – Ödipus hatte sich, müde von der Wanderung, auf ein Felsstück gesetzt. Ein Bewohner des Dorfes, der vorüberging, forderte ihn jedoch auf, sich zu erheben, weil der Boden heilig sei. So erfuhren die beiden, dass sie sich im Ort Kolonos und im Hain der alles sehenden Eumeniden befanden, unter welchem Namen die Athener hier die Rachegeister, die Erinnyen, verehrten.

Ödipus erkannte, dass er am Ziel seiner Wanderung angekommen war. „Wer regiert in eurem Land?“, fragte er, längst waren ihm die Geschichten und Verhältnisse der Welt fremd geworden.

„Kennst du den gewaltigen und edlen Helden Theseus nicht?", antwortete der Dorfbewohner. „Von seinem Ruhm spricht jeder!"

„Nun, ist euer Herrscher ein so edler Mann", erwiderte Ödipus, „so sei Bote und bitte ihn, hierher zu kommen; für eine kleine Hilfe verspreche ich großen Lohn."

„Welchen Lohn könnte unser König von einem blinden Mann erwarten?", sagte der Bauer und warf einen lächelnden, mitleidigen Blick auf den Fremden. „Doch", setzte er hinzu, „trotz deiner Blindheit besitzt du ein edles Aussehen, so will ich deinen Wunsch erfüllen und meinen Mitbürgern und Theseus deine Bitte überbringen. Bleibe so lange hier, bis ich deinen Auftrag erledigt habe. Der König möge dann entscheiden!"

Als Ödipus mit seiner Tochter wieder allein war, erhob er sich von seinem Platz, warf sich zu Boden und betete zu den Eumeniden, den furchtbaren Töchtern der Nacht und der Mutter Erde. „Ihr Grauenvollen und doch Gnädigen", sprach er, „erbarmt euch, ihr Geschöpfe des Dunkels! Erbarme dich, ehrenwerte Stadt Athenes, über den König Ödipus, der vor euch steht!"

Die beiden blieben nicht lange allein. Die Nachricht, dass ein blinder Mann von Ehrfurcht gebietendem Aussehen sich in dem Hain aufhielt, den zu betreten Sterblichen sonst nicht gestattet war, hatte bald die Ältesten des Dorfes um ihn versammelt. Sie erschraken, als der Blinde sich ihnen als ein vom Schicksal Verfolgter zu erkennen gab. Sie fürchteten den Zorn der Götter, wenn sie einen vom Himmel so Bestraften länger duldeten, und befahlen den beiden Fremden, ihr Dorf zu verlassen. Ödipus bat sie inständig, ihn von dem Ziele seiner Wanderschaft, das ihm die Stimme des Orakels gezeigt habe, nicht zu verjagen; Antigone versuchte es ebenfalls. „Wenn ihr euch der grauen Haare meines Vaters nicht erbarmen wollt", sprach die Jungfrau, „so nehmt ihn doch meinetwegen auf; denn auf mir lastet ja keine Schuld!" Noch während sie miteinander redeten und die Bewohner zwischen Mitleid und Furcht schwankten, sah Antigone ein Mädchen, auf einem kleinen Reittier sitzend, das Gesicht mit einem Reisehut vor der Sonne geschützt, herankommen. Ein Diener folgte ihr. „Es ist meine Schwester Ismene", sagte Antigone in freudigem Schrecken. „Gewiss bringt sie uns Kleider und Grüße von den Brüdern!"

Bald war Ismene bei dem Blinden angelangt und abgesprungen. Mit nur einem Knecht hatte sie sich von Theben aufgemacht, um dem Vater eine Nachricht zu bringen.

Die Söhne des Öpidus waren in der Heimat in großer Not, und sie hatten die Not selbst verschuldet.

Anfangs hatten sie wohl ihrem Onkel Kreon den Thron ganz überlassen wollen, denn der Fluch ihres Stammes schwebte drohend auch über ihnen. Allmählich aber, je länger der Vater fort war, verlor sich ihre Furcht. Beide wollten sie nun die Königswürde und stritten sich darum. Polynikes, der das Recht des erstgeborenen Älteren auf seiner Seite hatte, setzte sich auf den Thron. Aber Eteokles, der Jüngere, brachte das Volk auf seine Seite und vertrieb den älteren Bruder aus dem Lande. Zugleich hörten sie von einem neuen Götterspruch, der besagte, dass die Söhne des Ödipus ohne ihn selbst nichts ausrichten könnten, dass sie ihn finden müssten, tot oder lebendig, wenn ihnen ihr eigenes Schicksal lieb wäre.

Dies waren die Nachrichten, die Ismene ihrem Vater brachte, Ödipus erhob sich von seinem Sitz.

„So steht es also", sprach er mit fester Stimme, und königliche Hoheit strahlte aus seinem blinden Gesicht, „bei dem Verbannten, bei dem Bettler bittet man um Hilfe? Jetzt, da ich nichts bin, werde ich ein viel begehrter Mann?"

„So ist es", sagte Ismene und fuhr fort. „Auch musst du wissen, Vater, dass ebendeswegen auch Kreon bald hierher kommen wird. Er will dich dazu überreden, dass du dich an die Grenze des thebanischen Gebietes stellen mögest, damit sich der Orakelspruch sowohl zu seinen und unseres Bruders Eteokles Gunsten erfülle, als auch deine Anwesenheit unsere Stadt doch nicht entweihe."

„Von wem weißt du das alles?", fragte Ödipus.

„Von Opferpilgern, die nach Delphi ziehen."

„Und wenn ich an der Grenze sterbe“, forschte er weiter, „werden sie mich in thebanischer Erde begraben?“

„Nein“, erwiderte die Jungfrau, „das duldet deine Blutschuld nicht!“

„Nun“, rief der alte König entrüstet, „so werde ich es auch nicht tun!“

Ödipus und Theseus

Jetzt kam König Theseus in den Hain der Eumeniden. Er ging ehrerbietig auf den Fremden zu und sprach ihn freundlich an: „Ödipus, mir ist dein Schicksal nicht unbekannt! Schon deine geblendeten Augen sagen mir, wen ich vor mir habe. Dein Unglück rührt mich tief. Suchst du Hilfe? Ich hab nicht vergessen, dass auch ich – so wie du – in der Fremde aufgewachsen bin und viele Gefahren überstehen musste.“

„Ich erkenne deine Großmut“, antwortete Ödipus, „aber ich habe nur eine einzige Bitte – die eigentlich eine Gabe ist. Ich schenke dir meinen lebensmüden Leib. Du sollst mich begraben und reichen Segen für deine Mildtätigkeit ernten!“

„Nun“, sagte Theseus erstaunt, „die Gunst, um die du bittest, ist klein. Fordere etwas Besseres, etwas Höheres! Alles wird dir gewährt werden.“

„Die Gunst ist nicht so leicht, wie du glaubst“, fuhr Ödipus fort, „du wirst einen Streit um diesen meinen elenden Leib zu bestehen haben!“ Nun erzählte er ihm seine Vertreibung und das späte und eigennützige Verlangen seiner Verwandten, ihn wieder zu sich zu holen – wenn auch nur bis zur Grenze ihres Landes.

Theseus hörte aufmerksam zu. „Schon weil sich jedem Freund mein Haus öffnet, darf ich dir meine Hilfe nicht versagen!“ Er ließ Ödipus die Wahl, mit ihm nach Athen zu gehen oder in dem Dorf Kolonos als Gast zu bleiben. Der Blinde wählte das Zweite, weil es ihm vom Schicksal bestimmt war, an der Stelle, wo er jetzt eben sich befand, über seine Feinde zu siegen und sein Leben ehrenvoll zu beschließen. Da kehrte Theseus in die Stadt zurück.

Ödipus und Kreon

Bald darauf traf König Kreon von Theben mit Bewaffneten in Kolonos ein und eilte auf Ödipus zu. Zu den immer noch versammelten Dorfbewohnern sagte er: „Ihr seid von meinem Eindringen in euer Gebiet überrascht, doch verzeiht mir! Ich bin nicht so jung, um im Übermut gegen Athen, die stärkste Stadt Griechenlands, einen Kampf anzufangen. Ich bin ein Greis, den Mitbürger abgesandt haben, diesen Mann zu bewegen, mit mir an die Grenze Thebens zurückzukehren!" Dann wandte er sich an den Blinden und drückte in freundlichen Worten seine Teilnahme an dessen Elend aus.

Aber Ödipus erhob seinen Stab und streckte ihn vor, zum Zeichen, dass Kreon sich nicht weiter nähern solle. „Schamloser", rief er, „hoffe nicht, durch mich deine Stadt von der Strafe zu befreien, die ihr bevorsteht! Nicht ich werde zu euch kommen, den Dämon der Rache werde ich euch senden! Meine lieblosen Söhne aber sollen nur so viel von thebanischem Boden besitzen, als sie brauchen, um darauf zu sterben!"

Da versuchte Kreon, den blinden König mit Gewalt wegzubringen. Die Bürger von Kolonos aber erhoben sich dagegen, hielten sich an das Wort des Theseus und duldeten die Gewalttat nicht. Doch in dem Getümmel hatten die Thebaner Ismene und Antigone ergriffen und von ihrem Vater weggerissen. Sie schleppten die beiden gerade fort, als Theseus, den die Nachricht von einem Überfall Bewaffneter zurückgerufen hatte, dazukam. Sobald er hörte und sah, was geschehen war und noch geschah, sandte er Boten zu Fuß und zu Pferde über die Straßen, auf denen die geraubten Töchter entführt sein konnten. Und schon brachte man die Geretteten zurück. Kreon aber zog ab mit seinen Bewaffneten.

Der Tod des Ödipus

Aber noch sollte der arme Verfolgte keine Ruhe haben. Theseus ließ ausrichten, dass ein anderer Blutsverwandter nach Kolonos gekommen war und sich am Altar des Poseidontempels als Schutzbedürftiger niedergelassen habe. „Das ist mein Sohn Polynikes", rief Ödipus voller Zorn aus. „Es wäre mir unmöglich, ihn anhören zu müssen!" Aber Antigone, die Polynikes als den sanfteren und besseren der Brüder kannte, wusste den Zorn des Ödipus zu dämpfen und dem Unglücklichen Gehör zu verschaffen.

Polynikes zeigte schon durch sein Auftreten eine andere Art als Kreon, und Antigone schaffte es, ihren blinden Vater umzustimmen. „Ich sehe ihn allein kommen, ohne einen Begleiter", rief sie. „Ihm strömen die Tränen aus den Augen!"

„Ist er es?", fragte Ödipus und wandte sich ab.

„Ja", erwiderte die Schwester, „Polynikes steht vor dir!"

Der Sohn warf sich vor dem Vater nieder und umschlang seine Knie. Als er aufblickte, sah er jammernd seine hohlen Augen, sein ungekämmtes Greisenhaar. „Ach, zu spät sehe ich all das", rief er, „ja, ich muss es zugeben, ich hatte meinen Vater vergessen!"

„Sag, Bruder, was dich hergeführt hat", flehte Antigone, „vielleicht öffnet deine Rede auch seine Lippen!" Polynikes erzählte nun von seiner Vertreibung durch Eteokles, seine Aufnahme bei König Adrastos in Argos, der ihm die Tochter zur Frau gab, und wie er dort sieben Fürsten mit ihren Männern für seine Sache gewonnen habe. Dann bat er den Vater unter Tränen, sich mit ihm aufzumachen und, nachdem der Bruder gestürzt sei, die Krone von Theben zum zweiten Mal zu empfangen.

Aber die Reue des Polynikes vermochte den harten Sinn des Ödipus nicht zu erweichen. „Verderbter", schrie er und hob den Sohn nicht vom Boden auf, „als Thron und Zepter noch in deinem Besitz waren, hast du mich nicht in die Heimat zurückgeholt und mich in diesem Bettlerkleid belassen, das du jetzt an mir bemitleidest! Ach, ihr Söhne seid nicht meine wahren Kinder! Nur durch meine Töchter lebe ich. Auf euch wartet die Rache der Götter!" Da sprang Polynikes vom Boden auf, entwand sich aus den Armen seiner Schwester, die ihn an sich drücken wollte, und stürzte davon.

So hatte Ödipus seinen Verwandten nach beiden Seiten hin widerstanden und sie den Rächenden preisgegeben. Damit war aber auch sein eigenes Geschick vollendet. Donnerschlag auf Donnerschlag erscholl vom Himmel. Der Greis verstand die Stimme; plötzlich hatte er große Angst. Er fürchtete, von seinem Gastfreund nicht mehr lebend oder nicht mehr mit klarem Bewusstsein angetroffen zu werden, und wollte ihm doch für seine Hilfe danken.

Endlich erschien Theseus erneut, und nun sprach Ödipus seinen feierlichen Segen über die Stadt Athen. Dann forderte er den König auf, ihn an die Stelle zu begleiten, wo er, von keiner sterblichen Hand berührt und nur im Beisein des Königs, enden sollte. Kein Mensch außer ihm dürfe wissen, wo Ödipus die Erde verlasse. Bleibe das Grab, das ihn verschlinge, verborgen, so werde es für immer ein Schutz gegen alle Feinde Athens sein, mehr als Speer und Schild. Seinen Töchtern aber und den Bewohnern von Kolonos erlaubte Ödipus, ihn ein Stück zu begleiten, und zeigte ihnen den Weg zu dem Ort, an dem er in die Unterwelt gehen werde.

Mitten in dem Hain der Eumeniden lag ein geborstener Erdschlund, dessen Öffnung mit einer ehernen Schwelle versehen war, zu dem mehrere Kreuzwege führten. Von dieser Höhle hieß es seit uralter Zeit, dass sie einer der Eingänge in die Unterwelt sei.

Einen jener Wege nun beschritt Ödipus, doch ließ er sich von seinen Begleitern nicht bis zum Schlund bringen. Schon vorher, unter einem hohlen Baum, machte er Halt, setzte sich auf einen Stein nieder und öffnete den Gürtel seines schmutzigen Bettlerkleides. Dann bat er um etwas Wasser, wusch allen Schmutz der langen Reise von sich ab und zog ein neues Gewand an, das ihm Ismene gereicht hatte.

Als Ödipus nun umgekleidet dastand, tönte ein unterirdischer Donner vom Boden herauf. Bebend warfen sich die jungen Frauen, die bisher um ihren Vater bemüht gewesen waren, an seine Brust. Der Greis schlang seine Arme um sie und küsste beide.

Aus der Umarmung weckte ihn eine donnergleiche Stimme, von der man nicht wusste, ob sie vom Himmel herab- oder aus der Unterwelt hervortönte. „Worauf wartest du, Ödipus?“

Als der Blinde die Worte hörte und wusste, dass der Hades ihn verlange, machte er sich aus den Armen seiner Kinder frei, rief Theseus zu sich und legte die Hände seiner Töchter in die des Königs, zum Zeichen, dass er sie niemals verlassen dürfe. Dann befahl er allen, sich zu entfernen. Nur Theseus schritt mit ihm zu der ehernen Schwelle.

Die beiden Frauen und alle anderen schauten sich erst nach einer Weile um. Da hatte sich ein großes Wunder ereignet. Von König Ödipus war keine Spur mehr zu erblicken. Kein Blitz war zu sehen, kein Donner zu hören, kein Wirbelwind zu spüren; Stille herrschte in der Luft. Die dunkle Schwelle der Unterwelt hatte sich sanft und lautlos für ihn geöffnet, durch den Erdspalt war der Greis ohne Schmerz in die Tiefe gelangt. Theseus stand allein, er überschattete mit der Hand die Augen, als sei ihm eine göttliche, überwältigende Erscheinung begegnet.

Dann sahen die Männer am Rand des Hains der Eumeniden, wie der König von Athen die Hände zum Himmel erhob, zu den Olympiern, und dann demütig zu den Göttern der Unterwelt flehte. Nach kurzem Gebet wandte sich Theseus an die Töchter des Ödipus, umarmte sie und schritt mit ihnen, in Schweigen versunken, nach Athen zurück.

DIE SIEBEN GEGEN THEBEN

Polynikes und Tydeus bei Adrastos

Adrastos, König von Argos, hatte fünf Kinder, darunter zwei schöne Töchter, Argia und Deïpyle. Über diese hatte er einen seltsamen Orakelspruch erhalten: Er werde sie einmal einem Löwen und einem Eber als Gemahlinnen geben. Als die Mädchen herangewachsen waren, wollte er verhindern, dass die Wahrsagung sich auf irgendeine Weise erfüllen könnte, und suchte nach geeigneten jungen Männern. Aber das Götterwort konnte er nicht umgehen. Von zweierlei Seiten kamen Flüchtlinge durch Argos' Tore. In Theben war Polynikes von seinem Bruder Eteokles verjagt worden und versuchte, Argos zu erreichen. Und der Recke Tydeus, des Öneus Sohn, war aus Kalydon geflohen, wo er auf der Jagd einen Mord verübt hatte.

Beide Flüchtlinge trafen sich vor dem Königspalast von Argos. In der Dunkelheit der Nacht hielten sie sich für Feinde und gerieten miteinander ins Handgemenge. Adrastos hörte das Waffengetümmel unter seiner Burg, stieg bei Fackelschein herab und trennte die Kämpfenden. Als nun zu seiner Rechten und zu seiner Linken je einer der jungen Männer stand, die noch eben miteinander gekämpft hatten, staunte der König; denn vom Schild des Polynikes blickte ihm ein Löwenhaupt, von dem des Tydeus starrte ihm ein Eberkopf entgegen. Adrastos begriff jetzt die Deutung jenes dunklen Orakelwortes, und aus den Flüchtlingen wurden Schwiegersöhne. Polynikes erhielt die Hand der älteren Tochter Argia; die jüngere Tochter, Deïpyle, wurde mit Tydeus verheiratet. Beiden gab der König zugleich das Versprechen, ihnen zu helfen, die Reiche, aus denen sie vertrieben worden waren, wieder zurückzuerobern.

Zuerst wurde der Feldzug gegen Theben beschlossen, und Adrastos sammelte neben den beiden Schwiegersöhnen noch weitere Verwandte um sich, Fürsten, wie Amphiaraos und Kapaneus, dazu zwei seiner Brüder, Hippomedon und Parthenopäos, mit ihren Truppen. Amphiaraos jedoch, der Schwager des Königs, der früher lange sein Feind gewesen war, war ein Wahrsager und verkündete ein unglückseliges Ende des Feldzuges. Man hörte nicht darauf.

Auszug der Helden. Hypsipyle und Opheltes

Unter dem Schall der Trompeten, fröhlich und voll Hoffnung, verließen die Helden die Stadt Argos. Aber schon bald begann das Unglück. Sie waren in den Wald von Nemea gelangt, wo alle Quellen, Flüsse und Seen ausgetrocknet waren. Panzer und Schilde wurden ihnen zu schwer; der Staub setzte sich den Kriegern auf den trockenen Gaumen, selbst ihren Pferden trocknete der Schaum am Maul und die Nässe an den Nüstern.

Während nun Adrastos mit einigen Begleitern den Wald nach Quellen durchirrte, stießen sie auf ein trauriges Weib von seltener Schönheit, das, einen Knaben an der Brust, in ärmlicher Kleidung unter dem Schatten eines Baumes saß. Der überraschte König glaubte, eine Elfe des Waldes vor sich zu sehen, warf sich vor ihr auf die Knie und flehte sie für sich und sein Gefolge um Rettung vor dem Verdursten an.

Aber die Frau antwortete: „Fremder, ich bin keine Göttin! Du magst, wie dein Aussehen vermuten lässt, von Göttern abstammen. Wenn an mir etwas Übermenschliches ist, so muss es nur mein Leiden sein. Ich bin Hypsipyle, einst die gefeierte Königin der Amazonen auf Lemnos, jetzt, von Seeräubern entführt und verkauft, die Gefangene des Lykurgos von Nemea. Der Knabe, dem ich zu trinken gebe, ist nicht mein Kind; er ist Opheltes, der Sohn meines Herrn, und ich bin seine Amme. Aber was eure Not betrifft, will ich euch gerne helfen. Eine einzige Quelle sprudelt in dieser Einöde, den Weg dorthin kennt niemand außer mir. Sie ist ergiebig genug für euer ganzes Heer!“

Die Frau stand auf, legte den Säugling vorsichtig ins Gras und sang ihn mit einem Wiegenlied in den Schlaf. Die Helden riefen inzwischen ihre Gefährten, und nun drängten alle Hypsipyle auf verschwiegenen Pfaden nach, die durchs dichteste Waldgebüsch führten. Bald kamen sie zu einer Talschlucht, aus der kühler Wasserstaub empordrang und die erhitzten Gesichter der vordersten Krieger, die vorangeeilt waren, mit seiner Kühle erfrischte. „Wasser, Wasser!“, wiederholte das ganze Heer den Jubelruf. Bald warfen sich die Männer am grünen Ufer des Bachs nieder und tranken mit tiefen Zügen.

Alle waren erfrischt, und Hypsipyle führte Adrastos und seine Helden, denen jetzt die Krieger ehrerbietig folgten, auf den breiteren Weg zurück. Da hörte sie plötzlich ein klägliches Wimmern, das ihre Begleiter kaum vernahmen. Sie aber erkannte es sogleich als die Stimme des zurückgelassenen Kindes. Hypsipyle war selbst Mutter großer und kleiner Kinder, die sie, von den Räubern entführt, in Lemnos hatte zurücklassen müssen. Nun hatte sie ihre ganze Liebe auf den Säugling übertragen. Eine schlimme Ahnung befiel die Frau, sie eilte dorthin, wo sie den Knaben niedergelegt hatte. Ihre Augen fanden nicht die geringste Spur von ihm, ihre Ohren hörten die Stimme nicht mehr.

Sie suchte weiter – und bald wurde ihr klar, was geschehen war, während sie dem Heer der Argiver geholfen hatte. Nicht weit von dem Baum lag ein Drache, den Kopf auf den schwellenden Bauch zurückgelegt. Hypsipyle schrie auf, die Helden folgten ihr. Der Erste, der den Drachen nach ihr erblickte, war Hippomedon. Ohne zu zögern riss er ein Felsstück aus dem Boden und schleuderte es auf das Ungetüm; aber der gepanzerte Rücken ließ das Geschoss abprallen, als sei es eine Hand voll Erde.

Da warf Hippomedon den Speer. Er fuhr dem Ungetüm in den Rachen, es drehte sich wie ein Kreisel mit der Waffe in der Wunde und hauchte endlich zischend seinen Atem aus.

Dann erst überwand sich die arme Pflegemutter, der Spur des Kindes nachzugehen; sie sah überall die Gräser vom Blut gerötet und das nackte Gebein des Kindes. Voller Verzweiflung sammelte Hypsipyle die Überreste und übergab sie den Helden, die mit ihrem ganzen Heer den unglücklichen Knaben bestatteten und ihm zu Ehren die nemeïschen Kampfspiele stifteten.

Die Frau des Lykurgos wurde durch den Tod ihres Kindes in furchtbaren Zorn versetzt, und Hypsipyle wurde streng bestraft. Man warf sie in ein grausames Gefängnis. Zu ihrem Glück aber kamen die ältesten Söhne Hypsipyles, die ihre Mutter suchten, nicht lange danach auf ihre Spur und befreiten die Gefangene.

Die Helden vor Theben

„Da habt ihr ein Vorzeichen, wie der Feldzug enden wird!", sprach der Seher Amphiaraos finster, als sie das Gebein des Knaben Opheltes entdeckt hatten. Aber die anderen alle dachten mehr an die Tötung des Drachen und meinten, dies sei im Gegenteil eine glückliche Vorbedeutung. Es dauerte auch nicht lange, und das Heer der Argiver war an den Mauern von Theben angekommen.

In dieser Stadt hatte Eteokles sich mit Kreon, seinem Onkel, zur Verteidigung vorbereitet. „Bedenkt jetzt", sprach er zu seinen Mitbürgern, „was ihr eurer Vaterstadt schuldig seid, die euch aufgezogen und zu tapferen Kriegern ausgebildet hat! Ihr alle, vom Jüngling, der noch nicht Mann ist, bis zum Mann, dessen Locken schon grau werden, wehrt euch für sie!"

Während Eteokles so zu seinen Reitern sprach, stand Antigone, die junge Frau, auf der höchsten Zinne des Palastes mit einem alten Kämpfer ihres Großvaters Laïos. Sie war nach dem Tod ihres Vaters nicht mehr lange unter dem Schutz des Königs Theseus in Athen geblieben, sondern war mit ihrer Schwester Ismene in ihre Heimat zurückgekehrt. Dort wurde sie von dem Fürsten Kreon und ihrem Bruder Eteokles mit offenen Armen aufgenommen. Die beiden betrachteten Antigone als willkommene Vermittlerin. Nun also war sie die alte Treppe des Palastes emporgestiegen und stand auf der Plattform, wo ihr der Greis die Stellungen der Gegner erklärte.

Ringsum lagerte das mächtige Heer des Feindes. Es hatte sich eben in Bewegung gesetzt, alles schimmerte von Erzglanz wie ein wogendes Meer, Fußvolk und Reiterei schwärmten um die Tore der Stadt.

Die Jungfrau erschrak bei diesem Anblick; der Greis jedoch tröstete sie: „Unsere Mauern sind hoch und fest, unsere Eichentore besitzen schwere eiserne Riegel. Theben bietet alle Sicherheit und ist voll mutiger Krieger!“ Darauf fing er an, die Fragen Antigones nach einzelnen Feinden zu beantworten: „Siehst du dort die zwei am Grab der Niobetöchter? Der Ältere ist König Adrastos, der Anführer des Zuges; den Jüngeren, kennst du den?“

„Ich sehe“, rief Antigone bewegt, „nur die Umrisse des Körpers, und doch erkenne ich ihn: Es ist mein Bruder Polynikes! Oh könnte ich mit den Wolken fliegen und bei ihm sein und ihn umarmen! Wie seine goldene Rüstung funkelt! Aber wer ist jener dort, der, mit fester Hand die Pferde zügelnd, einen weißen Wagen lenkt und die Peitsche so ruhig und besonnen schwingt?“

„Das ist“, sprach der Greis, „der Seher Amphiaraos, Herrin!“

„Siehst du den, der vor den Mauern auf und ab geht und sie misst und nach Stellen forscht, wo die Befestigung dem Sturm vielleicht am ehesten nicht standhalten könnte?“

„Das ist Kapaneus, der unsere Stadt hasst und euch junge Frauen in die Sklaverei führen will!“

Antigone wurde blass und wendete sich ab; der Greis reichte ihr die Hand und brachte sie hinunter in die Mädchenkammer.

Menökeus

Inzwischen hielten Kreon und Eteokles Kriegsrat und beschlossen, jedes der sieben Tore Thebens mit einem Anführer und seinen Truppen zu besetzen. Doch wollten sie, bevor der Kampf um die Stadt ausbrach, auch wissen, was die Seher ihnen aus dem Vogelflug über den Ausgang des Kampfes sagen konnten.

Nun lebte unter den Thebanern, wie in der Sage von Ödipus bereits berichtet, der Seher Tiresias. Er hatte einmal als Jüngling die Göttin Athene überrascht und gesehen, was er nicht sehen sollte. Dafür war er von ihr mit Blindheit geschlagen worden. Seine Mutter, die Nymphe Chariklo, hatte ihre Freundin Athene zwar inständig gebeten, ihm das Augenlicht wiederzugeben, aber dies stand nicht in ihrer Macht. Dann hatte sie doch Mitleid und schärfte dafür sein Gehör, sodass er alle Stimmen der Vögel verstand. So wurde Tiresias von der Stunde an der Vogelschauer der Stadt.

Zu ihm, dem Greis, schickte Kreon seinen jungen Sohn Menökeus, der ihn in den Königspalast brachte. Mit wankenden Knien, von seiner Tochter Manto und dem Jungen geführt, erschien der Alte auch bald darauf vor Kreon. Der König bedrängte ihn, er wollte wissen, was der Vogelflug ihm vom Schicksal der Stadt vorhersagen würde. Tiresias schwieg lange; endlich sagte er mit trauriger Stimme: „Die Söhne des Ödipus haben ihren Vater übel behandelt; sie bringen Not und Elend ins Thebanerland. Nur eine Rettung weiß ich für die Stadt; doch sie ist zu bitter, als dass ich sie sagen darf. Lebt wohl!“ Er wandte sich und wollte gehen, aber Kreon bat so lange, bis er blieb. „Willst du es dennoch hören?“, fragte der Seher in strengem Ton. „So vernimm es! Aber sag mir, wo dein Sohn Menökeus ist, der mich hierher brachte?“

„Er steht neben dir!“, erwiderte der König.

„Nun, so sollte er vor meinem Götterspruch fliehen, so weit er kann!“

„Was sagst du da“, rief Kreon, „was bedeutet das, Alter?“

„Dass der jüngste Enkel des Kadmos sterben muss, wenn die Stadt gerettet sein will!“

„Du verlangst den Tod meines Sohnes Menökeus?“, fuhr der Fürst entrüstet auf. „Packe dich, ich brauche deinen Seherspruch nicht!“

„Gilt die Wahrheit nicht, weil sie dir Leid bringt?“, fragte Tiresias ernst. „Die Forderung ist unabwendbar! Am Dirkequell, wo einst der Lindwurm gelagert hat, muss Menökeus sein Blut im Opfertod vergießen; nur dann werdet ihr die Götter auf eure Seite bringen!“

Der Wahrsager entfernte sich an der Hand seiner Tochter. Kreon stand in Schweigen versunken. Endlich rief er angstvoll: „Wie gern würde ich selbst für meine Vaterstadt sterben! Aber dich, Kind, soll ich opfern? So fliehe, mein Sohn, fliehe, so weit dich deine Füße tragen, aus diesem verfluchten Land! Geh über Delphi, Ätolien, Thesprotia zum Heiligtum Dodonas; dort verbirg dich im Schutz des Orakels!"

„Ich gehorche, Vater, und werde den Weg finden!", versprach der Knabe.

Als sich Kreon wieder beruhigt hatte und auf seinen Posten geeilt war, warf sich Menökeus auf die Erde und betete mit Inbrunst zu den Göttern: „Verzeiht mir, ihr Himmlischen, wenn ich gelogen habe, ich musste meinem Vater die Angst nehmen! Was für ein Feigling wäre ich, wenn ich mein Vaterland verraten würde, dem ich das Leben verdanke! Hört darum meinen Schwur, ihr Götter: Ich will mein Theben retten! Doch am Dirkequell will ich es tun, auf die Mauer werde ich treten, mich selbst in die tiefe Kluft stürzen und so, wie der Seher es will, mein Land erlösen."

So sprang der Knabe auf, eilte zur Mauer und tat, was er angekündigt hatte. Er stellte sich auf die höchste Zinne, überschaute mit einem Blick die Schlachtordnung der Feinde und verwünschte sie mit einem feierlichen Fluch. Dann stürzte sich Menökeus von der Höhe herab.

Der Sturm auf die Stadt

Der Orakelspruch war erfüllt. Kreon bezähmte seine Trauer; Eteokles teilte den sieben Toren sieben Kampfabteilungen zu, dazu leichtes Fußvolk hinter die Schildträger. Auch das Heer der Kämpfer aus Argos brach jetzt auf, und der Sturm auf den Wall nahm seinen Anfang. Kriegsgesang erscholl, vom feindlichen Heer wie von den Mauern der Thebaner schmetterten zur gleichen Zeit die Trompeten.

Als Erster führte Parthenopäos, der Sohn der Jägerin Atalanta, seinen Trupp, Schild an Schild gedrängt, gegen eines der Tore. Auf seinem

Schild war seine Mutter abgebildet, wie sie einen Eber mit fliegendem Pfeil erlegte. Gegen ein zweites Tor zog, Opfertiere auf seinem Wagen, der priesterliche Seher Amphiaraos. Er trug schmucklose Waffen. Aufs dritte Tor rückte Hippomedon heran; auf seinem Schild war der hundertäugige Argos zu sehen.

Zum vierten Tor lenkte Tydeus seine Kämpfer, der eine struppige Löwenhaut auf dem Schild hatte und in der Rechten wild eine Brandfackel schwang. Der vertriebene König Polynikes befehligte den Sturm auf das fünfte Tor; sein Schild stellte ein in Wut sich aufbäumendes Pferdegespann dar. Zum sechsten Tor führte Kapaneus seine Krieger, gegen das siebente und letzte Tor rückte Adrastos, der König aus Argos. Auf seinem Schild waren hundert Schlangen abgebildet, die in ihren Kiefern thebanische Kinder davontrugen.

Als alle nahe genug vor den Toren waren, wurde der Kampf zuerst mit Schleudern, dann mit Bogen und Speeren eröffnet. Aber den ersten Angriff wehrten die Thebaner siegreich ab, sodass die Scharen der Angreifer zurückfluteten. Da riefen Tydeus und Polynikes: „Brüder, warum dringt ihr nicht, ehe die Geschosse euch töten, mit vereinter Macht auf die Tore ein, Fußvölker, Reiter, Wagenlenker, alle miteinander?“

Dieser Ruf, der sich schnell durch das Heer verbreitete, belebte den Mut der Kämpfer aufs Neue.

Der Sturm begann mit verstärkter Kraft, aber nicht glücklicher als zuvor. Der dürre Boden vor der Stadt war rot von Blut.

Da stürzte der Arkadier Parthenopäos wie ein Sturmwind auf sein Tor los und rief nach Feuer und Äxten, um es zu zerschlagen. Ein thebanischer Held aber beobachtete ihn und brach ein Stück der steinernen Brustwehr aus der Mauer und warf es auf Parthenopäos; der sank getroffen zu Boden.

Sobald Eteokles dieses Tor gesichert sah, lief er zu den anderen. Das vierte war bedroht. Tydeus schüttelte den Kopf, sein Helmbusch flog im Wind. Eine ganze Schar Schildträger umgab ihn, die einen Hagel von Speeren aufwärts schleuderten, sodass die Thebaner sich von dem

Rand der Brustwehr zurückzuziehen begannen. In dem Augenblick erschien Eteokles, sammelte die Verteidiger wie ein Jäger seine zerstreuten Hunde, und führte sie auf die Mauerzinne zurück. Dann eilte er weiter von Tor zu Tor.

Da sah er, wie der tobende Kapaneus eine vielsprossige Sturmleiter herantrug und prahlend schrie, der Blitz der Unsterblichen werde ihn nicht aufhalten, die Mauern der Stadt zu brechen. Mit diesen Worten legte er die Leiter an und kletterte unterm Schild, umsaust von Steinen der Verteidiger, die glatten Sprossen empor. Aber Zeus selbst strafte ihn für seine herausfordernden Worte. Er traf ihn mit seinem Donnerkeil, als Kapaneus schon über den Mauerkranz drang. Es war ein Wetterschlag, der die Erde weithin erzittern ließ; Kapaneus' zerrissene Glieder flogen von der Leiter, sein brennendes Haar flatterte zum Himmel, sein Blut floss zur Erde.

König Adrastos erkannte aus diesem Zeichen, dass der Göttervater seinem Vorhaben feindselig gegenüberstand; er wich zurück. Die Thebaner aber, die das Zeichen, das ihnen Zeus gesandt hatte, als glücksbringend deuteten, verfolgten die Angreifer zu Fuß und mit ihren Wagen. Sie stürzten unter die argivische Heerschar der Feinde, Wagen rannte gegen Wagen, und der Sieg blieb bei den Thebanern. Erst nachdem sie die Feinde weit zurückgeworfen hatten, kehrten sie um.

Der Brüder Zweikampf

So endete der Sturm auf Theben. Aber als Kreon und Eteokles mit ihren Kämpfern zurückgekehrt waren, erholte sich das geschlagene Heer; bald war es von Neuem imstande, der Stadt näher zu rücken. Als die Thebaner dies sahen, fasste König Eteokles einen großen Entschluss. Er sandte seinen Herold hinaus zum Argosheer, das am Rand des Stadtgrabens lagerte, und bat um Stille. Dann rief Eteokles, auf der obersten Höhe der Burg stehend, seinen eigenen, in den Straßen aufgestellten Scharen und den die Stadt umringenden

Männern aus Argos mit lauter Stimme zu: „Danaer und Argiver, lasst mich die Gefahr dieses Kampfes übernehmen und erlaubt, dass ich mich mit meinem Bruder Polynikes messe. Töte ich ihn, so lasst mich allein Herr im Hause bleiben; falle ich durch ihn, so soll die Krone ihm gehören, und ihr, Argiver, kehrt in euer Heimatland zurück, ohne vor diesen Mauern nutzlos zu verbluten!"

Aus den Reihen der Kämpfer aus Argos sprang jetzt Polynikes hervor und rief zur Burg empor, dass er den Vorschlag seines Bruders annehme. Auf beiden Seiten war man des blutigen Krieges, der nur einem von zwei Männern zugute kommen konnte, müde. Feierlich wurde ein Vertrag geschlossen, und der Eid der beiden Heeresführer bekräftigte ihn.

Dann legten die Söhne des Ödipus ihre Rüstungen an; den Herrscher von Theben umgaben die edelsten Thebaner, den vertriebenen Polynikes die Argiver. Ehe der Kampf begann, opferten die Seher, aus den zwei Heeren zusammenkommend, um den Ausgang des Streites zu erfahren. Das Zeichen war zweideutig, es schien beiden Sieg oder Untergang zu verkünden.

Als die heilige Handlung vorüber war und die Brüder sich zwischen den Heeren gegenübertraten, hob Polynikes seine Hände, blickte zum Himmel und betete: „Hera, Beherrscherin von Argos, aus deinem Volk habe ich ein Weib genommen, in deinem Lande wohne ich; lass mich in diesem Gefecht siegen, gib, dass meine Hand sich färbt mit dem Blut meines Gegners!"

Auf der anderen Seite wandte sich Eteokles zum Tempel der Athene in Theben. „Gib, oh Tochter des Zeus, dass ich die Lanze siegreich ins Ziel schleudere, mitten in die Brust dessen, der kam, meine Stadt und mein Land zu verwüsten!" Dann gab das Schmettern der Trompeten das Zeichen zum Beginn. Die Brüder drangen wild aufeinander ein wie zwei Eber. Die ersten Lanzen prallten von den Schilden ab. Jeder von ihnen zielte mit dem Speer nach dem Gesicht des anderen, nach seinen Augen. Den Zuschauern floss beim Anblick des erbitterten Kampfes vor Spannung der Schweiß vom Leib.

Dann machte Eteokles einen Fehler; während er beim Ausfall mit dem Fuß einen Stein beiseite schieben wollte, streckte er das rechte Bein unvorsichtig unter dem Schild hervor; da durchbohrte Polynikes ihm das Schienbein. Das ganze Heer der Argiver jubelte bei seinem Stoß und glaubte schon, dass die Entscheidung gefallen wäre. Aber der Verwundete, der trotz des Schmerzes seine Besinnung keinen Augenblick verlor, sah beim Stoß die eine Schulter des Bruders entblößt und warf seinen Speer – er blieb in der Schulter stecken, doch so, dass die Spitze abbrach. Eteokles wich zurück, ergriff einen Stein und zerschlug die Lanze seines Gegners in zwei Hälften.

Der Kampf stand jetzt gleich, da beide ihre Wurfgeschosse verloren hatten. Nun fassten sie nach ihren Schwertern und rückten nah aufeinander, Schild schlug gegen Schild. Endlich erstach Eteokles den Bruder. Mit schmerzverzogenem Gesicht neigte sich Polynikes auf die Seite und sank langsam unter Strömen von Blut zusammen. Eteokles, der glaubte, endlich gesiegt zu haben, warf sein Schwert von sich und beugte sich über den Sterbenden. Es war sein Verderben. Polynikes atmete nur schwach, doch er besaß noch Kraft genug, um sein Schwert in den über ihn gebeugten Eteokles zu stoßen.

So erfüllte sich an beiden der Fluch des Vaters.

Nun öffneten sich die Tore Thebens, Frauen und Diener stürzten heraus, die Leiche ihres Herrschers zu beweinen; Antigone aber neigte sich über ihren geliebten Bruder Polynikes, um ihm seine letzten Worte von den Lippen abzulesen. Das brechende Auge auf die Schwester gerichtet, sprach er: „Es tut mir leid, Antigone, dass ich dir solchen Schmerz zufüge, wie auch der Tod meines Bruders, der aus einem Freund mein Feind geworden ist, mir leid tut! Jetzt erst weiß ich, wie ich ihn geliebt habe! Du aber, Schwester, begrabe mich in meiner Heimat und versöhne die zürnende Vaterstadt. Drücke mir die Augen mit deiner Hand zu; schon breitet die Nacht ihre Schatten über mich aus!“

So starb Polynikes in den Armen seiner Schwester.

Inzwischen aber erhob sich lauter Streit auf beiden Seiten in der Menge. Die Thebaner schrieben Eteokles den Sieg zu. Und: „Polynikes führte den ersten Lanzenstoß!“, rief es von der anderen Seite. Darüber griff man erneut zu den Waffen, die Thebaner stürmten so plötzlich gegen das Argiverheer, dass die überraschten Feinde kopflos über die Ebene flohen. Wieder floss das Blut in Strömen, der Wurf der Lanzen streckte die Fliehenden zu hunderten nieder.

Am Ende gab es in der Umgebung Thebens keinen einzigen Mann aus Argos mehr. Von allen Seiten brachten die Thebaner Schilde der erlegten Feinde und andere Beute herbei und trugen sie triumphierend in die Stadt.

Kreons Beschluss

Es wurde Zeit, an die Bestattung der Toten zu denken. Die Königswürde von Theben war nach dem Sturz der Ödipussöhne an Kreon, ihren Onkel, gefallen, er hatte über das Begräbnis seiner Neffen zu verfügen. Und Kreon bestimmte, dass Eteokles, als Verteidiger Thebens, mit königlichen Ehren beigesetzt wurde; alle Bewohner der Stadt folgten dem Leichenzug, während Polynikes unbegraben vor den Toren lag. Dann ließ Kreon verkünden, dass dem Feind des Vaterlandes, der gekommen war, die Stadt zu zerstören, nicht die Ehre eines Begräbnisses zuteil werden dürfe. Sein Leichnam sei den Vögeln und Hunden zum Fraß zu überlassen. Zugleich stellte Kreon besondere Späher aus, die dafür zu sorgen hatten, dass niemand den Leichnam stahl oder der Erde übergebe. Wer es dennoch versuchen würde, der sollte unerbittlich gesteinigt werden.

Diese grausame Verkündung hatte auch Antigone vernommen. Doch wollte sie ihr Versprechen, das sie dem Sterbenden gegeben hatte, dennoch erfüllen. Schweren Herzens wandte sie sich an ihre jüngere Schwester Ismene und wollte sie überreden, mit ihr zusammen den Leib des Toten seinen Feinden zu entreißen. Aber Ismene war solchem Heldenmut nicht gewachsen. „Hast du denn“, antwortete sie weinend, „den Untergang unseres Vaters, unserer Mutter und unserer Brüder schon vergessen, dass auch wir Letzten noch das gleiche Los erleiden sollen?“

Antigone wandte sich ab. „Ich will deine Hilfe nicht“, sagte sie. „Ich werde den Bruder allein begraben. Wenn ich es getan habe, sterbe ich mit Freuden! Zu sehr habe ich meinen Bruder geliebt!“

Am Tag danach trat ein Wächter vor König Kreon. „Der Leichnam, den du vor der Stadt hast liegen lassen, wurde bestattet“, meldete er dem Herrscher. „Wir wissen nicht, wie es geschehen konnte. Nur eine dünne Schicht Staub lag auf dem Toten, aber genug, um ein Begräbnis vor den Göttern der Unterwelt gelten zu lassen. Niemand hat Schritte hinterlassen, keine Wagenspuren waren auf dem Boden zu sehen!“ Kreon wurde wütend, als er dies hörte; er drohte allen Wächtern, sie erhängen zu lassen, wenn sie ihm den Täter nicht unverzüglich in die Hände lieferten. Sie mussten auch auf seinen Befehl den Leichnam wieder von aller Erde entblößen und hielten strenge Wache bei ihm. So saßen sie diesen Tag wieder vom Morgen bis zum Mittag im heißen Sonnenschein. Da erhob sich plötzlich ein Sturm, viel Staub trieb durch die Luft. Dennoch sahen die Männer eine verhüllte Jungfrau kommen, die wehmütig klagte, wie ein Vogel, der sein Nest leer findet. Sie hatte ein ehernes Gefäß in der Hand, das sie schnell mit Staub füllte. Dann näherte sie sich der Leiche und schüttete den Inhalt des Gefäßes über den Toten. Die Wächter eilten herbei, ergriffen sie und schleppten sie vor den Herrscher.

Antigone und Kreon

Kreon erkannte seine Nichte Antigone. „Törin“, rief er ihr entgegen, „gibst du die Tat zu, oder leugnest du sie?“

„Ich gebe sie zu“, erwiderte Antigone und blickte Kreon an.

„Und hast du gewusst“, fragte der König weiter, „dass du meine Anordnung übertrittst?“

„Ich wusste es“, sprach Antigone fest und ruhig; „aber von keinem der unsterblichen Götter stammt diese Anordnung! Doch ich kenne die Gesetze, die nicht von gestern oder heute sind, sondern für alle Zeiten gelten und von denen niemand weiß, von wem und von wann sie stammen. Kein Sterblicher darf sie übertreten, ohne den Zorn der Götter herauszufordern. Ein solches Gesetz hat mir befohlen, den toten Sohn meiner Mutter nicht unbegraben zu lassen. Ist das wirklich töricht?"

„Meinst du", sprach Kreon, erbittert durch den Widerspruch der jungen Frau, „dein starres Beharren wäre nicht zu brechen? Wer in der Gewalt eines anderen ist, der sollte nicht trotzen!"

„Du kannst mir nicht mehr antun als den Tod", antwortete Antigone, „warum schiebst du ihn auf? Mein Name wird seinen Ruhm nicht verlieren, wenn ich sterbe! Doch ich weiß auch, dass deine Bürger hier nur aus Furcht den Mund nicht auftun und dass alle meine Tat in Wahrheit billigen; denn den Bruder zu lieben ist die erste Schwesternpflicht!"

„Nun, so liebe ihn denn im Hades", rief der König immer erbitterter, „wenn du lieben musst!" Schon ergriffen die Diener sie, als Ismene herbeigestürzt kam. Sie schien ihre Schwäche und ihre Furcht abgeschüttelt zu haben. Mutig trat sie vor den grausamen Onkel, bekannte sich als Mitwisserin und verlangte, mit Antigone gemeinsam in den Tod zu gehen. Zugleich erinnerte sie den König daran, dass Antigone nicht nur die Tochter seiner Schwester sei, sondern auch die Braut seines eigenen Sohnes Hämon. Statt aller Antwort ließ Kreon auch Ismene ergreifen und beide von seinen Schergen in das Innere des Palastes führen.

Hämon und Antigone

Als Kreon danach wieder allein war, kam sein Sohn Hämon zu ihm, der ein Auge auf Antigone geworfen hatte. „Du weißt nicht, was das Volk redet und was es zu tadeln findet! Deine Strenge schreckt jeden Bürger ab, etwas zu sagen, das du nicht hören willst; ich aber höre sie. So lass mich dir verraten, dass Antigones Gefangennahme von der Stadt bejammert und dass ihre Handlung von den Bürgern hoch gelobt wird. Niemand meint, dass sie, die Schwester, die ihren Bruder nicht von Hunden und Vögeln zerfleischen lassen wollte, den Tod verdient habe! Bitte, Vater, gib der Stimme des Volkes nach."

„Will mein Sohn mich belehren?", rief Kreon verächtlich. „Ich merke es, blinde Liebe zu der Verbrecherin hält dich gefangen; aber lebendig wirst du sie nicht bekommen! In eine Tiefe, wohin keine Menschenschritte gelangen, in ein Felsengrab, werde ich sie werfen lassen. Soll sie von dem Gott der Unterwelt, den sie verehrt, um Befreiung flehen; zu spät wird sie erkennen, dass es klüger gewesen wäre, den Lebenden zu gehorchen als den Toten!"

Zornig wandte sich Kreon von seinem Sohn ab; bald waren alle Anstalten getroffen, den grässlichen Beschluss des Tyrannen zu vollziehen. Öffentlich wurde Antigone zu ihrem Grab in einem Felsen geführt, und sie stieg unter Gebeten an die Götter unerschrocken hinab.

Noch immer lag der verwesende Leichnam des erschlagenen Polynikes unbestattet da, Hunde und Geier fraßen an ihm. Da trat der alte Seher Tiresias vor König Kreon, wie einst vor Ödipus, und verkündete ihm aus dem Vogelflug und der Opferschau ein Unheil. Schlimmes Gekrächze von Geiern hatte er vernommen, und ein Opfertier auf dem Altar war, statt hell in Flammen zu verbrennen, mit trübem Rauch verschmort. „Die Götter zürnen uns", endete er seinen Bericht, „wegen des erschlagenen Königssohnes. Sei nicht halsstarrig, Herrscher! Was für ein Ruhm ist es, Tote noch einmal zu töten?"

Aber Kreon wies, wie einst Ödipus, den Wahrsager mit verletzenden Worten ab. Da zog er ohne Schonung von den Augen des Königs den Schleier weg, der die Zukunft bedeckte. „Höre", sprach er, „noch bevor die Sonne untergeht, wird es unter den deinen Tote geben! Und ein doppeltes Verbrechen begehst du, wenn du der Unterwelt vorenthältst, was ihr gehört, und eine Lebende, die ihren Platz in der Welt hat, tötest!" Dann ging er an der Hand seines Führers, auf seinen Seherstab gestützt, davon.

Kreons Strafe

Der König blickte dem Wahrsager vor Zorn bebend nach. Er rief die Ältesten der Stadt zu sich und befragte sie, was zu tun sei. „Entlass Antigone aus der Höhle, bestatte den Leib ihres Bruders!“, lautete ihr einstimmiger Rat. Dem unbeugsamen Herrscher wurde es schwer, nachzugeben. Dann aber ging er mit Dienern und Gefolge zuerst zum Feld, wo Polynikes lag, und dann zu dem Grabgewölbe, in das Antigone gebracht worden war.

Kreons Frau Eurydike blieb allein im Palast zurück. Bald hörte die Königin Klagegeschrei auf den Straßen. Als sie in den Vorhof ihres Palastes trat, kam ihr jemand aus dem Gefolge des Königs entgegen. Sein Gesicht war bleich.

„Wir beteten zu den Göttern der Unterwelt“, erzählte der Mann, „badeten den Toten und verbrannten dann den Überrest seines Leichnams. Nachdem wir ihm einen Grabhügel aufgetürmt hatten, gingen wir zu dem Felsengewölbe, in das Antigone hinabgestiegen war. Ein Diener, der vorausgegangen war, vernahm schon von fern Klagelaute aus dem grauenvollen Gewölbe, bald erkannte auch Kreon die Stimme seines eigenen Sohnes Hämon. Rascher liefen wir hinzu. Was mussten wir sehen? Im Hintergrund der Höhle sahen wir Antigone, erhängt mit ihrem Schleier und schon tot. Vor ihr lag, sie umschlingend, dein Sohn Hämon, seine Braut bejammernd und die Untat des Vaters verfluchend. – Inzwischen war auch Kreon angelangt. ‚Hämon‘, rief er, ‚komm zu deinem Vater! Ich flehe dich an, ich beschwöre dich!‘ Der Sohn starrte voller Verzweiflung auf ihn, ohne Antwort riss er sein zweischneidiges Schwert aus der Scheide, aber der König wich dem Stoße aus. Da warf Hämon sich selbst in sein Schwert. Noch im Niedersinken schlang er seinen Arm fest um den Leichnam der Braut.“

Eurydike hörte die Botschaft schweigend an, ohne ein gutes oder böses Wort zu sprechen, und zog sich in ihr Gemach zurück. Als aber der König, von den Dienern begleitet, welche die Leiche seines einzigen Sohnes trugen, den Palast betrat, erhielt er die Nachricht, dass im Innern des Hauses seine Gemahlin in ihrem Blut liege, eine Schwertwunde im Herzen.

Vom ganzen Stamm des Ödipus war jetzt, außer zwei Söhnen der gefallenen Brüder, nur noch Ismene übrig. Von ihr ist nichts überliefert; sie starb unverheiratet oder kinderlos. Mit ihrem Tod erlosch das unselige Geschlecht.

ZWEITER TEIL

DIE SAGEN TROJAS

Erstes Buch

Der Bau der Stadt

In uralten Zeiten wohnten auf der Insel Samothrake im Ägäischen Meer zwei Brüder, Jasion und Dardanos, Söhne des Zeus und einer Nymphe. Von diesen wagte es Jasion, ein Göttersprössling, sein Auge auf eine Tochter des Olymps zu werfen; er verliebte sich leidenschaftlich in die Göttin Demeter und wurde zur Strafe dafür von Zeus, seinem eigenen Vater, mit einem Blitz erschlagen. Dardanos, der andere Sohn, verließ, voller Trauer über den Tod des Bruders, die Heimat und segelte zum asiatischen Festland, zur Küste Mysiens, da, wo die Flüsse Simois und Skamander ins Meer strömen und das Idagebirge in eine weite Ebene ausläuft.

Hier herrschte König Teukros, ein Mann kretischen Ursprungs. Dardanos wurde von ihm gastfreundlich aufgenommen, bekam ein Stück Ufer zugeteilt – und die Tochter des Königs zur Frau. Das Land wurde nach ihm Dardania und das Volk des Teukros später die Dardaner genannt.

Der Enkel des Dardanos war Tros – nach ihm wurde ein Teil der Landschaft benannt: Troja – und dessen Nachfolger Ilos. Als Ilos einmal das benachbarte Phrygien besuchte, wurde er von dessen König zu Kampfspielen eingeladen und trug im Ringen den Sieg davon. Er erhielt als Preis fünfzig Jünglinge und ebenso viele Jungfrauen – und dazu eine bunt gefleckte Kuh, die ihm der Herrscher mit einem alten Orakelspruch übergab: Wo sie sich niederlegen werde, dort solle er eine Burg gründen.

Ilos trieb die Kuh vor sich her, und da sie sich in jener Gegend niederließ, die seit seinem Vater Tros nun also Troja hieß, baute er hier auf einem Hügel die Burg Ilion. Ehe er die Burg anlegte, bat er Zeus um ein Zeichen, dass ihm die Gründung recht sei. Am folgenden Tag fand er das vom Himmel gefallene Bild der Göttin Athene, Palladion genannt, vor seinem Zelt. Es war drei Ellen hoch und hielt in der rechten Hand einen erhobenen Speer, in der anderen einen Rocken und eine Spindel.

Mit diesem Bild hatte es folgende Bewandtnis: Die Göttin Athene wurde nach der Sage von ihrer Geburt an bei Triton, einem Meergott, erzogen, der eine Tochter namens Pallas hatte, die im gleichen Alter wie Athene und ihre Freundin war. Eines Tages nun, als die beiden jungen Frauen sich im Kampf übten, traten sie zu einem Wettkampf an. Gerade wollte die Tritonentochter Pallas einen Streich gegen die Freundin führen, als Zeus ihr, um seine Tochter besorgt, den Schild aus Ziegenfell, die Ägis, vorhielt. Erschrocken blickte Pallas auf und wurde von Athene tödlich verwundet.

Tiefe Trauer bemächtigte sich der jungen Göttin. Sie ließ zum Andenken ein Bild ihrer geliebten Freundin anfertigen, stellte es neben die Säule des Zeus und hielt es hoch in Ehren. Sie selbst aber nannte sich seitdem Pallas Athene.

Dieses Bild, dieses Palladion nun war es, das Zeus mit Einwilligung seiner Tochter vom Himmel in die Gegend der Burg Ilion hinunterwarf, zum Zeichen, dass Burg und künftige Stadt unter seinem und Athenes Schutz stünden.

Der Sohn von Königs Ilos und Eurydike war Laomedon, ein eigenmächtiger und gewalttätiger Mann, der Götter und Menschen betrog. Er ging daran, den noch nicht befestigten Ort Troja, wie die Burg, mit einer Mauer zu umgeben und so zu einer Stadt zu machen.

Damals irrten die Götter Apollo und Poseidon, die sich gegen Zeus aufgelehnt hatten und aus dem Himmel ausgestoßen waren, ruhelos auf der Erde umher. Nach dem Willen des Zeus sollten sie König Laomedon an der Mauer Trojas bauen helfen, damit seine und Athenes

Lieblingsstadt vor Zerstörungen geschützt sei. So kamen sie denn in die Nähe von Ilion, als dort eben mit dem Bau der Stadtmauern begonnen wurde.

Die beiden Götter boten sich dem König Laomedon an, sie durften auf der Erde nicht faul sein, da sie ohne Arbeit nichts von der Speise der Götter – Ambrosia – erhielten ... und fingen zu arbeiten an. Auch machten sie einen Lohn mit dem König aus.

Poseidon half bei dem Bau; unter seiner Leitung stieg die Ringmauer breit und schön empor, eine undurchdringliche Schutzwehr der Stadt. Phöbos Apollo weidete inzwischen das Vieh des Herrschers in den gewundenen Schluchten und Tälern des waldreichen Gebirges Ida.

Die Götter hatten versprochen, auf diese Weise dem König ein Jahr lang zu dienen. Als die Frist nun abgelaufen war, auch die herrliche Stadtmauer fertig war, betrog der trügerische Laomedon die Helfer um ihren Lohn, und als der beredte Apollo ihm Vorwürfe machte, jagte er beide fort, mit der Androhung, ihnen die Ohren abzuschneiden.

Voller Erbitterung verließen die Götter Stadt und Burg von Troja.

Priamus, Hekuba und Paris

Nach König Laomedon regierte sein Sohn Priamus die Stadt. Er heiratete in zweiter Ehe Hekuba oder Hekabe, die Tochter des phrygischen Königs Dymas. Ihr erster Sohn war Hektor. Als nun die Geburt ihres zweiten Kindes bevorstand, hatte Hekuba eines Nachts einen entsetzlichen Traum. Ihr war, als würde sie eine brennende Fackel gebären, die die ganze Stadt Troja in Flammen setzte und zu Asche verbrannte. Erschrocken erzählte sie den Traum ihrem Mann Priamus. Der König ließ seinen Sohn aus erster Ehe, Äsakos, einen Wahrsager, kommen, und der erklärte ihm, seine Stiefmutter Hekuba werde einen Knaben zur Welt bringen, der seiner Vaterstadt Verderben bereiten würde. Er riet daher, das Kind, das sie erwarte, auszusetzen. Wirklich brachte die Königin einen Sohn zur Welt und ließ es zu, dass Priamus das

Neugeborene einem Sklaven gab, der es auf den Berg Ida tragen und dort aussetzen sollte. Der Knecht hieß Agelaos; er tat, wie ihm befohlen war.

Aber eine Bärin gab dem Säugling die Brust, und nach fünf Tagen fand der Sklave ihn gesund und munter im Wald liegen. Da nahm er ihn mit, erzog ihn auf seinem Acker und nannte den Knaben Paris.

Als der Königssohn zum Jüngling herangewachsen war, zeichnete er sich durch Körperkraft und Schönheit aus und war für alle Hirten des Berges Ida ein guter Schutz gegen die Räuber.

Nun geschah Folgendes: Als Paris eines Tages mit verschränkten Armen vor einem Tal stand und auf Tannen und Steineichen des Berges Ida hinüberschaute, vernahm er einen Schritt, der die Erde erbeben ließ. Bevor er sich besinnen konnte, erschien, halb von seinen Flügeln getragen, Hermes, der Bote des Zeus, vor ihm, den goldenen Heroldsstab in den Händen.

Drei himmlische Frauen, Göttinnen des Olymps, folgten ihm anmutig über das weiche Gras, sodass ein heiliger Schauer den Jüngling überlief. Aber der geflügelte Hermes rief ihm entgegen: „Fürchte dich nicht, Paris! Die Göttinnen suchen einen Schiedsrichter; dich haben sie ausgewählt, zu bestimmen, welche von ihnen die Schönste wäre. Zeus befiehlt dir, dieses Richteramt zu übernehmen; er wird dir seinen Beistand nicht verweigern!"

Seine Ankündigung hatte dem Hirten Mut eingeflößt; er wagte es, den Blick zu erheben und die göttlichen Gestalten zu mustern, die in überirdischer Größe, auf sein Urteil wartend, vor ihm standen. Der erste Anblick schien ihm zu sagen, dass jede es wert sei, den Preis der Schönheit zu erhalten; doch gefiel ihm bald die eine Göttin mehr, bald die andere. Allmählich aber schien ihm die jüngste am schönsten und liebenswertesten. Ihm war, als ob aus ihren Augen ein Netz von Strahlen ausgehen würde, dem er nicht widerstehen könne.

Jetzt hob die stolzeste der drei Frauen hoheitsvoll zu sprechen an: „Ich bin Hera, die Schwester und Gemahlin des Zeus. Höre: Beim Hochzeitsmahl der Thetis und des Peleus warf Eris, die Göttin der

Zwietracht, einen goldenen Apfel unter die Gäste. Er trug die Aufschrift: ‚Der Schönsten'. Nimm ihn und wähle! Ich will dich belohnen. Wenn du ihn mir zuerkennst, so sollst du die Herrschaft über das mächtigste Reich der Erde erhalten."

„Ich bin Pallas Athene, die Göttin der Weisheit", sagte die Zweite mit der hohen, gewölbten Stirn, den tiefblauen Augen und dem ernsten Gesicht, „wenn du mir den Sieg zuerkennst, sollst du den höchsten Ruhm der Weisheit und der Tugend unter den Menschen ernten!"

Da schaute die Dritte, die bisher immer nur mit den Augen gesprochen hatte, den Hirten mit einem süßen Lächeln an und sagte: „Paris, du wirst dich doch nicht durch Geschenke betören lassen, die voller Gefahren sind! Ich will dir eine Gabe bringen, die dir keinen Kummer bereiten wird; ich will dir bringen, was du nur zu lieben brauchst, um froh zu sein: Die schönste Frau der Erde werde ich dir als Gemahlin in die Arme führen! Ich bin Aphrodite, die Göttin der Liebe!"

Als sie dem Hirten Paris dies Versprechen gab, stand sie vor ihm, mit ihrem Gürtel geschmückt, voll höchster Anmut und Grazie. Da erblasste vor ihrer Schönheit der Reiz der anderen Göttinnen; wie trunken, so betört, erkannte Paris der Liebesgöttin den goldenen Apfel zu, den er von Hera empfangen hatte. Die beiden Enttäuschten wandten ihm zornig den Rücken und schworen, die Beleidigung an ihm, an seinem Vater Priamus, am Volk und Reich der Trojaner zu rächen. Besonders Hera wurde von diesem Augenblick an die unversöhnlichste Feindin der Trojaner. Aphrodite aber ging von dem entzückten Hirten, nicht ohne ihm ihr Versprechen feierlich und mit dem Göttereid wiederholt zu haben.

Paris lebte weiter als unbekannter Hirte in den Bergen des Ida; doch als das, was ihm Aphrodite versprochen hatte, nicht in Erfüllung ging, vermählte er sich mit einer schönen jungen Frau namens Önone, die Tochter eines Flussgottes und einer Nymphe, und verbrachte mit ihr bei seinen Herden glückliche Tage. Endlich lockten ihn Festspiele, die König Priamus gab, zu der Stadt Troja hinab, die er früher nie betreten hatte. Priamus hatte nämlich als Kampfpreis einen Stier ausgesetzt, den er bei den Hirten des Ida von seinen Herden holen ließ. Nun war es so, dass gerade dieses Tier der Liebling des Paris war, und da er ihn seinem Herrn, dem König, herausgeben musste, beschloss er, wenigstens zu versuchen, ihn im Kampf wiederzugewinnen. Er siegte auch über alle seine – inzwischen nach ihm geborenen – Brüder, selbst über den ältesten von ihnen allen, den großen Hektor, der der kraftvollste von ihnen war.

Als die zornigen und enttäuschten Söhne von König Priamus den Hirtenjüngling wegen seines Sieges verfolgten, erkannte Kassandra, die Tochter des Königs, die von den Göttern die Wahrsagergabe erhalten hatte, in Paris ihren ausgesetzten Bruder. Da umarmten ihn die Eltern. Sie vergaßen über der Freude des Wiedersehens die verhängnisvolle Weissagung bei seiner Geburt und nahmen ihn als ihren Sohn auf.

Vorerst kehrte Paris zu seiner Frau und seinen Herden zurück. Auf dem Berg Ida erhielt er ein stattliches Haus. Bald aber traten Umstände ein, die ihn, ohne dass er es wusste, dem Preis näher brachten, den ihm seine Freundin, die Göttin Aphrodite, versprochen hatte.

Der Raub der Helena

Wir wissen: Als König Priamus von Troja noch ein Kind war, wurde seine Schwester Hesione von Herakles, der Troja erobert hatte, als Siegesbeute fortgeschleppt und seinem Freund Telamon geschenkt. Obwohl Telamon sie zu seiner Frau und zur Fürstin von Salamis gemacht hatte, konnte Priamus diesen Raub doch nie verschmerzen. Als nun am Königshof wieder einmal die Rede auf jene Entführung kam und Priamus seine Sehnsucht nach der weit entfernt lebenden Schwester zu erkennen gab, da stand Paris im Rat der Söhne auf und erklärte, wenn man ihn mit einer Flotte nach Griechenland schicken wolle, so würde er, mit der Götter Hilfe, die Schwester des Vaters den Feinden entreißen.

Seine Hoffnung stützte sich auf die Göttin Aphrodite; sie würde der

Stadt sicher bei diesem Unternehmen helfen. Und dann erzählte er, was ihm bei seinen Herden begegnet war. Priamus selbst zweifelte jetzt nicht länger, dass Paris den besonderen Schutz der Himmlischen erhalten werde; und auch einige seiner Brüder sprachen die Zuversicht aus, dass die Griechen, wenn Paris mit einem stattlichen Heer bei ihnen erschiene, ihm Hesione ausliefern würden.

Nun aber war unter den vielen Söhnen des Priamus noch ein Seher namens Helenos. Der brach plötzlich in weissagende Worte aus und versicherte, wenn sein Bruder Paris ein Weib aus Griechenland mitbringe, so würden die Griechen nach Troja kommen, die Stadt dem Erdboden gleichmachen und Priamus töten. Diese Wahrsagung brachte große Verwirrung. Troilos, der jüngste Sohn des Königs, ein tatendurstiger Jüngling, wollte von den Prophezeiungen des Helenos nichts hören. Er nannte den Bruder furchtsam und bat, man möge sich durch seine Warnungen nicht abschrecken lassen. Andere waren nachdenklicher. Priamus aber stellte sich auf die Seite von Paris, denn er wollte seine Schwester wieder bei sich haben.

Nun wurde von dem König eine Volksversammlung einberufen, in der Priamus den Trojanern vortrug, dass er schon früher unter der Führung Antenors eine Gesandtschaft nach Griechenland geschickt und die Schwester zurückverlangt habe. Damals sei Antenor abgewiesen worden. Jetzt wolle er seinen Sohn Paris mit einer ansehnlichen Kriegsmacht aussenden und das mit Gewalt erzwingen, was freundliches Bitten nicht zuwege gebracht habe. Zur Unterstützung dieses Vorschlags erhob sich Antenor, schilderte, was er als friedlicher Gesandter an Schimpf erduldet habe, und beschrieb das Volk der Griechen als angeberisch im Frieden und verzagt im Kampf. Seine Worte feuerten die Trojaner an, dass sie laut für den Krieg stimmten. Aber der weise Priamus wollte die Sache nicht leichtsinnig beschlossen wissen und forderte jeden zum Sprechen auf, der Bedenken auf dem Herzen hätte. Da erhob sich Panthoos, einer der Ältesten der Stadt, und erzählte, was sein Vater ihm selbst in jungen Jahren als Spruch der Götter anvertraut hatte, dass nämlich, wenn je einmal ein Königssohn aus Laomedons Geschlecht eine Frau aus Griechenland in die Stadt bringen, er dadurch den Trojanern den Untergang bereiten würde. „Darum, Freunde“, schloss er seine Rede, „wollen wir uns durch einen leicht erscheinenden Krieg nicht verführen lassen und unser Leben lieber in Frieden verbringen, als es in den Schlachten mitsamt der Freiheit zu verlieren.“

Aber das Volk murrte über seine Worte und rief dem König Priamus zu, nicht auf den furchtsamen alten Mann zu hören und zu tun, was er doch schon längst beschlossen hätte.

Da ließ Priamus Schiffe bauen und sandte seinen Sohn Hektor ins Phrygerland, Paris und Deïphobos aber ins benachbarte Päonien, um Verbündete zu werben. Auch Trojas waffenfähige Männer rüsteten sich zum Krieg. So kam ein gewaltiges Heer zusammen. Der König stellte es unter den Befehl seines Sohnes Paris; ihm standen sein Bruder Deïphobos, dazu Polydamas, der Sohn des Panthoos, und der Fürst Äneas zur Seite.

Die Flotte ging in See und steuerte die griechische Insel Kythera an, wo die Krieger zuerst landen wollten. Unterwegs begegneten sie dem Schiff des griechischen Königs Menelaos von Sparta, der sich auf einer Fahrt nach Pylos zu dem weisen Nestor befand. Der Spartaner staunte, als er den prächtigen Schiffszug erblickte, und auch die Trojaner betrachteten neugierig das griechische Fahrzeug, das festlich geschmückt war. Aber beide Teile kannten sich nicht und segelten aneinander vorbei.

Die trojanische Flotte kam glücklich auf der Insel Kythera an. Von dort wollte sich Paris in die Stadt Sparta begeben, um dort zunächst mit den Griechen über die Herausgabe der Schwester seines Vaters zu verhandeln. Sollten die Griechen sie ihm verweigern, so würde er auf den Befehl des Priamus mit der Kriegsflotte nach Salamis segeln und die Fürstin mit Gewalt entführen. Ehe Paris jedoch die Reise nach Sparta antrat, wollte er in einem den Göttinnen Aphrodite und Artemis geweihten Tempel ein Opfer bringen.

Inzwischen hatten die Bewohner der Insel Kythera die Ankunft der prächtigen Flotte nach Sparta gemeldet, wo die Fürstin Helena in der Abwesenheit ihres Mannes Menelaos allein Hof hielt. Helena, eine Tochter des Zeus und der Leda und die Schwester von Kastor und Pollux, war die schönste Frau ihrer Zeit. Schon als junges Mädchen war sie von Theseus entführt, doch von ihren Brüdern wieder befreit worden. Als sie, zur jungen Frau geworden, bei ihrem Stiefvater Tyndareus, dem König zu Sparta, heranwuchs, zog ihre Schönheit ein ganzes Heer Freier an den Hof von Sparta, und Tyndareus fürchtete, wenn er einen von ihnen zum Schwiegersohn machte, würden alle anderen zu seinen Gegnern werden. Da gab ihm Odysseus von Ithaka den Rat, alle Bewerber durch einen Eid zu verpflichten, dass sie dem endlich ausgesuchten Bräutigam gegen jeden, der den König wegen seiner Entscheidung anfeindete, mit den Waffen in der Hand beistehen würden. Tyndareus ließ die Freier wirklich einen solchen Eid schwören und wählte dann Menelaos, gab ihm Helena zur Frau und überließ ihm sein Königreich Sparta.

Die junge Herrscherin brachte eine Tochter zur Welt, Hermione, die noch in der Wiege lag, als Paris nach Griechenland kam.

Als nun die schöne Fürstin Helena, die sich während der Abwesenheit ihres Mannes tagelang in ihrem Palast langweilte, von der Ankunft eines trojanischen Königssohnes auf der Insel Kythera hörte, regte sich die Neugier in ihr, den fremden jungen Mann und sein Gefolge zu sehen. Sie segelte also hinüber, um ein feierliches Opfer im Artemistempel auf Kythera darzubringen. Das Heiligtum betrat sie in dem Augenblick, als Paris gerade sein Opfer beendet hatte. Als der Trojaner die Fürstin bemerkte, sanken ihm die noch zum Gebet erhobenen Hände wieder herab, und er riss die Augen auf. Er meinte nichts weniger, als die Göttin Aphrodite wieder zu erblicken, wie sie ihm einst erschienen war. Zwar war der Ruf von Helenas Schönheit längst bis zu ihm gedrungen, und Paris war begierig gewesen, sie in Sparta zu sehen. Aber er hatte geglaubt, die Frau, die ihm die Göttin der Liebe versprochen hatte, müsse noch herrlicher sein als alle Beschreibungen der irdischen Helena, so wie er sie sich vorgestellt hatte. Auch dachte er bei der

Schönen, die ihm angekündigt worden war, an eine Jungfrau und nicht an die Frau eines anderen. Jetzt aber, wo er der Fürstin von Sparta in die Augen sah, deren Glanz mit dem der Liebesgöttin selbst wetteiferte, war ihm klar, dass es Helena war, die ihm Aphrodite zum Lohn für sein Urteil zugedacht hatte. Den Auftrag seines Vaters, den Zweck der Reise vergaß er augenblicklich; er glaubte sich mit seinen tausenden von Bewaffneten nur dazu ausersehen, Helena zu erobern. Während er so in ihre Schönheit versunken dastand, betrachtete auch die Fürstin Helena den Königssohn aus Troja, der in Gold und Purpur gekleidet war. Das Bild ihres Mannes verblasste noch im gleichen Moment, und an seine Stelle trat die Gestalt des jungen Fremden.

Helena kehrte nach Sparta in ihren Palast zurück; sie versuchte, das Bild des schönen Jünglings aus ihrem Herzen zu verdrängen, und wünschte sich ihren Gatten Menelaos zurück, der noch immer in Pylos war. Statt seiner erschien eines Tages Paris selbst in Sparta und bahnte sich den Weg in die Halle des abwesenden Königs. Die Frau des Fürsten Menelaos empfing ihn mit der Gastfreundschaft, die sie Priamus' Sohn schuldig war. Dann berührten seine Kunst, die Leier zu spielen, sein einschmeichelndes Gespräch und die heftige Glut seiner Liebe das Herz der Königin. Als Paris ihre Treue schwanken sah, vergaß er vollends den Auftrag seines Vaters und seines Volkes. Nur das trügerische Versprechen der Liebesgöttin stand ihm vor Augen. Er versammelte um sich seine Getreuen, die bewaffnet mit ihm nach Sparta gekommen waren, und brachte sie durch Aussicht auf reiche Beute dazu, in den Plan einzuwilligen, den er vorhatte.

Plötzlich stürmte er den Palast, bemächtigte sich der Schätze des Menelaos und entführte Helena, die ihm widerstrebend – aber doch nicht ganz wider Willen – auf die Insel Kythera folgte.

Die Griechen

Die Verletzung des Gastrechts, die sich Paris als Gesandter in Sparta hatte zuschulden kommen lassen, trug ihre Früchte und empörte die einflussreichen, mächtigen Fürsten Griechenlands. Menelaos, König von Sparta, und Agamemnon, sein älterer Bruder, König von Mykene, waren Enkel des Pelops, Söhne des Atreus und aus einem an guten wie an verruchten Taten reichen Stammes. Den beiden mächtigen Herrschern gehorchten außer Argos und Sparta die meisten Staaten des Peloponnes; viele Häupter des übrigen Griechenlands waren mit ihnen verbündet. Als daher die Nachricht vom Raub seiner Gattin Helena den König Menelaos bei seinem Freund Nestor in Pylos erreichte, eilte der entrüstete Fürst zu seinem Bruder Agamemnon nach Mykene, der dort mit seiner Gemahlin Klytämnestra, der Halbschwester Helenas, regierte. Agamemnon teilte den Schmerz und den Grimm seines Bruders. Er tröstete ihn und versprach, all die Freier Helenas an ihren Eid zu mahnen. So bereisten die Könige ganz Griechenland und forderten alle Fürsten zur Teilnahme an einem Zug gegen Troja auf. Die Ersten, die sich anschlossen, waren Tlepolemos von Rhodos, ein Sohn von Herakles, der anbot, neunzig Schiffe für den Kampf gegen das treulose Troja zu stellen; dann Diomedes, der Sohn des Helden Tydeus, der mit achtzig Schiffen die mutigsten Peloponnesier der Unternehmung zuzuführen versprach. Nachdem die Fürsten sich mit den Atriden, den Söhnen des Atreus, in Sparta beraten hatten, erging die Aufforderung auch an die Zeussöhne Kastor und Pollux, die Brüder Helenas. Beide aber waren schon auf die erste Nachricht von der Entführung ihrer Schwester hin dem Räuber nachgesegelt und bis zur Insel Lesbos nahe der trojanischen Küste gelangt; dort ergriff ein Sturm ihr Schiff und ließ es sinken. Kastor und Pollux selbst wurden nicht wiedergesehen. Aber die Sage versichert, sie seien nicht in den Wellen umgekommen, sondern ihr Vater Zeus habe sie als Sternbilder an den Himmel versetzt, wo sie als Beschützer der Schifffahrt ihr ewiges Amt wahrnahmen.

Danach erhob sich ganz Griechenland und kam der Aufforderung der

Atriden nach; zuletzt zögerten nur noch zwei Fürsten. Der eine war der schlaue Odysseus aus Ithaka, der Gemahl Penelopes – ein Held, von dem noch viel zu hören sein wird –; er wollte seine junge Frau und seinen kleinen Knaben Telemach nicht der treulosen Helena zuliebe verlassen. Als Palamedes, ein vertrauter Freund des Menelaos, mit dem Spartanerfürsten zu ihm kam, verstellte Odysseus sich und tat, als sei er irrsinnig geworden; er spannte vor seinen Pflug einen Esel zum Ochsen, pflügte mit dem seltsamen Paar sein Feld und streute in die Furchen, die er zog, Salz statt Samen aus. So hoffte er, von dem verhassten Kriegszug frei zu bleiben. Aber Palamedes durchschaute den verschlagensten aller Sterblichen. Er ging, während Odysseus den Pflug lenkte, heimlich in seinen Palast, holte den jungen Sohn Telemach aus der Wiege und legte ihn auf die Stelle des Ackers, über die Odysseus eben gehen wollte. Da hob der Vater den Pflug sorgfältig über das Kind hinweg und ließ dadurch seinen klaren Verstand erkennen.

Nun konnte Odysseus sich auch nicht länger weigern, an dem Zug teilzunehmen, und versprach, voller Wut auf Palamedes, zwölf bemannte Schiffe von Ithaka und den Nachbarinseln dem König Menelaos zur Verfügung zu stellen.

Der andere Fürst, dessen Zustimmung man noch nicht gewonnen hatte, ja dessen Aufenthalt man nicht einmal kannte, war Achill, der Sohn des Peleus und der Meeresgöttin Thetis.

Er hatte besondere Eigenschaften. Als Achill ein neugeborenes Kind war, wollte seine unsterbliche Mutter Thetis auch ihn unsterblich machen und bediente sich dazu außergewöhnlicher Mittel. Sie steckte ihn über mehrere Nächte in ein himmlisches Feuer und begann zu vertilgen, was von seinem Vater her sterblich an ihm geblieben war. An den Tagen heilte sie seine Wunden mit Ambrosia.

Einmal aber beobachtete Peleus Thetis und schrie laut auf, als er sein Kind im Feuer zappeln sah. Die Störung verhinderte, dass Thetis ihr Werk zu Ende bringen konnte. Sie ließ den Sohn, der auf diese Weise sterblich geblieben war, traurig zurück, entfernte sich und kehrte nicht mehr in den Palast ihres Gatten heim, sondern entwich in das feuchte

Wellenreich der Nereïden. Peleus aber, der glaubte, dass sein Sohn gefährlich verwundet sei, brachte ihn zu einem weisen Wundarzt, dem Zentauren Chiron. Der nahm das Kind voller Zuneigung auf und ernährte es mit Bärenmark und der Leber von Löwen und Ebern.

Als nun Achill neun Jahre alt war, erklärte der griechische Seher Kalchas, dass man einst um die Stadt Troja kämpfen, aber ohne diesen Knaben sie nicht werde erobern können. Diese Wahrsagung drang auch zu seiner Mutter Thetis hinab in die See, und weil sie wusste, dass jener Feldzug ihrem Sohn den Tod bringen würde, stieg sie aus dem Meer empor, schlich sich in den Palast ihres Gatten, steckte den Knaben in Mädchenkleider und brachte ihn in dieser Verwandlung zu König Lykomedes auf der Insel Skyros – der ihn unter seinen Töchtern heranwachsen ließ und wie ein junges Mädchen großzog. Als aber dem Jüngling der Bart um das Kinn zu wachsen begann, eröffnete er sein Geheimnis dem Mädchen Dëidamia, in das er verliebt war. Auch Dëidamia verliebte sich nun in ihn, und während er bei allen Bewohnern der Insel für eine Verwandte von Lykomedes galt und auch bei Dëidamia als nichts anderes gelten sollte, wurde er in aller Heimlichkeit ihr Mann.

Jetzt aber, da der Göttersohn zum Sieg über Troja unentbehrlich war, eröffnete der Seher Kalchas, dem das Schicksal des Achill wie auch sein Aufenthalt kein Geheimnis geblieben war, wo er sich aufhielt. Und nun machten sich Odysseus und Diomedes auf, Achill zum Krieg zu holen. Als sie auf der Insel Skyros ankamen, wurden sie Lykomedes und seinen Töchtern vorgeführt. Noch verbarg das zarte Gesicht den künftigen Helden; so scharfsichtig der Blick der beiden Griechenfürsten auch war – sie konnten ihn doch nicht unter der Mädchenschar erkennen. Da nahm Odysseus seine Zuflucht zu einer List. Er ließ wie von ungefähr einen Schild und einen Speer in den Frauensaal bringen und dann jäh die Kriegstrompete blasen, als sei ein Feind im Anrücken. Da flohen alle Frauen und Mädchen aus dem Saal; Achill allein blieb zurück und griff mutig zu Speer und Schild. So wurde er von den Fürsten entlarvt und aufgefordert, an der Spitze seiner Kämpfer des Myrmidonenvolkes aus Thessalien, in Begleitung seines Freundes Patroklos, der einst mit ihm aufgezogen worden war, zum griechischen Heer zu stoßen.

Versammlungsort aller griechischen Fürsten und ihrer Scharen und Heere war die Hafenstadt Aulis in Böotien, an der Meerenge von Euböa; Agamemnon hatte die Stadt dafür ausgewählt. Er war zum obersten Befehlshaber ernannt worden.

In jenem Hafen Aulis sammelten sich nun, außer den schon Genannten, zahlreiche Fürsten mit ihren Schiffen. Die vornehmsten unter ihnen waren der riesige Ajax, der Sohn des Telamon aus Salamis, und sein Halbbruder Teukros, der treffliche Bogenschütze. Dann kamen der kleine, schnelle Ajax aus dem Land der Lokrer, Menestheus aus Athen und viele andere. Aus Pylos traf Nestor ein, der schon drei Menschenalter gesehen, aus Kreta Idomeneus und Meriones, aus Rhodos der Sohn des Herakles, Tlepolemos, aus Pherä in Thessalien Eumelos und noch manch andere berühmte Namen. Es waren neben den Atriden, neben Odysseus und Achill die bedeutendsten Herrscher des Landes ... Die Griechen selbst wurden übrigens bald Danaer genannt oder auch Argiver, nach Argolis, der mächtigsten Landschaft Griechenlands, bisweilen auch Achäer, nach dem alten Namen Griechenlands, Achaja. Erst später hießen sie Griechen, nach Gräkos, dem Sohn des Thessalos, oder auch Hellenen, nach Hellen, dem Sohne des Deukalion und der Pyrrha.

Botschaft der Griechen an Priamus

Solange die Vorbereitungen der Griechen dauerten, wurden von Agamemnon im Rat der Fürsten des Volkes auch friedliche Mittel versucht, den drohenden Krieg zu verhindern. Man beschloss, eine Gesandtschaft nach Troja an den König Priamus zu senden, die sich über die Verletzung des Völkerrechts und den Raub der griechischen Fürstin beschweren und die Frau des Menelaos samt ihren Schätzen zurückfordern sollte. Für diesen Auftrag wurden in der Versammlung der

Kriegsführer Palamedes, Odysseus und Menelaos ausgewählt, und obwohl Odysseus ein Feind des Palamedes war, unterwarf er sich doch diesem Fürsten, der im griechischen Heer wegen seiner Klugheit und seiner Erfahrung hoch geehrt wurde.

Die Ankunft einer Gesandtschaft mit einer beträchtlichen Flotte versetzte die Trojaner und ihren König in nicht geringes Erstaunen. Sie wussten noch nichts von dem, was geschehen war. Paris hatte sich mit der geraubten Helena auf der Insel Kranaë versteckt und galt in Troja als verschollen. Priamus und die Trojaner glaubten, dass das große Heer, welches die Botschaft des Paris und die Zurückforderung von Hesione hatte unterstützen sollen, in Griechenland auf Widerstand gestoßen war und vernichtet sei.

Die Nachricht, dass sich griechische Gesandte näherten, versetzte die Stadt daher in Spannung.

Man öffnete, wie es sich gehörte, den Fremden willig die Tore, und die drei Fürsten wurden in den Palast des Priamus und vor den König geführt, der seine Söhne und die Häupter Trojas zu einem Rat zusammenberufen hatte.

Palamedes ergriff noch vor dem Herrscher das Wort und beklagte sich bitter im Namen aller Griechen über die schändliche Verletzung des Gastrechtes, die sich Paris durch den Raub der Königin Helena habe zuschulden kommen lassen. Dann sprach er über die Gefahren eines Krieges, die dem Reich des Priamus aus dieser Tat seines Sohnes erwachsen würden, zählte die Namen der mächtigsten Fürsten Griechenlands auf, die mit all ihren Kriegern auf mehr als tausend Schiffen vor Troja erscheinen würden, und verlangte die gütliche Auslieferung der geraubten Fürstin. „Du weißt nicht, oh König“, schloss er seine zornige Rede, „was für Sterbliche von deinem Sohn beleidigt worden sind! Wir sind Griechen, die lieber sterben, als dass einer von uns eine solche Kränkung erdulden würde. Wir hoffen aber, da wir ein Unrecht zu rächen haben, nicht zu sterben, sondern zu siegen. Auch ist unsere Zahl wie Sand am Meer, und wir alle brennen vor Begierde, die Schande, die uns widerfahren ist, zu tilgen. Darum lassen euch unser oberster Feldherr, Agamemnon, und mit ihm die anderen Fürsten der Danaer sagen: Gebt die Griechin, die ihr uns gestohlen habt, heraus, oder ihr werdet alle untergehen!“

Als sie diese trotzigen Worte hörten, ergrimmten die Söhne des Königs und die Ältesten von Troja, sie zogen ihre Schwerter und schlugen streitlustig an ihre Schilde. Aber Priamus gebot Ruhe, erhob sich von seinem Königssitz und sprach: „Ihr Fremden, die ihr im Namen eures Volkes so harte Worte an uns richtet, gönnt mir zuerst, dass ich mich von meinem Staunen erhole. Denn von all dem, was ihr hier vorbringt, ist uns in Troja nichts bewusst; vielmehr sind wir es, die sich bei euch über ein Unrecht beklagen müssen. Euer Landsmann Herakles hat diese Stadt einst mitten im Frieden überfallen. Er hat meine unschuldige Schwester Hesione als Gefangene mit sich genommen und sie seinem Freund, dem Fürsten Telamon von Salamis, als Sklavin geschenkt. Sie ist zwar zu seiner ehelichen Gemahlin geworden, aber das kann den Raub nicht wieder gutmachen. Deshalb ist eine zweite Gesandtschaft, diesmal unter der Führung meines Sohnes Paris, in euer Land abgegangen, um meine geraubte Schwester zurückzuverlangen. Wie mein Sohn diesen meinen königlichen Auftrag ausgerichtet, was er getan hat und wo er sich aufhält, weiß ich nicht. In meinem Palast und in unserer Stadt befindet sich kein griechisches Weib, das ist gewiss. Ich kann euch also nicht geben, was es nicht gibt. Kommt jedoch mein Sohn Paris, wie ich es hoffe, glücklich nach Troja zurück und bringt er eine entführte Griechin mit sich, so soll euch diese ausgeliefert werden, soweit sie nicht als Hilfesuchende um unseren Schutz bittet. Aber auch dann werdet ihr sie unter keiner anderen Bedingung und nicht eher erhalten, als bis ihr meine Schwester Hesione aus Salamis wieder in meine Arme zurückgeführt habt!“

Der Rat der Trojaner stimmte diesen Worten des Königs zu; Palamedes jedoch erwiderte trotzig: „Die Erfüllung unserer Forderung, Priamus, lässt sich an keine Bedingung knüpfen. Wir glauben dir, dass die Frau des Menelaos noch nicht in deinen Mauern eingetroffen ist. Sie wird aber kommen, da gibt es keinen Zweifel; ihre Entführung durch deinen Sohn ist völlig sicher. Für das, was vor langen Zeiten Herakles tat, sind wir nicht mehr verantwortlich. Vielmehr verlangen wir jetzt Rechenschaft von dir – für die Kränkung, die uns durch deinen Sohn zugefügt wurde. Und überdies: Hesione ist damals Telamon freiwillig gefolgt; sie selbst sendet einen Sohn, den gewaltigen Fürsten Ajax, in diesen Krieg, der bevorsteht – wenn ihr uns nicht ausliefert, was uns zusteht. Helena ist wider Willen geraubt worden. Dankt dem Himmel, dass ihr noch Bedenkzeit habt, und fasst einen Beschluss, der das Verderben von euch abwendet!"

Priamus und die Trojaner empfanden die herausfordernde Rede des Gesandten Palamedes als eine Beleidigung, doch die Rechte einer Gesandtschaft wurden durch sie nicht verletzt. Die Versammlung wurde aufgehoben, und ein Ältester von Troja, der auf Ausgleich bedachte Antenor, führte die Fürsten in sein Haus und beherbergte sie dort bis zum anderen Morgen. Dann gab er ihnen das Geleit an den Strand, wo sie die Schiffe wieder bestiegen, mit denen sie gekommen waren.

Agamemnon und Iphigenia

Während sich nun die Flotte in Aulis versammelte, vertrieb sich Agamemnon die Zeit mit Jagen. Dabei kam ihm eines Tages eine herrliche Hirschkuh vor den Pfeil, die der Göttin Artemis geweiht war. Die Jagdleidenschaft machte den Fürsten leichtsinnig; er schoss auf das heilige Tier, erlegte es und prahlte dabei, dass selbst Artemis, die Göttin der Jagd, nicht besser zu treffen vermochte.

Darüber erbittert, schickte die Göttin, als die Griechen in der Bucht von Aulis auf ihren Schiffen beisammen waren und der Kriegszug nun beginnen sollte, tiefe Windstille, sodass man in Aulis warten musste. Die Griechen wandten sich an ihren Seher Kalchas, den Sohn des Thestor, der schon früher gute Dienste geleistet hatte und jetzt hier erschienen war, als Priester und Wahrsager den Feldzug mitzumachen.

Er sagte: „Wenn der oberste Führer der Griechen, der Fürst Agamemnon, sein und Klytämnestras geliebtes Kind, Iphigenia, der Artemis opfert, so wird die Göttin versöhnt sein, Fahrtwind wird kommen und der Zerstörung Trojas wird kein Hindernis mehr im Wege stehen."

Diese Worte des Sehers raubten dem Feldherrn allen Mut. Er bestellte den Herold der versammelten Griechen, Talthybios aus Sparta, zu sich und ließ ihn verkünden, dass er, Agamemnon, den Oberbefehl über das griechische Heer niedergelegt habe, weil er keinen Kindesmord auf sein Gewissen laden wolle. Aber auf diese Ankündigung hin drohte unter den Griechen eine Empörung auszubrechen, und der Ruf nach Abbruch des Feldzuges wurde laut. Daraufhin begab sich Menelaos zu seinem Bruder in das Feldherrnzelt, führte ihm die Folgen seiner Entscheidung und die Schande vor Augen, die ihn, Menelaos, treffen würde, wenn sein geraubtes Weib Helena in Feindeshänden bleiben sollte, und trug alle Gründe so geschickt vor, dass Agamemnon endlich nachgab. Ein Bote überbrachte seiner Frau Klytämnestra in Mykene ein Schreiben, in dem er ihr befahl, Iphigenia zu ihm nach Aulis zu schicken, und bediente sich, um der Aufforderung Nachdruck zu verleihen, des Vorwands, die Tochter solle, noch bevor das Heer der trojanischen Küste zusegle, mit dem jungen Sohn des Peleus, Achill, verlobt werden. Von dessen geheimer Heirat mit Dëidamia wusste niemand.

Kaum war der Bote fort, da gewann jedoch das Vatergefühl in Agamemnons Herzen wieder die Oberhand. Von Sorgen gequält und voller Reue über seinen Entschluss, rief er noch in der Nacht einen alten, vertrauten Diener und übergab ihm einen zweiten Brief an Klytämnestra; in diesem schrieb er, sie solle die Tochter nicht nach Aulis schicken, er, der Vater, habe es sich anders überlegt. Der treue Diener eilte mit der Botschaft davon, aber er erreichte sein Ziel nicht. Noch bevor er das Lager verließ, wurde der Alte von Menelaos, dem die Unentschiedenheit des Bruders nicht entgangen war und der deswegen alle seine Schritte überwachte, ergriffen, der Brief wurde ihm mit Gewalt entrissen und sofort von Menelaos geöffnet.

Das Blatt in der Hand, trat Menelaos erneut in das Feldherrnzelt Agamemnons. „Es gibt doch“, rief er, „nichts Ungetreueres als den Wankelmut! Erinnerst du dich denn gar nicht mehr, Bruder, wie begierig du warst, Feldherr aller griechischen Heere zu werden, wie du vor Verlangen danach branntest, das Heer vor Troja zu führen? Wie demütig und freundschaftlich du allen griechischen Fürsten gegenüber aufgetreten bist, wie gnädig du jedem Danaer die Hand geschüttelt hast? Deine Tür war immer offen; jeder, auch der Unterste des Volkes, hatte Zutritt zu dir, und all dies bezweckte nichts anderes, als dir die höchste Würde im Krieg zu verschaffen. Als du dann Feldherr wurdest, war alles verändert!“

Solche Vorwürfe aus dem Mund des Bruders waren nicht geeignet, Agamemnon umzustimmen. „Was redest du“, entgegnete er ihm. „Wer beleidigt dich denn? Was vermisst du? Deine Gattin Helena? Ich kann sie dir nicht zurückzaubern! Warum hast du sie nicht besser verteidigt? Bin ich etwa ein Dummkopf, nur weil ich einen Fehler wieder gutmachen wollte? Viel mehr bist du es, der unvernünftig handelt, da du aufs Neue nach der Hand des falschen Weibes trachtest, anstatt dich zu freuen, es los zu sein. Nein, niemals werde ich gegen mein eigenes Blut wüten! Du solltest dieses Weib, das dich verlassen hat, zur Rechenschaft ziehen und nicht von mir ein solches Opfer fordern.“

So stritten die Brüder miteinander, als ein Bote vor ihnen erschien und dem Fürsten Agamemnon die Ankunft seiner Tochter Iphigenia meldete, der die Mutter und sein kleiner Sohn Orest auf dem Fuße folgten. Kaum war der Mann gegangen, überkam Agamemnon eine so trostlose und herzzerreißende Verzweiflung, dass Menelaos, der bei der Ankunft des Boten auf die Seite getreten war, sich dem Bruder wieder näherte und nach seiner rechten Hand griff. Agamemnon überließ sie ihm und klagte unter Tränen: „Da hast du Iphigenia! Der Sieg ist dein! Ich bin vernichtet!“

Jetzt versprach Menelaos ihm, von seiner Forderung abgehen zu wollen; ja, er forderte nun selbst, dass er das Kind nicht töten dürfe, und erklärte, er wolle seinen Bruder nicht um Helenas willen verlieren.

Agamemnon warf sich Menelaos in den Arm. „Ich danke dir, Bruder“, sprach er, „doch es ist nun nicht mehr aufzuhalten. Über mich hat das Schicksal entschieden. Der blutige Tod meiner Tochter muss vollzogen werden; weigern wir uns jetzt, wird das ganze Heer der Griechen sich gegen uns erheben. Kalchas und der schlaue Odysseus werden das Volk auf ihrer Seite haben, dich und mich ermorden und mein Kind trotzdem abschlachten. Ja, selbst wenn wir nach Argos fliehen würden, sie kämen uns nach und rissen uns von den Mauern und zerstörten die alte Stadt! Nur um eines bitte ich dich: Wenn du in das Lager kommst, darüber zu wachen, dass meine Gemahlin Klytämnestra nichts erfährt, bis mein und ihr Kind den Orakelspruch erfüllt hat!“

Die jetzt näher kommenden Frauen unterbrachen das Gespräch der Brüder, und Menelaos entfernte sich.

Die Begrüßung der beiden Eltern war kurz und von Agamemnons Seite frostig und verlegen; die Tochter aber umschlang den Vater voller Vertrauen und rief: „Oh Vater, wie ich mich freue, dich wiederzusehen!“ Als sie ihm dann näher in die Augen sah, fragte sie: „Was ist, warum blickst du mich so merkwürdig an? Du wolltest, dass ich hierher komme!“

„Lass mich, Töchterchen“, wehrte der Fürst beklommen ab, „ein König hat viele Sorgen!“

„Also dann – freue dich, dass ich bei dir bin“, sagte Iphigenia wieder, „und lass deine Augen freundlich blicken. Aber – warum weinst du?“

„Weil uns eine lange Trennung bevorsteht“, erwiderte Agamemnon.

„Wie glücklich wäre ich“, rief das Mädchen, „wenn ich mit dir auf dein Schiff gehen dürfte!“

„Nun, auch du wirst eine Fahrt anzutreten haben“, sagte der Vater ernst, „zuvor aber opfern wir noch – ein Opfer, bei dem du nicht fehlen sollst, liebe Tochter!“ Die letzten Worte erstickten unter Tränen, und er schickte die Ahnungslose in das Zelt zu den Jungfrauen, die in ihrem Gefolge gekommen waren.

Auch der Mutter gegenüber musste Agamemnon verschweigen, was der Tochter bevorstand; stattdessen sprach er mit ihr über den angeblichen Bräutigam für Iphigenia, über seine Herkunft und die Eigenschaften des jungen Mannes. Dann machte Agamemnon sich von seiner Gemahlin los und begab sich zu dem Seher Kalchas, um mit ihm das Nähere wegen des Opfers zu verabreden.

Derweil aber führte der Zufall Klytämnestra mit dem jungen Fürsten Achill zusammen. Er suchte den Befehlshaber Agamemnon auf, weil seine Männer aus dem Volk der Myrmidonen den Aufschub des Opfers nicht ertragen wollten. Klytämnestra begrüßte ihn sogleich als den künftigen Schwiegersohn mit freundlichen Worten.

Achill trat verwundert zurück. „Von welcher Hochzeit redest du, Fürstin?“, sprach er. „Niemals habe ich um deine Tochter geworben, nie ist zwischen deinem Mann Agamemnon das Wort von einer Heirat gefallen!“ Da begann sich das Rätsel vor Klytämnestras Augen aufzuhellen, doch sie stand unentschlossen und beschämt vor Achill. Der Fürst aber sagte mit jugendlicher Fröhlichkeit: „Lass dich’s nicht kümmern, Königin, wenn jemand seinen Scherz mit dir getrieben hat, nimm es leicht und verzeih mir, wenn ich dir wehgetan habe!“

Schon wollte er mit ehrerbietigem Gruß weitereilen, den Feldherrn aufzusuchen, da öffnete ein Diener das königliche Zelt und trat mit verstörter Miene zu den beiden Sprechenden; es war der vertraute Sklave Agamemnons und Klytämnestras, den Menelaos mit dem Brief ergriffen hatte.

„Fürstin“, flüsterte er atemlos, „höre, was dir dein Diener anzuvertrauen hat: Agamemnon will deine Tochter töten!“ So erfuhr die zitternde Mutter das ganze Geheimnis aus dem Munde des treuen Sklaven.

Klytämnestra aber warf sich Achill zu Füßen und flehte, seine Knie umfassend: „Ich erröte nicht, vor dir im Staub zu liegen, ich, die Sterbliche, vor dir, dem Göttersprössling! Du, Sohn des Peleus, rette mich und mein Kind! Für dich als ihren Bräutigam habe ich Iphigenia hierher geführt. Bei allem, was dir teuer ist, bei deiner göttlichen Mutter beschwöre ich dich, Achill, hilf meine Tochter zu retten. Sieh, ich habe keinen Altar, zu dem ich flüchten könnte, als deine Knie! Du hast Agamemnons grausames Vorhaben gehört; du siehst, wie einsam und wehrlos ich bin, in der Mitte eines gewalttätigen Heeres! Breite über uns deinen Arm aus, so ist uns geholfen!“

Achill hob die vor ihm liegende Königin voll Ehrfurcht vom Boden auf und sprach: „Hab Vertrauen, Fürstin! Ich bin im Hause eines frommen, hilfreichen Mannes aufgezogen worden; am Herd des Zentauren Chirons habe ich erfahren, was Aufrichtigkeit ist. Ich gehorche den Söhnen des Atreus gerne, wenn sie mich zum Ruhm führen; aber einer so üblen Sache will ich nicht dienen. Darum will ich dich schützen, soweit es den Armen eines Jünglings möglich ist. Niemals soll deine Tochter von ihrem Vater getötet werden. Ich selbst fühlte mich befleckt, ja, ich käme mir wie ein Gewissenloser vor, wenn mein Name deinem Gemahl als Vorwand für einen Mord diente!“

„Ist das wirklich dein Wille, edler Fürst“, rief Klytämnestra außer sich vor Freude, „oder erwartest du vielleicht, dass auch meine Tochter deine Knie als Schutzflehende umschlingt?“

„Nein“, entgegnete ihr Achill, „führe dein Mädchen nicht zu mir; es brächte nur dummes Geschwätz. Ich bitte dich nochmals: Vertraue mir! Möge ich selbst sterben, wenn ich deine Tochter nicht rette!“ Mit dieser Versicherung verließ der Sohn des Peleus Iphigenias Mutter, die jetzt mit offener Abscheu und Verachtung vor ihren Gatten Agamemnon trat. Er, der nicht wusste, dass sie vom Geheimnis der Opferung erfahren hatte, empfing sie mit den doppeldeutigen Worten: „Bring jetzt dein Kind aus dem Zelt und übergib es dem Vater, denn das Opfer, das vor dem Hochzeitsfest noch fallen soll, ist schon bereit.“

Klytämnestras Auge funkelte. „Tritt aus deinem Zelt heraus, oh Tochter, du kennst ja deines Vaters Willen, bringe auch deinen kleinen Bruder Orest mit!“ Und als Iphigenia erschien, fuhr sie fort: „Siehe, Agamemnon, hier steht sie und will dir gehorchen; zuvor aber lass mich eine Frage an dich richten: Sag mir, willst du wirklich mein und dein Kind umbringen?“

Lange fand der Feldherr keine Antwort, endlich brach er in Verzweiflung aus: „Oh mein Verhängnis, mein böser Geist! Aufgedeckt ist mein Geheimnis, alles ist verloren!“

„So höre mich denn“, sprach Klytämnestra weiter, „ich will mein Herz vor dir ausschütten. Mit einem Verbrechen hat unsere Ehe begonnen. Du hast mich mit Gewalt entführt, du hast meinen früheren Gatten erschlagen, hast mein Kind mir von der Brust genommen und getötet. Schon zogen meine Brüder mit Heeresmacht gegen dich. Es war mein Vater Tyndareus, der dich, den Flehenden, rettete. So wurdest du zu meinem Mann. Du selbst wirst bezeugen, dass ich in unserer Ehe untadelig lebte und deine Freude im Hause und dein Stolz draußen gewesen bin. Nun willst du ein zweites Mal rauben – mein Kind! Und fragt man dich, warum, so antwortest du: Damit Menelaos die Ehebrecherin zurückerhält! Bei allen Göttern, zwinge mich nicht, dich zu verfluchen! Du willst deine Tochter opfern? Welches Gebet willst du dabei sprechen? Oder soll ich auch noch Segen für dich erbitten, für deine abscheuliche Tat? Da müsste ich die Götter selbst zu Mördern machen, wenn ich es täte! Warum soll es dein eigenes Kind sein, das geopfert werden soll? Warum sagst du nicht zu den Griechen: ‚Wenn ihr nach Troja fahren wollt, so lost aus, wessen Tochter sterben soll!‘? Muss ich, deine Frau, mein Kind verlieren, während er, dessen Sache euch in den Krieg treibt, Menelaos, sich seiner Tochter ohne Sorgen erfreuen darf? Widersprich mir, wenn ich ein einziges falsches Wort gesagt habe. Habe ich aber die Wahrheit gesprochen, so vergreif dich nicht an deiner und meiner Tochter, komm zur Besinnung!“

Jetzt warf sich auch Iphigenia ihrem Vater zu Füßen und flehte mit erstickter Stimme: „Wenn ich die Künste des Sängers Orpheus beherrschte, dass ich mit ihnen Felsen bewegen könnte, so sind es allein Tränen, mit denen ich dich rühren kann. Ach, Vater, wie schön ist es, in der Sonne zu leben! Zwinge mich nicht, das zu sehen, was die Nacht verbirgt! Was gehen mich Helena und Paris an? Muss ich sterben, weil der Trojaner nach Griechenland kam? Sieh mich an; gönn mir dein Auge, deinen Kuss, ich will sehen, dass du mich liebst. Sieh deinen Sohn, meinen Bruder an; schweigend fleht er für mich. Lass dich erweichen und erbarme dich meiner. Im Licht zu sein ist für Sterbliche das Höchste! Ach, elend leben ist besser als der schönste Tod!“

Dennoch, Agamemnons Entschluss war gefasst; er stand unerbittlich wie ein Fels und sprach: „Wo ich Mitleid fühlen darf, da fühle ich Mitleid; denn ich liebe meine Kinder, ich wäre ja sonst ein Rasender. Mit schwerem Herzen führe ich das Schreckliche aus, aber ich muss es vollziehen. Ihr seht ja, welch ein Schiffsheer mich umringt, wie viele Fürsten im Kriegspanzer uns umstehen. Sie alle wollen nach Troja. Doch Troja könnte nicht erobert werden, wenn ich dich nicht opfere, Kind, so sagt der Seher Kalchas.

Die Helden wollen den Entführungen griechischer Frauen ein Ende machen. Sie sind fest entschlossen. Würde ich den Götterspruch umgehen, so mordeten sie euch beide und mich. Hier hat meine Macht eine Grenze. Nicht meinem Bruder Menelaos, sondern ganz Griechenland muss ich nachgeben."

Ohne weitere Bitten abzuwarten, entfernte sich der König und ließ die weinenden Frauen allein in seinem Zelte. Von draußen war Waffenlärm zu vernehmen. „Achill, rette uns!", rief Klytämnestra voller Hoffnung, und Iphigenia klammerte sich an ihre Mutter.

Der Sohn des Peleus trat, nur von einigen Bewaffneten begleitet, hastig in das Zelt. „Unglückliche Königin", seufzte er, „das ganze Lager ist in Aufruhr und verlangt den Tod deiner Tochter; ich selbst, der ich mich dem Geschrei widersetzte, wäre fast gesteinigt worden!"

„Und deine Myrmidonen?", fragte Klytämnestra mit stockendem Atem.

„Die empörten sich zuerst", fuhr Achill fort, „und nannten mich einen liebeskranken Schwätzer. Nur mit einem Häuflein treuer Männer komme ich, euch gegen den anrückenden Odysseus zu verteidigen. Iphigenia, bleib bei deiner Mutter, mein Leib soll dich schützen!"

Jetzt aber richtete Iphigenia ihr Haupt auf und stellte sich vor die Königin und den Fürsten. „Hört mir zu", sprach sie mit einer Stimme, die alles Zittern verloren hatte. „Mutter, sei nicht zornig auf deinen Mann, er kann nichts ausrichten gegen das Unvermeidliche! Ganzes Lob verdient der Mut dieses Fremden, aber er würde es büßen, und du würdest geächtet werden. Hört mich an: Ich habe beschlossen zu sterben. Auf mir ruht jetzt das Auge Griechenlands, auf mir die Fahrt der Flotte und der Sieg über Troja, auf mir ruht die Ehre der griechischen Frauen. All dies werde ich mit meinem Tode schützen. Mein Name wird unsterblich sein. Soll ich, eine Irdische, der Göttin Artemis entgegentreten, weil es ihr gefällt, mein Leben für das Vaterland zu verlangen? Nein, ich gebe es freiwillig; opfert mich also, zerstört Troja, das wird mein Denkmal sein und mein Hochzeitsfest!"

Wie eine Göttin stand Iphigenia vor der Mutter und dem jungen Krieger. Da beugte Achill ein Knie vor ihr und rief: „Kind Agamemnons! Die Götter hätten mich zum glücklichsten Menschen gemacht, wäre mir deine Hand gegeben geworden. Ich beneide dich um Griechenland, und um Griechenland, das dir angetraut ist, dich, die Braut! Sehnsucht ergreift mich nach dir, nun, da ich dich und dein Wesen kenne. Überlege genau und wäge ab: Der Tod ist ein schreckliches Übel, ich aber möchte dir Gutes tun, möchte dich hinführen zu Leben und Glück!"

Lächelnd erwiderte ihm Iphigenia: „Das wäre dein Tod, du weißt es, mein lieber Freund, du musst nicht auch noch sterben!"

Währenddessen versammelte sich die griechische Heeresmacht im grünen Hain der Göttin Artemis vor der Stadt Aulis. Der Altar war errichtet, neben ihm stand der Seher und Priester Kalchas. Mitleid ergriff nun viele der Männer, als sie Iphigenia, von ihren Dienerinnen begleitet, den Hain betreten und auf Agamemnon zugehen sahen. Doch alles blieb still. Der König wandte sich ab. Die Tochter aber stellte sich ihm zur Seite. „Lieber Vater, hier bin ich schon! Vor dem Altar der Göttin übergebe ich mein Leben, wenn es der Orakelspruch so will. Mich freut es, wenn ihr glücklich seid und mit einem Sieg zurückkehrt in die Heimat. Mutig will ich meinen Nacken dem Opferstahl bieten!"

Ein Staunen ging durch das Heer. Talthybios, der Herold, in der Mitte stehend, gebot Schweigen und Andacht. Der Seher Kalchas zog einen blanken Stahl und legte ihn nieder vor dem Altar. Achill trat in voller Waffenrüstung und mit gezücktem Schwert vor den Opfertisch,

Iphigenia zu verteidigen; aber ihr Blick ließ ihn verharren. Er warf die Klinge auf die Erde, besprengte den Altar mit Weihwasser und sprach: „Oh hohe Göttin Artemis, nimm dies heilige Opfer gnädig an, das Blut der Jungfrau, das Agamemnon und Griechenlands Volk dir weihen! Schenke unseren Schiffen glückliche Fahrt und unseren Kriegern den Fall der Stadt Troja!"

Alle, das ganze Heer, starrten zur Erde. Der Priester Kalchas nahm seinen Stahl und betete. Dann hörte man den Fall seines Schlages. Aber es geschah ein Wunder: Im gleichen Atemzug war die Jungfrau aus den Blicken der Männer entschwunden. Artemis, die Göttin, hatte sich ihrer erbarmt, eine Hirschkuh lag auf dem Boden und besprengte mit ihrem Blut den Altar. „Ihr Führer des vereinten Griechenheeres", rief Kalchas, nachdem er sich gefasst hatte, „seht hier das Opfer, das uns die Göttin Artemis sandte, das ihr willkommener ist als das der Jungfrau! Die Himmlische ist versöhnt, sie gibt unseren Schiffen stetige Fahrt und verspricht uns die Erstürmung Trojas. Seid sicher, ihr Kämpfer, noch heute verlassen wir die Bucht von Aulis!" So sprach er und sah zu, wie das Opfertier allmählich im Feuer verkohlte. Als der letzte Funke erloschen war, unterbrach ein heftiger Wind die Stille der Luft, die Blicke der Männer wandten sich dem Hafen zu. Ihre Schiffe schwankten auf bewegtem Meere.

Mit lautem Jubeln brach man aus dem heiligen Hain der Artemis auf, alles Volk eilte zu den Zelten.

Als Agamemnon in seinem Lager ankam, fand er seine Gattin Klytämnestra nicht mehr; ihr Diener war ihm vorausgeeilt und hatte die ohnmächtig auf dem Boden Liegende mit der Nachricht von der Rettung ihrer Tochter geweckt. Mit einem Gefühl des Dankes erhob die zum Bewusstsein gekommene Königin ihre Hände zum Himmel, dann aber rief sie in tiefem Schmerz: „Mein Kind wurde mir dennoch geraubt! Der König ist der Mörder meiner Freude! Nur fort von hier, dass meine Augen ihn nicht sehen!" Der Diener eilte, den Wagen und das Gefolge zu bestellen. Als Agamemnon vom Opferfest zurückkam, war seine Gemahlin schon weit auf dem Wege nach Mykene.

Abfahrt der Griechen und Aussetzung des Philoktetes

Noch am selben Tage hisste die Flotte der Griechen die Segel, ein günstiger Wind führte sie schnell auf die hohe See. Nach kurzer Reise landete sie auf der kleinen Insel Chryse, um frisches Wasser zu übernehmen. Hier entdeckte Philoktetes, der Waffengefährte des Herakles, einen verfallenen Altar, den einst der Argonaute Jason auf seiner Fahrt der Göttin Pallas Athene geweiht hatte. Der Held freute sich über seine Entdeckung und wollte der Schutzgöttin der Griechen auf ihrem verlassenen Heiligtum opfern.

Da schoss eine jener giftigen Nattern, die bisweilen die Heiligtümer der Götter bewachen, auf den Herantretenden zu und brachte ihm einen Biss am Fuß bei. Krank wurde er an Bord getragen, und die Flotte segelte weiter. Die giftige und sich weit ausbreitende Wunde aber quälte Philoktetes unerträglich, seine Gefährten konnten den üblen Geruch des Geschwürs und die ständigen Klagen des Kranken nicht ertragen. Keine Nacht herrschte Ruhe; Stöhnen und Schmerzensschreie stellten die Langmut der Seefahrer auf die Probe.

Endlich traten Agamemnon und Menelaos mit dem verschlagenen Odysseus zusammen. Sie fürchteten, dass der wunde Philoktetes das Lager vor Troja verpesten und die Griechen mit seinen Klagen in ihrem Kampfesmut erschüttert werden könnten. So fassten die Anführer des Volkes, als sie an der wüsten und unbewohnbaren Küste der Insel Lemnos vorüberfuhren, den grausamen Entschluss, den Verwundeten auszusetzen. Dabei bedachten sie nicht, dass sie sich mit dem tapferen Mann zugleich seiner unüberwindlichen Geschosse beraubten, der vergifteten Pfeile des Herakles.

Odysseus erhielt den Auftrag, die Sache auszuführen; er brachte den Schlafenden in einem Boot zum Strand und legte ihn in einer Felsengrotte nieder, wobei er so viele Nahrungsmittel zurückließ, wie zur Erhaltung des nackten Lebens für die nächste Zeit nötig waren.

Dann kehrte Odysseus auf sein Schiff zurück, segelte weiter und vereinigte sich bald wieder mit der Flotte.

Die Griechen in Mysien

Die griechische Flotte erreichte jetzt glücklich die Küste von Kleinasien. Da die Männer aber die Gegend nicht kannten, ließen sie sich von dem günstigen Wind zuerst südlich von Troja an die mysische Küste treiben und gingen dort mit all ihren Schiffen vor Anker. Längs der Küste traten ihnen Bewaffnete entgegen, die ihnen im Namen des Landesherrn verboten, das Gebiet zu betreten, bevor sie nicht wüssten, woher die Fremden kämen.

Der König hier aber war selbst ein Grieche mit Namen Telephos, ein Sohn des Herakles, der die Tochter des hiesigen Herrschers geheiratet hatte und später Fürst der Mysier geworden war. Ohne zu fragen, wer der Herr des Landes sei, und ohne auf die Fragen der Bewaffneten zu antworten, griffen die Griechen zu den Waffen, stiegen ans Land und machten nieder, wer sich ihnen in den Weg stellte. Wenige nur entkamen und meldeten dem König, dass tausende unbekannter Feinde in sein Land eingefallen wären, die Wachen niedergemetzelt hätten und jetzt das Ufer besetzt hielten.

Telephos sammelte in aller Eile sein Heer und ging den Fremden entgegen. Er hatte viel von den Talenten seines Vaters Herakles geerbt und seine Scharen in griechischer Weise zum Kampf ausgebildet. Die Danaer fanden deshalb einen Widerstand, wie sie ihn nicht erwartet hatten; schon entspann sich ein blutiger und lange unentschiedener Kampf.

Unter den Griechen tat sich besonders Thersander hervor, der vertraute Waffengenosse des Fürsten Diomedes. Er wütete im Heer der Feinde und erschlug endlich den Freund und ersten Krieger des Telephos. Darüber entbrannte der König in Zorn, und es kam zu einem wütenden Zweikampf. Der Heraklide siegte, und Thersander sank, von einem Lanzenstich getroffen, in den Staub. Laut schrie sein Freund Diomedes auf, als er es sah. Ehe König Telephos sich auf den Leichnam werfen und ihm – wie üblich – die Rüstung abziehen konnte, war Diomedes bei seinem toten Freund, hob ihn sich auf die Schulter und eilte mit Riesenschritten aus dem Kampfgetümmel. Als der Held mit seiner Last an Ajax und Achill vorüberkam, durchfuhr auch sie ein schmerzlicher Zorn; sie sammelten ihre wankenden Heerscharen, teilten sie in zwei Gruppen und gaben dem Kampf neuen Nachdruck.

Die Griechen waren bald wieder im Vorteil. Teuthrantios, der Halbbruder des Telephos, stürzte von einem Geschoss des Ajax getroffen. Telephos selbst, der gerade Odysseus verfolgte, wollte dem sinkenden Bruder zu Hilfe kommen, dabei stolperte er über einen Weinstock. Den Augenblick nutzte Achill. Während König Telephos sich vom Boden erhob, durchbohrte der Wurfspieß des Achill seine linke Hüfte. Er schaffte es trotzdem, sich aufzurichten, zog das Geschoss aus der Wunde und entging, weil seine Mitstreiter ihn schützten, weiterer Gefahr.

Das Treffen hätte noch lange gedauert, wenn nicht die Nacht angebrochen wäre und beide Gruppen sich von dem Kampfplatz zurückgezogen hätten. So begaben sich die Mysier in ihre Königsstadt, die Griechen zu ihrem Ankerplatz. Viele tapfere Männer waren gefallen und viele verwundet.

Am folgenden Tag schickten beide Gegner Boten wegen eines Waffenstillstandes, damit die Toten begraben werden konnten. Jetzt erst erfuhren die Angreifer zu ihrer Verblüffung, dass der König, der sein Gebiet so mutig verteidigt hatte, Grieche war wie sie und der Sohn ihres größten Halbgottes. Es stellte sich auch heraus, dass dem griechischen Heer drei Verwandte des Königs, darunter Tlepolemos, ein Sohn des Herakles, und zwei seiner Enkel, angehörten. Die drei erboten sich nun, vor Telephos zu treten und ihm zu berichten, wer die Fremden an seiner Küste waren und welche Absichten sie hatten.

König Telephos nahm seine Verwandten freundlich auf und konnte sich nicht genug von ihnen erzählen lassen. Dabei erfuhr er, dass Paris mit seiner Tat ganz Griechenland beleidigt hatte und dass Menelaos mit seinem Bruder Agamemnon und allen verbündeten Fürsten zur Vergeltung aufgebrochen war. „Darum“, sprach Tlepolemos, der als ein leiblicher Halbbruder des Königs das Wort führte, „steh zu deinem

Volk, für das ja auch unser Vater Herakles an allen Orten und Enden der Welt gestritten und von dessen Vaterlandsliebe ganz Griechenland unzählige Denkmäler aufzuweisen hat! Heile die Wunden wieder, die du, ein Grieche, den Griechen geschlagen hast, indem du dein Heer mit unserem vereinigst und als unser Verbündeter gegen das Trojanervolk ziehst."

Telephos richtete sich von seinem Lager auf, auf dem er, durch die Verwundung niedergestreckt, die griechischen Helden empfangen hatte, und erwiderte freundlich: „Eure Vorwürfe sind nicht gerecht; durch eure eigene Schuld seid ihr aus Freunden und Blutsverwandten meine Feinde geworden. Schließlich haben doch die Küstenwächter, meinem strengen Befehl gehorchend, euch nach Namen und Herkunft gefragt und nach dem Völkerrecht der Griechen mit euch verhandelt. Ihr aber seid in der Meinung, dass gegen Fremde alles erlaubt sei, an Land gesprungen, ohne Antwort zu geben, und habt meine Leute, ohne sie anzuhören, niedergemacht. Auch mir habt ihr" – hier deutete er auf seine Wunde – „ein Andenken hinterlassen, das mich, ich fühle es, mein Leben lang an unser gestriges Zusammentreffen erinnern wird. Aber ich zürne euch nicht länger und kann die Freude, Blutsverwandte und Griechen in meinem Reich aufgenommen zu haben, nicht zu teuer erkaufen.

Gegen Priamus in den Krieg zu ziehen mutet mir nicht zu! Meine zweite Frau, Astyoche, ist seine Tochter. Dazu ist er selbst ein kluger, guter Greis, und seine Söhne sind edelmütig; er und sie haben keinen Anteil an dem Verbrechen des leichtsinnigen Paris. Nehmt Gastgeschenke von mir und auch Vorräte, so viel ihr braucht. Dann geht und kämpft im Namen der Götter aus, was ich nicht schlichten kann."

Mit dieser gütigen Antwort kamen die drei Boten in das Lager der Argiver zurück und meldeten Agamemnon und den andern Fürsten das Ergebnis ihrer Verhandlung mit Telephos. Der Kriegsrat der Helden beschloss, Ajax und Achill sofort zum König zu senden, damit sie ihn wegen seiner Wunde trösteten. Sie fanden den König schwer krank; so holten sie die berühmten Ärzte Podalirios und Machaon hinzu, um den König zu untersuchen. Eine Heilung gelang ihnen zwar nicht, denn der Speer des Göttersohnes hatte seine eigene Kraft, und die Wunde, die er geschlagen hatte, widerstand ihrer Kunst. Aber die Linderungsmittel, die sie auflegten, befreiten Telephos für den Augenblick von den unerträglichsten Schmerzen. Und nun erteilte er den Griechen von seinem Krankenlager aus günstige Ratschläge, versah ihre Flotte mit Lebensmitteln und ließ sie nicht fort, bis der Winter, der schon im Anzug war, als sie landeten, mit seinen härtesten Stürmen vorüber war. Darauf klärte er sie über die Lage der Stadt Troja auf und über den Weg, den sie zu nehmen hatten, und nannte ihnen als einzigen Landungsplatz für ihr Unternehmen die Mündung des Flusses Skamander.

Paris kehrt zurück

Obgleich in Troja noch nichts von der Abfahrt der großen griechischen Flotte bekannt war, herrschte doch seit der Abreise der griechischen Gesandten Schrecken und Furcht vor dem bevorstehenden Krieg. Paris war inzwischen mit der geraubten Fürstin, mit reicher Beute und seinem Geschwader zurückgekommen. König Priamus sah die ungebetene Schwiegertochter nicht unbedingt mit Freude in seinem Palast und rief seine zahlreichen Verwandten zu einer Ratsversammlung. Priamus' Söhne ließen sich durch den Glanz der Schätze, die ihr Bruder unter ihnen verteilte, leicht blenden, wie auch von der Schönheit der Griechinnen aus den edelsten Fürstengeschlechtern, die Helena folgten. Und so endete die Beratung mit dem Beschluss, die Fremde in den Schutz des Königshauses aufzunehmen und den Griechen nicht auszuliefern. Ganz anders hatte freilich das Volk der Stadt, das vor einem feindlichen Angriff und einer Belagerung Angst hatte, die Ankunft des Abenteurers und seinen schönen Raub beurteilt. Mancher Fluch hatte Paris durch die Straßen verfolgt, und hier und da war sogar ein Stein nach ihm geflogen, als er Helena in den Palast des Vaters geleitete.

Doch hielt die Ehrfurcht vor dem Herrscher die Trojaner ab, sich der Aufnahme der neuen Bürgerin ernstlich zu widersetzen.

Als nun im Rat des Priamus der Beschluss gefasst worden war, die Fürstin nicht zu verstoßen, sandte der König seine eigene Gemahlin Hekuba zu ihr in das Frauengemach, um sich zu überzeugen, dass sie freiwillig mit Paris nach Troja gekommen sei. Helena erklärte, dass sie durch ihre eigene Abstammung den Trojanern genauso angehöre wie den Griechen; Danaos und Agenor waren sowohl ihre Urväter als auch die Stammhalter des trojanischen Königshauses. Gegen ihren Willen geraubt, sei sie jetzt durch tiefe Liebe an ihren neuen Mann gebunden und freiwillig seine Frau. Nach dem, was nun einmal geschehen war, könne sie von ihrem vorigen Gatten und dessen Volk keine Verzeihung erwarten; nur Schande und Tod stünden ihr bevor, wenn sie ausgeliefert würde.

So sprach sie und warf sich Hekuba zu Füßen. Die richtete die um Schutz Flehende auf und verkündete ihr den Entschluss des Königs und seiner Söhne, sie gegen jeden Angriff zu verteidigen.

Die Griechen vor Troja

So lebte Helena also ungefährdet am Königshof von Troja und bezog mit Paris einen eigenen Palast. Auch das Volk gewöhnte sich bald an die Griechin und liebte sie, und als die fremde Flotte wirklich vor der trojanischen Küste erschien, waren die Einwohner der Stadt weniger ängstlich als zuvor.

Sie zählten ihre Kämpfer und ihre Verbündeten, zu denen sie vorher schon Boten gesandt und sich ihrer Hilfe versichert hatten, und sahen sich an Zahl und Kraft ihrer Streiter den Griechen gewachsen. So hofften sie, mit dem Schutz der Himmlischen – denn außer Aphrodite waren noch mehrere Götter, darunter Ares, Apollo und Zeus, der Göttervater selbst, auf ihrer Seite – die Belagerung ihrer Stadt verhindern und die Feinde zum schnellen Rückzug zwingen zu können.

Zwar war ihr König Priamus ein Greis und nicht mehr kampffähig, aber fünfzig Söhne, unter ihnen neunzehn von seiner Gattin, der Königin Hekuba, umringten ihn im kräftigsten Alter. Da war vor allem Hektor, dann Deïphobos, und nach diesen als die Besten Helenos, der Wahrsager, Polites, Antiphos und der zarte Troilos. Vier zarte, schöne Töchter, Krëusa, Laodike, Kassandra, die weissagende junge Frau, und die in der Kindheit schon von Schönheit strahlende Polyxena, umgaben seinen Thron. Das Heer, das sich jetzt für den Kampf rüstete, wurde von Hektor als Oberfeldherr geführt. Neben ihm war Äneas, der Schwiegersohn des Königs Priamus, ein Sohn der Göttin Aphrodite. An die Spitze einer anderen Abteilung stellte sich Pandaros, dem Apollo selbst seinen Bogen verliehen hatte. Männer mit großen Namen führten die trojanischen Hilfsvölker, Mäonier, Lykier, und wer sonst der Stadt zur Seite stand.

Die Griechen waren inzwischen an Land gegangen und hatten sich an der Küste des Meeres einen riesigen Lagerplatz eingerichtet, fast wie eine Stadt. Die Schiffe waren ans Ufer gezogen und in mehreren Reihen hintereinander aufgestellt, sodass sie sich, weil der Boden der Küste anstieg, stufenförmig erhoben. Sie waren auf Unterbauten aus Stein gestellt, damit sie auf dem feuchten Grund keinen Schaden nahmen und luftig ständen. In der ersten Reihe, vom Land aus gesehen, hatten an den äußersten Enden Ajax und Achill, beide das Gesicht Troja zugekehrt, Lagerhütten oder Zelte aufgestellt. Das Quartier des Achill mit seinen Myrmidonen glich einer Burg, es hatte Scheunen für die Vorräte und Ställe für Pferde und Vieh. Auf seine Zelte folgten die Quartiere der Thessalier, dann die der Kreter, Athener, Phokier, Böotier, bis Ajax die Reihe beschloss. An den Ufern lagen die Flotten von Diomedes, Odysseus und Agamemnon, und zwar die des Odysseus in der Mitte, zur Rechten die von Agamemnon, links davon die des Diomedes.

Davor war die Agora, der freie Platz, der für Versammlungen und Verhandlungen bestimmt war, auf dem auch die Altäre der Götter standen. Das ganze Schiffslager war von vielen Gassen und Wegen durchschnitten. Die Hütten waren aus Lehm und Holz gebaut und mit Schilf bedeckt. Jeder Anführer hatte sein Quartier in der vordersten Reihe seiner Schar, und es war nach dem Rang seines Bewohners mehr oder weniger ausgeschmückt. Noch vor den Schiffen hatten die Gelandeten einen Erdwall aufgeschüttet, der später, in der letzten Zeit der Belagerung, einer Mauer Platz machte.

Zu all diesen Vorbereitungen hatten die Griechen während der langen Zeit, in der König und Rat von Troja sich über die beste Weise ihrer Verteidigung berieten, ausreichend Gelegenheit gefunden. Ihre Krieger verrichteten zugleich den Schiffsdienst und erhielten ihr Brot. Für die übrigen Lebensbedürfnisse hatte jeder selbst zu sorgen. Die gewöhnlichen Krieger waren leicht bewaffnet und fochten zu Fuß. Die vornehmeren stritten von ihren Wagen aus, sodass jeder einen zweiten Kämpfer bei sich hatte. Reiter waren selten. Die Gespanne waren dafür vorgesehen, in der ersten Reihe zu kämpfen, und bildeten die Spitze des Angriffs.

Zwischen dem Schiffslager der Griechen und der Stadt Troja breiteten sich vier Wegstunden zu Fuß weite Ebenen und blumenübersäte Wiesen aus. Sie wurden von den Flüssen Skamander und Simois eingeschlossen, die sich erst beim griechischen Lager zur Mündung vereinigten. Hinter ihnen erhob sich mit hohen Mauern, Zinnen und Türmen die von Götterhand befestigte, herrliche Stadt und Burg Troja. Sie lag auf einem Hügel weithin sichtbar.

Ihr Inneres war uneben und bergig und von vielen Straßen durchquert. Nur von zwei Seiten war sie leichter zugänglich, hier befand sich das skäische und ihm gegenüber das dardanische Tor mit jeweils einem Turm. In der oberen Stadt Ilion lagen die Paläste des Priamus und des Paris, die Tempel der Athene und des Apollo. Die Höhe krönte ein Tempel des Zeus. –

Noch ehe der Kampf zwischen beiden Völkern begann, wurden die Griechen durch die Ankunft eines wichtigen Gastes überrascht. König Telephos von Mysien, der sie so großzügig unterstützt hatte, musste lange wegen seiner Wunde, die ihm der Speer des Achill zugefügt, das

Krankenlager hüten. Die Mittel, die ihm Podalirios und Machaon gegeben hatten, verloren mehr und mehr ihre Wirkung. Gequält von den unerträglichsten Schmerzen, hatte er ein Orakel des Phöbos Apollo, das in seinem Lande war, befragen lassen, und dieses hatte die Antwort erteilt, nur der Speer, der ihn verletzt hatte, könne ihn auch heilen. So dunkel das Wort des Gottes lautete, so trieben seine Leiden Telephos doch, sich einzuschiffen und der griechischen Flotte zu folgen. Er landete an der Mündung des Skamander und wurde in das Haus des Achill getragen.

Der Anblick des leidenden Königs erneuerte den Schmerz des jungen Helden. Betrübt brachte er seinen Speer herbei und legte ihn vor Telephos nieder, ohne zu wissen, wie damit nun die eiternde Wunde geheilt werden sollte. Viele Helden umstanden ratlos das Bett des gepeinigten Königs, bis es Odysseus einfiel, noch einmal die großen Ärzte des Heeres heranzuziehen. Podalirios und Machaon eilten auf seinen Ruf herbei. Sobald sie vom Orakel Apollos hörten, verstanden sie als weise, erfahrene Söhne des Äskulap, was es meinte, sie feilten ein wenig Eisen vom Speer, der ihn verletzte, ab und legten es, sorgfältig verteilt, auf die Wunde. Da geschah ein Wunder: Sobald die Feilspäne auf eine eiternde Stelle des Geschwürs gestreut wurden, begann sie sich sichtbar zu schließen, und nach wenigen Stunden war der König Telephos von seiner Wunde genesen. Jetzt erst war die Freude der Helden über den großmütigen Empfang, der ihnen in Mysien zuteil geworden war, vollkommen. Gesund und froh begab sich Telephos wieder auf sein Schiff, und wie jüngst die Griechen ihn, so verließ er jetzt die Griechen unter Dank und Segenswünschen. Er beeilte sich, um nicht Zeuge des Kampfes zu sein, den seine Gastfreunde gegen den Schwiegervater nun bald beginnen würden.

Zweites Buch

Ausbruch des Kampfes

Die Griechen waren noch mit der Verabschiedung von Königs Telephos beschäftigt, als die Tore Trojas sich öffneten und die Heeresmacht der Trojaner sich unter Hektors Führung über die skamandrische Ebene ergoss und ohne Widerstand gegen die Schiffe der sorglosen Argiver anrückte. Die Männer im Schiffslager, die zuerst, wo sie gerade standen, den heranziehenden Feinden entgegeneilten, wurden von der Übermacht erdrückt. Doch hielt das Gefecht mit ihnen das Heer der Trojaner so lange auf, bis die Griechen sich sammeln und auch ihrerseits geordnet antreten konnten.

Die Schlacht blieb ungleich. Wo Hektor auftauchte, gewannen die Trojaner die Oberhand; in die Kampfreihen aber, die entfernt von ihm fochten, drangen die Griechen siegreich ein. Der erste namhafte Held unter den Griechen, der von der Hand des trojanischen Fürsten Äneas in dieser Schlacht fiel, war Protesilaos, des Iphiklos Sohn. Als Jüngling war er gegen Troja gezogen.

Noch war Achill vom Kampfplatz entfernt. Er hatte Telephos bis ans Meer begleitet und sah nachdenklich dem davonsegelnden Schiff nach. Da kam sein Freund Patroklos auf ihn zu, fasste ihn bei der Schulter und rief: „Wo bleibst du, Achill? Die Griechen brauchen dich! Der erste Kampf ist entbrannt; König Priamus' ältester Sohn, Hektor, rast wie eine Löwe an der Spitze der feindlichen Scharen. Äneas, der Schwiegersohn des Königs, hat aus der Mitte unserer Fürsten soeben Protesilaos erschlagen!"

Aus seinen Träumen erwacht, wandte sich Achill um und blickte auf den Freund. Im gleichen Augenblick drang auch das Geschrei des Kampfgetümmels an sein Ohr. Er lief, ohne ein Wort zu erwidern, durch die Gassen des Schiffslagers seinem Zelt zu. Hier erst fand er die Sprache wieder und rief mit lauter Stimme seine Myrmidonen zu den Waffen. Seinem stürmischen Angriff nun hielt selbst Hektor nicht stand. Zwei Söhne des Priamus erschlug Achill; der Vater sah klagend von den Mauern herab den Tod seiner Kinder. Dicht an der Seite von Achill kämpfte Ajax, Sohn des Telamon, der wie ein Riese alle anderen Danaer überragte; vor den Schlägen der beiden flohen die Trojaner bald wie ein Rudel von Hirschen vor einer Hundemeute. Angst ergriff die Trojaner, und das ganze Heer wandte sich zur Flucht. Rasch zogen die Kämpfer Trojas Tore hinter sich zu. Die Griechen aber begaben sich zu ihren Schiffen und beendeten den Bau und die Befestigung ihres Lagers. Achill und Ajax wurden von Agamemnon zu Wächtern bestimmt.

Dann begaben sich alle zum Begräbnis des Protesilaos, legten den Leichnam auf einen geschmückten Scheiterhaufen, zündeten ihn an und begruben endlich die Gebeine des Toten am Strand unter hohen Ulmen. Noch waren sie mit der Bestattung nicht fertig, als ein zweiter Überfall die sorglos Feiernden überraschte.

In Kolonis bei Troja herrschte König Kyknos, der, ein Sohn des Meeresgottes Poseidon, auf der Insel Tenedos von einem Schwan großgezogen worden war. Kyknos war mit den Trojanern verbündet, und ohne besonders von Priamus dazu aufgefordert zu sein, glaubte er, als er die Landung der fremden Krieger vor Troja sah, sich verpflichtet, seinen alten Freunden zu Hilfe zu eilen. Der König sammelte also in seinem Königreich ein ansehnliches Heer, legte sich in der Nähe des griechischen Schiffslagers in einen Hinterhalt und hatte sich mit seiner Schar eben in seinem Versteck eingerichtet, als die Griechen ihrem gefallenen Helden die letzte Ehre erwiesen. Während sie sorglos und nicht in voller Waffenrüstung um den Scheiterhaufen standen, sahen sie sich plötzlich von Streitwagen und Bewaffneten umringt, und ehe sie sich noch besinnen konnten, hatte Kyknos mit seiner Heeresmacht ein furchtbares Blutbad unter ihnen angerichtet.

Jedoch hatte nur ein Teil der Griechen an der Leichenfeier des Protesilaos teilgenommen. Die anderen bei den Schiffen und in den Lagerhütten waren nah bei ihren Waffen und eilten ihnen, Achill an der Spitze, zu Hilfe. Achill selbst saß auf dem Streitwagen, schrecklich anzuschauen. Seine todbringende Lanze traf bald diesen, bald jenen, bis er auf der Suche nach dem Feldherrn der Fremden Kyknos im Kampfgewühl an den gewaltigen Stößen erkannte, die er, auf einem hohen Streitwagen stehend, rechts und links austeilte. Sofort lenkte Achill seine schneeweißen Pferde dorthin. Als er Kyknos erreichte, schrie er, die Lanze schwingend: „Wer du auch bist, Jüngling, nimm den Trost mit in den Tod, dass du vom Sohn der Göttin Thetis getroffen wurdest!" Dem Ruf folgte sein Wurfgeschoss. Aber so sicher er gezielt hatte, die Lanze schlug seinem Gegenüber doch nur mit einem dumpfen Stoß gegen die Brust. Staunend sah Achill auf seinen unverletzten Gegner.

„Wundere dich nicht, Sohn der Göttin", rief Kyknos ihm lachend zu, „nicht mein Helm oder mein Schild halten mir die Stöße vom Leibe ab! Und wenn ich allen Schutz von mir würfe, so könntest du mir doch die Haut mit deinem Speer nicht ritzen. Wisse, dass ich am ganzen Körper fest wie Eisen bin und dass es etwas heißt, der Sohn dessen zu sein, der über alle Meere herrscht!" Mit diesen Worten schleuderte Kyknos seinen Speer auf Achill und traf die Wölbung seines Schildes, sodass er durch das Erz und die neun ersten Stierhäute des göttlichen Schutzes hindurchdrang; erst in der zehnten Lage blieb das Wurfgeschoss stecken.

Achill schüttelte den Speer aus dem Schild, er zielte von Neuem auf den Göttersohn. Aber der Leib des Feindes blieb unverwundet, auch das dritte Geschoss, das Achill absandte, war ohne Wirkung. Jetzt geriet er in Wut wie ein Stier, dem ein rotes Tuch vorgehalten wird und der mit den Hörnern in die Luft gestoßen hat. Noch einmal warf er die Lanze aus Eschenholz auf Kyknos, traf diesen auch wirklich an der linken Schulter und jubelte laut auf, denn das Blut schien aus ihr zu strömen. Es war jedoch der Blutstrahl des Menötes, der neben Kyknos focht.

Knirschend vor Wut sprang Achill jetzt vom Wagen, eilte auf den Gegner zu und hieb mit gezücktem Schwert auf ihn ein. Aber auch die Klinge prallte stumpf an dem zu Eisen gehärteten Körper ab. Da erhob Achill den zehnhäutigen Schild und schlug dem unverwüstlichen Feind mit dem Schildbuckel gegen die Schläfe. Jetzt erst wankte Kyknos rückwärts; Nebel schwamm ihm vor den Augen, er strauchelte über einen Stein. Achill packte ihn mit der Hand im Nacken und warf ihn vollends zu Boden. Dann stemmte er sich mit Schild und Knien auf die Brust des Liegenden und schnürte dem Feind mit seinem eigenen Helmband die Kehle zu.

Der Fall ihres göttlichen Führers nahm den Kämpfern den Mut; sie verließen das Feld in wilder Flucht, und bald war von dem ganzen Überfall nichts mehr zu sehen als die Toten, die rings um den halb vollendeten Grabhügel des Protesilaos lagen und den trauernden Danaern neue Arbeit machten.

Die Folge des Überfalls war, dass die Griechen in das Land des erschlagenen Königs Kyknos einrückten und aus der Burg seine Kinder entführten. Dann griffen sie das benachbarte Killa an, eroberten auch diese feste Stadt mit unermesslicher Kriegsbeute und kehrten zu ihrem wohl bewachten Schiffslager zurück.

Palamedes und sein Tod

Einer der einflussreichsten Männer im griechischen Heer war Palamedes, tätig, weise, gerecht und standhaft. Von schmalem Wuchs, ein Freund des Gesangs und der Leier, hatte seine Wortgewandtheit die meisten Fürsten Griechenlands für den Feldzug gegen Troja gewonnen. Seine Klugheit hatte selbst den schlauen Sohn des Laërtes, Odysseus, überlistet, was ihm die unversöhnliche Feindschaft des Helden einbrachte; Odysseus sann Tag und Nacht auf Rache.

Nun wurde den Griechen durch ein Orakel bekannt, dass sie dem Gott Apoll ein besonderes Opfer zu bringen hätten – eine Hekatombe, einhundert Stiere! –, und zwar an der Stelle bei Troja, wo sein Tempel stand. Palamedes war von dem Gott auserwählt worden, die hundert Tiere zu der heiligen Stätte zu führen. Dort wartete Chryses auf sie, der Priester Apolls, der das feierliche Opfer vollbrachte.

Die Ehre, die Palamedes durch die Anordnung Apollos zuteil wurde, beschleunigte seinen Tod. Denn in Odysseus gewann jetzt der Neid die Oberhand; er überlegte sich eine üble List, wie er dem edlen Mann den Untergang bereiten konnte. Eigenhändig versteckte er in aller Heimlichkeit eine beträchtliche Summe Geld in Palamedes' Zelt. Dann schrieb er im Namen des trojanischen Königs einen Brief, in dem er von übersandtem Gold sprach und Palamedes seinen Dank dafür ausdrückte, dass er ihm wichtige Kenntnisse über das Heer der Griechen verraten habe. Diese Fälschung wurde einem Gefangenen in die Hände gespielt, bei ihm von Odysseus „entdeckt" und der unschuldige Gefangene sofort niedergemacht.

Den Brief zeigte Odysseus vor der Fürstenversammlung im griechischen Lager. Palamedes wurde umgehend vor einen Kriegsrat gestellt, den Agamemnon zusammensetzte und in dem Odysseus sich den Vorsitz zu verschaffen wusste. Auf seine Veranlassung wurde im Zelt des Beschuldigten geforscht und nachgegraben und so die Summe, die der trügerische Sohn des Laërtes dort versteckt hatte, unter der Lagerstätte aufgefunden. Die Richter, die nichts vom wahren Vorgang ahnten, sprachen einstimmig das Todesurteil aus.

Palamedes war zu stolz, um sich zu verteidigen. Er durchschaute das Spiel, aber er sah keine Möglichkeit, Beweise seiner Unschuld oder solche für die Schuld seines Gegners vorbringen zu können. Als daher das Urteil gefällt war, das auf Steinigung lautete, brach er nur in die Worte aus: „Oh ihr Griechen, ihr tötet die gelehrteste, die unschuldigste, die gesangsreichste Nachtigall!"

Die verblendeten Fürsten lachten über seine Worte und ließen ihn unbarmherzig töten – was er heldenhaft ertrug. Als ihn schon die ersten Steine niedergeworfen hatten, schrie er: „Freue dich, Wahrheit, du bist vor mir gestorben!" Nach diesen Worten traf ihn, von Odysseus' rachsüchtiger Hand geschleudert, ein Stein an der Schläfe, dass er starb. Aber Nemesis, die Göttin der Gerechtigkeit, schaute vom Himmel herab und beschloss, den Griechen und ihrem Verführer Odysseus noch vor ihrer Heimkehr dies Verbrechen zu vergelten.

Die Unternehmen des Achill und Ajax

Von den nächsten Kriegsjahren vor Troja erzählt die Sage kaum etwas. Die Griechen lagen nicht untätig vor der Stadt; da aber ihre Bewohner selten Ausfälle versuchten, so wandten die Danaer ihre gewaltige Streitmacht gegen die Umgegend. Achill zerstörte und plünderte mit seiner Flotte zwölf Städte, elf weitere nahm er darüber hinaus noch ein. Dem Priester Chryses entführte er auf einem Streifzug nach Mysien die schöne Tochter Chryseïs. Bei der Einnahme von Lyrnessos überfiel er den Palast des Königs Brises, der sich in seiner Verzweiflung den Strick um den Hals legte und den Tod gab. Seine Tochter Briseïs erhielt der Sieger, der sie als Lieblingsbeute ins griechische Lager führte.

Auch die Insel Lesbos und die Stadt Thebe in Kilikien mussten vor seinen Angriffen aufgeben. In Thebe herrschte ein Verwandter von Priamus, König Eëtion, dessen Tochter Andromache mit dem tapfersten Helden Trojas, mit Hektor, verheiratet war. Noch sieben Söhne wuchsen in seinem Haus auf. Da kam Achill, stürmte die Tore der Stadt und erschlug den König mit seinen sieben Söhnen.

Im Stall des Königs fand Achill ein treffliches Pferd, Pedasos genannt, das, obwohl sterblich, an Kraft und Schnelligkeit seinen eigenen unsterblichen Rossen glich und mit ihnen seinen Wagen zog. Aus der Rüstkammer des Königs Eëtion nahm er viele Herrlichkeiten mit, unter anderm auch eine eiserne Wurfscheibe, so groß, dass sie einem Bauern für Jahre das Erz zu seinen Ackergeräten geliefert hätte.

Nach Achill war der tapferste Held unter den Griechen der Telamonssohn Ajax. Auch er war nicht müßig. Er führte einen Schiffszug zur thrakischen Halbinsel, wo sich die Königsburg des Polymnestor erhob. Ihm hatte König Priamus von Troja seinen jüngsten Sohn Polydoros mit vielen Schätzen zur Erziehung übersandt. Als Ajax die Halbinsel überfiel, versuchte Polymnestor, sich den Frieden zu erkaufen. Er verleugnete seine Freundschaft mit Priamus und teilte, was er für Polydoros von dem trojanischen König erhalten hatte, unter die griechischen Streiter aus. Priamus' Sohn aber übergab er Ajax.

Ajax kehrte mit seiner Beute nicht sofort zum griechischen Lager zurück, sondern wandte sich auf seinen Schiffen zur phrygischen Küste. Dort griff er König Teuthras an, tötete ihn, der ihm an der Spitze seines Heeres entgegenzog, und schleppte die Tochter des Teuthras, Tekmessa, die wunderschön war, als Kriegsbeute mit sich. Er verliebte sich bald in sie; er verehrte sie, als wäre sie seine mit ihm verheiratete Frau – und hätte sich feierlich mit ihr vermählt, wenn es griechischer Brauch gewesen wäre, eine Barbarin zu freien.

Achill und Ajax trafen von ihren glücklichen Streifzügen, die Lastschiffe voller Beute, zur gleichen Zeit im griechischen Lager vor Troja wieder ein. Die Danaer gingen ihnen unter Gesängen entgegen; bald umringte eine ganze Versammlung von Streitern die beiden Kämpfer. Unter jubelnden Rufen wurde ihnen als Lohn ihrer Siege ein Olivenkranz aufs Haupt gesetzt. Dann hielt man einen Rat ab, um über die mitgebrachte Beute, die von den Griechen als Gemeingut angesehen wurde, einen Beschluss zu fassen. Dabei wurden auch die gefangenen Frauen vorgeführt, und alle Danaer staunten über ihre Schönheit. Der Besitz der Brisestochter wurde Achill, der Besitz der königlichen Tekmessa wurde Ajax bestätigt. Nur die Tochter des Priesters Chryses wurde Agamemnon zugesprochen, um seine Königswürde zu ehren, und von Achill auch hergegeben. Die andere Kriegsbeute an Gefangenen sowie alle erbeuteten Vorräte wurde Mann für Mann unter das griechische Heer verteilt.

Dann brachte Ajax die Schätze des Königs Polymnestor aus seinen Schiffen herbei. Auch davon wurde Agamemnon ein gewaltiger Betrag an Gold und Silber übergeben.

Polydoros

Endlich berieten die Helden über den kostbarsten Teil der Beute, über den Knaben Polydoros, den Sohn des Priamus. Nach kurzer Besprechung wurde beschlossen, dass Odysseus und Diomedes den

König von Troja aufsuchen sollten, um ihm die Übergabe seines Sohnes anzubieten – als Tausch, wenn Helena den Gesandten Griechenlands ausgeliefert würde. Helenas früherer Gemahl Menelaos ging mit ihnen. So machten sich alle drei mit dem jungen Polydoros auf den Weg. Unter dem Schutz des Völkerrechts wurden sie von den Trojanern aufgenommen, sie öffneten die Tore ihrer Stadt.

Priamus und seine Söhne oben auf der Burg wussten noch nicht, was vor sich ging, als die Gesandtschaft schon am Marktplatz Trojas eintraf und, vom Volk umgeben, Menelaos das Wort ergriff. Er beklagte sich voller Bitterkeit über die verbrecherische Verletzung des Völkerrechts, die sich Paris durch den frechen Raub Helenas habe zuschulden kommen lassen. Dabei sprach er so beredt und eindringlich, dass die umstehenden Trojaner, darunter die Ältesten, ihm ergriffen und unter Tränen des Mitleids Recht geben mussten.

Als Odysseus ihre Rührung bemerkte, sprach nun auch er: „Ich denke, ihr wisst, Ratsleute und Bewohner von Troja, dass die Griechen ein Volk sind, das nichts unüberlegt unternimmt. Selbst jetzt, nachdem ihr unsere Streitmacht erlebt und alle euch unterworfenen oder mit euch verbündeten Städte ringsumher in Trümmer sanken, liegt ein glücklicher Ausgang unseres Streites immer noch in eurer Macht! Gebt uns heraus, was ihr uns geraubt habt, und auf der Stelle brechen wir unsere Lagerhütten ab, steigen auf die Schiffe, lichten die Anker und verlassen mit der Flotte euren Strand für immer. Und wir kommen nicht mit leeren Händen! Wir bringen eurem König einen Schatz, der ihm lieber sein wird als die Fremde, die eure Stadt zu seinem und zu eurem eigenen Verderben beherbergen muss. Wir bringen ihm Polydoros, sein jüngstes und geliebtestes Kind, den unser Held Ajax in Thrakien Polymnestor entführt hat. Er erwartet von euch und eurem König, seinem Vater, einen Entschluss, der ihm die Freiheit und das Leben schenkt! Gebt ihr uns Helena heraus und liefert ihr sie heute noch in unsere Hände, so wird der Knabe seiner Fesseln entledigt. Wird uns Helena verweigert, so gehe eure Stadt zugrunde; aber vorher wird euer König sehen müssen, was er für sein Leben nicht sehen möchte!“

Tiefes Stillschweigen herrschte in der ihn umringenden Versammlung des trojanischen Volkes, als Odysseus geendet hatte. Endlich ergriff der weise und bejahrte Antenor das Wort: „Liebe Griechen, alles, was ihr uns sagt, wissen wir selbst und müssen euch in unseren Herzen Recht geben. Auch fehlt uns nicht der Wille, die Sache zu beenden, wie ihr es vorschlagt – wohl aber die Gewalt. Wir leben in einem Staat, in dem der Befehl des Königs über alles geht. Ihm sich zu widersetzen erlaubt die Verfassung unseres Reiches nicht, ebenso wenig der Glaube, den wir von den Vätern geerbt haben, noch unser Gewissen. Wir dürfen in allen öffentlichen Angelegenheiten nur sprechen, wenn der König uns hinzuzieht; und wenn wir gesprochen haben, so hat er noch immer freie Hand zu tun, was er will. Damit du aber die Ansicht der Ältesten unseres Volkes erfährst, werden diese sich versammeln und sie euch mitteilen. Dies ist, was uns bleibt und was uns der König nicht verweigern kann!"

So geschah es dann auch. Antenor veranstaltete einen Rat der Ältesten und führte die Gesandten dort ein. Er übernahm den Vorsitz und befragte die Häupter des Volkes zu ihrer Meinung über die Gewalttat des Paris. Die vornehmsten Männer Trojas erklärten, dass sie die Tat für ein fluchwürdiges Verbrechen hielten. Nur Antimachos, ein kriegslustiger, aber auch tückischer Mann, verteidigte den Raub der Fürstin. Weil er jedoch nicht aufhörte, in der öffentlichen Versammlung die Fremden zu beleidigen, wurde er von seinen Mitbürgern, die den Griechen ihre Missbilligung seines Betragens beweisen wollten, mit Schimpf ausgestoßen.

Erbittert begab sich Antimachos auf die Burg und unterrichtete Priamus von der Ankunft der griechischen Gesandtschaft. Nun erhob sich im Kreis des Königs und seiner Söhne eine lange Beratung, zu der auch ein Ältester, Panthoos, der das volle Vertrauen des Herrschers genoss, herangezogen wurde. Panthoos wandte sich an den tapfersten und tugendhaftesten Sohn des Königs, an Hektor, mit der flehentlichen Bitte, dem Rat der Bürger nachzugeben und die Urheberin des Krieges endlich auszuliefern. „Haben die Griechen doch auch deinen kleinen Bruder Polydoros in ihrer Gewalt, und wir wissen nicht, was aus ihm werden wird, wenn wir ihnen Helena nicht zurückgeben!"

Hektor sprach sich dennoch nicht für Panthoos' Meinung aus. „Helena", antwortete er, „ist nun einmal die Schutzsuchende in unserem Hause. Als solche haben wir sie aufgenommen, sonst hätten wir sie von der Schwelle des Königspalastes zurückweisen müssen. Ihr alle habt dazu geschwiegen und habt doch diesen Krieg kommen sehen! Warum sollen wir sie jetzt vertreiben?"

„Ich habe nicht geschwiegen", erwiderte Panthoos, „ich habe euch die Prophezeiung meines Vaters mitgeteilt und euch gewarnt und warne zum zweiten Mal. Doch komme, was da wolle, ich werde die Stadt und den König mit euch treu verteidigen, auch wenn ihr meinen Rat nicht befolgt!" Mit diesen Worten verließ er die Versammlung der Priamussöhne.

Schließlich wurde auf Hektors Vorschlag beschlossen, zwar die Fürstin Helena nicht auszuliefern, wohl aber Ersatz für alles zu leisten, was mit ihr geraubt wurde. Und an ihrer statt sollte Menelaos eine der Töchter des Königs Priamus selbst, die weise Kassandra oder die junge Polyxena, mit reicher Mitgift zur Frau angeboten werden. Als die griechischen Gesandten, vor den König und seine Söhne geführt, diesen Vorschlag hörten, ergrimmte Menelaos und sprach: „Wahrhaftig, es ist mit mir weit gekommen, wenn ich, so viele Jahre der Frau beraubt, die ich einmal wählte, am Ende dann von den Feinden mir eine neue Gattin vorschlagen lassen muss! Behaltet eure Barbarentöchter, und gebt mir die Frau meiner Jugend zurück!"

Dagegen erhob sich der Schwiegersohn des trojanischen Königs, der Held Äneas, und rief dem Fürsten Menelaos, der die letzten Worte verächtlich gesprochen hatte, mit rauer Stimme zu: „Du sollst weder das eine noch das andere erhalten, Elender, wenn es nach mir geht und nach der Meinung all derer, die Paris lieben und es mit der Ehre dieses alten Königshauses halten! Sollen etwa nur die Griechen einen Freibrief haben, Frauen zu rauben? Genug der Worte! Wenn ihr euch nicht auf der Stelle mit eurer Flotte davonmacht, so werdet ihr den Arm der

Trojaner spüren! Noch haben wir genug junge Männer, und aus der Ferne kommen zu uns von Tag zu Tag mächtigere Verbündete, wenn auch die schwachen in der Nähe von euch bezwungen sind!“

Diese Rede von Äneas wurde von der trojanischen Fürstenversammlung mit lautem Beifall aufgenommen, und fast wäre es nun zu Handgreiflichkeiten mit den Gesandten gekommen, hätte Hektor sie nicht vor rohen Misshandlungen geschützt. Voller heimlicher Wut entfernten sie sich mit ihrem Gefangenen Polydoros, den König Priamus aus der Ferne erblickt hatte, und kehrten zu den Schiffen der Griechen zurück. Als sich hier die Nachricht von dem verbreitete, was die drei in Troja auf der Burg erlebt hatten, von den Umtrieben des Antimachos, vom Übermut des Äneas und der Priamussöhne außer Hektor, entstand Tumult im Heer, und alles Volk schrie wild nach Rache. Ohne die Fürsten lange zu fragen, wurde in einer Kriegerversammlung der Beschluss gefasst, den unglücklichen Knaben Polydoros büßen zu lassen, was seine Brüder und sein Vater verschuldet hatten.

Auf der Stelle schritten die Griechen auch zur Vollstreckung. Der Junge wurde vor die Mauern Trojas geführt, und als König Priamus, wegen des großen Heeresauflaufs herbeigekommen, mit seinen Söhnen auf den Türmen erschien, tönte bald seine Klage von den Zinnen herab. Mit eigenen Augen mussten die Trojaner sehen, wie die Drohung des Odysseus an dem Knaben ausgeführt wurde. Steine flogen von allen Seiten auf ihn, auf Kopf und Körper; unter unzähligen Würfen starb er einen grausamen Tod. Den Leichnam gaben die Griechenfürsten frei.

Die Diener des Königs erschienen, von dem Trojanerhelden Idäos begleitet, und luden das tote Kind unter Tränen auf den Trauerwagen, der es dem trostlosen Vater überbringen sollte.

Chryses, Apollo und der Zorn des Achill

Über diese Vorgänge war das zehnte Jahr des Krieges angebrochen. Mit der Ermordung des Polydoros flammte der Hass zwischen den beiden Völkern feuriger auf als zuvor. Die Götter des Himmels selbst, die einen wegen der Grausamkeiten der Griechen auf Seiten der Trojaner, die andern zum Schutz der Danaer bereit, nahmen Anteil an dem Kampf: Hera, Athene, Hermes, Poseidon, Hephästos auf der Seite der Griechen, auf der Gegenseite Ares und Aphrodite, sodass von diesem zehnten und letzten Jahr der Belagerung Trojas zehnmal mehr zu erzählen ist als von den neun anderen. Denn jetzt beginnt das Lied vom Zorn des Achill und von allen Übeln, die der größte Held, Agamemnon, über die Danaer brachte.

Der Grund für den Zorn Achills war folgender. Die Griechen hatten nach der Rückkehr ihrer Gesandten die Drohung der Trojaner nicht vergessen und bereiteten sich in ihrem Lager zu entscheidenden Kämpfen vor. Um die gleiche Zeit kam der Priester Apollos, Chryses, den goldenen Friedensstab in der Hand, mit reichen Lösegeldern bei den Schiffen an, um sein Kind freizukaufen. Achill hatte ihm die Tochter geraubt und sie König Agamemnon überlassen. Bittend stand der alte Mann vor dem gesamten Heer: „Ihr Söhne des Atreus und ihr anderen Achäer! Mögen euch die olympischen Götter den Sieg über Troja und eine glückliche Heimkehr geben, wenn ihr, den Gott Apoll ehrend, mir gegen das Lösegeld, das ich bringe, meine geliebte Tochter zurückgebt!“

Das Heer spendete seinen Worten Beifall. Doch König Agamemnon, der die reizvolle Sklavin nicht verlieren wollte, sagte: „Lass dich nicht mehr bei unseren Schiffen sehen, Greis, weder jetzt noch in Zukunft! Deine Tochter ist und bleibt meine Dienerin und wird mir in meinem Königshaus in Argos bis ins Alter dienen! Geh jetzt, reize mich nicht und mache, dass du gesund in deine Heimat kommst!“

Chryses erschrak und gehorchte. Schweigend eilte er an den Strand des Meeres; dort jedoch erhob er seine Hände zu dem Gott, dem er diente, und flehte ihn an: „Höre mich, Apoll! Wenn ich auch nur ein einziges Mal den Tempel zu deiner Freude geschmückt und dir das auserlesenste Opfer dargebracht habe, so strafe die Argiver auf ihre Antwort mit deinen Geschossen!"

So betete er laut, und der Gott erhörte seine Bitte. Zorn im Herzen, verließ er den Olymp, Bogen und Köcher auf der Schulter. Dann ließ er sich in einiger Entfernung von den griechischen Schiffen nieder und schoss Pfeil um Pfeil ab, dass sein silberner Bogen schreckenerregend klang. Wen sein unsichtbares Geschoss traf, der starb den raschen Tod der Pest, sodass bald unaufhörlich die Totenfeuer loderten. Neun Tage lang wütete die Seuche unter den Griechen. Am zehnten Tag rief Achill, dem die Beschützerin der Griechen, Hera, dazu geraten hatte, eine Volksversammlung ein, erhob das Wort und befragte einen der Priester oder Traumdeuter im Heer, durch welche Opfer Apollo besänftigt und das Unheil abgewendet werden könne.

Hierauf stand der weiseste Vogelschauer, der Seher Kalchas, auf und erklärte, die Gründe für den Zorn des Gottes darlegen zu wollen, wenn ihn der Held Achill schützte. Achill sagte ihm seinen Schutz zu, und Kalchas sprach: „Keine gebrochenen Gelübde oder fehlende Opfer haben Apollo erzürnt. Er ist ergrimmt über die Misshandlung seines Priesters durch Agamemnon und wird nicht eher aufhören, uns zu schaden, bis die Tochter dem Vater zurückgegeben und mit einem hundertfachen Sühneopfer nach Chrysa zurückgebracht wird. Nur auf diese Weise können wir die Gnade des Gottes wiedergewinnen."

Im Herzen des Königs Agamemnon schwoll der Zorn, sein Auge funkelte, er begann mit drohendem Blick: „Unglücksseher, noch nie hast du ein Wort gesprochen, das zu meinen Gunsten war, auch jetzt behauptest du, der Gott habe uns die Pest geschickt, weil ich der Bitte des Chryses nicht entsprochen habe! Es stimmt, ich würde sie gern in meinem Hause behalten, denn sie ist mir lieber als Klytämnestra, die Frau meiner Jugend, und steht ihr an Wuchs, Schönheit und Klugheit nicht nach! Dennoch will ich sie lieber zurückgeben, als dass die Pest weiter unter uns wütet. Aber ich fordere Ersatz für sie!"

Nach dem König nahm Achill das Wort. „Ich weiß nicht, ruhmvoller Agamemnon", sprach er, „welches Geschenk deine Habsucht von uns verlangt. Wo sollte es hier noch einen gemeinschaftlichen Schatz geben? Alle Beute aus den eroberten Städten ist verteilt! Darum entlasse die Tochter des Priesters! Wenn uns Zeus die Eroberung Trojas ermöglicht, wollen wir dir den Verlust drei- und vierfach ersetzen!"

„Tapferer Held", rief ihm der König zu, „versuche nicht, mich zu betrügen! Meinst du, ich werde deinem Befehl folgen und mein Geschenk hergeben, während du deines behältst? Nein! Bieten mir die Griechen aus *ihrer* Beute keinen Ersatz, und zwar auf der Stelle, so gehe ich, mir einen zu holen, sei es von Ajax oder von Odysseus oder auch von dir, Achill! Doch davon reden wir ein andermal. Zuerst lass dein Schiff rüsten; sie selbst, die Tochter des Chryses, möge einer der Fürsten heimbringen, vielleicht du, Achill!"

Finster entgegnete der: „Schamloser, selbstsüchtiger Fürst! Wie mag dir ein Grieche jetzt noch gehorchen! Ich selbst, dem die Trojaner nichts zu Leide getan haben, bin dir gefolgt, um deinem Bruder Menelaos zu helfen. Das achtest du nun nicht und willst mir obendrein mein Ehrengeschenk nehmen, das die Griechen mir zugesprochen haben! Bekam ich doch nach keiner Städteeroberung je ein so herrliches Geschenk wie du! Immer wenn es zur Teilung kommt, erhältst du das Beste davon, und ich kehre streitmüde und mich mit Wenigem begnügend zu den Schiffen zurück! Jetzt aber gehe ich heim nach Phthia; versuche es und horte neue Schätze, doch ohne mich!"

„Geh nur", rief ihm Agamemnon zu, „ich habe genug Helden ohne dich! Aber du musst wissen, die Tochter des Chryses wird ihrem Vater zurückgegeben, ich dagegen hole mir die liebliche Brisëis aus deinem Zelt, damit du lernst, dass ich mehr bin als du, und damit es künftig keiner wagt, mir zu widersprechen!"

Achill brannte vor Zorn, er wusste nicht, ob er das Schwert ziehen und Agamemnon auf der Stelle niederschlagen oder sich beherrschen sollte.

Da stand plötzlich die Göttin Athene unsichtbar hinter ihm, machte sich ihm allein sichtbar, indem sie ihm über das lockige braune Haar strich, und flüsterte: „Fasse dich, zücke die Waffe nicht, belass es beim Reden. Wenn du mir gehorchst, wirst du dreifach belohnt!“

Auf diese Mahnung hin behielt Achill seine Rechte am silbernen Heft des Schwerts und stieß es in die Scheide zurück. Aber seinen Worten ließ er freien Lauf. „Unwürdiger“, drohte er, „was ist nur in dich gefahren! Hier im Heereslager dem ein Geschenk zu stehlen, der es wagt, nicht deiner Ansicht zu sein! Aber ich schwöre dir bei diesem Fürstenzepter: So sicher es nie wieder am Baum grünen wird, so sicher siehst du mich, den Sohn des Peleus, nicht mehr in der Schlacht! Umsonst wirst du nach Rettung suchen, wenn der männermordende Hektor die Griechen niederwirft; umsonst wird an deiner Seele die Scham fressen, dass du den Edelsten der Danaer entehrt hast!“ Mit diesen Worten schleuderte Achill sein Zepter, Symbol der Feldherrenwürde, auf die Erde und trat zu seinem Platz. Vergebens bat der ehrwürdige Nestor die Streitenden, sich zu versöhnen. Endlich rief Achill: „Tue, was du willst, Agamemnon, nur mute mir keinen Gehorsam zu! Das Mädchen habt ihr mir gegeben, ihr könnt sie mir auch wieder nehmen. Ihretwegen werde ich nicht das Schwert ziehen! Aber lass dir nicht einfallen, auch nur im Mindesten mein Schiff anzutasten, wenn du nicht willst, dass dein Blut von meiner Lanze tropft!“

Die Versammlung trennte sich. Agamemnon ließ die Tochter des Chryses und ein gewaltiges Sühneopfer zum Schiff bringen, und Odysseus übernahm die Fahrt. Dann rief der oberste Feldherr die Herolde Talthybios und Eurybates zu sich und befahl ihnen, die Tochter des Brises aus dem Zelt von Achill zu holen. Sie gingen ungern und nur der Drohung ihres Herrschers gehorchend zum Schiffslager. Achill saß vor seinem Zelt. Er blickte sie funkelnd an; sie wagten vor Scheu und Ehrfurcht nicht zu verkünden, weshalb sie kämen. Der Fürst aber hatte es schon erraten. „Seid unbesorgt“, rief er ihnen zu, „nicht ihr tragt die Schuld an dem, was ihr fordern sollt, sondern Agamemnon. Patroklos, führe die Jungfrau heraus und übergib sie den beiden! Aber sie selbst sollen es bezeugen vor den Göttern, den Menschen und jenem Wüterich Agamemnon: Wenn man je wieder meiner Hilfe bedarf, so ist es nicht meine Schuld, sondern die des Atriden, wenn ich nicht erscheine!“

Patroklos brachte Briseïs, die den Herolden widerstrebend folgte, denn sie hatte ihren Herrn lieb gewonnen. Achill aber setzte sich weinend an den Strand, schaute hinunter in die dunkle Flut des Meeres und rief seine Mutter Thetis. Bald antwortete sie aus der Tiefe: „Wehe mir, mein Kind, dass ich dich gebar; so kurz währt dein Leben, und nun musst du noch Tränen und Kränkung erfahren! Aber warte. Ich werde hinauf zum Donnerer Zeus gehen und für dich um Hilfe flehen. Er ist gestern zu den Äthiopiern gefahren, erst in zwölf Tagen wird er wiederkehren. So lange setz dich zu deinen Schiffen, halte dich fern von den Danaern und nimm nicht teil an ihrem Krieg!“

Der zwölfte Tag brach an, Thetis hatte ihr Versprechen nicht vergessen. Im frühesten Morgennebel tauchte sie aus dem Meer auf und stieg zum Olymp. Hier, auf der höchsten Kuppe des gezackten Berges, abseits von den anderen Göttern, fand sie Zeus, setzte sich zu ihm, und mit der Linken seine Knie umschlingend, mit der Rechten sein Kinn berührend, wie es Flehende bei ihm tun, sprach sie: „Vater Zeus, wenn ich dir je mit Worten oder Taten gut gedient habe, so erfülle mir eine Bitte: Ehre meinen Sohn, dem das Schicksal einen frühen Tod geben wird! Agamemnon hat ihn aufs Tiefste gekränkt und ihm das Geschenk entzogen, das er selbst erbeutet hatte. Ich bitte dich, Göttervater, lass die Trojaner so lange siegen, bis die Griechen meinem Sohn wieder die verdiente Ehre erweisen!“

Lange blieb Zeus unbeweglich und schwieg. Thetis schmiegte sich immer fester an seine Knie und flüsterte: „Gewähre mir meine Bitte, oder verweigere sie, aber sprich!“

Endlich kam die unmutige Antwort: „Es ist gut, dass du mich zwingst, etwas zu tun, was Hera nicht gefallen wird. Schnell, verlass mich, dass sie dich nicht bemerkt, und lass dir den Wink meines Hauptes genug sein!“ Und Zeus nickte kaum merklich.

Zufrieden fuhr Thetis hinab in die Meerestiefe. Hera aber, die die

Unterredung des Zeus mit der Göttin sehr wohl beobachtet hatte, trat zu ihm und verärgerte ihn mit Vorwürfen. Sie war und blieb eine Feindin der Trojaner.

„Getraue dich nicht, zu erkunden, was ich vorhabe!", grollte Zeus. „Schweig und gehorche!" Da erschrak Hera vor dem Wort ihres Gemahls, des Vaters der Götter und der Menschen, und wagte nicht, seinen Entschluss weiter zu bemängeln.

Agamemnon gebraucht eine List

Zeus vergaß die Zusage nicht, die er der Meeresgöttin Thetis gegeben hatte. Er schickte den Traumgott in das Lager der Griechen und in das Zelt des schlafenden Agamemnon. Dort trat der Bote in der Gestalt Nestors ans Lager des Ruhenden und sprach zu ihm: „Schläfst du, Sohn des Atreus? Ein Mann, der das ganze Volk führen soll, darf nicht lange schlafen. Höre mich an, der ich als Bote des Zeus zu dir komme: Der Göttervater befiehlt dir, die Argiver zur Schlacht zu rufen; jetzt ist die Stunde, wo Troja bezwungen werden kann. Die Himmlischen sind entschlossen, und das Verderben schwebt über der Stadt."

Agamemnon erwachte und sprang vom Bett auf. Er band sich die Sohlen unter die Füße, zog sich an, hängte das Schwert über die Schulter, ergriff sein Zepter und ging in der Frühe des Morgens zu den Schiffen. Die Herolde riefen auf seinen Befehl von einer Lagerstadt zur anderen das Volk zur Versammlung; die Fürsten des Heeres aber wurden auf Nestors Schiff beordert.

Agamemnon eröffnete die Sitzung mit den Worten: „Hört, Freunde! Ein von den Göttern gesandter Traum hat mir geweissagt, dass, von Zeus geschickt, über Troja Verderben schwebt. Lasst uns sehen, ob es uns gelingt, die Männer zur Schlacht zu führen. Nach meinem Streit mit Achill leidet der Kampfeswille des Heeres. Und es ist so, dass vielleicht nicht alle sich von mir führen lassen wollen ... Deshalb will ich eine List gebrauchen und versuchen, sie herauszufordern. Ich will den

Kämpfern zuerst den Rat erteilen, die trojanische Küste zu verlassen; falls sie das nicht anstachelt zum erneuten Kampf, sollt ihr euch, der eine hierhin, der andere dorthin, verteilen und sie zum Bleiben bewegen."

Nach Agamemnon erhob sich Nestor und sprach zu den Fürsten: „Wenn ein fremder Mann uns einen solchen Traum erzählte, so würden wir ihn der Lüge bezichtigen und uns verächtlich abwenden. Er aber ist der Feldherr aller Danaer. Darum glauben wir ihm und machen uns auf den Weg!" Nestor verließ die Versammlung, und alle Fürsten folgten ihm auf den Markt, wo das Volk schon wie ein Bienenschwarm zusammenkam. Neun Herolde ordneten es, dass es sich in einem weiten Kreis lagerte und allmählich der Lärm und das Flüstern aller verstummte.

Dann sprach Agamemnon, der in der Mitte des Kreises stand und sich auf seinen Herrscherstab lehnte: „Liebe Freunde und Streiter des Danaervolkes!", begann er. „Der grausame Zeus, er, der mir einst so gnädig gelobt hatte, dass ich nur als der Sieger über Troja heimziehen sollte, hat mich in einen schweren Zwiespalt verstrickt. Ihm, der schon so viele Städte in Grund und Boden zerschmettert hat und durch seine Macht noch vernichten wird, gefällt es nun, mir zu befehlen, ruhmlos nach Argos zurückzukehren. Wir sind zwar in gewaltiger Übermacht, auf einen trojanischen Kämpfer kommen zehn von uns. Aber sie haben Bundesgenossen aus vielen Ländern, deren Macht es mir nicht erlaubt, ihre Stadt zu zerstören, wie ich es wohl möchte. Inzwischen sind auch neun Jahre herumgegangen; das Holz an unseren Schiffen wird brüchig, die Seile vermodern, unsere Frauen und Kinder sitzen zu Hause und sehnen sich nach uns. So ist es wohl das Beste, wir fügen uns in Zeus' Gebot, steigen an Bord und kehren ins Land der Väter zurück." Die erhoffte Reaktion aber blieb aus. Im Gegenteil: Die Worte Agamemnons bewegten die Versammlung wie schwellende Meereswogen. Das ganze Heer geriet in Aufruhr. Alles stürzte den Schiffen zu, einer ermunterte den anderen, die Kiele ins Wasser zu schieben; die Balken wurden hinweggestoßen, die Gräben, die mit der See in Verbindung standen, geräumt.

Den Freunden der Griechen im Olymp wurde bange, als sie sahen, dass es den Kämpfern ernst war damit, heimzukehren. Pallas Athene flog von den Felsenhöhen des Bergs hinab ins Lager der Achäer. Hier fand sie Odysseus mit schwerem Herzen regungslos vor seinem Schiff stehen. Die Göttin näherte sich und wurde sichtbar für ihn, dann sprach sie freundlich: „Also wollt ihr wirklich flüchten? Wollt Priamus den Ruhm und den Trojanern Helena lassen, die Griechin, um die so viele von euch fern vom Vaterland schon sterben mussten? Willst du das dulden, kluger Odysseus? Höre, stell dich dem Heer der Danaer entgegen, gebrauche deine Beredsamkeit!"

Nach dieser Aufforderung der Göttin ließ Odysseus seinen Mantel von den Schultern gleiten und trat unter das Volk. Stieß er auf einen der Fürsten und der edleren Männer, so hielt er ihn an und sprach zu ihm: „Gehört es sich, du Tapferer, zu verzagen wie ein Feigling? Du solltest hier bleiben und auch die anderen beruhigen. Weißt du denn, wie Agamemnon, der Sohn des Atreus, der Atride, wirklich denkt, und ob er die Griechen nicht herausfordern will?" Und wo Odysseus einen Mann die schnelle Flucht und Heimfahrt fordern hörte, schlug er ihn mit seinem Zepter und drohte: „Elender, hast du schon zu befehlen? Wir Griechen können nicht alle Könige sein! Nur einem hat Zeus das Zepter verliehen, ihm sollen die andern gehorchen!"

So ging Odysseus durchs Heer und brachte endlich das Volk dazu, von den Schiffen auf den Versammlungsplatz zurückzuströmen. Allmählich wurden alle ruhiger und verharrten geduldig auf den Sitzen.

Nun trat der Held Odysseus vor die Krieger, neben ihm Pallas Athene, die – in der Gestalt eines Herolds – der Versammlung Stillschweigen gebot. Odysseus selbst hob seinen Fürstenstab in die Höhe, dass die Umstehenden aufmerksam wurden, und begann, an Agamemnon gewandt: „Sohn des Atreus! Welche Schande wäre es für uns, leer heimzukehren, nachdem wir hier so lange ausgeharrt haben! Ihr aber, Freunde, geduldet euch! Erinnert ihr euch an das Zeichen, das wir vor unserer Abfahrt nach Aulis erhielten, als wir auf geweihten Altären am Sprudelquell die Opfertiere unter den Ahorn führten?

Mir ist, als wäre es erst gestern geschehen! Ein grässlicher Drache mit dunkelfarbigen Schuppen kam unter dem Altar hervor und fuhr schlängelnd an dem Baum hinauf. Dort hing ein Sperlingsnest mit nackten Jungen auf einem Ast; acht Küken schmiegten sich in das Nest, der neunte Vogel war die brütende Mutter. Sie umflog mit kläglichem Zwitschern die Kleinen, bis der Drache sie gefressen hatte und die jammernde Mutter nun am Flügel erhaschte. Als er so alle gefressen, verwandelte Zeus, der den Drachen geschickt hatte, ihn als ein Zeichen des Wunders in einen Stein, und ihr Argiver saht es mit staunendem Grauen. Kalchas aber, der Seher, rief euch zu: ‚Was bleibt ihr stumm, Griechen? Wisst ihr nicht, dass dies eine Wahrsagung ist? Die neun Sperlinge bedeuten neun Jahre, die ihr um Troja kämpfen werdet, im zehnten aber werdet ihr die Stadt erobern.‘ So weissagte damals Kalchas. Jetzt sind die neun Jahre des Kampfes vorüber, das zehnte Jahr rückt heran, und der Sieg muss mit ihm kommen. Haltet die kleine Weile noch miteinander aus!“

Mit Jubel beantworteten die Griechen die Rede von Odysseus; der weise Nestor benutzte die umgewandelte Stimmung der Kämpfer und riet König Agamemnon, wenn sich etwa noch jemand unbändig nach der Heimkehr sehnte, sie ihm nicht zu verweigern. Dann aber solle er die Männer nach Stamm und Stellung neu einteilen und zum Kampf führen. Erfreut antwortete der Völkerfürst: „Nestor, du, der Greis, übertriffst uns durch deine Einsicht! Wir alle haben Fehler gemacht! Ich selbst muss gestehen, dass ich unbesonnen gehandelt habe, mich mit Achill wegen des Mädchens zu entzweien. Zeus hatte mich mit Blindheit geschlagen. Versöhnen wir beide uns wieder, so wird der Untergang Trojas nicht länger auf sich warten lassen! Aber nun wollen wir uns zum Angriff rüsten; jeder soll sich mit einem Mahl stärken, Schild und Lanze bereithalten, seine Pferde füttern und tränken und sich vorbereiten auf die Schlacht, die bis zum Abend dauern wird. Bleibt mir einer absichtlich bei den Schiffen zurück, der soll den Hunden und Vögeln zum Fraß vorgeworfen werden!“

Die Führer, an ihrer Spitze der Atride, ordneten die Reihen.

Großartig war der Fürst der Fürsten – Agamemnon – anzusehen, mit seinem Blick und dem erhobenen Kopf dem Göttervater ähnlich, mit seiner breiten Brust dem Gott Poseidon. Er war gerüstet wie der Kriegsgott selbst.

Paris und Menelaos

Das Heer stand schon in Schlachtordnung, als man den Staub bemerkte, den die Trojaner machten, als sie aus ihren Mauern aufbrachen. Bald setzten sich auch die Griechen in Bewegung. Als beide Heere einander fast so nah waren, dass der Kampf beginnen konnte, trat aus der Reihe der Trojaner der Königssohn Paris heraus, in ein Panterfell gekleidet, den Bogen um die Schultern gehängt, das Schwert an der Seite. Zwei spitze Lanzen schwenkend, forderte er den tapfersten aller Griechen heraus, mit ihm den Zweikampf zu wagen.

Menelaos freute sich wie ein hungriger Löwe, dem ein Hirsch über den Weg läuft. Schnell sprang er in voller Rüstung von seinem Wagen, den Räuber zu bestrafen. Paris aber erschrak beim Anblick eines solchen Gegners, er entzog sich dem Kampf und fuhr ins Gedränge seiner Landsleute zurück, als sei ihm eine Natter begegnet.

Als Hektor ihn so in die Menge der Trojaner flüchten sah, rief er zornig: „Bruder, so bist du also doch nur von Gestalt ein Held, in Wahrheit aber nichts als ein weibischer, schlauer Verführer! Wärst du lieber gestorben, ehe du Helena holtest!"

Paris antwortete ihm: „Hektor, dein Herz ist hart und dein Mut wie eine Axt aus Erz! Ich kann nichts dafür, dass die Frauen mich einen schönen Mann nennen, das ist eine Gabe der Unsterblichen. Wenn du mich aber jetzt im Kampf sehen willst, so lass Trojaner und Griechen einhalten. Du hast Recht. Ich muss um Helena mit dem Helden Menelaos vor allem Volk den Zweikampf wagen. Wer von uns beiden siegt, soll sie bekommen; ein Vertrag soll es bekräftigen!"

Freudige Überraschung ging Hektor über das Gesicht, als er die Worte seines Bruders hörte. Er trat vor die Schlachtordnung und hielt, den Speer vorhaltend, das Losstürmen des trojanischen Heeres auf. Als die Griechen ihn erkannten, zielten sie um die Wette mit Wurfspießen, Pfeilen und Steinen auf ihn. Agamemnon aber schrie ihnen zu: „Haltet ein, Freunde, Hektor will zu uns sprechen!"

Da ließen die Griechen ihre Arme sinken, und nun verkündete Hektor mit heller Stimme den Kämpfern den Entschluss seines Bruders Paris. Ein tiefes Schweigen folgte seiner Rede.

Schließlich trat Menelaos vor. „Hört mich an, Männer", rief er, „hört mich, auf dessen Seele der Kummer am schwersten lastet! Endlich, so hoffe ich, werdet ihr, Argiver und Trojaner, nachdem ihr wegen Streites, den Paris vom Zaun brach, so viel Schlimmes erduldet habt, versöhnt auseinander gehen! Einer von uns zweien, wen das Schicksal auch ausgewählt hat, wird sterben. Lasst uns opfern und schwören, dann mag der Zweikampf beginnen!"

Beide Heere waren froh über diese Worte; alle sehnten sich nach einem Ende des unseligen Krieges. Hüben und drüben zogen die Pferdelenker die Zügel an; die Helden sprangen von den Streitwagen und legten ihre Rüstungen, Feinde nahe den Feinden, auf die Erde nieder. Hektor sandte sogar zwei Herolde nach Troja, die Opferlämmer zu bringen und König Priamus herbeizurufen; auch Agamemnon schickte einen Boten zu den Schiffen, ein Lamm zu holen.

Die Götterbotin Iris aber, verwandelt in des Priamus' Tochter Laodike, eilte, die Botschaft der Fürstin Helena in die Stadt zu bringen. Sie fand Helena am Webstuhl, ein herrliches Gewand webend, mit Bildern von den Kämpfen der Trojaner und Griechen; sie hatte die Augen auf ihre Arbeit geheftet. „Komm, liebe Helena", rief Iris ihr zu, „du sollst etwas Besonderes sehen! Die Trojaner und Griechen, die eben noch zur Feldschlacht anrückten, ruhen still, auf die Schilde gelehnt, die Speere in den Boden gesteckt, einander gegenüber. Der Krieg ist zu Ende; nur Paris und Menelaos werden um dich kämpfen, und wer seinen Gegner besiegt, trägt dich als seine Frau für immer davon!"

So sprach die Göttin und erfüllte Helena mit plötzlicher Sehnsucht nach ihrem ersten Mann Menelaos und nach der Heimat. Sie hüllte sich schnell in einen silberweißen Schleier, hinter dem sie die Tränen verbarg, die ihr an den Wimpern hingen, und eilte, von ihren Dienerinnen gefolgt, in die Stadt hinunter. Hier, auf den Zinnen des skäischen Tores, saß schon König Priamus mit den ältesten und weisesten Männern von Troja. Sie nahmen am Krieg nicht mehr teil, aber ihr Wort galt als wichtig. Als die Greise nun von der Höhe des Turms Helena näher kommen sahen, flüsterten sie einander zu: „Es ist schon so, niemand sollte Trojaner und Griechen tadeln, dass sie für diese Frau so lange im Elend ausharrten! Gleicht sie nicht einer unsterblichen Göttin? Aber selbst in solcher Schönheit mag sie mit den Schiffen der Danaer heimkehren, damit uns und unseren Söhnen nicht noch weiter Kummer und Schaden erwachsen!“

Priamus rief Helena zu sich. „Komm näher, Töchterchen, setze dich zu mir; ich will dir deinen ersten Gemahl, deine Freunde und deine Verwandten zeigen! Du bist ja nicht schuld an diesem jammervollen Krieg; die Götter sind es, die ihn mir gesandt haben. Sag mir den Namen jenes Gewaltigen, der dort so herrlich zwischen den Danaern schreitet! An Körpergröße überragen ihn andere, aber von so königlicher Gestalt habe ich doch keinen unter ihnen gesehen.“

Ehrfurchtsvoll entgegnete Helena: „Teurer Schwiegervater, Scheu und Furcht bewegen mich, jetzt, da ich vor dir stehe. Mir wäre der bitterste Tod besser gewesen, als deinem Sohn hierher zu folgen! Weinen möchte ich, weil es geschah! Nun aber höre: Der Gewaltige, nach dem du fragst, ist Agamemnon, ein großer König und ein tapferer Krieger. Er war vor Zeiten mein Schwager!“

„Glücklicher Sohn des Atreus“, rief Priamus aus, den Helden betrachtend, „Mächtiger, der so zahlreiche Griechen befehligt!“ Dann forschte der Greis von Neuem: „Nenn mir nun auch noch jenen anderen, Töchterchen! Er ist nicht so groß wie der Atride, aber seine Brust ist breiter, seine Schultern sind mächtiger; seine Waffen liegen am Boden, und er umkreist die Reihen der Männer wie ein Widder die Schafe.“

„Das ist der Sohn des Laërtes“, antwortete Helena, „der listige Odysseus; Ithaka, die felsige Insel, ist seine Heimat.“

Jetzt mischte sich auch der Greis Antenor ins Gespräch. „Du hast Recht, Fürstin“, sagte er, „ihn und Menelaos kenne ich gut; habe ich sie doch einst in meinem Haus als Gesandte beherbergt. Im Stehen überragte Menelaos den Helden Odysseus; wenn sich beide gesetzt hatten, erschien Odysseus mächtiger. Auch redete Menelaos kaum, seine wenigen Worte waren gewichtig und nachdrücklich. Wenn Odysseus sprechen wollte, stand er auf, die Augen auf die Erde gerichtet, den Stab unbeweglich in der Hand, anzusehen wie ein verlegener Mann. Doch wenn er die gewaltige Stimme erhob, dann drängten sich seine Worte wie Flocken im Winter; kein Sterblicher konnte sich mit ihm an Beredsamkeit messen.“

Priamus hatte sich weiter umgeschaut. „Und wer ist der Riese dort“, rief er, „der so groß und gewaltig alle anderen überragt?“

„Das ist Ajax“, antwortete Helena, „die Säule der Argiver; und drüben steht wie ein Gott unter seinen Kretern Idomeneus. Menelaos hat ihn oft in unserem Haus begrüßt. Ach, nun erkenne ich einen nach dem anderen, die Krieger aus meiner Heimat! Hätten wir genügend Zeit, so würde ich sie alle nennen! Nur meine leiblichen Brüder Kastor und Pollux sehe ich nicht. Sie sind wohl doch nicht mitgekommen. Oder wollen sie nicht an der Schlacht teilnehmen, weil sie sich ihrer Schwester schämen?“ Helena verstummte; sie wusste nicht, dass ihre Brüder schon vor langem in der See untergegangen waren.

Während man sich in der Gruppe um den König unterhielt, trugen Herolde Opfer durch die Stadt, die aus zwei Lämmern und Wein bestanden. Der Herold Idäos folgte mit einem blinkenden Krug und goldenen Bechern. Als die Männer vor dem Tor waren, trat Idäos zu Priamus und sagte: „Mache dich auf, Herr, die Fürsten der Trojaner und der Griechen rufen dich hinab aufs Feld, damit du einen heiligen Vertrag beschwörst! Dein Sohn Paris und Menelaos werden allein um Helena kämpfen; wer siegt, dem folgt sie mitsamt den Schätzen. Danach schiffen die Danaer sich nach Griechenland ein.“

Der König stutzte, doch befahl er seinen Gefährten, einen Wagen bereitzumachen; Antenor bestieg zusammen mit ihm den Sitz. Priamus ergriff die Zügel, und bald trabten die Pferde durchs Tor hinaus aufs Feld. Zwischen den beiden Heeren angekommen, verließ der Herrscher mit seinem Begleiter den Wagen und stellte sich in die Mitte.

Aus dem griechischen Heer eilten Agamemnon und Odysseus herbei.

Die Herolde führten die Opfertiere heran, mischten den Wein im Krug und besprengten die Könige mit Weihwasser. Der Atride zog das Messer, das neben der großen Scheide seines Schwertes hing, und rief den Göttervater als Zeugen des Bündnisses an. Dann durchschnitt er den Lämmern die Kehlen und legte die Opfer in den Staub nieder. Die Herolde gossen unter Gebet den Wein aus goldenen Bechern, und beide Völker, Griechen und Trojaner, flehten laut: „Zeus und all ihr unsterblichen Götter! Wer von uns zuerst diesen Schwur bricht, dessen Hirn werde über die Erde verspritzt wie dieser Wein!"

Priamus aber fuhr fort: „Jetzt, ihr Trojaner und Griechen, lasst mich wieder in meine Burg zurückkehren! Meine Augen wollen nicht sehen, wie mein Sohn auf Leben und Sterben mit Menelaos kämpft. Weiß doch Zeus allein, welchem von beiden der Tod verhängt ist!" So sprach der König, ließ die Opferlämmer in den Wagen legen, bestieg mit seinem Begleiter den Sitz und lenkte die Pferde der Stadt Troja zu.

Nun maßen Hektor und Odysseus den Kampfplatz aus und schüttelten in einem ehernen Helm zwei Lose, um zu entscheiden, wer zuerst die Lanze auf den Gegner werfen dürfe. Paris gewann; er hatte den ersten Wurf. Nun richteten sich beide Helden für den Streit her und gingen in Panzer und Helm, die mächtigen Lanzen in der Hand, mit drohendem Blick in der Mitte der Trojaner und Griechen zum Kampfplatz. Endlich traten sie sich gegenüber und schwangen zornig ihre Speere. Wie durch das Los entschieden, warf Paris als Erster; er traf den festen Schild des Menelaos, und die Lanzenspitze verbog sich am Erz. Da erhob auch der Grieche seinen Speer und betete mit lauter Stimme: „Zeus, lass mich den strafen, der mich beleidigt hat!" Dann warf er die Waffe. Er zerschmetterte den Schild des Paris und drang durch den Panzer bis auf seinen Leib. Nun riss der Atride sein Schwert aus der Scheide und hieb auf den Helm des Gegners ein; aber die Klinge zersprang ihm.

„Grausamer Zeus, warum willst du nicht, dass ich siege?“, schrie Menelaos, stürmte noch einmal auf den Feind ein, ergriff ihn am Helm und zerrte ihn, sich umwendend, näher zum griechischen Heer. Und gewiss hätte der Halsriemen Paris erwürgt, wenn nicht die Göttin Aphrodite seine Not gesehen und den Riemen zerrissen hätte. So blieb Menelaos der leere Helm in der Hand; er schleuderte ihn den Griechen zu und wollte erneut auf seinen Gegner eindringen. Den aber hatte Aphrodite in einen ihn schützenden Nebel gehüllt und nach Troja entführt. Hier setzte sie ihn in Helenas Gemach nieder und eilte in Gestalt einer alten Frau zur Fürstin, die auf einem der Türme gemeinsam mit trojanischen Frauen saß. „Paris ruft dich“, flüsterte sie. „Er sitzt in deiner Kammer, festlich gekleidet; man könnte meinen, er gehe zum Tanz, und nicht, dass er vom Zweikampf käme!“

Als Helena aufblickte, sah sie die Göttin entschwinden. Unbemerkt schlich sie sich davon und eilte zu ihrem Palast. Dort fand sie Paris in einem Sessel auf sie wartend. Sie setzte sich ihm gegenüber und sagte: „So kommst du vom Kampf zurück? Lieber sähe ich dich tot am Boden vor dem gewaltigen Menelaos! Es ist nicht lange her, da meintest du, ihn im Lanzenwurf und im Handgemenge rasch besiegen zu können! Geh und fordere ihn noch einmal heraus! Doch nein, ich rate dir, bleib! Das zweite Mal dürfte er dir übler mitspielen!“

„Kränke mich nicht, Frau!“, erwiderte ihr Paris. „Wenn Menelaos mich besiegt hat, so geschah es mithilfe Athenes. Ein anderes Mal werde ich über ihn siegen; die Götter haben auch uns Trojaner nicht vergessen!“ Da änderte Aphrodite Helenas Ansicht, sie sah Paris freundlicher an und reichte ihm versöhnt die Lippen zum Kuss. –

Auf dem Kampfplatze stürmte Menelaos noch immer wie ein Raubtier durch die Heere, nach dem verschwundenen Paris suchend. Aber weder ein Trojaner noch ein Grieche konnte ihm den Fürsten zeigen, und doch hätten sie ihn gewiss nicht versteckt, denn er war beiden

Seiten zuwider wie der Tod. Endlich erhob Agamemnon seine Stimme und sprach: „Hört mein Wort, Danaer und Trojaner! Ich erkläre Menelaos für den Sieger. Gebt uns Helena samt ihren Schätzen zurück, und bezahlt uns für alle Folgezeit einen Tribut!“ Die Griechen nahmen diesen Vorschlag mit Jubel auf. Die Trojaner schwiegen.

Drittes Buch

Pandaros

Auf dem Olymp war große Götterversammlung. Hebe wanderte an den Tischen umher und schenkte Nektar ein; die Unsterblichen tranken sich aus goldenen Pokalen zu, schauten auf Troja nieder und besprachen, was geschehen war: Die Griechen hatten gesiegt, nun musste Troja Helena freigeben. So war allen gedient; die Danaer konnten zurückkehren in ihre Heimat, und die Stadt Troja würde fortbestehen. Zeus und Hera aber hatten den Untergang der Stadt beschlossen.

Der Vater der Götter wandte sich an seine Tochter Athene und befahl ihr, auf den Kampfplatz hinabzueilen und die Trojaner dazu zu bringen, den Vertrag zu brechen. Pallas Athene nahm die Gestalt des Laodokos an, der ein Sohn des alten Trojaners Antenor war, und mischte sich unter das Getümmel des Heeres von Troja. Sie suchte den Sohn Lykaons, den trotzigen Pandaros, der ihr für das Werk geeignet schien. Er war ein Verbündeter der Trojaner und aus Lykien mit seinem Heer herübergekommen.

Die Göttin fand ihn in der Mitte seiner Männer. Sie trat zu ihm und klopfte ihm auf die Schulter: „Höre, kluger Pandaros, jetzt könntest du etwas tun, wodurch du dir bei allen Trojanern Lob und Dank verdientest, besonders bei Paris, der dich, da bin ich sicher, mit den herrlichsten Geschenken belohnen wird. Siehst du dort Menelaos, den hochmütigen Sieger? Wage es und schieße deinen Pfeil auf ihn ab!" So sprach die verkleidete Göttin, und der dumme Tor gehorchte ihr. Schnell nahm er den Bogen, öffnete den Deckel des Köchers, wählte einen Pfeil, legte ihn auf die Sehne, und schon sprang das Geschoss schwirrend davon. Athene aber lenkte den Pfeil auf den Gürtel von Menelaos, sodass er nur dessen oberste Haut ritzte. Dennoch drang Blut aus der Wunde.

Voller Entsetzen umringten ihn Agamemnon und die Gefährten. „Teurer Bruder", rief der König, „der Vertrag mit den Trojanern hat dir den Tod gebracht; ehrlose Feinde haben es mit Füßen getreten! Sie werden es büßen, und ich weiß, dass der Tag kommen wird, wo Troja mit Priamus und all seinem Volk niedergemacht ist. Dein Tod schmerzt mich bis ins Herz, täte sich doch die Erde unter mir auf!"

Menelaos aber tröstete seinen Bruder. „Sei ruhig", sprach er, „das Geschoss hat mich nicht sehr verletzt, mein Gurt hat mich beschützt."

„Wenn es nur so wäre!", seufzte Agamemnon und ließ durch seinen Herold den heilkundigen Machaon rufen. Der Arzt kam, zog den Pfeil aus dem Gurt, öffnete den Harnisch und besah sich die Wunde; dann sog er selbst das quellende Blut heraus und legte eine lindernde Salbe auf.

Während Machaon und die Helden so mit dem verwundeten Menelaos beschäftigt waren, rückten die Schlachtreihen der Trojaner schon heran. Es war klar, nach dem eben erfolgten Bruch des Vertrages war der Krieg unvermeidlich. Auch die Griechen rüsteten sich wieder, und Agamemnon übergab Eurymedon Rosse und Wagen mit dem Befehl, sie ihm zu bringen, wenn er müde vom Kampf sein würde. Dann eilte er unter die Scharen der Streiter und ermunterte sie für das, was nun bevorstand.

Überall zogen die Danaer, Haufen an Haufen, rastlos in den Kampf, wie sich Meereswogen an die Ufer wälzen. Die Fürsten befehligten; die Kämpfer folgten ihnen ohne einen Laut. Die Trojaner dagegen lärmten wie eine Herde Lämmer; die vielfachen Sprachen ihrer Bundesgenossen erschwerten ihnen die Verständigung. Auch der Schlachtruf der Unsterblichen hallte durch die Luft. Ares, der Gott des Krieges, ermunterte die Trojaner. Die Reihen der Griechen feuerte Pallas Athene an.

Die Schlacht

Bald trafen die Heere aufeinander; Schild schlug auf Schild, Speer kreuzte sich mit Speer. Lautes Getöse – hier Klagen, dort freudige Rufe – erhob sich ringsum. Wie sich zwei Bergflüsse im Hinabsturz vereinen, so dröhnte das Geschrei der Kämpfer. Der erste Held, der fiel, war der Trojaner Echepolos; er hatte sich zu weit vorgewagt. Nestors Sohn Antilochos durchbohrte ihm mit der Lanzenspitze die Stirn. Schnell fasste Elephenor, der griechische Fürst, nach dem Fuß des Gefallenen, um ihn aus dem Getümmel zu ziehen und seine Rüstung zu rauben. Aber als er sich bückte, um ihn fortzuschleifen, entblößte er sich unter dem Schild; dies sah Agenor, der Trojaner, und traf ihn mit dem gezückten Speer, dass der Grieche tot in den Staub sank. Über ihm tobte der Kampf beider Heere fort. Wie Wölfe erwürgten sie einander.

Ajax schlug auf den jungen Simoisios ein, dass er in den Staub taumelte. Der Trojaner Antiphos warf, als er es sah, seine Lanze nach Ajax; sie verfehlte ihn, traf aber Leukos, den tapferen Freund des Odysseus. Sein Tod schmerzte Odysseus; vorsichtig umschauend, schleuderte er seinen Wurfspieß auf einen Sohn des Königs Priamus, auf Demokoon. Als er stürzte, wichen die vordersten Kämpfer der Trojaner und selbst Hektor mit ihnen. Die Griechen aber jubelten laut auf und drangen tiefer in die Schlachtreihen der Trojaner ein.

Darüber wurde Apollo zornig und ermunterte die Trojaner: „Räumt vor den Argivern nicht das Feld! Ihre Körper sind weder aus Stein noch aus Eisen! Ihr bester Held Achill kämpft nicht einmal, sondern sitzt bei den Schiffen.“ Auf der andern Seite trieb Athene die Danaer in den Kampf, so fielen hüben und drüben noch viele Helden.

Da rüstete Pallas Athene den Sohn des Tydeus, Diomedes, mit besonderer Stärke aus, sodass er tapferer war als alle unter den Danaern und unsterblichen Ruhm gewann. Helm und Schild ließ sie hell erglänzen wie ein Gestirn in der Herbstnacht und trieb ihn hinein ins wildeste Getümmel der Feinde. Nun befand sich unter den Trojanern ein Priester des Gottes Hephästos, Dares, der zwei Söhne, Phegeus und Idäos, mutige Männer, in die Schlacht geschickt hatte. Beide sprengten auf ihren Streitwagen aus den Reihen ihres Heeres auf Diomedes zu, während der griechische Held zu Fuß kämpfte. Zuerst sandte Phegeus seine Lanze ab; sie fuhr aber Diomedes an der Schulter vorbei, ohne ihn zu verwunden. Des Diomedes’ Wurfspieß dagegen traf Phegeus in die Brust und holte ihn vom Wagen. Als sein Bruder Idäos dies sah, wagte er nicht, den Leichnam zu bergen, sondern sprang vom Wagen und entkam, weil Hephästos, der Beschützer seines Vaters, dichte Finsternis um ihn her ausbreitete; er wollte nicht, dass sein Priester beide Söhne verlor.

Jetzt nahm Athene ihren Bruder, den Kriegsgott Ares, bei der Hand und sprach zu ihm: „Überlassen wir Troer und Griechen sich selbst und sehen wir eine Weile zu, welches Volk nach dem Willen unseres Vaters den Sieg erringen wird?“ Ares folgte ihr, und nun waren die Sterblichen unter sich. Doch Athene wusste, dass ihr Liebling Diomedes, mit ihrer Kraft ausgerüstet, kämpfte.

Schon fingen die Argiver an, den Feind hart zu bedrängen; vor jedem griechischen Führer sank ein Trojaner dahin. Agamemnon jagte Hodios den Speer ins Schulterblatt; der Jäger Skamandrios wurde von der spitzen Lanze des Menelaos durchbohrt. Den meisterlichen Phereklos, der für Paris die räuberischen Schiffe gezimmert hatte, traf Meriones. Diomedes selbst aber durchtobte das Feld wie ein anschwellender Herbststurm; man wusste nicht, gehörte er den Griechen oder den Trojanern an, bald war er da, bald dort. Als nun der Kampf ihn so hin und her trieb, bekam Lykaons Sohn, Pandaros, ihn in seinen Blick, richtete den Bogen auf ihn und schoss ihm den Pfeil gerade in die Schulter, sodass sein Blut über den Panzer strömte. Pandaros jubelte und schrie seinen Gefährten zu: „Kommt zu mir, Trojaner, feuert eure Pferde an! Ich habe den tapfersten Danaer getroffen!“

Aber das Geschoss hatte Diomedes nicht tödlich verwundet; er stellte sich vor seinen Streitwagen und rief seinem Freund und Wagenlenker Sthenelos zu: „Steige ab und zieh mir den Pfeil aus der Schulter!“ Sthenelos sprang aus dem Wagen und griff nach dem Pfeil; das helle Blut spritzte dabei aus den Panzerringen. Da betete Diomedes zu Athene: „Blauäugige Tochter des Zeus! Wie du einst meinen Vater beschützt hast, so sei auch mir gnädig! Lenk meinen Speer auf den Mann, der mich verwundet hat, auf dass er das Licht der Sonne nicht mehr lange sehe!“

Athene hörte sein Flehen; sie machte, dass ihm Arme und Füße leicht wurden wie der Leib eines Vogels und er, unbeschwert von seiner Wunde, in den Kampf zurückeilen konnte. „Geh“, sprach sie zu ihm, „ich habe die Finsternis von deinen Augen genommen, sodass du Sterbliche und Götter in der Schlacht unterscheiden kannst. Pass auf, wenn ein Unsterblicher auf dich eindringt, dass du dich nicht in einen Kampf mit ihm einlässt! Nur Aphrodite magst du mit deinem Speer verwunden!“

Nun fuhr Diomedes in die vordersten Kampflinien zurück, mit dreifachem Mut und mit einer Kraft ausgerüstet wie ein Berglöwe. Zwei Söhne des Priamus, Chromios und Echemmon, warf er zugleich aus dem Wagen und raubte ihre Rüstungen, während die Griechen das erbeutete Gespann abführten.

Äneas, der tapfere Schwiegersohn des Königs Priamus, sah, wie dünn die Reihen der Trojaner unter den Streichen und Stößen des Diomedes wurden. Er eilte quer durch die Geschosse, bis er Pandaros traf. „Sohn Lykaons, wo bleibt dein Pfeil? Sende dem Mann da drüben, der uns so viel Schlimmes antut, noch einen zweiten Pfeil zu!“

Ihm antwortete Pandaros: „Wenn es nicht ein Gott ist, so ist es Diomedes, den ich tödlich getroffen zu haben glaubte. Ist er es, so hat sich ein Unsterblicher seiner erbarmt und steht ihm auch jetzt noch zur Seite!“

„Komm auf meinen Streitwagen“, verlangte Äneas, und Pandaros schwang sich zu ihm auf. So sprengten sie mit den schnellen Tieren auf Diomedes zu.

Sthenelos sah sie herankommen; er rief Diomedes an: „Zwei tapfere Männer, die auf dich losgehen, Pandaros und der Halbgott Äneas, der Sohn Aphrodites! Lass uns diesmal ausweichen; dein Wüten dürfte dir gegen die beiden nicht viel nützen!“

Aber Diomedes blickte finster auf: „Ich fürchte mich nicht! Zu Fuß will ich ihnen entgegentreten. Gelingt es mir, sie beide zu töten, so halte du unsere Pferde, binde den Zaum an den Wagenrand und führe die Rosse des Äneas als Beute zu den Schiffen!“ Inzwischen flog

Pandaros' Lanze schon auf Diomedes zu, durchdrang den Schild und prallte vom Panzer ab. „Gefehlt!“, rief Diomedes dem Trojaner zu, und im gleichen Augenblick sauste sein Speer in hohem Bogen durch die Luft und traf den Gegner unterhalb der Augen, dass er rasselnd vom Wagen stürzte. Äneas sprang herunter und stellte sich vor den Leichnam wie ein trotziger Löwe, Schild und Speer vorstreckend und bereit, jeden zu erschlagen, der ihn antasten würde.

Diomedes aber ergriff einen gewaltigen Feldstein, traf den Trojaner am Hüftgelenk und zerriss ihm die Sehnen, dass er auf die Knie sank, die Rechte gegen den Boden stemmend. Und der Held wäre umgekommen, wenn nicht Aphrodite ihn umschlungen, ihn mit den Falten ihres Gewandes umhüllt und aus der Schlacht getragen hätte.

Sthenelos hatte inzwischen Gespann und Pferde des Äneas auf Befehl seines Freundes zu den Schiffen geführt und war auf dem eigenen Wagen bald wieder an Diomedes' Seite zurückgekehrt. Diomedes hatte mit seinen von Athene geöffneten Augen die Göttin Aphrodite erkannt, durch das Schlachtgetümmel verfolgt und sie mit ihrer Beute erreicht. Sein Speer drang ihr durch die zarte Haut in die Handwurzel, sodass das Blut der Göttin zu rinnen begann. Die verwundete Aphrodite schrie laut auf, ließ Äneas auf den Boden gleiten und eilte zu Ares, der, Wagen und Pferde in Nacht gehüllt, dem Kampf zusah. „Bruder“, rief sie flehend, „schaff mich weg, gib mir Pferde, dass ich zum Olymp entkomme! Diomedes hat mich verwundet; er wäre imstande, es selbst mit unserem Vater Zeus aufzunehmen!“

Ares überließ ihr seinen Wagen, und Aphrodite warf sich, als sie die Höhe des Olymps erreichte, weinend in die Arme der Mutter. Von ihr wurde sie unter schmeichelnden Trostworten vor den Göttervater geleitet.

„Dir wurden nicht die Werke des Krieges verliehen, liebe Tochter“, mahnte Zeus. „Sei du zuständig für Hochzeiten, und lass die Schlachten den Kriegsgott besorgen!“

Ihre Schwester Athene aber ging spottend vorbei und stichelte: „Was wird es gewesen sein? Vielleicht hat Helena, die falsche Griechin, dich nach Troja gelockt ... Hast du Helenas Gewand gestreichelt und dich an ihrer Spange geritzt?“

Drunten auf dem Schlachtfeld hatte sich Diomedes inzwischen auf den niedergesunkenen Äneas geworfen und dreimal ausgeholt, ihm den Todesstreich zu versetzen; aber dreimal hielt der zornige Apoll, der inzwischen herbeigeeilt war, ihm den Schild vor. Als Diomedes zum vierten Mal das Schwert hob, drohte er ihm mit schrecklicher Stimme: „Sterblicher, wage nicht, dich mit Göttern zu messen!“ Scheu entwich Diomedes. Apollo aber trug den verwundeten Äneas aus dem Schlachtgewühl in seinen Tempel nach Troja.

Auf dem Boden, wo der Held gelegen hatte, schuf der Gott zum Schein ein Trugbild des Verwundeten, um das sich nun Trojaner und Griechen mit wilden Schlägen und Stößen stritten.

Der Kampf der Heere tobte weiter und es schien, als würden die Griechen mehr und mehr an Boden gewinnen. Da stürzte Sarpedon, der Fürst der Lykier, auf Hektor zu und rief ihm zu: „Hektor, wo ist dein Mut geblieben? Hast du dich nicht gerühmt, mit deinen leiblichen Brüdern und deren Söhnen Troja allein zu beschützen; nun sehe ich keinen von ihnen in der Schlacht, sie weichen wie die Hunde vor dem Löwen, und die Verbündeten müssen den Kampf durchhalten!“

Hektor hörte den Vorwurf; er sprang vom Wagen, schwenkte die Lanze, durchlief mahnend die Truppen und weckte den tobenden Streit aufs Neue. Seine Brüder und alle Trojaner wandten sich wieder dem Feind zu. Auch Apollo sandte Äneas mit neuer Kraft zum Kampf. Die Trojaner freuten sich über sein Kommen, aber niemand von ihnen nahm sich die Zeit, ihn zu fragen, wie es kam, dass er so schnell geheilt war; miteinander stürzten sie in die Schlacht.

Die Danaer – Diomedes, Ajax und Odysseus an der Spitze – erwarteten die Heranstürmenden wie eine unbeweglich drohende Wolke. Nur Agamemnon eilte durch die Heerschar. „Jetzt zeigt, dass ihr Helden seid“, mahnte er, „und ehrt euch selbst in der Schlacht! Denn wo ein Volk sich ehrt, da stehen mehr Männer, als sie fallen. Aber für den Fliehenden gibt es keinen Ruhm und keine Rettung!“ Dann warf er selbst zuerst den Speer gegen die heranrückenden Trojaner und streckte den Freund des Äneas, Deïkoon, der immer in vorderster Linie stritt, nieder. Aber auch der gewaltige Äneas tötete zwei der tapfersten Danaer, Krethon und Orsilochos, die in Pherä im Peloponnes zusammen aufgewachsen waren. Menelaos trauerte um die Gefallenen, schwenkte den Speer und warf sich rasch in das vorderste Gewühl. Der Kriegsgott Ares selbst spornte ihn an, denn er hoffte, dass Äneas ihn töten werde. Aber Antilochos, Nestors Sohn, eilte Menelaos zur Seite, während die Gegner schon voll Kampfgier ihre Lanzen gegeneinander erhoben.

Als Äneas sich zwei Helden gegenübersah, wich er zurück.

Jetzt endlich jagte Hektor mit den Kernscharen der Trojaner heran, und Ares war dicht um ihn herum. Als Diomedes Ares kommen sah, stutzte er wie ein Wanderer vor einem plötzlichen Wasserfall und rief den Kämpfern zu: „Staunt nicht über die Unerschrockenheit Hektors, ihr Freundes, denn ein Gott ist an seiner Seite und wehrt das Verderben von ihm ab!“ Die Schlachtreihen der Trojaner stürmten näher, Hektor erschlug zwei tapfere Griechen auf einem Streitwagen. Ajax eilte herbei, sie zu rächen; er traf mit seiner Lanze den Amphios, einen Verbündeten der Trojaner, dass er zu Boden stürzte. Rasch stemmte er den Fuß auf den Leichnam und zog seine Lanze heraus; aber dutzende von Speeren, jetzt zu ihm geworfen, hinderten ihn, dem Gefallenen die Rüstung zu rauben.

An anderer Stelle des Schlachtgetümmels trieb ein böses Verhängnis den Herakliden Tlepolemos Sarpedon entgegen. Er rief ihm schon von Weitem zu: „Was treibt dich, hier in Angst zu vergehen, weibischer Lykier, der du prahlst, ein Zeussohn zu sein? Und selbst wenn du ein Tapferer wärst, du sollst dem Hades jetzt nicht entgehen!“

„Noch habe ich mir keinen Ruhm erworben“, entgegnete ihm Sarpedon, „dein Tod wird ihn mir verschaffen!“ Und nun kreuzten sich die Lanzen beider Kämpfer. Der Wurfspieß von Sarpedon traf den prahlerischen Gegner tief in den Hals, dass er tot zur Erde stürzte. Aber auch der Speer des Tlepolemos hatte ein Ziel gefunden; der linke

Schenkel Sarpedons war bis auf die Knochen durchbohrt, nur sein Vater Zeus verhinderte, dass er verblutete.

Während Odysseus in der führerlosen Schar der Lykier wütete und schon dem flüchtenden Sarpedon nahe war, kam Hektor heran. Sarpedon rief ihm mit schwacher Stimme zu: „Priamus' Sohn, überlass mich nicht den Argivern!" Ohne ein Wort zu erwidern, drängte Hektor die verfolgenden Griechen zurück, selbst Odysseus wagte nicht, weiter vorzudringen. Währenddessen wurde Sarpedon von Freunden fortgeschafft, sie legten ihn unweit des skäischen Tores unter einen hohen Baum, der seinem Vater Zeus heilig war. Sein Freund Pelagon zog ihm den Speer aus dem Schenkel. Einen Augenblick verließ den Verwundeten das Bewusstsein, doch bald wachte er wieder auf, und ein kühler Nordwind erfrischte ihn.

Ares und Hektor bedrängten jetzt die Griechen, dass sie allmählich zu ihren Schiffen zurückwichen. Sechs herrliche Helden fielen allein durch Hektors Hand. Vom Olymp herab überblickte Hera, die Göttermutter, das Gemetzel, das die Trojaner mit der Hilfe des Gottes Ares anrichteten. Auf ihren Befehl wurde nun Athenes Wagen mit den ehernen, goldumfassten Rädern, der silbernen Deichsel und dem goldenen Joch gerüstet, in das Hera ihre schnellfüßigen Rosse einspannen ließ. Athene aber streifte ihres Vaters Panzer über, bedeckte das Haupt mit dem goldenen Helm, ergriff den Schild mit dem Gorgonenhaupt, fasste den Speer und schwang sich auf den Wagen. Neben ihr sitzend, hob Hera die Peitsche und trieb die Rosse an. Das Himmelstor, das die Horen hüteten, ging von selbst auf, und die Göttinnen fuhren an den Zacken des Olymps vorüber. Auf der höchsten Kuppe saß Zeus, und, ihr Gespann einen Augenblick zügelnd, rief Hera ihm zu: „Siehst du denn nicht, dass dein Sohn Ares das herrliche Volk der Griechen vernichtet? Siehst du nicht, wie sich Aphrodite und Apollo freuen, die den Wüterich gereizt haben? Nun wirst du mir doch erlauben, dass ich dem Frechen einen Streich versetze, der ihn aus dem Kampf nimmt!"

„Es soll dir gestattet sein", antwortete Zeus, „sende nur meine Tochter Athene gegen ihn!" Schon flog Heras Wagen zwischen Sternengewölbe und Erde dahin, bis er sich am Zusammenfluss des Simois und des Skamander auf den Boden niederließ.

Die Göttinnen eilten sofort in die Schlacht, wo die Krieger sich um Achill drängten. Zu ihnen kam Hera in Stentors Gestalt und rief mit der kräftigen Stimme jenes Mannes: „Schämt euch, ihr Argiver! Seid ihr nur groß im Kampf, solange Achill an eurer Seite ist?“ Die Worte reizten die wankelmutigen Danaer. Athene aber bahnte sich durch das Gedränge den Weg zu Diomedes. Sie fand ihn an seinem Wagen stehend, die Wunde kühlend, die ihm der Pfeil des Pandaros gebohrt hatte. Der Druck des breiten Schildbandes und der Schweiß peinigten ihn, seine Hand fühlte sich kraftlos an; mit Mühe lüftete er den Riemen und trocknete sich das Blut. Nun griff die Göttin Athene nach dem Joch der Pferde, stützte sich darauf und sprach: „Diomedes, mein auserwählter Freund! Du sollst weder Ares noch einen anderen der Unsterblichen fürchten; ich selbst werde deine Helferin sein. Lenke nur mutig deine Renner dem rasenden Kriegsgott zu!“ Damit gab sie Sthenelos einen leichten Stoß, dass er vom Streitwagen sprang, und setzte sich selbst in den Sitz zu Diomedes.

Die Achse krachte unter der Last der Göttin und des stärksten der Griechen. Dann ergriff Pallas Athene Zügel und Peitsche und lenkte die Hufe der Rosse dem Kriegsgott zu. Ares raubte gerade dem tapfersten Ätolier, Periphas, den er erschlagen hatte, die Rüstung. Als er Diomedes im Streitwagen auf sich zukommen sah – die Göttin hatte sich in undurchdringliche Nacht gehüllt –, ließ er Periphas liegen und eilte weit hinausgelehnt aus seinem Wagen auf Diomedes zu. Seine Lanze zielte auf die Brust des Helden. Aber Athene, unsichtbar, schlug mit der Hand gegen den Schaft und gab dem Geschoss eine andere Richtung, dass es ins Leere flog.

Nun erhob sich Diomedes in seinem Wagensitz, und Athene selbst lenkte seinen Speer, dass er dem Kriegsgott Ares unter dem ehernen Leibgurt in die Hüfte fuhr. Der Kriegsgott brüllte, als schrien zehntausende Sterbliche auf in der Schlacht; Trojaner und Griechen erschraken, denn sie glaubten, den Donner des Zeus zu hören. Diomedes aber sah, wie Ares, in Wolken gehüllt, zum Himmel emporfuhr. Dort suchte der Kriegsgott seinen Vater auf und zeigte ihm das aus der Wunde triefende Blut.

Zeus schaute finster und sprach: „Sohn, winsele nicht! Von allen Olympiern bist du mir der ärgerlichste; immer hast du nur Zank und Streit geliebt, mehr als alle anderen gleichst du an Starrsinn deiner Mutter Hera. Dennoch kann ich nicht länger mit ansehen, wie du leidest, der Arzt der Götter wird dich heilen." So übergab er ihn dem Päon, der sich der Wunde annahm, dass sie sich auf der Stelle schloss.

Inzwischen waren auch die anderen Götter in den Olymp zurückgekehrt und hatten die Feldschlacht den Troern und Danaern allein überlassen.

Zuerst brach nun Ajax, der Sohn Telamons, in die Reihen der Trojaner ein und machte seinen Kämpfern wieder Luft. Menelaos konnte Adrastos ergreifen, als die Pferde ihn strauchelnd auf den Boden geworfen hatten und mit dem Wagen zwischen anderen herrenlosen Pferden zur Stadt preschten. Der am Boden liegende Feind umschlang die Knie des Fürsten und flehte: „Nimm mich gefangen, Atride, nimm Gold so viel du willst aus dem Schatz meines Vaters, der dir alles gibt, wenn er mich nur wieder lebend umarmen darf!"

Menelaos berührte das Bitten, da kam Agamemnon hinzu und strafte ihn mit den Worten: „Sorgst du dich etwa um deine Feinde, Bruder? Denke daran, keiner soll uns entkommen, keiner soll verschont werden, auch der Knabe im Mutterschoß nicht! Alles, was Troja großgezogen hat, soll ohne Erbarmen sterben!" Da stieß Menelaos den Flehenden von sich, und Agamemnon durchbohrte ihn mit der Lanze.

Fast wären jetzt die Trojaner überwunden und in ihre Stadt geflohen, wenn nicht Helenos, Sohn des Priamus und kundiger Vogelschauer, sich an Hektor und Äneas gewandt hätte: „Alles hängt nun von euch ab, ihr Freunde! Nur wenn ihr das flüchtende Heer vor den Toren anhaltet, können wir noch die Danaer bekämpfen. Dir, Äneas, übertragen die Götter diese Aufgabe! Du aber, Hektor, eile in die Stadt selbst, dass unsere Mutter die Göttin Athene um Hilfe anrufe!"

Glaukos und Diomedes

Auf dem Schlachtfeld drängten sich jetzt der Lykier Glaukos und der Held Diomedes vor die Linien ihrer Truppen und begegneten einander voller Gier auf einen Kampf. Als Diomedes vor dem Gegner stand, maß er ihn mit seinen Blicken und sprach: „Wer bist du, Kämpfer? Noch nie habe ich dich in der Feldschlacht getroffen! Heute sehe ich dich vor anderen hervortreten, da du es wagst, dich meiner Lanze entgegenzustellen; mir kommen nur Kinder in den Weg, die zu ihrem Unglück geboren sind. Bist du ein Gott, der sterbliche Gestalt angenommen hat, so verzichte ich auf den Kampf. Ich fürchte den Zorn der Himmlischen und will keinen Kampf mit Göttern. Bist du aber ein Mensch, so komm, du sollst dem Tode nicht entgehen!"

Darauf antwortete Glaukos: „Diomedes, wieso fragst du? Wir sind Menschen und wie Blätter im Wald, die der Wind verweht und der Frühling wieder treibt. Willst du es aber wissen, so höre: Mein Urahn ist Äolos, der Sohn des Hellen; der zeugte den schlauen Sisyphus, Sisyphus zeugte Glaukos den Älteren, der den Bellerophontes. Und Bellerophontes zeugte den Hippolochos, und ich bin Hippolochos' Sohn Glaukos!" Nach diesen Worten des Lykiers stieß Diomedes seinen Schaft in die Erde und rief ihm zu: „So bist du mein Gastfreund, edler Fürst, noch von den Zeiten der Väter her! Öneus, mein Großvater, hat deinen Großvater Bellerophontes zwanzig Tage lang in seinem Haus beherbergt, und beide haben sich Ehrengeschenke überreicht: Mein Großvater gab deinem einen purpurnen Leibgurt, dein Großvater schenkte meinem einen goldenen Henkelbecher, den ich noch besitze. So wäre ich dein Wirt in Argos und du der meine in Lykien, wenn ich je dorthin käme. Wir wollen uns im Schlachtgetümmel meiden. Gibt es doch für mich noch Trojaner genug zu töten und für dich von den Griechen! Uns aber lass die Waffen miteinander tauschen!" So redeten die beiden.

Sie schwangen sich von den Streitwagen, fassten sich bei den Händen und gelobten einander gegenseitige Freundschaft.

Hektor in Troja

Hektor hatte inzwischen die Buche des Zeus und das skäische Tor erreicht. Hier umringten ihn die Frauen und Töchter der Trojaner und fragten ängstlich nach Männern, Söhnen, Brüdern und Verwandten. Nicht allen konnte er Auskunft geben; er ermahnte nur jeden, die Götter anzuflehen. Vielen aber brachten seine Nachrichten Klage und Tränen.

Jetzt war er am Palast seines Vaters angekommen. Es war ein herrliches Gebäude, ringsum mit weithin sich dehnenden Säulenhallen geschmückt. Im Innern gab es fünfzig Gemächer aus glattem Marmor, hier wohnten die Söhne des Königs mit ihren Frauen. Auf der anderen Seite des Hofes reihten sich zwölf Marmorsäle, wo die Schwiegersöhne des Priamus mit seinen Töchtern wohnten. Alles war von einer hohen Mauer umschlossen und bildete für sich allein eine stattliche Burg. Im Tor begegnete Hektor seiner Mutter Hekuba, die eben zu ihrer Tochter Laodike gehen wollte.

Die alte Frau eilte auf Hektor zu, fasste ihn bei den Händen und sprach voller Sorge und Liebe: „Mein Sohn, warum kommst du zu uns aus der noch immer wütenden Schlacht? Sind die Feinde schon nahe? Willst du die Hände zu Zeus erheben? Warte, dass ich dir Wein herbeischaffe, dass du Vater Zeus und den andern Göttern ein Trankopfer bringen kannst und dich selbst mit einem Trunk erfrischst. Wein ist die beste Stärkung für einen müden Kämpfer!"

Hektor erwiderte der Königin: „Lass mir keinen Wein reichen, Mutter, es würde mich schwächen; ich scheue mich auch, dem Göttervater mit ungewaschenen Händen Wein zu spenden. Ich bitte dich, suche zusammen mit den edelsten Frauen Trojas Athenes Tempel auf, lege der Statue dein köstlichstes Gewand auf die Knie und versprich ihr zwölf untadelige Kühe, wenn sie sich unser erbarmt. Ich will meinen Bruder Paris in die Schlacht rufen. Soll ihn doch die Erde lebendig begraben, er ist zu unserem Verderben geboren!"

Die Mutter tat, was der Sohn verlangt hatte. Sie stieg in die Kammer hinunter, wo sie die Seidengewänder aufbewahrte, die Paris aus Sidon mitgebracht hatte – damals, als er auf Umwegen mit Helena hierher nach Troja gefahren war. Eines davon, das größte und schönste, das zuunterst von allen lag, suchte sie heraus und ging nun, von den edelsten Frauen begleitet, zu der Burg, zu Athenes Tempel. Hier öffnete ihnen Antenors Frau Theano, die trojanische Priesterin der Pallas, das Haus der Göttin. Die Frauen reihten sich um die Statue Athenes und erhoben klagend die Hände zu ihr empor. Dann nahm Theano das Gewand vom Arm der Königin, legte es auf die Knie der Götterstatue und flehte: „Pallas Athene, Beschirmerin der Städte, erhabene, machtvolle Göttin, brich du dem Diomedes den Speer, lass ihn niederstürzen und vor unseren Toren sich winden; erbarme dich der Stadt, der Frauen, der Kinder! In dieser Hoffnung weihen wir dir dies Kleid und dann zwölf untadelige Kühe."

Aber Pallas Athene verweigerte ihnen ihre Bitte.

Hektor hatte inzwischen den Palast des Paris erreicht, der in der Nähe vom Königspalast stand. Er fand den Bruder, wie er die Waffen musterte und an seinem Bogen arbeitete; seine Frau Helena saß unter den Frauen. Als Hektor Paris sah, fuhr er ihn an: „Es ist nicht recht von dir, hier zu sitzen, Bruder! Deinetwegen schlägt sich dein Volk im Kriegsgetümmel! Mache dich auf, ehe die Stadt unter den Feuerbränden unseres Feindes lodert, hilf sie verteidigen!"

Paris antwortete ausweichend: „Du hast nicht Unrecht, Hektor, doch war ich nicht aus Feigheit, sondern nur aus Gram und Traurigkeit untätig. Eben hat mir auch Helena zugeredet, wieder in die Schlacht zu gehen. Warte, bis ich meine Rüstung angelegt habe; oder geh, ich hoffe, dir bald zu folgen!"

Hektor schwieg darauf, aber Helena ergriff das Wort und beschämte Paris: „Oh Schwager", sagte sie, „ich bin eine Unheil stiftende Frau! Hätte mich doch das Meer verschlungen, ehe ich mit Paris hier an Land ging! Nun, da das Übel einmal über uns kam, wünschte ich mir, dass ich wenigstens die Gefährtin eines Mannes wäre, der die Schande und die vielen Vorwürfe, die er sich zuzieht, auch ernst nähme. Er hat, so scheint es, kein Herz im Leibe und wird sich nicht ändern, und er wird die Früchte seiner Feigheit ernten. Tritt ein, Schwager, und ruhe dich aus von den Mühen, die meinetwegen oder wegen meines Gatten auf dir lasten!"

„Ich danke dir für deine Freundlichkeit", antwortete Hektor, „doch es drängt mich, den meinen wieder zu helfen! Ermuntere du nur diesen Menschen da, auf dass er mich noch innerhalb der Stadtmauern einholt. Ich will zuvor in meine eigene Wohnung gehen und nach Frau und Sohn schauen."

Aber Hektor traf Andromache nicht zu Hause an. „Als sie hörte", erzählte ihm die Erste Dienerin, „dass die Trojaner in Not waren und der Sieg sich den Griechen zuneige, verließ sie die Wohnung voller Angst, um einen der Stadttürme zu besteigen; die Amme musste ihr das Kind nachtragen."

Schnell legte Hektor jetzt wieder den Weg durch die Straßen Trojas zurück. Als er das skäische Tor erreicht hatte, kam Andromache ihm eilig entgegen; die Dienerin, die ihr folgte, trug den Jungen Astyanax, schön wie ein Stern, an der Brust. Mit stillem Lächeln betrachtete der Vater das Kind, Andromache aber traten die Tränen in die Augen, und sie drückte ihm zärtlich die Hand. „Oh Mann", wimmerte sie, „dein Mut wird dich töten, ich weiß es, und du hast Mitleid weder mit deinem Knaben noch mit deinem unglückseligen Weib! Würde ich deiner beraubt, wohin sollte ich fliehen? Besser, ich sinke vorher in den Boden! Den Vater hat mir Achill getötet, auch meine sieben Brüder hat der Pelide umgebracht. Ohne dich habe ich niemanden mehr – du bist mir Vater und Mutter und Bruder! Erbarme dich, bleib hier auf dem Turm; mach dein Kind nicht zur Waise, deine Frau nicht zur Witwe!"

Liebevoll antwortete Hektor: „Auch mich schmerzt das alles, Geliebte; aber ich müsste mich vor Trojas Männern und Frauen schämen, wenn ich hier zuschaute. Mein Gewissen erlaubt es mir nicht, es hat mich immer gelehrt, in der vordersten Reihe zu kämpfen. Aber ich weiß: Der Tag wird kommen, da das heilige Troja in Schutt und Asche sinkt und Priamus und all sein Volk sterben werden! Aber weder das Leid all der Trojaner noch das meiner Eltern oder meiner Brüder, wenn sie schon unter dem Schwert der Griechen fallen, geht mir so zu Herzen wie das deine. Mir ist, als würde dich ein Danaer in die Knechtschaft führen; ich sehe, wie du in Argos am Webstuhl sitzt oder Wasser trägst, wie dann wohl ein Mann, der dich weinen sieht, flüstert: ‚Das war Hektors Weib!‘ Möge mich das Grab bedecken, bevor ich von deiner Not und deinem Unglück hören muss!“

So sprach er und streckte die Arme nach seinem Kind aus; aber der kleine Astyanax schmiegte sich schreiend an die Brust der Amme, erschreckt von der Zärtlichkeit des Vaters und ängstlich vor dem ehernen Helm und dem flatternden Rossschweif. Hektor sah das Kind und die Mutter lächelnd an, nahm den schimmernden Helm vom Kopf, legte ihn zu Boden, küsste den Kleinen und wiegte ihn auf dem Arm. Dann flehte er zum Himmel: „Zeus und ihr Götter, lasst dieses Kind werden wie mich selbst, vorangehend dem Volk der Trojaner! Lasst meinen Knaben mächtig werden in Troja und die Stadt beherrschen, sodass man einmal sagt, wenn er beutebeladen vom Kampf heimkehrt: ‚Er ist noch tapferer als sein Vater!‘ Darüber mag sich dann seine Mutter freuen!“

Mit diesen Worten gab er den Sohn der Gattin zurück, die ihn, unter Tränen lächelnd, an sich drückte. Hektor aber streichelte sie voller Wehmut und sagte: „Lass dein Herz nicht zu sehr trauern. Gegen das Geschick wird mich niemand töten; dem Verhängnis ist noch kein Sterblicher entkommen. Geh nun zu Spindel und Webstuhl und befiehl deinen Frauen! Den Männern Trojas obliegt die Sorge für den Krieg, am meisten mir!“

Mit diesen Worten setzte sich Hektor den Helm auf und verließ sie. Andromache ging zu ihrem Haus, wobei sie sich wieder und wieder umwandte; die Tränen liefen über ihr Gesicht. Als die Mägde sie sahen, waren sie voller Angst und Trauer. Ja, Hektor wurde, obwohl noch am Leben, schon in seinem Palast wie ein Gefallener beweint.

Paris hatte nicht weiter gezögert; in strahlenden Erzwaffen lief er durch die Stadt, wie ein stattliches Pferd die Halfter zerreißt und zum Fluss rennt, um zu trinken. Er erreichte den Bruder, als der eben seine

Frau Andromache verlassen hatte. „Sicherlich“, rief ihm Paris von weitem zu, „habe ich dich durch mein Zögern aufgehalten und bin nicht zur rechten Zeit gekommen!“

Doch Hektor antwortete ihm freundlich: „Lieber Bruder! Im Reden bist du ein tapferer Streiter, nur hältst du dich zurück in deinen Taten, und so kränkt es mich dann, wenn ich unter dem Trojanervolk, das so viel für dich erduldet, verletzende Reden über dich hören muss. Aber darüber wollen wir ein andermal sprechen, wenn die Griechen vertrieben sind und wir bei Wein die Befreiung der Stadt feiern!“

Hektor und Ajax im Zweikampf

Als die Göttin Athene vom Olymp herab die beiden Brüder zum Kampf eilen sah, stürmte sie zur Stadt Troja. Am Baum des Zeus begegnete ihr Apollo, der von der Zinne der Burg kam, von wo aus er die Schlacht der Trojaner beaufsichtigte und seine Schwester ansprach: „Was treibt dich so vom Olymp herunter, Pallas? Willst du noch immer den Sturz des Priamus, du Erbarmungslose? Willst du nicht wenigstens für heute den Kampf ruhen lassen? Die Männer können ein anderes Mal erneut die Feldschlacht beginnen – du und Hera, ihr werdet doch nicht nachgeben, bis ihr die Stadt Troja verwüstet habt!“

„Nun gut, ich nehme deinen Vorschlag an“, antwortete Athene. „Aber sage mir, wie möchtest du, dass der Kampf entschieden wird?“

„Wir wollen“, antwortete Apollo, „den Mut des gewaltigen Hektor noch steigern, sodass er einen der Danaer zum entscheidenden Zweikampf herausfordert.“ Athene war damit zufrieden.

Das Gespräch der Unsterblichen aber hatte der Seher Helenos erfahren; rasch ging er zu Hektor und drängte: „Gehorche diesmal meinem Rat! Lass alle Trojaner und Griechen den Kampf unterbrechen. Du selbst aber fordere den Tapfersten der Argiver zur Entscheidung heraus! Du kannst es ohne Gefahr, denn, glaube meinem Wort als Seher, der Tod ist noch nicht über dich verhängt.“

Hektor hörte auf Helenos' Rat. Er rief die trojanischen Kämpfer zurück und trat, den Speer in der Hand, zwischen die Heere. Auf sein Zeichen ruhte bald der Kampf auf beiden Seiten, denn auch Agamemnon befahl seinen Griechen, sich zurückzuziehen. Athene und Apollo aber setzten sich in Gestalt zweier Geier auf den Baum des Zeus und sahen auf das Gewühl, bis die Heere, von Schilden, Helmen und Lanzen umgeben, sich dicht zusammengedrängt niederließen. Bald regten sie sich nicht mehr als die See, wenn das Gekräusel des Westwindes über sie geht.

In der Mitte zwischen ihnen begann jetzt Hektor: „Trojaner und Griechen, hört, was ich zu sagen habe! Den Bundesvertrag, den wir geschlossen hatten, hat Zeus nicht unterstützt, vielmehr hat er unsere beiden Völker zu bösen Entschlüssen geführt." Er wandte sich jetzt direkt an die Griechen: „Nun sind die tapfersten Helden in eurem Heer. Wer von ihnen den Mut und die Einsicht hat, mit mir, dem göttergleichen Hektor, den Einzelkampf vor den Heeren zu wagen, der trete hervor! Die Bedingung, die ich stelle, ist diese, und Zeus sei mein Zeuge: Wenn mein Gegner mich mit dem Speer tötet, soll er meine Waffen zu den Schiffen hinabtragen, doch mich nach Troja senden, dass ich ehrenvoll in der Heimat bestattet werde; wenn aber Apollo mir den Sieg gibt und ich den Kampf gewinne, so hänge ich die Rüstung meines Gegners im Tempel von Phöbos Apollo in unserem Troja auf. Den Erschlagenen aber mögt ihr bei euren Schiffen mit Pracht bestatten und ihm am Hellespont ein Denkmal errichten, von dem künftig die Schiffer noch sagen: Seht, dort ragt der Grabhügel des längst verstorbenen Mannes, der einst im Streit mit Hektor unterlag!"

So sprach der Trojaner; die Danaer aber schwiegen, denn es war feige, den Kampf zu verweigern, und voller Gefahr, ihn anzunehmen. Schließlich stand Menelaos auf und strafte seine Landsleute mit den Worten: „Ihr Prahler! Griechinnen seid ihr, nicht Griechen! Wäre es nicht für immer eine Schande, wenn keiner von uns Danaern den Kampf mit Hektor wagte? Mögt ihr euch doch alle in Dreck und Wasser verwandeln, wie ihr miteinander dasitzt, ohne jedes Gefühl der

Verantwortung und ohne Verlangen nach Ruhm! Darum also werde ich mich selbst zum Kampf stellen und den Göttern den Ausgang überlassen!“ So sprach er und warf sich in die Rüstung. Und sein Tod wäre bei den Himmlischen beschlossen gewesen, wenn nicht die Fürsten der Griechen aufgefahren wären und ihn zurückgehalten hätten.

Sogar Agamemnon ergriff die Hand seines Bruders und bat: „Menelaos, was fällt dir ein, einen Mann bekämpfen zu wollen, der stärker ist als du, so stark, dass auch anderen von uns, die dir überlegen sind, vor ihm graut; selbst Achill hat vor ihm gezögert! Wir bitten dich alle, nimm dein Wort zurück!“

Nun meldeten sich neun Fürsten, als Erster Agamemnon, dann Diomedes, darauf die beiden Ajax’; dann Idomeneus, sein Gefährte Meriones, Eurypylos, Thoas und Odysseus. Sie alle erboten sich zu dem gefürchteten Kampf. „Das Los soll entscheiden“, begann Nestor, „und wen es auch trifft: Freuen werden sich die Griechen und der Auserwählte mit ihnen, wenn er als Sieger aus dem Streit hervorgeht.“ Danach bezeichnete sich jeder sein Los; alle zusammen wurden in den Helm Agamemnons geworfen, und das Volk betete. Nestor schüttelte den Helm, und als ein Los herausfiel, ging der Herold herum und zeigte es acht Helden; aber keiner bezeichnete es als das seine, bis die Reihe an den neunten kam, den Sohn des Telamon.

Und voller Freude rief Ajax: „Freunde, mich hat das Schicksal gewählt, und mein Herz ist froh, denn ich hoffe, über Hektor zu siegen! Betet für mich, während ich mich vorbereite!“

Das Volk gehorchte, und bald trat Ajax, dem Kriegsgott Ares ähnlich, die kraftvolle riesige Gestalt in blinkende Waffen gehüllt, zum Kampf vor. Über sein Gesicht flog ein Lächeln, als er mit mächtigen Schritten, die Lanze schwingend, auf Hektor zuging. Alle Danaer freuten sich über den Anblick, ein Schrecken ging durch die Schlachtreihen der Trojaner. Sogar dem gewaltigen Hektor schlug das Herz in der Brust; aber er konnte nicht mehr ins Gewühl seiner Scharen zurückflüchten, hatte er doch selbst den Zweikampf gefordert.

Ajax näherte sich ihm, den siebenhäutigen Schild vor sich tragend, den Tychios ihm einst angefertigt. Als er vor Hektor stand, sagte er drohend: „Sohn des Priamus, nun erkennst du, dass es im Danaervolk noch Helden genug gibt. Also, beginne den Kampf!"

Hektor antwortete ihm: „Sohn des Telamon, ich fürchte mich nicht! Ich weiß, wie Schlachten geschlagen werden; ich weiß, mich mit dem Schild zu schützen; ich kenne die Schrecken des Krieges zu Fuß wie auch im Wagen! Nicht heimlich und aus dem Hinterhalt werfe ich den Speer nach dir, tapferer Held, nein, öffentlich. Lass sehen, ob er dich trifft!"

Mit diesen Worten schleuderte er die Lanze in hohem Schwung. Sie fuhr Ajax in den Schild, durchdrang sechs Schichten und machte erst Halt in der siebenten.

Jetzt sauste die Lanze des Telamoniers durch die Luft; sie durchschmetterte Hektor den ganzen Schild, durchschnitt seinen Leibrock und wäre ihm in die Hüfte gedrungen, wenn Hektor ihr nicht ausgewichen wäre. Beide zogen nun die Speere aus den Schilden und rannten wie Waldeber gegeneinander. Hektor zielte mit dem Speer auf die Schildmitte seines Feindes, aber die Spitze durchbohrte das Erz nicht; Ajax hingegen durchstieß den Schutz des Gegners und streifte ihn am Hals, sodass schwarzes Blut aufspritzte. Nun wich Hektor ein wenig rückwärts; er ergriff einen Feldstein und traf damit den Schildbuckel des Feindes, sodass das Erz erdröhnte. Ajax hob einen noch viel größeren Stein vom Boden auf und warf ihn mit solchem Schwung auf Hektor, dass dessen Schild nach innen einbrach. Doch verlor der Trojaner seinen Schutz nicht aus den Händen, und Apollo, der ihm unsichtbar zur Seite stand, half ihm schnell vom Boden wieder auf.

Die Streiter wollten sich jetzt mit dem Schwert angehen, um die Entscheidung zu suchen. Da eilten die Herolde beider Völker, Idäos, der Troer, und Talthybios, der Grieche, herbei und streckten zwischen ihnen die Stäbe aus. „Haltet ein", rief Idäos, „ihr seid tapfer und werdet beide von Zeus geliebt; wir alle haben es gesehen! Jetzt kommt die Nacht, gehorcht dem Gebot der Nacht und ruht euch aus."

„Ermahne du deinen eigenen Gefährten", entgegnete Ajax dem

Herold, „er hat den Tapfersten der Griechen zum Kampf herausgefordert! Will er es, so werde ich deinen Worten folgen!“

Da sprach Hektor zu seinem Gegner: „Ajax, ein Gott hat dir den gewaltigen Körper, die Kraft und die Kunst des Kampfes gegeben. Darum lass uns heute ausruhen; ein späteres Mal wollen wir den Streit wieder aufnehmen und so lange ringen, bis einem von beiden Sieg und Ruhm zufallen! Und nun lass uns einander mit einer Gabe ehren, damit es einst bei Trojanern und Griechen heißt: ‚Sie kämpften den Kampf der Feindschaft, aber in Freundschaft sind sie voneinander geschieden!‘“

Hektor reichte Ajax sein Schwert mit dem silbernen Griff samt Scheide und zierlichem Wehrgehenk. Ajax löste seinen purpurnen Gurt und übergab ihn dem Gegner.

Dann machten beide kehrt. Ajax zog sich in die Schar der Griechen zurück, Hektor ins Gewühl der Trojaner.

Waffenstillstand

Die Fürsten der Danaer versammelten sich jetzt im Zelt ihres Oberfeldherrn Agamemnon, wohin sie auch Ajax voller Jubel geführt hatten. Hier wurde Gott Zeus ein fünfjähriger fetter Stier geopfert und beim Schmaus mit den besten Stücken geehrt. Nach dem ausgiebigen Essen eröffnete Nestor den Rat der Fürsten mit dem Vorschlag, vom morgigen Tag an den Krieg ruhen zu lassen und nach Abschluss eines Waffenstillstands die Leichname der gefallenen Danaer auf Wagen, mit Rindern und Maultieren bespannt, abzuholen und abseits der Schiffe zu verbrennen, damit, wenn sie wieder heimzögen, ein jeder seinen Kindern den Staub der Gefallenen mitbringen könne. Er erhielt die Zustimmung von den Königen für seine Vorschläge.

Auf der anderen Seite kamen auch die Trojaner auf ihrer Burg vor dem Palast des Priamus zur Versammlung zusammen, nicht ohne Schmerz und Verwirrung über den Ausgang des Zweikampfs. Hier stand der weise Antenor auf und sprach: „Hört mein Wort, Trojaner und Bundesgenossen! Solange wir den Vertragsbruch des Pandaros gutheißen, wird unser Volk keinen Frieden finden; deswegen verberge ich meine Ansicht nicht, dass wir die Argiverin Helena mitsamt ihren Schätzen dem Atriden endlich ausliefern sollten."

Dagegen erhob sich Paris: „Wenn dies dein Ernst ist, Antenor, so haben dir die Götter den Verstand geraubt! Ich bekenne geradeheraus, dass ich Helena, meine Frau, nie hergeben werde. Die Schätze, die ich aus Argos mitnahm, mögen die Griechen zurückbekommen, ich will sogar noch etwas hinzutun, was sie an Buße verlangen können!"

Nach seinem Sohn sprach ausgleichend der greise König Priamus: „Lasst uns heute nichts mehr entscheiden, ihr Freunde! Verteilt den Nachtimbiss unter das Heer, stellt die Wachen auf und überlasst euch dem Schlaf. Morgen soll Idäos, der Herold, zu den Schiffen der Griechen gehen. Er soll ihnen die Worte meines Sohnes Paris überbringen und zugleich hören, ob sie uns Waffenruhe gewähren, bis wir unsere Toten verbrannt haben. Können wir uns nicht einigen, so mag der Kampf gleich danach wieder beginnen."

So geschah es. Am anderen Morgen erschien Idäos als Herold bei den Griechen und meldete ihnen das Angebot des Paris und den Vorschlag des Königs. Als die Helden der Danaer dies hörten, schwiegen sie lange. Endlich begann Diomedes: „Lasst euch doch nicht einfallen, ihr Griechen, die Schätze anzunehmen, selbst nicht, wenn ihr Helena dazubekämt. Jeder sieht, dass die Trojaner dem Untergang nahe sind!"

Seine Worte fanden viel Beifall, und Agamemnon sagte jetzt zu dem Herold: „Du hast die Meinung der Griechen gehört, was den Vorschlag von Paris angeht. Die Bestattung der Toten aber soll euch nicht verweigert werden; Gott Zeus selbst soll unsere Zusage hören!" Mit diesen Worten hob er das Zepter zum Himmel empor.

Idäos kehrte nach Troja zurück und fand den Rat der Trojaner noch bei seiner Tagung. Auf die Nachricht von der Zustimmung, die Toten bestatten zu können, wurde es schnell in der Stadt lebendig; die einen holten die Gefallenen vom Schlachtfeld, die andern Holz aus den

Wäldern. Das Gleiche fand im Schiffslager der Griechen statt. Im Strahl der Morgensonne begegneten Feinde den Feinden auf friedliche Weise und suchten ihre Toten. Oft war es schwer, den Gegner vom Freund zu unterscheiden. Unter Tränen wuschen die Trojaner ihren Leichnamen das Blut von den Körpern. Lautes Klagen hatte Priamus verboten. So hoben sie die Toten stumm auf die Wagen, und ebenso stumm schichteten sie das Holz auf zu großen Scheiterhaufen. Dasselbe taten die Griechen, gleichfalls in großer Trauer. Als die Feuer niedergebrannt waren, kehrten sie zu ihren Schiffen zurück. Der Tag war darüber zu Ende gegangen, und sie schlossen ihn mit einer Totenfeier.

Sieg der Trojaner

„Hört mein Wort“, sprach Zeus am anderen Morgen zu den versammelten Himmlischen, „wer heute hinuntergeht, entweder den Trojanern oder den Griechen beizustehen, den fasse ich und schleudere ihn in den Abgrund des Tartaros, noch einmal so tief wie die Erde unter uns! Der Krieg soll entschieden werden, ohne dass den Gegnern weiterhin geholfen wird durch euch.“

Die Götter fügten sich den zornigen Worten; Zeus bestieg seinen Donnerwagen und fuhr zum Berg Ida, wo er einen Altar hatte. Dort setzte er sich auf die Höhe und überschaute die Stadt der Trojaner und das griechische Schiffslager. Auf beiden Seiten warfen sich die Männer in die Rüstung. Die Trojaner waren zwar in der Minderheit, doch war es ihre Schlacht, galt es ja, den Kampf für ihre Frauen und Kinder zu gewinnen. Bald öffneten sich bei ihnen die Tore, und ihr Kriegsheer stürzte, zu Fuß und auf den Wagen, mit großem Getümmel heraus.

Den ganzen Morgen war das Kriegsglück bald auf der einen Seite, bald auf der anderen, und in beiden Heeren verströmte viel Blut. Als aber die Sonne hoch im Zenit stand, legte Zeus zwei Todeslose in seine goldene Waage, fasste sie in der Mitte und wog sie in der Luft. Da sank das Los der Griechen tief hinab und das der Trojaner stieg zum Himmel empor, leicht wie eine Feder.

Da kündigte Zeus mit einem gewaltigen Donnerschlag dem Heer der Griechen die Veränderung an, sein Blitzstrahl fuhr mitten hinein. Der Schreck durchzuckte ihre Reihen; selbst Idomeneus, Agamemnon und Ajax wichen zurück. Bald war nur noch der alte Nestor in der vordersten Linie zu sehen, doch auch er wider Willen. Eines seiner Rosse war von Paris an der Mähne mit einem Pfeil getroffen. Das Pferd bäumte sich angstvoll auf und wälzte sich voller Schmerzen auf dem Boden. Während nun Nestor bemüht war, dem zweiten Pferd die Stränge mit dem Schwert zu zerschlagen, kam Hektor mit seinem Wagen auf ihn zugefahren; und jetzt wäre es beinah um das Leben des Greises geschehen gewesen, wäre nicht Diomedes dazugekommen. Er hielt den gerade zu den Schiffen fliehenden Odysseus auf und machte ihm neuen Mut. Dann stellte er sich vor die Pferde Nestors und hob den Greis auf seinen eigenen Wagen. Da erschien Hektor vor ihm, doch Diomedes warf augenblicklich seinen Pfeil – der indes verfehlte den Trojaner und traf stattdessen nur seinen Wagenlenker, dass der über die Räder stürzte.

So tief ihn der Tod des Freundes schmerzte, ließ Hektor ihn doch zurück, rief einen anderen Helden, die Pferde zu führen, und ging auf Diomedes los. Hektor aber wäre verloren gewesen, wenn er sich mit dem Griechen gemessen hätte. Der Göttervater wusste, dass mit seinem Sturz sich die Schlacht wenden und die Griechen noch am gleichen Tag Troja erobern würden. So schleuderte er dicht vor dem Wagen des Diomedes einen Blitzstrahl nieder. Nestor ließ vor Schreck die Zügel aus den Händen gleiten. „Diomedes“, schrie er, „fliehe! Siehst du nicht, dass Zeus dir heute den Sieg verweigert?“

„Du hast recht“, erwiderte der Freund. „Obwohl es mir schwer fällt, wenn Hektor in der Versammlung der Trojaner sagen darf: Der Sohn des Tydeus ist vor mir geflohen!“

Doch Diomedes ließ sich überzeugen und lenkte seinen Wagen zurück.

Schon waren die Griechen bis zu den Schiffen zurückgewichen, und gewiss wäre Hektor in ihr Lager eingedrungen und hätte die Brandfackel auf die Schiffe und Unterkünfte der Griechen geworfen, hätte nicht Agamemnon, von Hera ermutigt, die Männer um sich gesammelt. Er betrat das gewaltige Schiff von Odysseus, das alle andern überragte, stellte sich auf das Verdeck, schlug seinen schimmernden Purpurmantel über die Schulter und rief hinab: „Schämt euch, Feiglinge, wo ist euer Mut geblieben? Allein vor Hektor seid ihr davongelaufen. Vor Hektor sind wir zunichte geworden, bald wird er unsere Schiffe in Brand setzen. Und du, oh Zeus, mit welchem Fluch hast du mich beladen! Wenn ich dich jemals mit meinen Gebeten und Opfern geehrt habe, so lass mich jetzt wenigstens entfliehen und entkommen und nicht hier bei den Schiffen vor der Macht der Trojaner ersticken!" So rief er; und dabei liefen ihm Tränen über das Gesicht, dass es den Göttervater erbarmte und er den Griechen nunmehr ein neues Zeichen vom Himmel schickte, einen Adler, der ein junges Reh in den Klauen trug und vor dem Altar des Zeus auf den Boden warf.

Das Zeichen stärkte die Danaer. Vor allen andern sprengte Diomedes mit seinen Pferden gegen den Feind an und durchstieß dem Trojaner Agelaos, der auf seinem Streitwagen floh, mit dem Speer den Rücken. Danach drangen Agamemnon und Menelaos vor, neben ihnen die beiden Ajax'. Jetzt kam Teukros; hinter dem Schild seines Halbbruders Ajax aufgestellt, schoss er einen Trojaner nach dem andern mit seinen Pfeilen nieder. Schon hatte er acht zu Boden gestreckt, als Agamemnon einen Blick auf ihn warf und ihm zurief: „Schieß so weiter, Freund, und du wirst ein Licht unter den Danaern!"

„Du brauchst mich nicht zu ermahnen, König", antwortete ihm Teukros, „ich zögere nie! Nur den wütenden Hund dort zu erreichen ist mir noch nicht gelungen!" Damit sandte er einen Pfeil auf Hektor ab; das Geschoss verfehlte ihn, aber es tötete einen Sohn von König Priamus, Gorgythion, der seinen Kopf zur Seite neigte, wie sich eine Mohnblume unter dem Regenschauer des Frühlings beugt. Ungestüm drang Hektor auf Teukros ein und traf ihn, als er den Bogen wieder spannte, mit einem kantigen Stein am Schlüsselbein, dass er vor Schmerz in die Knie sank. Aber Ajax vergaß den Bruder nicht, er umging ihn und deckte ihn so lange mit dem Schild, bis zwei Freunde den schwer Aufstöhnenden zu den Ärzten trugen.

Nun aber stärkte Zeus den Trojanern den Mut wieder. Die Griechen wurden bei den Schiffen zusammengedrängt und beteten angsterfüllt. Das wiederum rief Hera auf den Plan. Sie wandte sich an Athene: „Wollen wir die Danaer immer noch nicht retten? Siehst du nicht, wie unerträglich Hektor dort unten wütet, welches Blutbad er schon angerichtet hat?"

„Zeus ist grausam", antwortete Athene, „er hat vergessen, wie ich seinem Sohn Herakles bei allen Abenteuern zur Seite gestanden habe. Hilf mir den Wagen anzuschirren, Hera, ich will zum Vater eilen!"

Aber Zeus wurde wütend, als er erkannte, was Athene wollte; seine windschnelle Botin Iris musste das Gespann aufhalten, als es mit den beiden Göttinnen eben durch das vorderste Tor des Olymps fuhr. Bald erschien er selbst, taub gegenüber den Bitten der Gemahlin und der Tochter. „Du wirst noch weitere Siege der Trojaner sehen", sagte er zu Hera. „Nicht eher soll der gewaltige Hektor vom Streit ruhen, bis die Griechen zurückgedrängt um die Steuerruder ihrer Schiffe kämpfen und Achill sich wieder in seinem Zelt erhebt. So ist der Wille des Verhängnisses!" Hera wurde traurig und verstummte.

Doch für heute hatte die Nacht dem Kampf ein Ende gesetzt. Hektor rief seine Krieger zu einer Ratsversammlung seitwärts des Lagers, an den Wirbeln des Flusses Skamander, und sagte: „Wäre die Nacht nicht gekommen, so hätten wir die Feinde jetzt überwältigt. Aber auch so lasst uns nicht in die Stadt zurückkehren, sondern bringt rasch Kühe und Schafe, dazu Wein und Brot herbei! Wachtfeuer sollen uns ringsum vor einem Überfall schützen, während wir uns stärken oder unsere Wunden pflegen. Bei Anbruch des Morgens greifen wir erneut die Schiffe an; dann will ich sehen, ob Diomedes mich zurückdrängt oder ob ich ihm selbst die Rüstung vom Leibe reiße!" Die Trojaner riefen ihm Beifall zu und taten, wie Hektor geraten hatte. Die ganze Nacht über rasteten die Trojaner, im Schutze von tausend Wachtfeuern, je fünfzig und fünfzig bei Speisen und Wein. Ihre Pferde erholten sich mit Spelt und Gerste.

Botschaft der Griechen an Achill

Im griechischen Lager hatte sich der Schrecken über die eigene Flucht noch nicht gelegt, als Agamemnon die Fürsten zu einer Ratsversammlung rufen ließ. Tief bekümmert traten sie zusammen, und unter Seufzen sprach der Oberste der griechischen Völker: „Freunde! Zeus macht mich zum Schuldigen an eurem Schicksal. Er, dessen Wink mir gesagt hatte, dass ich als Sieger nach der Vernichtung Trojas heimkehren würde, befiehlt mir jetzt, geschlagen und ruhmlos zurück nach Argos zu segeln. Wir können uns dem Willen dessen, der schon so vielen Städten das Haupt zerschmettert hat und noch zerschmettern wird, nicht widersetzen. Troja sollen wir nicht erobern. So gehorcht mir also, und lasst uns ins Land der Väter heimkehren!“

Lange blieben die Helden Griechenlands stumm, als sie dies gehört hatten, bis endlich Diomedes zu reden begann:

„Es ist nicht lange her, König, als du meinen Mut und meine Tapferkeit bezweifelt hast! Jetzt aber denke ich, dass Zeus *dir* mit dem Zepter der Macht nicht wirklich Tapferkeit verliehen hat. Glaubst du im Ernst, die Männer Griechenlands seien so wenig kriegerisch, wie du sagst? Wenn es dich selbst so sehr in die Heimat zieht, so fahr! Der Weg ist frei, und dein Schiff steht bereit! Die Übrigen werden bleiben, bis sie Priamus' Burg zerstört haben, ja, und wenn sie alle davongingen, so blieben doch wir, ich und mein Freund Sthenelos, und kämpften unverdrossen weiter, im Glauben, dass eine Gottheit uns hierher gerufen hat!“

Die anderen jubelten bei diesen Worten auf, und Nestor erwiderte: „Du könntest dem Alter nach mein jüngster Sohn sein, Diomedes, und doch hast du klug und verständig gesprochen! Agamemnon, gib den

Führern ein stärkendes Mahl, und beherzige den Rat der Besten unseres Volkes!“

So geschah es. Die Fürsten aßen und tranken bei Agamemnon und fassten neuen Mut. Nach dem Mahl erhob sich Nestor erneut. „Agamemnon, du weißt, was sich seit dem Tag ereignet hat, an dem du dem zürnenden Achill die schöne Tochter des Brises aus den Zelten raubtest! Jetzt ist es Zeit zu überlegen, wie wir den Gekränkten zur Versöhnung bewegen.“

„Du hast recht, Nestor“, antwortete Agamemnon, „ich habe einen Fehler begangen, und ich leugne es nicht! Auch will ich es wieder gutmachen und den beleidigten Helden um Verzeihung bitten. Als ein Schmerzensgeld will ich ihm zehn Talente Gold schenken, dazu sieben Dreifüße, zwanzig Becken, zwölf Pferde, sieben schöne Frauen aus Lesbos, die ich selbst raubte, endlich die liebliche Jungfrau Briseïs, die ich, obwohl ich sie dem Achill entrissen, doch nicht berührt habe, wie ich beschwören kann. Erobern wir dann Troja und teilen die Beute, so will ich Achills Schiff mit Erz und Gold füllen. Er mag sich zwanzig Trojanerinnen, die schönsten nach Helena, heraussuchen. Und kommen wir dann heim nach Argos, so soll er sich eine von meinen Töchtern zur Frau wählen; er wird mir ein lieber Schwiegersohn sein, meinen einzigen Sohn Orest will ich nicht höher halten. Sieben Städte werde ich ihm als Brautschatz geben; all das will ich tun, wenn er von seinem Zorn ablässt.“

„Fürwahr“, antwortete ihm Nestor, „du bietest dem Fürsten Achill große Gaben! Senden wir auf der Stelle edle Männer – Phönix als Führer, dazu Ajax und Odysseus – und mit ihnen zwei Herolde zu seinen Zelten.“

Und wirklich, nach einem feierlichen Trankopfer verließen die von Nestor ausgewählten Männer die Versammlung und gelangten bald zu den Schiffen der Myrmidonen. Aber Achill weigerte sich, mit ihnen zu kommen. –

Als Odysseus die Nachricht aus dem Zelt von Achill mitbrachte, verstummten die Anwesenden im Rat. Agamemnon und Menelaos, die

Atriden, blieben schlaflos in dieser Nacht; in banger Furcht erhoben sich beide noch vor Anbruch des Morgens. Menelaos ging, die Helden, Mann für Mann, in den Zelten zu überreden; Agamemnon aber suchte die Hütte des Nestor auf. Er fand ihn noch ruhend im weichen Bett; Rüstung, Schild, Helm, Gurt und zwei Lanzen lagen an seiner Seite. Der Greis, aus dem Schlaf geweckt, stützte sich auf den Ellenbogen und rief dem Atriden zu: „Wer bist du, der in finsterer Nacht so einsam zwischen den Schiffen herumirrt, als würde er einen Freund oder ein verlaufenes Maultier suchen? So rede doch, Schweigender!"

„Ich bin es, Nestor", sagte der Fürst leise, „Agamemnon, den Zeus in unergründliches Leid versenkt hat! Kein Schlaf kommt in meine Augen, mein Herz klopft vor Furcht um die Danaer. Lass uns zu den Wächtern gehen, ob sie nicht schlafen. Weiß doch keiner von uns, ob die Feinde nicht noch in der Nacht einen Angriff versuchen werden!" Nestor zog eilig seine wollenen Kleider an, warf den Purpurmantel um, ergriff die Lanze und durchwanderte mit dem König die Schiffsgassen. Zunächst weckten sie Odysseus, der auf ihren Ruf sogleich den Schild erhob und ihnen folgte; dann nahte sich Nestor dem Zelt und der Lagerstatt von Diomedes und berührte seinen Fuß.

Diomedes fuhr aus seinem Schlaf. „Kannst du niemals von der Arbeit ruhen? Gibt es nicht Jüngere als dich, die das Heer bei Nacht durchwandern und die schlafenden Helden wecken können? Aber du bist unbändig, Alter!"

„Gut geredet", erwiderte ihm Nestor, „schließlich habe ich doch selbst Völker genug, dazu Söhne, die dies Amt für mich tun könnten. Die Not der Griechen ist indes zu groß, als dass ich nicht selbst tun müsste, was mir das Herz gebietet. Auf der Schwertspitze stehen Untergang oder Leben, deswegen steh auf und hilf uns Ajax wecken!" Diomedes warf sogleich sein Löwenfell um die Schultern und holte den Helden. Nun gingen sie zusammen zur Schar der Wächter; aber die standen in ihren Rüstungen da und bewachten das schlafende Lager.

Zweite Niederlage der Griechen

Es wurde Morgen. Agamemnon befahl den Kämpfenden, sich vorzubereiten, und legte selbst die Rüstung an, den herrlichen Harnisch, an dem zehn bläuliche Stahlreifen mit zwölf aus funkelndem Gold und zwanzig aus Zinn wechselten; die Halsbrünne bildeten drei Drachen, glänzend wie Regenbogen, der Panzer war ein Geschenk des Fürsten von Zypern, Kinyras. Dann warf er sich das Schwert mit goldenen Verzierungen am Griff, an einem strahlenden Goldband befestigt, um die Schulter und hob den kunstreich gewölbten Schild auf, um den zehn Erzkreise liefen und zwanzig weiße zinnerne Buckel blinkten. Auf dem mittleren dunkelblauen Feld des Schildes war das Gorgonenhaupt abgebildet, das Schildband hatte die Gestalt eines Drachen mit drei gekrümmten Häuptern. Endlich setzte er sich den von Rosshaaren umwehten Helm auf, ergriff zwei mächtige Lanzen mit strahlenden Erzspitzen und schritt in die Schlacht. Vom Himmel herab begrüßten Hera und Athene den König der kämpfenden griechischen Völker mit einem freudigen Donner.

Zuerst drangen Krieger zu Fuß mit ihren ehernen Waffenrüstungen ins Feld, ihnen folgten die auf den Streitwagen. Mit lautem Getümmel eilte das ganze Heer vorwärts.

Auf der anderen Seite hatten die Trojaner einen Hügel des Feldes mit ihren Scharen besetzt. Ihre Führer waren Hektor, Polydamas und Äneas; nach ihnen Polybos, Agenor und Akamas, die drei tapferen Söhne Antenors. Wie ein Stern durch helle Nachtwolken bewegte sich Hektor bald in den vordersten Reihen, bald in den Flügeln rechts und links und ordnete die Schlacht; in seiner Erzrüstung leuchtete er wie ein Blitzstrahl des Zeus. Dann gingen die Helden der Trojaner und Danaer mordend aufeinander los, wie Schnitter mit ihren Sensen ins Korn fahrend; Haupt an Haupt drängte sich alles zum Kampf. Nach lange hin und her wogender Schlacht durchbrachen die Griechen mit ihrer Kraft die Reihen der Feinde; Agamemnon machte, voranstürmend, den Fürsten Bianor und seinen Wagenlenker nieder. Dann warf er sich auf zwei Söhne des Königs Priamus, Antiphos und Isos; dem einen durchbohrte er die Brust mit der Lanze, den anderen stürzte er mit einem Schwerthieb vom Wagen. Jetzt begegnete er zwei Söhnen von Antimachos, dem Trojanerfürsten, der einst, von Paris' Gold gefesselt, verboten hatte, Helena auszuliefern. Vergebens flehten ihn die Knaben, aneinander gedrängt, um Schonung an. Ihres Vaters gedenkend, durchbohrte er den einen und schlug dem anderen das Haupt vom Körper.

Immer tiefer drängten die Griechen in die Menge von Fußvolk und Gespannen, wie ein Feuer sich im Sturm durch einen ungeschützten Wald frisst.

Zwischen Blutströmen und Getümmel führte Zeus den geschlagenen Hektor mitten durch das Feld. Aber Agamemnon, dessen Hände von Blut besudelt waren, folgte ihm laut schreiend. Am Baum des Zeus, nicht fern vom skäischen Tor, hielt Hektor an und mit ihm die Flüchtenden seines Volkes. Zeus jedoch sandte die Götterbotin Iris zu ihm und befahl, solange Agamemnon im Gewühl der vorderen Reihen tobte, selbst zurückzustehen und den anderen die Feldschlacht zu überlassen, bis der Atride verwundet sei. Dann wolle er, der Göttervater, ihn zum Siege führen.

Hektor gehorchte. Von der Nachhut aus forderte er die Trojaner zu neuem Kampf auf. Zum zweiten Mal begann das Gefecht; Agamemnon stürmte voraus und wütete wieder in den Scharen der Trojaner und ihrer Bundesgenossen. Ihm begegnete zuerst Antenors Sohn, Iphidamas, ein gewaltiger Held, der in Thrakien bei seinem Großvater aufgewachsen und zum Kampf in die alte Heimat zurückgekehrt war. Agamemnons Lanze verfehlte ihr Ziel; der Speer von Iphidamas verbog seine Spitze am Gürtel des Feindes. Rasch ergriff jetzt der Atride die Lanze seines Gegners, riss sie ihm aus der Hand und durchschlug dem Thraker den Nacken mit dem Schwert. Dann entwaffnete er ihn und lief mit der herrlichen Rüstung weiter über das Feld. Als ihn der ältere Sohn von Antenor, Koon, einer der großen trojanischen Kämpfer, so sah, erfasste ihn unaussprechlicher Gram um den gefallenen Bruder. Aber dieser Schmerz raubte ihm nicht die Besinnung.

Unbemerkt vom Atriden, schlich er sich näher und stach ihm von der Seite her mit seinem Speer in den Arm, dicht unter der Beuge. Agamemnon fühlte sich wie von einem plötzlichen Schauer gepackt; er gönnte sich jedoch keine Rast. Während Koon sich bemühte, seinen Bruder am Fuß aus dem Gewühl zu ziehen, durchbohrte ihn der Speer des Atriden, sodass er sterbend über den Toten sank.

Solange das Blut noch warm aus seiner Wunde drang, fuhr Agamemnon fort, mit Lanze, Schwert und Steinen zu morden; als aber das Blut zu gerinnen anfing, da fühlte er einen scharfen, zuckenden Schmerz, und er verließ das Gewühl der Schlacht. Schnell sprang er auf den Streitwagen und befahl dem Wagenlenker umzukehren. Rasch trug das Gefährt, von Staub dicht umwölkt, den von der Wunde gequälten König auf das Schiffslager zu.

Als Hektor sah, wie Agamemnon sich entfernte, dachte er an den Befehl des Zeus, eilte zur vordersten Linie der Trojaner und Lykier und rief laut: „Jetzt, ihr Freunde, seid Männer! Der tapferste Kämpfer Griechenlands hat das Feld verlassen, und Zeus hat uns den Sieg versprochen. Los, mitten unter die Danaer mit ihren Pferden!“ So befahl Hektor und stürzte wie ein Sturmwind voran. In kurzer Zeit wurden neun Fürsten der Griechen, dazu viele andere Kämpfer, von ihm getötet.

Schon war er nahe daran, das fliehende Heer zwischen die Schiffe zu drängen, da fasste sich Odysseus und rief Diomedes zu: „Ist es möglich, dass wir uns so schlagen lassen? Freund, stell dich neben mich, lass uns die Schande nicht erleben, dass Hektor das Schiffslager stürmt!“

Aber Hektor machte über die Schlachtreihen hinweg die beiden aus und stürmte auf sie zu. Im selben Augenblick sah Diomedes ihn und schleuderte seine Lanze gegen den Helm des Helden. Zwar prallte sie ab, doch wurde Hektor auf die Knie geworfen; seine Rechte stemmte sich gegen die Erde, und für einen Moment wurde ihm schwarz vor Augen. Bis indes der Grieche seiner Waffe nachgeeilt war, hatte sich der Trojaner in den Wagen geschwungen und war im Gedränge seiner Kämpfer vor dem sicheren Tod gerettet. Unmutig wandte sich

Diomedes einem anderen Trojaner zu, den er niederstreckte und der Rüstung beraubte.

Diesen Augenblick benutzte Paris, versteckte sich hinter einem Felsbrocken und schoss dem knienden Helden in die Ferse, dass der Pfeil fest im Fleisch saß. Dann sprang er lachend aus seinem Hinterhalt hervor und spottete über den Getroffenen. Diomedes schaute sich um, sah, wer der Schütze war, und rief ihm zu: „Bist du es, du Weiberheld? Im offenen Kampf kannst du nichts ausrichten gegen mich und prahlst jetzt, dass du mir den Fuß geritzt hast? Das macht mir so wenig, als hätte mich ein Mädchen oder ein Knabe getroffen!“ Inzwischen war Odysseus bei dem Verwundeten, stellte sich vor ihn, und Diomedes zog sich – mit sicherer Hand – den Pfeil aus dem Fuß. Dann schwang Diomedes sich in den Wagensitz zu seinem Freund Sthenelos und ließ sich zurückbringen zu seinen Schiffen.

Nun war Odysseus allein mitten im Gedränge der Feinde; kein Grieche wagte sich in seine Nähe, um ihn zu decken.

Schon umschlossen ihn die Trojaner mit ihren Schlachtreihen, wie Jäger und Jagdhunde einen stürzenden Eber umringen, der wie rasend um sich beißt.

Odysseus empfing entschlossen die auf ihn Einstürmenden; es dauerte wenige Augenblicke, und fünf Trojaner waren vor ihm in den Staub gesunken. Da kam ein sechster heran, Sokos, dessen Bruder er eben erstochen hatte, und rief: „Odysseus, heute trägst du entweder den Ruhm davon, dass du beide Söhne des Hippasos niedergemacht hast, oder aber du verlierst durch meine Lanze das Leben!“ Schon warf er die Waffe, durchschmetterte dem Sohn des Laërtes den Schild und riss ihm die Haut von den Rippen; tiefer aber ließ Athene den Stoß nicht eindringen. Odysseus wich nur wenig zurück, lief dann auf den Gegner zu, der sich zur Flucht umwandte, und durchbohrte ihm den Rücken zwischen den Schulterblättern, dass er stürzte. Dann erst zog Odysseus die Lanze des Feindes aus der eigenen Wunde. Als nun die Trojaner sein Blut hervorquellen sahen, drängten alle noch einmal auf ihn ein, sodass er nun zurückwich und dreimal laut um Hilfe rief.

Menelaos hörte ihn zuerst und rief Ajax zu: „Auf und quer durch das Getümmel, ich habe einen Schrei von Odysseus gehört!“ Schon hatten beide den Kämpfer erreicht und sahen, wie er gegen unzählige Feinde seine Lanze schwang. Sobald der Schild des Ajax den Streitenden deckte, wichen die Trojaner. Menelaos benutzte den Augenblick, griff Odysseus bei der Hand und half ihm auf seinen Streitwagen. Ajax aber drang auf die Trojaner ein, wie ein Bergstrom im Herbst entwurzelte Bäume vor sich herwälzt.

Von dem allen hatte Hektor keine Ahnung; er kämpfte am Ufer des Skamander und schlug auf die Jünglinge ein, die den Helden Idomeneus umgaben. Dennoch wären die Griechen nicht vor ihm geflohen, hätte nicht ein dreikantiger Pfeil von Paris dem großen Arzt des Danaerheeres, Machaon, die rechte Schulter verwundet. Erschrocken rief Idomeneus: „Nestor! Rasch dem Freund geholfen! Ein Mann wie er, der Pfeile ausschneidet und heilenden Balsam auflegt, ist hundert Helden wert!“ Schnell schwang sich Nestor auf seinen Wagen, der verwundete Machaon mit ihm, und beide flogen den Schiffen zu.

Der Wagenlenker machte Hektor, seinen Herrn, jetzt auf die Verwirrung aufmerksam, in der sich der andere Flügel der Trojaner befand, wo Ajax tobte. Gleich waren sie mit ihrem Wagen dort, und Hektor fing an, unter den Reihen der Griechen zu wüten. Nur Ajax ließ er aus, denn Zeus hatte ihn davor gewarnt, sich mit dem stärkeren Mann anzulegen. Zugleich aber sandte der Göttervater Furcht in Ajax’ Seele, dass er beim Anblick Hektors den Schild auf die Schulter warf und angstvoll seine Kämpfer verließ. Als die Feinde es bemerkten, schleuderten sie ihm ihre Lanzen nach. Aber Ajax brauchte nur sein Gesicht umzuwenden, da flohen sie wieder. Wo der Weg zu den Schiffen abzweigte, stellte er sich auf und wehrte die vordringenden Trojaner ab, dass ihre Speere teils in seinem siebenhäutigen Stierschild hafteten, teils, ohne den Leib zu berühren, in die Erde fuhren.

Kampf um die Mauer

Den Graben und die Mauer um ihre Schiffe hatten die Griechen ohne ein Festopfer für die Götter gebaut. Darum sollten sie ihnen auch nicht als Schutz dienen. Schon jetzt, wo Troja im zehnten Jahr seiner Belagerung stand, beschlossen Poseidon und Apollo, Graben und Mauern wieder zu vernichten, indem sie das Meer gegen sie schicken wollten. Doch sollte dies, so das Vorhaben, erst nach der Zerstörung Trojas geschehen.

Nun aber war die Schlacht dicht vor dem gewaltigen Bau entbrannt. Hektor rannte wie ein Löwe im Gewühl umher und ermunterte seine Kämpfer, den Graben zu Fuß zu überwinden. Kein Pferdegespann konnte es wagen, denn er war zu breit, um darüber hinwegzuspringen, und zu abschüssig, um ihn zu durchfahren. Auch war er mit dicht gereihten spitzen Pfählen bepflanzt. So versuchte das Fußvolk den Übergang. Als Polydamas dies sah, beriet er sich mit Hektor und sagte: „Wir wollen die Wagenlenker hier am Graben anhalten und eine Fußtruppe bilden, die unter deiner Führung über den Graben setzt und den Mauerwall durchbricht!"

Hektor stimmte ihm zu. Auf seinen Befehl stiegen alle Helden von den Wagen. Sie sammelten sich in fünf Gruppen: die erste unter Hektor und Polydamas, die zweite unter Paris, die dritte führten Helenos und Deïphobos, die vierte befahl Äneas. An der Spitze der Bundesgenossen waren Sarpedon und Glaukos. Von allen Streitern wollte nur Asios sein Gespann nicht verlassen. Er wandte sich damit nach links, wo die Griechen beim Bau einen Durchgang für ihre eigenen Pferde und Streitwagen gelassen hatten. Hier sah er die Flügel des Tores offen; die Griechen warteten, ob nicht noch ein verspäteter Gefährte käme, der nach der Flucht Rettung im Lager suchte. Asios lenkte die Tiere direkt auf den Durchgang zu, andere Trojaner folgten ihm zu Fuß mit lautem Geschrei. Aber an der Pforte waren tapfere Wächter aufgestellt; zugleich flog ein Schwall von Steinen von den Türmen der Mauer herab.

Schon wurde auch um andere Tore des Lagers gekämpft. Die Griechen waren jetzt auf den Schutz ihrer Schiffe beschränkt; und einige der Götter trauerten, vom Olymp herabschauend, über den Verlauf der Schlacht. Nur die zahlreiche und tapfere Gruppe der Trojaner unter Hektor und Polydamas wartete noch unschlüssig am jenseitigen Rand des Grabens, den sie eben erstiegen hatten. Sie hatten ein bedenkliches Zeichen erblickt. Ein Adler flog von links über das Kriegsheer hin; er trug eine rote zappelnde Schlange in den Klauen, die sich unter ihm wehrte und, den Kopf rückwärts drehend, den Vogel in den Hals biss. Erschrocken ließ er sie los und flog davon. Die Schlange fiel mitten unter die Trojaner, die in diesem Ereignis ein von Zeus gesandtes Zeichen ausmachten.

„Lass uns nicht weiterrücken", rief Polydamas seinem Freund Hektor zu, „es könnte uns ergehen wie dem Adler, der seinen Raub nicht heimbrachte!"

Aber Hektor erwiderte finster: „Was kümmern mich die Vögel, ob sie rechts oder links über uns herfliegen! Ich kenne nur *ein* Zeichen, das heißt Rettung des Vaterlands! Warum zitterst du, Polydamas? Ich warne dich, wenn du zurückweichst, fällst du unter meiner Lanze!" So sprach Hektor, und die Männer folgten ihm unter Lärm und Geschrei. Zeus aber sandte einen Sturm vom Idagebirge herab, der den Staub zu den Schiffen wirbelte, sodass den Griechen der Mut vollends sank und die Trojaner begannen, Mauer und Gräben der Feinde zu berennen. Noch standen die Danaer wie ein Zaun mit ihren Schilden auf der Brustwehr ihrer Mauer und begrüßten die Stürmer mit Steinen und Geschossen. Die beiden Ajax machten die Runde und feuerten sie an, die Tapferen freundlich, die Zögernden mit strengen Drohungen.

Inzwischen flogen die Steine hin und her wie Schneeflocken; doch hätte Hektor mit seinen Trojanern den mächtigen Riegel der Pforte nicht durchbrochen, wenn nicht Zeus seinen Sohn Sarpedon, den Lykier mit dem goldgeränderten Schild, wie einen heißhungrigen Berglöwen zum Angriff gereizt hätte. Zu seinem Gefährten Glaukos sagte Sarpedon: „Ich denke daran, dass man uns in unserem Volk mit großen Ehren und gefüllten Bechern beim Gastmahl wie Götter empfangen wird. Traurig wäre es, wenn wir uns in der brennenden Schlacht nicht auch an vorderstem Platz bewiesen! Auf! Entweder wollen wir den eigenen Ruhm oder durch unseren Tod den Ruhm anderer erhöhen!“

Glaukos hörte es, und beide stürmten mit ihren Lykiern voran. Menestheus stutzte, als er von seinem Turm die Feinde so entschlossen herankommen sah. Ängstlich sah er sich nach Unterstützung um. Zwar sah er in der Ferne die beiden kämpfenden Ajax' und auch Teukros, der eben von den Zelten zurückkam; doch drang sein Hilferuf nicht so weit, er prallte an Helmen und Schilden ab, und das Getöse der Schlacht verschlang ihn. Er schickte deshalb den Herold Theotes zu den beiden Ajax' hinüber und bat, ihm zu helfen. Der große Ajax kam im gleichen Augenblick, er eilte mit seinen Männern innen an der Mauer entlang dem Turm zu.

Sie erreichten Menestheus, als die Lykier eben begannen, an der Brustwehr emporzuklettern. Ajax brach einen scharf gezackten Marmorstein oben aus der Mauer und zerschlug damit Epikles, einem Freunde von Sarpedon, Helm und Schädel, dass er wie ein Taucher vom Turm herabschoss. Teukros aber verwundete Glaukos am entblößten Arm, als er den Wall hochstieg. Voller Schmerz sah Sarpedon seinen Gefährten die Schlacht verlassen; er selbst kletterte aufwärts, durchbohrte einen Griechen mit der Lanze und brach einen Zugang in die Mauer.

Ajax und Teukros stellten den Stürmenden; der eine traf ihn mit einem Pfeil in den Gurt, der andere durchbohrte den Schild. Einen Augenblick zuckte Sarpedon von der Brustwehr zurück. Dann ermannte er sich wieder und rief seinen Männern zu: „Vergesst ihr den Angriff? Mir allein, und wäre ich der Tapferste, ist es unmöglich durchzubrechen! Nur wenn wir zusammenhalten, können wir uns den Weg zu den Schiffen bahnen!“ Die Lykier sammelten sich nun um ihren König und drangen heftiger vor. Aber auch die Danaer verdoppelten von innen ihren Widerstand, und so standen sich die Gegner, nur durch die Brustwehr getrennt und über sie hinweg wild aufeinander losschlagend, wie zwei Bauern auf der Grenzscheide gegenüber. Rechts und links von den Türmen und der Brustwehr rann das Blut.

Lange war die Schlacht unentschieden, bis endlich Zeus die Oberhand an Hektor gab, dass er als Erster mit seinen Gefährten über die Mauerzinnen kletterte. Vor dem Tor, dessen Doppelflügel zwei Riegel von innen zusammenhielten, lag ein dicker, oben zugespitzter Felsbrocken. Hektor riss ihn mit übermenschlicher Gewalt aus dem Boden, zerschmetterte damit die dicken Bohlen, dass die mächtigen Riegel nicht mehr standhielten, das Tor dumpf aufkrachte und der Stein schwer nach drinnen fiel. Wie eine Sturmnacht, im schrecklichen Glanz seiner Erzrüstung, mit funkelnden Augen, sprang Hektor, zwei blinkende Lanzen hoch erhoben, ins Lagers der Danaer. Seine Kampfgefährten strömten ihm nach durch die aufgerissene Pforte; andere hatten zu hunderten die Mauer überklettert. Die Griechen flüchteten zu den Schiffen.

Kampf um die Schiffe

Als Zeus die Trojaner so weit gebracht hatte, überließ er die Griechen ihrem Elend. Er wandte, auf dem Gipfel des Ida ruhend, seine Augen vom Schiffslager ab und schaute gleichgültig ins Land der Thrakier hinüber. Dafür aber blieb der Meeresgott Poseidon nicht untätig. Er hockte auf einem der Gipfel der thrakischen Waldberge, von dem aus er über den Ida mit all seinen Höhen samt Troja und den Schiffen der Danaer niederblickte. Mit Trauer sah er die Griechen vor Trojas Volk in den Staub sinken. Schließlich verließ er das Felsengebirge mit vier gewaltigen Schritten, unter denen Berge und Wälder erbebten, und suchte das Meeresufer bei Ägä auf, wo er in den Tiefen der Flut einen Palast besaß, der ganz aus Gold war. Hier hüllte er sich in seine Rüstung, schirrte seine Pferde ins Joch, ergriff die goldene Peitsche, schwang sich in seinen Wagensitz und lenkte die Pferde über die Flut.

Die Meeresbewohner erkannten ihren Herrscher und kamen aus den tiefen Klüften hervor, die Wellen teilten sich vor ihm, und ohne dass die eherne Wagenachse auch nur einen Tropfen abbekam, erreichte Poseidon die Schiffe der Danaer.

In einer tiefen Grotte spannte er die Pferde aus dem Geschirr, umschlang ihnen die Füße mit goldenen Fesseln und gab ihnen Ambrosia. Er selbst eilte mitten ins Schlachtgewühl, wo sich mit großem Geschrei die Trojaner um Hektor drängten und jetzt die Schiffe der Griechen zu erklettern hofften. Da gesellte sich Poseidon in die Reihen der Griechen, und er nahm die Gestalt und die Stimme des Sehers Kalchas an. Zuerst rief er den beiden Ajax' zu: „Denkt daran, wie stark ihr seid, rettet das Volk der Griechen! An den anderen Orten des Kampfes ängstigt mich die Stärke der Trojaner nicht, die Argiver werden sie schon abwehren können. Aber hier, wo der rasende Hektor wie ein Feuerbrand tobt, hier fürchte ich um unsere Rettung!" Mit diesen Worten gab er ihnen einen Schlag mit seinem Stab, wodurch ihr Mut wieder wuchs und ihnen neue Kräfte zuflossen. Der Gott aber verließ den Kampf und entschwand den Blicken der beiden Danaer.

Ajax der Kleinere, der Sohn des Oileus, verstand als Erster, wer sie angefeuert hatte. „Ajax", sagte er zu seinem Namensbruder, „das war nicht Kalchas! Es war Poseidon, ich habe ihn an seinem Gang erkannt; Götter sind leicht von Sterblichen zu unterscheiden. Alles in mir drängt jetzt zur Entscheidung!"

Der andere Ajax erwiderte: „Auch mir zucken die Finger am Speer, und meine Füße wollen fast fliegen; ich will Hektor sehen und ihn zum Kampf stellen!"

Während die beiden Führer miteinander sprachen, ermunterte Poseidon nun auch die Männer, die sich vor Müdigkeit bei den Schiffen ausruhten, und brachte sie dazu, dass alle Tapferen sich wieder um die beiden Ajax' versammelten und nun Hektor mit seinen Trojanern erwarteten. Lanze drängte sich an Lanze, Schild an Schild, Helm an Helm, Krieger an Krieger, so dicht stand die Heerschar. Ihre Speere neigten sich dem Feind entgegen. Aber auch die Trojaner stießen mit aller Kraft vor, Hektor an der Spitze. Es war, als würde

Felsgestein von der Krone eines Berges niederstürzen, so gewaltig, dass es die Wälder an den Hängen zermalmt.

„Vorwärts, Trojaner und Lykier“, schrie Hektor, „mit denen, die sich noch einmal sammeln, werden wir rasch fertig!“ In seiner Schar war Deïphobos, das andere Heldenkind des Priamus. Auf ihn zielte der Grieche Meriones und schoss die Lanze auf ihn ab. Aber Deïphobos hielt seinen gewaltigen Schild so weit vom Leib, dass der Wurfspieß brach. Darauf wandte sich Meriones zu den Schiffen hinab, um sich einen mächtigeren Speer zu holen.

Die anderen kämpften weiter, ihre Schlachtrufe brüllend. Poseidon eilte nun zu den Zelten, um auch hier die Griechen zum Kampf zu rufen. Dabei begegnete ihm Idomeneus, der einen verwundeten Freund zu den Ärzten geschafft hatte und jetzt seinen Speer im Zelt suchte. In einen kraftvollen Krieger verwandelt, näherte sich Poseidon ihm und sprach mit lauter Stimme: „Kreterkönig, wo sind Eure Drohungen: Niemals wird ein Mann von Troja heimfahren, der an diesem Tag den Kämpfen ausweicht?“

„So soll es sein, Freund“, rief Idomeneus dem Weitereilenden nach, nahm zwei Lanzen und brach, herrlich wie der Blitz des Zeus, aus dem Zelt hervor. Da begegnete er Meriones. „Tapferer Mann“, rief Idomeneus, „ich sehe, in welcher Not du bist; in meinem Zelt lehnen zwanzig erbeutete Lanzen an der Wand, hol dir die beste von ihnen!“ Als Meriones sich eine stattliche Waffe ausgesucht hatte, eilten sie beide in die Schlacht zurück und stießen vor zu den Freunden, die Hektor bekämpften.

Obgleich Idomeneus schon halb ergraut war, ermunterte auch er die Griechen wie ein Jüngling. Der Erste, dem er den Wurfspieß mitten in den Leib schoss, war Othryoneus, der als Freier der Seherin Kassandra in den Reihen der Trojaner kämpfte. Und während er den Gefallenen am Fuß aus dem Schlachtgewühl zog, rief Idomeneus: „Hol dir jetzt die Tochter des Priamus, du Glücklicher! Auch wir hätten dir die schönste Tochter der Atriden Agamemnon und Menelaos versprochen, wenn du uns hättest helfen wollen, Troja zu vernichten.“ Er spottete noch, als

Asios auf seinem Gespann herangeflogen kam, um den Getöteten zu rächen. Schon holte er mit dem Arm zum Wurf aus, da traf ihn Idomeneus' Speer unter dem Kinn. Sein Wagenlenker schaffte es nicht, das Gespann rückwärts zu führen; ein Lanzenstoß von Antilochos, dem Sohn Nestors, warf auch ihn in den Staub.

Nun aber raste Deïphobos auf Idomeneus zu. Entschlossen, den Tod seines Freundes Asios zu rächen, schleuderte er die Lanze gegen den Kreter. Der schmiegte sich ganz unter den Schild, dass der Wurfspieß über ihn hinwegflog und den Schild nur klirrend streifte, dafür aber dem Fürsten Hypsenor in die Leber fuhr. „So stirbst du doch nicht ungerächt, Freund Asios", lachte der Troer, „ich habe dir einen Begleiter gegeben, ganz gleich, welchen!"

Idomeneus wurde nicht mutlos, er traf den Schwiegersohn des Anchises und schrie jauchzend: „Geht unsere Rechnung auf, Deïphobos? Ich biete dir drei für einen! Jetzt erprobe auch du, ob ich wirklich von Zeus abstamme!" Idomeneus war ein Enkel des Königs Minos und ein Urenkel des Göttervaters Zeus.

Deïphobos überlegte einen Augenblick, ob er den Zweikampf allein suchen oder sich einen Trojaner zu Hilfe holen solle. Bald trat er zusammen mit Äneas, seinem Schwager, Idomeneus entgegen. Als der Greis die beiden mächtigen Kämpfer auf sich zukommen sah, verzagte er nicht etwa, sondern erwartete sie wie ein Gebirgseber die hetzenden Hunde. Doch rief auch er seine Gefährten hinzu. „Heran, Freunde, helft mir! Mir graut vor Äneas, der ein Gewaltiger in der Feldschlacht ist und noch von jugendlicher Kraft strotzt!" Darauf versammelten sie sich um ihn, die Schilde an die Schultern gelehnt, Held neben Held. Auch Äneas winkte Paris und Agenor herbei, und die Trojaner folgten ihnen wie Schafe dem Widder. Bald rasselte das Erz der Speere, und aus dem Zweikampf wurde ein vielfältiges Getümmel. Äneas warf zuerst seinen Speer auf Idomeneus; aber er fuhr an dem Helden vorbei in die Erde. Idomeneus dagegen traf Önomaos, dass er stürzend und sterbend sich mit den Händen in den Boden krallte. Der Sieger hatte kaum Zeit, den Speer herauszuziehen; die Geschosse bedrängten ihn so, dass er fliehen musste. Seine alten Füße trugen ihn nur langsam aus dem Kampf; Deïphobos schickte ihm noch seine Lanze nach, die ihn zwar verfehlte, aber einen Sohn von Ares, Askalaphos, zu Boden warf. Der Kriegsgott, der durch den Befehl des Zeus mit anderen Göttern in die goldenen Wolken des Olymps verbannt war, ahnte nicht, dass einer seiner Söhne gefallen war.

Der Kampf ging weiter. Deïpyros, der Grieche, taumelte, von Helenos mit dem Schwert über der Schläfe getroffen, die Reihen der Danaer entlang. Menelaos zückte seinen Speer gegen Helenos, der das Eisen, ins Gedränge seiner Freunde flüchtend, nachschleppte. Sein Gefährte Agenor zog ihm die Waffe aus der Wunde, nahm einem Begleiter die wollene Steinschleuder ab und verband damit den Seher.

Hektor ahnte nicht, dass links von den Schiffen der Sieg sich auf die Seite der Griechen neigte. Da, wo er zuerst durchs Tor hineingesprungen, wo die Mauer am niedrigsten gebaut war, fuhr er fort, immer wieder in die Schlachtreihen der Argiver einzubrechen. Vergebens wehrten ihn die Böotier, Thessalier, Lokrer, Athener ab; sie schafften es nicht, ihn zurückzudrängen. Wie zwei Stiere vor dem Pflug kämpften die beiden Ajax' nebeneinander. Doch in der Zwischenzeit wären die Trojaner wohl von den Schiffen und den Zelten der Griechen zurückgetrieben worden, hätte nicht Polydamas Hektor zugeredet: „Willst du auf niemanden hören, Freund, weil du der beste Kämpfer bist? Siehst du nicht, wie die Flamme des Krieges über dir zusammenschlägt und die Trojaner sich entweder mit erbeuteten Rüstungen aus dem Gefecht entfernen oder sich im Kampf zwischen den Schiffen verlieren? Schnell, berufe einen Rat unserer Edlen ein und lass uns entscheiden, ob wir uns wirklich noch weiter in das Labyrinth des Lagers hineinstürzen! Ich fürchte, die Griechen könnten uns so zu schaffen machen, dass das Blatt sich wendet, zumal ihr unersättlichster Krieger noch dort bei den Schiffen lauert!"

Hektor folgte der Warnung und beauftragte seinen Freund, die Edelsten des Volkes zu versammeln. Er selbst eilte in die Schlacht zurück, und wo er einen der Führer traf, befahl er ihm, sich bei

Polydamas einzufinden. Als Hektor dabei seinen Bruder Paris erblickte, rief er zornig: „Wo sind all unsere Helden, du Weiberverführer? Bald ist es aus mit unserer Stadt, dann naht auch dir das Verhängnis; jetzt aber komm in den Kampf, während die anderen sich zum Rat versammeln!"

„Ich werde neben dir sein", erwiderte Paris seinem Bruder, ihn beschwichtigend, „du sollst sehen, wie mutig ich bin!" So eilten sie beide in das heftigste Gefecht, und bald war Hektor wieder an der Spitze der Trojaner. Doch er erschreckte die Griechen nicht mehr wie zuvor, und der mächtige Ajax rief ihn trotzig zum Kampf.

Die Griechen werden von Poseidon gestärkt

Während draußen der Kampf tobte, saß der greise Nestor in seinem Zelt, den verwundeten Arzt Machaon bewirtend. Als dann der Schlachtlärm immer näher an ihre Ohren drang, übergab er seinen Gast einer Dienerin, befahl, ihm ein warmes Bad zu bereiten, ergriff Schild und Lanze und trat vor das Zelt. Sofort sah er die schlimme Wendung, die der Kampf genommen hatte. Während er noch überlegte, ob er in die Schlacht gehen oder Agamemnon aufsuchen sollte, um mit ihm zu beraten, begegnete ihm, von den Schiffen am Ufer zurückkehrend, der Völkerfürst Agamemnon mit Odysseus und Diomedes, alle drei auf ihre Lanzen gestützt und voller Wunden. Sie kamen auch nur, um der Schlacht wieder zuzusehen, und ohne die Hoffnung, selbst daran teilnehmen zu können. Voller Sorge traten sie mit Nestor zusammen. „Freunde", klagte Agamemnon, „ich habe keine Hoffnung mehr! Der Graben, der uns so viel Mühe gekostet hat, die Mauer, die unüberwindlich schien, haben nicht ausgereicht, die Feinde abzuwehren. Zeus will uns Griechen, wenn wir nicht freiwillig abziehen, in der Fremde umkommen lassen. Das Beste wäre, die Kiele unserer Schiffe ins Meer zu stoßen, auf der hohen See vor Anker zu gehen und dort das Dunkel zu erwarten. Noch in dieser Nacht werden wir dann auch die übrigen Schiffe in die Wogen ziehen und der Gefahr entrinnen."

Odysseus hörte den Vorschlag und schüttelte den Kopf. „Agamemnon“, sprach er, „du verdientest, ein feigeres Kriegsvolk anzuführen als dieses hier! Mitten in der Schlacht überlegst du, die Schiffe ins Meer zu schleppen und unverrichteter Dinge wieder heimzugehen.“

„Niemals“, erwiderte Agamemnon, „würde ich gegen den Willen der Argiver und ohne sie zu hören so handeln wollen! Ich gebe meinen Rat gerne zurück, wenn einer von euch einen besseren vorzubringen weiß.“

„Der beste Rat ist“, rief Odysseus, „dass wir jetzt und gleich in die Schlacht zurückkehren und, wenn wir nicht selbst kämpfen können, doch die andern zur Tapferkeit anhalten.“

Die letzten Worte hörte der Beschützer der Griechen, Poseidon, der das Gespräch der Helden belauscht hatte, gern. Er trat in der Gestalt eines alten Kriegers zu den Fürsten und drückte Agamemnon die Hand. „Schande über Achill, den die Lage der Griechen nicht rührt!“, sagte er. „Aber seid sicher; noch hassen die Götter euch nicht so sehr, dass ihr nicht bald den Staub von der Flucht der Trojaner aufwirbeln seht!“ So sprach Poseidon und stürmte über das Feld, wobei er seinen Schlachtruf in das Heer der Griechen brüllte, ein Ruf, laut wie zehntausend Männerstimmen, der die Helden mit neuem Mut durchdrang.

Auch die Himmelskönigin Hera, die vom Olymp herab den Kampf überschaute, blieb nicht untätig, als sie sah, wie sich Poseidon, ihr Bruder und Schwager, auf Seiten der Griechen in die Schlacht warf. Während ihr Gemahl feindselig auf dem Gipfel des Ida wartete, überlegte sie hin und her, wie sie ihn täuschen und von der Sorge um den Kampf ablenken könnte. Und plötzlich stieg in ihr ein glücklicher Gedanke auf. Sie eilte in ihr Gemach, das Hephästos im Götterpalast für sie erbaut und dessen Pforte er mit Schlössern versehen hatte, die nur Hera öffnen konnte.

Schnell schlug sie die Türflügel hinter sich zu. Alsdann badete sie und salbte sich mit feinstem Öl, wusch ihr gelocktes Haar und flocht es neu, nahm das köstliche Gewand, das Athene ihr zart und kunstvoll gewirkt hatte, schloss es über der Brust mit goldenen Spangen und legte sich den schimmernden Gürtel um. Dann schmückte sie sich mit funkelnden Ohrgehängen, hüllte das Haupt in einen durchsichtigen Schleier und band sich zierliche Sohlen unter ihre Füße.

So, voller Anmut, verließ sie das Gemach und suchte Aphrodite, die Liebesgöttin, auf.

„Verzeih mir, Töchterchen", sagte sie, „weil ich die Griechen beschütze, und lehne nicht ab, um was mein Herz dich bittet! Leih mir den Zaubergürtel der Liebe, der Menschen und Götter bezähmt. Ich will an die Grenze der Erde gehen und Okeanos und Tethys, seine Gemahlin, aufsuchen, die im Streit leben. Ich möchte beide durch freundliche Worte wieder versöhnen, und dazu brauche ich deinen Gürtel."

Aphrodite, die den Schwindel nicht durchschaute, erwiderte arglos: „Mutter, du bist die Gemahlin des Götterkönigs. Es wäre nicht recht von mir, dir eine Bitte zu verweigern!" Damit löste sie den köstlichen, bunt bestickten Gürtel von ihrer Hüfte, in dem alle Zauber vereinigt waren. „Versteck ihn gut", flüsterte sie, „mit ihm wirst du Erfolg haben!"

Nun ging Hera ins ferne Thrakien, betrat die Behausung des Schlafes und beschwor ihn, in der folgenden Nacht den Göttervater in tiefen Schlummer zu versetzen. Der Schlaf erschrak. Er hatte Zeus schon einmal mit seinen Künsten betäubt, als Herakles von dem damals verwüsteten Troja heimfuhr und Hera, seine Feindin, ihn auf die Insel Kos versetzen wollte. Seinerzeit hatte der zornige Zeus, als er erwachte und den Betrug bemerkte, die Götter verflucht und hätte den Schlaf wohl verspeist, wenn er sich nicht in den Armen der Nacht verborgen hätte. Daran erinnerte er jetzt erschrocken die Gemahlin des Zeus, aber die beruhigte ihn: „Was denkst du nur, Schlaf! Meinst du, für Zeus sind die Trojaner ebenso wichtig wie sein Sohn Herakles? Er wird seinen Zorn diesmal mäßigen ... Sei also klug und hilf mir; ich werde dir auch die jüngste und schönste aller Grazien zur Gattin geben." Das ließ sich der Gott des Schlummers noch mit einem Schwur von Hera bekräftigen und versprach, ihr zu gehorchen.

Nun bestieg die Göttermutter im Glanz ihrer Schönheit den Gipfel des Berges Ida. Voller Liebe sah Zeus sie an, als sie auf ihn zutrat, sodass er den Kampf der Griechen und Trojaner vergaß. „Wie kommst du hierher vom Olymp“, fragte er, „wo hast du Rosse und Wagen gelassen, liebes Weib?“

Listig erwiderte ihm Hera: „Vater, ich will ans Ende der Erde gehen, um dort Okeanos und Tethys wieder miteinander zu versöhnen.“

„Willst du nicht bleiben?“, fragte Zeus. „Diese Fahrt kannst du auch später antreten. Bleib hier und lass uns zusammen den Streit der Völker verfolgen!“ Hera erschrak, als sie dies hörte, und sie erkannte, dass selbst ihre Schönheit und der Zaubergürtel Aphrodites dem Gemahl die Sorge um den Kampf und den Zorn gegenüber den Griechen in ihm nicht völlig nehmen konnten.

Freundlich umhalste sie Zeus und sprach, seine Wange streichelnd: „Vater, ich werde das tun, was du willst!“ Zugleich aber winkte sie dem Schlaf, der ihr unsichtbar gefolgt war und, ihrem Befehl gehorchend, hinter Zeus' Rücken stand. Schon senkte er sich auf die Augenlider des Göttervaters, sodass der, ohne zu antworten, sein Haupt in den Schoß der Gemahlin legte und schlief.

Eilig schickte die Himmlische den Schlaf jetzt als Boten zu Poseidon und ließ ihm sagen: „Es wird ernst! Jetzt sieh, dass die Griechen zum Sieg kommen; Zeus liegt auf dem Gipfel des Ida in tiefem Schlummer!“

Schnell stürzte sich Poseidon nun ins vorderste Getümmel und rief den Danaern zu: „Wollen wir zulassen, dass dieser Hektor unsere Schiffe erobert und Ruhm erntet? Er verlässt sich auf den Zorn des Achill, dass unser Held sich weiter aus dem Kampf hält; aber es wäre eine Schande für uns, wenn wir nicht ohne Achill zu siegen vermochten! Ergreift eure besten Schilde, setzt die strahlenden Helme auf, schwingt die mächtigsten Lanzen! Ich gehe vor euch allen her; wir wollen sehen, ob Hektor vor uns besteht!“

Die Griechen gehorchten der gewaltigen Stimme des unbekannten Kämpfers, die verwundeten Fürsten stellten die Truppen auf, vertauschten den Männern die Waffen, gaben den Starken starke, den Schwächeren schwache. Dann gingen die Danaer voran. Poseidon, ein entsetzliches Schwert wie einen flammenden Blitz in der Rechten, war ihr Führer. Niemand der Trojaner wagte es, ihm im Kampfe gegenüberzutreten. Zugleich wühlte er das Meer auf, dass es wogend an die Schiffe und Zelte der Danaer schlug.

Hektor ließ sich durch dies alles nicht schrecken. Auch er stürzte sich mit seinen Trojanern in die Schlacht, wie ein Waldbrand durch ein gekrümmtes Bergtal prasselt. Ein neuer Kampf entspann sich zwischen beiden Heeren. Als Erstes zielte Hektor mit seiner Lanze auf den großen Ajax und traf ihn sicher; aber Schild- und Schwertriemen, die sich über Ajax' Brust kreuzten, schützten den Helden. Hektor, nun ohne Speer, wich enttäuscht in die Reihen seiner Kämpfer zurück. Ajax warf ihm einen Stein nach, und er traf den Trojaner so hart, dass er in den Staub stürzte, Lanze, Schild und Helm verlor und das Erz der Rüstung klirrte. Die Griechen johlten, ein Hagel von Speeren folgte dem Stein, und sie hofften, den Liegenden wegziehen zu können. Aber die besten Helden der Trojaner, Äneas, Polydamas, der edle Agenor, der Lykier Sarpedon und sein Gefährte Glaukos, hielten ihre Schilde zur Abwehr vor Hektor und brachten ihn ungefährdet zum Streitwagen, der ihn zur Stadt zurückführte.

Als die Griechen sahen, dass Hektor den Kampfplatz verließ, rannten sie heftiger auf den Feind ein. Um Ajax erhob sich ein Getümmel; nach allen Seiten hin trafen sein Wurfspieß und seine Lanze. Agamemnon durchstach dem Hyperenor die Hüfte; am allermeisten aber wütete unter den Trojanern, die schon draußen vor der Mauer über den Graben und durch die Pfähle zu fliehen begannen, der kleine Ajax, der wendige Lokrer, dessen Stunde jetzt gekommen war.

Hektor erhält Hilfe von Apollo

Die Trojaner machten erst bei ihren Wagen wieder Halt. Gerade da aber erwachte Zeus auf dem Gipfel des Ida und hob sein Haupt aus Heras Schoß. Schnell sprang er auf und übersah mit einem Blick Griechen und Trojaner, die einen in die Flucht getrieben, die anderen sie stürmisch verfolgend. Mitten in ihren Reihen machte er seinen Bruder Poseidon aus. Er sah auch Hektor. Der Held war bewusstlos, Ajax hatte ihn schwer getroffen. Voller Mitleid ruhte der Blick des Vaters der Götter und der Menschen auf ihm, dann wandte Zeus sich drohend Hera zu, sein Gesicht verfinsterte sich. „Betrügerin, was hast du getan? Fürchtest du nicht meinen Zorn? Denkst du nicht mehr daran, wie du, zwei Ambosse an die Füße gehängt, die Hände in Fesseln, hoch in der Luft schwebtest und kein Olympischer sich dir zu nahen wagte, ohne von mir auf die Erde geschleudert zu werden? Es war damals, als du die Götter der Stürme gegen meinen Sohn Herakles aufgewiegelt hattest. Willst du das ein zweites Mal?"

Hera schwieg eine Weile, dann sagte sie: „Himmel und Erde und die Fluten des Styx sollen meine Zeugen sein, dass nicht ich deinen Bruder Poseidon gegen die Trojaner aufgehetzt habe! Am liebsten würde ich ihm sagen, dass er sich deinem Befehl fügen soll!"

Zeus glaubte ihr und wurde ruhiger; noch immer wirkte der Gürtel Aphrodites, den Hera bei sich trug. Endlich besänftigte er sie: „Würdest du im Rat der Unsterblichen ebenso sprechen, Gemahlin, so würde Poseidon seine Meinung bald ändern! Wenn es dir ernst ist, so geh und rufe Iris und Apollo zu mir; Iris, damit sie meinem Bruder befiehlt, aus dem Kampf heimzukehren, und Phöbos Apollo, damit er Hektor heilt und mit neuer Kraft ausstattet!"

Erschrocken gehorchte Hera, verließ den Berg Ida und trat in den olympischen Saal, wo die Unsterblichen an vollen Tischen saßen. Die Götter sprangen ehrerbietig von ihren Sitzen auf und streckten ihr grüßend die Becher entgegen. Sie schlürfte Themis' Nektar und meldete das Machtwort des Zeus. Schnell wie der Wind fuhr Iris hinab auf das Schlachtfeld. Als Poseidon den Befehl seines Bruders vernahm, murrte er: „Zeus soll nicht mit Gewalt meinen Willen bestimmen, ich bin aus dem gleichen Stoff wie er! Wenn auch das Los um die Teilung der Herrschaft mir das Meer zusprach, dem Hades die Hölle und ihm, Zeus, den Himmel, so gehören doch die Erde wie auch der Olymp uns allen gemeinsam!"

„Soll ich das dem Göttervater sagen?“, fragte Iris zögernd.

Da nahm sich der Gott zurück, er verließ das Heer der Danaer und rief: „Nun denn, ich gehe! Dies aber soll Zeus wissen: Trennt er sich von mir und den anderen göttlichen Freunden der Griechen, so entflammt er für immer unseren Zorn! Wir verlangen Trojas Vernichtung!“ So sprach er, in die Fluten tauchend, und war gleich darauf verschwunden.

Auch Phöbos Apollo war zu Zeus, seinem Vater, geeilt, der ihn nun aussandte, Hektor zu helfen. Apoll fand ihn erwacht und wieder aufgerichtet und gestärkt. Sein Herz schlug ruhiger, sein Atem ging leichter. Als Apollo zu ihm trat, blickte Hektor traurig auf: „Wer bist du, Himmlischer, der nach mir fragt? Hast du gehört, dass der gewaltige Ajax mich bei den Schiffen mit einem Stein getroffen und mitten im siegreichen Kampf überwunden hat? Ich glaubte schon in den schwarzen Hades hinabzumüssen!“

„Du darfst ruhig sein“, antwortete Apoll, „Zeus sendet mich, seinen Sohn Phöbos, zu dir und befiehlt mir, dich fortan zu schützen. Ich werde das goldene Schwert, das du in meinen Händen siehst, für dich schwingen. Besteige deinen Wagen wieder; ich eile voran, ebne deinen Pferden den Weg und helfe dir, die Griechen in die Flucht zu treiben!“

Kaum hatte Hektor die Stimme des Gottes vernommen, sprang er wie ein mutiges Ross, das sein Halfter an der Krippe zerreißt, vom Boden auf und schwang sich in seinen Wagen. Die Griechen aber, als sie den Helden herbeifliegen sahen, standen starr und gaben die Verfolgung der Trojaner auf – wie Jäger und Hunde, die einem Hirsch im Dickicht des Waldes auf der Spur sind, vor einem zottigen Löwen erschrecken. Der Erste, der Hektor sah, war der Ätolier Thoas, ein beredter Mann, der sofort die Fürsten der Griechen, mit denen er kämpfte, aufmerksam machte und rief: „Hektor, den wir alle unter dem Steinwurf von Ajax stürzen sahen, kommt aufrecht auf seinem Wagen heran! Sicher steht ihm Zeus, der Donnerer, zur Seite! Befehlt rasch, dass die Masse des Heeres auf die Schiffe zurückgehen soll; wir aber wollen uns ihm stellen!“

Die Helden gehorchten dem Rat von Thoas; sie riefen die edelsten

Fürsten und Kämpfer zusammen, die sich schnell um die beiden Ajax', um Idomeneus, Meriones und Teukros sammelten; hinter ihnen zog sich alles Volk auf die Schiffe zurück.

Die Trojaner drangen mit großer Kraft vor. Hektor führte sie, er stand noch auf seinem Streitwagen. Ihn selbst lenkte, in eine Wolke eingehüllt, Apollo, den grauenvollen Ägisschild mit seinem Gorgonenhaupt in der Hand. Die griechischen Helden erwarteten die Feinde, ein kleines gedrängtes Häuflein; lautes Geschrei stieg von beiden Seiten auf. Bald flogen die Pfeile und die Speere – und die Geschosse der Trojaner trafen alle ausnahmslos, weil Phöbos Apollo mit ihnen war. Sobald der Gott den grässlichen Schild gegen die der Danaer erhob, laut und fürchterlich aus seiner dunklen Wolke aufschreiend, stockte den Griechen das Herz, sie vergaßen die Abwehr. So erschlug Hektor den Führer der Böotier, Stichios; Äneas erstach den Athener Jasos und danach Medon, den Halbbruder des lokrischen Ajax', und nahm ihnen die Waffen ab. Den Helden Deïochos aber traf Paris auf der Flucht in den Rücken, dass die Lanzenspitze vorn zur Brust herausdrang.

Während die Trojaner den Gefallenen gleich die Rüstungen raubten, flohen die Griechen in großer Verwirrung auf Graben und Pfähle zu, und manche retteten sich in ihrer Not schon über die Mauer. Hektor schrie seinen Kämpfern zu: „Lasst die Toten liegen, sprengt geradewegs zu den Schiffen! Wen ich nicht auf dem Weg dorthin treffe, der ist des Todes!" Er schlug auf seine Pferde ein, und alle Helden Trojas folgten ihm mit ihren Streitwagen. Inzwischen stampfte Apollo die Ränder des Grabens in der Mitte nieder und schuf so einen Brückenpfad; darauf schritt der Gott selbst zuerst zur Mauer der Griechen hinüber, und mit einem Stoß seiner Ägis warf er sie um, wie ein am Meeresufer spielendes Kind den Sandhaufen zerstört, den es aufgebaut hat. Die Griechen waren jetzt wieder in die Gassen zwischen ihren Schiffen zusammengedrängt und hoben die Hände flehend zu den Göttern empor. Auf das Gebet von Nestor antwortete Zeus mit gnädigem Donner.

Die Trojaner aber deuteten das Zeichen vom Himmel zu ihren Gunsten, stürzten sich über die Mauerbrücke mit Pferd, Wagen und

Mann und kämpften von ihren Streitgespannen aus, während die Griechen sich auf die Verdecke ihrer Schiffe flüchteten und sich von dort herab wehrten.

Patroklos saß zu dieser Stunde in dem schönen Zelt des Helden Eurypylos und pflegte dessen Wunde, träufelte lindernde Säfte darüber. Als er hörte, wie die Troer mit Macht die Mauer berannten, als das Getümmel und die Angstschreie der flüchtenden Danaer in seine Ohren drangen, klagte er: „Eurypylos, so gern ich dich weiter pflegen möchte, länger darf ich nicht bei dir bleiben; draußen geht es hart her! Ich eile zu meinem Freund Achill und versuche, ob ich ihn nicht mithilfe der Götter und mit meinem Zuspruch endlich bewegen kann, in die Feldschlacht einzugreifen!“ Kaum hatte er dies gesagt, als seine Füße ihn auch schon aus dem Zelt trugen.

Inzwischen tobte der Kampf bei den Schiffen weiter, ohne dass sich der Vorteil auf eine der beiden Seiten geneigt hätte. Um eins der Schiffe stritten Hektor und Ajax; aber der eine konnte den Feind nicht überwältigen, um Feuer in das Schiff zu werfen; der andere nicht, um den Angreifer loszuwerden. Ein Speer streckte Kaietor, einen Verwandten Hektors, an dessen Seite nieder; die Lanze Hektors traf Lykophron, den Streitgefährten des Ajax. Als Teukros dies sah, eilte er dem Bruder zu Hilfe und schoss dem Wagenlenker des Polydamas einen Pfeil in den Nacken. Polydamas, der zu Fuß focht, musste die davonstürmenden Pferde aufhalten. Ein zweiter Pfeil von Teukros zielte auf Hektor, aber Zeus ließ die Sehne zerreißen und das Geschoss ihn verfehlen; der Bogenschütze spürte die feindselige Gewalt des Gottes.

Auch Hektor hatte es wahrgenommen; er schrie seinen Männern zu: „Bleibt mutig und lasst nicht nach, ihr Männer! Eben konnte ich sehen, wie der Donnerer einem der Griechen die Waffe zerstörte! Mit aller Kraft zum Schiffskampf! Die Götter sind mit uns!“

„Griechen“, rief auf der anderen Seite Ajax, „nun heißt es, zu sterben oder die Schiffe zu retten! Wenn der gewaltige Hektor sie zerstört, wie wollt ihr dann über das Meer heimkehren? Oder meint ihr, der Feind lädt euch zum Tanz? Es ist besser, die Entscheidung zwischen Tod und

Leben herbeizuführen, als in schmählicher Unentschlossenheit umzukommen!“ Und Ajax streckte einen Trojaner nieder; aber auf jeden Gestürzten antwortete Hektor ihm mit dem Tod eines Griechen. Endlich entspann sich ein mörderischer Kampf um den Leichnam und die Rüstung von Dolops, den Menelaos niedergestreckt hatte. Hektor bot alle Brüder und Verwandten auf; Ajax und seine Freunde dagegen umringten die Schiffe mit einem Gehege von Schilden und Lanzen.

Bald kam Trojas Heer erneut wie eine Schar Löwen auf die Griechen zu.

Schon verließen die Griechen ihre vorderen Schiffe, doch zerstreuten sie sich in den Gassen des Lagers; Scham und zugleich Furcht hielt sie bei den Zelten zusammen. Immer wieder machten sie einander Mut, vor allen der greise Held Nestor, der mit seinem Schlachtruf die Herzen der Männer stärkte. Ajax eilte über die Schiffe, ein zweiundzwanzig Ellen langes Ruder, mit Eisenringen gefügt, in seiner rechten Hand. Wie ein geschickter Reiter von einem Pferd auf das nächste springt, so setzte er von einem Schiffsdeck auf das andere und schrie mit schrecklicher Stimme zu den Griechen hinab, sich zu verteidigen.

Aber auch Hektor blieb nicht untätig im Haufen seiner Männer. Wie ein Adler, der sich auf Kraniche oder Schwäne stürzt, die am Ufer eines Stromes lagern, drang er geradewegs auf eines der Schiffe los; Zeus selbst gab ihm einen Stoß, dass er voranflog und eine ganze Schar ihm nachstürmte.

So begann von Neuem ein erbitterter Kampf um die Segler; die Griechen wollten lieber sterben als fliehen, von den Trojanern aber hoffte jeder, die erste Fackel in die Schiffe zu schleudern. Schon fasste Hektor das Steuerende des schönen Seglers, der Protesilaos hierher nach Troja gebracht hatte. Um ihn kämpften und mordeten sich jetzt Danaer und Troer; da war keine Rede mehr von Bogenschuss oder auch nur vom Speerwerfen; zusammengedrängt schwangen alle ihre Beile, Äxte und Schwerter gegeneinander und stießen die Lanzen vor. Manches gute Schwert stürzte dort aus der Hand in den Staub. Hektor aber schrie: „Feuer her und den Schlachtruf nicht vergessen! Jetzt schickt uns Zeus den Tag, der uns für alle anderen schadlos hält! Jetzt die Segler erobert, die das Elend zu uns getragen haben! Zeus selbst befiehlt uns!"

Auch Ajax konnte dem Angriff Hektors nun nicht mehr widerstehen. Er wich vom Verdeck seines Schiffes zurück und schwang sich auf die Bank des Steuermanns. Aber noch von hier aus spähte er umher und richtete seine Lanze gegen die mit Feuerbränden anrennenden Trojaner. Zugleich donnerte seine Stimme über die Kämpfenden seines Volkes: „Freunde, seid Männer! Oder glaubt ihr, hinter unseren Schiffen stehen neue Helfer, die euch schützen könnten? Ihr habt keine Stadt mehr, hinter deren Mauern ihr flüchten könntet wie die Trojaner; auf dem Boden des Feindes sind wir und an den Rand der See gedrängt! Unser Heil beruht auf unseren Waffen!" So rief er und empfing jeden Trojaner, der sich mit einer Fackel dem Schiff näherte, mit einem Lanzenstich.

Tod des Patroklos

Während um den Segler, auf dem Ajax stand, auf Tod und Leben gekämpft wurde, war Patroklos, als er das Zelt des verwundeten Eurypylos verlassen hatte, zu seinem Freund Achill geeilt. Als er in dessen Lagerhütte eintrat, stürzten ihm die Tränen aus den Augen. Mitleidig sah Achill ihn an und sprach zu ihm: „Du weinst ja wie ein Mädchen, guter Patroklos, das der Mutter nachläuft und ‚Nimm mich mit!' schreit. Oder beklagst du das Volk von Argos, dass es so jämmerlich zugrunde geht? Red nur immer ehrlich heraus, und lass mich alles wissen!"

Patroklos seufzte auf: „Zürne mir nicht, Achill! Und ich gebe zu, das Schicksal der Griechen lastet auf meiner Seele! Die Tapfersten liegen verwundet bei den Schiffen; Diomedes ist vom Pfeil getroffen, Odysseus und Agamemnon von den Lanzen unserer Gegner. Du aber bleibst unerbittlich. Nicht Peleus und Thetis, der Mensch und die

Göttin, können deine Eltern gewesen sein; dich muss ein Fels geboren haben, so hart ist dein Herz! Wenn wirklich die Worte deiner Mutter oder ein Befehl der Götter dich zurückhalten, so schicke wenigstens mich und deine Krieger in den Kampf, den Griechen zu helfen! Lass mich deine eigene Rüstung anlegen; vielleicht geschieht es, dass die Trojaner, wenn sie glauben, dich zu erblicken, zu zögern beginnen und den Danaern Zeit zur Erholung geben!“

Aber Achill erwiderte unmutig: „Freund! Es ist nicht das Wort meiner Mutter, auch kein Götterausspruch hindert mich. Mich schmerzt, dass ein Grieche es gewagt hat, mir, dem Ebenbürtigen, das Ehrengeschenk zu rauben. Dennoch habe ich mir nicht vorgenommen, ewig zu grollen. Wenn die Schlacht nun vor den Schiffen tobt, so will ich vergessen, was mir angetan wurde. Doch ich werde nicht selbst am Kampf teilnehmen, sondern du; lege also meine Rüstung an, und führe unsere Myrmidonen aus dem Lager. Nur weiche Hektor aus; auch hüte dich, dass du keinem Gott in die Hände fällst: Denn Apollo liebt unsere Feinde!“

Inzwischen wurde der Kampf bei den Schiffen für Ajax immer schwerer; sein Helm rasselte von feindlichen Geschossen, die Schulter fing an zu erstarren, Angstschweiß floss ihm von den Gliedern – und er durfte sich keine Erholung gönnen. Als ihm nun Hektors Schwert die Lanze zerschmetterte, sodass nur der verstümmelte Teil in seiner Hand blieb, da wich auch er zurück. Und jetzt schleuderte Hektor eine mächtige brennende Fackel in das Schiff. Bald schlugen die Flammen um das Steuerruder zusammen.

Als Achill nun von seinem Zelt aus das Feuer auflodern sah, durchzuckte ihn der Schmerz. „Patroklos“, rief er, „beeile dich, auf dass sie uns die Schiffe nicht nehmen und die Heimfahrt unmöglich machen! Ich selbst werde hingehen, meine Männer zu sammeln.“

Patroklos war froh über die Wandlung; eilig legte er die Beinschienen an, schnallte den Harnisch um die Brust, hing sich das Schwert um die Schulter, setzte den Helm aufs Haupt, griff mit der Linken zum Schild und packte mit der Rechten zwei mächtige Lanzen. Dann ließ er seinen

Freund und Wagenlenker Automedon die Rosse Xanthos und Balios anschirren. Achill aber rief seine Myrmidonen unter die Waffen. Hungrigen Wölfen gleich stürmten sie zu ihm, je fünfzig Männer aus den fünfzig Schiffen.

Die in den Kampf Ziehenden mahnte der Held: „Denkt daran, wie oft ihr während meines Zorns den Trojanern gedroht und enttäuscht meine Laune gescholten habt, die euch vom Kampf zurückhielt. Jetzt ist die Stunde, die ihr wolltet, gekommen; kämpft und zeigt euren ganzen Mut!“ Nach diesen Worten zog er sich in sein Zelt zurück und holte aus dem Kasten, den – voll von Leibröcken, Decken und Mänteln – seine Mutter Thetis ihm mit aufs Schiff gegeben hatte, einen kunstvollen Becher hervor, aus dem kein anderer Mann Wein getrunken und kein anderer Gott Dankopfer empfangen hatte als der Donnerer. Aus ihm opferte er auch jetzt, in der Mitte seines Hofes stehend, unter Gebeten dem Vater Zeus und bat ihn, die Griechen zum Sieg zu führen, seinen Waffengefährten Patroklos aber unverletzt zu den Schiffen zurückzugeleiten. Zu der ersten Bitte nickte Zeus oben auf seinem Berg als Zustimmung, zur zweiten schüttelte er sein Haupt. Achill indes stellte sich jetzt vor sein Zelt, um den Kampf zwischen Griechen und Trojanern zu beobachten.

Seine Myrmidonen zogen inzwischen, mit Patroklos an der Spitze, wie ein Wespenschwarm ihren Weg. Als die Trojaner sie kommen sahen, schlug ihnen das Herz. Sie glaubten, Achill selbst habe sich aufgemacht. Schon fingen sie an umherzuspähen, wie sie dem Verderben entrinnen könnten. Patroklos benutzte ihre Furcht und warf seine blitzende Lanze genau in ihre Mitte hinein, wo am halb verbrannten Schiff des Protesilaos das Getümmel am stärksten war.

Erschrocken flohen die Trojaner. Sie fassten sich jedoch bald wieder, und die Griechen mussten, Mann für Mann, zu Fuß kämpfen.

Der große Ajax hatte nichts anderes im Sinn, als Hektor mit dem Speer zu treffen; der aber, voller Kriegserfahrung, deckte sich mit seinem stierledernen Schild, dass Pfeile und Wurfspieße daran abprallten. Zwar hatte Hektor bereits erkannt, dass der Sieg sich wohl von ihm und seinen Streitern abwandte, er führte jedoch unerschütterlich den Kampf, immer darauf bedacht, seine Gefährten zu beschützen und zu retten. Erst als der Ansturm übergroß wurde, wendete er sein Gespann und setzte wie fliegend über den Graben zurück. Die anderen Trojaner waren nicht so glücklich; viele Pferde schafften den Sprung nicht. Wem es gelang hinüberzukommen, stob in eiliger Flucht zur Stadt.

Patroklos aber sprengte mit lautem Rufen den noch zwischen Schiff, Mauer und Fluss zurückgebliebenen Trojanern entgegen und tötete, wen er traf. Dann trieb er das unsterbliche Pferdegespann des Achill an, um den fliehenden Hektor umzuwerfen. Mit Schmerz und Wut sah dies der Lykier Sarpedon und stellte sich ihm in voller Rüstung in den Weg. Patroklos sprang vom Wagen, und schreiend stürmten die beiden aufeinander zu wie zwei gierige, krummschnäblige Habichte. Voll Erbarmen sah Zeus auf seinen Sohn Sarpedon nieder; aber Hera wies ihn zurecht: „Wo denkst du hin, Gemahl! Einen Sterblichen willst du schonen? Wenn alle Götter ihre Lieblinge aus der Schlacht fortlocken wollten, wie wolltest du dann die Geschicke der Welt lenken?“ Zeus gab der Göttin nach, nur eine Träne fiel aus seinem Auge auf die Erde, dem Sohn geweiht.

Die beiden Kämpfer hatten sich inzwischen auf Wurfweite einander genähert. Patroklos traf zuerst den tapferen Gefährten Sarpedons, Thrasymelos. Sarpedons Speer verfehlte zwar den Gegner, stieß dafür aber dem Pferd Pedasos den Speer in die rechte Schulter, dass es stürzte.

Sarpedon warf die zweite Lanze, wiederum verfehlte sie den Gegner. Doch der Speer des Patroklos traf den Lykier, der fiel zu Boden wie ein Baum unter der Axt, und griff mit der Hand in den blutigen Staub. Sterbend rief er nach seinem Gefährten Glaukos.

Zeus, der dem Kampf aufmerksam zuschaute, dachte eine Weile an den Tod von Patroklos, aber er beschloss, den Helden zuvor noch einmal siegen zu lassen, und so drängte denn der Freund des Achill die Trojaner samt den Lykiern zurück und auf die Stadt zu. Die Griechen raubten die Rüstung des gefallenen Sarpedon, und eben wollte

Patroklos ihn seinen Myrmidonen überlassen, als Apollo auf Befehl des Zeus vom Gebirge in die Feldschlacht hinunterfuhr, den Leichnam auf seine Schultern nahm und ihn fern an den Fluss Skamander trug. Hier wusch er den Toten im fließenden Gewässer und übergab ihn den Zwillingen Schlaf und Tod. Die beiden flogen mit ihm davon und brachten Sarpedon in sein Heimatland Lykien.

Am skäischen Tor angekommen, hielt der fliehende Hektor mit seinen Rossen inne und überlegte einen Augenblick, ob er sie wieder ins Schlachtgetümmel treiben oder seinen Männern befehlen sollte, sich in die Mauern Trojas zurückzuziehen. Während er noch unentschlossen die Zügel straffte, nahte sich ihm Phöbos Apollo in der Gestalt von Hekubas Bruder Asios und flüsterte ihm ins Ohr: „Hektor, gehst du aus dem Kampf? Wer weiß, ob dir Apollo nicht den Sieg schenkt!" Dann verlor sich der vermummte Gott im Gewühl der Schlacht. Da ermunterte Hektor seinen Wagenlenker Kebriones, die Pferde wieder in den Kampf zu treiben; Apollo lief vor ihm her in die Reihen der Griechen und richtete Verwirrung unter ihnen an. Hektor aber rührte keinen der Argiver an, sondern fuhr auf direktem Weg Patroklos entgegen.

Als der ihn kommen sah, sprang er ab, in der Linken den Speer; mit der Rechten griff er nach einem zackigen Marmorstein vom Boden, den er sofort auf Kebriones warf, dass der tot vom Wagen stürzte. „Bei den Göttern, ein wendiger Mann!", rief Patroklos. „Wie leicht er kopfüber springen kann!" Er lachte und trat zur Leiche des Gefallenen. Hektor wehrte ihn von seinem Gefährten ab; er fasste das Haupt des Toten, Patroklos den Fuß. Von beiden Seiten zogen und zerrten Troer und Danaer nun an dem toten Körper, als kämpften Ost- und Westwind miteinander, bis Hektor den Kampf für sich entschied. Nun warf sich Patroklos mit doppelter Wut auf die Trojaner und erschlug dreimal neun von ihnen in kürzester Zeit.

Doch als er erneut das vierte Mal angestürmt kam, wartete der Tod auf ihn; Phöbos Apollo selbst begegnete ihm in der Schlacht. Patroklos bemerkte den Gott nicht, weil er in dichten Nebel gehüllt war. Apollo aber folgte ihm und versetzte dem Helden mit der flachen Hand einen

Schlag auf den Rücken; da verschwamm es Patroklos vor den Augen. Dann stieß der Gott ihm den Helm vom Kopf, dass er weit in den Sand unter die Pferdehufe rollte. Endlich zerbrach er die Lanze in der Hand des Helden, löste ihm den Schildriemen von der Schulter und den Harnisch vom Leib und betäubte sein Herz, dass es augenblicklich stillstand. Patroklos war wie erstarrt. Hektor aber rannte nun auf ihn zu und durchbohrte ihn mit dem Speer. „Patroklos", schrie er, „hattest du nicht vor, unsere Stadt in einen Schutthaufen zu verwandeln und unsere Frauen als Sklavinnen in deine Heimat zu bringen? Nun habe ich dies hinausgeschoben, und dich werden die Geier fressen!"

Mit schwacher Stimme antwortete ihm der Sterbende: „Freue dich nur, Hektor! Aber eines sage ich dir: Auch du wirst nicht mehr lange die Sonne sehen! Das Verhängnis steht schon neben dir, und ich weiß, durch wen du sterben wirst!" Nur mit Mühe brachte er die Worte hervor, dann flog seine Seele zum Hades.

Hektor rief dem Gestorbenen nach: „Was willst du mir für ein Verderben vorhersagen, Patroklos? Wer weiß, ob meine Lanze nicht auch Achill noch durchbohren wird!" Er zog dem Toten, die Ferse gegen ihn stemmend, den Speer aus der Wunde und warf ihn jäh auf Patroklos' Wagenlenker Automedon. Den jedoch retteten die unsterblichen Rosse vor dem nachsetzenden Verfolger.

Um die Leiche des Patroklos kämpften Euphorbos der Trojaner und Menelaos der Atride. „Du sollst es mir büßen", rief Euphorbes, „dass du meinen Bruder Hyperenor erschlugst und sein Weib zur Witwe machtest!" Er rannte mit der Lanze gegen den Schild des Atriden; aber das Eisen verbog sich. Nun erhob auch Menelaos die Lanze und bohrte sie dem Feind mitten ins Gesicht, dass von seinem zierlich gelockten, mit Gold und Silber durchringelten Haar das Blut troff. Sofort versuchte Menelaos, ihn der Rüstung zu berauben. Ja, wenn ihn nicht Apollo darum beneidet hätte! Der Gott spornte die Trojaner an, sich dem toten Euphorbos zuzuwenden. So erblickte Hektor den Fürsten Menelaos, wie der sich der herrlichen Rüstung des Gefallenen, über den blutigen Körper gebückt, bemächtigte, und drang auf ihn ein. Weil der Atride sich sagte, dass er dem mit seinen Troerscharen heranstürmenden Hektor nicht standhalten könne, floh er, Leichnam und Rüstung zurücklassend – doch er floh zögernd, blickte sich von Zeit zu Zeit um, stand still und suchte nach Ajax. Als er ihn endlich im Gemenge der Schlacht erkannte, lief er auf ihn zu und forderte ihn auf, mit ihm zum Kampf um den Leichnam des Patroklos zu eilen.

Es wurde Zeit! Hektor hatte dem Griechen schon die Rüstung abgezogen und machte sich daran, dem Toten mit dem Schwert den Kopf von der Schulter zu schlagen. Als er Ajax hinter seinem siebenhäutigen Stierschild herankommen sah, sprang er auf und flüchtete in die Schar seiner Gefährten zurück. Dort sprang er in seinen Wagen und übergab die Rüstung des Patroklos seinen Freunden; auf dass sie ihm die Beute zur Stadt brachten, wo sie als Denkmal aufbewahrt werden sollte.

Vor der Leiche selbst wachte Ajax, und neben ihm stellte sich Menelaos auf.

Glaukos der Lykier aber blickte finster auf Hektor und sagte: „Umsonst wirst du gerühmt als tapferer Held, wenn du jetzt vor den Griechen weichst!"

„Du irrst dich, Freund Glaukos", erwiderte Hektor, „wenn du glaubst, ich fürchte mich vor Ajax! Noch hat mir kein Kampf jemals Angst gemacht. Komm, sieh mich an, und urteile dann, ob ich so ängstlich bin, wie du meinst!" Mit diesen Worten eilte er seinen Freunden nach, die den Nachlass des Patroklos als Beute zur Stadt fuhren. Rasch vertauschte er seine eigene Rüstung mit der von Achill – die Patroklos getragen hatte – und zog die unsterbliche Rüstung an, die einst Götter Achills Vater, Peleus, bei seiner Hochzeit mit Thetis geschenkt hatten, und die der Vater dem Sohn übergab, als er zu altern begann.

Als Zeus, der Herr der Irdischen und Überirdischen, aus seiner Höhe sah, wie Hektor die Waffen des göttergleichen Achill anlegte, schüttelte er betrübt sein Haupt: „Du Armer, du ahnst nichts von dem Todesgeschick, das an deiner Seite geht. Du hast den Freund des Achill erschlagen, hast ihm die Rüstung abgezogen und schmückst dich jetzt mit seinen unsterblichen Waffen! Weil du aber die Schlacht nicht überleben wirst und deine Frau Andromache dich nie mehr begrüßen wird, so will ich dir noch einmal Ruhm verleihen.“ Als der Himmelsvater dies sagte, schloss sich im gleichen Augenblick die Rüstung enger um Hektors Leib, der kriegerische Geist des Ares durchdrang ihn, und seine Glieder strotzten vor Kraft und Stärke. Mit lautem Zuruf lenkte er den Wagen zu den Verbündeten und führte sie gegen den Feind. Da entbrannte der Kampf aufs Neue um die Leiche des Patroklos. Hektor wütete so, dass Ajax Menelaos zurief: „Ich bin weniger um den toten Patroklos besorgt als um meinen Kopf und um deinen. Hektor umringt uns mit seinen Scharen wie eine Wolke. Vielleicht können die Danaer uns hören, wenn wir um Unterstützung rufen!“

Menelaos erhob seine Stimme, so laut er konnte, und der Erste, der ihn vernahm, war Ajax der Lokrer, der schnelle Sohn des Oïleus; nach ihm hörte auch Idomeneus mit seinem Gefährten den Ruf und viele andere, sodass die Griechen bald den Leichnam des Patroklos mit ihren Erzschilden umzäunt hielten. Nun wichen die Trojaner, und gegen den Beschluss des Zeus hätten die Griechen gesiegt, wenn nicht Apollo in der Gestalt des Helden Periphas, des greisen Herolds, den gewaltigen Äneas zum Kampf angetrieben hätte. Dieser erkannte den Gott, feuerte seine Truppen an und focht, weit voraus, bald im vordersten Treffen. Jetzt wandten die Trojaner sich wieder dem Feind zu.

Während des Kampfes standen die Rosse des Achill abseits vom Schlachtfeld. Als sie hörten, dass Patroklos, von Hektor getötet, im Staub liege, fingen sie an zu weinen, wie Menschen es tun. Vergebens bemühte sich Automedon, sie mit beruhigenden Worten, dann mit Drohungen anzutreiben. Nicht zurück zu den Schiffen wollten sie und nicht zu den Griechen in die Schlacht; sie standen beide unbeweglich vor dem Wagen, ihre Häupter zu Boden gesenkt. Ihre Mähnen waren staubverkrustet, und aus den Augen tropften ihnen heiße Tränen.

An Patroklos’ Leiche flammte der Entscheidungskampf noch einmal auf. Des Herz des Zeus hatte sich gewendet; als dunkle Wolke senkte sich seine Botin Athene auf die Erde nieder und stellte sich neben Menelaos. Apollo aber trat in Phänops Gestalt zu Hektor und flüsterte:

„Wer bei den Griechen wird dich künftig noch fürchten, wenn ein Menelaos dich zurückzuschrecken vermag? Er hat dir deinen besten Freund erschlagen, und jetzt wird er, der weichlichste unter allen Griechen, dir auch die Leiche des Patroklos entführen!“

Nach diesen Worten überlegte Hektor nicht lange, er drang im Glanz seiner herrlichen Rüstung von Neuem vor.

Der Böotier Peneleos war der Erste, der sich zur Flucht wandte. Leïtos machte Hektor dadurch kampfunfähig, indem er ihm die Hand am Gelenk durchstach. „Sieh doch zu, Menelaos“, schrie Ajax da, „ob du nicht Antilochos noch lebend findest! Er müsste Achill melden, dass sein Freund Patroklos im Staube liegt.“

Menelaos blickte sich um; bald erkannte er den Sohn des Nestor im Gewühl der Schlacht. „Weißt du noch nicht, Antilochos“, schrie er ihm zu, „dass ein Gott den Danaern Unheil und den Trojanern Sieg zuschleudert? Patroklos ist von Hektor getötet worden. Nur ein Kühnerer lebt noch: Achill! Schnell, bringe ihm die Trauerbotschaft ins Zelt. Ob er nicht kommen wird, den nackten Leichnam zu retten, dem Hektor die Rüstung ausgezogen hat!“

Ein Schauer durchfuhr den Jüngling, seine Augen füllten sich mit Tränen; lange blieb er stumm und ohne Sprache. Dann eilte er, so schnell er konnte, den Schiffen zu.

Als Menelaos wieder zur Leiche des Patroklos kam, besprach er mit Ajax, wie sie den erschlagenen Freund fortbringen wollten. Sie erhofften sich wenig von der Ankunft Achills, da der Sohn des Peleus ja seiner unsterblichen Rüstung beraubt war. Mutig hoben sie den Toten von der Erde auf, und obwohl die Trojaner mit Schwertern und Lanzen folgten, so brauchte Ajax sich doch nur umzuwenden, dass sie zurückblieben und den Männern die Last nicht streitig zu machen wagten. So trugen die beiden mit großer Anstrengung Patroklos zu den Schiffen. Mit ihnen flüchteten auch die anderen Griechen aus dem Kampf. Hektor und Äneas waren ihnen auf den Fersen, und viele der Fliehenden verloren ihre Waffen, während sie in wilder Unordnung über den Graben zurückfluteten.

Jammer des Achill

Achill war bei den Schiffen; gerade dachte er an eine Weissagung seiner Mutter, dass der tapferste seiner Myrmidonen das Leben durch einen der Trojaner verlieren würde. Während er noch überlegte, wer der Tapferste sei, kam Antilochos mit der Schreckensbotschaft und rief Achill schon von Weitem weinend zu: „Weh mir, Achill, möchte doch nie geschehen sein, was ich dir melden muss! Unser Patroklos ist gefallen, sie kämpfen um seinen nackten Leichnam. Die Waffen hat ihm Hektor geraubt!“ Da wurde es Nacht vor den Augen Achills; mit beiden Händen griff er in die schwarze Erde, wieder und wieder, und bestäubte sich. Dann warf er sich selbst, so riesig er war, zu Boden und raufte sich das Haar. Jetzt stürzten auch die Sklavinnen, die Achill und Patroklos dienten, aus ihrem Zelt; zitternd liefen sie herbei. Als sie erfuhren, was geschehen war, schlugen sie sich klagend an die Brust.

So furchtbar schrie Achill auf, dass seine Mutter in der Tiefe des Meeres seine Stimme vernahm und selbst laut zu schluchzen begann, bis sich ihre silberne Grotte mit Wasserfrauen füllte. „Ich Arme“, rief Thetis ihren Geschwistern zu, „ach, ich unglückliche Mutter, die ich einen so edlen, so tapferen, so herrlichen Sohn gebar! Nie sehe ich ihn wieder, nie kehrt er in den Palast des Peleus zurück. Solange er noch im Sonnenlicht ist, muss er Qualen erdulden, und ich kann ihm nicht helfen! Aber ich will ihn aufsuchen, will hören, welcher Kummer ihn traf!“ So sprach die Göttin und stieg mit den Schwestern durch die sich öffnenden Wogen hinauf zum Ufer, tauchte bei den Schiffen empor und eilte auf den schluchzenden Achill zu. „Sohn, was ist geschehen“, rief sie und zog unter Klagen seinen Kopf an sich, „was macht dich so verzweifelt? Ist nicht alles, wie du es gewollt hast? Die Männer Griechenlands sind um die Schiffe gedrängt und flehen dich um deine Hilfe an!“

Endlich begann Achill unter Seufzen: „Mutter, was nützt mir das, seitdem Patroklos, den ich liebte wie mich selbst, in den Staub gesunken ist! Meine herrlichen Waffen, das Ehrengeschenk, das die Götter meinem Vater Peleus bei eurer Hochzeit schenkten, hat ihm sein Mörder Hektor vom Leib gezogen. Oh Mutter, würdest du doch immer im Meer wohnen oder hätte Peleus ein sterbliches Weib gehabt, so müsstest du nicht unsterbliches Leid ertragen um mich, deinen Sohn! Ich kann nicht am Leben bleiben, wenn nicht Hektor, von meiner Lanze durchbohrt, den Tod meines Patroklos büßt!"

Weinend antwortete Thetis: „Ach, nur allzu bald wird auch dir das Leben genommen, mein Sohn! Gleich nach Hektor ist dir dein eigenes Ende bestimmt."

Doch Achill rief: „So möchte ich doch gleich sterben, auf der Stelle, wenn das Schicksal es mir nicht vergönnt hat, den Tod meines Freundes zu sühnen und seinen Leichnam zu verteidigen! Was hilft den Griechen mein kurzes Leben? Kein Glück habe ich Patroklos, kein Glück habe ich unzähligen erschlagenen Gefährten gebracht. Bei den Schiffen sitze ich, eine unnütze Last der Erde! Verflucht sei der Zorn bei Göttern und Menschen, der zuerst süß ist und bald wie eine Feuerflamme in der Brust wächst!" Plötzlich fuhr Achill, sich fassend, fort: „Doch Vergangenes ist vergangen! Ich werde gegen Hektor kämpfen. Mag ich auch bald sterben, wenn Zeus und die Götter es wollen, so wird sich ebenso bald schon manche Trojanerin die Tränen des Jammers von den Wangen trocknen. Die Feinde sollen merken, dass ich zurückkehre zum Kampf! Verbiete es mir nicht, liebe Mutter!"

„Du hast recht, Sohn", antwortete ihm Thetis, „auch weil in deiner strahlenden Rüstung jetzt Hektor über das Feld stelzt! Höre, in aller Frühe, sobald die Sonne aufgeht, bringe ich dir neue Waffen, die Hephästos selbst schmieden soll. Geh jedoch nicht eher in die Schlacht, als bis du mich mit eigenen Augen zurückkommen siehst." So sprach die Göttin und bat ihre Schwestern, wieder hinabzutauchen in den Schoß des Meeres. Sie selbst suchte unter dem Olymp den Gott der Feuerarbeit, Hephästos, auf.

Zur gleichen Zeit erhob sich der Kampf noch einmal um den Leichnam des Patroklos. Und wirklich hätte Hektor zuletzt den Toten doch geraubt, wäre nicht Iris auf Heras Befehl mit der Botschaft zu

Achill geflogen, sich, von Zeus und den anderen Unsterblichen unbemerkt, heimlich auf dem Kampf vorzubereiten. „Aber wie soll ich zur Schlacht gehen“, fragte Achill die Götterbotin, „da die Feinde meine Rüstung haben? Und meine Mutter hat mir verboten, loszuschlagen, ehe sie selbst mit einer neuen Rüstung von Hephästos zurückkehren würde. Ich kenne niemanden, dessen Waffen zu mir passen, es sei denn, es ist der Riesenschild des Ajax!“

„Wohl weiß man im Olymp“, antwortete ihm Iris, „dass deine herrlichen Waffen geraubt sind; aber geh vorerst nur so zum Graben, wie du bist, und zeige dich den Trojanern! Vielleicht unterbrechen sie den Kampf, wenn sie dich erblicken, und die Griechen gewinnen Zeit.“

Als Iris wieder fort war, erhob sich der göttliche Achill. Athene selbst hängte ihm ihren Ägisschild um die Schulter und gab seinem Gesicht überirdischen Glanz. So lief er schnell durch Wall und Mauer zum Graben; doch mischte er sich, getreu der Warnung seiner Mutter, nicht in den Kampf, sondern blieb abseits stehen. Aber mit seinem anfeuernden Ruf erscholl zugleich der Ruf Athenes, dass es den Trojanern in den Ohren tönte. Als sie die Stimme des Peleus-Sohnes hörten, waren sie voll böser Vorahnungen. Wagen und Rosse kehrten um, mit Grauen sahen die Lenker um Achills Haupt eine Flamme brennen. Mit seinem dreifachen Schrei vom Graben her sprengte er dreimal das Schlachtgewühl der Troer. Zwölf ihrer Tapferen fielen von den Waffen der eigenen Kämpfer. Bald war Patroklos dem Gedränge und den Geschossen entrissen; die Helden trugen ihn auf der Bahre zurück, voller Trauer umringten die Freunde den Leichnam. Als Achill, der treue Gefährte, von Speeren zerfleischt, gebracht wurde, mischte er sich zum ersten Mal wieder unter die Griechen und warf sich mit heißen Tränen über den Toten. Die untergehende Sonne beleuchtete das Schauspiel der Klage und des Leids.

Viertes Buch

Achill ist neu bewaffnet

Beide Heere ruhten sich aus von schwerem Kampf. Die Trojaner spannten ihre Pferde von den Streitwagen; dann, ehe sie an die Mahlzeit dachten, eilten sie zur Versammlung. Da standen alle aufrecht im Kreis rund um Hektor. Keiner wagte sich zu setzen, denn noch zitterten sie vor Achill und fürchteten seine Rückkehr. Endlich sprach der Sohn des Panthoos, der kluge Polydamas, der in die Zukunft so gut wie in die Vergangenheit zu schauen vermochte. Er riet, nicht auf den Morgen zu warten, sondern sich sogleich nach Troja zurückzuziehen. „Findet der bewaffnete Achill uns morgen noch hier“, sagte er, „dann werden diejenigen froh sein, die vor ihm in die Stadt entronnen sind. Die anderen aber werden den Hunden und Geiern als Fraß dienen. Darum schlage ich vor, die Nacht auf dem Markt Trojas zu verbringen, wo hohe Mauern und feste Tore uns ringsum beschützen. In aller Frühe stehen wir dann auf der Mauer; und wehe Achill, wenn er dann von den Schiffen heranstürmt!“

Nun nahm auch Hektor das Wort und begann mit finsterem Blick: „Mir gefällt nicht, was du vorschlägst, Polydamas! Jetzt, wo mir Zeus dabei half, die Argiver bis nahe ans Meer zurückzudrängen, ist es der falsche Rat. Kein Trojaner wird dir zustimmen! Vielmehr befehle ich, das Nachtessen zu verteilen und dabei die Wachen nicht zu vergessen. Hat einer mehr, als er braucht, so soll er seine Vorräte zum gemeinsamen Mahl mitbringen. Am Morgen wiederholen wir dann den Sturm auf die Schiffe. Wenn Achill in den Kampf eintritt, so hat er das schlimmere Los gezogen; denn ich werde diesen grässlichen Kampf nicht verlassen, ehe ich gesiegt habe – oder untergegangen bin!“ Die Trojaner schlugen den klugen Rat Polydamas’ aus, sie spendeten den Worten Hektors Beifall und machten sich hungrig ans Mahl.

Die Griechen aber trauerten die ganze Nacht an der Leiche des Patroklos. Während Achills Hände auf der Brust des Freundes ruhten, klagte er: „Was war ich voreilig, als ich damals dem alten Menötios versprach, ihm seinen Sohn nach der Zerstörung Trojas in die Heimat zurückzubringen! Nun ist uns beiden vorherbestimmt, die fremde Erde von Troja mit unserem Blut zu färben, denn auch mich werden mein Vater Peleus und meine Mutter Thetis nicht wieder in ihren Palästen empfangen. Aber wenn ich auch wie du in den Boden sinken soll, Patroklos, so will ich nicht eher dein Begräbnis begehen, als bis ich dir die Waffen und das Haupt Hektors gebracht habe. Auch will ich dir an deinen Scheiterhaufen zwölf der edelsten Söhne Trojas opfern. Bis es so weit ist, ruhe bei meinen Schiffen, lieber Freund!" Nach diesen Worten befahl Achill, einen großen Dreifuß mit Wasser ans Feuer zu stellen und den Leichnam des gefallenen Helden zu waschen und zu salben. Dann wurde er vom Kopf bis zu den Füßen in kostbare Leinwand gebettet, auch ein schimmernder Teppich wurde auf den toten Körper gebreitet.

Genau in dieser Stunde traf Thetis bei Hephästos ein, in seinem sternenhellen Palast, den der hinkende Künstler sich selbst aus Erz gebaut hatte. Sie hörte, er sei schwitzend bei seinen Blasebälgen beschäftigt, mit schweren Schmiedearbeiten.

Seine Gattin Charis nahm die eintretende Thetis bei der Hand, führte sie zu ihrer Kammer, bot ihr einen silbernen Sessel an, rückte ihr einen Schemel unter die Füße und rief den Gemahl aus der Werkstatt. Hephästos freute sich über den Besuch der Meeresgöttin. „Wie schön, ist doch endlich einmal die edelste der Unsterblichen in meinem Hause, die mich, den Neugeborenen, einst vor dem Tode rettete! Weil ich lahm auf die Welt kam", so erklärte er Charis, „warf meine Mutter mich aus ihrem Schoß, und ich wäre elendiglich umgekommen, wenn nicht Eurynome und Thetis mich aufgefangen und in ihrer Meeresgrotte großgezogen hätten. Dort, in diesem Gewölbe, lernte ich schmieden, Ohrgehänge, Haarnadeln, Kettchen, Kunstwerke aller Art und Spangen. Rings um uns schäumte der Strom des Ozeans. Und nun besucht sie, meine Retterin, mein Haus! Bewirte sie, liebe Gattin, mich aber lass noch Ordnung schaffen!"

Mit diesen Worten hinkte der rußige Gott in seine Werkstatt und legte, mühsam hin und her wankend, die Blasebälge vom Feuer weg, verschloss seine Gerätschaften in einem silbernen Kasten, wusch sich mit einem Schwamm Hände, Gesicht, Hals und Brust und kehrte dann, in einen Leibrock gekleidet und von geschäftigen Mägden gestützt, wieder zurück.

Die Mägde jedoch waren keine lebenden Wesen – Hephästos hatte sie aus Gold geschmiedet und ihnen Kraft, Verstand und Stimme gegeben. Er nahm sich einen Sessel, setzte sich neben Thetis, drückte ihre Hand und blickte sie an. „Geliebte Göttin", sagte er, „was führt dich zu meiner Wohnung, die du so selten besuchst? Sag mir, was du verlangst! Alles wird dir mein Herz gewähren, was es nur gewähren kann."

Da erzählte ihm Thetis ihren ganzen Jammer und bat ihn, ihrem früh sterbenden Sohn Achill, solange er den Griechen zum Schutz noch lebte, Helm, Schild, Harnisch, Beinschienen und Knöchelbedeckung neu anzufertigen; denn seine Rüstung, die er früher besessen hatte, habe sein gefallener Freund vor Troja verloren. „Nur Mut, edle Göttin!", antwortete ihr Hephästos. „Vergiss den Kummer! Ich werde deinem Sohn eine herrliche Rüstung hämmern, die ihn stärken soll und die noch mancher Sterbliche, der sie erblickt, bestaunen wird!"

Damit verließ Hephästos die Göttin und drehte, zur Esse hinkend, die Blasebälge wieder zum Feuer und ließ sie arbeiten. Und zwanzig davon bliesen den glühenden Wind zugleich in den Ofen, während in mächtigen Tiegeln das Erz – Zinn, Silber und Gold – auf der Glut stand. Dann richtete der Gott den Amboss zurecht, griff mit der Rechten nach seinem gewaltigen Hammer und fasste mit der Linken die Zange. Und nun fing er an zu schmieden und formte zuerst den riesenhaften starken Schild aus fünf Schichten, mit einem Silberband und verziert mit dreifachem, glänzendem Rand.

Als er den Schild fertig hatte, hämmerte Hephästos auch den Harnisch und gab ihm einen helleren Glanz, als ihn das Feuer hat; dann den schweren Helm, fest an den Schläfen anliegend, mit goldenem Haarbusch, und zuletzt Beinschienen aus feinstem Zinn. All dies legte er vor die Mutter des Peliden nieder. In größter Eile nahm sie die Rüstung, dankte und trug die schimmernden Waffen in ihren Götterhänden davon.

Mit dem ersten Morgenlicht war sie wieder bei ihrem Sohn, der noch immer um seinen Freund Patroklos weinte, und überreichte ihm die Waffen. Die Myrmidonen zitterten bei ihrem Anblick, keiner wagte, der Göttin gerade ins Gesicht zu schauen. Achill aber funkelten die Augen unter den Wimpern wie Feuer vor Zorn und Freude zugleich; er hielt die herrlichen Gaben des Gottes, eine nach der anderen, in die Höhe und betrachtete sie lange. Dann stand er auf, sich mit ihnen zu wappnen.

Achill ging an den Strand des Meeres, und seine Donnerstimme rief die Danaer herbei. Da lief zusammen, was laufen konnte; selbst die Steuermänner kamen, die ihre Schiffe noch nie verlassen hatten, und die Verwundeten, Diomedes und Odysseus, hinkten zu ihm, auf ihre Lanze gestützt. Alle Helden trafen ein, als Letzter erschien der Völkerfürst Agamemnon, auch er noch hinfällig von seiner Verwundung.

Achill und Agamemnon versöhnen sich

Als alle vollzählig versammelt waren, stand Achill auf, blickte über die Menge und sprach:

„Agamemnon, Sohn des Atreus, hätte doch lieber Artemis' Pfeil an jenem Tag die Tochter des Brises getötet, als ich sie erbeutete, ehe so viele Griechen von den Feinden getötet wurden – während ich, voller Wut, in meinem Zelt saß! Vergessen sei das Vergangene, wenn es uns auch in der Seele kränkt. Mein Zorn ist besänftigt. Auf nun zum Gefecht! Ich will herausfinden, ob die Trojaner noch Lust haben, sich bei unseren Schiffen herumzutreiben!"

Unermesslicher Jubel der Griechen erfüllte bei diesen Worten die

Luft. Danach erhob sich Agamemnon, der Völkerfürst. „Haltet euch im Zaum! Wer kann bei solchem Geschrei noch reden oder zuhören? Ich will dem Sohn des Peleus antworten. Wie oft schon haben mich die Söhne Griechenlands für mein Verhalten an jenem Unglückstag gestraft, Achill! Doch lag die Schuld nicht nur bei mir; Zeus, die Parze und die Erinnys verblendeten mich damals in der Volksversammlung. Solange dann Hektor bei den Schiffen die Scharen unserer Kämpfer vernichtete, wurde ich unaufhörlich an meine Schuld erinnert. Nun will ich gerne wieder gutmachen, was ich angerichtet, und biete dir Sühne, Achill, so viel du begehrst. Zieh in den Kampf, und ich lasse dir all die Geschenke überreichen, die dir Odysseus, den ich in dein Zelt gesandt hatte, angekündigt hat. Wenn du willst, so bleib noch so lange in dieser Versammlung, bis meine Diener sie aus dem Schiff herbeigebracht haben, damit du mit eigenen Augen siehst, dass ich mein Versprechen erfülle!"

„Ruhmvoller Völkerfürst Agamemnon", antwortete Achill, „tu es, wie du möchtest, gib mir die Geschenke oder auch nicht, es ist mir nicht wichtig. Lass uns stattdessen ohne Verzögern an die Schlacht denken, denn noch ist vieles zu tun, und ich will, so schnell es geht, in vorderster Reihe stehen!"

Der kluge Odysseus erhob jedoch Einspruch: „Göttergleicher Held! Treibe die Griechen nicht hungrig vor Troja! Lass sie vorher bei den Schiffen Speise und Wein zu sich nehmen, denn nur das gibt Kraft und Stärke! Inzwischen mag Agamemnon die Geschenke in unseren Kreis bringen, damit alle Danaer sie sehen können und du, Achill, dich an ihnen erfreust. Danach, denke ich, soll er dich in seinem Zelt feierlich mit einem köstlichen Mahl bewirten."

„Gern habe ich dein Wort vernommen, Odysseus", antwortete Agamemnon, „du aber, Achill, wähle dir selbst die Jünglinge, dass sie dir die Geschenke aus meinem Schiff holen! Talthybios, der Herold, soll uns einen Eber herbeischaffen, damit wir Zeus und dem Sonnengott opfern und die Versöhnung beschwören."

„Tut, wie ihr wollt", murrte Achill, „ich will weder Trank noch Speise, solange Patroklos, mein Freund, zerfleischt in meinem Zelt liegt! Ich will nur Mord und Blut und Geröchel der Sterbenden!"

Aber Odysseus besänftigte ihn: „Held aller Griechen, du bist viel stärker als ich und tapferer im Kampf! An gutem Rat jedoch dürfte ich der Bessere sein, denn ich habe länger gelebt und mehr erfahren. So füge dich diesmal meiner Mahnung! Die Danaer brauchen ja ihre Toten nicht mit dem Magen zu betrauern. Wenn einer gestorben ist, so beerdigt man ihn und beweint ihn einen Tag; wer aber lebt, der stärke sich mit Wein und Speisen, damit wir umso rastloser kämpfen können!"

Nach diesen Worten schloss Odysseus sich Nestors Söhnen an und ging mit ihnen zum Lagerhaus Agamemnons. Von dort holten sie die versprochenen Geschenke. Inzwischen fing der Herold Talthybios einen Eber, richtete ihn zum Opfer her, betete und durchschnitt ihm die Kehle. Dann warf er das geschlachtete Tier weit ins Meer, den Fischen zum Fraß.

Die edelsten Danaerfürsten umringten nun Achill und baten ihn, doch am Mahl teilzunehmen. Doch er weigerte sich. „Bitte lasst mich", wehrte er ab, „macht mir das Herz nicht noch schwerer, Freunde! Lasst mich bleiben, wie ich bin, bis die Sonne ins Meer sinkt!" Mit diesen Worten entließ er die Fürsten, und nur Agamemnon und Menelaos, die beiden Atriden, sowie Odysseus, Nestor, Idomeneus und Phönix blieben noch bei ihm. Sie alle wollten den Trauernden aufheitern; aber er blieb unbewegt, und wenn er einmal redete, so ging sein Atem schneller, und er sprach über den Toten.

Mitleidig sah Zeus von seiner Höhe auf ihn herab, wandte sich an Pallas Athene und sagte: „Bist du nicht traurig wegen des edlen Helden, Tochter, der dort, um seinen Freund trauernd, sitzt, ohne Speise und Trank zu berühren? Auf, labe ihn mit Nektar und Ambrosia, dass er in der Schlacht nicht hungrig wird!"

Wie ein Adler mit breiten Flügeln flog die Göttin zu ihrem Liebling hinab, und während das Heer sich zur Schlacht rüstete, flößte sie Nektar und Ambrosia sanft und unbemerkt in seine Brust. Dann kehrte sie zum Palast ihres allmächtigen Vaters heim.

Inzwischen drangen, Helm an Helm, Schild an Schild, Harnisch an Harnisch und Lanzen an Lanzen, die Danaer aus den Schiffen hervor; die Luft leuchtete von Erz, und die Erde dröhnte unter ihren Fußtritten. Zur gleichen Zeit bewaffnete sich Achill, mit den Zähnen knirschend und Glut in den Augen wie ein loderndes Feuer. Er ergriff die neuen Waffen, legte zuerst Schienen und Knöchelschutz an, dann deckte er die Brust mit dem Harnisch, warf das Schwert um die Schulter und packte den Schild. Noch einmal dehnte und streckte er sich in der Rüstung, ob sie sich ihm auch genau genug anpasste – und tatsächlich, ihm war, als hätte er Flügel, die ihn vom Boden emporheben wollten. Da nahm er den Speer seines Vaters Peleus, den kein anderer Danaer führen konnte, aus seiner kostbaren Hülle; Automedon und Alkimos schirrten die Pferde an und spannten die Zügel. Automedon sprang über die Räder in den Wagen, die Peitsche fassend; in seinen Waffen strahlend, schwang sich Achill nach ihm auf den Sitz. „Ihr unsterblichen Rosse", rief er dem Gespann seines Vaters zu, „ich sag euch, bringt uns die zwei, die ihr in den Kampf führt, anders heim, als Patroklos zurückgekehrt ist!"

Kaum hatte Achill dies gesagt, ereignete sich ein seltsames Zeichen. Sein Pferd Xanthos neigte den Kopf tief zur Erde, dass die wallende Mähne bis auf den Boden hinuntersank; von der Göttin Hera plötzlich mit Sprache ausgestattet, erteilte es Achill eine traurige Botschaft: „Wohl, starker Freund, führen wir dich jetzt, den Lebenden, schnell dahin; aber der Tag deines Verderbens ist nahe. Nicht unsere Fahrlässigkeit, sondern der Wille der Götter hat Patroklos das Leben gekostet und dem Hektor Siegesruhm gegeben. Wir können mit dem schnellsten der Winde um die Wette laufen und werden dabei nicht müde. Dir aber ist vom Schicksal bestimmt, von der Hand eines Gottes zu sterben!" So sprach das Pferd und wollte noch weiterreden. Doch die Macht der Rachegöttinnen ließ es wieder verstummen.

Die Schlacht der Götter und der Menschen

Im Olymp hatte Zeus eine Versammlung einberufen, in der er den Göttern erlaubte, beiden kämpfenden Lagern zu helfen, wie jeder von ihnen es wollte. Denn wenn Achill, ohne dass die Götter Anteil an der Schlacht nähmen, Troja bekämpfte, würde er auch gegen das Schicksal die Stadt erobern, erklärte der Fürst der Unsterblichen. Daraufhin eilten Hera, Pallas Athene, Poseidon, Hermes und Hephästos sogleich zu den Schiffen der Griechen; Ares aber ging zu den Trojanern und mit ihm Phöbos Apollo und Artemis; Leto, die Mutter der beiden, der Flussgott Skamander und Aphrodite.

Solange die Götter sich noch nicht unter die heranrückenden Heere gemischt hatten, trugen die Griechen das Haupt hoch, weil der schreckliche Achill wieder in ihrer Mitte war. Die Trojaner fürchteten sich, als sie von ferne den Sohn des Peleus in seinen blinkenden Waffen erblickten, ähnlich dem furchtbaren Kriegsgott. Dann aber erschienen die Helfer in beiden Heeren und drohten, den Kampf wieder unentschieden werten zu lassen. Da stand Athene bald außerhalb der Mauer am Graben, bald am Ufer des Meeres und machte den Griechen Mut. Auf der anderen Seite feuerte Ares die Trojaner an, bald von der obersten Höhe der Stadt, brüllend wie ein Sturm, bald die Reihen am Simoisfluss durchfliegend. In beiden Scharen tobte Eris, die Göttin der Zwietracht, und Zeus, der Beherrscher der Schlachten, ließ vom Olymp herab seinen Donner dröhnen. Poseidon erschütterte die Erde von unten, dass die Berge wankten, und der Fürst der Unterwelt erschrak und sprang zitternd vom Thron, weil er fürchtete, ein Erdriss könnte sein geheimnisvolles Reich Irdischen und Göttern sichtbar machen. Dann stellten sich die Unsterblichen einander zum Kampf. Poseidon, der Herr des Meeres, stand Phöbos Apollo gegenüber, dem Kriegsgott Ares stellte sich Pallas Athene, Artemis mit ihrem Bogen wählte sich Hera als Gegnerin, Hermes die Leto und Skamander den Gott der Schmiede, Hephästos.

Während so Götter gegen Götter antraten, suchte Achill im Gewühle niemand anderen als Hektor. Der verkleidete Apollo schickte ihm Äneas entgegen, dass dieser – in seinem schimmernden Erzpanzer mutig – bald in die vordersten Reihen drang. Doch der Held blieb im Getümmel der Heranziehenden nicht unbemerkt von Hera; schnell sammelte sie die ihr befreundeten Götter um sich und sprach: „Denkt nach, ihr beiden, Poseidon und du, Athene, dass unsere Sache sich jetzt wendet! Dort stürmt, von Apollo gereizt, Äneas gegen den Sohn des Peleus. Wir müssen ihn entweder abdrängen, oder einer von uns muss die Kraft des Achill erhöhen, sodass er spürt, die mächtigsten der Himmlischen sind mit ihm. Heute darf ihm nichts geschehen, deswegen sind wir vom Olymp herabgekommen. Später mag er erdulden, was die Parze für ihn bestimmt hat!"

„Sei besonnen, Hera", erwiderte Poseidon, „ich möchte nicht, dass wir, ich und ihr anderen, gegen Götter kämpfen, die hinter den Helden stehen. Es wäre nicht gerecht ihnen gegenüber, denn wir sind die Stärkeren. Lasst uns abseits vom Wege warten! Wenn Ares oder Apollo sich noch heftiger einmischen, wenn sie etwa nicht zulassen, dass Achill sich frei im Gefecht bewegt, so haben auch wir ein Recht, am Kampf teilzunehmen."

Nach einer Weile lagerten sich auf dem gegenüberliegenden Hügel auch die Götter Ares und Apollo. So hockten die Unsterblichen untätig, doch beobachtend, getrennt, aber kampfbereit und nicht fern voneinander.

Unterdessen füllte sich ringsum das Feld, es strahlte vom Erz der Rüstungen und der Wagen, und der Boden dröhnte unter den Fußtritten der Herankommenden. Wieder sprangen von beiden Seiten zwei Männer kampflustig vor die Scharen: Äneas, der Sohn des Anchises, und Achill der Pelide, Sohn des Peleus. Äneas hob den riesigen Stierschild vor die Brust und schwenkte drohend seinen Wurfspieß. Sein Federbusch wehte auf dem schweren Helm. Als der Pelide ihn sah, drang er wie ein grimmiger Löwe gegen ihn vor. „Was wagst du dich so weit aus der Menge hervor, Äneas?", schrie er. „Hoffst du, die Trojaner zu beherrschen als der große Held, wenn du mich tötest? Es wäre dumm, denn diese Ehre wird dir Priamus nie einräumen; hat er doch Söhne genug, und er selbst, der Alte, denkt noch nicht daran, vom Thron zu steigen. Oder versprachen dir vielleicht die Trojaner ein Landgut, wenn du mich erschlägst?"

Äneas antwortete: „Glaube nicht, mich wie einen Knaben mit Worten abzuschrecken, Pelide, und lass uns nicht länger schwatzend in der Mitte des Getümmels stehen! Die Kriegslanzen sind es, die wir einander zu kosten geben." So sprach er und schwang den Speer zu einem mächtigen Wurf, von dem der gewaltige Schild des Achill erschüttert wurde. Doch durchbohrte das Geschoss nur die zwei äußeren Schichten aus Erz; die inneren waren aus Zinn, und schon von der mittleren goldenen wurde die Lanze aufgefangen. Jetzt warf auch der Pelide seinen Speer; er traf den Schild des Feindes am äußersten Rand, wo das Erz und die Stierhaut am dünnsten sind. Äneas duckte sich und streckte in der Angst den Schild in die Höhe; so flog ihm die Lanze, beide Schilderränder durchbohrend, über die Schulter und pflanzte sich dicht hinter ihm in den Boden ein. Jetzt rannte Achill mit gezücktem Schwert, laut schreiend, auf Äneas zu. Der ergriff einen Feldstein, so groß, wie ihn zwei kräftige Sterbliche nicht aufheben können. Hätte Achill den Wurf mit Helm oder Schild aufgefangen, wäre der Sohn des Anchises seinem Schwertstreich erlegen.

Da erbarmten sich auch jene Götter, die eigentlich Gegner der Trojaner waren. „Es wäre doch schade", sagte Poseidon, „wenn Äneas zum Hades hinabfahren müsste. Zeus will, dass das Herrschergeschlecht durch ihn in Kindern und Kindeskindern fortdauert."

„Tue, was du für richtig hältst", erwiderte Hera, „ich und Pallas Athene, wir haben uns geschworen, dass wir kein Unglück, welches auch immer, von den Trojanern abwenden wollen."

Diese Unterredung war das Werk eines Augenblicks; Poseidon flog nun in den Kampf, zog unsichtbar den Speer aus der Erde und legte ihn Achill quer vor die Füße, nachdem er die Augen des Helden mit einem dichten Nebel umgossen hatte. Den Trojaner aber hob er hoch empor und schwang ihn über Wagen und Streiter hinweg an die

Grenzen des Schlachtfeldes. „Wer“, so wies Poseidon den geretteten Helden zurecht, „wer verblendete dich, Äneas, gegen Achill, den Liebling der Götter, kämpfen zu wollen? Weiche vorerst aus, sooft du ihm im weiteren Kampf begegnest! Hat ihn erst sein Schicksal eingeholt, dann magst du dich in den vordersten Reihen schlagen, sooft du willst!“

Danach verließ der Gott Äneas und zog den Nebel vor Achills Augen wieder fort, der verwundert seine Lanze auf der Erde liegen und den Feind verschwunden sah. „Nur mit der Hilfe eines Gottes konnte er sich retten“, sprach er verdrießlich, „ich bin sein Fliehen schon gewohnt!“ Achill trat in die Reihen der Danaer zurück und ermunterte sie zur Schlacht. Drüben feuerte Hektor seine Truppen an, und nun folgte ein wilder Angriff. Als Phöbos Apollo dabei merkte, wie stetig der Held dem Peliden zustrebte, flüsterte er ihm eine Warnung ins Ohr, sodass Hektor erschrocken in den Haufen seiner Streiter zurückwich. Achill aber drang stürmend unter die Feinde, und sein erster Speerwurf spaltete dem tapferen Iphition das Haupt, dass er zu Boden fiel und im vordersten Gewühl von den Wagenrädern der Danaer zermalmt wurde. Und Pammon, einem Sohn des Priamus, bohrte er, als er gerade an ihm vorübereilte, die Lanze in das Rückgrat, dass der Jüngling aufklagend ins Knie sank.

Als Hektor seinen Bruder auf der Erde gekrümmt sah, wurde ihm schwarz vor Augen, Wut und Schmerz erfüllten ihn; er stürmte nun trotz der Warnung Apollos auf Achill los, seinen Speer wie einen Blitzstrahl zückend. Achill sah ihm entgegen. „Du bist der Mann“, sprach er, „der meinem Herzen am bittersten wehgetan hat. Wollen wir noch länger voreinander fliehen, Hektor? Komm nur näher, dass dich auf der Stelle der Tod ereilt!“

„Wohl weiß ich, wie tapfer du bist“, antwortete Hektor unerschrocken. „Vielleicht aber lenken die Götter mein Geschoss, und es raubt dir dennoch dein grausames Leben!“ Nach diesen Worten warf er die Lanze. Athene stand indes hinter dem Peliden und trieb sie gegen Hektor zurück, dass sie ihm kraftlos vor die Füße sank.

Nun stürzte Achill vor, den Gegner zu durchbohren; doch Apollo ließ Hektor von einem Nebel umwallen und machte ihn unsichtbar. Dreimal stach der stürmende Pelide in die leere Luft. Dann drohte er: „So bist du abermals dem Tode entronnen, du Hund, du hast gewiss zu deinem Phöbos Apollo gebetet!" Voller Wut stieß er stattdessen dem Dryops die Lanze in den Hals, dass der Arme ihm vor die Füße taumelte, durchbohrte dem Demuchos das Knie mit einem Speerwurf und stürzte die Söhne des Bias mit einem Schwerthieb vom Wagen. So wütete der göttergleiche Held wie ein Sturm in entsetzlichem Waldbrand; seine Pferde trabten stampfend über Schilde und Leichname dahin, die Achsen seiner Wagenräder troffen von Blut.

Der Kampf des Achill mit dem Stromgott Skamander

Als die Fliehenden bis zu den Ufern des Skamander gekommen waren, teilten sie sich. Die einen strebten stadtwärts zum Kampf, wo am Tag zuvor Hektor als Sieger die Griechen gejagt hatte. Um sie breitete Hera dichte Wolken aus und hinderte sie so, weiterzufliehen. Die anderen aber, immer näher ans Ufer des Stroms gedrängt, warfen sich in seine tosenden Wirbel. Dort schwammen sie durcheinander wie Heuschrecken, die man mit Feuer in die Flut gescheucht hat; schon füllte sich der ganze Fluss mit einem Gewirr von Pferden und Männern. Da lehnte Achill seine Lanze an einen Tamariskenbaum am Ufer und stürzte ihnen nach, nichts als das Schwert in der Hand. Bald rötete sich das Wasser von Blut. Dann, mitten in seiner Mordlust, zog er zwölf Jünglinge aus den Strudeln und übergab sie den Danaern; sie sollten als Sühneopfer für den Tod seines Freundes Patroklos bleiben.

Als er sich eben von Neuem in den Strom werfen wollte, tauchte vor ihm Lykaon, der Sohn des Priamus, aus den wirbelnden Fluten.

Ehe aber Achill recht auf ihn zielen konnte, hatte sich Lykaon ans Ufer geschwungen, umschlang ihm mit der einen Hand die Knie und fasste mit der anderen seine Lanze. „Erbarme dich meiner!", rief er.

Doch Achill faltete die Stirn und sprach mit heiserer Stimme: „Schwatz nicht, du Tor! Bevor Patroklos starb, war ich bereit, Leben zu schonen, jetzt entkommt keiner dem Tode! Stirb auch du; sieh mich nicht so kläglich an! Ist doch selbst Patroklos umgekommen, der kraftvoller und herrlicher war als du. Und sieh mich, wie schön und groß auch ich bin; dennoch, ich weiß es, wird auch mich das Verhängnis ereilen, sei's am Morgen, am Mittag oder am Abend!" Lykaon ließ zitternd den Speer fahren, als er Achill so reden hörte, breitete beide Hände aus und empfing den Stoß des Schwertes in den Hals. Achill fasste ihn am Fuß, schleuderte ihn in den Strudel und rief ihm höhnend nach: „Lass sehen, ob der Strom dich rettet, dem ihr so viele Sühneopfer gebracht habt!"

Über diese Worte jedoch wurde der Flussgott Skamander wütend, der ohnehin auf Seiten der Trojaner war, und überlegte, wie er den furchtbaren Helden an weiterem Morden hindern und diese Plage von seinen Schützlingen abwenden könnte. Achill sprang mit seiner Lanze gerade auf Asteropäos zu, den Päonier, der mit zwei Speeren in den Händen aus dem Strom stieg. Skamander hauchte ihm Mut ein, sodass er kühn auf den Mordenden zueilte. „Wer bist du, der es wagt, mir entgegenzugehen?", rief Achill. Damit erhob er seine Lanze; der Päonier aber warf zwei Speere zugleich, einen mit jeder Hand, denn er konnte die linke wie die rechte gebrauchen. Der eine Speer schlug in den Schild des Peliden, ohne den Schutz zu brechen, der andere streifte ihn am Ellbogen des rechten Arms, dass das Blut hervorspritzte.

Jetzt erst schwang Achill seine Lanze, aber sie verfehlte den Gegner und fuhr bis zur Hälfte in den Boden.

Dreimal zog Asteropäos an der Lanze, ohne sie herausreißen zu können. Als er das vierte Mal ansetzte, war Achill heran, überfiel ihn mit dem Schwert, und Asteropäos sank röchelnd auf die Erde.

Der Pelide zog ihm die Rüstung aus; dann stürzte er sich unter die Gefährten des eben Getöteten. Sieben von ihnen hatte sein Schwert erschlagen, und er wollte noch weitertoben, als plötzlich Skamander, der zürnende Beherrscher des Flusses, in Menschengestalt aus dem tiefen Strudel emportauchte und Achill zurief: „Pelide, meine Gewässer sind voll von Toten, mit Mühe ergießt sich der Strom ins Meer, halte ein!“

„Ich gehorche dir, denn du bist ein Gott“, antwortete Achill, „aber dennoch werde ich nicht rasten, bis ich die Trojaner in die Stadt zurückgejagt und meine eigene Kraft mit der Kraft Hektors gemessen habe!“ So sprach er und stürzte sich auf die flüchtenden Reihen der Trojaner, drängte sie aufs Neue dem Ufer zu, und als sie sich ins Wasser retteten, sprang auch er, den Befehl des Gottes vergessend, wieder in den Strudel.

Nun begann der Strom, wütend anzuschwellen und warf die Getöteten ans Ufer; die Wellen schlugen gegen den Schild des Peliden. Wankend fasste Achill eine Ulme, riss sie mit den Wurzeln aus und kletterte über ihre Äste ans überspülte Ufer. Aber der Flussgott rauschte ihm mit seinen tosenden Wellen hinterher und erreichte ihn, so rasch er war. Schon überspülten die Wogen seine Schultern und nahmen ihm den Boden unter den Füßen. Da klagte der Held zum Himmel: „Vater Zeus, erbarmt sich denn keiner der Ewigen, mich aus der Gewalt des Skamander zu retten? Meine Mutter hat mich betrogen, als sie weissagte, dass ich durch Apolls edles Geschoss sterben werde. Hätte mich doch Hektor besiegt, der Starke den Starken! Soll mein Leben schmählich in den Fluten enden wie das eines Knaben, der im Frühling durch einen Sturzbach watet und fortgerissen wird?“

Als er so jammerte, kamen Poseidon und Athene in Menschengestalt zu ihm und nahmen tröstend seine Hand. Nein, sein Schicksal war nicht, in den Strom zu sinken. Dann verließen die Götter ihn wieder, aber Athene gab Achill die Kraft, aus der Flut zu schwimmen. Noch aber ließ Skamander von seinem Zorn nicht ab, bäumte sich mit immer höherer Brandung auf und rief laut seinem Bruder Simois zu: „Wir wollen zusammen die Gewalt dieses Mannes bändigen, sonst wirft er noch heute die Burg des Priamus in den Staub! Auf! Hilf mir, bündele die Quellen des Gebirges, lass die Bäche schwellen, hebe deine Flut hoch, rolle Steinblöcke heran! Nicht seine Kraft soll Achill helfen und nicht seine Rüstung; tief im Sumpf soll sie liegen, mit Schlamm bedeckt. Ihn selbst überschütte ich mit Muscheln, Kies und Sand, dass die Griechen seine Gebeine nicht mehr auffinden können. So türme ich ihm sein Denkmal auf, und niemand braucht für ein Rasengrab zu sorgen!“ Mit diesem Ruf rauschte er noch einmal mit Schaum, Blut und Leichen gegen Achill, dass seine Welle sich über den Peliden bäumte. Hera, voller Angst um ihren Liebling, schrie laut, als sie es sah. Sie wandte sich an Hephästos: „Lieber hinkender Sohn, nur deine Flammen sind dem Strom gewachsen; hilf Achill! Ich will dazu den West- und Südwind vom Meeresufer treiben, dass sie die Glut bis ins Heer der Trojaner tragen.“ Auf ihr Wort durchflog die Flamme des Hephästos das Kampffeld. Zuerst verbrannte sie die Leichname der Troer, die von Achills Hand gefallen waren. Danach wurde alles ringsum trocken und die Flut gestaut. Am Ufer fingen die Ulmen, die Weiden und alles Gras zu brennen an; schon schnappten die Aale und andere Fische voller Angst nach frischem Wasser. Endlich brannte der Strom in hellem Feuer, und Skamander, der Gott, rief wimmernd aus seinen Fluten: „Glut atmender Hephästos, ich will nicht mit dir kämpfen; lass uns den Streit beenden! Was geht mich die Fehde der Trojaner und des Achill an!“

Da erlosch der Brand.

Schlacht der Götter

Zwischen den anderen Göttern waren inzwischen heftige Kämpfe erwacht. Im Sturm prallten sie aufeinander, dass die Erde weithin dröhnte und die Luft wie von Posaunen tönte. Zeus, auf der Spitze des Olymps gelagert, beobachtete es. Ihn belustigte, dass die Unsterblichen diesen riesenhaften Kampf fochten. Zuerst drang Ares, der Kriegsgott, vor, stürmte mit seinem ehernen Speer auf Pallas Athene ein und rief ihr beleidigend zu: „Du schamlose Fliege, was treibst du voller Dreistigkeit die Götter zum Streit?“ Er schlug an seinen schrecklichen

Ägisschild und stieß mit dem Speer nach der Göttin. Die wich aus, ergriff einen großen Stein, warf ihn und traf damit den Wüterich am Hals, dass er waffenklirrend zu Boden stürzte. Gewaltig groß war er; sieben Hufen Land bedeckte er im Fall, das göttliche Haar war mit Staub besudelt.

Dem schwer Aufstöhnenden half Aphrodite, Tochter des Zeus, aus der Schlacht. Als Hera die beiden entdeckte, begann sie zu Athene: „Weh mir, Pallas, siehst du nicht, wie dreist dort die weichliche Liebesgöttin den wilden Mörder aus dem Getümmel führt? Schnell, verfolge sie!" Nun stürmte Pallas Athene den beiden nach und versetzte der zarten Schwester mit mächtiger Hand einen Schlag auf die Brust, dass sie zu Boden sank und der verwundete Kriegsgott mit ihr. „Mögen alle so stürzen", rief Athene, „die es wagen, den Trojanern beizustehen!" Ein Lächeln flog über Heras Gesicht, als sie die Worte vernahm.

Nun wandte sich Poseidon an Apollo: „Phöbos, warum halten wir uns so zurück, wo doch andere den Kampf schon anfingen? Es wäre eine Schande für uns beide, wenn wir zum Olymp zurückkehren, ohne zuvor unsere Kraft probiert zu haben. Beginne, du bist der Jüngere!"

„Beherrscher des Meeres", antwortete ihm Phöbos, „mir würde es unsinnig erscheinen, wenn wir um der Sterblichen willen miteinander kämpfen wollten!" Er wandte sich ab voll Scheu, gegen den Bruder seines Vaters gewaltsam den Arm zu erheben. Artemis verhöhnte ihn deshalb und rief: „Fliehst du schon aus der Schlacht, Apollo? Dummkopf, wofür trägst du auf der Schulter Pfeil und Bogen, ist es nur Spielwerk?"

Hera hörte den Spott, und die Worte verärgerten sie. „Meinst du, Artemis, weil du deine Geschosse auf dem Rücken trägst, dich mit anderen, etwa mit mir, an Stärke messen zu können, Schamlose?" Sie ergriff mit der Linken beide Hände der Göttin an den Gelenken, mit der Rechten zog sie ihr den Köcher samt den Pfeilen von der Schulter und schlug damit der Göttin ins Gesicht. Artemis ließ Köcher und Pfeile liegen und floh unter Tränen zum Olymp. Dort setzte sie sich weinend auf die Knie des Vaters; ihr feines, von Ambrosia duftendes Gewand verdeckte das Zittern ihres Körpers kaum. Zeus schloss sie liebkosend in die Arme und sprach mit einem freundlichen Lächeln: „Welcher von den Unsterblichen hat es gewagt, dich zu misshandeln, mein Töchterchen?"

„Vater", antwortete sie, „Hera hat mir ein Leid angetan, die zornige Hera, die alle Himmlischen zu Streit und Zwistigkeiten reizt!" Da lachte Zeus, streichelte die Schöne und tröstete sie.

Drunten aber eilte Phöbos Apollo in die Stadt der Trojaner, denn er fürchtete, dass die Danaer noch am gleichen Tag die Mauern der Burg niederreißen könnten. Die übrigen Götter strebten, die einen voll Siegeslust, die andern voll Zorn und Gram, auf den Olymp zurück und setzten sich im Kreis um den Vater, den Donnergott.

Achill und Hektor vor den Toren

Auf einem hohen Turm der Stadt stand der greise König Priamus und schaute herab auf den gewaltigen Peliden, wie er die flüchtenden Trojaner vor sich hertrieb, ohne dass ein Gott oder ein Sterblicher erschien, ihn aufzuhalten. Mit klagender Stimme mahnte er die Verteidiger der Mauer: „Öffnet die Torflügel, bis alle Fliehenden in die Stadt gelangt sind, ich ahne einen schlimmen Ausgang des Krieges! Sind unsere Kämpfer innerhalb der Mauern, so schließt das Tor rasch wieder, sonst stürmt der Verderbliche hinter ihnen zu uns herein!" Die Wächter schoben die Riegel zurück, und eine Rettungspforte stand offen.

Während aber die Trojaner, ausgedörrt von Durst, mit Staub bedeckt, über das Kampffeld flohen und Achill ihnen mit seiner Lanze folgte, verließ Apollo Trojas offenes Tor, um die Not seiner Trojaner zu wenden. So geschah es, dass Agenor plötzlich einhielt, sich schämte und zu sich selbst sagte: „Wer ist Achill denn? Ist nicht auch sein Leib verwundbar? Ist er nicht sterblich wie andere Menschen?" So erwartete er den Heranstürmenden und streckte den Schild vor. „Dummkopf", schrie Agenor, „noch gibt es Männer unter uns, die für Eltern, Mütter und

Kinder ihre Burg beschützen!" Damit schwang er seinen Speer und traf die eherne Knieschiene des Helden, von der die Lanze jedoch abprallte. Gleich stürzte sich Achill auf den Gegner, aber Apollo wusste den Peliden abzulenken. Er selbst verwandelte sich in die Gestalt Agenors und tat, als würde er nun auch fliehen wie die anderen; er nahm jedoch seinen Weg in Richtung auf den Skamanderfluss zu. Achill eilte ihm nach und hoffte, ihn einzuholen. Währenddessen flüchteten die Trojaner glücklich durchs offene Tor in ihre Stadt. Keiner wartete auf den anderen; keiner schaute sich um, zu sehen, wer gerettet, wer gefallen war; alle waren nur froh, hinter den Mauern zu sein. Da kühlten sie den Schweiß, löschten den Durst und legten sich zur Ruhe nieder.

Die Griechen, Schild an Schild, drangen in dichten Scharen der Mauer entgegen. Von allen Trojanern war nur Hektor außerhalb des Tores geblieben, sein Schicksal hatte es so gewollt. Achill aber verfolgte immer noch Apollo, den er für Agenor hielt. Da stand plötzlich der Gott still und sprach: „Was verfolgst du mich so hartnäckig, Pelide, und vergisst den Kampf mit den Trojanern? Du glaubst, einen Sterblichen zu jagen, und rennst einem der Unsterblichen nach, den du doch nicht töten kannst!"

Achill wandte sich grimmig zur Stadt wie ein ungestümes, sieggewohntes Pferd am Wagen. König Priamus erblickte ihn zuerst; es war ihm, als würde er den Verderben bringenden Hundsstern am Nachthimmel erblicken, der den Äckern das Ausdorren der Saaten ankündigt. Klagend rief der Greis seinen Sohn, der vor den Mauern voll Kampfgier den Peliden erwartete: „Hektor, warum willst du draußen bleiben, von allen anderen getrennt? Komm herein in die Stadt, beschütze hier Trojas Männer und Frauen, verherrliche nicht den Ruhm Achills durch deinen Tod!"

So jammerte Priamus auf dem Turm und zerraufte sein weißes Haar. Auch Hekuba, die Mutter, erschien an seiner Seite. Sie zerriss voller Gram ihr Gewand und schrie schluchzend: „Hektor, erinnere dich, dass meine Brust dich gestillt hat; erbarme dich meiner! Bekämpfe den schrecklichen Mann *hinter* den Mauern der Stadt!"

Das laute Weinen und Rufen seiner Eltern aber konnte die Absicht Hektors nicht ändern; er blieb unbeweglich auf seinem Platz und erwartete den herankommenden Achill. „Vor Tagen hätte ich zurückweichen sollen“, sagte er zu sich selbst, „als Polydamas mir den Rat gab, das Heer der Trojaner in die Stadt zurückzuführen! Jetzt, nachdem ich das Volk ins Verderben gebracht habe, fürchte ich mich vor den Männern und Frauen Trojas, die mir sagen werden: ‚Im Vertrauen auf seine eigene Stärke hat Hektor uns preisgegeben!‘

Da ist es besser, ich siege oder falle im Kampf mit dem furchtbaren Feind! – Oder was wäre, wenn ich Schild und Helm jetzt ablegen würde, meinen Speer an die Mauer lehnte, ihm entgegenginge, ihm Helena, alle Schätze, die Paris geraubt, und anderes Gut anböte? Doch halt, was für Gedanken sind das? Ungeschützt würde ich Achill gegenüberstehen. Und ohne Erbarmen würde er mich niederhauen! Rennen wir also gegeneinander an zum Kampf, dass sich bald entscheidet, wem von uns die Olympischen den Sieg verleihen!“ Dies alles erwog Hektor und blieb, wo er war.

Der Tod Hektors

Achill kam näher, dem Kriegsgott an furchtbarer Herrlichkeit gleichend; auf der rechten Schulter bebte seine entsetzliche Lanze aus Eschenholz, erzene Waffen schimmerten um ihn wie eine Feuersbrunst oder wie die aufgehende Sonne. Als Hektor ihn sah, kam Furcht über ihn, er wandte sich dem Tor zu.

Aber der Pelide flog geradezu hinter ihm her, stürzte ihm nach wie ein Falke der Taube, die seitwärts entschlüpfen möchte. Der Mauer von Troja entlang flüchtete Hektor nun über den Fahrweg hinweg, an den beiden sprudelnden Quellen des Skamander vorbei, der warmen und der kalten, immer weiter um die Mauer. Ein Starker floh, aber ein Stärkerer folgte.

So kreisten sie dreimal um die Stadt, und vom Olymp sahen die ewigen Götter dem Schauspiel zu. „Überlegt genau“, sprach Zeus zu ihnen, „die Stunde der Entscheidung ist gekommen! Soll Hektor noch einmal dem Tod entkommen oder nun, wie tapfer er auch sein mag, fallen?“ Da nahm Pallas Athene das Wort: „Vater, wo denkst du hin? Einen schon beinah Gestorbenen, der längst dem Verhängnis verfallen ist, willst du vorm Tode retten? Tu, was du für das Richtige hältst, aber erwarte nicht, dass die Götter jedem Entschluss zustimmen werden!“ Zeus nickte seiner Tochter zu, und sie schwang sich wie ein Vogel von den Felsenhöhen des Olymps aufs Schlachtfeld hinab.

Hektor floh noch immer vor seinem Verfolger, der ihm nachlief wie ein Jagdhund dem aufgescheuchten Hirsch, und ihm, wie dieser seinem Wild, keinen Schlupfwinkel und keine Ruhe gönnte. Auch winkte Achill seinem kämpfenden Volk zu, dass niemand seinen Speer auf Hektor werfen und ihm den Ruhm rauben dürfe, der Erste und Einzige gewesen zu sein, der den furchtbarsten Feind der Griechen niederstreckte.

Als die beiden zum vierten Mal auf ihrer Runde um die Mauer an die Quellen des Skamander gelangt waren, erhob sich Zeus auf dem Olymp, streckte die goldene Waage vor und legte zwei Todeslose hinein, das eine für den Peliden, das andere für den Trojaner. Dann fasste er die Waage in der Mitte. Da sank Hektors Schale tief nach dem Hades zu.

Zur gleichen Zeit trat die Göttin Athene unten zu Achill und flüsterte ihm ins Ohr: „Bleib und erhole dich, während ich Hektor zurede, mit dir zu kämpfen!“ Achill lehnte sich gehorsam auf seinen Speer. Dann schlüpfte Athene in der Gestalt des Deïphobos zu Hektor und sprach: „Ach, wie bedrängt dich der Pelide und setzt dir zu! Lass uns zusammen standhalten und ihn abwehren!“

Freudig aufblickend erwiderte Hektor: „Du hast mir immer die Treue gehalten, Deïphobos! Jetzt aber muss ich dich noch mehr loben, weil du dich aus der Stadt gewagt hast, während die anderen hinter der Mauer sitzen!“ Athene winkte dem Helden zu und ging ihm, die Lanze gehoben, voran, dem sich ausruhenden Achill entgegen. Hektor rief ihm zu: „Nicht länger entfliehe ich dir, Pelide; alles treibt mich, dir gegenüberzustehen, dass ich dich töte oder falle! Lass uns aber die Götter zu Zeugen eines Schwurs machen: Wenn mir Zeus den Sieg verleiht, werde ich dich nicht misshandeln, sondern den Leichnam deinen Gefährten zurückgeben. Und ebenso soll es sein im anderen Falle!"

„Nichts von Verträgen geplaudert!", erwiderte Achill finster. „So wenig ein Hund zwischen Löwen und Menschen Freundschaft stiftet, so wenig zwischen Wölfen und Lämmern Eintracht sein kann, so wenig werde ich mich mit dir einlassen! Einer von uns muss blutig zu Boden stürzen. Was danach kommt, bleibt jedem überlassen. Nimm deine Kräfte zusammen! All das Leid, das du meinem Volk mit der Lanze angetan hast, das wirst du mir jetzt büßen!"

So rief Achill und schleuderte den Speer. Hektor ging in die Knie, und das Geschoss flog über ihn hinweg in die Erde; hier aber war Athene, sie fasste danach und gab es, unbemerkt von Hektor, dem Peliden sogleich zurück.

Mit zornigem Schwung warf nun auch Hektor seinen Speer, und er verfehlte nicht. Die Waffe traf mitten auf den Schild des Achill und prallte ab. Bestürzt sah sich Hektor nach Deïphobos um, denn er hatte keine zweite Lanze, die er werfen konnte. Doch der Bruder war nun verschwunden. Da wurde Hektor klar, dass Athene ihn getäuscht hatte, und er erkannte, dass sein Schicksal sich jetzt erfüllen sollte. Aber er dachte nur daran, dass er nicht ohne letzten Ruhm in den Staub sinken dürfe, zog sein Schwert von der Hüfte, schwang es in der Rechten und stürmte wie ein Adler los, der auf einen Hasen oder auf ein Lamm aus der Luft herabschießt.

Sein Feind wartete den ersten Hieb nicht ab, auch er kam hinter dem Schild hervor; sternhell erstrahlte sein Speer, den er in seiner Rechten schwenkte. Er spähte über den Leib Hektors, suchend, wo er ihn verwunden könnte. Doch er fand alles gut geschützt von der geraubten Rüstung; nur dort, wo das Schlüsselbein Achsel und Hals verbindet, erschien die Kehle, die gefährdetste Stelle, kaum sichtbar. Dorthin lenkte Achill blitzschnell seinen Stoß und durchstach Hektors Hals.

Noch konnte der tödlich Verwundete reden, während sein Feind laut jubelte. Immer schwächer atmend, flehte Hektor: „Ich beschwöre dich bei deinem Leben, Achill, bei deinen Eltern, lass nicht zu, dass die Hunde mich zerreißen! Nimm Erz und Gold, so viel du willst, und schicke dafür meinen Leib nach Troja, dass Männer und Frauen ihm dort die Ehre des Scheiterhaufens zuteil werden lassen!"

Aber Achill schüttelte sein fürchterliches Haupt: „Beschwöre mich nicht bei meinen Eltern, du Mörder meines Freundes! Niemand wird die Hunde von deinem Leichnam verjagen, und wenn mir deine Landsleute zwanzigfache Sühne bieten sollten und noch mehr. Nein – und wenn Priamus dich mit Gold aufwiegen würde!"

„Ich kenne dich", stöhnte Hektor sterbend, „ich wusste, dass du nicht zu erweichen bist; dein Herz ist wie aus Eisen! Denk an mich, wenn auch dein Schicksal dich ereilt und du am hohen Tor der Stadt, vom Geschoss Apollos getroffen, im Staub endest wie jetzt ich!" Mit dieser Weissagung verließ Hektors Seele den Leib und entschwand in den Hades.

Achill aber rief: „Stirb du! Mein Los empfange ich, wann Zeus und die Götter es wollen!" Er zog den Speer aus dem Leichnam, legte ihn beiseite und löste die eigene blutige Rüstung von den Schultern des Gefallenen.

Nun kamen aus dem griechischen Heer viele Streiter herbeigelaufen und betrachteten bewundernd den kraftvollen Körper des toten Hektor. Achill aber stellte sich mitten unter die Männer und sprach: „Freunde und Helden! Nachdem die Götter mir dazu verholfen haben, diesen Mann hier zu überwältigen, der uns mehr Böses angetan hat als alle anderen zusammen, stimmt den Siegesgesang an und lasst uns Patroklos das Sühneopfer bringen, das ich ihm versprochen habe!"

Mit diesen Worten wandte sich der Grausame dem toten Hektor zu, durchbohrte ihm an beiden Füßen die Sehnen zwischen Knöcheln und Fersen, durchzog sie mit Riemen, band sie am Wagensitz fest, schwang sich auf und trieb seine Pferde mit der Peitsche über das Kampffeld, den Leichnam hinter sich herschleppend. Staub umwallte den geschleiften Hektor, sein Kopf zog eine breite Furche durch den Sand. Von der Mauer herab erblickte Hektors Mutter Hekuba das grauenvolle Schauspiel und zerriss ihren Schleier; Priamus weinte und klagte. Das Geheul und die Angstrufe der Trojaner und der mit ihnen Verbündeten hallten durch die ganze Stadt. Der alte König aber ließ sich zu Boden fallen und schrie: „Hektor, Hektor! Den Tod aller anderen Söhne, die mir der Feind erschlagen hat, kann ich schon kaum überwinden; wärst du doch wenigstens in meinen Armen gestorben!"

Andromache, Hektors Frau, hatte von dem Jammer noch nichts vernommen; nicht einmal ein Bote war zu ihr gekommen, der gemeldet hätte, dass ihr Mann tot und draußen vor den Toren geblieben war. Ruhig saß sie in einem der Gemächer des Palastes und arbeitete an einem schönen Purpurgewand mit ihrer bunten Stickerei. Gerade rief sie eine der Dienerinnen, einen großen Dreifuß ans Feuer zu stellen, um ihrem Mann ein wärmendes Bad zu bereiten, wenn er aus der Feldschlacht käme; da hörte sie vom Turm her Geheul und Jammergeschrei. Voll böser Ahnungen sprang sie auf: „Ihr Mägde, ich fürchte, Achill hat meinen Mann von der Stadt abgeschnitten und bedroht ihn!" Und sie befahl zweien, ihr zu folgen, um zu schauen, was es gäbe. Mit pochendem Herzen durchstürmte sie den Palast, eilte zum Turm und sah, wie die Pferde des Peliden den Leichnam ihres Mannes, an den Wagen des Siegers gebunden, über das Kampffeld schleppten.

Andromache sank ohnmächtig in die Arme ihrer Schwägerinnen; der schöne Haarschmuck, das Hochzeitsgeschenk Aphrodites – das Band, die Haube, die zarte Binde – glitt von ihrem Kopf. Als sie wieder zu atmen begann, klagte sie schluchzend vor Trojas Frauen: „Hektor! Weh mir! Einsam und verlassen in Schmerz und Jammer bin ich nun in unserm Haus, eine Witwe mit einem kleinen Kind, das, den Blick gesenkt, mit Tränen in den Augen aufwächst! Betteln wird es müssen bei den Freunden des Vaters und bald den einen am Rock, bald den anderen am Ärmel zupfen, dass er ihm helfe und ihm zu leben gebe! Was helfen all die kostbaren Tücher und Decken, was die Kleider in den Kästen? Ich werde sie den Flammen übergeben! Hektor wird nicht mehr auf ihnen ruhen, nicht mehr stolz und schön in ihnen zu erblicken sein!" So sprach Andromache weinend und klagend, und ringsumher seufzten die Trojanerinnen.

Die Leichenfeier für Patroklos

Sobald Achill mit dem Leichnam seines Feindes bei den Schiffen angekommen war, befahl er, ihn am Totenbett des Patroklos auf den Boden zu legen, das Gesicht im Staub. Inzwischen entledigten sich die Danaer ihrer Rüstungen und setzten sich zu tausenden am Schiff des Peliden zum festlichen Totenschmaus nieder. Stiere, Schafe und Schweine wurden geschlachtet; Achill ließ allen Streitern eine köstliche Mahlzeit bereiten. Den Helden selbst führten die Gefährten von der Leiche seines Freundes weg in das Zelt des Königs Agamemnon. Hier war ein großer Behälter mit Wasser auf die Glut gestellt, man versuchte, den Peliden zu überreden, sich den blutigen Schlachtstaub von den Gliedern zu waschen. Er aber weigerte sich und schwor: „So wahr Zeus lebt, kein Bad soll mich erfrischen, ehe nicht Patroklos von mir auf den Scheiterhaufen gelegt ist und ich ihm ein Denkmal errichtet habe!" Die Fürsten gaben nach und setzten sich zum Mahl. Dann ging ein jeder zur Nachtruhe. Der Sohn des Peleus aber suchte, von seinen Männern, den Myrmidonen, umringt, das Meeresufer und legte sich nieder, wo der kiesige Strand von den Wellen umspült wurde.

Lange dachte er noch auf dem harten Lager an den erschlagenen Freund. Als ihn endlich der Schlaf übermannte, kam die Seele des Patroklos im Traum zu ihm, an Größe, Gestalt, Stimme und Augen dem Verlorenen ähnlich, den Leib in ein Gewand eingehüllt. So trat der Schatten zu Achill und sprach: „Schläfst du oder hast du mich so ganz vergessen, Freund? An den Lebenden hast du immer gedacht, aber nicht an den Toten! Gib mir endlich ein Grab, denn ich möchte durch das Tor des Hades gehen! Bis jetzt hab ich es nur von fern gesehen; ehe mir nicht der Scheiterhaufen aufgeschichtet ist, kann ich nicht zur Ruhe kommen. Und du, Freund, sollst wissen, dass auch dir vorherbestimmt ist, nicht weit von der Mauer Trojas zu fallen. Richte mein Grab so ein, dass unsere Gebeine nebeneinander ruhen können, wie wir zusammen in deines Vaters Haus aufgewachsen sind!“

„Ich gelobe dir alles, Bruder!“, rief Achill und streckte die Arme nach dem Schattenbild aus. Da sank es zur Erde wie ein Rauch. Achill sprang vom Lager auf und schlug die Hände zusammen. „Also leben die Seelen wirklich! Ein körperloses Leben! Leibhaftig stand das Bild des Patroklos vor mir, traurig und klagend, aber in allem ihm gleich!“

Als die Morgenröte anbrach, verließen auf Agamemnons Befehl Männer und Maultiere die Lagerzelte, Meriones an ihrer Spitze. Arbeiter mit Äxten und Seilen folgten ihnen. Auf den Waldhöhen des Ida wurden die höchsten Bäume gefällt, das Holz zersägt und den Maultieren aufgeladen. Dann befahl Achill seinen Myrmidonen, ihre Erzrüstung anzulegen und die Wagen anzuspannen. Bald setzte sich der Leichenzug in Bewegung; die Fürsten, Kämpfer und Wagenlenker voran, eine dichte Menge Fußvolk zu tausenden dahinter. In ihrer Mitte trugen Kampfgefährten Patroklos; sein Haupt hielt Achill selbst in den Händen, dem Toten folgend in tiefer Trauer.

Als sie den Ort, der für das Grab seines Freundes ausgewählt war, erreicht hatten, setzten sie die Totenbahre nieder. Ein ganzer Wald von Bäumen wurde zum Scheiterhaufen herbeigetragen. Dann ließ der Pelide sich das braun gelockte Haar scheren, und endlich schaute er auf das dunkle Meer und sprach: „Oh Sperchios, Fluss meiner Heimat Thessalien! Vergebens gelobte mein Vater Peleus, ich würde bei der Heimkehr mein Haupt scheren und an den Quellen, wo dein Hain und dein Altar sich befinden, dir fünfzig Widder opfern! Du hast sein Bitten nicht erhört, Stromgott! Ich weiß, du lässt mich nicht zurück. So vergib mir, wenn ich mein Lockenhaar dem Patroklos mit in den Hades gebe!“ Mit diesen Worten legte er sein Haupthaar in die Hände des Freundes.

Auf Agamemnons Befehl gingen dann die Krieger zu den Schiffen zurück, nur die Fürsten blieben. Sie schichteten einen ungeheuren Holzstoß aus den gefällten und behauenen Baumstämmen auf, oben darauf legten sie mit schwerem Herzen den Leichnam. Auch vier lebendige Pferde wurden unter viel Mühen noch auf das Gerüst geschafft, anschließend zwei der neun Haushunde geschlachtet, und endlich jene zwölf trojanischen Jünglinge mit dem Schwert getötet, die aus den Gefangenen herausgesucht worden waren. Entsetzlich rächte Achill den Tod seines Freundes.

Und nun befahl er, die Flamme anzuzünden, und rief dem Toten zu: „Möge dich noch in die Unterwelt Freude begleiten, Patroklos! Was ich gelobt habe, ist vollbracht, zwölf Opfer verzehrt die Glut. Nur den Hektor soll sie nicht verzehren; nicht die Flammen sollen ihn fressen, Hunde werden über ihn herfallen!"

Der Scheiterhaufen für Patroklos war entzündet, aber das Feuer wollte nicht lodern. Da versprach Achill den Winden Boreas und Zephyros Opfer, spendete ihnen Wein aus einem goldenen Becher und flehte sie an, das Holz zum Brand anzufachen. Die beiden kamen auch mit grauenvollem Getöse über das Meer gestürmt und stürzten sich in den Scheiterhaufen. Die ganze Nacht sausten sie um das Gerüst und durchwühlten die Feuersbrunst, während Achill unaufhörlich aus seinem goldenen Krug der Seele seines toten Freundes Opferspenden darbrachte. Mit der Morgenröte ruhten Winde und Flammen, und der Holzstoß war zu Asche verbrannt. In der Mitte lag das Gebein des Patroklos; die Fürsten sammelten es, bargen es in einer goldenen Urne und stellten sie im Zelt auf. Dann legten sie um den abgebrannten Scheiterhaufen einen Ring aus Steinen und errichteten einen Grabhügel aus aufgeschütteter Erde.

Auf die Bestattung folgten die Spiele zu Ehren des gefallenen Helden. Achill rief alles Griechenvolk in einem weiten Kreis zusammen und setzte Dreifüße, Pferde, Maultiere, mächtige Stiere, kunstfertige gefangene Frauen in köstlichen Gewändern, dazu Gold, als Preise aus.

Zuerst kam das Wettrennen der Wagen an die Reihe. Eumelos bereitete sich vor, mit ihm Diomedes, der die von Äneas geraubten Pferde anschirrte, weiter Menelaos mit seinem Hengst Podargos und Agamemnons Stute Äthe, dann als Vierter Antilochos, der junge Sohn

Nestors, dem sein Vater kluge Hinweise für das Wettrennen mitgab. Als Fünfter endlich Meriones. Danach erhoben alle fünf Fürsten zugleich ihre Peitsche, schlugen mit den Zügeln und stürmten über das Feld; dicker Staub erhob sich, wild flatterten die Mähnen der Pferde, die Wagen rollten bald tief an der Erde, bald flogen sie über Bodensenken durch die Luft. Hoch standen die Lenker in den Sitzen, und jedem pochte das Herz in Erwartung des Sieges. Als sich die Pferde dem Ende der Rennbahn, die ans Meer grenzte, nahten, da schien jedes nur noch auf Schnelligkeit bedacht, alle rannten in gestrecktem Lauf. Ganz vorn die Stuten des Eumelos, in seinem Rücken spürte er schon den schnaubenden Atem der Hengste des Tydiden, doch Apollo stieß ihm die Peitsche aus den Händen. Athene bemerkte die List, sie gab Diomedes die Peitsche zurück und zerbrach Eumelos das Joch, sodass der Lenker neben dem Wagen verwundet zu Boden stürzte. Diomedes flog vorüber. Nach ihm auch Menelaos. In einem durchwühlten Hohlweg strauchelte Menelaos, Antilochos aber fuhr kühn durch den engen Pass an ihm vorbei. Während die zuschauenden Kämpfer sich noch bemühten, Pferde und Wagen durch den Staub zu erkennen, und sich darüber stritten, war Diomedes, die anderen weit hinter sich lassend, mit seinem von Zinn und Gold schimmernden Gespann am Ziel angelangt. Sein Freund Sthenelos nahm für ihn den Kampfpreis in Empfang, eine schöne Frau und einen erzenen, wertvollen Kessel, und schirrte die Pferde aus. Nach ihm kam Antilochos an und fast zur gleichen Zeit Menelaos. In Speerwurfweite fuhr etwas träger Meriones ins Ziel, und ganz zuletzt schleppte Eumelos seinen Wagen mit dem zerbrochenen Joch daher.

Danach wurde zum Faustkampf geschritten und für den Sieger ein Maultier, für den Besiegten ein kostbarer Becher ausgesetzt. Sogleich erhob sich ein kraftvoller Mann, Epëos, fasste das Tier und rief: „Dies wird mir gehören! Den Becher nehme wer will; das aber verkünde ich: Sein Körper wird ihm von meiner Faust zerschmettert!“ Nach diesen Worten verstummten alle Helden, bis sich ihm Euryalos gegürtet und kampfbereit entgegenstellte. Bald kreuzten sich ihre Arme, die Fäuste klatschten auf die Kiefer, der Schweiß floss ihnen von den Gliedern. Endlich versetzte Epëos seinem Gegner einen Schlag ins Gesicht, dass er zu Boden fiel. Seine Freunde führten ihn mit hängendem Kopf aus dem Kreis der zuschauenden Krieger.

Hierauf setzte Achill die Preise für den Ringkampf an: dem Sieger einen prächtigen Dreifuß, dem Besiegten eine verführerisch schöne Frau. Da umfassten sich bald mit kräftigen Armen Odysseus und der große Ajax, ineinander gefügt, wie ein Zimmermann Balken fest zusammenbringt. Ihr Schweiß floss, ihre Rücken knirschten. Schon murrten die Argiver, da hob Ajax Odysseus mit beiden Händen in die Höhe, doch der gab dem Gegner mit gebeugtem Knie von hinten einen Stoß, dass Ajax rücklings auf den Boden fiel und Odysseus ihm von oben auf die Brust sank. So rollten sie miteinander in den Staub. „Ihr seid beide Sieger“, rief Achill, „und ich belohne euch mit dem gleichen Preis!“

Und nun trug der Pelide die herrliche Lanze des Sarpedon, die Patroklos vor Kurzem erst erbeutet hatte, in den Kreis und legte sie mit Schild und Helm auf den Boden. Um sie sollten zwei der tapfersten Helden kämpfen. Beide sollten gemeinschaftlich im Zelt des Achill köstlich bewirtet werden, für den Sieger aber wurde ein mit Silber reich verziertes thrakisches Schwert ausgesetzt. Einander drohend in die Augen blickend, prallten Ajax und Diomedes aufeinander. Ajax durchstieß den Schild des Gegners, Diomedes zielte auf den Hals seines Gegenübers. Die Argiver, um Ajax besorgt, trennten die Kämpfenden, und das Schwert erhielt Diomedes. Darauf wurde mit der eisernen Kugel geworfen. Diesen Wettbewerb gewann Polypötes.

Zehn Äxte und zehn Beile von bläulich schimmerndem Eisen setzte Achill endlich für die besten Schützen aus. An den Mast eines Schiffes wurde an dünnen Fäden eine Taube gebunden; wer sie traf, sollte die Äxte haben, der Besiegte aber hatte sich mit den kleineren Beilen zu begnügen. Um den ersten Schuss losten Teukros und Meriones. Das Los bestimmte Teukros; er verfehlte durch Apollos Missgunst den Vogel und durchschoss den Faden, sodass sich die Taube in die Lüfte schwang. Verbissen blickte Teukros ihr nach, da entriss Meriones ihm den Bogen, legte seinen Pfeil darauf und verletzte die Taube an einem Flügel. Er hatte in Eile dem Gott Apollo ein großes Opfer versprochen, wenn er ihm half. Der verwundete Vogel setzte sich wieder auf den Mast, senkte den Hals und die Flügel und fiel bald tot herab. Staunend jubelten die Zuschauer; Meriones nahm die Äxte an sich, Teukros aber schlich mit den Beilen davon. – Zuletzt wurden ein edler Speer und ein mit Blumen verziertes kostbares Becken als Preis für den Speerwurf in den Kreis gebracht. Da erhob sich der Völkerfürst Agamemnon, und Meriones tat es ihm nach. Aber Achill trat zwischen sie: „Agamemnon, wir wissen alle, wie überlegen du die Helden im Speerwurf besiegst, lass darum Meriones den Speer, und nimm für dich ohne Kampf das Becken!“ Agamemnon folgte der Bitte, reichte Meriones die Lanze und griff nach dem Becken. Damit hatten die Spiele ein Ende.

Priamus bei Achill

Als sich die versammelten Kämpfer getrennt hatten, begaben sie sich in ihre Zelte, nahmen ein üppiges, sättigendes Mahl zu sich sich und legten sich zur Ruhe. Bald schlief das ganze Heer, sammelte Kraft für den nächsten Tag. Nur Achill verbrachte die Nacht ohne ein Auge zuzutun im Andenken an seinen bestatteten Freund. Er wälzte sich bald auf eine Seite, bald auf die andere, dann auf den Rücken. Endlich erhob er sich und schweifte am Meeresufer umher. Am frühen Morgen spannte er seine Pferde ins Joch, befestigte den Leichnam Hektors am Wagensitz und schleifte ihn dreimal um das Denkmal des Patroklos. Aber Apollo verhinderte, dass der Leichnam noch weiter entstellt wurde, und Zeus schickte einen Boten zur Mutter des Peliden, Thetis. Er befahl ihr, Achill aufzusuchen und ihm zu verkünden, dass den Göttern insgesamt und Zeus selbst das Herz vor Zorn glühe, weil er Hektors Leib unbestattet bei den Schiffen zurückhalte.

Thetis gehorchte; sie ging in das Zelt des Sohnes, setzte sich nahe zu ihm und sprach: „Lieber, wie lange willst du in deiner Trauer Schlaf und

Nahrung vergessen? Es wäre gut, wenn du dich der Freude des Lebens wieder zuwenden würdest. Höre die Worte des Zeus, die ich dir zu sagen habe. Er und alle Götter sind zornig auf dich, weil du Hektors Leiche misshandelst und bei den Schiffen zurückhältst. Gib den Toten dem trojanischen Volk, sodass es ihn bestatten kann!“

Achill sah der Mutter ins Gesicht und nickte. „Was Zeus und der Rat der Himmlischen gebieten, soll geschehen!“

Zur selben Zeit schickte Zeus die schnelle Götterbotin Iris mit seinen Aufträgen in die Stadt des König Priamus. Dort angekommen, fand sie nichts als Geheul und lautes Klagen. Im Vorhof der Burg saßen die Söhne im Kreis um den Vater und weinten vor Trauer; in der Mitte hockte der Greis, straff in den Mantel gehüllt, Staub auf Nacken und Haupt gestreut. In den Wohnungen lagen Töchter und Schwiegertöchter auf den Knien und jammerten um die gefallenen Helden. Da trat die Botin des Zeus vor den König und begann mit leiser Stimme, dass ihm ein Schauer durch die Glieder fuhr: „Fasse dich, Priamus, ich habe dir ein gutes Wort zu überbringen! Zeus erbarmt sich deiner. Er befiehlt dir, zu Achill zu gehen und ihm Geschenke zu bringen, womit du Hektors Leichnam auslösen sollst. Du allein sollst dich aufmachen, von keinem anderen Trojaner begleitet als von einem der älteren Herolde, der dir den Wagen mit den Maultieren lenken und dich mit dem Toten wieder zur Stadt zurückführen soll. Fürchte weder Mord noch Schrecken, Zeus gibt dir an deiner Seite Hermes zum Schutz; er soll dich geleiten, zum Peliden bringen und auch dort auf dich achtgeben. Doch Achill ist kein blinder Übeltäter, er wird dich schonen und deinen flehenden Bitten entsprechen.“

Priamus vertraute den Worten der Göttin, befahl seinen Söhnen, den Wagen mit dem Maultiergespann zu rüsten, und stieg dann in die duftende, mit Zedernholz getäfelte Kammer hinab, in der viele Kostbarkeiten aufbewahrt lagen. Er rief seine Gemahlin Hekuba zu sich und erklärte ihr: „Ärmste, soeben erhielt ich eine Botschaft von Zeus: Ich soll zu Achill fahren, ihn mit Geschenken versöhnen und den Leichnam unseres lieben Sohnes Hektor einlösen.“

So wiederholte der Greis, was Iris ihm überbracht hatte; aber seine Gattin erwiderte ihm schluchzend: „Meinst du, der Falsche, Blutgierige wird Mitleid mit dir haben, wenn er dich erblickt?"

„Halte mich nicht!", entgegnete Priamus entschlossen. „Und sollte mich auch der Tod bei den Schiffen erwarten! Wenn ich unseren geliebten Sohn nur noch einmal in den Armen halten darf!" Mit diesen Worten öffnete er die Kisten mit den Kostbarkeiten und wählte zwölf schimmernde Festgewänder, zwölf Teppiche, ebenso viele Schlafröcke, Leibröcke und prächtige Mäntel aus. Dann rief Priamus nach seinen verbliebenen Söhnen: „Rüstet mir sogleich den Wagen aus, und legt all dies hier in den Korb hinein, damit ich meinen Weg beschreiten kann!"

Erschrocken gehorchten die Söhne dem Vater, schirrten die Maultiere vor das Lastfahrzeug, luden die Geschenke auf und spannten die sorgsam gepflegten Pferde vor den Wagen des Priamus. Voller Kummer brachte Hekuba dem König den goldenen Becher zum Opfertrank, eine Dienerin näherte sich ihm mit Waschgefäß und Kanne, und als Priamus sich die Hände mit Wasser besprengt hatte, nahm er den Becher, stellte sich in die Mitte des Hofes, spendete vom Wein und betete mit erhobener Stimme: „Vater Zeus, Herrscher des Ida, lass mich Barmherzigkeit finden vor dem Sohn des Peleus! Gib mir ein Zeichen, dass ich getrost zu den Schiffen der Danaer gehen kann!" Kaum hatte er ausgesprochen, da flog ein schwarz geflügelter Adler von rechts her mit ausgebreiteten Fittichen über die Stadt; alle Trojaner sahen es, und der Greis schwang sich voll Zuversicht in den Wagensitz. Vor ihm her zogen die Maultiere den schwer bepackten vierrädrigen Karren, den der Herold Idäos lenkte. Der König trieb mit der Peitsche sein Pferdegespann, und Hekuba, seine Frau, Söhne und Töchter folgten ihm klagend bis zur Ausfahrt am skäischen Tor.

Als Priamus und der Herold draußen vor der Stadt waren, hielten sie mit beiden Gespannen ein wenig inne, um die Pferde und Maultiere unten am Strom zu tränken. Der Abend war angebrochen, und alles ringsum lag in Dämmerung. Da bemerkte Idäos ganz in der Nähe die

Gestalt eines Mannes; es war aber kein Feind, sondern der Abgesandte des Zeus, Hermes, der auserwählte Sterbliche auf ihren Wegen zu begleiten hat. Priamus sprach: „Ich sehe, dass ich im Schutz eines Gottes reise. Wer bist du?“

„Mein Vater heißt Polyktor“, antwortete Hermes in seiner fremden Gestalt, „ich bin von sieben Söhnen der letzte, ein Myrmidone und Gefährte des Achill. Ich habe oft mit eigenen Augen deinen Sohn kämpfen sehen, wie er die Argiver zu den Schiffen trieb, während wir bei unserem Herrn standen, der sich vom Kampf fern hielt.“

„Wenn du ein Gefährte des schrecklichen Peliden bist“, fragte Priamus, „so sage mir, ob Hektor noch bei den Schiffen ist oder ob Achill ihn den Hunden vorgeworfen hat?“

„Nein“, erklärte Hermes, „er ruht im Zelt des Achill, ohne Verwesung, obwohl schon der zwölfte Morgen vorüber ist und mein Herr ihn bei jedem Sonnenaufgang ohne Mitleid um das Grab seines Freundes schleift. Du würdest erstaunt sein, wenn du sehen könntest, wie frisch er daliegt, vom Blut gereinigt, alle Wunden geschlossen. Selbst im Tod pflegen ihn noch die Götter!“

Soweit beruhigt, nahm Priamus den herrlichen Becher, den er bei sich im Wagen hatte. „Nimm ihn“, sprach er, „gib mir deinen Schutz dafür, und geleite mich zum Haus deines Herrn!“ Hermes tat, als würde er sich scheuen, ohne Achills Wissen Geschenke entgegenzunehmen, und wies den Becher ab. Er schwang sich rasch zum König in den Wagen, ergriff Zaumzeug und Peitsche, und bald hatten sie Graben und Mauer der Griechen erreicht. Hier fanden sie die Torhüter eben beim Nachtessen; ein Wink des Gottes versenkte sie in tiefen Schlaf, und ein Druck seiner Hand schob den Riegel vor dem Tor zurück. So gelangte Priamus mit den beiden Gespannen unbehelligt vor das Wohnhaus des Peliden, das aus dicken Balken hoch gebaut und mit Schilf bedeckt war. Hermes sprang vom Wagen, öffnete das Hoftor ohne Mühe, gab sich Priamus als Gott zu erkennen und verschwand, nachdem er dem König geraten hatte, die Knie des Helden in Demut zu umfassen und ihn bei Vater und Mutter zu beschwören, dass er Hektor herausgebe.

Der Greis stieg jetzt ebenfalls vom Wagen und gab seine Pferde und Maultiere an Idäos. Er selbst ging geradewegs auf die Behausung von Achill zu und fand ihn nach der Mahlzeit, auf seinem Bett ruhend. Die gedeckte Tafel stand noch vor ihm. Unbemerkt trat der König ein, eilte auf den Peliden zu, umschlang seine Knie, küsste ihm die Hände, die entsetzlichen, die ihm so viele Söhne getötet hatten, hob den Kopf und sah ihn an.

Achill und seine Freunde betrachteten ihn staunend und voller Verwunderung, da begann der Greis zu flehen: „Denke an deinen Vater, der so alt ist wie ich, vielleicht ebenfalls bedrängt von feindlichen Nachbarn, in Angst und ohne Hilfe wie ich. Doch bleibt ihm von Tag zu Tag die Hoffnung, seinen geliebten Sohn von Troja heimkehren zu sehen. Ich aber, der ich fünfzig Söhne hatte, als die Danaer heranzogen, habe die meisten in diesem Krieg verloren. Zuletzt durch dich auch den einzigen, der die Stadt und uns alle zu schützen vermochte. Darum komme ich nun zu den Schiffen, ihn, meinen Hektor, von dir zu erkaufen, und bringe ein unermessliches Lösegeld. Denk an die Götter, Achill, erbarme dich meiner, denke an deinen eigenen Vater!"

Mit diesen Worten erweckte Priamus in dem Helden die Sehnsucht nach der Heimat, dass er den Alten sanft am Arm fasste und zurückdrängte. Der König fing laut an zu weinen. Und auch in Achill brachen sich nun Trauer und Wehmut Bahn, sodass er bald über seinen Vater klagte, bald über seinen Freund.

Endlich sprang er vom Sessel hoch, hob den Greis voller Mitleid an der Hand auf und sprach: „Welch großen Kummer hast du schon erduldet! Und jetzt, welch ein Mut, allein die Schiffe der Danaer aufzusuchen und einem Mann vor die Augen zu treten, der dir so tapfere Söhne erschlagen hat! Setz dich, lass uns den Kummer ertragen, wir erreichen ja doch nichts mit unserer Traurigkeit. Es ist das Schicksal, dass die Götter den Sterblichen bestimmt haben, viel Leid zu erdulden. Zwei Truhen stehen an der Schwelle vor dem Hause des Zeus, die eine voller Gaben des Unglücks, die andere voller Gaben des Glücks. So schenkten die Götter meinem Vater Peleus zwar manche Herrlichkeit:

Reichtum, Macht, ja selbst eine Unsterbliche zur Frau. Doch hat ihm ein Himmlischer auch Böses gegeben. Er hat nur einen einzigen Sohn, der früh sterben wird, der den alternden Mann nicht pflegen kann. Hier in weiter Ferne hause ich vor Troja. Auch dich, Priamus, priesen die Völker einst glückselig, jetzt aber haben die Olympischen dir viel Leid gesandt!"

Priamus antwortete: „Bitte, lass mich nicht hier bei dir sitzen, Liebling des Zeus, solange Hektor noch unbestattet in deinem Zelt liegt! Alles in mir drängt danach, ihn zu sehen!" Und mit Blick auf den unseligen Krieg der Völker vor den Toren seiner bedrohten Stadt fügte er hinzu: „Freue dich des reichen Lösegelds, verschone mich und kehre heim in dein Vaterland!"

Da runzelte Achill die Stirn und sprach: „Trotz all des gemeinsamen Leids, König Priamus, reize mich nicht! Ich hatte längst vor, dir Hektor zu übergeben, denn meine Mutter brachte mir einen solchen Befehl. Auch weiß ich, dass dich ein Gott zu unseren Schiffen geführt hat. Wie sollte einem Sterblichen, und wäre es der kühnste Jüngling, es gelingen, den Weg zu mir unbeschadet zu gehen, wie wäre er unseren Wächtern entschlüpft, wie hätte er die Riegel der Tore zurückgeschoben? Aber lass mich nicht zornig werden, ich könnte sonst den Befehl des Göttervaters vergessen und dich nicht schonen, so demütig du auch flehst!"

Zagend gehorchte Priamus. Achill sprang wie ein Löwe aus der Pforte des Hauses und ihm nach seine Gefährten. Draußen spannten sie die Tiere aus dem Joch und führten den Herold herein. Danach hoben sie die Lösegeschenke vom Wagen und ließen nur zwei Mäntel und einen Leibrock zurück, um damit die Leiche des Hektor zu verhüllen. Achill befahl auch, unbemerkt vom Vater, Hektor zu waschen, zu salben und zu bekleiden. Dann rief er, während die Gefährten den Toten auf den Wagen legten, den Namen seines Freundes. „Zürne mir nicht, Patroklos, wenn du in der Nacht der Unterwelt vernimmst, dass ich Hektors Leiche seinem Vater zurückgebe! Er hat kein unwürdiges Lösegeld gebracht, auch du sollst deinen Anteil davon erhalten!"

Nun kehrte der Pelide wieder um, setzte sich dem König gegenüber und begann: „Dein Sohn ist jetzt ausgelöst, Priamus, wie du es gewünscht hast; er liegt in kostbare Kleider eingehüllt auf deinem Wagen. Sobald sich der Morgen rötet, kannst du ihn dir anschauen und mit dir nehmen. Nun aber lass uns ein Mahl zu uns nehmen; du hast noch Zeit genug, deinen Sohn zu beweinen, wenn du ihn in seine Stadt gebracht hast, denn er verdient viele Tränen!" Mit diesen Worten erhob sich Achill wieder von seinem Sitz, eilte hinaus und schlachtete ein Schaf. Seine Freunde zogen die Haut ab, schnitten das Fleisch in Stücke und brieten es sorgfältig am Spieß. Dann setzten sie sich zu Tisch: Automedon verteilte in zierlich geflochtenen Körben das Brot, Achill das Fleisch, und alle aßen gemeinschaftlich. Priamus betrachtete staunend den hohen Wuchs und die edle Gestalt seines Wirts, er glich den Unsterblichen. Aber auch Achill bewunderte den König, als er die Würde in dessen Gesichtszügen wahrnahm und den weisen Reden des Greises zuhörte.

Als nun das Mahl beendet war, bat Priamus: „Lass mich jetzt ruhen! Seit mein Sohn gestorben ist, haben sich meine Augenlider nicht mehr geschlossen, und zum ersten Mal habe ich Fleisch und Wein zu mir genommen."

Sofort befahl Achill seinen Gefährten und den Mägden, ein Bett draußen unter das Dach der Vorhalle zu stellen, mit Purpurpolstern zu bedecken und dicke Mäntel darauf zu legen. „Geh zu Hektor und ruhe dort", riet der Pelide, „es könnte dir sonst einer der Danaerfürsten den Leichnam streitig machen! Sage mir aber noch: Wie viele Tage wird die Bestattung deines edlen Sohnes brauchen? Damit ich solange die Danaer von jedem Angriff abhalte."

„Gib mir elf Tage, meinem Sohn die Totenfeier zu richten", antwortete Priamus.

„Auch dies geschehe, wie du es willst", erwiderte Achill. Damit fasste er die Rechte seines Feindes am Handgelenk, um ihm alle Furcht zu nehmen. Dann entließ er ihn, auf dass er sich zum Schlaf begebe, und legte sich selbst zur Ruhe nieder.

Hektors Leichnam in Troja

Am anderen Tag spannte Hermes dem Greis die Tiere vor den Wagen und begleitete den König und den Toten bis an die Furt des Skamanderflusses. Dort verließ er ihn und flog zum hohen Olymp zurück. Priamus und der Herold aber trieben seufzend und klagend die Pferde mit dem Wagen des Fürsten und die Maultiere mit dem Leichnam in die Stadt. Es war früher Morgen, alles lag noch im Schlaf, und niemand sah, wie die Gespanne sich näherten; nur Kassandra hatte die Burg erstiegen und machte von fern ihren Vater aus, wie er sich, mit den Maultieren und dem Leichnam ihres Bruders in seinem Wagen, der Stadt näherte. Da begann sie laut zu rufen, dass es in den stillen Straßen widerhallte: „Erhebt euch, ihr Troer und ihr Troerinnen, Hektor kommt zu uns! Habt ihr euch über den Lebenden gefreut, wenn er siegreich aus der Feldschlacht zurückkehrte, so begrüßt auch den Toten!“ Alle Herzen durchdrang eine grenzenlose Trauer.

Neun Tage lang brachten die Trojaner einen ganzen Wald herbei; am zehnten Morgen wurde die Leiche Hektors hinausgetragen und auf das hohe Scheitergerüst niedergelegt. Das ganze Volk stand um den brennenden Holzstoß. Als die Flammen erloschen, lasen die Brüder und Gefährten des Verstorbenen das weiße Gebein unter Tränen aus der Asche zusammen. Mit weichem Purpurstoff umhüllt, wurde es in eine goldene Truhe und mit ihr in die Gruft gesenkt. Dichte Quader aus Stein verschlossen sie, dann schüttete man den Grabhügel auf. Das Volk zog in die Stadt zurück. Im Königshaus des Priamus wurde das feierliche Totenmahl begangen.

Penthesilea

Nach Hektors Bestattung hielten sich die Trojaner wieder hinter den Mauern ihrer Stadt, denn sie fürchteten sich vor der Kraft des unbändigen Achill und scheuten sich, wie Stiere sich sträuben, dem Lager eines Löwen zu nahe zu kommen. In der Stadt herrschten Trauer und Klage über den Verlust des edelsten Bürgers und mächtigsten Beschützers. Der Jammer war zuweilen so groß, als würde Troja schon von den Flammen der Eroberer verzehrt.

In dieser trostlosen Lage erschien den Belagerten eine Hilfe, die sie nicht erwartet hatten. Vom Thermodonfluss, aus der Landschaft Pontus, kam mit einer kleinen Schar die Amazonenkönigin Penthesilea, eine Tochter des Gottes Ares, um die Trojaner zu unterstützen. Zwei Gründe trieben sie dazu: einmal die Lust am Krieg, die dieses Volk von Frauen kennzeichnete, zum anderen eine Blutschuld, die auf ihr lastete und wegen der sie in ihrem Vaterland übel angesehen war. Penthesilea hatte während einer Jagd, als sie mit ihrem Speer auf einen Hirsch zielte, ihre eigene geliebte Schwester Hippolyta mit dem Geschoss getötet. Seither waren ihr die Rachegöttinnen stets auf den Fersen, kein Opfer hatte sie bis zu dieser Stunde versöhnen können.

Die Königin hoffte, ihnen am ehesten zu entgehen, indem sie – den Göttern zu Gefallen – am einem Feldzug für Troja teilnahm. So brach sie mit zwölf auserlesenen Gefährtinnen auf, die alle, wie sie, nach Krieg und Kämpfen dürsteten. Neben Penthesilea erschienen aber selbst diese herrlichen Jungfrauen nur wie Sklavinnen. Wie unter den Sternen der Mond am Himmel hervorstrahlt, so überragte die Fürstin an Glanz und Schönheit alle ihre Dienerinnen.

Als die Trojaner von den Mauern herab an der Spitze ihrer Schar die zarte und doch gewaltige Königin, in einen Panzer aus Erz gehüllt, wie eine Göttin einherschreiten sahen, strömten sie von allen Seiten bewundernd herbei und konnten sich an der Schönheit der Fremden nicht satt sehen. In ihren Zügen war das Schreckliche mit dem Lieblichen verbunden: Ein sanftes Lächeln schwebte auf ihren Lippen, wie Sonnenstrahlen leuchteten unter langen Wimpern ihre Augen; die Wangen waren gerötet, und über das ganze Gesicht verbreitete sich mädchenhafte Anmut, beseelt von kriegerischem Feuer. So betrübt das Volk Trojas bis eben noch gewesen war, so fröhlich jauchzte es nun bei diesem Anblick. Sogar das trauernde Herz des Königs Priamus war wieder voller Zuversicht. Als er die herrliche Penthesilea ansah, wurde ihm zumute wie einem Halbblinden, dem ein wohltätiger Lichtstrahl ins Auge dringt.

Er führte die Königin in den Palast, ehrte sie wie eine eigene Tochter und bewirtete sie aufs Köstlichste. Auserlesene Geschenke wurden für sie auf seinen Befehl herbeigebracht, und er versprach ihr noch mehr für die Zukunft, wenn es ihr glücken sollte, die Trojaner der Gefahr zu entreißen. Die Amazonenkönigin erhob sich daraufhin von dem Ehrenstuhl, auf dem sie Platz genommen hatte, und sprach einen Eid, der noch keinem Sterblichen in den Sinn gekommen war. Sie versprach dem König den Tod des göttergleichen Achill. Ihn und alle Scharen der Argiver wolle sie vernichten, ihr Feuer werde alle feindlichen Schiffe fressen! So konnte nur schwören, wer den Lanzen schwingenden Helden und seinen furchtbaren Arm noch nicht kannte.

Inzwischen war der Tag zu Ende gegangen, und nachdem das Mahl beendet war, wurde der Fürstin und ihren Begleiterinnen von den Dienstmägden des Palastes ein bequemes Lager bereitet, auf dem Penthesilea bald in einen tiefen Schlaf sank. Da erschien ihr in der Frühe auf Athenes Befehl ein unheilvolles Traumbild. Ihr eigener Vater trat vor sie hin und forderte sie auf, den Kampf mit Achill noch heute zu beginnen. Der Jungfrau schlug das Herz, sie hoffte, ihren ungeheuren Schwur sogleich erfüllen zu können, sprang vom Lager, legte sich die schimmernde Rüstung, die ihr der Kriegsgott Ares geschenkt hatte, um die Schultern, passte sich die goldenen Schienen an, umhüllte sich mit dem strahlenden Panzer und warf das Wehrgehänge, an dem in einer Scheide von Silber und Elfenbein das mächtige Schwert hing, über die Achsel. Dann ergriff sie ihren Schild und setzte den Helm aufs Haupt, von dem eine goldgelbe Mähne herabfloss. In die Linke nahm sie zwei Speere und in die Rechte eine zweischneidige Axt, die ihr einst die Verderben bringende Göttin der Zwietracht geschenkt hatte. Als sie so in der blinkenden Rüstung zum Palast hinausstürmte, glich sie einem Blitzstrahl, den Zeus vom Olymp auf die Erde herabgeschleudert hatte.

Jauchzend vor Freude eilte sie vor die Mauern der Stadt und ermunterte die Trojaner zum Kampf. Auf ihren Ruf hin versammelten sich die tapfersten Männer, die es zuvor nicht mehr gewagt hatten, Achill entgegenzugehen. Penthesilea selbst aber schwang sich auf ihr Pferd, das so schnell flog wie die Harpyien, jene mit Krallen bewehrten Sturmdämonen, und jagte inmitten all ihrer Jungfrauen aufs Schlachtfeld. König Priamus, der im Palast blieb, hob seine Hände zum Himmel empor und betete zu Zeus: „Höre, oh Vater, lass die Griechen vor der Tochter des Ares in den Staub sinken, sie selbst aber glücklich in meinen Palast zurückkehren! Tu es deinem gewaltigen Sohn zu Ehren, tu es ihr selbst zuliebe, die einem Gott entstammt und euch Unsterblichen so ähnlich ist, tu es auch meinetwegen, der ich so vieles erlitten, so starke Söhne unter den Händen der Feinde habe dahinsinken sehen! Tu es, solange vom edlen Blut meiner Vorfahren noch genug übrig ist und die Stadt Troja noch unzerstört!" Kaum hatte er das Gebet beendet, da stürmte ein kreischender Adler durch die Luft, der eine zerrissene Taube in den Krallen hielt. Ein Schauer der Furcht durchfuhr den König bei diesem üblen Vorzeichen, und seine Hoffnung sank.

Währenddessen sahen die Griechen in ihrem Schiffslager die Trojaner, an deren Mutlosigkeit sie sich seit einigen Tagen gewöhnt hatten, zu ihrem Staunen heranziehen wie reißende Tiere. Einer sprach voll Verwunderung zum anderen: „Wer hat den Troern wieder Mut verliehen, die seit Hektors Tod alle Lust verloren hatten, sich mit uns anzulegen? Es muss ein Gott sein, der sich ihrer annimmt. Nun, auch wir sind nicht ohne Götter!" So warfen sie sich in die Waffen und strömten kämpferisch aus dem Schiffslager heraus. Bald begann die Schlacht, Speer streckte sich gegen Speer, Harnisch stieß auf Harnisch, Schild prallte an Schild und Helm an Helm; wieder rötete sich der Boden vor Troja.

Penthesilea wütete unter den griechischen Helden, und all ihre Kriegerinnen wetteiferten mit ihr an Tapferkeit. Sie selbst erlegte sieben Feinde; als aber die Amazone Klonia einen Freund des gewaltigen Podarkes niederschlug, ergrimmte der und durchbohrte die Hüfte der

Amazone mit seiner Lanze. Penthesilea hieb ihm dafür die Hand ab, doch für ihre Gefährtin kam dies zu spät. Wilder wurde das Schlachtgetümmel, auf beiden Seiten sanken an diesem Tag viele Helden in den Staub.

Penthesilea aber stürmte immer wieder unverletzt unter die Griechen, und die wichen, von Schrecken ergriffen, zurück, wo sie sich näherte. Trunken vor Siegesrausch schrie ihnen die Königin entgegen: „Heute noch, ihr Hunde, werdet ihr für die Schmach des armen Priamus büßen! Raubtieren und Vögeln werdet ihr zum Fraße dienen, und keiner von euch soll Weib und Kind zu Hause wiedersehen. Wo ist Diomedes, wo Ajax, Telamons Sohn, wo der Pelide Achill, die Besten in eurem Heer? Warum kommen sie nicht und messen sich mit mir? Freilich, sie wissen, dass sie von mir zerschmettert würden!" So rief sie und drang voll Verachtung auf die Argiver ein; bald wütete sie mit der Axt, bald mit dem Wurfspieß. Den Köcher mit Geschossen trug ihr gelenkiges Pferd. Ihr folgten die Söhne des Priamus und die Führer der Trojaner.

Diesen Angriffen konnten die Griechen nicht widerstehen; die Pferde der troischen Streitwagen zertraten gestürzte und tote Feinde.

Aber noch war der Lärm des Kampfes weder zu Ajax noch zum Göttersohn Achill gedrungen. Beide waren fern am Grab des Patroklos und gedachten ihres erschlagenen Freundes. So war es vorbestimmt von den Schicksalsgöttinnen: Dass der Amazonenfürstin ein paar Stunden der Ernte vergönnt waren, bevor sie mit Ruhm bekränzt in den Tod stürzen sollte.

Die Kämpfer der Argiver wichen vor Penthesilea zurück; Helden begannen zu fliehen, Pferde und Wagen rasten ohne Führer hierher und dorthin, alles sank zusammen vor dem Speer der Amazone.

Immer weiter vorwärts drangen die Trojaner; schon waren sie wieder nahe bei den Schiffen der Griechen. Da hörte Ajax, der gewaltige Sohn des Telamon, vor dem Grabhügel des Patroklos kniend, das Kriegsgeschrei; er erhob sich und sprach zu Achill: „Ich höre ein Getöse, als hätte irgendwo ein neuer Kampf begonnen! Lass uns gehen, dass die

Trojaner uns nicht zuvorkommen und es ihnen doch noch gelingt, unsere Schiffe zu verbrennen!"

Eilig legten beide ihre Rüstung an und schritten, leuchtend in ihren Waffen, dem Feind entgegen.

Ajax warf sich auf die Männer, und seinen ersten Speerstößen erlagen vier Trojaner. Achill aber wandte sich gegen die Amazonen, und vier der Frauen sanken augenblicklich unter seinen Hieben.

Penthesilea ging mutig auf ihre beiden mächtigsten Feinde zu und schleuderte ihren Speer zuerst auf Achill. Der Schild des Peliden fing ihn auf, dass er zersplitternd abprallte, als sei er auf einen Felsen gestoßen. Mit der zweiten Lanze zielte sie jetzt auf Ajax und rief: „Wenn auch mein erster Wurf misslang, dieser zweite soll euch lehren, dass ein Weib mehr vermag als ihr beide zusammen!" Sie brachte mit diesen Worten jedoch die Helden nur zu einem Lächeln. Und ihre Lanze erreichte lediglich die silberne Beinschiene des Ajax.

Penthesilea stieß einen lauten Seufzer aus. Achill aber sah sie abschätzend an: „Sage mir, Weib, wie hast du dich erdreisten können, uns, den gewaltigsten Helden der ganzen Erde, entgegenzutreten, uns, vor denen selbst Hektor sich fürchtete? Jetzt ist deine eigene letzte Stunde gekommen!" Mit diesen Worten drang er auf sie ein, die unbezwingliche Lanze in der Rechten schwingend. Der Wurf traf Penthesilea, das schwarze Blut strömte aus der Wunde, und ihren Körper verließ die Kraft. Die Axt fiel ihr aus der Hand, und vor ihre Augen zog Finsternis. Doch raffte sie sich noch einmal auf, sah ihrem Feind fest an und überlegte, ob sie ihr Schwert aus der Scheide ziehen und sich wehren oder dem Sieger Gold und Erz versprechen sollte, dass er sie verschonte. Doch Achill ließ ihr keine Zeit! Im Zorn über ihren Stolz durchbohrte er Pferd und Reiterin mit einem Stoß. Die Königin glitt zu Boden, mit dem Rücken an ihr Pferd gelehnt, das wie sie sterbend zusammenbrach. Da lag sie, einer Zeder gleich, die der Nordwind geknickt hat.

Als die Trojaner sahen, was geschehen war, stürzten sie wie betäubt zu den Toren der Stadt zurück, klagend über den Tod der Amazone. Achill aber rief frohlockend: „So liege du denn, armes Geschöpf, den Raubvögeln und Hunden zum Fraß! Wer hat dich aufgefordert, mit mir zu kämpfen?“ Er nahm den Helm vom Kopf und betrachtete das Antlitz der Toten. Obwohl von Blut und Staub bedeckt – so waren doch ihre edlen Züge auch im Tod noch voller Anmut. Und die Griechen, die den Leichnam umringten, bestaunten die überirdische Schönheit der Kriegerin!

Der Vater der Amazone, der Kriegsgott, aber versank über Penthesileas Tod in den tiefsten Schmerz. Wie ein Blitz mit rollendem Donner stürzte er sich vom Olymp herunter auf die Erde und schritt über die Gipfel und Schluchten des Ida, dass Berg und Tal unter seinen Füßen bebten. Und sicherlich hätte er den Griechen Verderben gebracht, wenn ihn nicht Zeus durch ein Gewitter gewarnt hätte, sodass Ares, sosehr er den Kampf auch wollte, es nicht wagte, dem Willen des Donnerers zuwiderzuhandeln. Wusste er doch, dass, wer sich Zeus widersetzt, vom Blitz getroffen und zu den Titanen in die Unterwelt hinabgeschleudert wird.

Um den Leichnam Pentheliseas drängten sich inzwischen die Danaer und fingen an, der Toten die Waffen zu rauben.

Achill aber stand wie verwandelt daneben, er, der eben noch ihren Körper den Hunden und Vögeln zum Fraß hatte preisgeben wollen. Mit plötzlichem Schmerz blickte er auf die Frau; er fühlte die gleiche Qual wie erst kürzlich, als er um seinen liebsten Freund, den erschlagenen Patroklos, klagte.

Memnon

Am nächsten Morgen leuchtete die aufsteigende Sonne über Troja auf lauter Kummer und Angst. Die Trojaner saßen ausspähend auf den Mauern; sie fürchteten, der gewaltige Sieger könnte die Leitern an die Stadtbefestigung setzen und ihren uralten Wohnsitz einäschern. Da erhob sich Thymetes im Rat der Edlen, ein Greis, und er sprach:

„Freunde! Vergebens sinnt mein Geist auf eine Möglichkeit, das drohende Verderben von uns abzuwenden. Seitdem Hektor unter den Händen des unbezwinglichen Achill starb, müsste, glaube ich, selbst ein Gott, wenn er uns helfen wollte, im Kampf zu Grunde gehen. Hat der Pelide doch auch die Amazone, vor der alle anderen Danaer sich fürchteten, besiegt! So frage ich mich, ob es nicht besser für uns wäre, wenn wir diese unglückselige Stadt, die zum Untergang bestimmt ist, verlassen würden und anderswo neue, sichere Wohnsitze suchen würden, wo uns die Griechen nicht finden können!"

Auf diese Worte stand Priamus in der Versammlung auf, um Thymetes zu entgegnen. „Lieber Freund", sprach er, „und ihr alle, Trojaner und gute Bundesgefährten! Wenn wir die Heimat verlassen, begeben wir uns womöglich in noch größere Gefahr! Wir sollten stattdessen hier warten, bis Memnon da ist, der Äthiopier, der mit unzähligen Kriegern unterwegs ist, uns Hilfe zu bringen! Haltet nur noch ein wenig aus. Und müsstet ihr im Kampf alle umkommen, so ist es dennoch besser, als bei Fremden, von Schande gebeugt, sein Leben zu fristen!"

Nun erhob sich Polydamas, ein bedächtiger Mann, und erteilte folgenden Rat: „Obwohl es fast zu spät ist, scheint es mir immer noch das Beste, wenn wir die Ursache dieses ganzen Krieges, die Fürstin Helena, mit all dem, was sie uns aus Sparta an Schätzen mitgebracht hat, den Griechen ausliefern, ehe sich die Feinde unsere Habe teilen!"

Diesen Worten pflichteten die Trojaner still bei, doch wagten sie es nicht, ihrem König zu widersprechen. Polydamas wusste auch, dass Paris eher einen Aufruhr des Heeres in Kauf nehmen würde, als Helena den Griechen zurückzugeben. So schwieg er und die Versammlung mit ihm.

Bevor sie den Rat auflösten, kam die frohe Botschaft, dass Memnon mit seinen Streitern im Anzuge sei.

Da wurde den Trojanern zumute wie Schiffern, die nach einem furchtbaren Sturm am Himmel wieder die Sterne sehen; vor allem aber freute sich der König, denn er zweifelte nicht, dass es der Überzahl der Äthiopier gelingen würde, die feindlichen Schiffe zu verbrennen. Gleich nach seiner Ankunft ehrte Priamus Memnon und seine Kämpfer deshalb mit den herrlichsten Gaben und einem Festessen. Das Gespräch wurde wieder heiter. Zwar gedachte man der Gefallenen - Memnon aber erzählte von seinen unsterblichen Eltern, Thitonos und Eos, er erzählte vom endlosen Weltmeer und zugleich von den Grenzen der Erde, vom Anfang der Sonne und von dem weiten Weg, den er von den Ufern des Ozeans bis zu den Höhen des Berges Ida und der Stadt des Priamus zurückgelegt hatte. Voll Wärme ergriff der Trojanerkönig seine Hand. „Memnon", hob er an, „wie danke ich den Göttern, dass sie mir, dem Greis, es vergönnt haben, dich und dein Heer noch zu erblicken und dich in meinem Palast zu bewirten! Es stimmt, du gleichst mehr als irgendein Sterblicher den Göttern! Ich bin voller Zuversicht!" Mit diesen Worten hob der König seinen Pokal und trank dem neuen Bundesgenossen zu. Memnon betrachtete staunend den herrlichen Becher, der ein Werk des Hephästos und ein Erbstück der trojanischen Königsfamilie war. Dann erwiderte er: „Es gehört sich nicht, zu prahlen und voreilige Versprechungen zu machen; ich freue mich jetzt an diesem Mahl und will mich im Geist auf das Kommende vorbereiten. Lass uns bald zur Ruhe gehen; denn wer auf Entscheidungen zugeht, dem schaden das übermäßige Trinken von Wein und eine durchschwärmte Nacht!"

Damit erhob sich der besonnene Memnon von der Tafel, und Priamus hütete sich, seinen Gast zu längerem Bleiben zu bitten. Auch die Trojaner legten sich zur Ruhe nieder und hofften auf einen tiefen Schlaf.

Am anderen Morgen stieg Eos, die Göttin der Morgenröte, nur zögernd am Himmel auf; es war, als ahnte sie, welch ein Schicksal ihrem geliebten Sohn bevorstand. Memnon war schon in aller Frühe erwacht, kaum als die Sterne verblichen; er rieb sich den Schlaf, seinen letzten auf der Erde, aus den Augen und sprang vom Lager auf - voll Verlangen, den entscheidenden Kampf mit den Griechen zu wagen. Auch die Trojaner warfen sich in ihre Rüstungen und mit ihnen die zahllosen Gäste aus Äthiopien. Ohne lange zu warten, strömten die Scharen wie schwarze Sturmwolken, die vom Wind getrieben werden, zu den Toren hinaus aufs Kampffeld; die Straße wogte von dichtem Gedränge, und der Staub erhob sich unter ihren Füßen.

Als die Griechen sie aus der Ferne anrücken sahen, staunten sie, wappneten sich in Eile und brachen dem Feind entgegen, Achill vor ihnen her wie ein Titan, wie ein Donnergeschoss aus der Hand des Zeus. Aber in der Mitte des trojanischen Heeres zog, nicht weniger herrlich, Memnon, wie der Kriegsgott selbst. Sein riesiges Heer, gehorsam und mutig, hatte sich um ihn geschart.

Dann begann die Schlacht. Wie zwei Meere wogten die Heere und schlugen aufeinander, Welle auf Welle. Schwerter zischten und Speere sausten, lautes Geschrei und Waffenklirren hallten durch die Reihen. Schon erhoben sich Klagen wegen der Fallenden. Bald sank ein Troer nach dem anderen von den Stößen Achills in den Staub, wie vor einem Sturm, der Bäume mitsamt den Wurzeln ausreißt und Häuser zusammenbrechen lässt. Aber auch Memnon warf die griechischen Scharen zurück, wie ein böses Verhängnis, das den Sterblichen noch Jammer und Unheil bringen sollte. Er tötete zwei edle Gefährten Nestors und drang schließlich auf ihn selbst ein, den König von Pylos. Nestors Sohn Antilochos beschützte den Vater, doch er bezahlte dafür mit seinem Leben. Als die Griechen ihn sterben sahen, bemächtigte sich ihrer der Schmerz; den größten Schmerz aber empfand Nestor selbst, weil der Sohn seinetwillen und vor seinen Augen gefallen war.

Da wandte er sich an Achill. „Beschützer der Griechen", flehte er, „dort drüben liegt Antilochos unter den Gefallenen! Hilf mir, ihn zu bergen!" Achill horchte auf; er wandte sich Memnon entgegen. Als der ihn kommen sah, hob er einen riesigen Stein vom Boden und schleuderte ihn auf den Schild des Feindes. Aber der Stein prallte ab, und Achill, der seinen Streitwagen hinter der Schlachtreihe gelassen hatte, drang nun zu Fuß auf Memnon ein und traf ihn mit dem Speer an der rechten Schulter. Der Äthiopier achtete nicht darauf, er eilte vorwärts und stieß Achill seine mächtige Lanze in den Arm, dass das Blut zur

Erde floss. Dann aber fassten beide ihre Speere und stürzten aufeinander. Zeus selbst machte sie in diesem Augenblick größer und stärker, als Menschen jemals sein können; sie kamen sich so nah, dass Helmbusch an Helmbusch streifte. Vergeblich suchten sie einander bald über dem Schienbein, bald unter dem Panzer zu verwunden. Ihre Rüstungen klirrten; das Geschrei der Äthiopier, Trojaner und Griechen stieg bis zum Himmel auf, der Staub wirbelte unter ihren Füßen.

Die Olympier, die von der Höhe herab zuschauten, hatten ihre Freude an dem unentschiedenen Kampf, die einen an der Kraft des Peliden, die anderen an dem unbesiegten Widerstand Memnons. Fast wären die Götter in Streit geraten, wenn nicht Zeus zwei der Parzen gerufen und ihnen aufgetragen hätte, dass die finstere der beiden sich zu Memnon, die helle zu Achill gesellen sollte. Die Bewohner des Olymps schrien laut auf bei diesem Befehl, die einen vor Freude, die anderen vor Leid.

Die Helden unten kämpften derweil weiter, ohne dass die Schicksalsgöttinnen sich ihnen zeigten. Sie rangen gegeneinander bald mit der Lanze, bald mit Schwertern, bald mit Steinen. Keiner erzitterte, wich zurück, sie standen wie Felsen. Ebenso unentschieden zog sich rechts und links von ihnen der Kampf ihrer Gefährten hin, Blut und Schweiß flossen auf den Boden. Endlich aber siegte einer der beiden. Achill stieß Memnon die Lanze so tief in die Brust, dass sie zum Rücken wieder hinaustrat und er in dumpfem Fall zu Boden sank.

Jetzt flohen die Trojaner, von Achill wie von einem Orkan gejagt, während er Memnons Leichnam seinen Freunden zum Ausrauben überließ. Eos stieß einen Seufzer aus und hüllte sich in dichte Wolken, sodass Finsternis das Land bedeckte; ihre Kinder, die Winde, flogen zur Ebene, ergriffen den Leib des Erschlagenen und entführten ihn durch die Lüfte aus den Händen seiner Feinde. Nichts blieb von Memnon zurück als das Blut, das herabtropfte, während er emporgetragen wurde. Die Äthiopier, die sich von ihrem toten Herrscher nicht trennen wollten, folgten unten mit lautem Klagen, bis ihr König den staunenden Troern und Griechen aus den Augen schwand.

Der Tod des Achill

Achill rastete nicht. Seine Kampfgier jagte ihn bei Tagesanbruch unter die Trojaner, die ihre schützenden Mauern verlassen hatten. Bald brach der Kampf wieder aus; der Pelide verfolgte seine Feinde unermüdlich. Schon versuchte er, sich seiner übermenschlichen Kraft bewusst, die Torflügel aus den Angeln zu heben und den Griechen die Stadt des Priamus zu öffnen.

Aber Phöbos Apollo, der vom Olymp die Kämpfe überschaute, stieß grimmig wie ein reißendes Tier vom Göttersitz nieder. Köcher und Pfeile klirrten, sein Auge flammte, unter seinen Schritten bebte der Boden. Mit furchtbarer Stimme rief er Achill zu: „Lass von Troja ab, Pelide! Hüte dich, dass keiner der Unsterblichen dich vernichte!"

Achill aber kehrte sich nicht an die Warnung. Ohne sie zu beachten, rief er zurück: „Willst du mich reizen, mit dir zu kämpfen, indem du den Trojanern hilfst? Schon einmal hast du mich in Zorn gebracht, Phöbos, als du mir Hektor entreißen wolltest. Ich rate dir, geh zu den deinen, dass dich mein Speer nicht trifft, selbst wenn du unsterblich bist!"

Als der zornige Apoll dies hörte, hüllte er sich in eine schwarze Wolke, legte den Pfeil auf seinen Bogen und schoss aus dem Nebel dem Peliden in die verwundbare Ferse. Ein stechender Schmerz durchfuhr Achill bis ans Herz; wie ein unterhöhlter Turm stürzte er zu Boden. Liegend spähte er um sich her und schrie mit schneidender Stimme: „Wer hat aus der Ferne den tückischen Pfeil auf mich abgeschickt? Aus dem Hinterhalt stellen die Feiglinge dem Tapferen nach! Wehe, mir ahnt, es war Apollo!" Und ihm fiel ein, dass Thetis, seine Mutter, einst geweissagt hatte, an einem der Tore Trojas werde er dem unheilvollen Geschoss des Gottes Apollo erliegen. „So hat meine Mutter die Wahrheit gesprochen!"

Mit diesen Worten riss der Held sich den Pfeil aus der Wunde. Zornig schleuderte er ihn weg, als er das schwarze Blut nachquellen sah. Apollo hob den Pfeil auf und kehrte, eingehüllt in die Wolke, zum

Olymp zurück. Hier mischte er sich wieder unter die anderen Götter. Hera, die Freundin der Griechen, beschimpfte ihn bitter: „Du hast etwas getan, das Verderben bringen wird, Phöbos Apollo! Hast du nicht auf der Hochzeit des Peleus gegessen und gesungen und, dem Bräutigam zutrinkend, ihm Nachkommen gewünscht? Jetzt hast du die Trojaner begünstigt und Peleus den einzigen Sohn getötet! Das hast du aus Neid getan!"

Apollo schwieg und setzte sich abseits der Götter, den Blick zu Boden gesenkt. Ein Teil der Olympier war voller Zorn auf ihn, die anderen dankten ihm von Herzen.

Dem unbändigen Achill aber kochte das Blut noch immer voll Kampflust; kein Trojaner wagte es, sich ihm, dem Verwundeten, zu nahen. Noch einmal erhob er sich mit einem Sprung vom Boden, stürzte, den Speer schwingend, unter die Feinde und brachte viele ums Leben. Dann wurden seine Glieder schwer; er musste anhalten und sich auf die Lanze stützen. Die Trojaner flüchteten noch immer vor ihm und seiner Stimme; er donnerte den Fliehenden nach: „Lauft nur davon! Auch nach meinem Tode werdet ihr mir nicht entgehen!" Sie zitterten vor Furcht, weil sie glaubten, seine blutende Wunde hätte sich wieder geschlossen. Doch nun verließen Achill die Kräfte, er sank zu Boden, dass die Erde dröhnte und seine Waffenrüstung einen dumpfen Klang gab.

Zuerst bemerkte Paris, dass er gefallen war. Mit einem lauten Freudenschrei forderte er die Trojaner auf, sich des Toten zu bemächtigen, und nun sammelten sich viele der Kämpfer um ihn, die früher seine Lanze gefürchtet hatten. Aber der Held Ajax umkreiste die Leiche und verscheuchte mit hoch emporgehaltenem Speer alle Feinde. Wer dennoch zu nahe kam, empfing den Todesstoß. An seiner Seite kämpften Odysseus und andere Danaer. Im Streit gegen sie fiel der Lykier Glaukos, und der edle Trojanerheld Äneas wurde verwundet, doch leisteten die Troer immer noch hartnäckigen Widerstand. Paris wagte es sogar, mit dem Speer auf Ajax zu zielen. Der nahm den Augenblick wahr, hob einen Feldstein vom Boden auf und zerschmetterte ihm damit den Helm, dass er in den Staub sank. Kaum hatten seine Freunde Zeit, ihn auf den Wagen zu heben und mit Hektors Pferden nach Troja zu bringen.

Inzwischen hatten auch die Griechen Achills Leichnam vom Schlachtfeld zu den Schiffen getragen und umringten ihn in grenzenlosem Schmerz. Der alte Fürst Phönix kauerte vor dem riesigen Leib des Peliden. Schmerzvoll dachte er zurück an den Tag, als Peleus, der Vater des Gefallenen, ihm den Knaben ans Herz legte, und er beschwor im Geiste den Tag herauf, an dem der junge Achill sich mit ihm aufmachte, gegen Troja in den Krieg zu ziehen.

Auch die Atriden betrauerten ihn und alle Griechen mit ihnen; unaufhörlich stieg ihr Weinen zum Himmel auf und hallte dumpf von den Schiffen wider.

Schließlich machte der greise Nestor dem Weinen ein Ende. Er erinnerte die Männer daran, den Leichnam des Helden zu waschen, aufs Lager zu legen und ihm dann die letzte Ehre zu erweisen.

Die Klagen der Griechen um ihren größten Krieger drang auch in die tiefe See zu seiner Mutter Thetis und den übrigen Töchtern des Meeresgottes Nereus, die dort wohnten. Ein schneidender Schmerz erfüllte sie; sie stöhnten so laut, dass es weithin durch die Fluten hallte, und eilten noch in der Nacht durch das Meer, das sich vor ihnen teilte, zum Strand, wo die Schiffe der Griechen aufragten. Alle Ungeheuer der Tiefe jammerten mit ihnen, als Thetis zum Leichnam gelangte. Sie umschlang ihren Sohn, küsste ihn auf den Mund und weinte, dass die Erde feucht wurde von ihren Tränen. Die Danaer aber wichen voller Ehrfurcht und Grausen vor den der See entstiegenen Göttinnen zurück und wagten sich erst wieder zum Toten, als der Morgen anbrach.

Dann trugen sie unzählige Bäume vom Berg Ida herab, türmten sie hoch auf, legten auf den Scheiterhaufen geschlachtete Opfertiere, Gold und andere edle Metalle; die Helden der Griechen schnitten ihr Haar ab, und auch Briseïs, die geliebte Sklavin des Toten, brachte ihre Locken als letztes Geschenk ihrem Gebieter dar. Oben auf den Holzstoß wurde der Leichnam gebettet. Danach machten die Trauernden in voller Waffenrüstung auf ihren Pferden und zu Fuß die Runde um den düsteren Scheiterhaufen. Bald wurde er angezündet, und die alles verzehrenden Flammen schlugen unter neuen lauten Klagen der Krieger empor. Äolos sandte seine schnellsten Winde, die in die aufgeschichteten knisternden Bäume fuhren, sodass die Glut in wenigen Stunden den Holzstoß mitsamt dem Toten in Asche verwandelte. Die letzten Flammen löschten die Männer mit Wein.

Die Gebeine des Helden lagen da wie die Knochen eines Giganten. Seine Gefährten sammelten sie und taten sie in einen geräumigen, aus Silber und Gold gehämmerten Kasten, der auf der höchsten Stelle der Küste neben seinem Freund Patroklos in die Erde gesenkt und mit einem hohen Grabhügel bedeckt wurde.

Sogar die unsterblichen Pferde des Helden spürten seinen Tod; sie zerrissen die Seile, mit denen sie angebunden waren, und wollten nicht länger bei den Menschen bleiben.

Fünftes Buch

Der Tod des großen Ajax

Mit glanzvollen Kampfspielen wurden die Feierlichkeiten zu Ehren des Toten fortgeführt. Von allen Fürsten des griechischen Heeres hatte nur Odysseus nicht daran teilnehmen können. Er war im Kampf um den Leichnam des Peliden verwundet worden.

Nach den Spielen erhob sich Thetis, die der Totenfeier beigewohnt hatte, und vergab die unbesiegbaren Waffen ihres Sohnes den Griechen als Preis. Der Schild des Helden schimmerte in der Sonne. Neben ihm strahlte der Helm, geschmückt mit dem Bild des Zeus, wie er voller Zorn auf dem Himmelsgewölbe stand und mit den Titanen kämpfte. Dazu lag auf der Erde der schöne gewölbte Harnisch, der einst schwarz und undurchdringlich die Brust des Peliden geschützt, daneben die schweren und doch so bequemen Beinschienen, die er getragen hatte, als seien sie federleicht. Daneben glänzte sein unbezwingliches Schwert in silberner Scheide, goldverziert und mit elfenbeinernem Griff; und ihm zur Seite lag der Speer am Boden wie eine Tanne, die gefällt worden war.

Hinter den Waffen stand Thetis. Ihr Haupt war mit einem dunklen Trauerschleier bedeckt, und tief betrübt sprach sie zu den Danaern: „Die Spiele zur Leichenfeier des Achill sind vorüber. Jetzt trete der beste der Griechen vor, der den Leichnam rettete, dass ich ihm die herrlichen Waffen meines Sohnes verleihe, Göttergeschenke, an denen selbst die Unsterblichen ihre Freude hatten!“

Da erhoben sich zwei Helden zugleich, Odysseus, der Sohn des Laërtes, und der riesige Ajax, Telamons Sohn. Schon nahm Ajax seine Waffen auf und rief Idomeneus, Nestor und Agamemnon zu Zeugen seiner Taten auf. Aber an dieselben Männer wandte sich auch Odysseus, denn es waren die klügsten und untadeligsten des ganzen Heeres. Nestor nahm die Männer beiseite und sagte bekümmert: „Ein großes Unglück steht uns bevor! Einer der beiden wird sich beleidigt fühlen und sich zornig vom Kampf zurückziehen. Deshalb nehmt von mir, dem erfahrenen Greis, einen Rat an! Wir haben hier im Lager viele erst vor Kurzem gefangene Trojaner. Lassen wir sie den Streit zwischen Ajax und Odysseus entscheiden; sie sind unparteiisch und werden keinen der Helden begünstigen!"

Damit einverstanden, legten nun auch die anderen Schiedsrichter ihr Amt nieder, und so setzten sich die edelsten der trojanischen Kriegsgefangenen zu Gericht. Zuerst trat Ajax vor ihnen auf. „Welcher Dämon blendete dich, Odysseus", rief er, „dass du dich mit mir messen willst? Du bist mir nicht ebenbürtig. Oder hast du schon vergessen, wie gern du dich unserem Zug der Griechen gegen Troja entzogen hättest? Jetzt auch wieder, als der Kampf um Achills Leiche tobte, bin ich es gewesen, der Körper und Waffen rettete! Du hättest nicht einmal die Kraft gehabt, die Rüstung zu heben, geschweige denn den Toten! Darum leg dich nicht an mit mir, der ich nicht nur stärker bin als du, sondern auch von edlerer Geburt und mit dem Helden verwandt, um dessen Waffen wir hier streiten!"

So ereiferte sich Ajax. Odysseus aber erwiderte lächelnd und voller Spott: „Wozu verlierst du so viele unnütze Worte, Ajax? Du nennst mich kraftlos und siehst dabei nicht, dass nur Klugheit wahre Stärke verleiht. Nur die Klugheit lehrt den Schiffer die Fahrt durch das aufgerührte Meer, nur die Klugheit zähmt die wilden Tiere, Panter und Löwen, und zwingt die Stiere in den Dienst des Menschen. Aber in der Not wie auch im Rat der Edlen ist ein Mann mit Verstand mehr wert als der Törichte, der nur Körperstärke besitzt. Meiner Klugheit haben es die Griechen zu verdanken, dass der Sohn des Peleus, um dessen Waffen wir hier streiten, für den Feldzug gegen Troja überhaupt gewonnen wurde. Und wenn je ein neuer Held gebraucht würde, glaube mir's, Ajax, nicht deine plumpe Kraft wird ihn uns verschaffen, sondern ich allein werde es sein, dessen Worten man folgt. Zudem haben mir die Götter nicht nur Klugheit, sondern auch die nötige Körperstärke verliehen. Ich stellte mich dem Angriff der Feinde entgegen und tötete alles, was zu Achill drängte; du aber standst da, aufgepflanzt nur zu deiner eigenen Sicherheit!"

So stritten sie noch lange miteinander; zuletzt überzeugten die Trojaner, die zu Kampfrichtern eingesetzt waren, Odysseus' Reden, und sie erkannten ihm einstimmig die herrliche Rüstung des Peliden zu.

Als Ajax die Entscheidung hörte, erbebte er. Das Blut in seinen Adern kochte; ein stechender Schmerz durchzuckte sein Gehirn. Lange stand er da wie erstarrt, mit zu Boden geschlagenen Augen. Endlich führten ihn seine Freunde begütigend und mit zögernden Schritten zu den Schiffen.

Bald stieg die Nacht aus dem Meer. Ajax saß in seinem Zelt, er rührte kein Essen an und dachte nicht an Schlaf. Er warf sich in seine Rüstung, fasste sein Schwert und überlegte, ob er Odysseus in Stücke hauen oder lieber seine Schiffe verbrennen oder mit der Schärfe des Schwertes auf die Griechen losgehen sollte.

Und bestimmt hätte er eins von den drei Dingen auch getan, wenn nicht Athene, um ihren Freund Odysseus besorgt, den Helden mit Wahnsinn geschlagen hätte. Plötzlich stürmte er aus seinem Zelt hervor, aber nicht um gegen Odysseus zu kämpfen, sondern gegen die Schafherden der Danaer, die er, von der Göttin geblendet, für das Heer der seinen hielt. Die Hirten, die den Rasenden kommen sahen, versteckten sich, um nicht getötet zu werden, im Ufergebüsch der Flüsse.

Ajax aber fuhr in die Herden und richtete ein Gemetzel unter ihnen an. Zwei großen Widdern, auf die er stieß, rannte er nacheinander den Speer in den Leib und rief dazu lachend und voller Bitterkeit: „Liegt ihr im Staub, den Raubvögeln als Beute, ihr Hunde? Ihr werdet keinen ungerechten Schiedsrichterspruch mehr bestätigen, schändliche Atriden! Und du", fuhr Ajax fort, „der du dich dort in der Ecke verbirgst, jetzt sollen dir die Waffen des Achill, die du mir gestohlen hast, nichts helfen!" Mit diesen Worten ergriff er einen anderen großen Hammel, schleppte ihn mit sich fort in sein Zelt, band ihn an den Türpfosten, zog eine Peitsche hervor und fing an, mit aller Kraft auf das Tier loszuschlagen. In dem Augenblick trat Athene von hinten an ihn heran, berührte seinen Kopf und befahl dem Wahnsinn, ihn zu verlassen. So fand sich der unglückliche Ajax wieder, die Peitsche in der Hand, vor sich den angebundenen Widder mit zerfleischtem Rücken. Die Peitsche entfiel seinen Händen, die Heldenkraft verließ ihn, er sank zu Boden, von der Gewissheit getroffen, dass der Zorn der Götter ihn heimgesucht habe.

Unaussprechliche Schmerzen quälten ihn. Als er sich wieder erhob, seufzte er tief auf und sprach: „Weh mir, warum hassen mich die Unsterblichen? Warum haben sie mich in solche Schande gestürzt, dem arglistigen Odysseus zuliebe? Hier steh ich, der ich keinen Kampf entehrt habe, die Hände mit unschuldigem Lämmerblut besudelt, ein Gelächter des Heeres, ein Spott meiner Feinde!"

Während er so jammerte, suchte die phrygische Königstochter Tekmessa nach ihm, ihren Sohn Eurysakes auf den Armen, im Lager und bei den Schiffen. Ajax hatte sie einst, als er ihr Vaterland überfallen, als seine Beute mitgenommen und sie seitdem als seine Gattin geliebt. Auch sie liebte ihn zärtlich und hatte seine Verzweiflung schon im Zelt bemerkt, ohne den Grund dafür zu begreifen – Ajax hatte auf keine ihrer Fragen Antwort gegeben. Bald nachdem er sie verlassen hatte, stieg in ihr eine finstere Ahnung auf. Sie fürchtete um sein Leben; sie suchte ihn und sah bei den Schafherden das traurige Schlachtfeld, das er angerichtet hatte. Voller Verzweiflung eilte sie zu dem Zelt zurück und fand Ajax, wie er vor sich hin brütete. Tekmessa umfasste seine Knie und flehte ihn an, sie, seine Gefährtin, nicht allein zu lassen. Sie hielt ihm seinen Knaben entgegen und erinnerte ihn an das Los des Kleinen, wenn er ohne Vater heranwachsen müsste.

Der Held griff mit einer heftigen Bewegung nach seinem Sohn, drückte ihn an sich und sprach: „Oh mein Kind, habe mehr Glück als dein Vater, doch in allem anderen sei ihm gleich, so wirst du kein schlechter Mann!"

Damit reichte er den Knaben den Dienern, schickte sie mit Aufträgen fort, zog das Schwert, das ihm einst sein Feind Hektor als Gast geschenkt hatte, und pflanzte es in den Boden seines Zeltes. Noch einmal hob er die Hände zum Himmel und betete: „Nur eine geringe Gnade erflehe ich von dir, Vater Zeus: Sende mir meinen Bruder

Teukros her, sobald ich gefallen bin! Du aber, Sonnengott, der du leuchtend am hohen Himmel dahinfährst, wenn du mit deinem Wagen über meinem Vaterland Salamis kreist, zügle die Pferde und verkünde meinem greisen Vater und meiner armen Mutter mein Schicksal! Leb wohl, Salamis, meine Heimat; leb wohl, Athen mit deinen Flüssen und Quellen! Lebt auch ihr wohl, trojanische Landschaften, in denen ich so lange lebte! Und nun, Tod, komme und wirf einen Blick des Mitleids auf mich!“ Damit stürzte er sich in das Schwert.

Auf die Nachricht von seinem trostlosen Ende eilten die Danaer in Scharen herbei, warfen sich nieder und streuten jammernd Staub auf ihre Häupter. Teukros, dem der Vater Telamon befohlen hatte, nicht ohne den Halbbruder Ajax von Troja zurückzukehren, wollte sich an seiner Seite wie er in den Tod stürzen – und er hätte es getan, wenn ihm nicht die Griechen das Schwert entwendet hätten.

Der riesige Leib des Ajax wurde zu den Schiffen getragen und auf einem Scheiterhaufen verbrannt, nicht weniger stattlich als Achill, der mit seinem Tod noch zur Ursache eines zweiten und verhängnisvollen Verlustes für die Griechen geworden war.

Machaon und Podalirios

Am anderen Tage strömten die Danaer in die Versammlung, die Menelaos einberufen hatte. Als alle beisammen waren, stand er selbst auf und begann zu reden: „Hört mich an, ihr Fürsten! Mir blutet das Herz, wenn ich unsere Scharen so schwinden sehe. Für mich sind die Griechen in den Kampf gezogen, und nun soll am Ende keiner mehr Heimat und Verwandte wieder begrüßen? Lasst uns den unheilvollen Strand vor Troja verlassen! Seit Achill und Ajax gefallen sind, ist keine Hoffnung mehr auf einen Erfolg des Feldzuges.“

Zwar sprach Menelaos in dieser Weise, aber in Wahrheit wünschte er nichts sehnlicher als heftigen Widerspruch dagegen und den Ruf zur Vernichtung der Trojaner. Diomedes sprang unwillig auf: „Niemals werden die Söhne Griechenlands deinen Worten folgen! Sollte sich ein Einziger dazu entschließen, so wird dieser blaue Stahl ihm augenblicklich das Haupt vom Rumpf trennen!“

Kaum hatte sich Diomedes wieder auf seinen Sitz niedergelassen, da erhob sich der Seher Kalchas und versuchte, mit einem weisen Vorschlag in dem Zwist zu vermitteln. „Ich weiß Rat“, sprach er, „hört mich an! Ihr alle erinnert euch noch, wie wir vor mehr als neun Jahren, als wir zur Eroberung dieser verfluchten Stadt übers Meer segelten, Philoktetes, den Freund des Herakles, der an einer giftigen und sich ausbreitenden Wunde erkrankt war, auf der Insel Lemnos aussetzten. Nun aber ist mir offenbart worden, dass nur mithilfe der heiligen und stets treffenden Pfeile, die Philoktetes von Herakles geerbt hat, Troja erobert werden kann. Mein Rat geht dahin, ohne Zeitverzug den stärksten unserer Helden, Diomedes, und den gewandtesten, Odysseus, nach Skyros zu senden, wo der Sohn des Achill bei seinem Großvater erzogen wird. Mit seiner Hilfe können dann Diomedes und Odysseus den auf Lemnos lebenden Philoktetes überreden, sich mit uns wieder zu vereinigen und die unsterblichen Waffen des Herakles, durch die Troja bezwungen werden soll, mitzubringen.“

Die Griechen spendeten diesem Vorschlag Beifall. Und während die Heere sich aufs Neue zum Kampf rüsteten, brachen Diomedes und Odysseus auf zu ihrer Reise.

Neoptolemos

Die Gesandten der Griechen kamen glücklich auf der Insel Skyros an. Hier trafen sie Pyrrhos, den Sohn des Achill, der von den Griechen Neoptolemos – Jungkrieger – genannt wurde, vor dem Haus des Großvaters, wie er sich im Pfeilschießen und Speerwerfen übte. Sie sahen ihm eine Weile wohlgefällig zu und erblickten mit inniger Anteilnahme in seinem Gesicht die Spuren der Trauer. Dem Jüngling war der Tod des Vaters bekannt.

Als die beiden nähertraten, mussten sie staunen, denn Neoptolemos war in seiner Gestalt und seinem Wesen ganz und gar Achill ähnlich. Noch vor ihrem Gruß begann er: „Seid mir von Herzen willkommen, Fremde! Wer seid ihr, und was wollt ihr von mir?"

Darauf erwiderte ihm Odysseus: „Wir waren Freunde des gefallenen Achill und haben keinen Zweifel daran, dass wir zu seinem Sohn sprechen, so sehr ähnelst du ihm. Ich selbst bin Odysseus aus Ithaka, der Sohn des Laërtes; mein Gefährte ist Diomedes, der Sohn des unsterblichen Tydeus.

Und nun höre: Wir folgen der Weissagung unseres Sehers Kalchas und wollen dich auf den Kampfplatz von Troja holen, damit wir den Krieg glücklich zu Ende bringen können. Man wird dir herrliche Geschenke machen, ich selbst will dir die unsterblichen Waffen deines Vaters abtreten, die mir zugesprochen worden sind!"

Voller Freude antwortete ihm Neoptolemos: „Wenn die Griechen mich rufen, so lasst uns nur gleich morgen in See stechen. Zuvor aber kommt mit mir in den Palast meines Großvaters und an seinen gastlichen Tisch!" Im Königshaus fanden sie die Witwe des Achill, Dëidamia. Ihr Sohn trat zu ihr und meldete die Fremden, verriet ihr jedoch nicht den Grund ihrer Reise hierher, um sie nicht noch tiefer zu bekümmern.

Dëidamia schlief kaum in dieser Nacht. Ihr ging nicht aus dem Kopf, dass dieselben Helden, die sie unter ihrem Dache beherbergte, es dahin gebracht hatten, dass sie jetzt ihren Mann als Witwe beweinte. Und schon ahnte sie, dass ihr Sohn in denselben Sturm hinausgerissen werden sollte. Sie erhob sich deshalb in der ersten Morgendämmerung, ging zu Neoptolemos und klagte: „Oh mein Kind, ich weiß es, ohne dass du es mir gestehst: Du willst mit den Fremden nach Troja, dem Ort der Tränen und des Leids, ziehen! Hör auf mich, deine Mutter, und bleib zu Hause, damit mich nicht auch noch die Nachricht erreicht, dass mein Sohn wie sein Vater gefallen sei!"

Aber Neoptolemos erwiderte: „Mutter, lass die Unglücksworte! Kein Mann kommt um, wenn das Schicksal es nicht will. Soll der Tod mein

Los sein – was könnte ich Besseres tun, als, getreu meiner Abstammung, für die Griechen zu sterben?“

Am anderen Tag bestiegen sie das Schiff, und Poseidon machte, dass die Fahrt günstig verlief. Es dauerte nicht lange, und im Morgenlicht lagen die Höhen des Idagebirges vor ihnen, erst die Stadt Chrysa, das Vorgebirge Sigeon, dann das weithin sichtbare Grab des Achill. Odysseus sagte jedoch seinem Gast nicht, wessen Totenhügel es war. Schweigend fuhren sie vorüber und weiter, bis in die Nähe von Troja. Sie kamen an den Strand, als der Kampf erneut vor den Schiffen tobte. Die Griechen waren in höchster Bedrängnis, und gewiss hätten die Troer alle ihre Mauern niedergerissen, wäre nicht der eben gelandete Diomedes noch vom Schiff ans Ufer gesprungen und hätte er nicht den Männern befohlen, ihm zu folgen.

Ohne Verzug eilten sie zum Zelt von Odysseus, wo sich dessen eigene Waffen wie auch viele erbeutete Rüstungen befanden. Von ihnen wählte sich der eine diese, der andere jene aus. Neoptolemos aber nahm die Waffen seines Vaters Achill, und er streifte sich die Rüstung über den Körper, die den Freunden zu groß war. Schon stürzte er in den hitzigsten Kampf hinaus, ihm nach die Fürsten, die mit ihm gekommen waren. Nun erst wichen die Trojaner wieder zurück und drängten sich, von allen Seiten bestürmt, wie ängstliche Kinder bei dem Rollen des Donners, zusammen. Denn jedes Geschoss aus der Hand des Neoptolemos bedeutete den Tod.

Als der junge Held nun vom Kampf ausruhte, kam auch der greise Phönix, der Freund seines Großvaters Peleus und der Erzieher seines Vaters, auf ihn zu und betrachtete voller Verwunderung die Ähnlichkeit mit Achill, seinem Vater. Schmerz und Freude bestürmten ihn – Schmerz in der Erinnerung an den Tod seines Pflegesohnes und Freude, weil er dessen kräftigen Nachkommen vor sich sah.

Bei Tagesanbruch begann der Kampf aufs Neue. Lanze kreuzte sich mit Lanze, Schwert mit Schwert. Auf beiden Seiten fielen die Helden. Eurypylos, der Fürst von Mysien, der mit seinem Heer den Trojanern zu Hilfe geeilt war, musste mit ansehen, wie ein Freund von ihm erschlagen wurde. Das verdoppelte seinen Zorn; er warf die Achäer nieder, wie man Bäume in einem dichten Wald fällt. Da kam ihm Neoptolemos entgegen, beide schüttelten ihre mächtigen Lanzen in der Rechten. „Wer bist du, Jüngling, woher kommst du, mit mir zu kämpfen?“, rief Eurypylos seinem Gegner zu. „Sieh dich vor, dich ruft dein Schicksal zu früh zur Unterwelt!“

Neoptolemos erwiderte: „Warum willst du wissen, wer ich bin, wie ein Freund, obwohl du doch ein Feind bist? So wisse denn, ich bin der Sohn des Achill, der einst deinen Vater verwundete!“ Sprach's, sprang vom Wagen und fasste den Speer fester. Eurypylos hob als Erster einen gewaltigen Stein vom Boden auf und warf ihn auf seinen Feind; er traf den goldenen Schild. Aber der erzitterte nicht einmal. Wie zwei Raubtiere drangen da die Gegner aufeinander ein; ihre Kraft wuchs mit dem Kampf, denn beide stammten von Unsterblichen ab. Endlich schaffte es Neoptolemos mit seiner Lanze, den Weg in die Kehle des anderen zu finden; wie ein entwurzelter Baum stürzte Eurypylos zu Boden.

Nun hätten sich die Trojaner vor Neoptolemos hinter ihre Mauer geflüchtet, wenn nicht Ares, der Kriegsgott, unbemerkt von den Himmlischen den Olymp verlassen und mit seinen Feuer schnaubenden Pferden den Kampfwagen mitten ins Schlachtgetümmel hineingetrieben hätte. Schon schwang er seinen Speer und ermutigte die Freunde mit zündenden Worten, vor dem Feind stehen zu bleiben. Die Troer staunten, als sie die göttliche Stimme hörten, denn Ares selbst, den ein Nebel unsichtbar machte, sahen sie nicht.

Einer der Söhne der Priamus, der geachtete Seher Helenos, war der Erste, der den Helfer erkannte, und er schrie seinen Leuten zu: „Fürchtet euch nicht! Der Gott des Krieges ist mitten unter uns! Es ist Ares, der uns anfeuert!“ Sofort hielten die Trojaner wieder stand, der Unsterbliche flößte ihnen Mut ein. Und nun begannen die Reihen der Griechen zu wanken. Nur Neoptolemos konnte Ares nicht erschrecken, er kämpfte weiter und erschlug bald diesen, bald jenen, der ihm in den Weg trat. Der Gott aber wurde wütend über seine Kühnheit. Schon war er im Begriff, die Wolke, die ihn umgab, zu zerreißen und dem jungen Helden sichtbar entgegenzutreten, als Athene, die Freundin der Griechen, vom Olymp herunter auf das Schlachtfeld eilte. Die Erde und das Meer erbebten bei ihrer Ankunft, leuchtende Blitze flogen um ihre Waffen, und die Schlangen auf ihrem Gorgonenschild hatten feurige Zungen. Während Athenes Füße den Boden berührten, stieß ihr Helm an die Wolken; den Blicken der Sterblichen jedoch blieb sie verborgen. Und jetzt wäre ein Zweikampf zwischen den beiden Göttern entbrannt, hätte nicht Zeus sie mit einem warnenden Donnerschlag erschreckt. Ares wie Athene erkannten den Willen des Vaters; sie überließen das Schlachtfeld wieder den Sterblichen. Gleich ließ die Stärke der Trojaner nach; die Griechen bedrängten sie, und sie hätten die Tore aufgebrochen, wenn nicht Zeus die Stadt mit Wolken verhüllt hätte. Da riet der weise Nestor den Kämpfern, sich zurückzuziehen, um die Toten zu bestatten und vom Kampf auszuruhen.

In der Frühe sahen die Danaer mit Staunen die Burg von Troja wieder frei und klar in den blauen Morgenhimmel ragen und wussten nun, wer die Wolken gerufen hatte. Die Waffen schwiegen.

Den ganzen darauf folgenden Tag aber wütete der Kampf um die Mauern von Troja erneut. Es gelang den Griechen jedoch nicht, in die Stadt einzudringen.

Und an den Ufern des Skamander fielen die Danaer in Scharen. Dort hatte der mutige Sohn des Priamus, Deïphobos, einen glücklichen Ausfall aus der Stadt gewagt. Auf die Nachricht von der Gefahr, in der die Griechen hier schwebten, ließ Neoptolemos seine herrlichen Pferde zu ihrer Hilfe traben. Überrascht sah ihn der Trojaner. Er schwankte zwischen dem Entschluss, zu fliehen oder dem entsetzlichen Krieger entgegenzutreten. Neoptolemos rief ihm schon von Weitem zu: „Sohn des Priamus, wie wütest du gegen meine Danaer! Kein Wunder, wenn du dich für den tapfersten Helden der Erde hältst. Also dann, versuch es mit mir!“ Mit diesen Worten stürmte er auf Deïphobos ein, und gewiss hätte er ihn mitsamt dem Wagenlenker niedergemacht, wenn nicht Apollo den gefährdeten Priamussohn zur Stadt entrückt hätte.

Da forderte der Seher Kalchas die Danaer auf, zu den Schiffen zurückzuweichen. „Es ist aussichtslos, ihr Freunde“, sagte er, „wenn wir uns im Streit gegen Troja abmühen, solange nicht auch der andere Teil der Weissagung von uns erfüllt wird, die ich euch mitgeteilt habe, und Philoktetes mit seinen unwiderstehlichen Pfeilen von Lemnos hierher geholt wird!“

So wurde eine weitere Reise beschlossen.

Philoktetes auf Lemnos

Odysseus und Neoptolemos landeten an der unbewohnten felsigen Küste der Insel Lemnos. Hier war vor mehr als neun Jahren nach dem Beschluss der Heerführer Philoktetes von Odysseus in eine Höhle gebracht worden. Philoktetes litt an einer üblen Krankheit, die den Griechen seine Gegenwart unerträglich machte. In der Nähe der Höhle rieselte eine Quelle.

Die beiden Helden hatten die Stelle bald gefunden, und Odysseus traf alles wie das erste Mal an. Aber die Höhle war leer, nur eine ausgebreitete Streu aus Laub, ein einfacher geschnitzter Becher aus Holz und etwas Feuergerät deuteten auf einen Bewohner hin. In der Sonne lagen Lumpen ausgebreitet, mit Eiter beschmutzt, die keinen Zweifel daran ließen, dass der kranke Philoktetes hier hauste. Das Erste, was die beiden Besucher taten, war, einen Diener als Wache aufzustellen, damit der Kranke sie nicht überraschte.

„Nutzen wir die Abwesenheit des Mannes aus, um einen Plan zu schmieden!“, schlug Odysseus dem jungen Sohn des Achill vor. „Nur durch eine Täuschung können wir uns seiner bemächtigen. Wenn ihr euch das erste Mal trefft, darf ich nicht dabei sein; er hasst mich zutiefst, und das mit Recht! Am besten wäre es, du erzählst Philoktetes, dass du dich von den Griechen abgewandt hast. Beschimpfe mich so viel, wie dir einfällt; es kränkt mich nicht, denn ohne List bekommen wir seine Pfeile nicht!“

Hier fiel ihm Neoptolemos ins Wort. „Sohn des Laërtes", sprach er, „bei einer solchen Tat, die ich verabscheue, kann ich nicht helfen! Gern bin ich bereit, Philoktetes mit Gewalt zu fangen; nur verschone mich mit deiner Hinterlist!"

„Ich weiß", erwiderte Odysseus ruhig, „dass du die Gabe der Täuschung nicht besitzt. Wenn du aber bedenkst, dass die Pfeile des Herakles Troja bezwingen können und dass du durch diese Tat den Ruhm der Klugheit wie auch der Tapferkeit erringen wirst, so wehrst du dich gewiss nicht länger gegen ein paar falsche Worte!"

Langsam gab Neoptolemos den Gründen seines älteren Freundes nach, und Odysseus entfernte sich. Es dauerte nicht lange, bis aus der Ferne der Schmerzensruf des leidenden Philoktetes zu hören war. Er hatte nämlich das Schiff am Strand erblickt und kam auf Neoptolemos und seine Begleiter herzugeeilt. „Wer seid ihr", rief er, „die ihr an dieser unwirtlichen Insel gelandet seid? Zwar erkenne ich euch an der geliebten Kleidung der Griechen, doch möchte ich auch den Klang eurer Sprache hören!"

Neoptolemos antwortete, wie Odysseus es ihm vorgegeben hatte, und Philoktetes rief voller Freude: „Oh ihr teuren griechischen Worte, nach wie langer Zeit kann ich euch wieder hören! Und was sagst du mir? So haben dich die Danaer also auch nicht anders behandelt als mich! Du sollst wissen, wen du vor dir hast: Ich bin Philoktetes, den Odysseus einst auf unserem Zug nach Troja hier aussetzte. Ich schlief am Strand des Meeres unter diesem Felsendach; da flohen die Gefährten treulos von mir. Seitdem sind mir armem Mann Tage um Tage und Jahre um Jahre vergangen, und ich bin mein einziger Pfleger gewesen. Mein Bogen hier verschaffte mir die nötigste Nahrung; aber wie jammervoll musste ich mich, wenn mir eine Beute aus den Lüften zufiel, nach der Stelle hinschleppen, den kranken Fuß nachziehend! Und so oft ich Wasser aus der Quelle brauchte, sooft ich mir von Winter zu Winter das Holz zur Feuerung im Wald fällen wollte – alles musste ich mir, mit Mühe aus meiner Höhle hervorkriechend, selbst besorgen. Wie lange dauerte es, bis ich den richtigen Stein ausfindig machte, der, an

Eisen geschlagen, Funken sprühte! Wer hierher kommt, der landet nur aus Not auf der Insel. Manchmal kamen Schiffer, denen ich leidtat, sie gaben mir bisweilen auch zu essen oder Kleidung, aber keiner wagte es, mich nach Haus zu bringen. Das alles haben Odysseus und die Atriden mir angetan, denen die Götter all das vergelten mögen!"

Neoptolemos versuchte, sich zu beherrschen, getreu der Ermahnung des Odysseus. Er berichtete vom Tod seines Vaters Achill und was der Kranke sonst noch über Landsleute und Freunde erfahren wollte, und knüpfte daran die Lüge, die Odysseus ihm eingeredet hatte. Philoktetes hörte voller Teilnahme und Überraschung zu; dann fasste er den Sohn des Achill bei der Hand, weinte bitterlich und sprach: „Ich beschwöre dich bei deinen Eltern, lass mich nicht in diesen Qualen hier zurück! Errette mich!"

Neoptolemos gab dem kranken Mann, der sich ihm zu Füßen warf, mit schwerem Herzen die falsche Zusage: „Sobald du willst, lass uns aufs Schiff gehen; und möge nur ein Gott uns schnelle Fahrt schenken hin zu dem Ziel, das uns vorgegeben ist!"

Philoktetes sprang auf, so schnell sein Fuß es zuließ, und ergriff voller Freude den Jüngling bei der Hand.

In diesem Augenblick erschien der Späher der Helden, als griechischer Kaufmann verkleidet, mit einem anderen Schiffer von ihrem Gefolge. Er erzählte, an Neoptolemos gewandt, dass Diomedes und Odysseus auf der Fahrt zu einem gewissen Philoktetes seien, den sie, einer Weissagung des Sehers Kalchas zufolge, fangen und nach Troja bringen müssten, damit die Stadt dann erobert werden könnte.

Diese Schreckensnachricht warf den einsamen kranken Mann ganz dem Neoptolemos in die Arme. Eilig raffte er die heiligen Geschosse des Herakles zusammen und übergab sie dem Jüngling, der sich zum Träger erbot. Jetzt aber konnte Neoptolemos nicht länger an sich halten, die Wahrheit drängte sich ihm über die Lippen. „Philoktetes", sagte er, „ich kann es dir nicht länger verheimlichen: Du musst dich mit mir nach Troja einschiffen!" Philoktetes zuckte zurück, er flehte und fluchte. Bevor jedoch das Mitleid in Neoptolemos vollends siegte, sprang

Odysseus aus dem Gebüsch und befahl den Dienern, den Unglücklichen, der ja schon ihr Gefangener war, zu fesseln.

Philoktetes hatte ihn nach dem ersten Laut erkannt. „Weh mir", rief er, „ich bin betrogen worden! Das ist er, der mich ausgesetzt hat, durch dessen List mir jetzt meine Pfeile gestohlen worden sind! – Bitte", sagte er dann zu Neoptolemos, „gib mir Bogen und Pfeile wieder!"

Aber Odysseus fiel ihm in die Rede: „Das wird nicht geschehen, auch wenn der Jüngling es wollte! Du musst mit uns gehen; es geht um das Heil der Griechen und um Trojas Untergang!" Damit überließ er ihn den Helfern und zog den verstummten Neoptolemos mit sich.

Philoktetes klagte noch laut über den schamlosen Betrug, als er plötzlich die beiden Helden in heftigem Wortwechsel miteinander zurückkehren sah und aus der Ferne schon die Stimme des Jüngeren hörte: „Nein, ich habe Unrecht getan, Odysseus, ich habe durch List einen edlen Mann getäuscht! Ich will die unwürdige Tat ungeschehen machen, und ehe du mich nicht getötet hast, wirst du diesen armen verlassenen Mann nicht nach Troja bringen!"

Da verfinsterte sich die blaue Luft über den beiden. Sie sahen nach oben; Philoktetes war der Erste, der seinen Freund, den zum Gott gewordenen Herakles, in einer großen und dunklen Wolke schwebend, erkannte.

„Haltet ein, ihr zwei!", rief die sich nähernde Gestalt mit hallender Stimme. „Und du, Philoktetes, höre von mir den Ratschluss des Zeus, und gehorche! Du weißt, unter welchen Mühen ich die Unsterblichkeit erringen konnte. Auch dir ist vorherbestimmt, aus deinem Jammer neu und voller Kraft hervorzugehen. Wenn du mit Neoptolemos vor Troja erscheinst, so wirst du von deiner Krankheit erlöst. Die Götter haben dich ausgewählt, Paris, den Urheber all des Leids, zu vernichten. Das Schönste der ganzen Beute wirst du erhalten; beladen mit Schätzen wirst du zu deinem Vater zurückfahren. Hast du etwas übrig, so opfere es auf dem Scheiterhaufen bei meinem Denkmal, und nun: Lebe wohl!"

Philoktetes streckte der Erscheinung des Freundes die Arme nach. „So sei es“, rief er, „aufs Schiff, Griechen! Gib mir die Hand, edler Sohn des Achill; und du, Odysseus, bleib immerhin an meiner Seite: Du hast gewollt, was die Götter wollen!“

Der Tod des Paris

Als die Griechen das ersehnte Schiff, das Philoktetes mit den Helden an Bord hatte, in den Hafen des Hellespontes einlaufen sahen, jener Meeresstraße, wo sie ihre Schiffe lagerten, eilten sie scharenweise unter lautem Jubel an den Strand. Philoktetes streckte die zitternden Hände aus und wurde von seinen beiden Begleitern ans Ufer gehoben; sein Leiden ergriff die Danaer. Da trat Podalirios, der Arzt, aus der Menge der Wartenden heraus, blickte forschend auf die Wunde und versprach, sie mit der Götter Hilfe zu heilen. Schnell schaffte er die nötigen Arzneien herbei, die Unsterblichen gaben ihren Segen, und das schwärende Übel schwand Philoktetes aus den Gliedern, der Jammer aus der Seele, und der kranke Leib blühte auf wie ein Ährenfeld, das von sommerlichen Winden erfrischt wird. Alles staunte, als zu sehen war, wie er gleichsam vom Tode auferstand. Agamemnon, der Fürst, ergriff ihn bei der Hand und sprach voller Beschämung: „Lieber Freund! Verzeih, dass wir dich damals auf Lemnos zurückgelassen haben; trag es uns nicht länger nach, die Himmlischen haben uns genug dafür gestraft! Für jetzt nimm die Geschenke freundlich auf, die wir dir übergeben wollen: sieben trojanische Jungfrauen, zwanzig Pferde und zwölf Dreifüße. Daran freue dich und dann setz dich zu mir in mein Zelt! Bei Speise und Trank und überall sollen dir königliche Ehren erwiesen werden.“

„Ihr Lieben“, erwiderte Philoktetes gütig, „ich zürne nicht mehr, weder dir, Agamemnon, noch irgendeinem anderen Danaer! Weiß ich doch, dass das Verhalten edler Männer wandelbar sein und sich bald streng, bald nachgiebig zeigen muss. Aber jetzt lasst uns schlafen gehen. Wer sich nach dem Kampf sehnt, tut gut daran, sich auszuruhen!“ Mit diesen Worten eilte er ins Zelt, wo er bis in den Morgen schlief.

Am anderen Tag waren die Trojaner außerhalb der Mauer mit der Beerdigung ihrer Toten beschäftigt, als sie die Griechen schon wieder zum Kampf heranrücken sahen. Polydamas, der weise Freund des gefallenen Hektor, riet ihnen, sich in den Schutz der Stadt zurückzuziehen und sich dort zu verteidigen. „Troja“, sprach er, „ist das Werk von Göttern, und seine Mauern sind nicht leicht zu zerstören. Auch fehlt es uns nicht an Vorräten; in den Hallen unseres reichen Königs Priamus liegt genug, um für dreimal so viel Menschen zu sorgen, als wir es sind.“ Aber die Trojaner gehorchten seinem Rat nicht, sondern jubelten Äneas zu, der sie zu ruhmvollem Sieg oder Tod auf dem Schlachtfeld aufforderte.

Bald stürmten wieder die Streiter beider Heere zum Kampf. Neoptolemos traf zwölf der Feinde hintereinander mit dem Speer seines Vaters, aber auch Eurymenes, der Freund des kühnen Äneas, und Äneas selbst rissen blutige Lücken in die griechischen Reihen, und Paris tötete den Gefährten des Menelaos, Demoleon aus Sparta.

Philoktetes raste unter den Trojanern wie der unbezwingliche Gott Ares. Wenn ein Feind ihn nur von fern erblickte, so war er verloren. Schon die herrliche Herakles-Rüstung, die er trug, schien die Troer zu Fall zu bringen. Zuletzt wagte es Paris und drang auf ihn ein, Bogen und Köcher mutig in der Luft schwenkend. Er schoss einen Pfeil ab; aber der schwirrte an Philoktetes vorüber und verwundete seinen Nebenmann Kleodoros an der Schulter. Der wich zurück, noch immer mit der Lanze kämpfend. Dann tötete ihn ein zweiter Pfeil des Paris. Jetzt ergriff Philoktetes seine Waffe und rief: „Du trojanischer Dieb, Urheber all unseres Unheils, du sollst büßen!“ Kraftvoll zog er die Sehne bis an die Brust, kaum ragte der Pfeil über den Bogen hinaus. Mit dem Schwirren der Sehne flog das zischende Geschoss dahin. Es ritzte Paris nur die Haut; auch er spannte seinen Bogen. Da traf ihn Philoktetes erneut, sodass er nicht länger bei den Seinen zu bleiben vermochte, sondern entfloh, am ganzen Leibe bebend.

Der blutige Kampf ging weiter, während die Ärzte sich um Paris bemühten. Die ganze Nacht stöhnte er auf seinem Schmerzenslager.

Die Pfeilspitze war bis ins Mark des Knochens gedrungen und die Wunde durch die Wirkung des Gifts, in das die Pfeile des Herakles getaucht waren, schwarz vor Fäulnis. Keiner der Ärzte vermochte zu helfen, obgleich sie Mittel aller Art anwandten.

Da erinnerte sich Paris an einen Orakelspruch, dass ihm in der größten Not seine frühere Gattin Önone beistehen könne, mit der er, als er noch Hirte auf dem Ida war, glückliche Tage verlebt hatte. So ließ er sich unter harten Qualen zum Berg Ida tragen, wo seine erste Frau wohnte. Vom Gipfel krächzten Vögel, als die Diener mit ihm hinaufstiegen. Ihre Stimmen erfüllten Paris mit Entsetzen, und er versuchte, die bösen Zeichen zu verdrängen. So erreichte er Önones Haus.

Die Dienerinnen staunten bei dem unerwarteten Anblick, Paris aber warf sich zu Füßen seiner verlassenen Frau und rief: „Ehrwürdige, hasse mich jetzt nicht dafür, dass ich dich einst einsam zurückließ! Versteh, es waren die unerbittlichen Parzen, die Schicksalsgöttinnen, die mich Helena zugeführt haben. Heute beschwöre ich dich bei den Göttern und unserer früheren Liebe, habe Mitleid mit mir und befreie mich von den Schmerzen meiner Wunde!“

Doch er erweichte den harten Sinn der Verstoßenen nicht. „Warum“, sprach Önone, „kommst du ausgerechnet zu mir? Hoffe nicht darauf, mich mit deinen Tränen und Klagen umzustimmen!“ Sie schickte ihn wieder vor ihre Tür, ohne zu ahnen, dass auch ihr eigenes Schicksal mit dem ihres einstigen Mannes verknüpft war. Paris schleppte sich, von den Dienern gestützt und getragen, über die Höhen des bewaldeten Ida dahin; Hera erfreute sich an dem Anblick. Und dann geschah es: Er war noch nicht an den Abhang des Berges gelangt, als er der giftigen Wunde erlag und seinen Geist aushauchte, sodass seine Frau Helena ihn nicht mehr lebend sah.

Ein Hirte brachte ihr und seiner Mutter Hekuba die Nachricht von seinem traurigen Tod.

Plötzlich bereute Önone, dass sie Paris ihre Hilfe verweigert hatte. Und die Erinnerung an ihre mit Paris verbrachte Jugend wurde wieder lebendig. Wie das Eis unter dem Hauch des Westwinds schmilzt, so zerging die Härte ihres Herzens; Ströme von Tränen quollen plötzlich aus ihren Augen.

Da raffte Önone sich auf, öffnete das Tor ihres Hauses und stürzte hinaus. Von Fels zu Fels, über Schluchten und Bergströme lief sie eilig durch die Nacht. Schließlich gelangte sie an die Stelle des Gebirges, wo der Leichnam des Paris auf dem brennenden Holzstoß lag und von den Schafhirten des Berges umringt war, die dem Freund und dem Königssohn die letzte Ehre erwiesen.

Als Önone ihn erblickte, machte der heftige Schmerz sie sprachlos; sie verhüllte ihr schönes Gesicht und warf sich zu dem Toten auf den Scheiterhaufen, und ehe die Umstehenden sie retten, ja nur beklagen konnten, wurde sie gemeinsam mit dem Leichnam des Gatten ein Opfer der Flammen.

Der große Sturm auf Troja

Während sich dies alles auf dem Berg Ida ereignete, wurde der Kampf von beiden Heeren mit Erbitterung fortgesetzt.

Am folgenden Morgen ließen die Griechen starke Wachen bei den Verwundeten zurück, ihre Hauptmacht zog von den Schiffen geradewegs zu den Mauern Trojas, um die Stadt zu stürmen. Sie verteilten ihre Scharen, eine jede hatte den Angriff auf einen Abschnitt der Befestigungen übernommen.

Die Trojaner kämpften von Mauern und Türmen herab, überall erhob sich ein gewaltiges Getümmel. Sthenelos wagte sich an das skäische Tor, zusammen mit dem göttergleichen Helden Diomedes. Aber der ausdauernde Deïphobos und der starke Polites wehrten mit vielen Gefährten die Stürmenden mit Pfeilen und Steinen ab, dass Helme und Schilde von den Würfen klirrten. An einem weiteren Tor focht Neoptolemos mit all seinen Myrmidonen, erfahren in der Belagerung der Stadt.

Innerhalb der Mauern munterten Helenos und Agenor die Trojaner auf, unermüdlich für die Heimat zu kämpfen. An den Pforten, die zur Ebene und zum Schiffslager der Griechen führten, standen Eurypylos und Odysseus in unaufhörlichem Angriff. Auf den Mauern aber kämpfte der tapfere Äneas. Endlich befahl Odysseus seinen Streitern, die Schilde über ihre Köpfe, dicht aneinander gedrängt, zu erheben, sodass das Ganze wie das weit gewölbte Dach eines Hauses erschien. Unter diesem Schutz zogen die Scharen der Danaer, eng geschlossen und wie zu einem einzigen Körper vereinigt, heran und hörten furchtlos das Getöse der zahllosen Steine, Pfeile und Lanzen, die aus den Händen der Trojaner auf die Schilde herabprasselten, ohne dass ein Mann verwundet wurde. Schon näherten sie sich, Mann an Mann, wie ein Wintersturm den Mauern. Der Boden dröhnte unter ihren Tritten, der Staub wallte über ihren Köpfen, und unter dem Schutzschirm tönten die Stimmen wie Bienengesumm in den Körben. Freude erfüllte die Atriden; sie drängten sich mit ihren Kriegern zum Sturm auf die Stadt zu und begannen schon, die Torflügel aus den Angeln zu heben oder sie mit ihren Beilen zu durchbrechen.

Da stärkten die Götter, die auf Seiten der Trojaner waren, die Arme des Helden Äneas, sodass er einen ungeheuren Stein mit beiden Händen herbeibrachte und voll Wut auf das Dach der Schilde hinunterschleuderte. Der Wurf richtete schlimme Verwüstungen unter den Stürmenden an, sie sanken zerschmettert unter ihren Schilden zu Boden. Äneas aber stand auf der Mauer mit strotzenden Gliedern, seine Rüstung funkelte wie ein Blitz. Neben ihm, unsichtbar in einer dunklen Wolke, der gewaltige Ares, der den Geschossen, die der Held dem Stein nachschickte, die richtige Richtung gab, sodass Tod und Entsetzen in die Reihen der Griechen fuhr. Laut ertönte von oben der Ruf Äneas', der seine Truppen anfeuerte, laut von unten der Ruf des Neoptolemos, der die Myrmidonen ermutigte standzuhalten. So wogte hier der Kampf den ganzen Tag, ohne Pause.

An einer anderen Stelle der Mauer hatten die Griechen mehr Glück. Dort holte der kühne Lokrer Ajax die Verteidiger allmählich von den Zinnen; bald traf sein Pfeil, bald sein Speer die Trojaner. Und jetzt entdeckte sein Gefährte Alkimedon eine ungeschützte Stelle in der Mauer, legte eine Sturmleiter an und stieg behände die Stufen empor, den Schild schützend über dem Kopf haltend.

Schon glaubte er, den Kämpfern den Weg bahnen zu können. Aber Äneas hatte ihn aus der Ferne beobachtet, und als Alkimedon über die Mauer sah und zum ersten – und letzten Mal – einen Blick in das Innere der Stadt warf, traf ihn ein Stein, geschleudert von Äneas und so gewaltig, dass die Leiter unter der Wucht des Stürzenden zertrümmert wurde; er selbst wirbelte durch die Luft und hauchte sein Leben aus, noch ehe er unten am Boden ankam. Die Lokrer klagten laut, als sie den Zermalmten auf der Erde liegen sahen.

Dann fasste Philoktetes den Sohn des Anchises, der wie ein reißendes Tier die Mauern entlangtobte, ins Auge und richtete einen seiner todbringenden Geschosse auf ihn. Es ritzte im Flug aber nur den Lederschild des Äneas und traf stattdessen den Trojaner Menon, der in die Tiefe stürzte wie ein Wild, das der Pfeil des Jägers erreicht hat. Grimmig blickte Philoktetes zu dem Gegner empor. „Äneas! Du glaubst der Tapferste zu sein, wenn du von den Mauern herab deine Feinde mit Steinen bewirfst? Wenn du ein Mann bist, komm in deiner Rüstung heraus vor die Tore, und erprobe deinen Bogen und deine Lanze im Kampf mit mir!“ Der Trojaner hatte keine Zeit, ihm zu antworten; die Verteidigung der Stadt rief ihn zu einer anderen Stelle der Mauer, und auch Philoktetes wurde von Neuem hinweggerissen.

Das hölzerne Pferd

Nachdem die Griechen lange erfolglos um Tore und Mauern von Troja gekämpft hatten und der versuchte Sturm an allen Stellen zurückgeschlagen worden war, rief der Seher Kalchas eine Versammlung der edelsten Helden zusammen und sprach zu ihnen: „Auf diesem Weg kommt ihr nicht zum Ziel! Hört, was für ein Zeichen ich gestern gesehen habe. Ein Habicht jagte einer Taube nach; sie flog in die Spalten eines Felsens, um ihrem Verfolger zu entgehen. Lange blieb der Habicht grimmig vor dem Stein, aber die Taube kam nicht heraus. Da versteckte sich der Raubvogel im nahen Gebüsch; und siehe da, jetzt schlüpfte die Taube in ihrer Dummheit ins Freie. Gleich schoss der Habicht auf das Tier nieder und tötete es ohne Erbarmen. Möge uns dieser Vogel ein Beispiel sein; versucht nicht mehr, Troja mit Gewalt zu erobern, sondern es mit List zu nehmen!"

„Wisst ihr was, Freunde", rief Odysseus, „wir wollen ein riesengroßes Pferd aus Holz zimmern, in dessen Innerem sich die mutigsten Griechen verbergen. Alle übrigen Kämpfer – das ganze Heer – sollen auf ihren Schiffen nach Tenedos segeln, hier im Lager alles, was zurückgelassen wird, verbrennen, damit sich die Trojaner, wenn sie es von ihren Mauern aus sehen, sorglos hervorwagen. Von uns aber muss ein mutiger Mann, der keinem der Trojaner bekannt ist, außerhalb des Riesenpferdes bleiben, sich als Überläufer ausgeben und behaupten, dass er uns, den Griechen, entflohen ist, die ihn den Göttern als Opfer hätten darbringen wollen. So habe er sich unter dem künstlichen Ross, das der Feindin der Trojaner, der Göttin Pallas Athene, geweiht sei, versteckt und sei jetzt, nach der Abfahrt der Griechen, eben erst hervorgekrochen. Sicher werden sie ihn als einen bemitleidenswerten Fremdling in ihre Stadt führen. Hier muss er darauf hinarbeiten, dass die Trojaner das hölzerne Pferd in die Mauern ziehen. Schlafen die Feinde dann in der Nacht, muss er uns ein Zeichen geben; wir verlassen unser Versteck, den Bauch des Pferdes, geben den Freunden bei Tenedos entsprechende Feuerzeichen und zerstören die Stadt!"

Als Odysseus ausgeredet hatte, lobten alle seinen erfinderischen Verstand. Am meisten lobte ihn Kalchas, der Seher. Er machte auf günstige Vogelzeichen und zustimmende Donnerschläge des Zeus aufmerksam und drängte die Griechen, sogleich ans Werk zu gehen. Aber da erhob sich unwillig der Sohn des Achill in der Versammlung. „Kalchas", warnte er, „tapfere Männer pflegen ihre Feinde in offener Feldschlacht zu bekämpfen und nicht mit Listen!"

Das waren kluge und besonnene Worte, und selbst Odysseus bewunderte den hochsinnigen Jüngling dafür. Doch er entgegnete ihm: „Du edles Kind eines ebenso furchtlosen Vaters, du hast gesprochen wie ein Held und wackerer Mann! Und doch konnte auch Achill, ein Gott an Mut und Stärke, die feindliche Festung nicht einnehmen. Du siehst, dass Tapferkeit in der Welt nicht alles ausrichtet." Er wandte sich wieder an die Versammlung. „Deswegen beschwöre ich euch, ihr Helden, den Rat Kalchas' zu befolgen und meinen Vorschlag ohne zu zögern in die Tat umzusetzen!"

Die Fürsten pflichteten Odysseus bei; nur Philoktetes stellte sich auf die Seite von Neoptolemos. Er lechzte noch immer nach Kampf und Schlachtgetümmel, sein Herz war noch nicht gesättigt. Am Ende hätten die beiden auch die Danaer auf ihre Seite gezogen, aber Zeus ließ die Lüfte ringsum in Bewegung geraten und schleuderte Blitz auf Blitz vor die Füße der Widerstrebenden.

So kehrten denn alle miteinander zu den Schiffen zurück und überließen sich dem wohltuenden Schlaf. Um Mitternacht stellte sich Athene an das Haupt des schlafenden Epëos und trug ihm als einem kunstfertigen Mann im Traum auf, das mächtige Ross aus Balken zu zimmern. Er vollendete es mit ihrer Hilfe wirklich in drei Tagen; das ganze Heer bewunderte das Bauwerk, so ausdrucksvoll hatte er das Tier nachzubilden vermocht; man meinte in jedem Augenblick, gleich werde das Riesenross zu wiehern anfangen.

In der Zwischenzeit waren die Trojaner, müde vom letzten Kampf, hinter ihren Mauern geblieben. Umso lauter tobte der Streit jetzt unter den Göttern, wo Trojas Verhängnis sich erfüllen sollte. Sie fuhren in zwei getrennten Gruppen, die eine auf Seiten der Griechen, die andere gegen sie, auf die Erde hinab und stellten sich am Fluss Skamander, unsichtbar für die Sterblichen, in Schlachtordnung gegeneinander auf. Auch die Meeresgottheiten schlossen sich dem an; die Nereïden hielten es, als Verwandte des Achill, mit den Griechen, andere trieben hohe Wasserfluten gegen die Schiffe und gegen das tückische Riesenpferd. Sie hätten alles zerstört, wenn die Schicksalsgöttinnen dies gestattet hätten.

Unter den mächtigsten Göttern begann inzwischen der Streit, schon stürzte Ares Athene entgegen. Sie hatten sich für ihren Kampf einen Zeitpunkt ausgesucht, an dem Zeus, der Vater der Himmlischen und Irdischen, eine Reise zum Ozean angetreten hatte. Seinem scharfsichtigen Geist entging indes auch aus der Ferne nichts von dem, was sich auf der Erde ereignete. Kaum sah er, was bevorstand, da kehrte er mit seinen geflügelten Windrossen auf dem Wagen zum Olymp zurück und warf von dort aus seine Blitze unter die kämpfenden Götter. Da fürchteten sich die Unsterblichen und hielten sich zurück mit ihrem Streit.

Das Riesenross war im griechischen Lager inzwischen vollendet, Odysseus erhob sich in der Versammlung.

„Jetzt gilt es", sprach er, „jetzt ist es Zeit, in dem Bauch des Pferdes, das uns beherbergen wird, der dunklen Zukunft entgegenzugehen! Ein mutiger Jüngling aber muss in der Nähe bleiben und alles so ausführen, wie ich es geraten habe. Wer will diesen Auftrag übernehmen?"

Da trat ein tapferer Bursche namens Sinon vor und antwortete: „Ich bin bereit, das Geforderte für euch auszuführen!" Die Griechen riefen ihm lobende Worte zu, und mancher der Älteren fragte sich im Stillen: „Wer ist dieser junge Mann? Wir haben seinen Namen nie gehört, noch hat ihn eine besondere Tat bekannt gemacht. Ihn treibt gewiss ein Dämon, den Trojanern oder aber uns selbst Verderben zu bringen!"

Nestor aber erhob sich und ermunterte seine Danaer: „Jetzt, liebe Kinder, braucht es großen Mut. Rasch hinein in den Bauch des Pferdes!"

Mit diesen Worten wollte sich der Greis vor allen anderen durch die geöffnete Seitentür in das Innere schwingen. Aber Neoptolemos, der Sohn des Achill, beschwor ihn, diese Ehre ihm, dem Jüngling, abzutreten. Es folgten Menelaos, Diomedes, Odysseus und andere – so viele das Pferd fassen mochte. Zuletzt stieg Epëos hinein, der das Pferd gebaut hatte. Dann zog er die Leitern in die Bauchhöhle herauf, verschloss sie von innen und setzte sich vor den Riegel; die Übrigen warteten in Schweigen und saßen in tiefer Dunkelheit zwischen Tod und Sieg.

Die Krieger der Griechen aber steckten die Zelte und alles Lagergerät in Brand und brachen, von Agamemnon und von Nestor befehligt, mit den Schiffen auf und segelten der Insel Tenedos entgegen.

Die Trojaner merkten bald, wie am Hellespont der Rauch in die Lüfte stieg, und als sie von den Mauern aufmerksamer zum Meer hinüberspähten, war auch schon die Flotte der Griechen verschwunden. Voller Freude strömten die Männer durch die Tore dem Ufer zu. Als sie nun anstelle des alten feindlichen Lagers das hölzerne Pferd sahen, traten sie staunend näher, denn es war ein gewaltiges Werk. Während sie noch darüber stritten, was mit dem seltsamen Wundertier anzufangen sei, drängte sich mit eiligen Schritten Laokoon, der trojanische Priester des Apollo, durch das Volk und rief: „Unselige Mitbürger, welcher Wahnsinn treibt euch? Meint ihr, die Griechen seien wirklich davongesegelt? Glaubt ihr tatsächlich, ein Geschenk der Danaer verberge keinen Betrug? Kennt ihr Odysseus so wenig? Entweder ist irgendeine Gefahr in dem Riesenpferd verborgen, oder es ist eine Kriegsmaschine, die von den in der Nähe lauernden Feinden gegen unsere Stadt in Gang gebracht wird! Was es auch sein mag, traut dem Ungetüm nicht!“ Mit diesen Worten stieß er eine mächtige eiserne Lanze, die er einem neben ihm stehenden Krieger entriss, in den Leib des Pferdes. Der Speer zitterte im Holz, und aus der Tiefe tönte der Widerhall wie aus einer finsteren Kellerhöhle. Aber die Trojaner sahen die Gefahr nicht.

Währenddessen zogen einige Hirten unter dem Bauch des Pferdes den schlauen Sinon hervor und schleppten ihn als gefangenen Griechen vor König Priamus. Bald sammelte sich das trojanische Kriegsvolk, das sich bisher um das hölzerne Ross geschart hatte, um das neue Schauspiel. Sinon, waffenlos und ängstlich, spielte seine Rolle gut. Flehend streckte er die Arme zum Himmel und dann wieder nach den Umstehenden aus und rief unter Schluchzen: „Weh mir, welchem Land, welchem Meer soll ich mich anvertrauen, mich, den die Griechen ausgestoßen haben und den nun die Trojaner niedermetzeln werden!“ Und er berichtete von seinem Schicksal, wie Odysseus es ihm gesagt hatte.

„Vielleicht habt ihr etwas von dem Fürsten Palamedes gehört, der von den Griechen gesteinigt wurde, weil er vom Feldzug gegen eure Stadt abriet? Als ein Verwandter von ihm nahm ich an diesem Krieg teil, arm und nach seinem Tod ohne Stütze. Weil ich es aber wagte, mit Rache zu drohen, zog ich Odysseus' Hass auf mich. Als meine Griechen die oft beschlossene und immer wieder aufgeschobene Flucht begannen und dies hölzerne Pferd schon gezimmert war, sandten sie einen Boten wegen der Rückfahrt zu einem Orakel des Apollo, weil sich am Himmel bedenkliche Zeichen gezeigt hatten. ‚Ihr habt bei eurer Herfahrt nach Troja', kam die Antwort, ‚die Winde mit dem Blut einer Jungfrau besänftigt. Mit Blut müsst ihr auch den Rückweg erkaufen und einen der Griechen opfern!' Da holte Odysseus den Propheten Kalchas in die Volksversammlung und bat ihn, den Willen der Götter zu offenbaren. Fünf Tage lang schwieg Kalchas und weigerte sich heuchlerisch, einen Griechen für den Tod anzugeben. Endlich, wie gezwungen durch das Geschrei des Odysseus, nannte er meinen Namen. Alle stimmten zu, denn jeder war froh, nicht selbst derjenige zu sein, dessen Leben geopfert wurde. Schon war der Schreckenstag gekommen, ich wurde als Opfer geschmückt, der Altar und alles zur Zeremonie Gehörende in Bereitschaft gehalten. Da zerriss ich meine Fesseln, entfloh und versteckte mich, bis die Schiffe abgesegelt waren, im Schilfrohr eines nahen Sumpfes. Dann kroch ich hervor und suchte ein Obdach unter dem Bauch ihres heiligen Pferdes."

Die Trojaner waren gerührt; Priamus sprach gütige Worte zu dem Heuchler, riet ihm, die Griechen zu vergessen, und sagte ihm ein Dach in seiner Stadt zu, unter dem er leben könne, wenn er erklären würde, was für eine Bewandtnis es mit dem hölzernen Pferd habe, von dem er eben als dem „heiligen" gesprochen habe. Sinon hob seine von den Fesseln befreiten Hände zum Himmel und betete mit trügerischer Andacht: „Ihr Götter, ihr seid mir Zeugen, dass die Bande, die mich an mein Volk knüpften, zerrissen sind und dass ich kein Verräter bin, wenn ich Geheimnisse aufdecke! So hört! Von jeher hofften die Danaer in diesem Krieg auf die Hilfe von Pallas Athene. Seitdem aber aus dem

Tempel, den sie bei euch in Troja hat, ihr Bild gestohlen worden war – und zwar, was ihr Trojaner wohl zum ersten Mal erfahrt, durch die Hände schlauer Griechen –, entwickelte sich alles übel. Die Göttin war voller Zorn, das Glück verließ die Waffen der Danaer, die Fürsten beschlossen den Abzug. Zuvor erbauten sie noch, auf den Rat ihres Propheten, dieses hölzerne Riesenpferd, das sie als Geschenk für die beleidigte Athene zurückließen, um ihren Zorn zu besänftigen."

Das Lügengewebe war so klug ersonnen, dass Priamus und alle Trojaner dem Betrüger Glauben schenkten. Athene aber wachte über das Geschick ihrer Freunde, die in dem Pferd noch immer in banger Erwartung eingeschlossen saßen und seit der Warnung des Laokoon in Todesangst schwebten.

Die Helden wurden durch ein entsetzliches Wunder befreit. Ebenjener Laokoon, der Priester des Apollo, hatte nach dem Tod des Poseidonpriesters der Stadt zugleich auch dessen Amt erhalten und opferte am Meeresufer dem Gott einen Stier. Da schwammen von der Insel Tenedos aus zwei ungeheure Schlangen durch die spiegelglatte See direkt auf das Ufer zu; ihre Brust und die blutroten Kämme ragten aus dem Wasser hervor, der übrige Teil ihrer Leiber ringelte sich unter den Fluten. Die Trojaner, die noch immer in großer Zahl um das Ross herumstanden, ergriffen die Flucht; die Schlangen aber schwammen zum Uferaltar des Meeresgottes Poseidon, wo Laokoon mit seinen zwei jungen Söhnen beim Opfern war. Zuerst wanden sie sich um die beiden Knaben und bohrten ihre Giftzähne in deren Körper. Als die Verwundeten laut aufschrien und der Vater ihnen mit gezogenem Schwert zu Hilfe kommen wollte, schlangen sie sich mit mächtigen Windungen auch ihm um den Leib und überragten ihn mit ihren aufgerichteten Hälsen und zischenden Zungen. Sein Priestergewand troff vor Geifer und Gift. Vergebens versuchte er, die Umschlingungen mit seinen Händen zu zerreißen. Laokoon erlag mit seinen beiden Kindern den giftigen Bissen, und nun schlüpften die Tiere in langen Krümmungen dem aufragenden Tempel der Athene zu, bis vor ihre Statue, und verbargen sich dort unter den Füßen und dem Schild der Göttin.

Das Trojanervolk sah in diesem grässlichen Ereignis eine Bestrafung für die Zweifel seines Priesters. Ein Teil eilte nun der Stadt zu und riss die Mauern nieder, um dem unheilvollen Ross den Weg zu bahnen, ein anderer befestigte Räder an den Füßen des Geschenks, wieder andere drehten gewaltige Taue und warfen sie dem hölzernen Riesentier um den Hals. Dann zogen sie es im Triumph nach Troja hinein; Knaben und Mädchen, die Hände an den Seilen, sangen dazu. Als das Pferd über die erhöhten Torschwellen rollte, stockte sein Lauf viermal. Und viermal dröhnte es in seinem Bauch wie von Erz. Aber die Trojaner waren mit Blindheit geschlagen, sie führten das Ungeheuer auf ihre heilige Burg.

Mitten in dieser Raserei der überschäumenden Freude behielt nur Kassandra einen klaren Blick. Noch nie hatte sie ein Wort ausgesprochen, das nicht in Erfüllung gegangen wäre. Sie hatte indes das Unglück, niemals Glauben zu finden. So hatte sie auch jetzt unheilvolle Zeichen gesehen und stürzte mit wehenden Haaren aus dem Königspalast. Ihre Augen starrten in fiebriger Glut, sie schwankte hin und her wie ein Zweig im Wind. Dann rief sie durch die Gassen: „Seht ihr denn nicht, dass wir die Straße zum Ort der Unterwelt machen? Dass wir am Rand des Verderbens stehen? Ich sehe die Stadt schon in Feuer und Blut, es stürzt aus dem Bauch des Pferdes hervor, das ihr so fröhlich zu unserer Burg hinaufgeführt habt!“

Aber die Seherin wurde nur verlacht und beschimpft.

Die Zerstörung Trojas

Die Trojaner feierten die halbe Nacht hindurch. Die Becher wurden mit Wein gefüllt bis zum Rand, mit beiden Händen erfasst und geleert, wieder und wieder, bis die Zecher zu stammeln begannen und sie betäubt auf den Boden sanken. Endlich lagen die meisten in tiefem Rausch, die Mitternacht war herangekommen. Jetzt erhob sich Sinon, der mit anderen Trojanern gefeiert und sich zuletzt schlafend gestellt hatte, von seinem Lager, stahl sich zum Tor hinaus, zündete ein Feuer an und ließ als verabredetes Zeichen für die Schiffe der Griechen eine lodernde Flamme in die Lüfte steigen. Danach löschte er sie wieder, schlich sich zu dem Pferd und klopfte leise an den hohlen Bauch, wie Odysseus es ihm gesagt hatte.

Die Helden vernahmen den Laut; alle kehrten sich lauschend Odysseus zu. Der öffnete leise den Riegel der Tür, streckte den Kopf ein wenig hinaus und blickte sich um, ob nicht einer der Trojaner erwacht sei. Dann, wie ein Wolf trotz seines Heißhungers mit aller Vorsicht zwischen Hirt und Hund hindurch in den Pferch schleicht, stieg er die Sprossen der Leiter hinab, die Epëos heruntergelassen hatte, und ein Held nach dem anderen folgte ihm mit klopfendem Herzen. Als sich der Bauch des Pferdes geleert hatte, zogen die Männer ihre Schwerter und stießen vor in die Straßen und breiteten sich aus über die ganze Stadt. Ein grässliches Gemetzel entstand unter den schlaftrunkenen und berauschten Trojanern; Brände wurden in ihre Wohnungen geschleudert, die Dächer loderten über ihren Köpfen. Zur gleichen Zeit trieb ein günstiger Fahrtwind die Flotte der Griechen, die nach Sinons Feuerzeichen von Tenedos aufgebrochen war, in den Hafen des Hellespontes. Bald stürzte sich das ganze Heer der Danaer, wie toll vor Kampfbegierde, durch die breite Mauerlücke der Stadt, durch die am Tag zuvor das Ross hereingezogen worden war. Und jetzt füllte sich das eroberte Troja mit Trümmern und Leichnamen. Halbtote und Verstümmelte krochen durch die Gassen, das Heulen verängstigter Hunde erscholl in den Straßen und mischte sich mit dem Stöhnen der Verwundeten und den Klagen jammernder Frauen und unmündiger Kinder.

Der Kampf war auch für die Griechen nicht unblutig. Obwohl die meisten Feinde wehrlos waren, verteidigten sie sich doch so gut sie konnten. Die einen schleuderten Becher, Tische oder frisch vom Herd gerissene Brände auf die Eindringenden; andere bewaffneten sich mit Bratspießen, Beilen und Streitäxten – was ihnen gerade unter die Hände kam. So stießen die Griechen, während sie mit Feuer und

Schwert in der Stadt wüteten, auf genug Tote und Sterbende des eigenen Heeres. Manche zerschmetterte auch ein Steinwurf von den Dächern, andere wurden von den Flammen der brennenden Häuser ergriffen oder von zusammenstürzenden Mauern zermalmt. Als sie endlich die Burg des Priamus stürmten, in die sich zahllose Trojaner geflüchtet und dort mit Rüstungen, Lanzen und Schwertern versehen hatten, kamen noch einmal viele von ihnen durch die Hand der troischen Bürger ums Leben, die sich verzweifelt verteidigten.

Während des Kampfes mitten in der Nacht wurde es in der Stadt immer heller; der Brand der Häuser beleuchtete die Schlacht.

Gerade dadurch wurde aber auch der Streit immer erbitterter, denn die Sieger fürchteten jetzt nicht mehr, Freund und Feind zu verwechseln, nun erst trafen Schwerter die edelsten Helden der Trojaner. Diomedes erschlug den gewaltigen Speerschwinger Eurydamas. Danach kam ihm Ilioneus, einer der ältesten Troer, entgegen: Er sank vor der gezückten Klinge des Griechen in die Knie, und mit der einen Hand sein eigenes Schwert emporhebend, mit der anderen das Knie des Siegers umfassend, rief er: „Wer du auch bist: So du selbst einmal ein Greis werden willst – schone den Greis!“

Einen Augenblick hielt Diomedes seine Klinge zurück, dann aber stieß er sie dem Gegner mit den Worten in die Kehle: „Freilich hoffe ich, alt zu werden und ein Greis; heute aber gebrauche ich meine Kraft und schicke alle meine Feinde zum Hades!“

So ging er durch die Straßen und Häuser, und er erschlug einen nach dem anderen. Auf gleiche Weise wüteten Ajax, der Lokrer, und Idomeneus. Neoptolemos aber suchte nach den Söhnen des Priamus und tötete von ihnen drei, dazu den Agenor, der einst mit seinem Vater Achill gekämpft hatte. Schließlich stieß er auf König Priamus selbst, der unter freiem Himmel vor dem Altar des Zeus lag und betete. Gierig zückte Neoptolemos sein Schwert. „Töte mich“, rief Priamus und blickte ihm furchtlos ins Auge. „Töte mich, Kind des großen Achill! Nachdem ich so vieles ertragen und fast all die Meinen habe sterben sehen, wie will ich da noch länger im Licht der Sonne sein?“

„Greis", erwiderte Neoptolemos, „du forderst mich auf zu dem, wozu mich mein eigener Wille treibt!" Und damit trennte er das Haupt des ergrauten Königs vom Rumpf, wie ein Schnitter in der Sommerhitze die Ähre auf dem trockenen Saatfeld mäht.

Äneas, der herrliche Held, der kürzlich noch beim Sturm der Stadt mit unverwüstlicher Kraft von den Mauern herab gekämpft hatte, handelte wie ein mutiger Schiffer im Sturm, der sich in ein Boot rettet. Er nahm den greisen Anchises auf die breiten Schultern, seinen Sohn Askanios an die Hand und eilte davon. Der Knabe drängte sich dicht an den Vater und streifte mit den Sohlen kaum die Erde; Äneas sprang über unzählige Leichen hinweg. Aphrodite, seine Mutter, leitete ihn. Wohin er ging, wichen die Flammen vor ihm zurück, die Rauchwolken teilten sich, Pfeile und Wurfspieße der Danaer fielen, ohne zu treffen, auf die Erde nieder.

An anderen Stellen raste der Mord. Menelaos fand vor den Gemächern seiner treulosen Helena den Deïphobos, Sohn des Priamus, seit Hektors Tod die Stütze des Hauses und des trojanischen Volkes. Er hatte die Geraubte zur Frau erhalten, als Paris am Pfeilgift gestorben war. Als König Menelaos sich näherte, taumelte Deïphobos vom Boden auf, noch betäubt vom nächtlichen Freudengelage, und flüchtete in die Gänge des Palastes. Menelaos aber holte ihn ein und rammte ihm den Speer in den Nacken. „Stirb du vor der Tür Helenas!", rief er mit donnernder Stimme. „Kein Verbrecher wird heute dem Arm der Gerechtigkeit entkommen!"

Danach stieß Menelaos den Leichnam beiseite und machte sich daran, den Palast zu erforschen. Erst nach langer Suche entdeckte er Helena.

Bei ihrem Anblick trieb es den eifersüchtigen, riesigen Mann, sein Weib zu töten. Aber Aphrodite ließ es ihm voller Liebreiz erscheinen, sie nahm Menelaos das Schwert aus der Hand, verscheuchte den Zorn aus seiner Brust und erweckte jäh die alte Liebe in seinem Herzen. Einen Augenblick vergaß er alles, was Helena verschuldet hatte.

Dann hörte er, wie die Griechen durch den Palast tobten, und ein

Gefühl der Scham ergriff ihn, weil er vor seiner treulosen Frau nicht wie ein Rächer, sondern wie ein Sklave stand. Wider Willen raffte der König das Schwert auf, das er auf die Erde geworfen, und drang von Neuem auf seine Gattin ein. Aber es war ihm nicht ernst. Gut, dass sein Bruder Agamemnon kam, der, hinter ihm stehend, die Hand auf seine Schulter legte. „Lass ab, Menelaos! Es ziemt sich nicht, dass du dein eheliches Weib erschlägst! Die Schuld lastet weniger auf Helena als auf Paris, der das Gastrecht verletzte. Er, der Übeltäter, sein ganzes Geschlecht und sein Volk sind jetzt bestraft!" Der Bruder gehorchte ihm zögernd.

Während all dies geschah, unten auf der Erde, beklagten viele der Unsterblichen, eingehüllt in dunkle Wolken, den Fall Trojas. Nur Hera, die Todfeindin der Stadt, und Thetis, die Mutter des früh dahingerafften Achill, waren voller Freude. Pallas Athene selbst, die doch mit für Trojas Untergang gesorgt hatte, konnte sich der Tränen nicht erwehren, als sie sah, wie Ajax in ihrem Heiligtum die fromme Kassandra, die die Statue der Göttin flehend umarmt hielt, mit rohen Händen packte und sie an den Haaren hinausschleppte. Zwar durfte Athene der Tochter ihrer Feinde nicht helfen, aber ihre Wangen glühten vor Zorn. Die Statue gab einen dröhnenden Ton von sich, dass der Boden ihres Heiligtums bebte. Und sie schwor, diese Tat zu rächen.

Lange dauerten der Brand und das Gemetzel. Die Flammensäule Trojas stieg hoch in den Äther hinauf und verkündete weithin den Untergang der unglücklichen Stadt – bis hin zu den Fischern der Inseln und zu den Schiffen, die fern über das Meer segelten.

Menelaos und Helena Polyxena

Bis zum Morgen waren sämtliche Bewohner Trojas niedergemacht oder gefangen. Die Danaer fanden nirgends mehr Widerstand, konnten sich der unermesslichen Schätze der Stadt bemächtigen und brachten ihre Beute an Gold, Silber, Edelsteinen, gefangenen Frauen, Mädchen und Kindern an den Strand zu ihren Schiffen. Mitten in einer solchen Schar führte Menelaos seine Frau Helena, nicht ohne Scham und doch zutiefst zufrieden über den wiedererlangten Besitz, aus dem brennenden Troja fort. An seiner Seite ging Agamemnon, sein Bruder, mit Kassandra, die er dem wilden Ajax entrissen hatte. Hektors Gattin, Andromache, wurde vom Sohn des Achill, Neoptolemos, fortgeführt; Hekuba, die Königin, schleppte Odysseus in die Gefangenschaft. Unzählige Frauen der Trojaner folgten, junge und alte, hinter ihnen Mädchen und Kinder, Mägde und Fürstentöchter; den ganzen Weg entlang hallten Jammer und Schluchzen.

Nur Helena stimmte nicht mit ein in die Klagen. Sie heftete die dunklen Augen auf den Boden. Ihr Herz bebte. Furcht ergriff die Königin, wenn sie an das Schicksal dachte, das ihr bevorstand. Zitternd lief sie neben ihrem Gatten.

Als die beiden jedoch bei den Schiffen angelangt waren, bestaunten alle Danaer ihre Schönheit und sagten sich, dass es wohl der Mühe wert gewesen war, dem König Menelaos nach Troja zu folgen. Keiner der Männer erhob das Schwert gegen Helena, sie gönnten ihrem Führer die Rückkehr seiner Gemahlin. Und das Herz des Fürsten Menelaos schlug dank Aphrodite längst wieder für die schöne Frau.

Im Lager herrschte Jubel. Die Kämpfer ließen sich zu fröhlichem Mahl nieder; in der Mitte saß ein kundiger Sänger mit seiner Zither und rief dem Heer die Taten seines größten Helden, des Achill, ins Gedächtnis zurück. So dauerten die Festlichkeiten bis in die Nacht; dann brachen alle auf, jeder in sein Zelt.

Als nun Helena allein mit Menelaos war, warf sie sich ihm zu Füßen, umfasste seine Knie und sprach: „Ich weiß wohl, dass du ein Recht hättest, deine treulose Gattin mit dem Tode zu bestrafen! Aber bedenke, mein Mann, dass ich deinen Palast in Sparta nicht freiwillig verlassen habe; Paris entführte mich gewaltsam, als du abwesend warst. Und als ich mich töten wollte, da hielten mich die Dienerinnen des Hauses zurück und beschworen mich, an dich und unsere Tochter Hermione zu denken! Verfahre nun nach deinem Willen mit mir; ich liege als Reumütige und Schutzflehende zugleich zu deinen Füßen!“

Menelaos hob Helena vom Boden auf und antwortete mit ruhiger Stimme: „Denk nicht länger an das, was vergangen ist, Frau, und habe keine Angst! Deine Furcht ist überflüssig! Was geschehen ist, soll vergessen sein!" Damit schloss er sie in seine Arme und drückte den Kuss der Versöhnung auf ihre Lippen. Beide weinten vor Wehmut und Rührung.

Neoptolemos lag um diese Stunde schon in tiefem Schlaf. Da kam der Geist seines Vaters im Traum zu ihm, ganz wie Achill einst ausgesehen hatte, küsste dem Sohn Brust, Mund und Augen und sprach: „Gräme dich nicht, dass ich gestorben bin, ich lebe jetzt in der Gemeinschaft mit den Göttern! Nimm dir an deinem Vater ein Beispiel im Kampf wie im Rat der edlen Männer: Im Kampf sei immer der Erste; in der Ratsversammlung schäme dich nicht, vor den weisen Worten älterer Männer nachzugeben. Im Übrigen strebe dem Ruhm nach, wie dein Vater es tat, freue dich über Zeiten des Glücks und lass dich von Unglück nicht zu sehr betrüben! An meinem frühen Tod erkenne, wie nah die Pforten des Todes den Sterblichen sind. Das ganze Menschengeschlecht gleicht den Frühlingsblumen: die einen wachsen, die anderen vergehen.

Nun aber sage Agamemnon, sie sollten das Beste und Edelste der ganzen Beute mir opfern, damit auch ich mich am Untergang Trojas freuen kann und mir im Olymp nichts fehlt!"

Nachdem er seinem Sohn diesen Befehl erteilt hatte, verschwand der Geist, ein Hauch des Windes, aus dem Traum des Neoptolemos. Er wachte auf, und ihm war, als hätte er mit dem lebendigen Vater gesprochen.

Am anderen Morgen sprangen die Sieger früh von ihrem Lager auf, denn die Sehnsucht nach der Heimkehr war groß. Gern hätten sie die Schiffe ins Meer gezogen, wenn Achills Sohn nicht unter das versammelte Volk getreten wäre und sie durch seine Anrede aufgehalten hätte.

„Vernehmt, ihr Danaer", rief Neoptolemos mit seiner jugendlichen Stimme, „was der Geist meines unsterblichen Vaters mir in dieser Nacht auftrug, euch zu verkünden!" Er wiederholte, was der Tote ihm aufgegeben hatte.

Ehrerbietig beschlossen die Griechen, den Willen Achills zu befolgen. Poseidon ließ aus Liebe zu dem Peliden die Fluten steigen, sodass das Meer hohe Wellen schlug und die Sieger, auch wenn sie es gewollt hätten, den Strand nicht verlassen konnten.

Nun entstand aber die Frage: Was soll geopfert werden, und was ist das Beste und Edelste der Beute aus Troja? Als man die Schätze musterte, da verblassten Gold, Silber und Edelsteine vor der himmlischen Schönheit der Polyxena, der Tochter des Königs Priamus. Sie erbleichte nicht, als alle Blicke sich auf sie richteten.

Noch stand der Altar vor dem Denkmal des Achill. Jäh sprang das Mädchen aus der Schar der gefangenen Frauen vor und ergriff ein scharf geschliffenes Messer, das unter den Opfergeräten bereitlag. Vor dem Heiligtum stieß sie sich den Dolch ins Herz und sank zu Boden.

In dem Augenblick, wo Polyxena zusammenbrach und das Blut aus ihrer Brust drang, wurde das Meer ruhig, und die Wellen ebneten sich zu einer spiegelglatten Fläche. Neoptolemos eilte voller Mitleid herbei, half die geopferte Jungfrau vom Altar wegtragen und sorgte dafür, dass sie mit königlichen Ehren bestattet wurde. In der Versammlung der Griechen aber erhob sich nun Nestor und sprach die alle tief erfreuenden Worte. „Endlich“, rief der Greis, „ihr lieben Kämpfer, ist die Stunde der Heimkehr nahe! Der Beherrscher des Meeres hat die Wogen gebändigt, nirgendwoher drohen Stürme und Fluten. Und Achill ist zufriedengestellt; er nimmt das Opfer Polyxenas an. Auf denn, lasst uns ernstlich an den Aufbruch denken und bringt die Schiffe in die See!“

Abfahrt von Troja

Wie Nestor geraten hatte, wurden die Schiffe bereitgemacht, sämtliche Beutegüter geladen und die weinenden und klagenden Gefangenen an Bord gebracht. Dann folgten die Danaer. Nur der Seher Kalchas schloss sich ihnen nicht an; er ermahnte sie vielmehr, die Fahrt denn doch noch nicht zu beginnen. Er ahnte ein Unheil, das den Griechen bei

Euböa an den kapharischen Felsen drohte – einem Vorgebirge, an dem die Flotte auf ihrer Heimkehr nach Griechenland vorübermusste. Ihm folgte jedoch niemand; die Hoffnung auf die Heimat hielt alle gefangen.

Bald umspülte das freie Meer die dahinsegelnden Schiffe. Auf dem Vorderteil lagen jeweils die Waffen erschlagener Feinde, von den Masten hingen unzählige Siegeszeichen herab; um Schilde, Lanzen und Helme hatten sich die Männer Kränze geflochten. So saßen sie auf den Vorderdecks und gossen goldenen Wein ins Meer als ein Trankopfer. Aber ihre Gebete sollten nicht fruchten; Luft und Winde trugen sie fort von den Schiffen und zerstreuten sie, bevor sie den Olymp erreichten.

In der Mitte der Gefangenen stand Kassandra, ihre edle Statur ließ sie über die anderen ragen. Ihr Auge war ohne Tränen. Sie hätte spotten können über die Klagen, die rings um sie her ertönten, denn jetzt war geschehen, was sie geweissagt hatte. Ihr Herz aber blutete über das Unglück der zerstörten Vaterstadt.

Die Sieger hätten auch wirklich die Gestade Griechenlands erreicht, wenn ihnen nicht Pallas Athene wegen der Untat des Ajax gegrollt hätte. Als sie schon die stürmische Küste von Euböa sichteten, überlegte die Göttin, wie sie den Sohn des Oïleus hart und unbarmherzig strafen könnte. Sie hatte dem Göttervater im Olymp das Verbrechen angezeigt, das Ajax in ihrem eigenen Tempel an der Priesterin Kassandra verübt hatte, und Zeus, der Verwalter der Gerechtigkeit auf Erden, stellte sich ihren Wünschen nicht entgegen. Da wappnete sich Athene. Sie legte den schimmernden Ägispanzer an, in dessen Mitte das Gorgonenhaupt mit den feurigen Schlangenhaaren auf den Feind starrte, und griff nach einem der Geschosse des Vaters, die zu ihren Füßen lagen und die außer ihr und dem großen Zeus sonst niemand aufzuheben vermochte. Dann ließ sie den Olymp von Donnerschlägen erbeben, ließ Wolken rings um die Berge wachsen und hüllte Meer und Land in eine tiefe Finsternis. Zugleich schickte sie ihre Botin Iris zu Äolos hinab, dem Gott der Winde. Iris traf den Fürsten bei seiner

Gemahlin und seinen zwölf Kindern; er hörte den Befehl und gehorchte auf der Stelle.

Kraftvoll stieß Äolos den großen Dreizack in den Berg, in dem die tosenden Winde hausten, und riss den Hügel mit Gewalt auf. Die Stürme stürzten wie Jagdhunde aus der Öffnung hervor – die Griechen aber verloren ihren Mut, als sie die Wogen turmhoch gegen sich anrollen sahen. Bald war nicht mehr an Rudern zu denken, die Segel waren zerrissen, schwarze Nacht brach an. Da schleuderte Athene einen gewaltigen Donnerkeil in das Schiff des Ajax, dass es auf der Stelle auseinanderbrach. In Scharen stürzten die Menschen ins Meer und wurden von den Wellen verschlungen.

Ajax hielt sich lange über Wasser. Bald trug ihn eine Woge wie zum Gipfel eines himmelhohen Berges, bald riss sie ihn wieder hinab in den Abgrund. Von allen Seiten fuhr der Blitz neben ihm in die Flut, aber noch wollte Athene nicht, dass der Tod sich seiner erbarmte. Und er war noch nicht erschöpft; er packte ein Felsstück, das in der Brandung lag, und dachte: Wenn selbst alle olympischen Götter kämen und die Wellen gegen ihn trieben, so sollte ihm doch die Rettung nicht misslingen.

Solche Prahlereien hörte der Erderschütterer Poseidon mit Unwillen. Unter seinem Zorn bebten Meer und Erde zugleich; die Abhänge des Gebirges Kaphareus donnerten weithin unter der Peitsche des Herrschers. Da wurde zuletzt auch der Felsblock, an den sich Ajax mit beiden Händen klammerte, vom Grund gelöst und der Mann mit ihm ins Meer hinausgezogen. Auf den Ertrinkenden aber stürzte Poseidon noch einen ganzen Hügel des Gebirges, der den Lokrerfürsten überdeckte. So unterlag Ajax, von der Erde und von den Göttern zugleich bezwungen.

Die Schiffe der Griechen irrten leck und schwankend auf der See umher; viele waren schwer beschädigt, viele von den Wogen verschlungen. Das Meer tobte weiter, und der Regen strömte herab.

Zuletzt wurde auch die Steinigung des Palamedes an den Griechen gerächt. Auf Euböa herrschte noch immer der Vater des Helden,

Nauplios mit Namen. Als der die griechische Flotte an seiner Küste erblickte, hoffte er, die Heimkehrer zu bestrafen. Er eilte an den Strand, ließ längs des kapharischen Gebirges brennende Fackeln aufstellen und erweckte dadurch in den Griechen den Glauben, dass es Rettungszeichen seien, die mitleidige Uferbewohner für sie aufgepflanzt hätten. So steuerten viele Danaer auf die Klippen zu, und noch einmal fanden hier manche ihrer Schiffe den Untergang.

Zugleich erhob sich auf Poseidons Befehl das Meer vor Troja über seine Ufer und zerstörte alle Bollwerke und Mauern, die von den Griechen bei ihren Schiffen und vor der belagerten Stadt errichtet worden waren. Schon bald war von der ungeheuren Unternehmung nichts mehr übrig als der Schutthaufen Trojas – und einige wenige Schiffe mit zurückkehrenden Siegern und gefangenen Trojanerinnen, die, vom Sturm da- und dorthin verstreut, mit Mühe endlich die Küsten Griechenlands wieder erreichten.

Aber nur auf wenige der Helden wartete das Glück

DRITTER TEIL

DIE LETZTEN TANTALIDEN

Agamemnons Geschlecht und Haus

Auf Agamemnons Geschlecht ruhte ein alter Fluch. Es war von seinem Urahn Tantalus her unter Gräueln gewachsen; viel Gewalt hatte es gegeben, die einen Mitglieder des Geschlechts wurden gestürzt, die anderen erhoben. Und durch ein ungeheures Verbrechen im eigenen Haus sollte auch das Leben Agamemnons ein Ende finden.

Der Urgroßvater Tantalus hatte den zum Mahl geladenen Göttern seinen Sohn Pelops zum Essen vorgesetzt, nur ein Wunder des Zeus hatte den Getöteten wieder lebendig gemacht.

In den Söhnen des Pelops – Atreus und Thyestes – wirkte der Fluch fort. Atreus war König von Mykene, Thyestes war neben ihm König im südlichen Teil des argolischen Landes. Der ältere Bruder besaß einen Widder, der goldene Wolle trug, das berühmte Goldene Vlies; dies wollte Thyestes für sich. Er verführte Atreus' Gemahlin, dass sie ihrem Mann untreu wurde, und erhielt von ihr das Goldene Vlies.

Dieses doppelte Verbrechen seines Bruders rächte Atreus auf furchtbare Weise. Er nahm die beiden Söhne seines Bruders Thyestes gefangen, setzte sie bei einem grässlichen Gastmahl Thyestes vor und gab ihm ihr Blut im Wein zu trinken.

Thyestes floh nach Epiros. Das Gebiet des Atreus aber wurde bald von Dürre und Hungersnot heimgesucht, und der König erhielt auf eine Frage vom Orakel die Antwort, diese Plagen würden aufhören, wenn der geflüchtete Bruder zurückkäme. Schließlich machte sich Atreus selbst auf den Weg, Thyestes in Epiros aufzusuchen, und brachte ihn zusammen mit seinem letzten Sohn Ägisth zurück.

Aber auch Ägisth beging ein furchtbares Verbrechen. Er tötete Atreus, seinen Onkel, der ihn zurückgeholt hatte, und Agamemnon endlich,

Atreus' Sohn, rächte den Erschlagenen an dessen Bruder Thyestes mit seinem Schwerte.

Danach wurde es eine Weile still zwischen den sich bekämpfenden Nachkommen des Tantalos, den Tantaliden. Ägisth regierte als König den alten Anteil seines Vaters im südlichen Peloponnes, Agamemnon als König von Mykene im nördlichen.

Als nun Agamemnon in den Krieg nach Troja zog und seine Frau Klytämnestra, die ihm die Opferung ihrer Tochter Iphigenia nicht vergeben konnte, zu Hause auf seine Rückkehr wartete, glaubte Ägisth, dass nun die Zeit gekommen sei, den Tod seines Vaters zu rächen. Er erschien im Königspalast zu Mykene, suchte dort Klytämnestra auf und warb um sie. Lange widerstand sie ihm, dann aber gab sie seinem Rat nach, sich wegen Iphigenia bei Agamemnon zu rächen, und teilte Palast und Reich ihres Mannes mit Ägisth ...

Von ihrem rechtmäßigen Mann Agamemnon lebten im Palast noch drei Geschwister der geopferten Iphigenia: die kluge Jungfrau Elektra, die jüngere Schwester Chrysothemis und der Knabe Orest.

Als sich der Kampf vor Troja nun dem Ende zuneigte, war das ehebrecherische Paar darauf bedacht, sich vom heimkehrenden König nicht unvorbereitet überraschen zu lassen. Seit Jahren war deshalb auf den Zinnen des Palastes ein Wächter aufgestellt, dem ein nächtliches Fackelzeichen vom Meer her die Nachricht von der Ankunft Agamemnons geben sollte. War die Nachricht einmal gekommen, so sollte dem König ein festlicher Empfang bereitet – und er in eine Falle gelockt werden, bevor er den wahren Zustand der Dinge in seinem Haus erfahren würde.

Endlich kam das Zeichen der Fackel. Der Wächter eilte noch in der Nacht von der Palastzinne in die königlichen Gemächer und machte der Herrin Meldung. Voller Ungeduld erwarteten Klytämnestra und ihr Liebhaber den Morgen. Die Sonne war kaum aufgegangen, als schon ein Herold im Palast von Mykene eintraf. Die Königin trat ihm mit falscher Freundlichkeit entgegen. Sie sorgte dafür, dass der Bote sich nicht weiter umsehen konnte, und als er in einer langen Erzählung seiner

Freude über den Sieg Luft machen wollte, unterbrach sie ihn: „Am besten werde ich das alles aus dem Mund meines königlichen Gemahls erfahren. Sag ihm, dass ich ihn würdig empfangen werde – und dies nicht nur als meinen geliebten Mann, sondern auch als den Eroberer einer weltberühmten Stadt."

Agamemnons Ende

Der Völkerfürst sah hinter den Worten nichts Böses. Ihm selbst, der so viel Blut vor Troja vergossen hatte, war der Durst nach Rache vergangen; er dachte nicht daran, Ägisth, der einst seinen Vater Atreus getötet hatte, zu bestrafen. Auch glaubte er, der Zorn seiner Frau über den Opfertod der Tochter Iphigenia sei beschwichtigt. Voller Hoffnung und Freude folgte er mit seinen Kriegern dem Herold. Vor der Stadt Mykene kam ihm das gesamte Volk gemeinsam mit seinem Vetter Ägisth entgegen, der als Verwalter des Reiches galt. Danach erschien auch, von den Frauen ihres Hauses begleitet und von den streng bewachten Kindern umgeben, die Königin Klytämnestra. Sie erwies ihrem Mann übertriebene Ehrfurcht, ja, statt ihn zu umarmen, warf sie sich vor ihm auf die Knie und erging sich in Glückwünschen und Sprüchen voller Lob.

Agamemnon eilte freudig auf sie zu, hob sie vom Boden auf, umarmte sie und sprach: „Was hast du, dass du mich wie eine Sklavin empfängst? Und was sollen diese herrlichen gestickten Teppiche, die für mich ausgebreitet sind? So begrüßt man unsterbliche Götter und nicht sterbliche Menschen! Ehre mich so, dass die Himmlischen mich nicht beneiden!"

Nachdem er die Frau und die Kinder geküsst hatte, wandte er sich an Ägisth, der mit den Räten der Stadt abseits stand, reichte ihm brüderlich die Hand und dankte ihm für die sorgfältige Verwaltung des Landes. Dann löste er die Riemen seiner Schuhe und schritt barfuß über das kostbare Gewebe der Teppiche durch die ganze Stadt bis zu seinem

Palast. In seinem Gefolge befand sich auch Kassandra, die Tochter des Priamus. Sie saß mit niedergeschlagenen Augen auf ihrem Wagen.

Als Klytämnestra die schöne junge Frau sah, beschlich sie ein Gefühl der Eifersucht; mehr noch erschrak sie, als sie den Namen der Gefangenen erfuhr und hörte, dass sie die wahrsagende Priesterin der Göttin Athene in ihrem Haus beherbergen sollte – ein Haus, das vom Ehebruch entweiht war. Sogleich fasste sie den Entschluss, Kassandra sterben zu lassen. Sorgfältig verbarg sie ihre Gedanken vor der Seherin, trat freundlich an ihren Wagen und sagte: „Steig aus, traurige Jungfrau, und vergiss den Kummer deiner Gefangennahme. Musste doch selbst Alkmenes unbezwinglicher Sohn Herakles einst in die Knechtschaft wandern! Wem das Schicksal ein solches Los zugedacht hat, der darf froh sein, wenn er an gute Herren gerät. Sei aber beruhigt, du sollst alles bei uns erhalten, was dir als einstiger Königstochter zukommt!"

Kassandra veränderte ihre Miene nicht bei diesen Worten; lange blieb sie reglos auf ihrem Wagen, die Dienerinnen mussten sie drängen, ihn zu verlassen. Endlich sprang sie wie ein gejagtes Wild auf. Sie wusste alles, was ihr bevorstand, und sie wusste, dass sie ihr Schicksal nicht ändern konnte. Im Palast wurden Agamemnon und seine engen Getreuen von Vorbereitungen zu einem prächtigen Gastmahl getäuscht. Bei diesem Fest, so hatte man vor, sollte der König von den Knechten des Ägisth wie ein Stier an der Krippe erschlagen werden. Die Ankunft von Kassandra aber ließ die Königin und ihren Liebhaber rascher zu Werke gehen.

Agamemnon, von der Fahrt ermüdet und vom Weg bis hierher nach Mykene verschmutzt, verlangte nach einem Bad, und Klytämnestra erklärte ihm, dass es schon für ihn bereitstehe. Ahnungslos betrat der König das Kellergewölbe seines Palastes, legte Panzer, Waffen und alle Gewänder ab und stieg wehrlos und nackt ins Bad. Da brachen Ägisth und Klytämnestra aus ihrem Versteck hervor, warfen ein fest geknüpftes Netz über ihn, dass er sich nicht wehren konnte, und stachen ihn nieder. Zur gleichen Zeit wurde Kassandra, die einsam durch die dunklen Hallen des Palastes irrte, niedergemacht.

Ägisth und Klytämnestra verheimlichten nicht, was sie getan hatten. Die Königin rief die Häupter der Stadt zu sich und sprach: „Freunde, verzeiht mir meine Verstellung! Ich habe dem Todfeind meines Hauses, dem Mörder meines Kindes Iphigenia, die Blutschuld nicht anders bezahlen können. Mit drei Dolchstichen habe ich meine Tochter gerächt. Hört, König Agamemnon wurde von meiner Hand umgebracht, ich leugne es nicht. Ist es nicht gerechter, dass Ägisth euer König ist, der keinen Kindsmord auf dem Gewissen hat? Ja, es ist nur verständlich, dass ich ihm die Hand reiche, dass ich Palast und Thron mit ihm teile, der mir bei diesem Werk der Gerechtigkeit zur Seite stand. Was jene Sklavin betrifft", – die Königin deutete auf die tote Kassandra –, „sie war die Geliebte Agamemnons und wird deshalb zur Strafe den Hunden zum Zerfleischen vorgeworfen werden."

Die Männer der Stadt blieben stumm. An eine Gegenwehr war nicht zu denken; die Bewaffneten des Ägisth umgaben den Palast. Die Krieger Agamemnons aber, von denen nur eine kleine Zahl aus dem Kampf vor Troja heimgekehrt war, hatten sich in Mykene zerstreut und sorglos die Waffen abgelegt. Die wilden Anhänger des Ägisth durchzogen die Straßen in voller Rüstung und metzelten jeden nieder, der sich gegen den Mord des Fürsten auflehnte.

Die Mörder ließen nichts außer Acht, ihre Herrschaft zu festigen. Die Töchter des Toten sahen sie als gefahrlos an; zu spät jedoch fiel ihnen ein, dass mit dem jungen Orest, dem Sohn Agamemnons, ein Rächer heranwachsen würde. Obwohl er kaum zwölf Jahre alt war, hätten sie ihn gern getötet, um künftig ohne jede Furcht vor einem Anschlag von ihm leben zu können. Aber seine Schwester Elektra hatte ihn gleich nach der Tat ins Land Phokis zu König Strophios bringen lassen, der ihn mit seinem eigenen Sohn Pylades sorgfältig erzog.

Agamemnon wird gerächt

Elektra führte im Königspalast ein trauriges Leben. Nur die Hoffnung, ihren Bruder einmal, wenn er zum Mann herangewachsen war, als Rächer hier in den Hallen von Mykene zu sehen, hielt sie aufrecht. Von der Mutter erfuhr sie – als Retterin des Orest – Feindschaft; im eigenen Haus musste sie mit den Mördern ihres Vaters wohnen und ihnen in allem unterwürfig sein. Auf dem Thron Agamemnons saß Ägisth in königlicher Herrlichkeit; Elektra sah, wie er den ehrwürdigen Schutzgöttern des Hauses an derselben Stelle seine Opfer spendete, an der er seinen Verwandten getötet hatte.

Jahre waren so dahingegangen, Jahre, in denen Elektra unaufhörlich auf das Erscheinen ihres Bruders Orest wartete. Er hatte bei seiner Flucht, so jung er war, der Schwester das Versprechen gegeben, zur rechten Zeit wiederzukommen.

Chrysothemis gehorchte der Mutter in allem und widersetzte sich nicht wie Elektra halsstarrig ihren Befehlen. Eines Tages war sie im Auftrag der Königin mit Opfergerät unterwegs und traf vor dem Tor des Palastes ihre Schwester. Elektra beschimpfte sie wegen ihres Gehorsams. „Glaub mir, dass auch mich kränkt, was ich Tag für Tag erlebe", erwiderte Chrysothemis, „und nur weil ich mich fürchte, folge ich den Befehlen! Und damit du weißt, dass ich so denke wie du, will ich dir verraten, was ich hörte: Sie wollen dich fern vom Elternhaus in einen Kerker werfen, so tief, dass du die Sonne niemals mehr sehen wirst. Gib nicht mir die Schuld, wenn dies über dich hereinbricht!"

Dann kam Klytämnestra, um mit Chrysothemis am Grab des Königs zu opfern. Sie wollte dem toten Agamemnon eine Spende bringen, da er ihr im Traum erschienen war und sie sich fürchtete.

Es war, als würden die Götter sie allein für ihren Vorsatz schon belohnen wollen und ihr alle Angst nehmen. Sie hatte das Opfer noch nicht begonnen, als ein fremder Mann auf ihre Dienerinnen zuschritt und sich nach Ägisth erkundigte. Von den Frauen an die Fürstin des Hauses verwiesen, beugte er die Knie vor ihr und sprach: „Heil dir, oh Königin, ich bin gekommen, dir eine Botschaft zu bringen, die dich freuen wird! Mich sendet König Strophios aus Phokis: Orest, dein Sohn – er starb bei einem Wagenrennen in Delphi!"

„Die Nachricht ist mein Tod", seufzte Elektra und sank zu Boden.

„Was sagst du, Freund?", fragte Klytämnestra hastig. „Kümmere dich nicht um jene Närrin dort! Erzähle mir, erzähle!"

Als der Bote mit seinem Bericht zu Ende war, lud ihn die Königin ein in den Palast. Sie war von widersprüchlichen Gefühlen bewegt. Eigentlich sollte sie sich über den Tod des gefürchteten Sohnes freuen, doch regte sich auch die Mutter in ihr, ein unbezwinglicher Schmerz nahm ihr die Freude über die Nachricht.

Elektra dagegen versank in dumpfes Brüten. Doch auf einmal kehrte Chrysothemis voller Freude zurück und half der Schwester mit einer neuen, ganz anders lautenden Botschaft aus ihrem Kummer.

„Orest ist gekommen", flüsterte sie, „er ist so leibhaftig da, wie du mich hier vor dir siehst!"

Elektra hob den Blick. „Redest du im Wahnsinn, Schwester, und willst du unsere Leiden verspotten?"

„Ich melde nur, was ich weiß", stieß Chrysothemis heraus, lachend und weinend zugleich. „Höre, wie ich die Wahrheit herausfand: Als ich zum Grab unseres Vaters kam, da sah ich Spuren einer frischen Opferspende von Milch und sah seine Ruhestätte mit Blumen geschmückt. Staunend und ängstlich blickte ich umher. Da entdeckte ich am Fuß des Grabmals eine frisch abgeschnittene Locke. Als ich sie aufhob, stieg auf einmal in mir das Bild unseres fernen Bruders Orest auf, und mich packte eine Ahnung, dass er, nur er es sein kann, von dem die Spur herrührte. Unter heimlichen Freudentränen verbarg ich die Locke, und hier bringe ich sie. Es ist kein Irrtum möglich, ich fühle es: Sie stammt vom Haupt unseres Bruders!"

Doch Elektra konnte ihr nicht glauben. Sie sah der Schwester nach, als sie fortlief, und sie saß reglos, als bald darauf zwei junge Männer in der Begleitung anderer mit einer Totenurne auf sie zukamen. Der schönste von ihnen wandte sich an Elektra, fragte nach dem Palast des

Königs Ägisth und gab sich als ein Abgesandter von König Strophios aus.

Da sprang das Mädchen auf und streckte die Hände nach der Urne aus. „Bei den Göttern, Fremder“, rief sie, „wenn dies Gefäß die Asche von Orest enthält, so gib es mir!“

Der Unbekannte betrachtete die Jungfrau aufmerksamer. „Gebt ihr die Urne! Sicherlich war sie keine Feindin des Toten und vielleicht sogar mit ihm verwandt!“

Elektra nahm die Urne mit beiden Händen und drückte sie fest an sich, als wollte sie sie nie wieder hergeben. Da konnte der junge Mann, der an der Spitze der Gesandten stand, sich nicht mehr bezwingen. „Wäre es möglich“, seufzte er, „wäre dies Elektra? Doch was ist mit dir geschehen? Wer hat dich so zugerichtet?“

Elektra blickte ihn verwundert an und antwortete: „Das macht, weil ich den Mördern meines Vaters dienen muss. Mit der Asche in dieser Urne ist all meine Hoffnung dahin!“

„Stell den Aschenkrug nieder!“, bat der Fremde mit tränenerstickter Stimme, und als Elektra sich weigerte und die Urne nur noch fester ans Herz drückte, flüsterte er: „Weg damit, es ist ja alles nur Schein!“

Da warf Elektra das Gefäß von sich und rief voller Verzweiflung: „Weh mir! Wo ist sein Grab!“

„Nirgendwo“, war die leise Antwort, „den Lebenden wird kein Grab gemacht!“

„So lebt er?“

„Ich bin Orest, ich bin dein Bruder; du kannst mich erkennen an diesem Mal, mit dem mich der Vater am Arm gezeichnet hat! Glaubst du nun, dass ich in Wahrheit lebe?“

„Oh Lichtstrahl in der Nacht!“, rief Elektra und lag in seinen Armen.

In diesem Augenblick kam der Mann aus Phokis aus dem Palast, der die falsche Todesbotschaft an die Königin überbracht hatte. Es war der Pfleger des jungen Orest, dem einst Elektra selbst den Knaben übergeben und der ihn auf ihren Befehl ins Land der Phokier gebracht hatte. Als er sie mit kurzen Worten daran erinnerte, reichte sie ihm die Hand und sprach: „Oh du Retter dieses Hauses! Welchen großen Dienst hast du geleistet! Doch erzähle, wie bliebst du so lange unentdeckt? Wer hat geplant, wie ihr vorgegangen seid?“

Aber der Pfleger vertröstete sie. „Es wird die Zeit kommen, da ich dir vieles erzählen kann, Königstochter! Jetzt drängt die Stunde! Noch ist Klytämnestra allein im Palast, Ägisth auf einem Ausritt. Je schneller wir handeln, desto weniger Gegner werden wir zu überwinden haben!“ Orest stimmte ihm zu und eilte mit seinem treuen Freund Pylades, der mit ihm gekommen war, und mit allen anderen Begleitern in den Palast. Elektra folgte ihnen. Nur wenige Minuten waren vergangen, als Ägisth von seinem Ritt zurückkehrte und sogleich nach den Phokiern fragte, die, wie er unterwegs vernommen hatte, die Botschaft vom Tod des Orest gebracht hatten. Die Erste, die ihm im Königshaus begegnete, war Elektra. „Sag mir, wo sind die Fremden, die deine Hoffnungen vernichtet haben?“

Die Tochter des Agamemnon antwortete ruhig: „Nun, sie sind hier im Palast, bei ihrer Herrin!“

„Und sie meldeten“, fuhr Ägisth fort, „tatsächlich den Untergang des Orest?“

„Oh ja“, erwiderte Elektra, „und nicht nur das!“

„Das ist das erste erfreuliche Wort, das ich von deinen Lippen höre!“, sagte Ägisth. „Doch halt, da bringen sie ja den Toten schon!“ Zufrieden ging er Orest und seinen Begleitern entgegen, die einen verhüllten Leichnam aus dem Inneren des Palastes in die Vorhalle trugen. „Was für ein unfreundlicher Anblick!“, rief der König spottend. „Hebt schnell die Decke auf; ich will des Anstands halber den Toten beklagen, ist es doch verwandtes Blut!“

Orest aber entgegnete: „Hebe du selbst die Decke, Herrscher! Es ist allein an dir, zu begrüßen, was unter dieser Hülle liegt!“

„Gut“, antwortete Ägisth, „doch ruf auch Klytämnestra herbei!“

„Klytämnestra ist nicht weit“, sagte Orest.

Währenddessen lüftete der König die Decke und fuhr mit einem Schrei des Entsetzens zurück. Nicht der verunglückte Orest, sondern der Leichnam der Königin wurde sichtbar. „Weh mir“, keuchte er und sah nun auf den jungen Mann vor ihm. „Wer seid ihr?“

Orest aber fuhr ihn an: „Du sprachst zu den Lebenden, als ob sie Tote seien. Siehst du nicht, dass Orest, der Rächer seines Vaters, vor dir steht?“

„Lass mich erklären!“, bat Ägisth und sank auf die Knie. Aber Elektra beschwor den Bruder, ihn nicht anzuhören. Schweigend stießen ihn die Rächer in den Palast, und an demselben Ort, wo er einst König Agamemnon im Bade ermordet hatte, fiel Ägisth unter den Streichen des Sohnes wie ein Opfertier.

Orest und die Erinnyen

Orest hatte, als er seine Pflicht zur Rache erfüllte, nach dem Willen der Götter gehandelt. Ein Orakel Apolls hatte ihm die Tat befohlen. Aber sein Gehorsam hatte ihn nun auch zum Mörder an der Mutter gemacht.

Sofort nach dem Mord begannen die Rächerinnen, die Erinnyen, ihm zuzusetzen. Er verfiel durch sie dem Wahnsinn und verließ die wiedergefundenen Schwestern, die Königsburg in Mykene und sein Land. In dieser Not blieb sein treuer Freund Pylades an seiner Seite. Er kehrte nicht in seine Heimat Phokis und zu König Strophios zurück, sondern blieb auf allen Wegen bei dem Gefährten. Außer ihm hatte Orest keinen menschlichen Beschützer in seinem Elend. Aber der Gott, der ihm die Rache befohlen hatte, Apoll, war bei ihm, bald sichtbar, bald unsichtbar, und scheuchte die ungestüm nachdringenden Erinnyen von dem Verfolgten fort.

So waren die Flüchtlinge auf ihren Irrfahrten endlich ins Gebiet von Delphi gekommen, und Orest hatte im Tempel des Apoll, zu dem die Erinnyen keinen Zutritt hatten, für den Augenblick einen sicheren Ort gefunden. Der Gott sprach ihm Hoffnung und Mut zu: „Du Unglücklicher, sei getrost! Ich werde dich nicht an die Rächerinnen ausliefern, auch in der Zukunft werde ich dich schützen. Sieh nur, wie dort draußen die grauenvollen Frauen, denen Götter, Menschen und selbst die Tiere ausweichen, jetzt vom Schlaf gebändigt, vor meinem Tempel liegen! Geh nun von ihnen unbehelligt nach Athen, der ehrwürdigen alten Stadt meiner Schwester; dort will ich für ein gerechtes Gericht sorgen, vor dem du deine Stimme erheben und deine gute Sache verteidigen kannst!“ Damit übergab er Orest und Pylades der Obhut des Hermes, des Gottes, in dessen Schutz die Wanderer stehen, und kehrte zum Olymp zurück.

Die Freunde aber schlugen, wie Apoll es ihnen befohlen hatte, den Weg nach Athen ein, während die aus dem Schlaf erwachten Erinnyen ihnen, aus Scheu vor der Rute des Götterboten, nur aus der Ferne zu folgen wagten. Allmählich jedoch wurden sie kühner; und als Orest und Pylades glücklich in der Stadt Pallas Athenes angekommen waren, hefteten sich ihnen die Rächerinnen wieder dicht an die Fersen. Kaum hatte Orest mit seinem Freund den Tempel Athenes betreten, so stürmten ihnen auch schon die grauenvollen Göttinnen nach.

Orest hatte sich vor der Statue der Göttin niedergeworfen und streckte betend seine offenen Arme nach ihr aus. „Königin Athene, auf Apolls Befehl komme ich zu dir! Nimm einen Angeklagten gnädig auf, dessen Hände mit Blut befleckt sind und der doch müde ist von ungerechter Flucht und abgestumpft vom Flehen in fremden Häusern. Aus Städten und Wüsten komme ich, dem Orakel deines Bruders gehorchend, liege hier in deinem Tempel und erwarte deinen Richterspruch, oh Göttin!“

Nun erhoben auch die Erinnyen, die hinter ihm waren, ihre Stimmen und schrien: „Wir sind dir auf der Spur, Verbrecher! Wie der Hund dem verwundeten Rehbock sind wir deinen Fußstapfen gefolgt, Muttermörder! Das Blut wollen wir dir aus den Gliedern saugen und dich zum Hades führen! Weder Apolls noch Athenes Macht wird dich von ewiger Qual befreien! Unser Wild bist du, für unsern Altar bestimmt! Auf, Schwestern, lasst uns ihn umtanzen und durch unsere Gesänge zu neuem Wahnsinn treiben!“

Schon wollten sie ihr furchtbares Lied anstimmen, als plötzlich ein überirdisches Licht den Tempel durchleuchtete.

Die Statue der Göttin war verschwunden, an ihrer Stelle stand die lebendige Athene und blickte mit ernsten blauen Augen auf die Menge der Rachegöttinnen, die ihre Halle füllten.

„Wer hat sich in mein Heiligtum gedrängt?“, fragte die Göttin. „Was für ungewohnte Gäste muss ich in meinem Tempel finden? Ein Fremder hält meinen Altar umfasst, und Weiber, keinem Sterblichen ähnlich, haben sich drohend hinter ihn geschart. Redet, wer seid ihr und was wollt ihr?“

Orest, von Furcht und Zittern überwältigt, lag noch immer auf dem Boden, die Erinnyen aber standen hinter ihm und ergriffen das Wort. „Tochter des Zeus, alles sollst du von uns hören, nichts soll verschwiegen werden! Wir sind die Töchter der schwarzen Nacht, und Fluchgöttinnen nennt man uns zu Hause!“

„Ich kenne euch“, entgegnete Athene, „euer Ruf ist oft schon zu mir gedrungen. Ihr seid die Rächerinnen des Meineids und des Verwandtenmords. Was kann euch in mein reines Tempelhaus führen?“

„Dieser Mensch zu deinen Füßen“, sprachen sie, „hat seine eigene Mutter erschlagen! Richte du selbst, wir werden dein Urteil annehmen; denn wir wissen, du bist eine strenge und gerechte Göttin!“

„Wenn ihr mir denn den Richtspruch übertragt“, antwortete Pallas Athene, „so verteidige dich, Fremder! Sag mir, aus welchem Land du kommst, dein Geschlecht und dein Schicksal, und dann schildere, was dir vorgeworfen wird!“

Jetzt endlich erhob Orest den Blick vom Boden, dankte der Göttin, nannte seinen Namen und erklärte, dass er sich ihrem Richtspruch unterwerfen werde.

Athene hörte ihn an, sie bot Orest ihren Schutz und ermahnte die Erinnyen, ihn nicht weiter zu verfolgen.

Nachdem sie dann den Tag des abzuhaltenden Gerichts festgesetzt hatte, wurden die Parteien aus dem Tempel entlassen. Die Rachegöttinnen gehorchten dem Ausspruch Athenes ohne Widerspruch, sie verließen die Stadt und stiegen wieder zur Unterwelt hinab; Orest wurde mit seinem Freund von den Bürgern Athens gastlich aufgenommen und verpflegt.

Als der Gerichtstag herangekommen war, berief ein Herold auserwählte Bürger der Stadt auf einen Hügel, der dem Kriegsgott Ares geweiht war und deshalb der Areopag oder Aresberg hieß. Auch die Göttin, Klägerinnen und Angeklagter hatten sich eingefunden. Aber noch jemand war erschienen, um Orest zur Seite zu stehen.

Es war der Gott Apoll. Als die Erinnyen ihn erblickten, erschraken sie und riefen zornig: „König Apoll, was hast du hier zu schaffen?"

„Für diesen Mann", erwiderte der Gott, „trete ich ein; er hat sich in meinem Tempel in Delphi unter meinen Schutz begeben. Darum ist es nur billig, dass ich ihm beistehe. So bin ich erschienen, um für ihn zu sprechen, um als sein Anwalt vor dem ehrwürdigen Gericht dieser Stadt aufzutreten. Denn ich bin es, der Orest den Mord an seiner Mutter als eine den Göttern wohlgefällige Tat geraten hat!"

Damit trat Phöbus Apoll neben den Verfolgten.

Die Göttin erklärte nun das Gericht für eröffnet und forderte die Erinnyen auf, ihre Klage vorzubringen.

„Wir werden es kurz machen", nahm die Älteste unter ihnen das Wort. „Du, den wir verfolgen, gestehe: Hast du deine Mutter umgebracht, oder leugnest du es?"

„Ich leugne es nicht", sprach Orest, doch wurde er blass bei dieser Frage.

„So berichte uns, wie hast du es getan?"

„Ich habe ihr", antwortete er, „das Schwert in die Kehle gestoßen."

„Auf wessen Rat hast du es getan?"

„Der Gott, der neben mir steht", erwiderte Orest, „hat es mir durch einen Orakelspruch befohlen! Er ist da, dies zu bezeugen." Nach diesen Worten verteidigte sich der Angeklagte kurz, dass er in Klytämnestra nicht mehr die Mutter, sondern nur die Mörderin des Vaters gesehen habe, und Apoll als sein Anwalt ließ eine längere Verteidigung folgen.

Aber auch die Rachegöttinnen blieben nicht stumm. Wenn der Gott mit schwarzen Farben den Überfall auf Agamemnon schilderte, so sprachen sie vom Verbrechen des Muttermordes. Als ihre Rede zu Ende war, sagte die Sprecherin: „Jetzt haben wir alle unsere Pfeile ausgeschickt; wir wollen erwarten, wie die Göttin urteilen wird!"

Athene ließ Stimmsteine, jedem einen schwarzen für die Schuld, einen weißen für die Unschuld des Beklagten, unter die Richter verteilen. Die Urne, in welche die Steine zu legen waren, wurde in der Mitte des Areopags aufgestellt. Ehe sich die Männer entschieden, sprach die Göttin noch einmal von ihrem Thronsessel, in dem sie Platz genommen hatte: „Hört diese Anweisungen von mir, der Gründerin eurer Stadt, Bürger von Athen! Für alle Zeiten soll dieser Gerichtshof in euren Mauern bestehen. Hier auf diesem heiligen Hügel des Ares soll der Areopag seine Verhandlungen abhalten. Hier sitzen die unbestechlichsten Männer der Stadt zu Gericht, ehrwürdig, streng und ein wachsamer Schutz für die Menschen im ganzen Lande. Und nun gebt euer Urteil ab!"

Schweigend erhoben sich die Richter von den Sitzen, schritten, einer nach dem anderen, zur Urne, und gaben die Stimmsteine nacheinander hinein. Als alle abgestimmt hatten, traten die durch einen Eid zur Wahrheit verpflichteten Bürger hinzu und zählten die schwarzen und die weißen Steine ab.

Es zeigte sich, dass die Zahl beider gleich war und die Entscheidung nun der Göttin zukam, die den Vorsitz innehatte. Athene aber sann nach und sagte: „Ich bin von keiner Mutter geboren, bin das alleinige Kind meines Vaters Zeus und aus seiner Stirn entsprungen. Ich werde nicht auf der Seite des Weibes stehen, das seinen Ehegatten erschlagen hat, um dem schönen Geliebten zu gefallen. Ich sehe, Orest hat es wohlgetan: Er hat nicht die Mutter umgebracht, sondern die Mörderin des Vaters. So soll er der Sieger sein!" Damit erhob sie sich, ergriff einen weißen Stimmstein und legte ihn zu den anderen. „Dieser Mann", sprach sie dann, auf ihren Thron zurückkehrend, „ist durch Stimmenmehrheit von dem Vorwurf des ungerechten Mordes freigesprochen!"

Froh und dankbar verließ Orest den heiligen Hügel des Ares, begleitet von seinem Freund, der während der ganzen Verhandlung nicht von seiner Seite gewichen war. Die Rachegöttinnen wagten es nicht, etwas gegen das Urteil der Göttin zu unternehmen, sie fürchteten auch die Gegenwart Apolls, der bereit war, den Schiedsspruch des Gerichts durchzusetzen. Aber ganz ohne ein Wort sollte es dennoch nicht gehen. Die Sprecherin der Erinnyen erhob sich von dem Sitz der Klägerinnen. In übermenschlicher Größe stand sie dem Gott und der Göttin ebenbürtig gegenüber und verwahrte sich mit der rauen Stimme der Töchter der Nacht gegen das Urteil. „Wehe euch!“, sprach sie. „Die uralten Gesetze habt ihr mit Füßen getreten, ihr jüngeren Götter habt sie uns älteren aus den Händen genommen! Von euch verachtet, machtlos und zornig wenden wir uns ab. Euch wird dieses Urteil noch reuen, Athener! Alles Gift unseres Herzens werden wir über diesen Boden ausschütten. Mit Unfruchtbarkeit und Pest wollen wir Land und Stadt heimsuchen, wir, die gekränkten, die unterlegenen Göttinnen der Nacht!“

Als Apoll diesen fürchterlichen Fluch vernahm, sprach er besänftigend:

„Ereifert euch nicht über das Urteil, Erinnyen! Ihr seid nicht besiegt worden; in der Urne waren die gleiche Anzahl schwarzer und weißer Steine. Aber die Barmherzigkeit hat gesiegt, die Vernunft hat den Angeklagten, der zwischen zwei Pflichten wählen und eine von beiden verletzen musste, gerettet! Das haben wir Götter getan, nicht die Richter dieser Stadt. So lasst euren Grimm nicht an dem unschuldigen Volk Athens aus – zumal ich euch verspreche, im Namen der Bürger der Stadt, dass ihr ein Heiligtum in ihrem Land erhalten sollt!“

Diese Versicherung bekräftigte Athene. „Glaubt mir, Erinnyen“, fügte sie hinzu, „wenn ihr anderswo ein Heiligtum wollt, so würdet ihr es bereuen! Die Bürger Athens sind bereit, hohe Ehren für euch zu erbringen!“

Solche Versprechungen besänftigten den Zorn der strengen Rachegöttinnen; es lockte sie, dass sie ebenso wie Athene und Apoll Altäre und ein Heiligtum in der berühmten Stadt besitzen sollten. Da wurden sie nachgiebig und legten das Gelübde ab, Athen zu beschirmen, böse Wetter und giftige Seuchen von seinem Gebiet abzudrängen, auch die Herden des Landes zu schützen und den Bund der Ehen zu segnen. Dann brach die schwarze Schar unter Dankesworten des himmlischen Geschwisterpaares auf und verließ den Areopag und die Stadt.

Iphigenia in Tauris

Trotz dieses Urteils fühlte Orest sich nicht vollends frei. Ein Gefühl der Traurigkeit und der Schwermut blieb, wenn er an das Vergangene, an das Auf und Ab seiner Familie dachte.

Von Athen aus hatten sich die beiden Freunde, Orest und Pylades, erneut nach Delphi zum Orakel Apolls gewendet. Dort fragte Orest den Gott, was er weiter für ihn beschlossen hätte. Der Spruch der Priesterin, die den Willen des Gottes verkündete, lautete nun, dass der Königssohn von Mykene seine Schwermut besiegen würde, wenn er sich an die Grenze der taurischen Halbinsel in die Nachbarschaft der Skythen begeben würde, wo Apolls Schwester Artemis ein Heiligtum besaß. Dort sollte er ein Bildnis der Göttin durch List oder andere Mittel rauben und es nach Athen bringen. Artemis, so die Priesterin, sehne sich nach den Griechen; ihr gefalle das raue Barbarenland nicht mehr. Wenn der Raub dann glücklich ausgeführt sei, so werde Orest von seiner Schwermut geheilt sein.

Pylades verließ seinen Freund auch auf dieser Wanderung nicht; denn das Volk der Taurier war ein wilder Menschenstamm, der die an seiner Küste Gestrandeten und andere Fremde der Artemis zu opfern pflegte. Gefangenen Feinden hieben sie den Kopf ab, steckten ihn an eine Stange über den Rauchfang ihrer Hütten und bestellten ihn so zu einem Wächter des Hauses, der alles von seiner Höhe für sie überblicken sollte.

Der wahre Grund, warum das Orakel den jungen Orest zu dem grausamen Völkerstamm schickte, war aber dieser:

Als Agamemnons und Klytämnestras Tochter Iphigenia am Strande von Aulis geopfert werden sollte, um besseren Fahrtwind nach Troja zu erhalten, da verbarg die Göttin Artemis das Mädchen vor den Blicken der Griechen und trug es auf ihren Armen über Meer und Land nach Taurien. Dort fand Thoas, der König des Barbarenvolkes, das Mädchen und machte die Unbekannte zur Priesterin des Artemistempels. In dieser Eigenschaft musste sie im Dienste der Göttin Artemis einem schlimmen Brauch folgen. Jeden Fremden, dessen Fuß das Ufer betrat – meist waren sie griechischer Herkunft wie sie selbst, den dieses jammervolle Los traf –, musste sie der Göttin als Opfer darbringen lassen. Doch hatte sie nicht mehr zu tun, als das Opfer dem Tod zu weihen; Diener der Göttin Artemis mussten es danach in das Heiligtum zur grausigen Schlachtbank schleppen.

Viele Jahre schon hatte die Jungfrau ihr trauriges Amt ausgeübt, als nun Orest und Pylades hierher nach Tauris segelten. – Sie versteckten ihr Schiff, bevor sie an Land gingen, in einer verschwiegenen Bucht und machten sich auf den Weg, um ihren „Auftrag“ zu erfüllen. Doch bald wurden beide von taurischen Rinderhirten gefangen genommen.

Die Sonne stand schon hoch am Himmel, als ein Bote vom Meeresufer eilig zur Priesterin der Artemis lief. Er überbrachte die Meldung, dass zwei Jünglinge am Strand gelandet und unweit davon gefangen worden seien. Iphigenia wusste, was – wie so oft schon – nun von ihr erwartet wurde.

„Was für Landsleute sind die Fremden?“, fragte sie traurig.

„Griechen“, antwortete der Bote, „wir wissen nichts weiter, als dass der eine von ihnen Pylades heißt und dass sie unsere Gefangenen sind.“ Der Hirte schwieg und erwartete die Befehle der Priesterin, die ihm nun auftrug, die jungen Männer zu ihr zu bringen.

Als die Gefangenen vor ihr standen, befahl sie, ihnen die Fesseln abzunehmen, und sprach sie an: „Wer ist euer Vater, eure Mutter, wer eure Schwester? Woher kommt ihr? Ihr hattet eine weite Fahrt bis zu diesen Ufern? Doch“, fügte sie entsprechend ihrer Pflicht hinzu, „bereitet euch zu einer weiteren Fahrt vor; sie geht ins Schattenreich!“

Mutig entgegnete ihr Orest: „Wer du auch immer bist, warum beklagst du uns? Wer das Henkerbeil schwingt, der muss seine Opfer nicht trösten! Keine Tränen, weder von dir noch von uns!“

„Welcher von euch beiden ist Pylades? Das lasst mich zuerst wissen!“, fragte die Priesterin.

„Dieser hier!“, sprach Orest, indem er auf seinen Freund deutete.

„Und wie heißt du?“

„Nenne mich einen Elenden“, erwiderte Orest, „es ist am besten, ich sterbe namenlos!“ Die Priesterin aber ließ nicht nach, sie drang weiter in ihn, ihr wenigstens die Landschaft zu nennen, aus der er stammte. Als der Name Argos fiel, rief sie heftiger: „Bei den Göttern, Freund, stammst du wirklich von dort?“

„Ja“, antwortete Orest, „aus der Stadt Mykene.“

„Wenn du aus Agamemnons Reich kommst“, fuhr Iphigenia fort, „so bringst du gewiss auch Nachrichten von Troja? Ist es wahr, dass die Stadt vernichtet wurde? Kam Helena zurück?“

„Beides ist so, wie du vermutest!“

„Wie geht es dem Feldherrn Agamemnon, dem Sohn des Atreus?“

Orest schauderte es bei der Frage. „Ich weiß nicht“, rief er mit abgewandtem Kopf.

Aber Iphigenia bat ihn mit so weicher, flehender Stimme, es ihr zu sagen, dass er nicht weiter widerstehen konnte. „Er ist tot“, sprach er, „durch die Königin starb er einen grauenhaften Tod!“

Ein Schrei des Entsetzens entfuhr der Priesterin. Dann fasste sie sich und forschte weiter: „Und lebt die Königin?“

„Nicht mehr“, war die Antwort, „ihr eigener Sohn hat sie getötet. Er übernahm das Amt der Rache für seinen ermordeten Vater!“

„Lebt noch ein anderes Kind Agamemnons?“

„Zwei Töchter, Elektra und Chrysothemis.“

„Und was weiß man von der Ältesten, die für die Fahrt nach Troja geopfert wurde?“

„Dass eine Hirschkuh an ihrer statt starb, sie selbst aber seither verschollen ist!“

„Lebt der Sohn des ermordeten Agamemnon noch?", fragte die Priesterin ängstlich.

„Ja", erwiderte Orest, „überall und nirgends!"

Da befahl sie, dass die Diener sich entfernen sollten, und als sie mit den Griechen allein war, sprach sie flüsternd zu ihnen: „Hört etwas, Freunde, das zu eurem und meinem Vorteil ist! Ich will dich retten, Jüngling, wenn du eine Nachricht in deine und meine Heimat Mykene, an meine Familie gerichtet, mitnimmst!"

„Ich will mich nicht retten ohne meinen Freund", antwortete Orest, „er ist nicht einen Tag von meiner Seite gewichen. Ich kann ihn nicht in Todesnot verlassen!"

„Beide kann ich euch nicht verschonen, das duldet der König niemals. So stirb also du und lass Pylades gehen! Wer von euch mir die Nachricht überbringt – mir ist es gleich!" Damit wandte sich Iphigenia ab.

Als die Jünglinge allein waren, nur aus der Ferne von einigen Dienern bewacht, hielt sich Pylades nicht länger zurück. „Nein", rief er, „nach deinem Tod könnte ich nicht mehr leben! Ich muss dir in den Tod folgen, Orest, wie ich dir aufs weite Meer gefolgt bin! Alle Welt würde sagen, ich hätte dich verraten, dich getötet, nach deinem Reich, nach deinem Erbe getrachtet!"

Sie stritten noch, als die Priesterin zurückkehrte, ein Blatt in der Hand. „Melde", sagte sie zu Pylades, „melde Orest, dem Sohn Agamemnons, dass seine Schwester Iphigenia, die in Aulis vom Opferherd gerettet wurde und in Tauris lebt, dir folgenden Auftrag gegeben hat." Mit diesen Worten schwang sie das Blatt.

„Was höre ich", fiel ihr Orest ins Wort, „wo ist Iphigenia? Ist sie von den Toten auferstanden?"

„Ich bin es!"

Die beiden Gefangenen konnten lange vor Staunen keine Worte finden, bis Pylades endlich das Blatt aus Iphigenias Händen nahm und dem Freund den Brief überreichte. „Ich gebe dir das Schreiben, das deine Schwester Iphigenia dir schickt!"

Da breitete Orest die Arme aus und umschlang die wiedergefundene Schwester. Doch es fiel ihr noch schwer, ihm zu glauben, das Glück zu begreifen, bis die Erwähnung weniger, nur den Geschwistern bekannter Einzelheiten aus ihrer Kindheit, von denen Orest nun sprach, sie überzeugten. Dann erzählte Orest ihr gedrängt alles, was sich in Mykene ereignet hatte.

Während seiner Erzählung überlegte Iphigenia fieberhaft. „Ich habe", rief sie endlich, „einen Ausweg für uns überlegt. Orest kommt, so sage ich dem König von Tauris, als Muttermörder von Argos hierher. Deshalb sei er unrein und dürfte der Göttin Artemis nicht als Opfer dargebracht werden. Erst müsse ein Bad im Meer die Blutspuren von ihm abwaschen. Und weil er im Tempel das Bild der Göttin als Schutzflehender berührt habe, so müsse auch das in der Flut gereinigt werden. Da jedoch nur mir, der Priesterin, allein erlaubt ist, das heilige Bild zu tragen, so bringe ich es selbst und mit eurer Begleitung an den Strand. Sagt mir, wo euer Schiff vor Anker liegt."

Dies alles wurde zwischen den Geschwistern und ihrem Freund im Vorhof des Tempels verhandelt, fern von Dienern und Wachen. Dann wurden die Gefangenen den Aufsehern wieder übergeben, und Iphigenia führte sie in das Innere des Heiligtums.

Nicht lange danach kam Thoas, der König des Landes, mit großem Gefolge und fragte nach der Priesterin. Er konnte nicht begreifen, warum die Fremden nicht schon längst auf dem Hochaltar der Artemis brannten. Als er nun in den Tempelhof trat, stand Iphigenia vor ihm und hatte das Bild der Göttin in den Armen. „Was ist das", rief der König erstaunt, „warum trägst du das Götterbild fort?"

„Es ist Furchtbares geschehen, oh Herr!", erwiderte die Priesterin mit bewegter Stimme. „Die Opfer, die am Strande gefangen wurden, sind nicht rein. Das Bild der Göttin kehrte sich weg und schloss die Augen, als sie sich näherten. Du musst wissen, dieses Paar hat ein grauenhaftes Verbrechen verübt!" Und nun erzählte sie dem König, was tatsächlich geschehen war, und forderte, dass sie die Fremden reinwaschen dürfe. Um Thoas sicher zu machen, schlug sie vor, dass die Gefangenen wieder gefesselt würden. Auch forderte sie Sklaven zur eigenen Sicherheit, die im Gefolge von Thoas gekommen waren. In die Stadt aber – auch dies hatte Iphigenia sich klug ausgedacht – sollte der Fürst einen Boten senden, der den Bürgern befahl, innerhalb der Mauern zu bleiben, bis die Reinigung vorüber sei, damit sie nicht von der Blutschuld angesteckt würden. Und auch der König selbst solle in ihrer Abwesenheit im Tempel bleiben und ihn ebenfalls reinigen lassen.

„Und wenn es dir scheint, ich wäre zu lange am Strand des Meeres“, schloss die Priesterin, „so werde deshalb nicht ungeduldig! Bedenke, welch großes Verbrechen geschehen ist, das entsündigt werden muss!“

Thoas willigte in alles ein, und nicht lange darauf war Iphigenia mit den Gefangenen und einigen Dienern des Königs auf dem Weg zum Ufer.

Nach mehreren Stunden endlich kam ein aufgeregter Bote vom Meer zurück. „Höre, Herr“, klagte er, „deine Priesterin ist mitsamt den Fremden und dem Bild unserer Schutzgöttin Artemis geflohen!“

„Was sagst du da?“, rief der König, der seinen Ohren nicht glaubte. „Wer ist es denn, mit dem sie flieht?“

„Es ist ihr Bruder“, erwiderte der Bote, „der, den sie hier dem Opfertod weihen sollte. Höre die ganze Geschichte und überlege dann, wie wir die Flüchtigen ergreifen können. Noch kann ein Schiff sie erreichen!

Hier die Geschichte: Als wir ans Ufer des Ozeans gelangten, winkte Iphigenia uns, die die Gefangenen gefesselt führten, Halt zu machen, damit wir dem heiligen Brandopfer und der beschlossenen Feier fernblieben. Sie selbst nahm den Fremden die Stricke ab und ließ sie vorangehen. Zwar schien es uns verdächtig, doch deine Diener glaubten, oh Herr, es müsste so sein, und wir setzten uns auf den Boden.

Plötzlich kam uns der Gedanke, die Männer, nun ohne Fesseln, könnten die wehrlose Frau getötet haben und geflohen sein. Wir machten uns daher auf und eilten zur Felsenbucht. Da sahen wir ein griechisches Schiff und an die fünfzig Ruderer auf den Bänken. Wir durchschauten den Betrug und ergriffen deine Priesterin, die noch am Strand war. Die beiden Gefangenen aber wehrten sich und entrissen sie uns wieder. Der eine nahm Iphigenie, die das Bild der Götter trug, auf den Arm, stieg ins Wasser und kletterte mit ihr die Leiter des Schiffes hinauf. Der andere war hinter ihm. Als sich alle glücklich an Bord befanden, brach die Mannschaft in Jubel aus und ruderte rasch durch die salzige Flut.

Solange das Schiff durch die Bucht fuhr, glitt es rasch dahin; in der offenen See aber kam ein mächtiger Wind auf, der trieb es, trotz aller Anstrengungen der Ruderer, ans Ufer zurück. Da sprang die Priesterin flehend auf und rief das Bild an: ‚Jungfräuliche Artemis, du selbst hast durch das Orakel des Apoll verlangt, dein Bild nach Griechenland zurückzubringen. So gib, dass auch ich mich dorthin retten kann, und verzeih mir meinen Betrug!‘

Aber das Schiff trieb näher und näher zum Strand. So sende du, König, nur Stricke und Fesseln ans Meeresufer; denn wenn die See nicht bald ruhig wird, so ist den Flüchtenden jeder Weg versperrt. Poseidon denkt wahrscheinlich mit Zorn an die Zerstörung Trojas zurück; er ist ein Feind aller Griechen!“

Ungeduldig hatte König Thoas das Ende des langen Berichts abgewartet; nun erteilte er den Befehl, Pferde aufzuzäumen und den Strand zu besetzen. Er selbst jagte an der Spitze einer Schar von Reitern dem Ufer zu, als plötzlich eine himmlische Erscheinung den König gegen seinen Willen zum Halten zwang.

Pallas Athene war es, deren riesige Gestalt von einer lichten Wolke umgeben über der Erde schwebte und deren Götterstimme wie Donner über die Köpfe der Taurier hinrollte: „Wohin jagst du, König Thoas? Schenke den Worten einer Göttin Gehör! Lass meine Schützlinge frei abziehen! Orest ist durch das Orakel Apolls hierher gerufen worden. Er soll, von den Erinnyen befreit, seine Schwester ins Vaterland zurückgeleiten und das heilige Bildnis der Artemis in meine geliebte Stadt Athen bringen. Du, Thoas, und du, Volk der Taurier, gönnt ihnen allen ihr Glück und verfolgt sie nicht!“

König Thoas war ein frommer Verehrer der Götter. Er warf sich vor der Erscheinung nieder und sprach: „Pallas Athene! Streit mit den allmächtigen Göttern bringt keine Ehre. Mögen deine Schützlinge in Frieden ziehen, wohin sie wollen. Mögen sie das Bildnis in deinem Reich aufstellen! Ich senke meine Lanze vor den Unsterblichen! Wir wollen umwenden und in die Mauern unserer Stadt zurückkehren!"

Und es geschah, wie Athene es verkündet hatte. Die taurische Artemis bekam ihren Tempel in Athen und behielt ihre Priesterin Iphigenia. Orest setzte sich in Mykene auf den Thron seiner Väter. Er heiratete die einzige Tochter des Menelaos und der Helena, die schöne Hermione, und gewann so auch das Königtum Sparta. So errichtete er ein mächtigeres Reich, als sein Vater je besessen hatte.

Pylades und Elektra bestiegen den Thron von Phokis, Chrysothemis starb unverheiratet.

Als Orest schon ein hohes Alter erreicht hatte, regte sich noch einmal der Fluch der Tantaliden: Eine Schlange stach ihn in die Ferse, und er starb an den Folgen des Bisses.

ODYSSEUS

Telemach und die Freier

Die Griechen waren also von Troja zurückgekehrt, und die Helden, die die Schlachten des Krieges überlebt hatten oder den Stürmen auf der Heimfahrt entronnen waren, befanden sich wieder zu Hause. Nur Odysseus, Sohn des Laërtes und Fürst von Ithaka, irrte noch umher, von einem seltsamen Schicksal betroffen.

Nach vielen bestandenen Abenteuern saß er fern seines Landes auf einer rauen, mit Wäldern bedeckten einsamen Insel mit Namen Ogygia, wo ihn eine Nymphe, die Göttin Kalypso, Tochter des Gottes Atlas, in ihrer Grotte gefangen hielt und zu ihrem Mann machen wollte. Er aber blieb seiner zurückgelassenen Frau treu, der edlen Penelope.

Endlich hatten die Götter im Olymp Mitleid mit ihm; der listenreiche Held des Trojanischen Krieges sollte endlich seine Heimat wiedersehen. Nur Poseidon, der Herr des Meeres, der alte Feind der Griechen, zürnte ihm und zeigte sich unversöhnlich. Wenn er Odysseus auch nicht zu vernichten wagte, so legte er seiner Heimfahrt doch Hindernisse in den Weg und trieb ihn in der Fremde umher. Es war auch Poseidon, der ihn an jene unwirtliche Insel geworfen hatte.

Nun aber wurde im Rat der Himmlischen beschlossen, dass Odysseus aus den Banden der Verführerin Kalypso befreit werden sollte. Auf eine Bitte Athenes wurde Hermes, der Götterbote, nach der Insel Ogygia geschickt, um der schönen Nymphe den unwiderruflichen Entschluss des Zeus zu verkünden, dass dem Helden die Rückkehr in seine Heimat nicht mehr länger verwehrt bleiben dürfe. Athene selbst band sich die goldenen Sohlen unter die Füße, mit denen sie über Wasser und Land dahinschwebte, nahm ihre mächtige Lanze mit der scharfen Spitze aus Erz, mit der sie so manche Helden in der Schlacht bezwungen hatte, stürmte vom felsigen Gipfel des Olymps herab und stand bald auf der Insel Ithaka vor dem Palast des fernen Odysseus. Sie hatte ihre

Göttergestalt verwandelt: Die Lanze in der Hand, glich sie dem tapferen Mentes, dem König der Taphier.

In Odysseus' Haus sah es traurig aus. Die schöne Penelope war mit ihrem jungen Sohn Telemach nicht mehr Herrin in dem verlassenen Palast. Als ihr Mann, nachdem längst die Nachricht von Trojas Untergang gekommen war, nicht heimkehrte, verbreitete sich mit immer größerer Sicherheit das Gerücht von seinem Tod. Schon fanden sich von der Insel Ithaka selbst, auf der noch andere Mächtige außer dem Fürsten wohnten, nicht weniger als zwölf Freier ein. Von der benachbarten Insel Same kamen vierundzwanzig, von Zakynth zwanzig, ja von Dulichion sogar zweiundfünfzig Männer, um mit Herolden, Sängern und großem Sklavengefolge um die Hand der jungen Witwe zu werben. Alle ließen sie sich bewirten von dem, was Odysseus gehörte, und lebten sorglos, frech und übermütig drei Jahre lang am Hof des abwesenden Fürsten.

Als sich Athene in der Gestalt des Mentes hier einfand, waren einige der Freier an der Pforte des Hauses mit Steinspielen beschäftigt, andere lagen faul hingestreckt auf den Häuten von Rindern, die sie selbst aus Odysseus' Ställen genommen und geschlachtet hatten. Diener eilten hin und her; die einen mischten in gewaltigen Krügen den Wein unter das Wasser, andere säuberten die rundum gestellten Tische mit Schwämmen und zerlegten das reichlich aufgetragene Fleisch. Der Sohn des Hauses, Telemach, saß traurig unter den Freiern, dachte an seinen Vater und wünschte, dass er endlich käme, die Scharen der frech umherlungernden Männer zu vertreiben und seinen Besitz wieder zu übernehmen.

Als er die Göttin in der Gestalt des fremden Königs erblickte, eilte Telemach ihr zur Pforte entgegen, fasste ihre Rechte und hieß sie willkommen. Sie traten in den gewölbten Saal des Palastes, Telemach führte seinen Gast zu Tisch, lud ihn ein, sich zu setzen, und schob ihm einen Schemel unter die Füße.

Eine Sklavin brachte in einer goldenen Kanne Waschwasser für die Hände des Fremden; Brot und Fleisch wurden herbeigetragen, ein weiterer Diener zerlegte die Speisen, und um die goldenen Becher kreiste, Wein nachschenkend, der Herold. Bald darauf traten auch einer nach dem andern die Freier ein und setzten sich auf prachtvolle Sessel; die Helfer benetzten ihnen die Hände, Mägde reichten ihnen Brot in Körben, und Diener füllten die Becher bis zum Rand. Dann hatten die Herren Lust auf Tanz und Gesang; der Herold gab dem Sänger Phemios eine zierliche Harfe in die Hand, und der schlug die Saiten an und begann ein fröhliches Lied.

Während nun die Männer auf das Lied horchten, beugte sich Telemach zu seinem Nachbarn und flüsterte der verwandelten Göttin ins Ohr: „Wirst du, lieber Gastfreund, über das, was ich dir sage, nicht böse sein? Sieh, wie diese Menschen hier fremdes Eigentum verprassen, das Eigentum meines Vaters, dessen Gebein vielleicht am Meeresstrand im Regen modert! Er wird wohl nie wieder heimkehren, um sie zu bestrafen! – Aber du verrate mir, Gast: Wer bist du, woher kommst du, wer sind deine Eltern?"

„Ich bin", erwiderte Athene, „Mentes, der Sohn des Anchialos, und beherrsche die Insel Taphos; ich landete hier, um fremdes Erz gegen Eisen einzutauschen. Frag deinen Großvater Laërtes, den Greis, der, wie es heißt, fern von der Stadt auf dem Land in Trauer und Sorgen lebt; er wird sich erinnern, dass unsere Häuser seit alten Zeiten in Freundschaft miteinander verbunden sind. Und nun sollst du auch den Grund dafür erfahren, weshalb ich gekommen bin. Ich glaubte, dein Vater sei wieder da. Dem ist nun allerdings nicht so. Aber er lebt, da bin ich sicher. Vielleicht ist er irgendwo an eine wilde Insel verschlagen und wird dort festgehalten. Ich fühle es, dass er bald zurückkehren wird." – Danach sprach der Gast rasch von anderen Dingen. „Du bist Odysseus' leiblicher Sohn, Telemach! Es ist zu sehen, da du ihm sehr ähnlich bist! Du musst wissen, ich habe deinen Vater gekannt, bevor er gegen Troja auszog."

Wieder brach die Göttin die Rede ab. „Nun verrate mir endlich, was ist das für ein Gewühl in deinem Palast? Feierst du ein Gastmahl oder ein Hochzeitsfest?"

Telemach seufzte: „Ach, lieber Freund, früher einmal mag unser Haus vielleicht angesehen und wohlhabend gewesen sein, jetzt ist es anders; alle diese Männer aus der Nachbarschaft, die du hier siehst, werben um meine Mutter und leben von unserer Habe. Sie selbst versucht die Freier hinzuhalten, denn noch immer hofft sie, dass Odysseus, ihr Mann, zurückkehren wird. Inzwischen aber verwüsten diese Schlemmer unser Haus, am Ende werden sie mich, den Sohn des Helden, umbringen!"

Voller Zorn antwortete die Göttin: „Lass mich dir einen Rat geben! Rüste das beste Schiff aus, das du hast, und ziehe aus, Odysseus zu suchen. Zuerst segle nach Pylos im Land Elis und frage den ehrwürdigen Greis Nestor; erfährst du dort nichts, wende dich nach Sparta zu Menelaos. Hörst du vielleicht dort, dass dein Vater noch lebt, dass er wiederkommt, dann halte es hier noch ein Jahr aus. Hörst du aber, dass er gestorben ist, so bring dein Totenopfer und errichte ihm ein Denkmal. Findest du die Freier danach noch immer in deinem Haus, so überlege, auf welche Weise du sie tötest. Du bist nicht mehr unmündig und längst kein Knabe mehr! Sicher hast du gehört, welchen Ruhm der Jüngling Orest geerntet hat, als er den Mörder seines Vaters, Ägisth, erschlug! Du bist groß und kraftvoll; mach, dass auch dich einst spätere Geschlechter loben!"

Telemach dankte dem Gastfreund für seinen Rat, und als der sich zum Aufbruch anschickte, wollte er ihm ein Geschenk mitgeben; der vermeintliche Mentes versprach aber, wiederzukommen und es auf dem Rückweg abzuholen. Dann eilte die Göttin fort; wie ein Vogel flog sie durch den Kamin ins Freie.

Telemach staunte über ihr Verschwinden; er ahnte, dass es ein Gott gewesen war, der ihn aufgesucht hatte, und dachte in sich gekehrt über seinen Rat nach.

Im Saal gab es indessen noch immer Musik und Gesang; ein Sänger berichtete von der traurigen Heimfahrt vieler Griechen von Troja, alle Anwesenden hörten ihm zu. Oben im Söller saß die einsame Penelope, und der Klang des Liedes drang zu ihr empor. Da ging sie mit zwei Dienerinnen hinab und trat zu den Freiern in den Saal, in einen dichten Schleier gehüllt.

Weinend begann die Königin, an den Sänger gewandt: „Du kennst sonst viele erbauliche Lieder, guter Phemios! So lass diesen Klagegesang ruhen, der mir das Herz in der Brust schwer macht! Denke ich doch ständig an den Mann, dessen Ruhm durch ganz Griechenland reicht und der noch immer nicht heimgekehrt ist!“

Aber Telemach redete freundlich zu seiner Mutter: „Tadle Phemios nicht, weil er singt, woran sein Herz hängt! Lass ihn das Leid der Danaer besingen; Odysseus ist es ja nicht allein, der noch immer nicht in sein Haus zurückgekommen ist, und wie viele andere Griechen sind untergegangen! Ich bitte dich, liebe Mutter, gehe ins Frauengemach zurück, besorge dort deine Geschäfte, die Spindel und den Webstuhl, und leite die tägliche Arbeit deiner Frauen! Das Wort gehört den Männern und vor allem mir, der ich die Herrschaft im Hause zu führen habe, solange mein Vater auf sich warten lässt.“

Penelope wunderte sich über die bestimmte Rede des Sohnes, den sie noch nie so hatte sprechen hören und der auf einmal zum Jüngling geworden schien; sie kehrte zum Söller zurück und beweinte dort ihren Mann in der Einsamkeit. Den Freiern aber trat Telemach entgegen und rief ihnen zu: „Freut euch heute noch an dem Mahl, ihr Herren! Morgen werden wir eine Ratsversammlung abhalten; da will ich euch den Vorschlag machen, nach Hause zu gehen. Es wird Zeit, dass ihr von eurem eigenen Besitz lebt und nicht von dem Erbe eines fremden Mannes!“

Die Gäste bissen sich auf die Lippen, als sie das hörten, und staunten sehr über die entschlossenen Worte des Jünglings. Aber von seinem Vorschlag wollten sie nichts hören und zankten sich noch lange mit ihm herum. Am anderen Morgen stand Telemach zeitig auf, kleidete sich an und hängte das Schwert um die Schultern. Dann trat er aus der Kammer, befahl den Herolden, die Versammlung der Bürger einzuberufen, und lud auch die Freier dazu ein. Als sich alle versammelt hatten, erschien der junge Fürst, die Lanze in der Hand; Pallas Athene hatte ihm Hoheit und Anmut verliehen, sodass alle ihn anstaunten. Selbst die Greise machten ihm ehrerbietig Platz, als er sich auf den Stuhl seines Vaters setzte. Dann erhob sich zuerst Ägyptios, von Alter gebückt und reich an Erfahrung; er, dessen Ältester, Antiphos, schon mit Odysseus nach Troja gezogen war, dessen zweiter Sohn, Eurynomos, einer der Freier war. Er sprach: „Seitdem der König fort ist, haben wir uns nicht zusammengefunden. Wem ist es auf einmal eingefallen, uns den Rat einzuberufen? Ist es ein älterer Mann oder ein jüngerer, und was bewegt ihn dazu? Gibt es etwa Nachricht von einem heranziehenden Kriegsheer? Oder hat er einen Vorschlag zu machen, der das Land betrifft? Sicher will er das Richtige; Zeus segne ihn, was er auch vorhaben mag!"

Telemach freute sich über das glückliche Vorzeichen, das in diesen Worten lag, erhob sich von seinem Stuhl und erwiderte, nachdem der Herold Pisenor ihm das Zepter gereicht hatte: „Edler Greis! Der Mann, der zur Versammlung gerufen hat, steht vor dir; denn Kummer und Sorge bedrängen mich. Erst habe ich meinen Vater, euren Herrscher, verloren, und jetzt stürzt mein Haus ins Verderben, und all mein Eigentum löst sich auf in Luft! Meine Mutter Penelope sieht sich unfreiwillig umringt von Freiern. Von Tag zu Tag belasten sie unser Haus, opfern Rinder, verspeisen unsere Schafe und Ziegen und trinken mir den Wein aus dem Keller. Was kann ich allein gegen so viele ausrichten? Seht selbst, ihr Freier, euer Unrecht, habt Achtung vor anderen und fürchtet die Strafe der Götter! Womit hat euch mein Vater beleidigt, womit hätte ich selbst euch Schaden zugefügt? Ich habe nicht verdient, womit ihr mir Schmerzen bereitet!"

Telemach standen Tränen in den Augen, und er warf zornig sein Zepter auf den Boden. Die Freier saßen schweigend umher, und keiner wagte es, auf seine Rede zu erwidern – bis auf Antinoos. Der erhob sich und rief laut: „Trotziger Jüngling, was erlaubst du dir gegen uns? Nicht wir haben das alles verschuldet, sondern deine eigene Mutter! Drei Jahre – bald das vierte – sind vergangen, und immer noch kommt sie unserem Wunsch auf eine Entscheidung nicht nach. Allen verspricht sie ihre Gunst, sendet bald diesem, bald jenem Mann eine Botschaft zu; aber in Wahrheit denkt Penelope anders. Ihre List ist leicht zu durchschauen. In ihrer Kammer hat sie angefangen, einen Stoff zu weben, und uns erklärt: ‚Ihr Herren, wartet mit der Entscheidung und der Hochzeit so lange, bis ich das Leichengewand für Laërtes, den alten Vater meines Gemahls, fertig gewebt habe!' Mit solch einem Vorwand gewann deine Mutter unsere Geduld. Wirklich saß sie auch den Tag über da und arbeitete an einem Tuch; in der Nacht aber trennte sie heimlich beim Kerzenlicht wieder auf, was sie am Tage gewebt hatte. So entzog sich Penelope unseren Aufforderungen drei Jahre lang und täuschte uns. Eine der Dienerinnen hat uns die Wahrheit hinterbracht; und wir überraschten deine Mutter, während sie damit beschäftigt war, ihr Gewebe aufzutrennen.

So antworten wir dir also, Telemach: Wenn Penelope die edlen Griechen noch länger mit ihrem Betrug hinhält, so zehren wir auch länger von deinem Besitz, und nicht eher gehen wir aus deinem Palast, als bis Penelope einen Entschluss gefasst hat!"

Darauf antwortete Telemach: „Antinoos, mit Zwang kann ich meine Mutter nicht dazu bringen, eine Entscheidung zu treffen: Nein, wenn ihr selbst noch ein Gefühl für Recht und Unrecht habt, so verlasst mein Haus, besorgt euch eure Gastmahle anderswo oder verzehrt wenigstens eure eigene Habe! Wenn es euch behaglich scheint, das Erbe eines einzelnen Mannes zu verschlingen – nun, so tut es! Ich aber werde die Ewigen laut anflehen, dass mir Zeus zu einer Bezahlung verhilft, die ihr verdient!"

Während Telemach sprach, schickte ihm der Göttervater ein himmlisches Zeichen. Zwei Adler schwebten mit ausgebreiteten Schwingen vom Gebirge herab; als sie über den Häuptern der Versammlung waren, fingen sie an, sich selbst mit den Klauen Hals und Kopf zu zerkratzen, dann erhoben sie sich wieder und flogen über die Stadt Ithaka. Der anwesende greise Vogelschauer Halitherses deutete es als ein großes Verderben, das den Freiern drohe. Denn noch sei Odysseus am Leben. Aber Eurymachos, der Sohn des Polybos, lachte über das Zeichen und sagte: „Geh du nach Hause und verkünde deinen Kindern, was du gesehen haben willst, alberner Greis! Uns kannst du nichts vormachen. Viele Vögel fliegen unter den Strahlen der Sonne umher, aber nicht alle bedeuten etwas! Es ist nichts wahrer, als dass Odysseus in der Ferne starb!“ Dem stimmten die Freier zu; sie wollten keine andere Wahrheit gelten lassen als die eigene ... Da versuchte der junge Fürst, nicht länger in sie zu dringen, sondern wollte vor der Versammlung nur noch die Zusage für ein schnell segelndes Schiff und zwanzig Ruderer, um in Pylos und in Sparta nach dem verschollenen Vater zu forschen. Lebe er, so wolle auch er, Telemach, noch ein Jahr abwarten; sei er tot, so möge seine Mutter einen der Freier erhören. Darauf trennte sich die Versammlung – und die Freier lagerten sich wieder im Palast des Odysseus.

Telemach bei Nestor

Telemach ging hinab ans Meer und rief, sich die Hände in der Flut waschend, nach dem unbekannten Gott, der ihm am Tag zuvor in Menschengestalt erschienen war. Da näherte sich ihm Pallas Athene in der Gestalt Mentors, des Freundes seines Vaters noch aus der Zeit vor dem Krieg von Troja. Sie sprach: „Telemach, wenn du künftig nicht zaghaft und ohnmächtig sein willst wie bisher, wenn der Geist des klugen Odysseus nicht ganz von dir gewichen ist, so hoffe ich, dass du deinen Entschluss ausführst! Ich, der Freund deines Vaters, werde dich begleiten!“

Telemach, der nichts anderes glaubte, als dass Mentor zu ihm geredet hatte, eilte nun nach Hause: Dort ging er geradewegs in die Vorratskammer seines Vaters hinab, wo Gold und wertvolles Erz in großen Mengen lagen, kostbare Gewänder im Kasten ruhten und wo Krüge voll duftenden Öls und Fässer, mit köstlichem Wein gefüllt, dicht an dicht aufgereiht standen. Hier fand er die wachsame Verwalterin Eurykleа, riegelte die Pforte hinter sich ab und sprach zu ihr: „Mütterchen! Fülle mir rasch zwölf Henkelkrüge mit Wein, schütte mir auch zwanzig

Maß fein gemahlenen Mehls in Schläuche und stelle alles bereit. Vor der Nacht noch, wenn die Mutter schon in ihrem Schlafgemach ist, komme ich und hole es ab. Erst nach zwölf Tagen, oder wenn sie mich vermisst, darfst du ihr sagen, dass ich fort bin, den Vater zu suchen!" Weinend schwor es ihm die gute Frau und führte aus, was er befohlen hatte.

Währenddessen nahm Athene nun Telemachs Gestalt an, warb Gefährten und borgte sich von einem reichen Bürger, Noëmon, ein Schiff für die Reise. Dann betäubte sie die Freier, dass ihnen die Becher aus den Händen fielen und sie in einen tiefen Schlaf sanken. Endlich verwandelte sie sich wieder in die Gestalt Mentors, ging zu Telemach und ermunterte ihn, die Fahrt nicht länger zu verschieben. Bald standen beide am Meer, trafen dort auf die Gefährten, ließen Wein und Mehl an Bord bringen und bestiegen das Schiff. Als sie auf dem offenen Meer waren und der Wind die Segel schwellte, brachten sie den Göttern ein Trankopfer dar und glitten die ganze Nacht pfeilschnell dahin.

Bei Sonnenaufgang lag Nestors Stadt Pylos vor den Reisenden. Am Strand schlachtete das Volk dem Meeresgotte gerade neun schwarze Stiere und aßen von den Resten. Da landeten die Männer aus Ithaka am Strand, und Telemach, in Begleitung von Athene – wiederum in der Gestalt Mentors – eilte zur Versammlung des pylischen Volkes. Nestor saß bei seinen Söhnen; Freunde bereiteten das Mahl, Diener steckten das Fleisch auf Spieße und brieten es.

Als nun die Pylier fremde Männer herankommen sahen, gingen sie ihnen entgegen, boten ihnen die Hand zum Gruß und baten Telemach und seinen Führer, sich zu setzen.

Pisistratos, der Sohn Nestors, forderte freundlich auf, am Gastmahl teilzunehmen, und wies ihnen am Ufersand des Meeres auf dicken wolligen Pelzen den Ehrensitz zwischen seinem Vater und seinem Bruder Thrasymedes zu. Dann legte er ihnen vom besten Fleisch vor, füllte zwei goldene Becher mit Wein, trank ihnen zu und sprach zu der verstellten Athene: „Bring Poseidon das Trankopfer mit Gebet, oh Fremder, und lass es deinen jüngeren Freund ebenso tun! Brauchen doch alle Sterblichen die ewigen Götter!"

Athene nahm den Becher, bat den Meeresgott um seinen Segen für Nestor, seine Söhne und alle Pylier und flehte zugleich um Vollendung dessen, weswegen Telemach fortgereist war. Dann schüttete sie vom Wein auf den Boden und hieß ihren jungen Begleiter, ein Gleiches zu tun.

Darauf wandte man sich wieder Speise und Trank zu, und als Hunger und Durst gestillt waren, begann der greise Nestor und forschte nach der Herkunft und den Absichten der Fremden.

Telemach beantwortete ihm beides, und als er auf seinen Vater Odysseus zu sprechen kam, seufzte er: „Ohne Erfolg suchten wir bisher, etwas über sein Schicksal zu erfahren. Wir wissen nicht, kam er auf dem Festland im Kampf um, oder hat ihn die Brandung des Meeres verschlungen? Ich flehe dich an, sollte er tot sein, mir davon zu berichten, magst du nun Augenzeuge gewesen sein oder nur von einem Wanderer davon gehört haben. Schone mich nicht aus Mitleid, sondern erzähle mir alles wahrheitsgetreu!"

„Lieber Jüngling", begann Nestor und holte dann nach Art der Greise weit aus, erzählte vom Krieg gegen Troja, dem Verlauf der Kämpfe und seiner eigenen Rückfahrt. Aber von Odysseus wusste er so wenig wie Telemach. Dagegen berichtete er ihm ausschweifend über den Tod Agamemnons in Mykene und die Rache des Orest. Endlich riet er ihm, nach Sparta zum Fürsten Menelaos zu gehen, der erst jüngst von weit entfernten Ufern, wohin ihn der Sturm geschleudert hatte, zurückgekehrt war. Da dieser unter allen Griechenhelden am längsten auf der Fahrt gewesen sei, wäre auch am ehesten zu vermuten, dass er irgendwo etwas von dem Geschick des Odysseus vernommen habe.

Athene stimmte – als Mentor – dem Vorschlag zu. „Unter unseren Gesprächen ist der Abend angebrochen", sagte sie, „erlaube jetzt, lieber Greis, meinem jungen Freund, dich in deinen Palast zu begleiten und auszuruhen! Ich selbst will nach unserem Schiff sehen und die Gefährten ermuntern, alles Nötige zu tun. Dann will ich dort auch mein Nachtlager aufschlagen. Morgen in aller Frühe fahre ich zum Volk der Kaukonen, wo ich eine Schuld einzufordern habe. Meinen Freund

Telemach aber sende du selbst“ – Nestor hatte dies so angeboten – „mit deinem Sohn nach Sparta und gib ihm deine schnellsten Pferde!“

So sprach Athene, und plötzlich verwandelte sie sich in einen Adler und stieg zum Himmel empor. Alle sahen ihr erstaunt nach. Nestor ergriff Telemach bei der Hand: „Du darfst nicht verzagen und nicht mutlos werden, mein Lieber, da dich beschützende Götter schon in deiner Jugend begleiten! Denn kein anderer war dein Gefährte als Zeus’ Tochter Athene, die auch deinen tapferen Vater von allen Argivern immer besonders geehrt hat!“ Dann richtete der Greis ein frommes Gebet an die Göttin, gelobte, ihr ein Rind am Morgen zu schlachten, und führte den Gast mit seinen Söhnen zur Nacht in den Königspalast. Hier wurde noch einmal ein Trankopfer dargebracht und ein Umtrunk abgehalten. Danach begaben sich alle zur Ruhe. Telemach erhielt sein Lager unter der hohen Halle des Hauses, neben ihm wachte sein tapferer Begleiter Pisistratos.

Kaum schimmerte die Morgenröte in den Palast, da erhob sich der rüstige Greis Nestor, trat vor die Türschwelle und setzte sich auf die schönen weißen Marmorquader nieder, die als Ruheplätze an den Flügeltoren des Hauses aufgestellt waren. Seine sechs Söhne versammelten sich um ihn. Der letzte, Pisistratos, brachte auch den Gast aus Ithaka mit, der den König begrüßte, ihn dann aber wieder verließ. Nun wurde die Kuh herbeigeführt, die Nestor als Opfer für Athene versprochen hatte. Der Goldschmied Laërkes wurde gerufen, er musste die Hörner des Rinds vergolden; die Mägde im Palast bereiteten ein Festmahl vor, stellten Stühle auf und schleppten Holz und frisches Wasser heran. Vom Schiffe kamen Telemachs Freunde. Zwei Söhne Nestors zerrten die Kuh an den vergoldeten Hörnern näher, ein anderer trug Wasserbecken und Opfergerste, der vierte brachte die Axt, ein fünfter hielt die Schale hin, um das Blut aufzufangen.

Als das Opfertier den Todesstreich erhalten hatte, zerlegte es der sechste Sohn Pisistratos. Die besten Stücke wurden für die Göttin verbrannt und dunkler Wein darauf geschüttet; das Übrige wurde an Spieße gesteckt und gebraten.

Telemach hatte an dem Opfer nicht teilgenommen, um sich von der Reise in einem warmen Bad zu erholen, und trat jetzt, in einen prächtigen Mantel gehüllt, wieder unter die Versammelten. Nun setzte man sich zu Essen und Trinken. Nach dem fröhlichen Mahl schirrte man die schönsten Pferde vor den Wagen, der den jungen Gastfreund nach Sparta bringen sollte. Man legte Brot, Wein und andere Speisen hinein, und Telemach bestieg den Wagensitz. Neben ihn schwang sich Pisistratos auf den Sitz, fasste die Zügel und hob die Peitsche. Die Pferde eilten dahin; bald lag die Stadt Pylos hinter ihnen. Den ganzen Tag ging es wie im Fluge weiter.

Als die Sonne sich neigte und die Pfade schattiger wurden, näherten sie sich der Stadt Pherä, wo ein edler Krieger namens Diokles wohnte. Der nahm die reisenden Fürstensöhne gastlich auf; sie schliefen diese Nacht über in seiner Burg. Am anderen Morgen fuhren sie weiter durch üppige Weizenfelder. Endlich, mit den Schatten des Abends, kamen sie zu der großen, zwischen Bergen gelegenen Stadt Sparta.

Telemach in Sparta

Freunde und Nachbarn saßen mit dem Fürsten Menelaos zu Sparta im Palast bei fröhlichem Gastmahl. Ein Sänger spielte auf der Harfe, Gaukler machten ihre lustigen Kunststücke. Der Herrscher des Landes feierte die Verlobung junger Leute – der schönen Hermione, Helenas Tochter, die ihrem Bräutigam entgegengesandt werden sollte, und die eines Sohnes von einer Nebenfrau, Megapenthes, den der König mit einer edlen Spartanerin verlobte. In diesem Getümmel hielten Telemach und Pisistratos mit ihrem Wagen am Tor der Burg. Ein Krieger Menelaos', der sie zuerst erblickte, meldete dem Fürsten die Ankunft der Fremden und fragte, ob die Pferde abgeschirrt oder die Unbekannten wegen der festlichen Feier im Hause einer Herberge zur Bewirtung zugewiesen werden sollten.

„Ei, Eteoneus", antwortete ihm Menelaos ärgerlich, „du warst doch sonst nie ein Dummkopf; jetzt redest du wie gerade so einer! Wie viel Freundschaft habe ich selbst bei andern Menschen erhalten, und ich sollte Fremde von meinem Herd abweisen? Rasch ausgespannt, und die Männer zum Mahl hereingeführt!"

Der Krieger verließ eilends mit vielen Dienern den Saal, die Pferde wurden vom Wagenjoch befreit und mit reichlich Hafer an die Krippe gestellt. Die Gäste brachte man in den Palast und ließ sie sich vom Staub der Fahrt durch ein erfrischendes Bad befreien. Dann wurden sie zu König Menelaos geführt und nahmen an seiner Seite Platz. Staunend betrachtete Telemach die Pracht der Halle und der Bewirtung und flüsterte seinem Freund ins Ohr: „Sieh nur, Pisistratos, das Erz, das ringsum hier im Saal glänzt, das Gold und Silber, das schimmernde Elfenbein! Welch unendlicher Schatz! Der Palast des Zeus auf dem Olymp kann nicht herrlicher sein! Mich verwirrt dieser Anblick!"

Telemach hatte nicht so leise gesprochen, dass Menelaos nicht die letzten Worte vernommen hätte. „Liebe Freunde", sagte er lächelnd, „mit Zeus wetteiferte noch kein Sterblicher! Aber es ist wahr: Unter den Menschen wird sich nicht leicht einer mit mir an Reichtum messen können; habe ich all das doch auch erst in vielen Irrfahrten zusammengetragen und brauchte viele Jahre, bis ich wohlbehalten wieder zurück in die Heimat kam. Auf Zypern, in Phönizien, in Ägypten, Äthiopien, Libyen bin ich gewesen. Ach, das sind gesegnete Länder, Freunde! Dort kommen die Lämmer gleich mit Hörnern auf die Welt; die Schafe werfen dreimal im Jahr, und den Herren und den Hirten fehlt es nie an Fleisch, Milch und Käse! Während ich aber dort all die Kostbarkeiten sammelte, die ihr hier seht, hat in Mykene jemand meinen Bruder erschlagen, ein Meuchelmord durch die List eines treulosen Weibes, sodass ich bei all meinem Besitz nicht mehr fröhlich werden kann! Doch das habt ihr sicher alles schon von euren Vätern vernommen, wer sie auch sein mögen. Gern wäre ich mit einem Drittel meines Reichtums zufrieden, wenn nur die Männer noch lebten, die vor Troja gefallen sind. Keinen von ihnen betrauere ich so sehr wie den einen, der mir den Schlaf raubt, wenn ich nur an ihn denke! So viel wie

Odysseus erduldete kein anderer Grieche! – Dabei weiß ich nicht einmal, ob er lebt oder tot ist! Vielleicht klagen um ihn längst sein alter Vater Laërtes und seine Frau Penelope und sein junger Sohn Telemach, der noch ein Säugling war, als Odysseus ihn verließ."

Mit diesen Worten erweichte Menelaos, ohne es zu wollen, das Herz von Telemach so sehr, dass ihm die Tränen von den Wimpern rollten und er den Purpurmantel mit beiden Händen fest vor die Augen drücken musste. Dem König Spartas blieb es nicht verborgen.

Jetzt trat auch die Fürstin Helena aus ihrem duftenden Frauengemach, schön wie eine Göttin. Anmutige Dienerinnen umringten sie: Die eine rückte ihr den Sessel hin, eine andere breitete den wollenen Teppich aus, die dritte brachte ihr einen silbernen Korb, ein Geschenk der Königin von Theben in Ägypten. Er war mit gesponnenem Garn gefüllt, und die volle Spindel lag darüber. Helena setzte sich auf den Sessel, stellte die Füße auf den Schemel und begann, ihren Mann neugierig nach der Herkunft der fremden Männer auszufragen. „Sah ich doch auf der Welt noch keinen Menschen, der Odysseus so ähnlich wäre wie der eine dieser Jünglinge hier!" Sie sagte es leise, und Menelaos antwortete ihr: „Auch mir kommt es so vor. Alles an ihm, selbst die Blicke der Augen, alles gleicht ihm! Der eine der Fremden weinte, als ich vorhin über Odysseus sprach!"

Pisistratos, Telemachs Begleiter, hörte die Worte und sagte laut: „Du täuschst dich nicht, König Menelaos, dies ist Odysseus' Sohn; er war nur zu bescheiden, dir dies zu sagen. Nestor hat Telemach hierher gesandt; er hofft, von dir Nachricht über seinen Vater zu erhalten."

„Ihr Götter", rief Menelaos aus, „so ist wirklich der Sohn des Mannes mein Gast, dem ich selbst gern alle Liebe erweisen würde, wenn er bei der Heimkehr in mein Haus träte!" Als nun der König fortfuhr, so sehnlich von seinem alten Freund zu reden, da mussten viele weinen, Helena und Telemach, sogar Menelaos und auch Nestors Sohn. Dann fassten die Männer sich wieder, beendeten das Mahl und wollten, nachdem die Diener ihnen mit Wasser die Hände besprengt hatten, zur Nachtruhe aufbrechen. Helena aber, die als Tochter des Zeus allerlei Wunderkünste kannte, warf noch vorher schnell in den letzten Becher Wein, den sie miteinander tranken, ein Mittel, das allen Kummer und die Erinnerung an alle Leiden vergessen ließ. Wenn ein Mensch von dieser Mischung trank, so versiegten selbst die Tränen den ganzen Tag über, und wären ihm Vater und Mutter gestorben. Endlich wurde den Gästen ihr Bett aus prächtigen Polstern und Teppichen in der Halle bereitet; Menelaos und Helena aber begaben sich in das Innere des Palastes.

Am Morgen fragte der Fürst die Fremden weiter über das Ziel ihrer Reise aus und hörte, wie es in Ithaka im Haus seines Freundes Odysseus stand. Auf die Schilderung hin, wie sich die Freier dort aufführten, rief er: „Wartet nur! Odysseus wird ihnen ein Ende voller Schrecken bereiten! Jetzt will ich sagen, was mir der Meeresgott Proteus in Ägypten geweissagt hat, als er, in mancherlei Gestalten verwandelt, endlich von mir gezwungen wurde, die Schicksale der heimkehrenden Griechenhelden kundzutun. ‚Odysseus', sagte der Gott, ‚sehe ich auf einer einsamen Insel Tränen voller Sehnsucht vergießen. Dort hält ihn die Nymphe Kalypso mit Gewalt zurück, doch ohne Schiffe und Ruderer kann er ihr nicht entfliehen!' Nun weißt du alles, lieber Telemach, was ich dir über deinen Vater berichten kann! Bleib noch ein paar Tage bei uns, dann will ich dich mit Geschenken entlassen."

Aber Telemach dankte und ließ sich nicht zurückhalten. Da übergab ihm Menelaos einen silbernen Krug mit einem goldenen Rand, ein Werk des kunstreichen Gottes Hephästos selbst. Und dem Gastfreund wurde ein köstliches Essen von Ziegen und Schafen bereitet, als er Abschied nahm.

Die Verschwörung der Freier

Nach wie vor erfreuten sich die Freier auf der Insel Ithaka von Tag zu Tag ihres Lebens im Palast des Odysseus und vertrieben sich die Zeit mit Scheibenschießen, Speerwürfen und anderen Spielen. Einmal, als nur Antinoos und Eurymachos, die Vornehmsten unter ihnen, abseits saßen, trat Noëmon, der Sohn des Phronios, zu ihnen und sprach: „Wann, glaubt ihr, wird Telemach von Pylos zurückkehren? Das Schiff, mit dem er segelt, gehört mir. Jetzt aber brauche ich es selbst, um damit nach Elis zu segeln, von wo ich mir ein Pferd holen möchte, um es zu zähmen und zuzurichten."

Die beiden staunten. Sie hatten nichts von der Abfahrt Telemachs gewusst, sondern vermutet, er habe sich auf seine Besitzungen im Lande, auf seine Ziegenweiden oder zu seinen Schweineherden begeben. Nun glaubten sie, er habe Noëmons Schiff mit Gewalt genommen, und wurden zornig.

Der andere aber besänftigte sie: „Ich habe es ihm geliehen; wie hätte ich es ablehnen können? Außerdem waren die edelsten jungen Männer bei ihm, und als Führer ging Mentor mit ihm aufs Schiff – oder war es vielleicht ein Gott, der dessen Gestalt angenommen hat?; denn ich meine, den wirklichen Mentor noch am gestrigen Morgen hier gesehen zu haben!", wunderte sich Noëmon jetzt. Danach aber verließ er die Freier und ging zurück in sein Haus. Die beiden waren bestürzt von der unerwarteten Nachricht. Sie standen auf und gingen zu den anderen, die, vom Kampfspiel ausruhend, im Kreis saßen.

Rot im Gesicht vor Ärger stellte sich Antinoos unter sie, seine Augen funkelten: „Dieser Telemach hat Mut", sagte er mit rauer Stimme, „voller Trotz ist er auf die Fahrt gegangen, an die wir nicht glauben wollten! Möge ihn Zeus vernichten, bevor er uns Schaden zufügt! Wenn ihr mir einen Schnellsegler und zwanzig Ruderer beschaffen könnt, ihr Freunde, so passe ich ihn an der Meeresstraße ab, die Ithaka von Same trennt, und seine Entdeckungsreise soll mit Schrecken enden!" Alle spendeten dem Sprecher Beifall und sagten ihm ihre Hilfe zu. Dann brachen die Freier auf und zogen sich in den Palast zurück.

Aber ihre Unterhaltung war nicht unbelauscht geblieben. Medon, der Herold, dem die schändlichen Freier längst ein Dorn im Auge waren, hatte sich außerhalb des Hofes, doch nahe genug, befunden und jedes Wörtchen gehört, das Antinoos sprach. Rasch lief er zu den Gemächern Penelopes und erzählte seiner Herrin davon.

Die Fürstin hörte ihm voller Entsetzen zu, dann schwieg sie lange. Der Atem stockte ihr, die Augen waren voller Tränen. Endlich entgegnete sie: „Herold! Warum reiste mein Sohn fort? Ist es nicht genug, dass sein Vater verschollen ist? Soll der Name unseres Hauses ganz von der Erde vertilgt werden?“ Und da Medon ihr keine Antwort zu geben vermochte, sank sie weinend an der Schwelle ihres Gemachs nieder; ringsum schluchzten die Mägde mit ihr. „Warum ist er auf die Fahrt gegangen, ohne es mir zu sagen! Gewiss hätte ich ihn umstimmen können! Ruf den alten Knecht des Hauses, Dolios; er soll dies alles dem greisen Laërtes melden! Vielleicht weiß der alte Mann Rat!“

Da tat Euryklea, die Verwalterin, ihren Mund auf und sprach: „Und wenn du mich tötest, Herrin, ich will dir's nicht verheimlichen. Ich habe alles gewusst und Telemach herausgegeben, was er für die Reise brauchte; aber ich musste ihm einen Schwur leisten, vor dem zwölften Tag – oder ehe du ihn selbst vermisst – nichts von seiner Reise zu melden. Jetzt empfehle ich dir, mit deinen Dienerinnen auf den Söller zu steigen und Athene, Tochter des Zeus, um ihren göttlichen Schutz für deinen Sohn anzuflehen.“

Penelope gehorchte dem Rat der Greisin und legte sich nach dem feierlichen Gebet ohne jede Speise schlafen. Da ließ ihr Athene im Traum ihre Schwester Iphthime erscheinen, die ihr Zuversicht schenkte und die gesunde Rückkehr Telemachs verkündete. „Sei ruhig“, sprach sie, „dein Sohn wird begleitet von einer der Göttinnen, um die ihn andere Männer beneiden dürften. Pallas Athene selbst ist an seiner Seite; sie wird ihn gegen die Freier schützen, sie hat auch mich zu dir gesandt.“ So redete die Gestalt und verschwand durch die verschlossene Tür. Penelope erwachte voller Freude und Mut. Sie vertraute dem Traum, der zu ihr gekommen war.

Inzwischen hatten die Freier ungehindert ihr Schiff gerüstet, und Antinoos hatte es mit zwanzig Ruderern bestiegen. Mitten in der Meeresstraße, die Ithaka und Same voneinander trennt, erhob sich eine Felseninsel voll schroffer Klippen. Auf diese steuerten sie zu und legten sich dort in einen Hinterhalt.

Odysseus scheidet von Kalypso und scheitert im Sturm

Hermes, der Bote des Zeus, schwang sich zum Meer nieder, eilte wie eine Möwe über die Wogen dahin und erreichte, wie in der Götterversammlung beschlossen worden war, Ogygia, die Insel Kalypsos. Er fand die schöne Nymphe zu Hause vor; auf dem Herd loderte eine Flamme, und der Dunst des gespaltenen, brennenden Zedernholzes zog würzig über die Insel hin. Kalypso sang mit voller Stimme in ihrer Kammer und webte dazu mit goldener Spule einen herrlichen Stoff. Die Grotte, in der ihre Gemächer waren, wurde beschattet von einem grünen Hain mit Erlen, Pappeln und Zypressen; bunte Vögel nisteten in den Bäumen, dazu Habichte und Eulen. Auch ein Weinstock breitete sich über das Felsengewölbe, voll reifender Trauben, die aus dem dichten Laub hervorblinkten. Vier Quellen sprudelten in der Nähe und schlängelten sich durch die Landschaft; von ihnen bewässert, grünten große Wiesen, mit Veilchen und anderen Kräutern durchwachsen.

Der Bote trat in die große Schlucht. Kalypso erblickte den Näherkommenden und erkannte ihn bald; so weit sie auch voneinander wohnen mögen, so erkennen sich die ewigen Götter doch schnell.

Den Odysseus jedoch fand Hermes nicht zu Hause. Er saß, wie er es gewohnt war, klagend am Ufer und schaute mit Tränen in den Augen auf das öde Meer hinaus.

Als Kalypso die Botschaft vernahm, seufzte sie und sprach: „Oh ihr eifersüchtigen Götter! Duldet ihr es nicht, dass eine Unsterbliche sich einen Sterblichen zum Mann nimmt? Verbietet ihr mir den Umgang mit ihm, den ich vor dem Tod gerettet habe, als er, von einem Balken getragen, an meine Küste geschleudert wurde? All seine tapferen Freunde waren in den Abgrund gesunken; sein Schiff hatte der Blitz getroffen, einsam schwamm er auf den Trümmern. Ich empfing den Schiffbrüchigen freundlich und stärkte ihn, ja, ich versprach ihm zuletzt Unsterblichkeit und ewige Jugend ...“ Sie seufzte. „Nun gut, gegen Zeus hilft keine Ausflucht, so mag Odysseus wieder hinausfahren auf das Meer. Nur mutet mir nicht zu, dass ich ihn selbst fortschicke!“

Hermes war es zufrieden und eilte zurück zum Olymp. Kalypso ging nun an den Meeresstrand, wo der trauernde Odysseus saß, und trat zu ihm: „Armer Freund, dein Leben darf nicht weiter in Schwermut versinken! Ich entlasse dich. Steh also auf, schlage Balken und füge sie zum Floß zusammen! Wasser, Wein und Speisen lege ich dir hinein, statte dich aus mit Gewändern und sende günstigen Wind vom Lande; mögen dich die Götter glücklich in die Heimat leiten!"

Misstrauisch blickte Odysseus zu ihr auf: „Gewiss sinnst du auf etwas ganz anderes, schöne Nymphe! Niemals besteige ich ein Floß, wenn du mir nicht den Göttereid schwörst, dass du dir nicht irgendein Übel zu meinem Schaden ausgedacht hast!"

Aber Kalypso lächelte und streichelte ihn sanft. „Sei ohne Furcht! Die Erde, der Himmel und der unterirdische Styx seien meine Zeugen, dass ich nichts Böses mit dir vorhabe! Ich rate dir das, was ich mir selbst in der Not ausdenken würde!" Mit diesen Worten ging sie voran, und Odysseus folgte. In der Grotte nahm sie noch einmal Abschied von ihm, dem Mann, den sie begehrte.

Bald war das Floß gezimmert, nach fünf Tagen schon blähte sich das Segel des Odysseus im Wind. Er selbst saß am Ruder und steuerte erfahren durch die Flut. Er schlief nicht, ständig blickte er zu den Sternen empor und richtete sich nach den Zeichen, die ihm Kalypso bei der Abfahrt angegeben hatte. So fuhr er siebzehn Tage durch das Meer. Am achtzehnten erschienen vor ihm endlich die Gebirge des phäakischen Landes, das sich ihm entgegenstreckte und trübe dalag wie ein Schild in dunkler See.

Jetzt aber bemerkte ihn Poseidon, der eben von den Äthiopiern heimkehrte. Er hatte der letzten Ratsversammlung der Götter nicht beigewohnt und sah, dass sie seine Abwesenheit benutzt hatten, Odysseus aus dem Verhängnis zu befreien. „Nun", sprach er bei sich selbst, „auf jeden Fall soll er noch viel Jammer erfahren!" Und Poseidon sammelte die Wolken, wühlte das Meer mit dem Dreizack auf und rief die Stürme zum Kampf miteinander.

Alle Winde pfiffen um die Planken, sodass Odysseus zitterte und er zu klagen begann: „Hätte ich doch den Tod unter den Speeren der Trojaner gefunden!“ Als er noch seufzte, brach eine Riesenwelle über sein Floß herein. Das Ruder glitt ihm aus der Hand und zerbarst; Mastbaum und Segelstangen trieben über das tobende Meer. Odysseus wurde ins Meer geschleudert, das nasse Gewand zog ihn immer tiefer.

Endlich kam er wieder empor, gab das Salzwasser von sich, das er geschluckt hatte, schwamm den Trümmern seines Floßes nach, erreichte glücklich ein Stück des Wracks und griff danach und hielt sich daran fest. Dabei erblickte ihn die Meeresgöttin Leukothea, und sie erbarmte sich des Mannes. Wie ein Pfeil flog sie aus einem Strudel hoch, setzte sich auf das Gebälk und riet ihm: „Odysseus, zieh dein Gewand aus, überlass das Holz dem Sturm; schnell, gürte dich mit meinem Schleier unter der Brust und dann – verachte *schwimmend* alle Schrecken des Meeres!“

Die Göttin verschwand, und Odysseus nahm den Schleier. Obwohl er der Erscheinung misstraute, so gehorchte er doch dem Rat. Während Poseidon ihm die wildeste Woge schickte, sodass das Bruchstück des Floßes ganz auseinander ging, setzte er sich wie ein Reiter auf einen einzelnen Balken, zog das Gewand, das Kalypso ihm geschenkt hatte, aus und ließ sich, mit dem Schleier umgürtet, ins Wasser gleiten.

Poseidon schüttelte ernst das Haupt, als er Odysseus springen sah, und wünschte ihm: „So irre denn durch die Meeresflut, von Jammer gepeinigt! Du wirst noch genug Elend erleben!“

Zwei Tage und Nächte trieb Odysseus in den Wogen. Dann erblickte er ein bewaldetes Ufer, unter dem die Brandung gegen die Klippen donnerte. Eine hochschwellende Welle trug ihn, ehe er einen Entschluss fassen konnte, der Küste entgegen. Mit beiden Händen umfasste er eine Klippe; aber siehe da – eine andere Woge kam und schleuderte ihn zurück. Er versuchte es wieder mit Schwimmen und fand endlich ein zugängliches, seichtes Ufer und eine sanfte Bucht, in die sich ein kleiner Fluss ergoss. Fast besinnungslos taumelte Odysseus an Land, aus Mund und Nase strömte ihm das Meerwasser. Wie erstarrt von der fürchterlichen Anstrengung, sank er in Ohnmacht.

Als er nach langer Zeit erwachte, löste der Schiffbrüchige den Schleier der Göttin Leukothea und warf ihn voller Dank in die Wellen; dann ließ er sich ins Uferschilf fallen und küsste die wiedergewonnene Erde. Aber den nackten Mann fror, und die Nachtluft wehte schneidend von Osten her. Er beschloss, den Hügel hinaufzugehen und sich im nahen Wald zu verbergen. Bald fand er eine Stelle unter zwei verschlungenen Olivenbäumen, die so dicht belaubt waren, dass kein Wind, kein Regen und kein Sonnenstrahl sie durchdrang. Dort häufte sich Odysseus ein Lager aus Zweigen, legte sich darauf und deckte sich mit Blättern zu. Ein tiefer Schlaf senkte sich über den Geretteten und ließ ihn alles überstandene Leid vergessen.

Nausikaa

Während Odysseus von Anstrengung und Schlaf überwältigt im Walde schlief, war seine Beschützerin Athene für ihn tätig. Sie eilte zu den Phäaken, auf deren Insel Scheria Odysseus gestrandet war. Der weise König Alkinoos herrschte über das Volk; in seinen Palast begab sich die Göttin. Sie suchte zunächst das Gemach Nausikaas auf, der jungen Tochter des Königs, die mit ihrer Schönheit und Anmut fast den Unsterblichen ähnlich war. Bewacht von zwei Mägden, schlief sie in einer hohen, hellen Kammer.

Athene näherte sich dem Bett des Mädchens und sprach, in eine Freundin verwandelt, im Traum zu ihr: „Nausikaa, wie wird deine Mutter mit dir schelten! Hast du doch noch gar nicht für deine schönen Gewänder gesorgt, die ungewaschen im Schrank warten! Wenn einmal deine Hochzeit bevorsteht und du etwas Schönes für dich brauchst und für die Jünglinge, die deine Brautführer sein werden: Was soll dann geschehen? Auf, erhebe dich mit der Morgenröte, die Kleider zu waschen; ich will dich begleiten und dir helfen, damit du schneller fertig wirst. Denn du wirst nicht mehr lange unverheiratet sein; werben ja schon die Edelsten des Volkes um die schöne Königstochter!“

Da erwachte Nausikaa; rasch sprang sie aus dem Bett und lief zur Kammer ihrer Eltern. Sie waren bereits aufgestanden; die Mutter saß mit ihren Dienerinnen am Herd und spann purpurne Seide, der König aber begegnete Nausikaa an der Pforte, er wollte an einer Ratssitzung der angesehensten Phäaken teilnehmen. Da nahm die Tochter seine Hand und sprach schmeichelnd: „Väterchen, willst du mir nicht einen Wagen anspannen lassen, damit ich meine Gewänder zur Wäsche am Fluss bringen kann?“

„Geh, mein Kind“, antwortete Alkinoos. „Nimm einen geräumigen Korbwagen und Maultiere dazu. Befiehl den Knechten nur, anzuspannen!“ Nun trug Nausikaa die feinen Kleider aus ihrer Kammer und lud sie auf das Gefährt; die Mutter fügte einen Schlauch Wein, Brot und Gemüse für den Tag hinzu, und als sich die Tochter in den Sitz geschwungen hatte, gab sie ihr noch die Ölflasche mit, damit sie und ihre Begleiterinnen nach der Arbeit baden und sich salben konnten.

Nausikaa war eine geschickte Wagenlenkerin, sie ergriff selbst Zaum und Peitsche und fuhr dem sanften Ufer des Flusses zu. Hier schirrten sie die Maultiere aus und ließen sie im üppigen Gras weiden. Dann stampften, wuschen und walkten die emsigen Mädchen die Wäsche und breiteten alle Kleider am nahen Ufer des Meeres aus, wo saubere Kiesel zu einer Steinbank angeschwemmt waren. Zuletzt erfrischten sie sich selbst mit einem Bad und aßen, nachdem sie sich mit dem duftigen Öl gesalbt, die mitgebrachten Dinge am grünen Ufer, bis ihre Wäsche in der Sonne getrocknet war.

Nach dem Frühstück tanzten die Mädchen und spielten mit ihren Bällen; ihre Schleier und was an Kleidern sie hindern konnte, hatten sie abgelegt. Nausikaa stimmte ein Lied an; und fröhlich fielen die Dienerinnen mit ein. Als nun die Königstochter einmal den Ball nach einem der Mädchen warf, da wurde er von der anwesenden Göttin Athene so gelenkt, dass er danebenflog und in die Tiefe des Flussstrudels fallen musste. Darüber kreischten die Spielenden, und Odysseus, dessen Lager in der Nähe unter den Olivenbäumen war, erwachte. Horchend richtete er sich auf.

„Wohin bin ich gekommen? Mir ist, als hätte ich lustige Stimmen gehört, wie von Bergelfen oder Quellnixen!"

So sprach er zu sich, und während er aus dem verwachsenen Unterholz einen dicht belaubten Zweig abbrach und seine Blöße damit bedeckte, tauchte er aus dem Dickicht auf und erschien, von der Not gedrängt, wie ein Wildlöwe unter den zarten Jungfrauen. Er war noch ganz voller Meeresschlamm; die Mädchen meinten, ein Seeungeheuer zu sehen, und flüchteten, die einen hierhin, die anderen dorthin, auf die Klippen am Meeresufer. Nur Nausikaa blieb stehen; Athene hatte ihr Mut ins Herz eingeflößt.

Odysseus überlegte, ob er dem Mädchen näher kommen sollte oder sie besser aus der Ferne anflehen sollte, ihm etwas zum Ankleiden zu schenken und ihm den Weg zur nächsten Stadt zu zeigen. Er hielt das Letztere für angemessener und rief ihr daher von Weitem zu: „Bist du eine Göttin oder eine Irdische, um Schutz flehend nahe ich mich dir! Bist du eine Göttin, so achte ich dich – Artemis gleich an Gestalt und Schönheit – und bitte dich um deine Hilfe; bist du eine Sterbliche, so beneide ich deine Eltern und deine Brüder! Sie müssen glücklich sein über die Anmut, mit der solch ein herrliches Geschöpf wie du über den Boden schreitet. Und wie froh muss der Mann sein, der dich einst als Braut nach Hause führt! Mich aber sieh gnädig an, denn das Unglück verfolgt mich. Gestern sind es zwanzig Tage, da ich von der Insel Ogygia abgereist bin; ein Sturm überraschte mich, ich wurde auf dem Meer umhergeworfen und endlich als Schiffbrüchiger an diese Küste geschleudert – die ich nicht kenne, wo mich niemand kennt! Erbarme dich meiner; gib mir etwas, womit ich mich kleiden kann, zeige mir die Stadt, in der du wohnst. Mögen dir die Götter dafür schenken, was dein Herz begehrt, einen Gatten, ein Haus und Frieden und Wohlstand dazu!"

„Fremder", erwiderte Nausikaa, „du scheinst mir kein schlechter Mann zu sein! Da du dich an mich und mein Land um Hilfe gewandt hast, soll es dir weder an Kleidung noch an sonst etwas mangeln, das ein um Schutz Flehender erwarten kann. Ich will dir auch die Stadt zeigen und sagen, wer wir sind. Du bist beim Volk der Phäaken, ich selbst bin die Tochter des Königs Alkinoos!“ Sie lächelte zu ihren Worten und rief dann die dienenden Mädchen, nahm ihnen die Angst und versuchte, sie wegen des Fremden zu beruhigen. Sie gehorchten der Fürstin auch, und während Odysseus badete, legten sie ihm Mantel und Leibrock, die sie aus den Hochzeitsgewändern für die jungen Männer herausgesucht hatten, in das Gebüsch. Als der Held sich den Schmutz vom Leib gewaschen und sich gesalbt hatte, zog er die Kleider an, die ihm die Königstochter geschenkt hatte und die ihm gut standen. Die Beschützerin Athene sorgte dafür, dass seine Muskeln kraftvoll erschienen; vom Kopf fiel ihm volles, geringeltes Haar, und seine Schultern glänzten. Strahlend trat er aus dem Ufergebüsch und setzte sich seitwärts von den Mädchen.

Nausikaa betrachtete die herrliche Gestalt mit Staunen und sagte dann zu ihren Begleiterinnen: „Dieser Mann wird gewiss nicht von allen Göttern verfolgt. Einer von ihnen muss auf seiner Seite sein und hat ihm jetzt in das Land der Phäaken geholfen.

Wie schmutzig war er und unansehnlich, als wir ihn zuerst sahen! Bitte, ihr Mädchen, stärkt den unbekannten Mann mit Trank und Speise!“ Und Odysseus aß von der lang entbehrten Nahrung.

Danach wurde der Wagen mit den gewaschenen und getrockneten Gewändern wieder beladen, die Maultiere wurden vorgespannt. Nausikaa nahm ihren Platz auf dem Sitz ein; den Fremden aber ließ sie gemeinsam mit den Dienerinnen zu Fuß folgen. „Pass auf“, sagte sie freundlich zu ihm, „bald wirst du die Stadt erblicken. An ihren Seiten sind sichere, große Häfen mit schmalem Zugang. Eine hohe Mauer umschließt sie. An ihrem Marktplatz liegt ein herrlicher Tempel des Meeresgottes Poseidon, und vor dem Tempel werden vielerlei Dinge verkauft – Segeltücher, Ruder und anderes Schiffsgerät. Mit Pfeil und Bogen haben unsere Phäaken nicht viel zu schaffen, aber tüchtige Seeleute sind sie! Wenn wir in der Nähe der Stadt sind, möchte ich gern dem Geschwätz der Leute nicht begegnen. Da könnte wohl ein Bauer, der vorübergeht, sagen: ‚Was für ein schöner, großer fremder Mann folgt da Nausikaa? Woher kennt sie ihn? Er wird sicher ihr Gemahl!' Darum, wenn du an ein Pappelwäldchen kommst, das der Athene geweiht ist und wo ein Quell entspringt, der sich durch die Wiese schlängelt, kaum einen Heroldsruf von der Stadt entfernt, warte ein wenig, nur so lange, bis du annehmen kannst, dass wir den Markt erreicht haben. Dann folge uns nach, du wirst den herrlichen Palast meines Vaters leicht unter den anderen Häusern herausfinden. Dort tritt ein und sprich mit meiner Mutter; wenn du ihr gefällst und sie deine Geschichte glaubhaft findet, so darfst du sicher sein, deine Heimat wiederzusehen!"

Mit diesen Worten fuhr Nausikaa auf ihrem Wagen dahin, doch langsam, damit die Mägde und Odysseus ihr folgen konnten. Am Hain Athenes blieb der Held zurück und betete zur Göttin, seiner Beschirmerin. Sie hörte ihn auch, nur fürchtete sie die Nähe Poseidons und erschien dem Schiffbrüchigen deswegen nicht in diesem fremden Land.

Odysseus bei den Phäaken

Die junge Frau war schon im Palast ihres Vaters angekommen, als Odysseus den heiligen Hain verließ und ebenfalls den Weg zur Stadt einschlug. Athene entzog ihm auch jetzt nicht ihre Hilfe. Damit ihm nichts geschehen konnte, verbreitete sie, für ihn selbst unbemerkt, rings um ihn her einen feinen Nebel; aber ganz nahe vor den Toren konnte sie es doch nicht lassen, ihm in der Gestalt eines jungen Phäakenmädchens, den Wasserkrug in der Hand, zu begegnen. „Töchterchen", redete der Held sie an, „willst du mir nicht den Weg zum Haus des Königs Alkinoos zeigen? Ich bin ein verirrter Fremder und kenne hier niemanden!"

„Recht gern", sagte die Göttin in Mädchengestalt, „mein Vater wohnt nahe dem Palast! Folge mir unauffällig; die Leute sehen hier Fremde nicht sonderlich gern, das ungezwungene Leben auf See macht sie trotzig!" Mit diesen Worten lief Athene schnell voraus, und Odysseus folgte ihr in seiner Nebelwolke. Kein Phäake sah ihn; gemächlich konnte er den Hafen, die Schiffe und die Mauern der Stadt mit ihren Türmen bestaunen. Endlich sagte Athene: „Dies ist das Haus des Alkinoos, geh nur hinein; dem Mutigen gelingt alles! Doch lass mich dir sagen: Versuche vor allen Dingen, die Königin sprechen zu können! Alkinoos verehrt sie wie nur irgendeine Frau auf Erden, und das Volk liebt sie. Sie hat einen klugen Verstand und weiß selbst Männerstreit mit ihrer Weisheit zu schlichten. Wenn du sie auf deiner Seite hast, so sei beruhigt."

So sprach die verstellte Göttin und verschwand zwischen den Häusern. Odysseus betrachtete den herrlichen Palast. Das hoch emporragende Haus strahlte wie die Sonne. Vom Eingang bis tief hinein erstreckten sich auf beiden Seiten Wände aus gediegenem Erz mit Simsen aus bläulichem Stahl. Die innere Wohnung verschloss eine goldene Pforte; die Pfosten, auf festem Unterbau, waren mit Silber verkleidet, und Statuen, goldene und silberne Hunde, ein Werk des Hephästos, standen rechts und links wie Wächter der Königsburg.

Als Odysseus in den Saal trat, sah er ringsum Sessel, bedeckt mit fein gewirkten Teppichen, auf denen die Fürsten der Phäaken beim Mahle zu sitzen pflegten; dies Volk liebte offenbar Speise und Trank. Goldene Bildsäulen, Jünglinge mit Fackeln in der ausgestreckten Hand, konnten den Gästen beim nächtlichen Schmaus leuchten.

Außerhalb des Hofes breitete sich ein Garten aus, umgeben von einer Ringmauer und voller Bäume mit den saftigsten Birnen, Feigen und Granatfrüchten, Oliven und Äpfeln. Sie trugen im Sommer und Winter; denn immer wehte eine warme Westluft im Lande der Phäaken, sodass zu gleicher Zeit an den einen Bäumen Blüten prangten, an den nächsten Früchte hingen. Daneben erstreckte sich auf ebenem Boden eine Weinpflanzung, in der Trauben in der Sonnenhitze kochten, andere erst aus der Blüte schwollen und weitere sich allmählich färbten. Am Ende des Gartens dehnten sich schön geordnete Beete voll duftender Blumen. Es flossen auch zwei Quellen in diesem riesigen Palastanwesen; die eine durchschlängelte den Garten, die andere entsprang am Eingang zum Palasthof. Aus ihr schöpften die Bürger ihr Wasser.

Nachdem Odysseus all diese Herrlichkeiten eine gute Weile bewundert hatte, ging er zum Saal des Königs. Hier waren gerade die vornehmsten Phäaken zu einem Essen versammelt. Weil sich der Tag aber schon neigte, machten sie sich zum Schlafen bereit und spendeten eben dem Hermes ein Trankopfer. Odysseus durchlief, noch in Nebel gehüllt, ihre Reihen, bis er zum Königspaar kam. Da zerfloss auf Athenes Wink der Dunst um ihn her; er warf sich vor der Königin Arete nieder, umfing ihre Knie und rief: „Herrin, flehend liege ich vor dir und deinem Mann! Mögen die Götter euch Gesundheit und ein langes Leben schenken. Oh helft mir, dem Verirrten, in die Heimat zurückkehren zu können! Denn fern von meinem Volk, von meiner Familie streife ich seit Langem in der Verbannung umher!"

So sprach Odysseus und begab sich in die Ecke des Saales, wo der Herd war, und setzte sich bescheiden in die Asche des erkalteten Feuers. Die Phäaken verstummten bei dem unerwarteten Anblick, bis endlich der graue, welterfahrene Held Echeneos, der älteste unter ihnen, das Schweigen brach und vor der Versammlung zum König gewendet begann: „Fürwahr, Alkinoos, es gehört sich nicht, dass ein fremder Mann in der Asche hockt! Gewiss denken meine Mitgäste wie ich und erwarten nur deinen Befehl. Lass den Unbekannten zwischen uns auf einem der Sessel Platz nehmen und erlaube ihm, sich aus dem Staub zu erheben! Die Herolde mögen neuen Wein mischen, dass wir auch Zeus, dem Beschützer des Gastrechts, noch ein Trankopfer bringen. Die Vorsteherin aber soll dem Fremden Speise und Wein bringen!"

Diese Rede gefiel dem gutwilligen König; er nahm den Helden bei der Hand und führte ihn zu einem Sessel an seiner eigenen Seite, wobei der Liebling des Herrschers, sein Sohn Laodamas, ihm Platz machen musste. Auch sonst geschah alles, wie Echeneos geraten; und bald aß und trank Odysseus in der Mitte der Phäaken.

Als Zeus das Opfer dargebracht war, erhob sich die Gesellschaft, und der König lud alle für den nächsten Tag erneut zum Freudenmahl ein. Dem Fremden aber versprach er die sichere Entsendung in die Heimat, ohne auch nur nach seinem Namen und seiner Herkunft zu fragen. Als er dabei den Helden, den Athene noch immer mit einem Schimmer überirdischer Hoheit umgeben hatte, näher betrachtete, setzte er hinzu: „Solltest du aber einer der Unsterblichen sein, die ja bisweilen in einer irdischen Gestalt die Menschen bei ihren Festen besuchen, dann freilich brauchst du unsere Hilfe nicht, und es ist an uns, dich um deinen Schutz zu bitten!"

Odysseus antwortete dem König beschämt: „Ich bin den unsterblichen Göttern an Wuchs und Gestalt nicht einmal ähnlich, sondern bin ein Sterblicher wie ihr alle! Ja, wenn ihr jemanden kennt, von dem ihr glaubt, dass er unglücklich ist, so nehme ich es mit ihm auf! Ich hatte an nichts anderes gedacht, als meinen Hunger an eurem Tisch zu stillen. Daran könntet ihr wohl sehen, dass ich ein armer Sterblicher bin!"

Als die Gäste den Saal verlassen hatten und das Königspaar allein mit dem Fremden zurückgeblieben war, betrachtete Arete die schönen Kleider des Mannes, den Mantel und seinen Leibrock. Sie sah, dass die Stücke aus ihrem Hause waren, und sprach: „Zuerst muss ich dich fragen, woher und wer du bist und wer dir diese Gewänder gegeben hat! Hast du nicht gesagt, dass es dich auf dem Meere umherirrend hierher verschlagen hat?"

Odysseus erzählte nun der Wahrheit nach von seinen Abenteuern auf Ogygia bei Kalypso und seiner traurigen letzten Fahrt. Er verschwieg auch die Begegnung mit Nausikaa nicht.

„Nun, das ist schon recht von meiner Tochter gehandelt", lächelte Alkinoos. „Aber eine Pflicht hat sie vergessen: dich sogleich mit den Dienerinnen selbst in unser Haus zu führen!"

„Hüte dich, oh König", kam die Antwort, „deine Tochter deshalb zu tadeln. Ich selbst weigerte mich, denn ich fürchtete, es könnte dich verärgern. Wir Menschenkinder sind alle gar so argwöhnisch!"

„Ordnung ist in allen Dingen gut", entgegnete ihm der König. „Wenn die Götter es fügen wollten, dass du hier bliebest – wie gern würde ich dir ein Haus und Land geben! Mit Zwang will ich freilich niemanden bei mir halten, und morgen noch sollst du freies Geleit zur Weiterreise von mir bekommen, wenn du es möchtest. Ich gebe dir ein Schiff und dazu Ruderer, dass du aufbrechen kannst und fahren, wohin du willst, und wäre deine Heimat die entfernteste Insel!“

Odysseus bedankte sich mit bewegenden Worten für die Großzügigkeit des Fürsten, verabschiedete sich von dem Königspaar und erholte sich auf weichem Nachtlager von allen zurückliegenden Strapazen. – Am andern Morgen rief der König Alkinoos das Volk zu einer Versammlung auf dem Marktplatz der Stadt; sein Gast musste ihn begleiten. Dort setzten sich beide nebeneinander auf zwei schön behauene Steine. Inzwischen lief die Göttin Athene, als Herold verkleidet, durch die Straßen und mahnte die Ratsmänner des Volkes an, an der Versammlung teilzunehmen. Schon füllte sich der Markt mit den zusammenströmenden Bürgern. Alle schauten mit Bewunderung auf den Sohn des Laërtes, dem Athene, seine Beschützerin, immer noch eine überirdische Hoheit in Wuchs und Gestalt verliehen hatte. Danach berichtete der König in einer feierlichen Rede dem Volk von dem Wunsch des Fremden und schlug vor, ihm ein gutes Ruderschiff mit zweiundfünfzig phäakischen Jünglingen zur Verfügung zu stellen. Zugleich lud er die anwesenden Ratsmänner zu einem Festmahl in seinen Palast ein und befahl, auch Demodokos zu berufen, den Sänger, dem Apollo die Gabe des Liedes geschenkt hatte.

Nachdem die Versammlung aufgehoben war, rüsteten auserwählte Jünglinge auf den Befehl hin ein Schiff, brachten Mast und Segel hinein, hängten die Ruder in lederne Schlaufen und spannten die Segel auf. Dann begaben sie sich in den Palast des Königs. Hier waren Hallen, Höfe und Säle schon voll von Geladenen; Jung und Alt hatte sich eingefunden. Schafe, Schweine und Stiere waren für das Mahl geschlachtet worden, das Festessen dampfte. Der Herold brachte auch den Sänger zu dem Fest, dem die Musen, die Göttinnen der Künste, Gutes und Böses beschert hatten; das Augenlicht hatten sie ihm genommen, dafür aber erstrahlte sein Herz mit Liedern. Man rückte einen Sessel für ihn an die Hauptsäule des Saals, mitten unter die Gäste. Neben ihm war die Harfe – man führte ihm die Hand, damit er sie finden konnte. Vor ihn aber stellte der Herold einen Tisch mit dem

Speisekorb und dem immer vollen Becher, sodass er nach Herzenslust essen und trinken konnte. Als nun das Mahl vorüber war, begann der Sänger eine der damals berühmten Sagen von Troja vorzutragen. Sein Lied handelte vom Streit zweier Helden, deren Name in aller Munde war, des Achill und des Odysseus.

Als der Fremde seinen Namen nennen und im Liede feiern hörte, musste er seinen Kopf verbergen, damit man die Tränen nicht sah, die ihm aus den Augen liefen. Sooft der Sänger schwieg, enthüllte Odysseus sein Gesicht und griff zum Becher. Wenn aber das Lied von Neuem begann, verbarg er sein Haupt wieder im Gewande. Keiner nahm Notiz davon außer dem neben ihm sitzenden König, der ihn einmal tief aufseufzen hörte. Er befahl, den Gesang zu beenden und dafür nun den Fremden durch Wettspiele zu ehren. „Unser Gast“, sprach er, „soll den Seinigen zu Hause melden können, dass wir Phäaken im Faustkampf, Ringen, Sprung und Wettlauf allen Menschen voraus sind!“

So wurde die Tafel aufgehoben, und die Phäaken folgten dem Ruf ihres Königs. Rasch begab sich alles auf den Markt. Dort wartete eine Menge edler Jünglinge, darunter auch drei Söhne des Alkinoos selbst, Laodamas, Halios und Klytoneos. Sie wetteiferten zuerst miteinander im Lauf auf einer Sandbahn, die sich weit vor ihnen erstreckte. Wie der Wind flogen die drei dahin, und es war Klytoneos, der es den anderen zeigte und das Ziel als Sieger erreichte. Dann wurde der Ringkampf angesagt; in ihm gewann der junge Held Euryalos. Darauf kamen die Springer; hier zeigte sich der Phäake Amphialos als der Beste. Beim Diskuswerfen siegte Elatreus und im Faustkampf endlich Laodamas.

Laodamas nun, der Königssohn, trat vor die Jünglinge und sagte: „Freunde, wir sollten herausfinden, ob der Fremde etwas von unsern Spielen versteht. Seine Gestalt, Muskeln und Glieder versprechen Kraft, seine Arme sind nervig, sein Nacken ist breit. Scheint er auch gebrochen von dem, was er erlebt hat, so besitzt er doch auch Jugend und Stärke!“

„Du hast recht“, meinte Euryalos, „so fordere ihn zum Wettstreit auf!“ Laodamas tat es mit freundlichen, höflichen Worten.

Odysseus erwiderte: „Fragt ihr mich, um mich zu kränken? Der Kummer nagt an mir, und da ist kein Gedanke an einen Wettkampf! Ich habe genug gestrebt, jetzt verlange ich nach nichts anderem mehr als nach der Heimkehr in mein Vaterland!"

Laodamas antwortete ihm unwillig: „Nun, Fremder, das klingt nicht nach einem Mann, der sich aufs Kämpfen versteht; du magst wohl ein Schiffshauptmann und vielleicht auch Kaufherr sein, ein Krämer. Ein Held bist du nicht!"

Odysseus runzelte bei diesen Worten die Stirn: „Das ist keine feine Rede", sagte er, „du scheinst ein recht unbedachter Knabe zu sein; als ich meiner Jugend und meinen Armen noch vertrauen konnte, nahm ich es mit den Tüchtigsten auf. Jetzt haben mich Schlachten und Stürme heruntergebracht. Doch ich bin kein Neuling im Wettkampf. Du hast mich herausgefordert, und ich will's versuchen!" Odysseus erhob sich, ohne den Mantel abzulegen. Er ergriff eine Diskusscheibe, größer, dicker und schwerer als die, nach denen die Phäakenjünglinge griffen, und warf sie kräftig, dass der Stein laut sausend durch die Luft fuhr. Unter seinem Schwung bückten sich die Umstehenden, er flog weit über das Ziel hinaus. Schnell machte Athene, in einen Phäaken verwandelt, ein Zeichen, wo der Stein gefallen war, und rief: „Fremder Mann, in diesem Kampfe wirst du sicher nicht besiegt werden!"

Odysseus freute sich, dass er einen so guten Freund im Volke gefunden habe, und sagte erleichtert: „Nun, ihr Jünglinge, schleudert die Scheibe, wie ihr es vermögt! Und dann kommt her und tretet an gegen mich, worin auch immer; ich werde keinem ausweichen! Besonders gut verstehe ich's, den Bogen zu spannen. Auch wenn viele mit mir um die Wette schießen, ich bin es doch, der das Ziel am genauesten trifft."

Als die Jünglinge dies hörten, verstummten sie. Alkinoos aber sagte: „Du hast uns deine Tüchtigkeit enthüllt, Fremder, von nun an wird kein Mensch mehr deine Stärke bezweifeln! Wenn du daheim bei Frau und Kindern bist, so denk an unsere, der Phäaken Stärke. Als Faustkämpfer und Ringer tun wir uns nicht so hervor; aber im Wettlauf siegen wir, und auf die Schifffahrt verstehen wir uns bestens. Auch im

Feiern von bunten Festen, bei Musik und Tanz, sind wir Meister; den schönsten Schmuck, das sanfteste Bad, das weichste Lager findet man bei uns! Und nun auf, ihr Tänzer, ihr Läufer, ihr Sänger! Zeigt euch vor dem Fremden, dass er zu Hause etwas von euch zu erzählen hat. Und bringt auch die Harfe des Demodokos her!"

Sogleich machte sich ein Herold gemäß dem Befehl auf. Neun auserwählte Kampfordner ebneten den Boden und zirkelten eine Fläche für die Bühnen ab. Ein Spielmann stellte sich mit der Harfe in die Mitte, und der Tanz der Jünglinge begann; in schönem Takt, in raschem Schwung hoben sie ihre Füße. Odysseus selbst musste staunen; er hatte noch nie einen so schnellen, beweglichen Tanz gesehen. Dazu sang der Sänger ein Lied, das heitere Geschichten aus dem Leben der Götter wiedergab.

Nachdem der Tanz lange genug gedauert hatte, ließ der König seinen Sohn Laodamas und den geschmeidigen Halios einzeln auftreten. Sie nahmen einen zierlichen purpurroten Ball zur Hand; der eine warf ihn, indem er sich nach hinten beugte, in die Höhe; der andere, emporspringend, fing ihn, bevor er selbst wieder mit den Füßen den Boden berührte. Dann tanzten sie in leichten, wechselnden Sprüngen umeinander, und alle, die im Kreise herumstanden, klatschten mit den Händen dazu. Odysseus wandte sich bewundernd zu seinem Gastgeber: „Wahrhaftig, Alkinoos, du kannst dich der geschicktesten Tänzer auf dem ganzen Erdboden rühmen. In dieser Kunst gibt es keine Besseren!"

Der König freute sich sehr über dieses Lob. „Hört ihr", rief er seinen Phäaken zu, „wie der Fremde über uns urteilt? Er ist ein verständiger Mann und verdient, dass wir ihm ein ansehnliches Gastgeschenk reichen. Hört also! Zwölf der Fürsten des Landes und ich selbst, der König, werden ihm jeder einen Mantel und einen Leibrock bringen und dazu ein Pfund köstlichsten Goldes, damit er fröhlich und uns zugetan seine Heimreise antritt. Außerdem soll Euryalos versuchen, ihn ganz mit uns auszusöhnen!" Alle Phäaken stimmten zu. Ein Herold ging, die Geschenke einzusammeln.

Euryalos nahm sein Schwert mit silbernem Heft und elfenbeinerner Scheide, übergab es dem Gast und sprach dazu: „Fremder, haben wir ein kränkendes Wort gegen dich erhoben, so sollen es die Winde verwehen! Dir aber mögen die Götter fröhliche Heimfahrt verleihen und Heil und Freude!"

„Auch dir Heil und Freude", antwortete Odysseus; „und möge dich deine Gabe nie reuen!" Damit hängte er sich das kostbare Schwert um die Schulter.

Es wurde Sonnenuntergang, als die Geschenke ankamen und alle vor der Königin niedergelegt wurden. Sie bat Alkinoos, noch eine Truhe aus wertvollem Holz herbeizuschaffen; dort hinein wurden die Spenden gelegt und für Odysseus in den Palast getragen. In seinen Gemächern fügte der König noch andere Gaben hinzu und ein herrliches goldenes Gefäß. Währenddessen ordnete die Königin alle Geschenke in der geöffneten Truhe. „Betrachte den Deckel genau und schließe ihn fest, lieber Gast, damit dich keiner, wenn du etwa schläfst, während der Heimfahrt beraubt und all die schönen Kostbarkeiten davonschleppt!"

Odysseus schlug den Deckel sorgfältig zu und verschloss die Truhe zudem mit einem vielfach verschlungenen Knoten. Dann erfrischte er sich in einem warmen Bad und wollte wieder in die Gesellschaft der feiernden Männer zurückkehren. Auf dem Weg dorthin begegnete er in der Tür des Saales der Jungfrau Nausikaa, die er seit seinem Einzug in die Stadt nicht mehr erblickt hatte und die seither zurückgezogen und fern von den Männerfesten im Frauengemach gewesen war. Nun wollte sie zum Abschied den Helden noch einmal begrüßen.

Sie warf einen langen bewundernden Blick auf den Gast. Dann berührte sie ihn sanft an der Hand: „Meine Gedanken gehen mit dir, Fremder! Denk auch du an mich im Land deiner Väter!"

Gerührt entgegnete ihr Odysseus: „Liebe Nausikaa, wenn mich Zeus den Tag der Ankunft daheim erleben lässt, so werde ich dich, meine Retterin, täglich wie eine Gottheit preisen!" Mit diesen Worten betrat er den Saal wieder und setzte sich an die Seite des Königs. Diener waren damit beschäftigt, das Fleisch zu zerlegen und den Wein aus den großen Mischkrügen in die Becher einzuschenken. Auch der blinde Sänger Demodokos wurde noch einmal hereingeführt und nahm seinen alten Platz an der Mittelsäule des Saals ein. Da winkte Odysseus dem Herold, schnitt vom Rücken des vor ihm liegenden gebratenen Schweins das beste Stück ab, tat es auf eine Platte und sagte: „Herold, gib dem Spielmann dies Fleisch; auch wenn ich in der Verbannung bin, so möchte ich ihm gern etwas Liebes erweisen. Genießen die Sänger doch bei allen Menschen große Achtung, weil die Musen sie mit ihren besonderen Gaben ausstatteten!" Dankbar empfing der Blinde, was ihm gereicht wurde.

Nach dem Mahl wandte sich Odysseus an Demodokos: „Noch einmal, ich preise dich vor andern Sterblichen! Sing uns nun noch das Lied vom hölzernen Pferd und was Odysseus dabei getan hat!" Der Dichter gehorchte freudig, und alles lauschte seinem Gesang.

Als Odysseus so von seinen Taten hörte, kamen ihm wieder die Tränen. Aber nur Alkinoos bemerkte es. Er befahl dem Blinden zu schweigen und sprach im Kreis der Feiernden: „Es scheint mir besser, wenn die Harfe nun ruht. Denn, liebe Freunde, nicht für jeden sind die Lieder unseres Sängers eine Freude! Seit wir hier sitzen und das Lied ertönt, lässt unser schwermütiger Gast nicht nach, einem Kummer nachzuhängen, und wir suchen vergebens, ihn aufzuheitern. Nun denn, Fremder, sag es uns: Wer sind deine Eltern, welches ist dein Vaterland? Einen Namen führt doch jeder Mensch, sei er von edler oder von geringer Herkunft! Dein Land müssen wir ohnehin wissen und deine Geburtsstadt, wenn dich meine Phäaken heimbringen. Weiter brauchen sie nichts; haben sie nur den Namen, so finden sie das Ziel durch Nacht und Nebel!"

Auf diese freundliche Rede erwiderte Odysseus: „Glaube mir, edler König, es ist eine Freude, dem Sänger zuzuhören, wenn er seine göttergleiche Stimme vernehmen lässt! Ich weiß mir nichts Angenehmeres, als wenn ein ganzes Volk festlich einem Dichter lauscht, während alle in langen Reihen sitzen, vor jedem ein Tisch voll Brot und Fleisch steht und der Mundschenk fleißig mit dem Krug bei den Bechern ist! Ihr aber wolltet etwas über meine Leiden hören, ihr lieben Gastfreunde; da werde ich noch tiefer in meinen Kummer versinken. Denn wo soll ich anfangen und womit enden? – Doch hört vor allen Dingen endlich meine Herkunft und mein Vaterland!"

Odysseus erzählt den Phäaken von seinen Irrfahrten

Ich bin Odysseus, der Sohn des Laërtes, und ich wohne auf der sonnigen Insel Ithaka. Meine Heimat ist zwar rau, doch ernährt sie tatkräftige Männer, und die Heimat ist für jeden das Schönste! So hört denn also von meiner unglückseligen Heimfahrt von der trojanischen Küste!

Zunächst trug mich der Wind zur Kikonenstadt Ismaros, die ich mit meinen Gefährten eroberte. Die Männer töteten wir, die Frauen wurden mitsamt der anderen Beute verteilt. Wär es nach mir gegangen, hätten wir uns nun eilig davongemacht. Aber meine Begleiter wollten noch bleiben und den Sieg genießen – und so kam es, dass die entflohenen Kikonen, durch ihre landeinwärts wohnenden Brüder verstärkt, uns beim Fest am Ufer des Meeres überraschten. Viele der Gefährten verloren bei dem kurzen Kampf ihr Leben.

Danach steuerten wir Übriggebliebenen westwärts, froh, der Gefahr entronnen zu sein, aber traurig über den Tod unserer Mitstreiter. Nach einigen Tagen sandte Zeus uns einen Orkan aus dem Norden, Meer und Erde hüllten sich in Wolken und Nacht; und noch ehe wir die Segel eingezogen hatten, zersplitterten die Masten. Endlich arbeiteten wir uns bis an die Küste vor und lagen dort zwei Tage und Nächte vor Anker, bis wir die Masten und das übrige Gestänge wieder eingerichtet und neue Segel aufgespannt hatten. Schon waren wir voller Hoffnung, bald in die Heimat zu gelangen, wäre nicht der Wind plötzlich umgeschlagen, als wir um das Gebirge Malea an der Südspitze des Peloponnes herumsteuerten. Er trieb uns seitwärts in die offene See; neun Tage wurden wir vom Sturm umhergeschleudert.

Am zehnten Tag gelangten wir ans Ufer der Lotophagen, Menschen, die sich von nichts anderem als Lotosfrüchten ernähren. Hier gingen wir an Land und nahmen frisches Wasser ein. Dann sandten wir zwei unserer Freunde als Kundschafter aus, ein Herold musste sie begleiten. Sie gelangten auch zu den Siedlungen der Lotophagen und wurden von diesem gutmütigen Volk, dem es nicht in den Sinn kam, etwas zu unserem Verderben zu unternehmen, auf das Freundlichste empfangen. Aber die Frucht des Lotos, von der sie ihnen zu essen gaben, hat – so erfuhren sie – eine ganz eigentümliche Wirkung. Sie ist süßer als Honig, und wer von ihr genießt, der will nichts mehr von der Heimkehr wissen, sondern immer in dem Lande bleiben. So mussten wir denn unsere Gefährten, die sich heftig widersetzten, mit Gewalt zu unseren Schiffen zurückführen.

Auf der weiteren Fahrt kamen wir zu dem wilden, grausamen Volk der Zyklopen. Sie bebauen ihre Felder nicht, sondern überlassen dies den Göttern. Dort wächst auch wirklich alle mögliche Nahrung ohne jegliche Arbeit der Bewohner: Weizen, Gerste und die edelsten Reben voll großbeeriger Trauben. Zeus gibt mit mildem Regen seinen Segen dazu.

Außerhalb der Bucht, nicht weit entfernt von den Zyklopen, erstreckt sich eine bewaldete Insel voll wilder Ziegen, die, von keinem Jäger gejagt, sorglos grasen. Kein Mensch wohnt dort; auch die Zyklopen, die keine Schiffe bauen können, kommen nicht hinüber. Fleißige Bewohner könnten die Insel leicht in blühendes Land umwandeln, denn der Boden ist sehr fruchtbar. Saftige Wiesen breiten sich neben dem Strand aus, das nicht benutzte Ackerfeld ist locker, wohl gelegene Hügel böten sich dem Weinbau dar. Es gibt auch einen geschützten, natürlichen Hafen, der so sicher ist, dass man die Schiffe weder festzumachen noch Anker zu werfen braucht. Reinstes Wasser sprudelt perlend aus einer der Felsenklüfte, die die Bucht zum Land hin begrenzen, und grünende Pappeln stehen ringsumher. Dorthin führte ein schützender Gott unsere Fahrzeuge in der dunklen Nacht. Als der Morgen anbrach, betraten wir die Insel und erbeuteten sogleich so viele Ziegen, dass ich jedem meiner zwölf Schiffe neun davon zuteilen konnte und noch zehn für mich behielt. So saßen wir also den ganzen Tag an dem lieblichen Ufer und taten uns bis zum späten Abend gütlich an frischem Ziegenfleisch und an dem alten Wein, den wir in der Kikonenstadt erbeutet und in Henkelkrügen bei uns hatten.

Am anderen Morgen hatte ich große Lust, das gegenüberliegende Land auszukundschaften, von dessen Bewohnern, den Zyklopen, ich noch nichts wusste. Ich fuhr also mit vielen Gefährten auf meinem Schiff hinüber. Als wir von Bord gingen, nahmen wir weit am Ende des Strandes eine Felsenkluft wahr, ganz mit schattigen Lorbeersträuchern bewachsen, in denen Schafe und Ziegen lagerten. Rings um die Kluft erhoben sich in den Boden gerammte Steine und hohe Fichten und Eichen, zusammengefügt zu einem riesigen Hof. Darin hauste ein Mann von mächtiger Gestalt, ein Zyklop. Während wir all das musterten, erblickten wir ihn aus der Ferne, wie er seine Höhle verließ. Da wählte ich zwölf der tapfersten Freunde aus, hieß die übrigen an Bord bleiben, um das Schiff zu bewachen, und nahm in einem Korb mit feinem Essen auch einen Schlauch voll des besten Weins mit, den mir ein Priester Apollos in der Kikonenstadt geschenkt hatte, weil wir ihn verschonten.

Als wir bei der Kluft des Zyklopen ankamen, fanden wir ihn selbst nicht vor; er war zu seiner Herde gegangen. Wir traten ohne Weiteres in die Höhle ein und staunten sehr, was wir dort sahen. Die Höhle strotzte von Bütten mit mächtigen Käselaiben; in den Ställen, die an den Wänden der Höhle angebracht waren, standen Lämmer und junge Ziegen eng gedrängt. Körbe lagen umher, auch Kübel und andere Gefäße zum Melken.

Die Gefährten bestürmten mich, von dem Käse zu nehmen, so viel wir könnten, und uns davonzumachen, oder Lämmer und Ziegen zu unserem Schiff zu treiben und dann wieder zu den Freunden auf der Insel hinüberzusteuern. Hätte ich ihren Rat nur befolgt! Aber ich war allzu neugierig, den seltsamen Bewohner der Höhle zu sehen, und wollte wohl auch lieber ein Gastgeschenk geben, als mit einem Raub wieder fortzuziehen. So zündeten wir ein Feuer an, nahmen etwas von dem Käse, aßen und warteten auf den Hausherrn.

Endlich kam er, auf seinen Riesenschultern eine ungeheure Last trockenes Scheitholz tragend, das er gesammelt hatte, um sich die Abendmahlzeit zu kochen. Er warf das Holz zu Boden, dass es krachte und wir vor Angst zusammenfuhren und uns in dem äußersten Winkel der Höhle versteckten. Dann sahen wir, wie er seine fette Herde hereintrieb, doch nur die Tiere, die er wollte; Widder und Böcke blieben draußen in dem eingehegten Vorhof. Und dann rollte er ein so mächtiges Felsstück vor den Eingang, das wohl mehr als zwanzig vierrädrige Wagen es nicht von der Stelle hätten schaffen können.

Jetzt setzte er sich gemächlich auf den Boden, melkte der Reihe nach Schafe und Ziegen, ließ die eine Hälfte der Milch im Nu gerinnen, formte Käsebrocken daraus und stellte sie in Körben zum Trocknen hin. Die andere Hälfte bewahrte er in großen Gefäßen auf, das war sein täglicher Trunk. Als er mit allem fertig war, zündete er sich ein Feuer an, und nun geschah es, dass er uns in unserem Winkel erblickte. Auch wir sahen erst jetzt seine grässliche Riesengestalt genau. Er hatte wie alle Zyklopen nur ein einziges funkelndes Auge in der Stirn, Beine wie tausendjährige Eichenstämme und dazu Arme und Hände, groß und stark genug, um mit Granitblöcken zu spielen.

„Wer seid ihr?“, fuhr uns der Unhold mit seiner rauen Stimme an, die wie ein Donner im Gebirge klang. „Woher kommt ihr? Seid ihr Seeräuber, oder was treibt ihr?“

Bei dem Gebrüll bebte uns das Herz im Leibe. Doch ich nahm mich zusammen und erwiderte: „Nein, wir sind Griechen, kehren von Troja heim und haben uns während der Fahrt auf dem Meer verirrt. So flehen wir dich um deinen Schutz und eine Gabe an. Tue uns nichts, lieber Mann, und hilf uns! Wenn nicht, könntest du die Götter gegen dich aufbringen!“

Aber der Zyklop gab nur ein grässliches Lachen zurück: „Du bist ein Dummkopf, Fremder, und weißt nicht, mit wem du es zu tun hast! Meinst du, wir kümmern uns um die Himmlischen und ihre Rache?

Was sollen wir Zyklopen mit Zeus und allen anderen Göttern? Sind wir ihnen doch überlegen! Wenn ich nicht will, schone ich weder dich noch deine Freunde! Sag mir zuerst, wo du das Schiff verborgen hast, auf dem du hergekommen bist. Wo liegt es vor Anker?“

Ich spürte die Hinterlist des Zyklopen und war rasch mit einem listigen Einfall bei der Hand.

„Mein Schiff, guter Mann, hat der Gott Poseidon nicht weit von eurem Ufer an die Klippen geworfen und zertrümmert; ich allein mit diesen zwölf Gefährten bin entronnen!“

Darauf antwortete das Ungeheuer gar nicht, sondern streckte nur seine Riesenhände aus, packte zwei meiner Freunde und schlug sie wie junge Hunde nieder. Dann aß er sie. Wir aber streckten die Hände zu Zeus empor und klagten laut über diese Tat.

Nachdem sich der Unhold seinen Wanst gefüllt und den Durst mit Milch gelöscht hatte, warf er sich der Länge nach auf den Boden der Höhle, und nun überlegte ich, ob ich nicht auf ihn losgehen und ihm das Schwert zwischen Zwerchfell und Leber in die Seite stoßen sollte. Aber schnell bedachte ich mich eines Besseren. Denn was hätte uns das geholfen? Wer hätte uns den unermesslichen Stein vom Höhlenausgang gewälzt? Wir hätten zuletzt alle eines jämmerlichen Todes sterben müssen.

Wir ließen den Zyklopen also schnarchen und erwarteten in dumpfer Angst den Morgen. Als der Unhold aufgestanden war, zündete er wieder ein Feuer an und begann, seine Tiere zu melken. Danach packte er noch einmal zwei meiner Begleiter und aß sie zu unserem Entsetzen. Endlich trieb er die Herde aus der Höhle, nachdem er den Stein versetzt hatte, ging selbst mit hinaus und pflanzte den Felsbrocken wieder davor, wie man den Deckel auf einen Topf setzt. Wir hörten ihn mit gellendem Pfeifen seine Tiere in die Berge jagen und blieben in Todesangst zurück. Jeder erwartete, dass es beim nächsten Mal ihn treffen würde, gefressen zu werden.

Ich selbst wog unablässig Rachepläne ab und überlegte, wie ich es anfangen sollte, dem Ungeheuer zurückzugeben, was es getan hatte.

Auf einmal kam mir ein Gedanke. Im Stall neben uns lag eine mächtige Keule des Zyklopen aus grünem Olivenholz, vergleichbar in Länge und Dicke dem Mast eines großen Schiffes. Von dieser Keule hieb ich mir einen Pfahl ab, so stark, dass ein Arm ihn gerade noch umspannen konnte, reichte ihn den Freunden und hieß sie, ihn glatt schaben; dann schärfte ich ihn oben ganz spitz und härtete ihn in der Flamme. Endlich versteckte ich das Holz sorgfältig im Dung, von dem es haufenweise in der Höhle gab. Meine Gefährten aber losten, wer es wagen sollte, mit mir zusammen dem Unhold den Brandpfahl ins Auge zu stoßen, wenn er im Schlaf läge. Es traf gerade die vier tapfersten, die ich mir selbst ausgewählt hätte. Der fünfte war ich.

Am Abend kam der grässliche Hirte mit seiner Herde heim. Diesmal ließ er nichts im Vorhof, sondern trieb alle Tiere in die Höhle; darunter auch die Widder. Vielleicht argwöhnte er etwas, oder ein uns wohlgefälliger Gott schickte ihm den Einfall. Übrigens fügte er den Stein wie bisher wieder in die Öffnung, tat alles wie sonst und fraß auch zwei Männer aus unserer Mitte.

Inzwischen hatte ich eine hölzerne Kanne mit dem schweren Wein aus meinem Schlauch gefüllt, näherte mich dem Ungeheuer und sprach es an: „Da nimm, Zyklop, und trink! Auf Menschenfleisch schmeckt Wein vortrefflich. Du sollst auch wissen, was für Kostbarkeiten wir sonst noch auf unserem Schiff haben."

Der Zyklop nahm die Kanne, ohne ein Wort zu verlieren, und leerte sie mit durstigen Zügen; man sah ihm das Entzücken an, in das ihn die Süße und Kraft des Weins versetzte. Dann redete er uns zum ersten Mal freundlich an: „Fremder, gib mir noch eine Kanne zu trinken und sag mir, wie du heißt, damit ich dich mit einem Gastgeschenk erfreuen kann. Denn auch wir haben Wein hierzulande, wir Zyklopen. Damit du aber erfährst, wen du vor dir hast, so sollst du es wissen: Polyphem ist mein Name." So sprach der Unhold, und gern gab ich ihm von Neuem zu trinken. Ja, dreimal schenkte ich ihm die Kanne voll, und dreimal trank er sie aus in seiner Dummheit.

Als ihm der Wein schon in den Kopf stieg, begann ich listig: „Meinen

Namen willst du wissen, Zyklop? Ich habe einen seltsamen Namen. Ich heiße der Niemand; alle Welt nennt mich Niemand, Mutter, Vater hießen mich so und alle meine Freunde!“

„So sollst du auch dein Gastgeschenk erhalten“, antwortete Polyphem, „den Niemand, den esse ich als Letzten nach allen seinen Schiffsgefährten. Bist du damit zufrieden?“ Die letzten Worte lallte der Zyklop nur noch, lehnte sich zurück und fiel bald ganz zu Boden. Schnarchend lag er da, und so steckte ich schnell den Pfahl in die glimmende Asche. Als er schon Funken sprühte und Feuer fangen wollte, zog ich ihn heraus und stieß mit den vier Freunden, die das Los getroffen hatte, Polyphem die Spitze tief ins Auge. Grauenvoll heulte der Verletzte auf, so laut, dass die Höhle von dem Gebrüll widerhallte und wir, vor Angst bebend, in den äußersten Winkel flüchteten.

Polyphem riss sich den Pfahl aus der Stirn, schleuderte ihn weit von sich und tobte wie ein Wahnsinniger. Er rief die Zyklopen, seine Stammesbrüder, die ringsum im Gebirge wohnten, mit seinem Geschrei herbei. Sie kamen von allen Seiten und wollten wissen, was Polyphem geschehen war. Er aber brüllte aus der Höhle heraus: „Niemand, Niemand bringt mich um, ihr Freunde! Niemand hat es getan mit Hinterlist!“

Als die anderen das hörten, gaben sie zurück: „Nun, wenn dir niemand etwas zuleide tut, wenn dich niemand angreift, was röhrst du dann so? Und wenn du krank bist – gegen Krankheiten haben wir Zyklopen keine Mittel!“ So antworteten sie und eilten wieder davon. Mir aber lachte das Herz im Leibe.

Der blinde Polyphem tappte nun durch seine Höhle, immer noch vor Schmerzen winselnd. Er schob den Felsstein vom Eingang, setzte sich dort und tastete umher, um jeden von uns abzufangen, der Lust hatte, mit den Schafen zu entwischen. Offenbar hielt er mich für so einfältig, dass ich es auf diese Weise versuchen würde. Ich brütete aber stattdessen über tausend anderen Plänen. Und dann wusste ich, was wir zu tun hatten. Es standen gemästete Widder mit dichtem Fell um uns, groß und kräftig. Die band ich mit den Ruten des Weidengeflechts, auf dem der Zyklop schlief, je drei und drei zusammen. Der mittlere trug unter seinem Bauch immer einen von uns Männern, der sich in seine Wolle klammerte, während die beiden anderen Widder rechts und links, die versteckte Last beschützend, nebenherliefen. Ich selber suchte den stattlichsten Bock aus. Ich fasste ihn am Rücken, wälzte mich unter seinen Bauch und krallte die Hände in die gekräuselten Wollflocken.

So unter den Widdern hängend, erwarteten wir den Morgen. Er kam, und die Widderherde sprang hüpfend aus der Höhle auf die Weide. Nur die Schafe blökten noch mit strotzenden Eutern in den Ställen. Ihr geplagter Herr betastete jedem Widder, der hinausging, sorgfältig den Rücken, ob kein Flüchtling darauf sitze; an den Bauch dachte er in seiner Dummheit nicht. Ich war der Letzte von uns, und nun lief mein Tier langsam zum Felsentor, schwer beladen mit Wolle, noch schwerer mit mir, der ich mich von ihm tragen ließ. Polyphem streichelte auch ihn und redete ihn an: „Gutes Widderchen, was trabst du so langsam hinter der übrigen Herde aus der Höhle? Du bist sonst immer der Erste bei den Wiesenblumen und am Bach und abends der Allererste wieder im Stall? Betrübt dich das ausgebrannte Auge deines Herrn? Ja, hättest du Gedanken und Sprache wie ich, so würdest du mir sagen, in welchem Winkel sich dieser Mensch mit seinem Gesindel verbirgt. Dann würde ich ihn zerschmettern, und mein Herz wäre wieder frei von dem Leid, das Niemand über mich gebracht hat!"

Mit diesen Worten ließ der Zyklop den Widder hinausgehen. Nun waren wir alle draußen. Sobald wir ein wenig von der Felskluft entfernt waren, machte ich mich zuerst von meinem Bock frei, und auch meine Freunde lösten sich nun aus dem Fell der Tiere. Wir waren nur noch sieben Männer, umarmten uns voller Freude und begannen, um die Verlorenen zu klagen. Doch winkte ich den Gefährten, nicht laut zu werden, sondern sich mit mir und den geraubten Widdern eilig zum Schiff aufzumachen. Erst als wir wieder auf unseren Ruderbänken saßen und durch die Wogen dahintrieben, in Rufweite von der Küste entfernt, fühlte ich mich sicher. Und ich schrie Polyphem zu, der unweit des Ufers mit seiner Herde in Richtung der Berge tappte: „Du hast die Begleiter eines Mannes in deiner Höhle gefressen, Zyklop, der dich überlistet hat! Nun sind dir deine Gräueltaten vergolten, und du hast die Strafe von Zeus und den Göttern empfangen!“

Als der Unhold dies hörte, riss er einen Felsblock aus dem Gestein und warf ihn nach unserem Schiff. Er hatte so gut gezielt, dass er das Ende des Steuerruders nur um ein Haar verfehlte. Aber von dem ins Wasser stürzenden Block hoben sich die Wellen, und die rückwärts wogende Flut riss das Schiff fast ans Ufer zurück. Mit aller Kraft mussten wir rudern, um dem Zyklopen erneut entfliehen zu können. Noch einmal musste ich rufen, obwohl meine Freunde mich baten zu schweigen. „Höre, Polyphem“, schrie ich, „wenn dich je einmal ein Mensch fragt, wer dich geblendet hat, so kannst du ihm eine bessere Antwort geben als deinen Stammesgefährten! Sag ihm: Der Zerstörer Trojas, Odysseus, hat mich geblendet, der Sohn des Laërtes, der auf der Insel Ithaka wohnt!“

„Weh mir“, heulte da der Zyklop, „so hat sich die alte Weissagung erfüllt, dass ich dereinst durch Odysseus mein Augenlicht verlieren würde! Ich dachte, da müsste ein stattlicher Kerl daherkommen, groß und stark, wie ich selbst es bin, und er würde sich mit mir im Kampf messen. Stattdessen hat ein Zwerg mich mit Wein betrunken gemacht und im Rausch geblendet! Ach, komm doch zurück, Odysseus! Diesmal will ich dich bewirten wie einen Gast, will vom Meeresgott sicheres Geleit für dich erbitten, denn du musst wissen, ich bin der Sohn Poseidons. Nur er und kein anderer kann mich heilen!“ Gleich danach fing er an, zu seinem Vater zu flehen, dass er mir die Heimkehr nicht gönne. „Und darf er zurück“, endete Polyphem, „so soll es wenigstens so spät sein, so unglücklich, so verlassen wie möglich, auf einem fremden Schiff, nicht auf dem eigenen; und zu Hause soll er nichts als Elend antreffen!“ So betete er, und ich glaube, der finstere Gott hat ihn erhört.

Nun ergriff der Zyklop noch einmal einen zweiten, noch größeren Felsblock und schleuderte ihn uns nach. Wieder verfehlte er uns nur um Haaresbreite. Doch ertrugen wir diesmal den Gegenstoß der Flut besser und ruderten mit ganzer Kraft vorwärts. Bald waren wir an der Insel angelangt, wo die übrigen Schiffe geborgen in der Bucht lagen und die Freunde schon lange am Strand gewartet hatten. Sie empfingen uns mit lauten Freudenrufen. Als wir an Land waren, verteilten wir als Erstes die Herde des Zyklopen, die wir geraubt hatten. Den Widder jedoch, unter dessen Bauch ich geflohen war, schenkten mir meine Gefährten im Voraus von der Beute. Ich brachte ihn Zeus zum Opfer. Der Gott jedoch verschmähte jedes Angebot und ließ sich von uns nicht versöhnen.

Sein Beschluss war, dass unsere Schiffe und, außer mir, auch all meine Freunde untergehen sollten.

Doch davon hatten wir damals noch keine Ahnung. Wir hockten vielmehr den ganzen Tag, bis die Sonne ins Meer sank, vergnügt zusammen und aßen und tranken, als wären wir aller Sorgen ledig. Dann legten wir uns am Strand nieder und schliefen beim Rauschen der Wellen ein. Sobald aber sich der Himmel wieder rötete, saßen wir auch schon auf unseren Schiffen und ruderten weiter, der Heimat entgegen.

Odysseus erzählt vom Schlauch des Äolos, von den Lästrygonen und von seinem Besuch bei Kirke

Bald darauf – so fuhr Odysseus fort – gelangten wir zu einer Insel, auf der Äolos, ein vertrauter Freund der Götter, wohnte. Die Insel umgab eine eherne Mauer, ihr Boden war aus glattem Fels.

Äolos wohnte in seinem Palast mit sechs Söhnen und sechs Töchtern und feierte mit ihnen und seiner Frau jeden Tag ein Fest. Einen ganzen Monat beherbergte uns der freigebige Fürst und fragte uns aus über Troja, über die Heeresmacht der Griechen und ihre Heimkehr. Über all das gab ich ihm auch genaue Auskunft, und als ich ihn endlich darum bat, weiterziehen zu können, war Äolos einverstanden und schenkte uns einen dick aufgeschwollenen Schlauch aus der Haut eines neunjährigen Stiers. In diesem Schlauch waren viele Winde eingeschlossen, die über die Erde wehten – denn Äolos war von Vater Zeus zum Verwalter der Winde berufen worden und hatte die Macht, sie freizulassen und sie wieder zur Ruhe zu bringen. Er band den Schlauch mit einem glänzenden Seil aus Silberfäden auf meinem Schiff fest, behielt aber von allen Arten der Winde noch genug zu Hause. Das zeigte er sogleich. Denn als wir an Bord gegangen waren, ließ er uns den sanftesten Westwind nachwehen, der beauftragt war, uns schnell und leicht in die Heimat zu schaffen. Doch es sollte anders kommen.

Wir segelten neun Tage und Nächte lang. In der zehnten Nacht waren wir Ithaka so nahe, dass wir schon die Wachtfeuer am Ufer erblicken konnten. Da musste mich müden Mann der Schlaf überwältigen; meine Schiffsgefährten aber begannen ein Gespräch darüber, was wohl in dem Schlauch sei, den mir König Äolos als Gastgeschenk mitgegeben hatte. Sie waren in der Vorstellung befangen, ich würde Silber und Gold bei mir führen. Endlich fing einer der gierigsten an: „Wie viel Beute hat Odysseus nicht schon von Troja fortgeschafft! Wir aber, die wir die gleichen Gefahren und Mühen mit ihm ausgestanden haben, kehren mit leeren Händen in die Heimat zurück! Wie wär's, wenn wir in den Sack hineingucken?“ Der üble Rat leuchtete den übrigen Gefährten ein, und der Schlauch wurde aufgebunden. Kaum war es aber geschehen, da brausten alle Winde miteinander daraus hervor und rissen uns hinaus in die offene See.

Ich fuhr aus dem Schlaf empor. Als ich das Unglück sah, überlegte ich einen Augenblick, ob es nicht am besten wäre, über Bord zu springen. Dann fasste ich mich wieder und beschloss, alles, was da komme, zu ertragen. Die Wut der Orkane warf uns bis an die Insel des Äolos zurück. Hier ließ ich die Gefährten auf den Schiffen und eilte mit einem Freund in die Burg des Fürsten. Er staunte nicht wenig über unsere Rückkehr. Als er aber hörte, was geschehen war, erhob sich der Verwalter der Winde zornig von seinem Sitz: „Du bist ein verlorener Mensch, offenbar verfolgt dich die Rache der Götter! Ich darf dich nun weder beherbergen noch dir weiterhelfen auf deinem Weg. Du musst gehen und diese Insel verlassen!“

Traurig ruderten wir weiter. Endlich kamen wir an eine Küste und zu einer Stadt, deren viele Türme hoch in den Himmel ragten. Sie hieß Telepylos und war der Sitz der Lästrygonen; aber das wussten wir ja noch nicht. Der Hafen, in den wir einfuhren, war eng geschlossen und von allen Seiten durch schroffe Felsen abgeschirmt, sodass das Wasser in der Bucht stets ruhig und ohne Wellen war. Ich vertäute mein Schiff, erklomm das Ufer und schaute mich um. Nirgends entdeckte ich bebautes Feld, keinen Menschen auf Äckern, keine Zugtiere. Nur Rauch, wie von einer Stadt eben, sah ich zum Himmel steigen. Da schickte ich zwei mutige Freunde mit einem Herold zur Erkundung voran. Sie begegneten einer Wasser schöpfenden Jungfrau, der kräftigen Tochter des Lästrygonenkönigs Antiphates, die eben zur Quelle Artakia hinabkletterte, von der die Einwohner ihr Wasser holten. Das Mädchen, über dessen Körpergröße die Boten sich wunderten, beschrieb ihnen freundlich den Weg zur Wohnung ihres Vaters. Als die drei sich aber der Stadt und dem Palast näherten, erstarrten sie vor Entsetzen. Die Lästrygonen waren Riesen und, wie sich zeigen sollte, Menschenfresser. Schon rief der König brüllend sein ganzes Volk zu den Waffen. Über tausend – den Giganten ähnliche – Männer eilten herbei und schleuderten Feldsteine auf unsere Schiffe, sodass man nichts als das Geschrei der Sterbenden und das Zusammenkrachen von Spanten und Balken hörte. Nur mein eigenes Schiff war hinter einem Felsen geschickt verborgen, sodass es von den Steinen nicht getroffen wurde. Als nun die anderen untergingen, nahm ich viele meiner Freunde, die noch unverletzt waren, auf und rettete mich aus dem Hafen.

Auf dem einzigen Schiff fuhren wir weiter und kamen zur Insel Äa. Hier wohnte eine schöne Halbgöttin, Kirke mit Namen. Wir legten uns, ohne von ihr zu wissen, in eine Bucht der Insel und lagerten, müde von all der Anstrengung, betrübt und voller Bitterkeit im Ufergras. Am dritten Morgen machte ich mich endlich auf, die Gegend zu erkunden. Lange sah ich mich um. Endlich entdeckte ich einen Rauch; er kam, wie ich erfahren sollte, von Kirkes Palast. Doch ich ging nicht gleich auf die Spur los, sondern kehrte, durch frühere Gefahren gewarnt, erst zu meinen Freunden zurück, um Späher auszusenden. Unterwegs schickten mir die Götter einen Hirsch mit hohem Geweih über den Weg. Ich traf ihn mit dem Speer, machte mir ein Seil von Weidenruten, band es dem Wild um die Füße und trug es um den Nacken gehängt, auf die Lanze gestützt, zum Schiff.

Meine Begleiter sprangen erfreut auf, als sie die schöne Beute auf meinen Schultern erblickten. Rasch wurde ein Festmahl begonnen. Dann erzählte ich ihnen von dem Rauch, den ich entdeckt hatte. Darauf wurden meine Freunde wieder mutlos; sie mussten an die Höhle des Zyklopen und an den Hafen des Lästrygonenkönigs denken. Ich teilte meine Gefährten deshalb, so viel ihrer geblieben waren, in zwei Gruppen auf und führte die eine selbst an, die andere übertrug ich Eurylochos. Dann gaben wir Lose in einen ehernen Helm. Das Los traf Eurylochos; er musste sich mit zweiundzwanzig Männern, die ihm seufzend folgten, zur Erkundung aufmachen.

Seine Abteilung fand auch bald den aus behauenen Steinen gebauten Palast der Göttin Kirke in einem sanften Tal der Insel. Wie staunten aber meine Gefährten, als sie im umzäunten Hof und am Eingang des Palastes Wölfe und Löwen sahen. Die Raubtiere näherten sich ihnen schmeichelnd und trugen ihre langen Schweife aufgerichtet, wie Hunde, wenn sie dem Herrn entgegengehen. Es waren, wie wir später erfuhren, alles durch die Zauberkünste Kirkes verwandelte Menschen.

Da die Tiere ihnen nichts taten, fassten meine Freunde Mut, erreichten das Tor des Palastes und hörten von drinnen die klingende Stimme Kirkes. Sie saß und webte ein großes wundervolles Gewand, wie es nur Göttinnen zu weben verstehen, und sang zu ihrer Arbeit. Der Erste, der einen Blick in den Palast geworfen hatte, war Polites, der mir besonders nahe stand.

Auf seinen Ruf erschien Kirke freundlich auf der Schwelle und bat alle angekommenen Gäste herein. Nur Eurylochos, der ein besonnener Mann war und irgendeinen Betrug witterte, hielt sich zurück.

Die anderen führte die Göttin in ihre Halle und ließ sie auf hohen, schönen Sesseln Platz nehmen. Bald brachte man Käse, Mehl, Honig und süßen Wein herbei, woraus ein köstlicher Kuchen von Kirke geknetet wurde. Zugleich aber mischte die schlimme Wirtin unbemerkt Unheil bringende Essenzen unter den Teig. Wirklich wurden alle, sowie sie von der verführerischen Speise gekostet hatten, in borstige Schweine verwandelt, fingen an zu grunzen und wurden von der Zauberin samt und sonders in die Koben getrieben. Hier ließ ihnen Kirke wie den anderen Schweinen statt der köstlichen Bissen Steineicheln und andere harte, wenig ergiebige Früchte vorwerfen.

Eurylochos hatte das alles von Weitem mit angesehen. Er lief, so rasch er konnte, zu unserem Schiff zurück, um zu melden, was geschehen war. Auf seine Schreckensbotschaft legte ich mir augenblicklich das Schwert um und warf den Bogen über die Schulter. Dann ließ ich mir von Eurylochos, der mich anflehte, ihn zurückzulassen, den Weg zum Palast zeigen. „Glaub mir“, schluchzte er, „du bringst keinen der Gefährten heim!“ Ich aber gehorchte der Notwendigkeit, für die Verlorenen zu sorgen.

Auf dem Weg begegnete mir ein Jüngling und streckte mir einen goldenen Stab entgegen; es war Hermes, der Bote der Himmlischen. Er nahm mich freundlich bei der Hand: „Du Ärmster“, sagte er, „deine Freunde sind bei der Zauberin Kirke in Schweineställe gesperrt. Willst du zu ihnen gehen, um sie zu erlösen? Ich gebe dir ein Mittel, dass dich schützen wird. Wenn du dieses Heilkraut bei dir trägst“ – und mit diesen Worten grub er flink eine schwarze Wurzel mit milchweißer Blüte aus dem Boden –, „so werden ihre Künste dir nicht schaden können. Kirke wird dir ein süßes Weinmus bereiten und ihre Zaubersäfte hineinmengen. Dies Kraut aber wird verhindern, dich in ein Stück Vieh zu verwandeln. Wenn sie dich dann mit ihrem langen Zauberstab berührt, so reiß dein Schwert von der Hüfte und geh auf sie los, als wolltest du sie ermorden. Sie wird dir einen heiligen Eid schwören und ihn auch halten, dass sie keine weitere Hinterlist gegen dich gebraucht. Ohne Gefahr kannst du bei ihr wohnen, und wenn ihr erst vertraut miteinander seid, wird sie dir deine Bitte nicht abschlagen und dir deine Freunde zurückgeben!“

Mit diesen Worten verließ Hermes mich. Unruhig und nachdenklich eilte ich dem Palast der Zauberin entgegen. Auf meinen Ruf öffnete sie die Pforte und ließ mich freundlich eintreten. Gleich führte sie mich zu einem herrlichen Thronsessel, rückte mir einen Schemel unter die Füße und mischte, wie der Götterbote es angesagt hatte, wirklich ein Weinmus in einer goldenen Schale. Sie konnte es kaum erwarten, bis ich es geleert hatte, und ohne im Mindesten an meiner sogleich stattfindenden Verwandlung zu zweifeln, berührte die Göttin mich mit ihrem Stab und befahl: „Fort mit dir in den Schweinestall, zu deinen Freunden!“

Ich aber riss das Schwert aus der Scheide und drang auf die Zauberin ein. Sie schrie laut auf, warf sich zu Boden und umfasste meine Knie. „Weh mir! Wer bist du, Gewaltiger, dem mein Trank nicht zu schaden vermag? Noch hat kein anderer Sterblicher der Stärke meines Zaubers widerstanden. Bist du vielleicht Odysseus, dessen Ankunft mir Hermes geweissagt hat? Wenn du es tatsächlich bist, lass uns Freunde werden!“

Ich aber blieb in meiner drohenden Stellung, das Schwert in der Hand und antwortete: „Wie kannst du verlangen, Kirke, dass ich dich schone, obwohl du meine Begleiter in deinem Haus in Tiere verwandelt hast? Muss ich nicht denken, dass du auch mit mir so umgehen wirst? Ich kann nur ein Freund von dir werden, wenn du einen heiligen Eid ablegst, mir auf keinerlei Weise zu schaden!“ Die Göttin beschwor auf der Stelle, was ich forderte; nun war ich zufrieden und überließ mich sorglos der Nachtruhe.

Frühmorgens waren vier Dienerinnen, schöne Nymphen, damit beschäftigt, die Säle ihrer Herrin in Ordnung zu bringen; die eine bedeckte die Thronsessel mit herrlichen purpurnen Polstern, eine zweite stellte silberne Tische vor die Sessel und setzte goldene Körbe darauf, die dritte mischte Wein in einem silbernen Krug. Von der vierten endlich wurde für mich frisches Quellwasser herbeigetragen, der Kessel auf den Dreifuß gesetzt und die Glut darunter geschürt, bis das Wasser heiß war zu einem wohltuenden Bad. Als ich darauf gesalbt und angekleidet war, bat mich Kirke, mit ihr zusammen das Morgenmahl zu genießen.

Aber ich nahm nichts von all den Köstlichkeiten auf dem Tisch, sondern saß schweigend und voller Kummer meiner schönen Wirtin gegenüber.

Als die Zauberin mich endlich nach dem Grund für mein stummes Dasitzen fragte, erklärte ich: „Wer könnte sich an Essen und Trinken erfreuen, solange er weiß, dass seine Freunde im Elend sind? Ich wünsche mir, meine lieben Gefährten zu sehen!"

Ich brauchte Kirke nicht lange zu bitten; sie verließ das Gemach, ihren Stab in der Hand, schloss die Tür des Kobens auf und trieb meine Freunde heraus. Dann trat sie von einem zum anderen und bestrich jeden mit einem Zaubersaft. Auf einmal schälten sich die Verzauberten aus der borstigen Hülle und wurden zu Männern, jünger und schöner, als sie zuvor gewesen waren. Voller Freude eilten sie auf mich zu und reichten mir die Hände. Die Göttin fragte schmeichelnd: „Nun, Odysseus, habe ich deinen Wunsch erfüllt? Tu nun auch du mir einen Gefallen und mach dein Schiff am Ufer fest und bringe seine Ladung in die Felsengrotten! Dann bleibe mit deinen Gefährten bei mir!"

Mit diesen freundlichen Worten gewann sie mein Herz. Ich ging auf schnellem Wege zu meinen zurückgebliebenen Freunden, die mich schon für tot gehalten hatten und nun mit Freudentränen auf mich zustürzten. Als ich ihnen den Vorschlag machte, unser Schiff ans Ufer zu ziehen und bei der Göttin einzukehren, waren alle bereit dazu, nur Eurylochos wehrte ab. „Habt ihr ein so großes Verlangen nach eurem Verderben?", warnte er. Ich war entrüstet über seine Worte, die die nun freundliche Kirke beleidigten, dass ich nach meinem Schwert griff. Die anderen sahen die Bewegung, die ich machte, fielen mir in den Arm und brachten mich wieder zur Besinnung.

Bald brachen wir auf, und auch Eurylochos, durch meine Drohung erschreckt, folgte mir. Kirke hatte inzwischen unsere Freunde baden, salben und herrlich kleiden lassen, wir fanden sie alle fröhlich beim Essen ... – Und so blieb es alle Tage. Die Göttin verwöhnte uns so, dass wir uns wohl und wohler fühlten und ein ganzes Jahr lang bei ihr blieben.

Eines Morgens aber riefen mich meine Begleiter und forderten mich auf, endlich an die Rückkehr zu denken. Sie redeten mir heftig ins Gewissen; noch am selben Abend flehte ich Kirke an, ihr Wort zu erfüllen und mich, wie sie anfangs gelobt hatte, nach Ithaka zu entlassen. Die Zauberin antwortete: „Du hast recht, Odysseus; es steht mir nicht zu, dich noch länger bei mir zu halten! Aber bevor ihr heimkehrt, müsst ihr noch einen Umweg machen. Ihr werdet Hades und Persephone in ihrem Schattenreich besuchen und die Seele des blinden Tiresias über die Zukunft befragen; ihm ist auch im Tode sein Geist und die Sehergabe durch Persephone nicht genommen worden."

Ich fürchtete mich vor dem Ort der Toten, und eine Fahrt in die Unterwelt hatte noch kein Mensch lebend unternommen. „Mach dir keine Sorgen", meinte jedoch die Göttin, „richte nur den Mast deines Schiffes auf und spanne die Segel aus! Der Nordwind wird euch an euer Ziel bringen. Bist du einmal an der Küste des Okeanos, der die Erde umgürtet, so lenkt er dich an ein niedriges Ufer, an dem du Erlen, Pappeln und Weidenbäume beisammen erblickst. Es ist der Hain von Persephone. Dort ist auch der Eingang in die Unterwelt. Bei einem Fels, vor dem sich die schwarzen Ströme Pyriphlegeton und Kokytos in die Tiefe stürzen, wirst du eine Kluft finden, durch die der Weg in das Schattenreich geht. Dort musst du eine Grube graben und den abgeschiedenen Seelen ein Totenopfer bringen von Honig, Milch, Wein, Wasser und Mehl – und du musst ihnen auch geloben, ein Tier zu schlachten, wenn du nach Ithaka heimkommst, dazu für Tiresias einen schwarzen Widder. Dann spendest du zwei schwarze Schafe, ein männliches und ein weibliches, als weiteres Opfer und wirst schließlich dem Sturm durch die Kluft hinab in die Tiefe nachschauen, während deine Gefährten die Tiere für die Götter verbrennen und zu ihnen beten. Da werden dir die Seelen der Toten erscheinen; wie Luftgebilde werden sie versuchen, ans Licht zu dringen und von dem Blut der Totenopfer zu kosten. Du aber wehrst sie mit dem Schwert ab und erlaubst ihnen nicht, näher zu kommen, bis du Tiresias befragt hast. Er wird sich bald melden und dir auch über deine Heimfahrt Auskunft geben."

Die Worte trösteten mich einigermaßen. Am anderen Morgen rief ich meine Freunde zu mir und sprach vom Aufbruch. Nun hatte sich einer von ihnen, Eleanor, der jüngste von allen und betrunken vom süßen Wein Kirkes, von den Gefährten entfernt und, um kühlere Luft zu atmen, auf dem flachen Dach des Palastes gelagert. Dort war er am Abend eingeschlafen und hatte die Nacht ungestört verbracht. Als er aber durch die Geräusche der am Morgen aufstehenden und zur Versammlung laufenden Freunde plötzlich wach wurde, fuhr er hoch und vergaß in der Betäubung, wo er war. Anstatt sich zur Treppe zu wenden, taumelte er über das Dach hinaus und stürzte auf den Boden, sodass er sich den Hals brach und sein Geist zum Hades wanderte.

Ich sagte zu meinen Begleitern: „Ihr denkt, nun würde es sogleich ins Vaterland zurückgehen? Dem aber ist leider nicht so; die Göttin Kirke hat uns einen anderen Weg vorgeschrieben. Wir sollen hinunter in das schreckliche Reich des Hades und dort die Seele des thebanischen Sehers Tiresias nach unserer Heimkehr befragen!" Als meine Gefährten davon hörten, jammerten sie laut, so fürchteten sie sich. Aber alles Klagen half nichts. Ich befahl, das Schiff aufzusuchen. Kirke war uns vorausgeeilt; sie hatte die zwei Opferschafe an Bord bringen und dort anbinden lassen, hatte uns auch mit Honig, Wein und Mehl reichlich versorgt. Als wir ankamen, schlüpfte sie mit einem stummen Abschiedsgruß an uns vorüber. Wir aber zogen das Schiff ins Meer, richteten den Mast und die Segel und setzten uns auf die Ruderbänke. Ein günstiger Fahrtwind, den uns Kirke schickte, blies in die Segel, und bald waren wir wieder auf hoher See.

Im Schattenreich

Die Sonne tauchte ins Meer, als wir am Ende der Welt ankamen. Es liegt im ewigen Nebel am Strom Okeanos, der die Erde umgürtet. Wir kamen auch zu dem Totenfluss, wie Kirke es uns gesagt hatte, und opferten nach ihrer Vorschrift. Sobald das Blut aus den Gurgeln der

Schafe in die Grube floss, tauchten aus der Unterwelt die Seelen der Toten zur Felsenkluft empor, in der wir uns befanden. Jünglinge und Greise, Frauen und Kinder drängten sich, auch viele Krieger mit klaffenden Wunden und in blutigen Rüstungen; scharenweise, mit hohlem Stöhnen umflatterten sie wie Schatten die Opfergrube, sodass mich das Entsetzen packte. Schnell ermahnte ich die Gefährten, auf Kirkes Rat hin die geschlachteten Schafe zu verbrennen und ein Gebet an die Götter zu sprechen. Ich selbst riss das Schwert von der Hüfte und verhinderte, dass die Luftgebilde vom Opferblut nahmen, bevor ich Tiresias befragt hatte.

Zuallererst näherte sich mir die Seele unseres Freundes Eleanor, dessen Leib noch unbestattet in Kirkes Palast lag. Mit Tränen in den Augen klagte mir der Schatten, was geschehen war, und beschwor mich, zur Insel Äa zurückzufahren und ihm ein Begräbnis auszurichten. Ich versprach es ihm, und er setzte sich mir gegenüber. So waren wir in wehmütigem Gespräch, dort die Schattengestalt, hier ich, das Schwert quer über dem Opferblut haltend. Bald kam auch meine Mutter zu uns, Antiklea, die ich noch lebend verlassen hatte, als ich nach Troja aufgebrochen war. Sie sah mich nur schmerzlich an und entfernte sich wieder.

Dann erschien endlich die Seele des Thebaners Tiresias, einen goldenen Stab in der Rechten. Er erkannte mich sofort und begann: „Edler Sohn des Laërtes, was brachte dich dazu, das Sonnenlicht zu verlassen und an diesen Ort des Entsetzens zu kommen? Nimm dein gezücktes Schwert von der Grube, damit ich von dem Opferblut trinken und dir so dein Schicksal weissagen kann.“ Ich wich bei diesen Worten zurück und stieß meine Klinge in die Scheide.

Nun trank der Schatten von dem schwarzen Blut und begann zu wahrsagen: „Du forschst bei mir, Odysseus, nach einer fröhlichen Rückkehr in die Heimat? Ein Gott wird sie dir schwer machen, du kannst dich der Macht des Poseidon nicht entziehen. Du hast ihn durch die Blendung seines Sohnes Polyphem beleidigt. Dennoch soll dir die Hoffnung nicht genommen werden; halte nur deine Gefährten im Zaum! Zuerst landet ihr auf der Insel Thrinakia; wenn ihr dort die heiligen Rinder und Schafe des Sonnengottes nicht antastet, so könnte euch die Rückfahrt gelingen. Verletzt ihr sie aber, dann sehe ich für dich und deine Freunde das Verderben. Und sollte dies wirklich eintreffen, so wirst du als Einziger entrinnen können, doch du kommst erst spät, elend und einsam auf einem fremden Schiff heim. Auch da findest du nur Jammer und übermütige Männer, die dein Gut verprassen und um deine Frau Penelope werben. Wenn du sie, entweder mit List oder mit Gewalt, bezwungen und getötet hast, so wirst du lange glücklich sein. Am Abend deines Lebens jedoch nimm dein Ruder auf die Schulter und wandere, bis du zu Menschen kommst, die das Meer nicht kennen, die keine Schiffe haben und ihre Speise mit keinem Salz würzen. Und wenn dir dort ein Wanderer begegnet und dir sagt, du würdest des Worflers Schaufel auf dem Rücken tragen, dann stoße das Ruder in die Erde, bring dem Poseidon ein Opfer und kehre heim. Und während dein Reich weiter erblüht, wird dich ein friedlicher Greisentod hinwegnehmen."

Dies war der Inhalt der Weissagung des Tiresias, und ich dankte ihm. „Ich habe den Schatten meiner Mutter gesehen", flehte ich dann. „Sie blieb stumm, ohne ihren Sohn anzuschauen! Wie mache ich es, ehrwürdiger Greis, dass sie mit mir spricht?"

„Gib ihr vom Opferblut zu trinken", erwiderte Tiresias, „so wird sie ihr Schweigen brechen."

Da wich ich von der Grube zurück und zog das Schwert zur Seite. Und meine Mutter trank. Urplötzlich erkannte sie mich, heftete ihre Augen, die voller Tränen waren, auf mich und sprach: „Lieber Sohn, wie bist du lebendig in unsere Todesnacht gekommen? Irrst du noch immer seit Trojas Untergang umher?"

Nachdem ich ihr Antwort gegeben hatte, befragte ich die Mutter nach ihrem Tod. Auch wie es sonst bei uns stehe, wollte ich wissen. Der Schatten erwiderte: „Deine Frau wartet auf dich mit unerschütterlicher Treue. Tag und Nacht weint sie um dich. Die Macht im Reich aber hat noch kein Fremder, sondern dein Sohn Telemach. Dein Vater Laërtes hat sich aufs Land zurückgezogen. Dort schläft er weder in einer Fürstenkammer noch auf weichem Lager. Er ruht im Winter neben dem Herdfeuer, wie andere Knechte auf Stroh, in ein verschlissenes Gewand gehüllt. Im Sommer bettet er sich unter freiem Himmel auf ein Bündel Reisig – und alles aus Jammer über dein Schicksal! Ich selbst bin dem Kummer über dich, mein Sohn, erlegen. Es war keine Krankheit, die mich dahingerafft hat!"

Die Worte meiner Mutter bewirkten, dass ich vor Sehnsucht erbebte. Als ich sie aber in die Arme schließen wollte, zerging sie wie ein Traum. Andere Schatten folgten ihr, die Frauen berühmter Helden. Sie alle tranken vom Opferblut und erzählten mir ihre Schicksale. Als die Frauen wieder verschwunden waren, wurde mir ein Anblick zuteil, der mich tief berührte. Ich erkannte den Völkerfürsten Agamemnon. Schwermütig bewegte sich der große Schatten zur Grube und trank. Dann blickte er auf und erkannte mich.

Vergebens streckte er die Hände aus, mich zu erreichen; in seinen Gliedern war keine Kraft, er sank zurück in die Ferne und antwortete von dort aus auf meine Fragen.

„Odysseus", sprach er, „mich hat nicht der Zorn des Meergottes ins Verderben gestürzt, und nicht die Feinde vor Troja haben mich bezwungen. Wie man den Stier an der Krippe erschlägt, hat mein Weib Klytämnestra mit ihrem Ägisth mich im Bad ermordet, mich, der ich voller Sehnsucht nach Frau und Kindern heimgekehrt war. Darum rate ich dir, Odysseus, sei nicht allzu freundlich zu deiner Frau, vertraue ihr nicht aus Zärtlichkeit jedes Geheimnis an! Zwar hast du, Glücklicher, eine verständige und kluge Frau! Und der Knabe, der an ihrer Brust lag, als wir Griechenland verließen, wird als Jüngling voller herzlicher Liebe seinen Vater empfangen. Trotzdem rate ich dir, heimlich am Ufer Ithakas zu landen: Denn keinem Weibe ist zu trauen!"

Mit diesen finsteren Worten wandte sich der Schatten ab und verschwand. Nun folgten die Seelen des Achill und seines Freundes Patroklos, die des Antilochos und des großen Ajax. Zuerst trank Achill, erkannte mich und wunderte sich. Ich erklärte ihm, warum ich gekommen war. Als ich aber ihn, den berühmtesten Griechen, auch als Herrscher der Geister des Hades voller Verehrung pries, erwiderte er missmutig: „Es gibt nichts Tröstliches am Tod, Odysseus! Lieber würde ich als Tagelöhner auf Erden das Feld bestellen, ohne Eigentum und Erbe, als über sämtliche Scharen der Toten herrschen!" Ich musste ihm noch vom Heldenleben seines Sohnes Neoptolemos erzählen; dann ging der Schatten zufrieden und mit mächtigen Schritten wieder der Tiefe zu und verlor sich in ihr.

Auch die anderen Seelen der Toten, die inzwischen von dem Blut getrunken hatten, sprachen nun mit mir. Nur Ajax, den ich einst im Streit um die Waffen des Achill besiegt und der sich deshalb selbst getötet hatte, blieb abseits. Sanft sprach ich ihn an: „Telamons Sohn, kannst du denn selbst im Tod den Zorn nicht vergessen, in den dich die Rüstung des Achill versetzt hat? Die Götter hatten sie den Argivern als Fluch gegeben. Durch sie bist du, ein Turm in der Feldschlacht, dahingesunken. Edler Fürst, bezwinge dich, komm zu mir, rede mit mir!" Aber der Schatten antwortete nicht, sondern ging ins Dunkel zurück.

Nun erblickte ich auch andere längst verstorbene Helden. Da war der Totenrichter Minos; da war der gewaltige Jäger Orion, der, die Keule in der Hand, Luftbilder von Luchsen und Löwen aufscheuchte. Den Tityos sah ich, dem für seine Verbrechen zwei Geier an der Leber fraßen, den Sisyphus, der bemüht war, ein großes Felsenstück einen Berg emporzuschieben. Und nicht weit von ihm war der Schatten des Herakles, doch nur sein Schatten! Denn er selbst lebt als Mann der Jugendgöttin selig unter den Olympischen.

Auch er verschwand, und nun begann ein gewaltiges Gedränge anderer Heldenseelen. Gern hätte ich Theseus und seinen Freund Pirithoos gefunden. Aber bei dem grauenvollen Getöse der unzähligen Gestalten überkam mich plötzlich Furcht, als würde mir die Medusa ihr Gorgonenhaupt entgegenstrecken. Eilig verließ ich mit meinen Gefährten die Kluft und wandte mich wieder dem Ufer des Okeanos und unserem Schiff zu. Dann segelten wir, wie ich es dem Schatten Eleanors versprochen hatte, zur Insel Kirkes zurück.

Die weiteren Abenteuer des Odysseus

Nachdem wir die Gebeine unseres verunglückten Gefährten auf der Insel Äa verbrannt und bestattet, dem Toten einen Grabhügel aufgehäuft und eine Gedenksäule darauf gesetzt hatten, wurden wir von Kirke noch einmal sehr freundlich empfangen und bewirtet. Dann fuhren wir, von ihr vor allerlei Gefahren gewarnt und reichlich mit Lebensmitteln versorgt, weiter.

Das erste Abenteuer, das wir zu bestehen hatten, erwartete uns an der Insel der Sirenen – Nymphen, die jedermann betören, der auf ihr Lied horcht. Am grünen Ufer sitzen sie und singen ihre zauberischen Lieder den Vorüberfahrenden zu. Wer sich aber von ihnen locken lässt, ans Ufer zu gehen, ist ein Kind des Todes; man sieht modernde Gebeine überall verstreut. Bei der Insel dieser verführerischen Frauen angekommen, stand unser Schiff auf einmal still, denn der Wind, der uns bisher sanft vorangetrieben hatte, hörte auf zu wehen; das Gewässer schimmerte wie ein Spiegel. Meine Begleiter holten die Segel ein und setzten sich an die Ruder, um das Schiff vorwärts zu bringen. Ich aber dachte an die Worte Kirkes, als sie mir dies alles vorausgesagt hatte. „Wenn du zur Insel der Sirenen kommst, so verklebe die Ohren deiner Freunde mit Wachs, damit sie nichts hören; wenn du aber selbst ihr Lied vernehmen willst, so gib den Befehl, dass man dich, an Händen und Füßen gefesselt, an den Mast binden soll. Je sehnlicher du flehst, dich zu befreien, desto fester sollen sie dich in Stricke schnüren!"

Daran dachte ich jetzt; ich zerschnitt eine große Wachsscheibe und knetete sie mit meinen Fingern, bis das Wachs weich wurde, und strich es meinen Reisegefährten in die Ohren. Sie aber banden mich auf mein Geheiß aufrecht an den Mast; dann setzten sie sich wieder an die Ruder und trieben das Fahrzeug vorwärts. Als die Sirenen es heranschwimmen sahen, standen sie in der Gestalt reizender Mädchen am Ufer und begannen mit süßen Stimmen ihren Gesang. Und dies war ihr Lied:

Komm, Odysseus, Gepriesener, Ruhm der Achäer, lenke das Schiff an Land, um unsere Lieder zu hören. – Denn noch ruderte keiner vorbei im dunklen Schiff, ehe er aus unserem Mund die Honigstimme vernommen. Jeder sodann kehrt fröhlich zurück, hat vieles von uns erfahren. – Denn wir wissen, was in den Ebenen Trojas Griechen und Troer auf Beschluss der Götter erduldet. – Wir wissen, was irgend geschah auf der ernährenden Erde.

So sangen sie. Alles in mir wollte mehr hören; ich winkte meinen Begleitern mit dem Kopf, mich loszubinden. Aber mit ihren tauben Ohren stürzten sie sich nur umso rascher aufs Ruder, und zwei von ihnen, Eurylochos und Perimedes, kamen zu mir und legten mir, wie ich vorher befohlen hatte, stärkere Stricke an und schnürten auch die alten noch fester zusammen.

Erst als wir glücklich vorübergesteuert und ganz aus dem Bereich der Sirenen heraus waren, nahmen meine Freunde sich selbst das Wachs aus den Ohren und lösten meine Fesseln. Ich dankte ihnen herzlich für ihre Beharrlichkeit.

Kaum waren wir eine Strecke weiter, als ich von fern Wasserstaub und eine mächtige Brandung bemerkte. Es war die Charybdis, ein täglich dreimal unter einem Fels hervorquellender und wieder zurückwallender Strudel, der jedes Schiff verschlingt, das in seinen Rachen gerät. Meinen Begleitern glitten die Ruder vor Schreck aus den Händen; ich selbst sprang von meinem Sitz auf, lief durch das Schiff und sprach jedem Mut zu. „Liebe Freunde“, sagte ich, „wir sind keine Neulinge im Bestehen von Gefahren! Gehorcht mir alle. Bleibt fest auf euren Bänken und schlagt die Ruder in die Brandung! Zeus hilft uns gewiss aus dieser Not. Du aber, Steuermann, nimm all deine Kraft und Klugheit zusammen und lenke das Schiff durch die Gischt, so gut du kannst! Arbeite dich an dem Fels entlang, damit du nicht in den Strudel gerätst!“ So hatte ich die Freunde wenigstens vor Charybdis gewarnt, von der ich durch Kirkes Bericht wusste. Aber von dem Ungeheuer Skylla, das gegenüber drohte, schwieg ich wohlweislich; ich fürchtete, die Gefährten würden die Ruder fahren lassen und sich am Schiffsboden vor Angst zusammendrängen.

Einen anderen Rat, den Kirke mir jedoch auch gegeben hatte, hatte ich vergessen: Mich keinesfalls der Skylla zum Kampf zu stellen. Doch nun zog ich meine volle Rüstung an und nahm zwei Speere in die Hand, um dem herankommenden Ungeheuer zu begegnen. Aber obwohl mir die Augen vom Umherschauen schmerzten, konnte ich es doch nicht entdecken. So fuhr ich denn voller Angst in den immer enger werdenden Meeresschlund hinein.

Die Skylla hatte mir Kirke so geschildert: „Sie ist kein sterblicher Gegner, vielmehr ein unsterbliches Unheil. Tapferkeit vermag nichts gegen sie. Die einzige Rettung ist, ihr zu entfliehen! Sie wohnt der Charybdis gegenüber in einem Felsen, der seine Spitze hoch in die Wolken streckt, der ewig von dunklen Wolken umgeben, von keinem Sonnenstrahl beleuchtet und ganz aus glattem Gestein aufgetürmt ist. Mitten darin ist eine Höhle, schwarz wie die Nacht; in ihr haust die Skylla. Sie macht sich bemerkbar mit einem fürchterlichen Bellen, das über das Wasser hallt. Zwölf unförmige Füße und sechs Schlangenhälse hat die Unholdin, auf jedem grinst ein scheußlicher Kopf mit drei dichten Reihen von Zähnen, die sie fletscht, ihre Opfer zu zermalmen. Ihr Leib steckt tief in der Felskluft, ihre Köpfe aber streckt sie schnappend aus dem Abgrund hervor und fischt nach Robben, Delphinen und wohl auch noch größeren Tieren des Meeres. Noch nie konnte ein Schiff ohne einen Verlust an ihr vorüberfahren, immer hat sie mit jedem Maul einen Mann zwischen die Zähne genommen."

Dieses Bild hatte ich vor mir, aber ich blickte vergeblich umher. Währenddessen waren wir mit unserem Schiff ganz nahe an die Charybdis geraten, die mit gierigem Rachen das Meer einschlürfte und wieder ausspie. Sie brauste wie ein Kessel über dem Feuer, weißer Schaum flog empor, solange sie die Flut erbrach; wenn sie dann die Wogen einschluckte, senkte sich das trübe Wassergemisch ganz in die Tiefe. Der Fels donnerte, man konnte in einen Wirbel von schwarzem Schlamm hinunterschauen. Während wir nun unsere Blicke mit starrem Entsetzen auf dieses Schauspiel richteten und unwillkürlich mit dem Schiff nach links auswichen, waren wir der Skylla nahe gekommen. Ihre Rachen schnappten auf einen Zug sechs meiner tapfersten Gefährten von Bord hinweg. Ich sah sie mit schwebenden Händen und Füßen zwischen den Zähnen des Ungeheuers hoch in den Lüften. Einen Augenblick darauf waren sie zermalmt.

So viel ich auf meiner Irrfahrt bis dahin schon erduldet hatte, ein schlimmerer Anblick wurde mir niemals zuteil!

Jetzt aber waren wir endlich zwischen dem Strudel der Charybdis und dem Felsen der Skylla hindurch; die in der Sonne glänzende Insel Thrinakia lag vor uns. Schon auf dem Meer hörten wir das Gebrüll der heiligen Rinder des Sonnengottes und das Blöken seiner Schafe. Durch viel Unglück weise geworden, dachte ich an die Warnung des Tiresias in der Unterwelt und kündigte den Gefährten an, dass er und Kirke mich aufgefordert hatten, die Insel des Helios zu meiden, weil uns dort das jämmerlichste Schicksal drohe. „Du bist ein grausamer und harter Mann, Odysseus“, sagte Eurylochos ärgerlich, „ganz von Stahl und ohne jede Biegsamkeit! Willst du im Ernst uns, die wir von Anstrengung und Ermüdung entkräftet sind, missgönnen, einen Fuß an Land zu setzen? Lass uns wenigstens diese eine finstere Nacht am Ufer verbringen, das so gastlich wirkt!“

Als ich auf heftigen Widerspruch stieß, merkte ich, dass ein feindseliger Gott Böses mit uns beschlossen hatte. Ich sagte daher: „Eurylochos, es ist keine Kunst, mich zu zwingen! Ihr seid viele. So gebe ich nach. Aber einen heiligen Schwur müsst ihr mir ablegen, dem Sonnengott kein Rind oder auch nur ein Schaf abzuschlachten, wenn ihr seine Herden seht. Jeder soll sich vielmehr mit der Kost begnügen, mit der uns Kirke versorgt hat!“ Den Eid leisteten sie mir, ohne zu zögern. Danach ließen wir das Schiff in eine Bucht einlaufen, aus der sich süßes Wasser in die salzige Meeresflut ergoss. Alle stiegen aus, und es dauerte nicht lange, so war das Nachtessen bereitet.

Nach dem Mahl sprachen wir voll Trauer über unsere Freunde, die von der Skylla verschlungen worden waren, aber dann überwältigte uns müde Seefahrer der Schlaf.

Es mochte noch ein Drittel der Nacht übrig gewesen sein, als Zeus einen schweren Sturm sandte, sodass wir mit der Morgenröte eilig unser Schiff in eine Meeresgrotte brachten. Noch einmal warnte ich die Gefährten davor, den Rindern etwas anzutun, denn bei dem ungestümen Wetter sah ich einen längeren Aufenthalt vor mir.

Und tatsächlich blieben wir einen vollen Monat auf der Insel, weil der Südwind beständig blies und nur für kurze Zeit mit dem Ostwind abwechselte. Uns aber war einer wie der andere zuwider. Solange von Kirkes Vorrat noch genügend übrig war, hatte es ja auch keine Not. Als wir jedoch alle Nahrung verzehrt hatten und der Hunger sich einstellte, gingen meine Begleiter auf den Fisch- und Vogelfang. Ich selbst machte einen Ausflug am Ufer entlang, in der Hoffnung, dass mir ein Gott oder ein Sterblicher begegnete, der mir einen Ausweg zeigen konnte. Als ich weit genug von den Freunden entfernt war und ganz allein in der Einsamkeit war, wusch ich im Meereswasser meine Hände, um sie sauber dem Himmel entgegenstrecken zu können, warf mich demütig auf die Knie und flehte zu allen Göttern um Rettung. Sie schickten mir einen tiefen Schlaf.

Während ich nun fort war, erhob Eurylochos seine Stimme unter meinen Leuten und gab ihnen einen Rat, der ihr Verderben sein sollte. „Hört mein Wort", sprach er, „schwer geprüfte Freunde! Zwar ist jeder Tod für den Menschen voller Schrecken, aber das entsetzlichste Schicksal ist der Hungertod! Warum zögern wir noch immer, einige von den Rindern des Helios den Göttern zu opfern und uns am übrig bleibenden Fleisch satt zu essen? Sind wir erst glücklich in Ithaka angekommen, so werden wir Helios schon versöhnen und ihm einen herrlichen Tempel bauen, auch eine Statue von ihm darin aufstellen. Schickt er uns aber im Jähzorn einen Sturm, wenn wir wieder auf See sind und bohrt unser Schiff in den Grund – nun, so will ich lieber mein Leben in den Fluten verhauchen, als auf dieser einsamen Insel jämmerlich verhungern!"

Das gefiel meinen Gefährten. Gleich machten sie sich auf, trieben die besten Rinder von der Herde des Sonnengottes herbei und brachten sie unter Gebeten den Überirdischen zum Opfer. Die reichlichen Überreste steckten sie an Spieße und setzten sich eben zum Essen, als ich – den die Götter wieder aufgeweckt hatten aus dem tiefen Schlaf – herankam und schon von Weitem roch, was sich ereignet hatte. Da rief ich zu den Wolken: „Oh Vater Zeus und ihr anderen Himmlischen, zum Fluch habt ihr mich schlafen lassen! Was haben inzwischen meine Freunde für eine Untat begangen!“

Inzwischen war dem Sonnengott schon die Nachricht von dem schändlichen Verbrechen überbracht, das an seinem Heiligtum verübt worden war. Zornig trat er in den Kreis der Olympischen und brachte seine Klage vor. Zeus selbst fuhr zornig von seinem Thron auf, als er davon hörte, zumal Helios drohte, den Sonnenwagen in die Finsternis des Hades zu lenken, wenn die Verbrecher nicht zur Verantwortung gezogen würden. „Leuchte du, Helios“, sagte Zeus zu ihm, „weiter den Göttern und Menschen! Ich will das Schiff der Räuber mit meinem Donnerkeil treffen, dass es zerschmettert in den Abgrund sinkt!“ Die Worte hat mir später Kalypso erzählt, die sie von ihrem Freund Hermes erfahren hatte.

Als ich nun bei meinem Schiff und den Gefährten angekommen war, fuhr ich sie an und stellte sie zur Rede – doch es war zu spät. Und entsetzliche Zeichen zeugten von dem, was geschehen war; die Häute der geschlachteten Tiere krochen umher, als wären sie lebendig, das Fleisch an den Spießen brüllte, wie Rinder zu brüllen pflegen.

Meine hungrigen Begleiter kehrten sich nicht daran. Sechs Tage hintereinander aßen sie von dem Fleisch. Erst am siebenten Tag – zufällig schienen auch die Unwetter fortzuziehen – bestiegen wir wieder das Schiff und ruderten in die offene See hinaus.

Als wir das Land eben aus den Augen verloren hatten, breitete Zeus einen riesigen, schwarzblauen Wolkenberg gerade über uns aus, und das Meer um uns herum wurde immer dunkler. Plötzlich brach ein wütender Sturm aus Westen los, beide Taue des Mastbaumes zerrissen, sodass er splitternd zerbarst. Dann fuhr ein Blitz mit krachendem Donner auf das Schiff herab, dass es voll von Schwefeldampf schien. Meine Freunde stürzten ins schäumende Wasser, zappelten, wogten auf und versanken. Bald war ich ganz allein an Deck und irrte umher, bis die Planken auseinanderbrachen. Ich hatte das Bewusstsein noch nicht ganz verloren, meine Hände banden wie von selbst Mast und Kiel mit einem ledernen Seil zusammen. Dann ließ ich mich in der Götter Namen von dem tobenden Sturm durch die Fluten schleudern.

Endlich hörte der Orkan, der aus Westen wütete, auf und legte sich. Dafür erhob sich nun der Südwind – und versetzte mich in neue Angst. Denn nun war ich in Gefahr, wieder Skylla und Charybdis zugetrieben zu werden. Und so geschah es. Der Morgen dämmerte kaum, als ich den spitzen Fels erkannte und die grässliche aus- und einsprudelnde Charybdis ihm gegenüber erblickte. Sie verschlang auch, kaum dass ich näher kam, mit ihrem Strudel mein Floß. Ich selbst konnte die Äste eines Feigenbaumes, der über einem Felsen herabhing, ergreifen und zappelte wie eine Fledermaus in der Luft. So schwebte ich über der Charybdis, bis Mast und Kiel aus ihrem Schlund wieder hervorschossen. Den Augenblick passte ich ab, war mit einem Sprung auf meinem alten Sitz und versuchte nun mit beiden Händen aus dem Wirbel fortzurudern. Dies glückte mit großer Anstrengung, dennoch wäre ich verloren gewesen, wenn die Gnade des Zeus meine Balken nicht vom Felsen der Skylla abgelenkt und aus dem Schlund hinausgeschwemmt hätte.

Neun Tage trieb ich noch auf der See umher; in der zehnten Nacht brachten mich gnädige Götter endlich zur Insel Kalypsos, Ogygia. Die Göttin pflegte mich – aber warum soll ich davon erzählen? Habe ich doch schon gestern dir, König, und deiner Gemahlin mein letztes Abenteuer berichtet!

Odysseus verabschiedet sich von den Phäaken

Odysseus schwieg und ruhte sich von seiner langen Erzählung aus. Die Phäaken, die mit Staunen und Bewunderung zugehört hatten, hingen noch seinen Worten nach. Endlich brach Alkinoos die Stille und sprach: „Edelster der Gäste, den mein Haus je aufgenommen hat! Da du in meiner Wohnung eingekehrt bist, so hoffe ich, dass du nun nicht mehr vom rechten Weg in die Heimat abweichen und bald alles Elend, das du erduldet hast, vergessen wirst! Hört nun auch ihr, liebe Freunde meines Palastes! In einer schönen Truhe liegen herrliche Kleidungsstücke für unseren Gast bereit, dazu kunstvoll gearbeitetes Gold und manch andere Geschenke, die ich ihm zugedacht habe. Jeder von uns sollte noch einen großen Dreifuß und ein Becken hinzufügen. Die Volksversammlung wird den einen oder anderen unter uns, dem diese Gaben schwer fallen würden, entschädigen!"

Alle stimmten zu. Am anderen Morgen brachten die Phäaken sämtliche Geschenke auf das Schiff; Alkinoos selbst stellte sie sorgfältig unter die Bänke, damit die Ruderer nicht behindert würden. Hierauf kehrten sie miteinander in den Palast des Königs zurück, um das Abschiedsmahl zu rüsten. Nach dem Opfer, das Zeus von dem geschlachteten Rind dargebracht wurde, begann das Festessen. Der blinde Demodokos sang auch diesmal seine Lieder dazu.

Odysseus aber war mit seinem Geist nicht anwesend. Oft schaute er aus den Fenstern des Saals nach dem Stand der Sonne und wünschte sich sehnlich ihren Untergang herbei, so sehnlich, wie es einem Bauern zumute ist, der einen Tag lang den Pflug über seinen Acker geführt hat und den es nach der Ruhe des Abends verlangt. Endlich sagte er seinem Gastgeber: „Gepriesener Held Alkinoos, gieß das Trankopfer aus und entlasse mich nun! Die Geschenke liegen auf dem Schiff, die Fahrt ist gerüstet. Mögen die Himmlischen dich segnen; möge ich mein Weib wohlbehalten zu Hause finden, dazu Kind, Vater und Freunde!"

Alle Phäaken stimmten in seinen Wunsch ein. Alkinoos befahl dem Herold Pontonoos, den Gästen noch einmal die Becher zu füllen. Dann stand jeder von seinem Sitz auf, und wie auf einen Wink brachten sie das Trankopfer für Odysseus' glückliche Rückfahrt den olympischen Göttern dar. Odysseus erhob sich und reichte seinen Becher der Königin Arete: „Lebe wohl, hohe Herrin! Ich kehre heim. Freu du dich deiner Kinder, deines Volkes und deines edlen Mannes!"

Mit diesen Worten verließ der Held den Palast. Auf Befehl des Königs, der ihm beim Abschied herzlich die Hand gereicht hatte, geleitete ein Herold ihn und mehrere Dienerinnen bis ans Schiff. Die eine trug die schönen Gewänder, Mantel und Leibrock, die anderen die verschlossene Truhe, die dritte Speisen und Wein. Dann stieg Odysseus schweigend ein und legte sich zum Schlaf nieder. Die Mannschaft nahm auf den Bänken Platz, die Taue wurden losgemacht, und mit dem Schlag der Ruder zog das Schiff dahin.

Odysseus kommt nach Ithaka

Der Schlaf des Odysseus war so tief wie der Tod. Das Schiff flog schnell und sicher, so wie ein Wagen mit vier Hengsten über die Ebene oder wie ein Habicht durch die Luft zieht.

Als der Morgenstern sich am Himmel hob und den Tag ankündigte, steuerte das Schiff in voller Fahrt auf die Insel Ithaka zu. Im Hintergrund der Bucht, die sie anliefen, reckte sich ein schattiger Ölbaum, neben ihm war eine Grotte, in deren tiefer Dämmerung Nixen wohnten. Die Grotte hatte einen doppelten Eingang: nach Norden für die Menschen, nach Süden eine versteckte Pforte für die Unsterblichen aus dem Wasser. Vor dieser Höhle nun landeten die Phäaken, hoben den schlafenden Odysseus mitsamt dem Teppich, auf dem er lag, aus dem Schiff und betteten ihn vorsichtig unter dem Ölbaum im Sand. Hier wurden auch die Gaben abgelegt, die ihm Alkinoos und seine Fürsten geschenkt hatten. Die Männer versteckten alles sorgfältig seitwärts am Weg im dichten Gebüsch, damit nicht etwa ein vorübergehender Wanderer den Schlafenden berauben könnte. Den Helden zu wecken, wagten sie nicht. Danach setzten sie sich wieder an die Ruder und traten die Rückfahrt an.

Aber der Meeresgott Poseidon verübelte den Phäaken, dass sie ihm seine Beute entrissen hatten, und bat den Göttervater um Erlaubnis, an ihrem Schiff Rache zu nehmen. Als es der Insel Scheria, ihrem Heimatland, schon nahe war, stieg Poseidon aus den Wellen empor, schlug mit der flachen Hand darauf und verschwand wieder in der Flut. Das Schiff verwandelte sich augenblicklich mit allem, was darauf war, in einen Felsen, der tief im Meeresboden wurzelte. Die Phäaken, die auf die Nachricht, dass ihre Landsleute zurückkämen, zum Ufer gelaufen waren, konnten nicht genug staunen, wie das Schiff, das eben noch in großer Eile näher kam, plötzlich verschwunden und an seiner Stelle ein rauer Felsen in den Fluten auszumachen war.

Am Strand von Ithaka war Odysseus inzwischen aus dem Schlummer erwacht, aber er war schon so lange fort von der Heimat, dass er sie nicht mehr erkannte. Zudem hatte Pallas Athene um ihn einen Nebel gebildet; seine Frau Penelope und die Bürger der Insel sollten ihn nicht zu früh erkennen. So erschien jetzt dem Helden alles, der geschlängelte Pfad, die Meeresbucht, die in den Himmel ragenden Felsen, die Bäume mit ihren hohen Wipfeln, als unbekannte Landschaft. Er sprang vom Boden auf, schlug sich an die Stirn und rief klagend: „Ich Unglücklicher, in welch neue Fremde bin ich geraten? Wäre ich doch bei dem Volk der Phäaken geblieben, wo ich so freundlich aufgenommen wurde!“

Odysseus blickte in das Gebüsch am Weg; er sah Dreifüße, Becken, Gold, Kleider, alles in bester Ordnung, dort stehen und liegen, und er fing an, zu mustern und sogar zu zählen. Es fehlte nichts. Als er nun weiter den Strand entlangirrte, kam die Göttin Athene in Gestalt eines jungen Mannes zu ihm. Es schien ein Schafhirte zu sein, aber er war wie ein Königssohn gekleidet, trug schöne Sohlen an den Füßen und einen Spieß in der Hand. Odysseus war froh, einem Menschen zu begegnen, und fragte freundlich, auf welchem Gebiet er sich befände, ob es Festland oder eine Insel sei, und dergleichen mehr. „Du musst weit aus der Ferne kommen“, antwortete die Göttin, „wenn du den Namen dieses Landes nicht weißt! Zwar ist es gebirgig, und Pferde kann man hier nicht weiden wie auf den Ebenen von Argos. Arm ist es aber nicht; Wein und Getreide gedeihen herrlich. Ziegen und Rinder gibt es in großer Menge, dazu die schönsten Wälder und perlendes Quellwasser. Frag, wo du willst, überall wird man dir Gutes von der Insel Ithaka erzählen!“

Wie froh war Odysseus, als er das hörte!

Doch er hütete sich, preiszugeben, wer er war. Er tat so, als würde er mit der Hälfte seines Besitzes von der Insel Kreta herübergekommen sein, wo er die andere Hälfte seinen Söhnen zurückgelassen habe. Eine üble Verleumdung – der Vorwurf, einen Nachbarn getötet zu haben – hätte ihn gezwungen, aus der Heimat zu flüchten. So erzählte er eine rasch erfundene Geschichte. Als er am Ende war, lächelte Pallas Athene und verwandelte sich plötzlich in ein schönes, schlankes Mädchen. „Wirklich“, scherzte sie, „es müsste ein Ausbund von Schlauheit sein, der dich mit deinen Listen besiegen könnte, und wenn es eine Gottheit wäre! Mich aber hast du nicht erkannt, Odysseus, hast nicht geahnt, dass ich bis zuletzt in allen Gefahren neben dir stand. Jetzt bin ich gekommen, dir die kostbaren Geschenke verstecken zu helfen, zugleich, um dir zu sagen, welche Prüfungen dich nun im eigenen Palast erwarten, und um dir zu raten!“

Mit diesen Worten zerstreute Athene schnell den Nebel vor den Augen des Helden, sodass er nun das Heimatland klar vor sich hatte. Erfreut warf sich Odysseus auf die Erde, um sie zu küssen, und betete zu den Schutzgöttinnen des Ortes, an dem er stand. Darauf half ihm die Göttin, all die Geschenke, die er mitgebracht hatte, in der Grotte zu verbergen, und als alles wohl versteckt und ein Stein davor gewälzt war, setzten sich beide unter den Olivenbaum und beratschlagten darüber, wie Odysseus gegen die Freier vorgehen konnte – von deren frechen Werbungen in seinem eigenen Haus Athene nunmehr ausführlich berichtete.

„Ich danke dir“, rief Odysseus, „hättest du es mir nicht gesagt, gnädige Göttin, so hätte mich daheim ein ebenso schmählicher Tod erwartet wie Agamemnon in Mykene! Wenn du mir aber ernstlich deine Hilfe gewährst, so fürchte ich, allein wie ich bin, selbst dreihundert Feinde nicht!“

„Vertrau mir, mein Freund!“, erwiderte Athene. „Vor allen Dingen will ich dafür sorgen, dass kein Mensch auf dieser Insel dich erkennt. Die Muskeln um deine Glieder sollen zusammenschrumpfen, dein braunes Haar vom Haupt verschwinden; deinen Körper hülle ich in einen Kittel, in dem jeder dich nur mit Abscheu betrachten wird; deine Augen mache ich schielend, sodass du nicht nur den Freiern, sondern auch deiner Gemahlin und deinem Sohn entstellt erscheinst. Und dann sollst du deinen treuesten Untertanen aufsuchen, den Hirten, der die Schweine bewacht und mit ganzer Seele an dir hängt!"

So sprach Athene und berührte Odysseus leicht mit ihrem Stab, worauf ihm sogleich die Glieder schrumpften und er in einen zerlumpten, schmutzigen Bettler verwandelt wurde. Sie reichte ihm noch einen garstigen geflickten Ranzen und verschwand.

Odysseus bei dem Schweinehirten

In dieser Gestalt wanderte der nun ganz und gar unkenntlich gemachte Odysseus über die Höhen des bewaldeten Gebirges, bis er das Gehöft des treuesten seiner Knechte, des Schweinehirten Eumäos, erreichte. Es lag auf einer Hochebene des Gebirges, wo der fleißige Mann seiner Herde ringsum aus schweren Steinen ein Gehege gebaut und es mit Hagedorn umpflanzt hatte. Zwölf Koben enthielt es, und in jedem von ihnen waren fünfzig Mutterschweine zur Zucht eingesperrt. Die Eber ruhten außerhalb der Ställe. Tag für Tag forderten die Freier am Hofe einen davon für ihre Mahlzeiten.

Die Hunde bemerkten den sich nähernden Odysseus als Erste und stürzten bellend auf ihn los. Und fast hätte er in seinem eigenen Gehöft die Schande erleben müssen, von seinen Hunden angefallen zu werden, wenn der Schweinehirt nicht aus der Tür seiner Hütte geeilt wäre, den Tieren Einhalt geboten und sie mit Steinen auseinandergescheucht hätte. Dann wandte er sich an seinen Herrn, den er für einen Bettler hielt, und sprach: „Nur wenig hätte gefehlt, oh Greis, und die Hunde hätten dich zerfleischt. Da wäre zu allem Gram, den ich schon habe, neuer Kummer hinzugekommen! Ist es doch genug, dass ich hilflos um meinen armen, fernen Herrn weinen muss. Hier bin ich und mäste seine fettesten Schweine zum Mahl für andere, während er selbst vielleicht im Elend ist und nicht einmal ein Stück trockenes Brot zu beißen hat! Komm in die Hütte, Mann, und lass dich mit Wein und Speise bewirten, und wenn du satt bist, sage mir, woher du bist und was du erduldet hast, dass du so jämmerlich aussiehst!"

Beide betraten die Hütte, der Hirte streute dem Gast Laub und Reisig auf den Boden, breitete seine eigene Decke, ein großes, zottiges Ziegenfell, darüber und bat ihn, sich niederzulassen. Odysseus bezeigte dankbar seine Freude über einen so gütigen Empfang. „Alter, man soll keinen Gast vor der Tür stehen lassen, auch den geringsten nicht!" So sprach der Schweinehirt und ging zu den Koben, wo die Ferkel grunzten. Von ihnen nahm er zwei, schlachtete sie, steckte das Fleisch an die Spieße, bestreute es mit weißem Mehl und legte das schließlich fertig gebratene Fleisch dem Gast vor. In eine hölzerne Kanne goss er aus dem großen Krug süßen alten Wein, setzte sich dem Fremden gegenüber und sagte: „Iss nun, so viel wir haben! Es ist Ferkelfleisch, denn die Mastschweine essen mir die Freier weg, die weniger Anstand haben als die frechsten Seeräuber! Wahrscheinlich wissen sie vom Tode meines Herrn, sodass sie um seine Gattin gar nicht werben wie ehrliche Leute mit ehrlicher Absicht, sondern, niemals in ihre Heimat heimkehrend, in aller Ruhe fremdes Gut verprassen. Tag und Nacht lassen sie nicht ein- bis zweimal schlachten, nein, mehrmals und leeren dazu ein Weinfass nach dem anderen. Ach, mein Herr Odysseus war reich! Zwölf Herden mit Rindern, ebenso viele Schafherden, Schweine und Ziegen besaß er, die ihm seine Knechte betreuten. In dieser Gegend allein gibt es elf Ziegenherden, die Odysseus' Männer hüten; aber auch sie müssen den Freiern alle Tage einen auserlesenen Geißbock abliefern. Ich bin Oberhirte über die Schweine und muss Tag für Tag den besten Eber auswählen und den unersättlichen Fressern schicken!"

Während Eumäos dies erzählte, verschlang Odysseus hastig das Fleisch und trank den Wein in raschen Zügen, ohne etwas zu antworten. Er war ganz mit seiner Rache beschäftigt, die er an den Freiern nehmen wollte.

Als er sich satt gegessen und der Hirte ihm den Becher noch einmal voll gefüllt hatte, trank er ihm zu: „Schildere mir doch“, sagte er, „deinen Herrn näher, lieber Freund! Es wäre nicht unmöglich, dass ich ihn kenne und ihm einmal begegnet wäre; denn ich bin weit in der Fremde herumgekommen!“

Aber Eumäos schüttelte den Kopf: „Meinst du, wir werden einem umherirrenden Mann, der uns vielleicht etwas von unserem Herrn erzählen will, so leicht Glauben schenken?“

„Nun, mein Lieber“, antwortete Odysseus, „weil du so sehr seine Rückkehr ersehnst, so sage ich es dir – und es ist wie ein Schwur: Odysseus wird kommen! Meinen Lohn für die Nachricht aber verlange ich erst, wenn er da ist. So arm ich bin, mit einer Ankündigung allein möchte ich mir nichts verdienen!“

„Oh Greis“, erwiderte Eumäos, „ich werde dir so wenig Lohn für deine Botschaft zu entrichten haben, als Odysseus nach Hause zurückkehrt! Trinke ruhig deinen Wein und rede von etwas anderem, aber träume nicht! Deinen Eid lass gut sein! Meinen Herrn erwarte ich nicht mehr. Mir macht jetzt nur sein Sohn Telemach Sorge. Doch berichte mir nun, Alter, von deinem eigenen Leben! Wer bist du, und was suchst du in Ithaka?“

Der falsche Bettler machte sich einen Scherz und erzählte seinem Zuhörer ein langes Märchen. Am Ende des Lügengespinstes war der Hirte sehr gerührt: „Unglücklicher Fremder, was für eine Erzählung! Nur eines glaube ich dir nicht: nämlich das, was du mir von Odysseus sagtest.“ Mit diesen Worten erhob sich Eumäos und bereitete seinem Gast nicht weit vom Feuerherd ein Bett aus Schafpelzen und Ziegenhäuten. Nachdem sich der Bettler darauf niedergelegt hatte, deckte er ihn mit einem dicken großen Mantel zu, den er selbst bei den heftigen Winterstürmen zu tragen pflegte.

So lag denn der Held warm und sicher. Neben ihm gingen die Knechte zur Ruhe. Nur Eumäos wählte sein Nachtlager nicht in der

Hütte, denn er wollte nicht zu weit entfernt von seinen Schweinen bleiben. Er griff zu seinen Waffen und begab sich hinaus zu den Ställen, das Schwert gegürtet, einen anderen Mantel um die Schultern. Auch ein zottiges Ziegenfell nahm er als Unterlage mit; in der Hand trug er einen scharfen Spieß, um alles, was etwa herannahen könnte, zu schrecken. So legte er sich, vor dem schneidenden Nordwind geschützt, vor die Koben seiner Schweine. Odysseus war noch nicht eingeschlafen, als der Hirte die Hütte verließ. Er blickte ihm nach und freute sich, einen so ehrlichen und treuen Knecht zu haben, der den Besitz seines Herrn, den er längst für verloren hielt, mit gewissenhafter Sorgfalt verwaltete. In diesem Gefühl überließ sich der Held dem Schlaf.

Telemach verlässt Sparta

Pallas Athene, die Göttin, begab sich zur selben Stunde nach Sparta an den Hof des Fürsten Menelaos, und suchte dort die beiden Jünglinge aus Pylos und aus Ithaka auf. Pisistratos, der Sohn des Nestor, schlief fest auf seinem Lager; Telemach aber fand keine Ruhe. Er wachte die ganze Nacht hindurch aus Kummer über das Schicksal seines Vaters. Da sah er auf einmal die Tochter des Zeus vor seinem Bett stehen.

„Es ist nicht gut", hörte er, „dich fern von deinem Hause umherzutreiben, während daheim die Freier deinen Besitz unter sich verteilen! Bitte den Fürsten Menelaos unverzüglich darum, heimfahren zu dürfen, bevor deine Mutter eine Beute der zügellosen Fremden wird. Schon bestürmt man sie und verlangt, dass sie Eurymachos zum Gemahl nehme, der mit seinen Geschenken alle anderen übertroffen hat. Wenn es dazu kommt, magst du selbst zusehen, wo du dann bleibst! Geh also rasch zurück! – Aber noch eines: In der Meerenge zwischen Ithaka und Same liegen die Freier in einem Hinterhalt und sind darauf aus, dich umzubringen, ehe du dein Vaterland wieder erreichst. Halte dich fern von den Inseln, und segle nur in der Nacht; für guten Wind wird ein Gott sorgen! Bist du angekommen, so begib dich auf schnellstem Wege zum Schweinehirten Eumäos in den Bergen; ihn kannst du beauftragen, der Königin Penelope deine Ankunft zu melden. Und dann warte ab!"

Nachdem sie dies gesagt hatte, flog Athene zum Olymp empor. Telemach aber weckte den Sohn Nestors und rief: „Wach auf, Pisistratos, spanne die Pferde vor den Wagen und lass uns die Heimreise beginnen!"

„Wie", antwortete der noch im halben Schlummer, „wir werden doch nicht im Dunkel der Nacht auf Fahrt gehen wollen? Warte, bis der Morgen kommt; dann legt uns König Menelaos schöne Geschenke in den Wagen und entlässt uns mit freundlichen Abschiedsworten!" Während sie so miteinander über die Abreise sprachen, erschien bereits die Morgenröte am Himmel, und Menelaos erhob sich noch vor den jungen Männern vom Lager. Als Telemach ihn durch die Halle gehen sah, warf er sich schnell in seinen Leibrock, schlug den Mantel um die Schultern, trat zu dem Fürsten und bat ihn um Entlassung in die Heimat. Menelaos sorgte in aller Eile für das Abschiedsmahl und begab sich mit Helena und seinem Sohn Megapenthes in die Kammer, wo er seine Kostbarkeiten aufbewahrte. Hier suchte er selbst einen goldenen Becher aus, seinem Sohn gab er einen silbernen Krug zu tragen, und aus dem Kasten wählte Helena das unterste ihrer selbst gewebten Gewänder – eines, das ihr am größten und schönsten erschien.

Telemach empfing die Gaben und bedankte sich gerührt, und sein Freund Pisistratos legte sie, jede einzelne bewundernd, in den Wagen. Dann führte Menelaos die Gäste in seinen Saal, und der Abschiedsimbiss wurde gereicht. Als sie schon auf dem Wagen saßen, trat der König, mit einem vollen Becher in der Rechten, noch einmal vor die Pferde, brachte zur glücklichen Abfahrt den Unsterblichen ein Opfer dar und trank den Jünglingen zu. Da plötzlich flog ein Adler mit einer zahmen Gans, die im Palast gelebt hatte, in den Krallen, von schreienden Männern und Weibern verfolgt, von rechts kommend gerade vor die Pferde. Alle freuten sich über das gute Zeichen, und Helena sprach: „Hört meine Weissagung, Freunde: Wie der Adler aus seinem Nest im

Gebirge her die Gans weggerafft hat, die sich bei uns mästete, so wird Odysseus nach langer Irrfahrt und Qual als Rächer in die Heimat zurückkehren oder ist schon heimgekommen!"

„Möge es Zeus' Wille sein!", antwortete Telemach. Und nun eilten die beiden Gäste mit dem Wagen fort. – Vor Pylos umarmten sie sich und nahmen Abschied voneinander.

Gespräche beim Schweinehirten

In der Hütte des Schweinehirten auf Ithaka saß Odysseus mit Eumäos am Abend jenes Tages vergnügt beim Nachtessen. Um festzustellen, wie lange er ihm wohl seine Unterkunft lassen würde, sagte er zu seinem Wirt: „Morgen, mein Freund, will ich an meinem Bettelstab in die Stadt und zum Palast gehen und Arbeit suchen, um dir nicht länger zur Last zu fallen!"

Aber Eumäos runzelte die Stirn und erwiderte: „Lieber Gast, was kommt dir da für ein Gedanke in den Kopf! Willst du dich ganz ins Verderben stürzen? Meinst du, Penelope oder die Freier werden deinen Dienst tatsächlich wollen? Die haben ganz andere Helfer, als du einer sein könntest! Junge Männer in schönsten Kleidern, das Haar von Salben duftend, stehen ihnen zu Gebot und bedienen die prächtigen Tische, die stets mit Fleisch, Brot und Wein übervoll sind. Bleib du bei uns, wo du weder mir noch den anderen eine Bürde bist, und warte auf die Rückkehr des guten Sohns von Odysseus, der dich gütig versorgen wird!"

Odysseus nahm das Angebot dankbar an und bat den Hirten, ihm nun doch auch zu erzählen, wie es den Eltern seines Herrn gehe, ob sie lebten oder schon in den Hades hinabgestiegen seien. „Laërtes, der Vater, lebt noch", antwortete ihm Eumäos, „aber der Kummer über den verschollenen Sohn bricht ihm das Herz – die Mutter hat der Schmerz dahingerafft. Auch ich trauere um seine gute Frau; ist sie es doch, die mich einst gemeinsam mit ihrer Tochter Ktimene fast wie einen eigenen Sohn aufgezogen hat. Als später die Tochter verheiratet wurde, stattete mich die Mutter reichlich mit Dingen für den Alltag aus und schickte mich hierher aufs Land. Jetzt muss ich vieles entbehren und ernähre mich, so gut es geht, von meiner Arbeit. Penelope, die jetzige Königin, kann nichts für mich tun; sie wird von den Freiern umgeben und bewacht!"

Unter solchen Gesprächen war die Nacht fast vorüber. Sie schliefen nur noch wenig, bis die anbrechende Morgenröte sie weckte.

Telemach kommt heim

Am gleichen Morgen landete Telemach mit seinen Begleitern an Ithakas Küste. Dem Rat Athenes gehorchend, ließ er die andern ohne Verzug zur Stadt weiterrudern, versprach ihnen, am nächsten Tag mit einem fröhlichen Mahl für die Reise zu danken, und wandte sich ab, um den Weg zu dem Hirten anzutreten. „Und wohin soll ich gehen, mein Sohn?", fragte ihn da der Seher Theoklymenos, dem sie als Flüchtling an Bord geholfen hatten. „Wer in der Stadt wird mich aufnehmen?"

„Hätte unser Haus", antwortete Telemach, „ein anderes Ansehen als gegenwärtig, so würde ich dich zu uns einladen. So aber würdest du von den Freiern doch nicht vorgelassen, und meine Mutter webt in ihrem einsamen Gemach an einem Totengewand."

Während er noch redete, flog ein Habicht mit einer Taube in den Klauen vorüber. Der Seher nahm den Jüngling zur Seite und sagte ihm ins Ohr: „Sohn, wenn meine Kunst mich nicht täuscht, so gilt dieses Zeichen deinem Hause. Nie wird ein anderes Geschlecht auf Ithaka walten; ihr seid die bleibenden Herrscher dieses Landes!" –

Inzwischen bereiteten Odysseus und der Schweinehirt in der Hütte das Frühstück, und die Knechte trieben die Tiere aus ihren Koben. Als die beiden behaglich beim Essen saßen, vernahmen sie draußen plötzlich Schritte, und die Hunde wurden laut, doch ohne zu bellen; sie schienen einen Herankommenden schmeichelnd zu begrüßen. „Sicher", sagte Odysseus zu Eumäos, „besucht dich ein Freund oder Bekannter; denn Fremden gegenüber gebärden sich deine Hunde ganz anders, das habe ich erfahren!"

Er hatte noch nicht geendet, als Telemach in der Hüttentür stand. Der Hirte ließ das Trinkgeschirr vor freudiger Überraschung aus der Hand sinken, eilte seinem jungen Herrn entgegen, umschlang ihn und küsste weinend sein Gesicht, die Augen und Hände, als wäre er vom Tode auferstanden.

Odysseus wollte dem Eintretenden Platz machen, Telemach aber hielt ihn an und sagte freundlich: „Bleib nur sitzen, Fremder!" Rasch bereitete Eumäos ein weiches Polster aus grünem Laub und deckte einen Schafpelz darüber.

Telemach setzte sich zu den beiden; der Hirte tischte eine Schüssel mit gebratenem Fleisch auf, stellte den Brotkorb dazu und mischte in der hölzernen Kanne den Wein. So aßen sie alle drei zusammen. Endlich fragte Telemach den Hirten freundlich nach dem Fremden, und Eumäos brachte kurz vor, was Odysseus von sich erzählt hatte. „Ich gebe ihn in deine Hände, er mag mit dir gehen!"

„Du weißt", erwiderte Telemach, „ich kann in meinem Hause, so wie es dort aussieht, niemanden beschützen. Behalt du ihn lieber hier; ich will ihm Rock und Mantel, Schuhe und ein zweischneidiges Schwert schicken, auch Essen genug, damit er dir und deinen Knechten nicht zur Last fällt. Ich kann nicht wollen, dass er sich unter die Freier begibt; sie schalten und walten gar zu frech, selbst ein gewaltiger Mann kann nichts gegen sie ausrichten!"

Odysseus, der Bettler, drückte seine Verwunderung darüber aus. „Hasst dein Volk dich denn", fragte er Telemach, „oder liegst du mit Brüdern im Streit? Wäre ich so jung wie du und der Sohn des Odysseus, oder käme er gar selbst zurück – noch ist die Hoffnung ja nicht ganz verloren –, so sollte mir eher ein Fremder den Kopf von der Schulter schlagen, ja, lieber wollte ich auf meiner Schwelle sterben, als dass ich so schändlichen Taten länger zuschaute!"

Darauf antwortete Telemach: „Lieber Gast, das Volk hasst mich nicht; ich habe auch keine Brüder, die mich anfeinden, ich bin das einzige Kind daheim. Aber Männer von allen Inseln rundum und von Ithaka selbst werben um meine Mutter. Sie weicht ihnen aus, ohne sie wirklich abwehren zu können, und über kurz oder lang wird mein Haus und Besitz verwüstet sein." Dann wandte sich Telemach an den Hirten: „Väterchen, tu mir den Gefallen, suche meine Mutter Penelope auf und sag ihr, dass ich heimgekehrt bin. Aber kein Freier darf es wissen!" Eumäos langte nach seinen Sohlen, band sie sich unter die Füße, ergriff seine Lanze und eilte fort.

Odysseus gibt sich seinem Sohn zu erkennen

Pallas Athene hatte den Augenblick abgewartet, dass Vater und Sohn allein waren. Sie trat in Gestalt einer schönen Jungfrau in die Tür. Doch sie war für Telemach nicht sichtbar, nur dem Gast und den Hunden; die aber bellten nicht, sondern verkrochen sich. Die Göttin winkte Odysseus zu, und er trat hinaus. „Jetzt brauchst du dich nicht mehr vor Telemach zu verbergen", befahl Athene. „Zusammen sollt ihr die Stadt aufsuchen und den Freiern entgegentreten. Ich selbst werde nicht lange auf mich warten lassen!" Mit diesen Worten berührte die Göttin den Bettler mit ihrem goldenen Stab. Da war ein Wunder zu sehen. Mantel und Leibrock umgaben plötzlich wie früher die Gestalt des Helden. Und er verjüngte sich; das Gesicht wurde braun, die Wangen voller, um das Kinn sprosste der gekräuselte schwarze Bart, und sein Körper straffte sich. Danach verschwand Athene.

Als Odysseus wieder in die Hütte trat, sah ihn der Sohn staunend an. Er glaubte, einen Gott zu erblicken, und sprach mit abgewandten Augen: „Fremder, wer bist du? Du trägst andere Kleider, deine ganze Gestalt ist verwandelt. Du scheinst einer der Himmlischen zu sein!"

„Ich bin kein Gott", rief Odysseus. „Erkenne mich doch, Kind, deinen Vater, um den du so viel Kummer gelitten hast!" Die so lange gewaltsam gehemmten Tränen stürzten ihm bei diesen Worten aus den Augen; er eilte auf den Sohn zu, umfing ihn und küsste ihn. „Ich bin es, der nach zwanzig Jahren in die Heimat zurückkommt, und kein anderer! Athene hat mich verwandelt, bald gehe ich als Bettler einher, bald als Herrscher. Den Göttern ist es leicht, einen Sterblichen zu erniedrigen oder zu erhöhen!"

So sprach Odysseus und setzte sich. Jetzt erst wagte der Jüngling, unter heißen Tränen seinen Vater zu umarmen; in beiden brach der lang beherrschte Gram nun auf, ihre Klagen tönten wie der Ruf der Vögel, denen man ihre Jungen geraubt hat, ehe sie flügge geworden sind. Als sie sich fassten, fragte Telemach endlich, auf welchem Wege der Vater in die Heimat gekommen war. Der gab ihm Auskunft. Dann sagte er: „Und jetzt bin ich hier, mein Sohn, damit wir über die Bestrafung unserer Feinde beraten! Sag mir die Namen der Freier, damit ich weiß, wie viele es sind und ob wir beide allein zum Kampf gegen sie ausreichen oder ob wir uns nach Helfern umsehen müssen."

„Ich habe zwar immer von deinem Ruhm gehört, Vater", erwiderte Telemach, „und dass dein Arm so stark sei, wie dein Rat klug. Das aber ist zu hoch gegriffen. Niemals können wir etwas ausrichten gegen so viele!"

„Denk daran", entgegnete Odysseus darauf, „dass Athene und Zeus unsere Bundesgenossen sind!" Er schwieg einen Augenblick und dachte nach. Dann sagte er: „Dies ist mein Plan: Du selbst, lieber Sohn, solltest morgen in die Stadt zurückkehren und dich unter die Freier begeben, als sei nichts geschehen. Mich wird der Schweinehirt, nachdem ich wieder zum greisen Bettler geworden bin, dir nachführen. Was die Feinde mir dann auch im Saale antun mögen, und wenn sie mich an den Füßen über die Schwelle hinausziehen, du musst dich bezähmen und es ertragen! Auf einen Wink von mir wirst du dann die Rüstungen und Waffen, die im Saal umherhängen, in eine der oberen Kammern des Hauses bringen lassen. Wundern sich die Freier darüber, so sage, du hast sie wegschaffen lassen, weil die Waffen, vom Rauch des Kamins geschwärzt, den Glanz verloren hätten, in dem sie früher schimmerten.

Für uns beide lässt du nur zwei Schwerter, zwei Speere und zwei lederne Schilde zurück, damit wir sie zum Kampf ergreifen können, falls die Aufdringlichen sich in ihrer Anmaßung gegen uns wenden!“

Die Gegner schmieden Pläne

Die Freier erfuhren die kurze Nachricht von der Heimkehr Telemachs durch treulose Dienerinnen. Nachdenklich kamen sie zusammen und setzten sich auf die Bänke vor dem Tor. „Das hätten wir niemals gedacht“, bemerkte Eurymachos, „dass der Jüngling diese Fahrt überstehen würde! Lasst uns rasch ein Schiff ausrüsten, einen Schnellsegler, um unseren Freunden, die noch auf See auf ihn warten, die Botschaft von seiner Rückkehr zu bringen!“

Während Eurymachos noch sprach, hatte sich ein anderer Freier, Amphinomos, umgewandt und einen Blick auf das Meer geworfen. Er sah das Schiff des Antinoos, das im Hinterhalt gelegen hatte, mit vollen Segeln in den Hafen einlaufen. Bald trat der Anführer selbst zu ihnen. „Wir sind nicht schuld, dass Telemach uns entronnen ist, Freunde! Späher um Späher hatten wir auf den Höhen der Küste aufgestellt und waren tagein, tagaus nur darauf bedacht, den Sohn des Odysseus zu ergreifen und in aller Stille umzubringen. Einer der Unsterblichen muss ihn heimgeleitet haben; nicht einmal sein Schiff ist uns zu Gesicht gekommen! Dafür werden wir ihm jetzt in der Stadt den Untergang bereiten. Der junge Mann wird zu klug und wächst uns über den Kopf! Auch das Volk wird aufsässig. Bringt er erst unter die Leute, dass wir versuchten, ihm aufzulauern, so fallen sie über uns her. Räumen wir ihn aus dem Weg! Ich schlage vor, dass wir uns danach seinen Besitz teilen; den Palast lassen wir der Mutter und ihrem künftigen Mann!“

Als er geendet hatte, entstand ein langes Schweigen unter den Männern. Dann erhob sich Amphinomos, der noch einen Rest von Anstand besaß. „Freunde“, sagte er, „ich möchte nicht, dass wir Telemach heimlich ums Leben bringen! Es ist etwas Furchtbares, ein altes Königsgeschlecht mit seinem letzten Nachkommen zu morden. Lasst uns vorher die Götter befragen!"

Das gefiel den Freiern; sie schoben ihren Plan auf und kehrten in den Palast zurück. Aber auch diesmal hatte sie der Herold Medon, ein heimlicher Anhänger Penelopes, belauscht und die Königin über die schändlichen Absichten unterrichtet. Dicht verschleiert eilte sie mit ihren Dienerinnen in den Saal hinab und redete den Urheber des tückischen Vorschlags an: „Antinoos, du bist ein Unheilstifter! Du verachtest die Stimme der Unglücklichen, auf die selbst Zeus horcht, und scheust dich nicht, den Tod Telemachs vorzuschlagen!"

Statt seiner antwortete Eurymachos: „Edle Penelope, sei ohne Sorge! Nie, solange ich lebe, wird es ein Mann wagen, Hand an deinen Sohn zu legen. Hat mich doch Odysseus als Kind auf den Knien gewiegt und mir manch guten Bissen in den Mund geschoben! Deshalb ist mir sein Sohn der liebste unter allen Menschen!"

So sprach der Falsche mit der freundlichsten Miene, in Wahrheit aber sann er auf nichts als den Tod des Telemach.

Penelope kehrte wieder in ihre Kammer zurück, warf sich aufs Lager und weinte, bis ihr der Schlaf die Augen schloss.

Telemach, Odysseus und Eumäos in der Stadt

Am selben Abend kam der Schweinehirt in seine Hütte zurück, als Odysseus und sein Sohn gerade damit beschäftigt waren, ein geschlachtetes Schwein zur Nachtkost zuzubereiten. Odysseus war, vom Stab Athenes berührt, bereits wieder zum zerlumpten Bettler geschrumpft, sodass Eumäos seinen Herrn nicht zu erkennen vermochte. „Kommst du endlich, Hirt", rief Telemach dem Eintretenden entgegen, „was bringst du Neues? Lauern die Freier noch immer auf mich, oder sind sie aus ihrem Hinterhalt zurückgekehrt?" Eumäos meldete ihm, was er erfahren hatte, dann aßen alle drei und begaben sich zur Ruhe.

Am anderen Morgen bereitete Telemach sich vor, in die Stadt zu gehen, und sprach zu Eumäos: „Alter, ich muss zu meiner Mutter! Du selbst komme nach mit diesem Fremden, so mag er sich in den Häusern ein Essen und seinen Wein erbetteln. Ich kann unmöglich die Lasten der ganzen Welt auf mich laden und habe genug an meinem eigenen Kummer zu tragen!“

Nun eilte Telemach in die Stadt. Es war früh am Tage, als er vor seinem Palast ankam; er sah, dass sich die Freier noch nicht eingefunden hatten. Er lehnte seine Lanze an eine Säule des Eingangs und schritt über die steinerne Schwelle in den Saal. Hier war die Vorsteherin Euryklea damit beschäftigt, die Sessel mit weichen Fellen zu bedecken. Als sie den jungen Mann sah, eilte sie mit Freudentränen auf ihn zu und hieß ihn willkommen; auch die anderen Mägde umringten ihn und küssten ihm Hände und Schultern. Jetzt kam seine Mutter Penelope aus der Kammer, schlank wie Artemis und schön wie Aphrodite. Weinend schloss sie ihren Sohn in die Arme und küsste ihm Gesicht und Augen. „Du bist zurückgekommen?“, rief sie. „Ich fürchtete schon, dich nicht mehr wiederzusehen. Du hattest dich heimlich nach Pylos eingeschifft, um Erkundigungen nach deinem Vater einzuziehen! Was bringst du für Nachrichten, lieber Sohn?“

„Ach Mutter“, antwortete Telemach, der seine wahren Gefühle mit Gewalt zurückdrängen musste, „gelobe noch heute mit deinen Jungfrauen den Göttern Dankopfer, damit sie Vater und mir einst die Vergeltung für all das Unrecht hier am Hofe gönnen! Ich will zum Markt gehen, um einen Fremden ins Haus zu bringen, der mich auf der Fahrt hierher begleitet hat.“ Penelope folgte seinem Rat, und Telemach eilte, den Speer in der Hand, von seinen Hunden begleitet, auf den Markt. Athene hatte ihm Schönheit verliehen, sodass alle Bürger ihn anstaunten. Auch die Freier versammelten sich und sagten ihm viel Freundliches – doch in Wahrheit brüteten sie über ihrem Plan, Telemach aus dem Weg zu schaffen.

Der Sohn des Odysseus blieb jedoch nicht lange unter ihnen. Er setzte sich zu alten Freunden seines Vater, erzählte, was er erzählen durfte, und begrüßte den Seher Theoklymenos. Er fasste ihn bei der Hand und führte ihn vom Markt weg in den Palast. Dort nahmen beide ein erfrischendes Bad und genossen in Penelopes Gesellschaft, die ihnen gegenüber an der Spindel saß, das Frühstück im Saal. Dabei sprach Telemachs Mutter traurig: „Eigentlich täte ich besser daran, zum Söller hinaufzusteigen und dort einsam zu bleiben. Du scheinst mir nichts davon erzählen zu wollen, was du von deinem Vater gehört hast!"

„Liebe Mutter", entgegnete Telemach noch immer ausweichend, „gerne wollte ich dir sagen, was ich gehört habe, wenn es nur Gutes wäre, das dich trösten könnte!"

Der Fürstin kamen die Tränen bei dieser Antwort, sodass der Seher Theoklymenos, als er dies bemerkte, sich ereiferte: „Königin, dein Sohn weiß nicht alles! Höre, was ich sah: Odysseus sitzt bereits irgendwo hier in seiner Heimat, oder er schleicht heimlich umher, den Tod der Freier planend! Ein Vogelzeichen hat es mir verraten, das ich Telemach auf der Stelle so gedeutet habe."

„Wollte sich doch dein Wort erfüllen, edler Gast", erwiderte Penelope seufzend, „ich würde es dir danken!" Während die drei sich weiter unterhielten, vertrieben sich die Freier wie sonst auch die Zeit mit Scheibenschießen und Speerwerfen und ließen sich endlich vom Herold zum Mittagsmahl nach drinnen in den Palast rufen.

Inzwischen waren Eumäos und sein Gast auf dem Weg in die Stadt; Odysseus, der Bettler, hatte den hässlichen, geflickten Ranzen über der Schulter, und der Hirte hatte ihm einen Wanderstab in die Hand gegeben. So gingen sie beide über das Land und überließen Hof und Tiere den Knechten und Hunden zur Bewachung. Am Stadtbrunnen trafen sie auf Melanthios, den Ziegenhirten, der mit zwei Knechten den Freiern die besten Tiere seiner Herde zutrieb. Als Melanthios die beiden erblickte, fing er laut an zu schimpfen. „Wirklich, es bewahrheitet sich einmal wieder: Ein Taugenichts führt den anderen, und Gleich zu Gleich gesellt sich gern! Wohin bringst du den hungrigen Bettler, verdammter Sauhirt? Irgendwo an den Türen herumzustehen? Wie wär's – gib ihn mir, dass er die Ställe meines Geheges ausfegen und den Zicklein Laub vorwerfen kann! Aber freilich, er hat nichts gelernt; er kann nichts, als sich den gefräßigen Bauch zu füllen!“ So rief der Ziegenhirt und versetzte dem Fremden einen Fußtritt. Aber Odysseus bezwang sich.

Eumäos aber fuhr auf den Unverschämten ein und sprach dann, zum Brunnen gewandt: „Ihr Quellnymphen, Töchter des Zeus! Wenn mein Herr euch jemals köstliche Opfer dargebracht hat, so gewährt mir meine Bitte, und lasst endlich den Helden heimkehren!“

„Du Hund“, erwiderte Melanthios da schimpfend, „du wärst es wert, dass man dich auf den Inseln drüben als Sklave verkaufte und ein gutes Stück Geld mit dir machte! Und soll doch dazu der Bogen Apollos oder der Dolch der Freier deinen Telemach treffen, dass er verende wie sein Vater!“ Unter solch übler Beschimpfung ging er an ihnen vorüber und setzte sich im Palast mitten unter die schlemmenden Freier, genau dem Eurymachos gegenüber. Sie hatten ihn gern und gaben ihm von ihren Mahlzeiten ab.

Jetzt waren auch der Bettler und der Hirte vor das Königstor gekommen. Als Odysseus sein Haus nach so langer, langer Zeit wieder erblickte, klopfte ihm das Herz; er fasste seinen Begleiter bei der Hand und sprach: „Fürwahr, Eumäos, das muss die Wohnung des Odysseus sein! Welch ein Palast, welch eine Reihe von Säulen und Gemächern! Und viele Menschen beginnen drinnen ein Gastmahl, es duftet doch bis zu uns heraus von köstlichen Speisen. Höre, auch die Töne einer Harfe schallen aus der Tür!“

Sie berieten nun, was zu tun sei, und beschlossen, der Schweinehirt solle sich voranwagen und sich für den Fremden umsehen, dieser aber solange vor dem Tor warten. Während sie noch miteinander redeten, erhob ein alter Haushund an der Tür den Kopf von seinem Lager. Er schien seinen Herrn trotz der Verkleidung zu erkennen, senkte die Ohren und wedelte mit dem Schwanz. Aber vor Schwäche konnte er nicht näherkommen. Odysseus wischte sich heimlich eine Träne aus dem Auge, dann bemerkte er, seinen Schmerz unterdrückend, zu Eumäos: „Der Hund hier scheint einst nicht so übel gewesen zu sein, sein Wuchs verrät es noch!“

„So ist es", erwiderte der Hirte, „er war der liebste Jagdhund meines unglücklichen Königs; du hättest ihn in den Wäldern sehen sollen, wie er durchs Gestrüpp dem Wild nachspürte! Jetzt liegt er hier, vergessen und verachtet, und nachlässige Mägde geben ihm nicht einmal das nötige Futter!"

Mit diesen Worten ging Eumäos in den Palast; der Hund aber, der nach zwanzig langen Jahren seinen Herrn wiedererkannt hatte, senkte seinen Kopf und starb.

Odysseus als Bettler im Palast

Im Haus bemerkte Telemach den Schweinehirten und rief ihn zu sich. Eumäos blickte sich vorsichtig um, ergriff den leeren Stuhl, auf dem der Fleischzerleger vor dem Mahl zu warten pflegte, und setzte sich auf einen Wink an den Tisch seines Herrn. Gleich nach ihm wankte auch Odysseus, der Bettler, am Stab herein, blieb in der Tür, hockte sich auf die Schwelle von Eschenholz und lehnte sich an einen der schön geschnitzten Türpfosten aus dem Holz der Zypressen. Sobald Telemach ihn erblickte, langte er aus dem vor ihm stehenden Korb ein ganzes Brot, nahm dazu eine Hand voll Fleisch und gab beides dem Hirten mit den Worten: „Hier, mein Freund, reiche die Gaben dem Fremdling!" Odysseus nahm Brot und Fleisch, legte es sich vor die Füße auf seinen Ranzen und fing an zu essen.

Zugleich näherte sich Athene unsichtbar dem Sohn des Laërtes und riet ihm, Essensbrocken von den Freiern zu erbitten, um die besser denkenden von den ganz üblen unterscheiden zu können. Zwar war ihnen allen das Verderben von den Unsterblichen zugedacht; es sollte nur dieser und jener eines schnelleren Todes sterben als der andere. Odysseus befolgte, was die Göttin verlangte; er ging bittend von Gast zu Gast und streckte seine Hand hin, so als wäre er seit Langem das Betteln gewohnt. Manche waren mitleidig und gaben ihm etwas, und sie fragten, woher der Greis wohl komme. Der Ziegenhirt Melanthios antwortete: „Ich habe den Burschen zuvor schon gesehen, Eumäos hat ihn hereingeschleppt!"

Der Freier Antinoos fuhr zornig auf: „Sauhirt, sag uns, warum hast du den Alten in die Stadt gebracht? Haben wir nicht Landstreicher genug?"

„Du bist ein harter Mann", entgegnete Eumäos gelassen, „Seher, Ärzte, Baumeister, Sänger – sie alle ruft man in die Paläste der Großen! Den Bettler hat niemand gerufen. Er kommt von selbst; aber man wirft ihn nicht hinaus! Und das wird auch diesem nicht geschehen, solange Penelope und Telemach hier zu bestimmen haben!"

Telemach winkte ihm zu schweigen: „Ereifere dich nicht, Eumäos, du weißt, dieser Mann ist gewohnt, andere zu verletzen! Dir aber, Antinoos, sage ich: Du bist nicht mein Vormund, dass du mir vorschreiben dürftest, den Fremden aus dem Hause zu treiben!"

„Hört nur, wie der Knabe mich beleidigt", rief Antinoos. „Würde jeder von uns hier dem Bettler eine Gabe reichen, er brauchte drei Monate lang keine Schwelle mehr zu betreten!" Damit ergriff er seinen Fußschemel und warf ihn nach Odysseus, sodass der Schemel ihn an der Schulter traf, dicht am Halswirbel. Odysseus stand fest wie ein Fels und schüttelte wortlos den Kopf. Dann trat er zur Tür, legte seinen mit den erbettelten Gaben gefüllten Ranzen zu Boden, setzte sich erneut und schwieg über die Kränkung, die ihm Antinoos zugefügt hatte.

In ihrem Frauengemach konnte Penelope alles hören, was im Saal geschah. So vernahm sie auch, wie es dem Bettler dort erging, und empfand Mitleid mit ihm. Sie ließ den Schweinehirten zu sich rufen und befahl ihm, den Fremden zu ihr zu bringen. „Vielleicht", fügte die Königin hinzu, „weiß er etwas von meinem Mann zu berichten, vielleicht hat er ihn sogar selbst gesehen. Er scheint weit in der Welt herumgekommen zu sein!"

Eumäos überbrachte dem Bettler den Befehl der Fürstin. Odysseus erwiderte: „Wie gern möchte ich der Königin erzählen, was ich von dem großen Helden weiß, und ich weiß viel von ihm; aber ich fürchte mich vor den Freiern! Sie sind argwöhnisch. Penelope muss warten, bis die

Sonne untergegangen ist, dann soll sie mich an ihrem Herd sitzen lassen, denn ich friere in meinen Lumpen!“ Sosehr die Fürstin auch den Fremden sehen wollte, sie konnte sich seinen Gründen doch nicht verschließen und übte sich in Geduld.

Odysseus und der Bettler Iros

Die Freier waren noch immer beisammen, als Iros, ein berüchtigter Bettler, in den Saal trat, ein ungeheurer Vielfraß, groß, aber schwächlich. Der Neid führte ihn her; er hatte von einem Nebenbuhler gehört, so kam er, Odysseus aus seinem eigenen Haus zu vertreiben.

„Weg von der Tür, Greis“, rief er beim Eintreten, „siehst du nicht, wie mich alle hier ermutigen, dich am Fuß zu packen und hinauszuschleppen? Geh am besten freiwillig, und zwinge mich nicht dazu!“

Finster blickte ihn Odysseus an: „Die Schwelle hat Platz für uns beide! Reize mich nicht, und fordere mich nicht heraus! So alt ich auch bin, könnten dir doch bald Brust und Lippen bluten!“

Da fing Iros nur noch schlimmer zu poltern an. „Was schwatzt du da, Fresser?“, lästerte er. „Ein paar Streiche von mir rechts und links werden dir Backen und Maul zerschmettern, dass dir die Zähne auf den Boden fallen wie aus einem Schweinsrüssel!“

Mit lautem Lachen sahen die Freier auf die beiden Streitenden. Antinoos mischte sich ein: „Freunde, seht ihr dort auf den Kohlen die gefüllten Ziegenmägen braten? Lasst sie uns den edlen Streitern als Kampfpreis aussetzen: Wer Sieger ist, soll sich davon nehmen, so viel er mag, und kein anderer Bettler außer ihm soll künftig diesen Saal betreten!“

Allen Freiern gefiel der Vorschlag. Odysseus stellte sich verzagt wie ein vom Elend entkräfteter Greis; aber er verlangte das Versprechen, dass sich niemand zu Gunsten des Iros in den Kampf einmischen würde. Dann gürtete er sein Gewand und stülpte die Ärmel auf. Da erschienen – denn unbemerkt veränderte Athene seine Erscheinung –

kräftige Arme, mächtige Schultern und eine breite Brust, sodass die Freier staunten und manch einer dem Nachbarn zuraunte: „Was für einen Leib der Alte unter seinen Lumpen versteckt!" Iros begann zu verzagen; die Diener mussten ihn mit Gewalt auf den Kampf vorbereiten, seine Gelenke schlotterten. Antinoos, der ganz anderes von diesem Wettkampf erwartet hatte, ärgerte sich. „Iros, was bist du für ein Großmaul, dass du vor diesem kraftlosen Greis erbebst! Ich sage dir, wenn du besiegt wirst, so schicken wir dich nach Epiros zum König Echetos, dem Schrecken aller Bettler; der wird dir Nase und Ohren abschneiden und sie den Hunden vorwerfen!"

Odysseus überlegte, ob er den Elenden mit einem einzigen Streich töten oder ihm nur einen sanften Schlag versetzen sollte, um keinen Argwohn bei den Freiern zu wecken. Das Letztere schien ihm klüger, und so gab er Iros denn, als der ihn mit der Faust auf die Schulter getroffen hatte, einen leichten Schlag hinter das Ohr, dass der Dickwanst sich zähneklappernd und zappelnd auf dem Boden wand. Danach zog er ihn unter unbändigem Beifall aller von der Tür zum Vorhof und zum Haupttor hinaus.

Sein Sieg hatte den Freiern Achtung eingeflößt, sie kamen lachend zu ihm, reichten ihm die Hände und meinten: „Mögen dir Zeus und die Götter geben, was du begehrst, Fremder, weil du uns den lästigen Burschen fortgeschafft hast!" Antinoos selbst legte ihm einen mächtigen Ziegenmagen vor, der mit Fett und Blut gestopft war; Amphinomos trug zwei Brote aus dem Korb herbei, füllte einen Becher mit Wein und trank dem Sieger zu: „Auf dein Wohlergehen, Fremder, mögest du künftig von allen Sorgen frei sein!"

Odysseus blickte ihm ernst ins Auge und erwiderte: „Amphinomos, du scheinst mir ein kluger, verständiger Jüngling zu sein und bist der Sohn eines angesehenen Mannes! Beherzige, was ich sage: Es gibt nichts Eitleres und Unbeständigeres auf Erden als den Menschen! Solange ihn die Götter begünstigen, meint er, die Zukunft könne ihm nichts Böses bringen. Wenn dann das Traurige kommt, verlässt ihn der Mut, es zu ertragen. So ist es auch nicht klug, dass die Freier sich jetzt so anmaßend gebärden und die Frau des Mannes beleidigen, der gewiss noch lange von seiner Heimat entfernt bleiben wird! Möge dich, Amphinomos, ein guter Dämon aus diesem Hause hinwegführen, ehe du ihm begegnest!“ So sprach Odysseus, goss eine Spende aus, trank und gab dann den Becher dem Jüngling zurück. Der senkte den Kopf und schritt betrübt durch den Saal, als ahnte er etwas Schlimmes. Dennoch entkam auch er dem Verhängnis nicht, das die Göttin für ihn bestimmt hatte.

Penelope vor den Freiern

Jetzt gab Pallas Athene der Königin ein, vor den Männern zu erscheinen, jedem von ihnen das Herz mit Sehnsucht zu füllen und sich durch ihr Verhalten vor dem Gemahl, dessen Gegenwart sie noch nicht ahnte, und vor ihrem Sohn Telemach im vollen Glanz ihrer Treue zu zeigen. Die alte, vertraute Verwalterin stimmte dem Entschluss der Herrin zu. „Geh nur, Tochter“, sprach sie, „und berate deinen Sohn zur rechten Zeit!“

„Ruf mir auch meine Dienerinnen Autonoe und Hippodamia“, verlangte Penelope, „sie sollen mir im Saal zur Seite stehen; ohne Begleitung zu den Männern hinabzugehen, verbietet mir die Sitte!“

Während Euryklea sich mit dem Auftrag entfernte, versenkte Athene die Gattin des Odysseus für wenige Augenblicke in einen süßen Schlaf, dass sie sich sanft in ihrem Sessel streckte, und verlieh ihr überirdische Schönheit; das Gesicht wusch sie ihr mit Ambrosia, ihren Wuchs machte sie höher und voller, ihre Haut ließ sie wie Elfenbein schimmern. Dann verschwand die Göttin wieder; die beiden Mägde kamen hereingeeilt, Penelope erwachte aus ihrem Schlaf, rieb sich die Augen und stieg aus den oberen Gemächern des Palastes zu den Feiernden hinab. Dort stand sie in der Tür des gewölbten Saales still, das Gesicht mit dem Schleier verhüllt, zu beiden Seiten eine Dienerin. Als die Freier sie sahen, schlug ihnen allen das Herz, jeder gelobte sich, sie als Gattin heimzuführen. Die Königin aber wandte sich an Telemach und sprach: „Mein lieber Sohn, welch böse Tat hast du soeben geduldet? Ist nicht ein armer Fremder, der in unserer Behausung Ruhe suchte, gekränkt worden?"

„Gute Mutter", erwiderte Telemach, „all diese Männer, die hier um mich her sitzen, überschreien mich, nirgends finde ich einen, der mich unterstützt. Doch ist der Kampf des Fremden mit Iros nicht so ausgegangen, wie es die Freier sich wünschten!" Telemach hatte leise gesprochen, die anderen konnten ihn nicht hören.

Eurymachos aber war ganz trunken von dem Anblick der Königin: „Tochter des Ikarios", rief er, „wenn dich alle Achäer sehen könnten! Sie würden morgen zahlreicher als je zuvor zum Mahl im Palast erscheinen, so weit übertriffst du jede Frau an Schönheit und Geist!"

„Ach, Eurymachos", antwortete Penelope, „meine Schönheit ist dahin, seit mein Mann mit den Griechen nach Troja fuhr! Käme er zurück und beschützte mich, ja, dann würde ich wieder aufblühen. Jetzt aber trauere ich, und das macht alt! Sieh, als Odysseus von hier fortging, reichte er mir zuletzt die Hand mit den Worten: ‚Sorge du nun allein für alles im Haus, und vergiss nicht Vater und Mutter! Und wenn dein Sohn herangewachsen ist und ich nicht heimkehre, dann magst du dich neu verheiraten, wenn du willst, und unser Heim verlassen.' So waren seine Worte, und nun wird es wahr! Weh mir, der entsetzliche Tag der Hochzeit kommt näher und näher, mit welchem Kummer gehe ich ihm entgegen! Diese Freier führen sich auf, als wüssten sie nicht, was Brautwerbern ansteht. Wenn sonst die Tochter eines ansehnlichen Mannes zur Frau begehrt wird, so bringt man Rinder und Schafe zum Mahle mit und Geschenke für die Braut und verprasst nicht Wein und Nahrung aus fremdem Besitz!"

Mit großer Freude hörte Odysseus die klugen Worte. Für die Freier erwiderte Antinoos: „Edle Königin, gern wird dir jeder von uns Geschenke bringen, und wir bitten dich, schlage sie nicht aus! In unsere Heimat kehren wir nicht eher zurück, als bis du den Bräutigam aus unserem Kreis gewählt hast!"

Die Königin antwortete nicht. Da verkündete Antinoos – und er wusste sich einig mit allen anderen –, dass Penelope am nächsten Tag zu wählen habe, endgültig und ohne Aufschub.

Odysseus wird erneut verhöhnt

Die Freier vergnügten sich jetzt beim Tanz bis in den Abend. Als es dunkel wurde, stellten die Mägde drei Feuerlampen zur Beleuchtung im Saal auf und legten trockene Holzscheite, mit Kienspänen gemischt, hinein. Während sie nun um die Wette die Glut anfachten, trat Odysseus zu ihnen und sagte: „Hört: Euch steht es zu, oben bei eurer ehrwürdigen Fürstin zu sitzen, mit ihr die Spindel zu drehen und Wolle zu kämmen! Lasst mich für das Feuer im Saal sorgen! Und bleiben die Freier bis zum hellen Morgen – ich will nicht müde werden!"

Die Mägde sahen einander an und kicherten. Endlich erwiderte eine schöne Dienerin, Melantho, von Penelope wie ein eigenes Kind aufgezogen, aber jetzt Eurymachos' Geliebte: „Elender Bettler, scher dich in eine verschmutzte Schmiede oder eine andere Herberge, und schreib uns nicht hier, wo so viele edle Männer sind, vor, was wir zu tun haben. Sprichst du im Rausch, oder bist du von Sinnen, weil du Iros besiegt hast?"

„Hündin", versetzte Odysseus finster, „ich werde deine frechen Worte Telemach melden!" Die Mägde erschraken, seine Drohung scheuchte sie auseinander. Nun stellte er sich selbst ans Feuer, fachte die Flammen an und hing seinen Rachegedanken nach.

Athene aber spornte die Freier weiter zu kränkendem Spott, und Eurymachos sagte zu seinen Freunden: „Der Mann ist offenbar von einem Gott als lebendige Leuchte in diesen Saal geschickt worden; schimmert nicht sein Kahlkopf wie eine Fackel?" Und zu Odysseus gewandt: „Höre, Bursche, hättest du nicht Lust, dich bei mir als Knecht zu verdingen? Aber ich weiß, du bettelst lieber und füllst dir deinen Bauch mit Almosen, was keinen Schweiß kostet!"

„Eurymachos“, antwortete der Sohn des Laërtes mit fester Stimme, „ich wollte, es wäre Frühling, wir mähten miteinander Gras auf der Wiese und müssten beide bis spät in die Nacht arbeiten. Da würde sich zeigen, wer es länger aushalten kann! Oder es wäre Krieg, und ich würde Schild und Helm tragen, dazu zwei Lanzen! Heute meinst du, groß und gewaltig zu sein, weil du dich nur erst mit wenigen gemessen hast; aber wenn Odysseus einmal in die Heimat zurückkommt, da werden dir diese Hallen zu eng werden für die Flucht!“

Die Freier verwünschten den Fremden, weil er eine solche Störung in ihre Freuden brachte, bis Telemach höflich, aber bestimmt seine Gäste bat, sich zur Nachtruhe zu begeben. Da erhob sich Amphinomos und mahnte: „Ihr habt es vernommen, Freunde, widersetzt euch nicht! Der Bettler aber soll hier bleiben unter dem Schutz des Telemach, an dessen Herd er sich geflüchtet hat!“ Es geschah, wie Amphinomos geraten hatte; bald verließen die Freier die Halle.

Odysseus mit Telemach und Penelope allein

Im Saal waren jetzt nur noch Odysseus und sein Sohn. „Rasch, lass uns die Rüstungen verstecken!“, verlangte der Vater.

Telemach rief die Vorsteherin Euryklea heraus: „Mütterchen, halt mir die Mägde zurück, bis ich Odysseus’ Waffen in die Kammer getragen!“

„Das ist recht“, antwortete Euryklea, „dass du endlich auch einmal daran denkst, deinen Besitz zu beschützen, Telemach! Aber wer soll dir die Fackel vorantragen, wenn ich keine Dienerin mit dir gehen lassen darf?“

„Der Fremde dort“, erwiderte der Jüngling lächelnd, „wer von meinem Brot isst, darf nicht müßig sein!“ Nun schleppten Vater und Sohn die Helme, die Schilde, die Lanzen miteinander in die Waffenkammer. Und Pallas Athene schritt vor ihnen her mit einer goldenen Lampe in der Hand und verbreitete ihr helles Licht.

Dann ging Telemach zu Bett, und Penelope kam aus ihren Gemächern, schön wie Aphrodite. Sie rückte ihren eigenen, köstlich mit Silber und Elfenbein ausgelegten Sessel ans Feuer, eine Schar von Mägden räumte Brot und Becher von den Tischen und sorgte für Beleuchtung und Heizung des Saales. Hier nun verhöhnte Melantho Odysseus zum zweiten Mal. „Fremder", sagte sie, „du wirst doch nicht die Nacht über dableiben und im Palast herumlungern wollen? Hinaus mit dir, auf der Stelle, wenn nicht dieser Feuerbrand dir nachfliegen soll!" Und sie wies auf eine der Fackeln an der Wand.

Der Greis schaute sie finster an und entgegnete: „Ich verstehe nicht – warum bist du so erbittert? Weil ich in Lumpen gehe und bettle? Was, wenn die Fürstin dir einmal ernstlich böse wird oder wenn gar Odysseus heimkäme?"

Auch Penelope hörte die Worte des alten Mannes und wies die Vorlaute zurecht: „Hast du nicht eben gehört, dass ich den Fremden ehrenvoll behandle und nach Odysseus befragen will? Und dennoch wagst du's, ihn zu verhöhnen!"

Melantho schlich davon; die Verwalterin musste dem Bettler einen Stuhl hinstellen, und nun begann Penelope das Gespräch. „Vor allen Dingen", sagte sie, „nenne mir Haus und Herkunft!"

„Königin", entgegnete Odysseus, „du bist eine Frau, die weithin verehrt wird, und der Ruf deines Gatten ist der beste; dein Volk, dein Land werden in aller Welt gerühmt! Frag mich nach allem, nur nicht nach meiner Herkunft und nach meiner Heimat!"

Penelope erwiderte: „Fremder, die Verehrung, mit der man mir begegnet, ist längst dahin, seitdem mein Mann mich verlassen hat. Zähle die Freier, die ohne jeden Anstand um mich werben und mich bedrängen und denen ich seit Jahren nur durch eine List entgangen bin, die ich jetzt nicht mehr nutzen kann!" Damit erzählte sie ihm von ihrem Gewebe und wie der Betrug durch die Mägde verraten worden war. „Ich kann nun der Hochzeit nicht länger ausweichen!", endete Penelope. „Meine Eltern drängen mich, und mein Sohn ist voller Wut über die Verschwendung seines Erbes. So siehst du, wie es mir ergeht. Also verschweige mir nicht deine Herkunft, Fremder! Sprich, ich bitte dich!"

„Wenn du mich so drängst“, erwiderte Odysseus, „so will ich es dir sagen!“ Und nun fing der Erfindungsreiche an, sein altes Lügenmärchen von Kreta zu erzählen.

Doch seine Worte konnten Penelope nicht überzeugen, sie vermutete jemand anderen in dem Greis. Sie befahl Melantho, ihm die Füße zu waschen und ein warmes Lager zu bereiten – doch Odysseus schlug den Dienst der Verhassten aus. „Nur wenn du ein Mütterchen hast, Königin“, sprach er, „das so viel im Leben erduldete wie ich selbst, mag es mir die Füße waschen!“

„Nun, so erhebe dich, Euryklea“, rief Penelope, „erfüll ihm den Wunsch! Der Gast scheint mir auch gerade so alt wie dein Herr! – Ach“, sagte sie mit einem Blick auf den Bettler, „solche Hände hat vielleicht jetzt auch Odysseus, ist es doch so, dass die Menschen im Unglück früh altern!“

Euryklea brach bei diesen Worten in Weinen aus, und als sie begann, das Fußbad für den Unbekannten zu richten und ihn dabei schärfer betrachtete, sprach sie: „Es haben uns schon viele Fremde besucht, aber nie ist ein Mensch dabei gewesen, der Odysseus so ähnlich war –“

„Ja, das haben alle gesagt, die uns beide kannten“, antwortete Odysseus mit gleichgültiger Stimme, während er am Feuerherd saß und die alte Euryklea die Wanne füllte, indem sie kaltes und kochendes Wasser mischte. Als sie dann mit der Waschung begann, fiel Odysseus ein, dass er seit seiner Jugend über dem rechten Knie eine tiefe Narbe hatte, die ihm – bei einer Jagd – ein Eber einmal mit seinen Hauern geschlagen hatte. Da er befürchtete, dieses Mal könnte ihn verraten, rückte er es aus dem Licht. Aber es war vergebens. Denn sobald die Verwalterin über die Stelle fuhr, spürte sie die Narbe unter ihren Händen und ließ vor Schreck und vor Freude zugleich das Bein in die Wanne gleiten, dass das Metall tönte und das Wasser hoch aufspritzte. Der Atem stockte ihr, und ihre Augen füllten sich mit Tränen. „Odysseus, wahrlich, du bist es“, rief die Greisin mit zittender Stimme, „ich habe es mit meinen Händen gefühlt!“

Aber der Verkleidete hielt ihr die Hand auf den Mund, zog sie an sich und drohte leise: „Mütterchen, willst du verraten, dass ich es bin? Noch darf es kein Mensch im Palast wissen! Schweigst du nicht, so erwartet dich das gleiche Schicksal wie die heimtückischen Mägde!"

„Keine Frage!", entgegnete Euryklea, als er ihre Kehle wieder losgelassen. „Weißt du nicht, dass mein Herz fest ist wie Fels und Eisen? Hüte dich nur vor den anderen Dienerinnen; ich kann dir alle nennen, die dich verraten haben!"

„Nicht nötig", flüsterte Odysseus, „ich kenne sie schon, da darfst du sicher sein!" Inzwischen hatte Euryklea ein zweites Fußbad geholt, das erste war völlig verschüttet worden.

Nachdem Odysseus nun gewaschen war, ging er wieder zu Penelope, als wollte er weitere Fragen beantworten. „Ich schwanke, Fremder", sagte sie, „ob ich bei meinem Sohn bleiben oder ob mich der edelste unter den Freiern, der das schönste Brautgeschenk bietet, heiraten soll! Solange Telemach ein Kind war, war es mir verboten, neu zu heiraten, um ihn nicht zu verletzen. Jetzt, da er das Jünglingsalter erreicht hat, möchte er selbst, dass ich aus dem Haus gehe, weil sein Erbe sonst vollends verprasst wird. – Willst du mir einen Traum erklären, fremder Mann? Du scheinst klug zu sein! Ich träumte, ich hätte zwanzig Gänse im Stall und würde ihnen dabei zusehen, wie sie ihren Weizen fressen. Doch plötzlich kam ein Adler vom Gebirge her, stieß auf die Gänse nieder und tötete sie. Danach schwang er sich wieder in die Lüfte. Ich hatte Angst und weinte, aber ich träumte weiter. Mir war, als kämen die Frauen aus der Nachbarschaft, mich zu trösten. Auf einmal aber kehrte der Räuber zurück, setzte sich ins Fenster und begann mit menschlicher Stimme zu reden: ‚Tochter des Ikarios, was du sehen konntest, war kein Spiel! Die Gänse sind deine Freier; ich selbst, der als Adler kam, bin Odysseus und werde alle umbringen, die dich quälen!' So sprach der Vogel, und ich wachte auf. Sofort ging ich, nach meinen Gänsen zu sehen, aber sie standen ruhig am Trog und fraßen."

„Fürstin", erwiderte der Bettler, „ganz sicher ist es so, wie es dir verkündet wurde; der Traum kann keine andere Deutung erfahren. Der Verschollene wird kommen, und kein Freier wird am Leben bleiben!"

Doch Penelope sprach: „Träume sind nur Wahngebilde! Morgen ist der entsetzliche Tag, der mich aus dem Haus des rechtmäßigen Gatten treiben wird. Ein Wettkampf soll es entscheiden. Mein Mann Odysseus pflegte gern zwölf Äxte hintereinander aufzustellen; dann trat er zurück und schoss den Pfeil durch alle zwölf auf einmal hindurch. Wer von den Freiern dieses Kunststück mit Odysseus' Bogen vollbringt, dem will ich folgen!"

„Tu das, Königin", antwortete der Bettler entschlossen, „setze den Wettkampf auf morgen an; denn eher wird Odysseus hier erscheinen, als dass die Freier seinen Bogen spannen und durch die zwölf Kehllöcher der Äxte den Pfeil schießen!"

Die Nacht und der Morgen im Palast

Die Königin wünschte dem Fremden eine gute Nacht. Odysseus begab sich in den Vorsaal, wo Euryklea ihm ein Bett aufgeschlagen hatte. Lange wälzte er sich schlaflos auf seinem Lager. Die Mägde, die es mit den Freiern hielten, stürmten mit Scherzen und Gelächter über ihn vorüber. Aber der Held ermahnte sich selbst: „Halt aus, du hast schon Härteres ertragen! Erinnere dich, als du beim Zyklopen warst und der Unhold deine Gefährten fraß? Halt aus!" So bezwang er seine Gefühle. Er warf sich jedoch noch lange hin und her und sann auf Rache, bis sich auf einmal Athene in der Gestalt einer Jungfrau über ihn neigte und seinen bangen Gedanken, wie er über so viele Gegner siegen sollte, mit den Worten ein Ende setzte: „Sei nicht kleinmütig, ich bin eine Göttin und beschütze dich, und wenn dich fünfzig Scharen voller Mordlust umringen! Überlass dich endlich dem Schlaf, denn bald tauchst du aus all deinem Unglück auf!" Und damit senkte sie ihn in einen tiefen Schlummer.

Als Penelope erwachte, setzte sie sich auf in ihrem Bett und fing an zu weinen. Unter Tränen betete sie zur Göttin Artemis. „Tochter des Zeus", rief sie flehend, „möge dein Pfeil auf der Stelle mein Herz treffen oder ein Sturmwind mich hinwegfegen, bevor ich Odysseus untreu werden und einen schlechteren Mann heiraten muss!“ So schluchzte Penelope laut in die morgendliche Stille des Palastes, und der Bettler hörte die Stimme der Weinenden. Er befürchtete aber, erkannt zu werden, bevor die Zeit reif war. Eilig raffte er sich auf, verließ den Palast und betete unter freiem Himmel zu Zeus um ein günstiges Zeichen für seine Pläne. Da erschien ein gewaltiges Licht, und ein plötzlicher Donner rollte über die Stadt.

Eine Müllerin in der nahen Mühle blickte von ihrer Arbeit auf und sah zum Himmel empor. „Wie Zeus donnert“, rief sie, „und es ist weit und breit kein Wölkchen zu sehen! Ganz sicher hat er irgendeinem Sterblichen ein Zeichen gegeben!“ Odysseus, der dies hörte, freute sich über das gute Omen und kehrte in den Palast zurück.

Hier ging es allmählich lauter zu. Die Mägde kamen und zündeten Feuer auf dem Herd an. Telemach warf sich in seine Kleider und eilte, von seinen Hunden begleitet, zum Markt in die Volksversammlung. Die Vorsteherin des Hauses, Euryklea, befahl in der Zwischenzeit den Mägden, alles zu den bevorstehenden Feierlichkeiten des Neumondfestes vorzubereiten. Und so legten die einen purpurne Teppiche auf die Sessel, andere scheuerten die Tische mit Schwämmen, wieder andere putzten die Mischkrüge und die Becher, und zwanzig von ihnen gingen zu den Quellbrunnen, Wasser zu schöpfen. Auch die Diener der Freier beeilten sich; sie spalteten Holz in der Vorhalle, und der Schweinehirte kam mit den fettesten Schweinen und begrüßte seinen alten Gast auf das Freundlichste.

Der Festschmaus

Nachdem die Freier in einer Zusammenkunft noch einmal über Telemachs Beseitigung gesprochen hatten, schlenderten sie zum Palast. Sie legten ihre Mäntel ab. Tiere wurden gebraten und ihr Fleisch verteilt, Diener mischten den Wein in Krügen und reichten in fein geflochtenen Körben die Brote. Melanthios schenkte den Wein aus, und das Festessen begann.

Telemach wies Odysseus absichtlich am Eingang des Saales auf einen alten unbequemen Stuhl, stellte einen armseligen Tisch davor und ließ ihm gebratene Eingeweide vorsetzen. „Hier iss unbehelligt“, sagte er, „ich rate niemandem, dich zu beleidigen!“ Antinoos selbst ermahnte seine Freunde, den Bettler in Frieden zu lassen; aber Athene stachelte sie an, ihn zu verspotten.

Unter den Freiern gab es einen besonders üblen Mann, Ktesippos, von der Insel Same. „Leute“, verkündete er grinsend, „zwar hat der Fremde längst seinen ihm zustehenden Anteil am Festmahl, mindestens so gut wie wir selber, und es wäre auch nicht recht, wenn Telemach einen so vornehmen Gast überginge! Doch ich will ihm noch ein besonderes Geschenk machen – damit soll er die Vorsteherin bezahlen, die ihm den Schmutz vom Leib gewaschen hat!“ Mit diesen höhnischen Worten zog er einen Kuhfuß aus seinem Korb und schleuderte ihn auf den Bettler. Aber Odysseus beugte den Kopf zur Seite und schluckte den Zorn, der jäh in ihm aufwallte, hinunter; der Knochen fuhr gegen die Mauer.

Telemach erhob sich: „Sei froh, Ktesippos, dass du den Fremden nicht getroffen hast; andernfalls hätte ich dir die Lanze durch den Leib gestoßen, und dein Vater hätte dir eine Leichenfeier statt der Hochzeit ausrichten können!“

Alle verstummten, als sie diese Worte und die Drohung hörten, die darin lag. Endlich stand Agelaos auf: „Telemach hat so unrecht nicht! Aber er und seine Mutter sollten jetzt in Güte mit sich reden lassen. Solange es noch irgendeine Hoffnung gab, dass Odysseus heimkommen würde, war es verständlich, wenn man die Freier hinhielt. Doch inzwischen ist kein Zweifel, dass der König sein Ithaka nicht wiedersehen wird. Also dann, Sohn des Odysseus, geh zu deiner Mutter und fordere sie auf, den edelsten unter uns Bewerbern, der die reichsten Geschenke bietet, für sich zu wählen! Dann kannst du auch endlich ungeschmälert dein väterliches Erbe genießen!“

Telemach erhob sich: „Beim Zeus, ich verzögere die Wahl nicht länger!“ Diese Worte wurden von den Anwesenden mit lautem Gelächter aufgenommen, denn Pallas Athene verwirrte ihren Geist. Ihre Gesichter verzerrten sich, das Fleisch aßen sie roh und blutig und fielen aus der größten Ausgelassenheit in weinerliche Schwermut.

Dies sah der Seher Theoklymenos. „Was ist mit euch geschehen?“, fragte er. „Ihr seid ja wie in Nacht gehüllt, eure Augen sind voll Wasser, und aus eurem Mund sind nur Klagen zu hören!“ Darauf aber gerieten die Freier wieder in ihre Lustigkeit und fingen lauthals zu lachen an.

Endlich scherzte Eurymachos: „Dieser Fremdling Theoklymenos, der sich seit Kurzem in unserer Mitte befindet, ist ein Dummkopf! Schnell, ihr Diener, wenn er hier im Saal nichts als dunkle Nacht sieht, so werft ihn hinaus auf die Straße!“

„Ich brauche deine Diener nicht, Eurymachos“, antwortete Theoklymenos entrüstet und stand auf. „Meine Augen, Ohren und Füße sind gesund, auch der Verstand ist bei mir noch ungetrübt. Ich gehe von selbst, denn ich fühle ein Unheil, das sich nähert und dem keiner von euch entfliehen wird!“ Damit verließ er den Palast und suchte Piräos, seinen Freund, auf.

Die Freier aber fuhren fort, Telemach zu verhöhnen. „Schlechtere Gäste als du“, sagte einer zu ihm, „hat noch niemand bewirtet: einen ausgehungerten Bettler und einen Dummkopf, der glaubt, weissagen zu können! Du solltest mit ihnen beiden durch Griechenland reisen und sie für Geld auf den Märkten sehen lassen!“ Telemach schwieg und schoss seinem Vater einen Blick zu, denn er erwartete nur das Zeichen, um loszubrechen.

Der Wettkampf mit dem Bogen

Jetzt war auch Penelopes Zeit gekommen. Sie nahm einen schönen Schlüssel aus Erz mit einem Griff aus Elfenbein zur Hand und eilte damit, von ihren Dienerinnen begleitet, zu einer entfernt liegenden

Kammer im Palast, in der allerlei kostbare Dinge des Odysseus aus Erz, Gold und Eisen aufbewahrt wurden. Unter anderem waren hier sein Bogen und der Köcher voller Pfeile versteckt, beides Geschenke eines Gastfreundes. Penelope schloss die Pforte auf und schob die Riegel zurück. Die Türflügel öffneten sich knarrend, die Königin trat ein und musterte die Kästen, in denen all die Kostbarkeiten aufbewahrt lagen. Dabei streifte ihr Blick den Bogen und den Köcher des Odysseus, beides hing an einem Nagel in der Wand; sie reckte sich und nahm die Waffen an sich. Der Schmerz überwältigte Penelope, sie warf sich auf einen Stuhl und saß lange in Tränen da. Endlich erhob sie sich; Pfeile und Bogen wurden in eine Lade gelegt, mit der die Dienerinnen ihr folgten.

So trat sie in den Saal mitten unter die Fremden, ließ Stille gebieten und sprach: „Nun denn, ihr Freier, wer mich erwerben will, der muss kämpfen! Es gilt einen Wettkampf zu gewinnen! Hier ist der große Bogen meines Mannes: Wer ihn am kraftvollsten spannt und einen Pfeil durch zwölf hintereinander aufgestellte Äxte schießt, zu dem will ich gehören, und ich werde diesen Palast meines ersten Gemahls mit ihm verlassen!“ Darauf befahl sie dem Schweinehirten, den Freiern Bogen und Pfeile vorzulegen.

Jetzt ergriff Telemach das Wort: „Nun, ihr Freier, ohne Zögern den Bogen gespannt! Ich hätte selbst Lust, mich am Wettkampf zu beteiligen. Aber wenn ich euch besiegen würde, so müsste meine Mutter das Haus nicht verlassen!“ Er legte seinen Purpurmantel und das Schwert ab, zog eine tiefe Furche durch den Saal, stieß die Äxte eine nach der anderen in den Boden und stampfte die Erde wieder fest. Dann ergriff er den Bogen. Dreimal versuchte er, ihn zu spannen, dreimal versagte ihm die Kraft. Schon zog er die Sehne zum vierten Mal an, und jetzt wäre es ihm wahrscheinlich gelungen; aber ein verhaltener Wink seines Vaters hielt ihn zurück. „Jetzt versucht ihr es, ihr seid stärker als ich!“ Telemach lehnte Bogen und Pfeil an den Türpfosten des Saales und setzte sich wieder auf den Thronsessel, von dem er aufgestanden war.

Nun sprang Antinoos von seinem Stuhl auf: „Also dann, Freunde, fangt an, von links nach rechts, in dieser Reihenfolge!"

Da erhob sich zuerst Leiodes. Er war der Einzige, dem der Unfug der Freier zutiefst zuwider war und der die ganze Rotte hasste. Doch er bemühte sich vergeblich, den Bogen zu spannen. „Soll es ein anderer versuchen", rief er und ließ die Hände sinken, „ich bin der Falsche! Aber vielleicht ist ja niemand hier in dieser Runde, der es kann." Mit diesen Worten lehnte er Bogen und Köcher an den Pfosten.

Antinoos beschimpfte ihn: „Rede keinen Unsinn, Leiodes! Weil du es nicht schaffst, ihn zu spannen, meinst du, es könnte auch sonst keiner fertig bringen? Auf, Melanthios", sagte er zum Ziegenhirten, „mach ein Feuer an, und hole uns eine tüchtige Scheibe Speck aus der Kammer! Wir werden den ausgedörrten, harten Bogen wärmen und einfetten, dann wird es besser gehen!" Aber was man auch versuchte, es war vergebens. Umsonst bemühte sich ein Freier nach dem anderen, den Bogen zu spannen. Zuletzt waren nur noch die beiden stärksten übrig, Antinoos und Eurymachos.

Odysseus deckt den Hirten auf, wer er ist

Nun geschah es, dass sich der Rinderhirte und der Schweinehirte begegneten, als sie den Palast verließen. Odysseus folgte ihnen auf dem Fuße. Als sie die Pforte und den Vorhof hinter sich gelassen hatten, holte der König sie ein und sprach sie an: „Freunde", begann er, „ich möchte wissen, ob ich mich auf euch verlassen kann. Hört, wenn Odysseus jetzt plötzlich von einem Gott aus der Fremde zurückgeführt würde – was würdet ihr tun? Die Freier verteidigen oder ihn? Redet ohne Scheu geradeheraus, wie ihr denkt!"

„Oh Zeus im Olymp", rief der Rinderhirte, „wenn mir doch nur mein sehnlichster Wunsch erfüllt würde, und der Held käme zurück!" Ebenso flehte Eumäos zu allen Göttern, dass sie Odysseus die Heimkehr zugestehen möchten.

Als der König dies hörte, wagte er, sie in sein Geheimnis einzuweihen: „Nun, so will ich euch sagen: Ich bin Odysseus! Unter vielen Leiden und Qualen landete ich nach zwanzig Jahren wieder in meiner Heimat, und ich sehe, dass ich euch beiden willkommen bin – nur von euch zweien unter allem Gesinde werde ich erwartet. Niemand sonst hörte ich um meine Rückkehr zu den Göttern flehen. Dafür will ich jedem von euch Äcker schenken und Häuser bauen, ganz nahe bei meinem Hof; und mein Telemach soll euch behandeln wie seine leiblichen Brüder. Und damit ihr an der Wahrheit meiner Aussage nicht zweifelt, so seht hier die Narbe jener Wunde, die ein Eber mir einst auf der Jagd beigebracht hat!“ Mit diesen Worten schob er die Lumpen seiner Kleider auseinander und entblößte die große Narbe.

Jetzt fingen die beiden Hirten zu weinen an, umhalsten ihren Herrn und küssten ihm Gesicht und Schultern. Auch Odysseus umarmte die treuen Knechte, dann sprach er: „Lasst euch eure bewegten Gefühle nicht anmerken, liebe Freunde, dass uns keiner im Palast verrät! Auch wollen wir alle nur einzeln, einer nach dem anderen, wieder hineingehen. Die Freier werden es nicht gestatten, dass ich mir den Bogen und die Pfeile nehme; so gehe du, Eumäos, mit dem Bogen durch den Saal und reich ihn mir. Zugleich befehle den Frauen, die Pforten ihrer Gemächer fest zu verriegeln, selbst wenn man Lärm und Stöhnen bis dorthinein hört. Dir, treuer Philötios, will ich das Hoftor anvertrauen: Verriegle es ebenfalls fest und binde ein Seil um das Schloss!“

Danach begab sich Odysseus in den Saal zurück, und die Hirten folgten ihm. Eurymachos war eben dabei, den Bogen über dem Feuer zu drehen. Aber es gelang ihm nicht, die Sehne zu spannen. Verärgert seufzte er: „Wie mich das kränkt! Doch nicht wegen Penelope – schließlich gibt es noch genug Griechinnen in Ithaka –, sondern dass wir neben dem verschollenen König so kraftlos erscheinen!“

Jetzt wandte sich Odysseus an die Freier: „Ihr tätet gut daran, für heute aufzugeben; morgen wird euch Apollo den Sieg verleihen. Zuvor gestattet mir, den Bogen auszuprobieren und zu versuchen, ob in meinen Gliedern noch etwas von der alten Kraft geblieben ist!“

„Bist du jetzt ganz von Sinnen", fuhr Antinoos bei diesen Worten auf, „benebelt der Wein deinen Kopf?"

Aber schon mischte sich Penelope ein in den Streit. „Antinoos", ermahnte sie ihn, „es wäre ungehörig, den Fremden vom Wettkampf auszuschließen! Befürchtest du, der Bettler könnte mich, wenn es ihm denn gelänge, den Bogen zu spannen, als seine Frau heimführen?"

„Nicht das befürchten wir, Königin", erklärte Eurymachos, „sondern die üble Nachrede bei den anderen Griechen, dass ein Bettler –"

„Der Fremde ist nicht so schlecht, wie ihr denkt", unterbrach Penelope ihn mit scharfen Worten. „Auch er kommt aus edler Familie. Gebt ihm also den Bogen; spannt er ihn, so soll er nichts weiter von mir erhalten als Mantel und Leibrock, Speer, Schwert und Sohlen unter die Füße. Damit mag er fortziehen, wohin sein Herz es begehrt!"

Nun fiel Telemach ein und sagte: „Mutter, über den Gebrauch des Bogens hat niemand zu gebieten als ich! Du geh in dein Frauengemach zu Webstuhl und Spindel, das Wort über die Waffe steht den Männern zu!" Erstaunt fügte sich Penelope der entschlossenen Rede ihres Sohnes.

Und jetzt brachte der Schweinehirt den Bogen, während die Freier in ein wütendes Geschrei ausbrachen: „Wohin willst du damit, du Wahnwitziger?"

Erschrocken schickte Eumäos sich an, den Bogen wieder niederzulegen, aber Telemach rief mit drohender Stimme: „Hierher, Alter, du hast nur einem zu gehorchen, sonst jage ich dich mit Steinwürfen aus dem Palast!" Die Freier lachten und gaben ihren wütenden Widerstand auf. Der Schweinehirt reichte dem Bettler den Bogen, dann befahl er der Vorsteherin, die Pforten der Frauengemächer zu verriegeln, und Philötios eilte aus dem Palast und verschloss das Tor des Vorhofs.

Odysseus aber sah sich den Bogen von allen Seiten an, ob nicht Würmer in der langen Zeit das Holz zernagt hätten oder er in anderer Weise beschädigt sei. Dann spannte er ihn so leicht wie der Sänger die Saiten seiner Laute, griff mit der rechten Hand in die Sehne und probierte sie. Sie gab einen hellen Ton von sich wie das Zwitschern einer

Schwalbe. Die Freier durchfuhr ein Schreck, sie wurden blass. Schon fasste Odysseus mutig nach dem Pfeil, der aus dem Köcher geschüttet, vor ihm lag, packte den Bogen, zog die Sehne und ließ, mit sicherem Auge zielend, das Geschoss abschnellen. Der Pfeil verfehlte keine der Äxte, er flog vom vordersten Öhr bis zum letzten. „Nun, der Fremde in deinem Palast hat dir keine Schande gebracht, Telemach!“, lachte er. „Meine Kraft ist noch immer ungebrochen, sosehr alle auch über mich gespottet haben. Jetzt aber ist es an der Zeit, dass wir die Freier zum Abendschmaus einladen, ehe es Nacht wird! Danach können Lautenspiel und Gesang erklingen und was sonst das festliche Mahl verschönt.“

Mit diesen Worten gab Odysseus seinem Sohn den verabredeten Wink. Schnell warf Telemach sich das Schwert um, griff zum Speer und stellte sich gewappnet neben den Stuhl seines Vaters.

Die Rache

Da streifte sich auch Odysseus die Lumpen von den Armen und sprang, Bogen und Köcher voller Geschosse in der Hand, in den Saal. Hier schüttete er die Pfeile vor sich auf den Boden und rief in die Versammlung: „Der erste Wettkampf wäre bestanden, ihr Freier, nun folgt der zweite; und jetzt suche ich mir ein Ziel und habe nicht vor, es zu verfehlen!“ Sprach’s und zielte mit dem Bogen auf Antinoos. Der hob eben seinen goldenen Pokal zum Mund. Da fuhr ihm der Pfeil des Odysseus in die Gurgel. Der Becher fiel ihm aus der Hand, ein Blutstrahl schoss ihm aus der Nase. Während Antinoos zur Seite sank, stieß er den Tisch samt den Speisen um.

Als die Freier dies sahen, sprangen sie schreiend und tobend von ihren Sesseln auf und suchten mit gehetzten Blicken an den Wänden des Saals nach Waffen. Da war jedoch kein Speer und kein Schild zu sehen. Nun machten sie sich mit grimmigen Worten Luft: „Wie kommst du dazu, auf uns zu schießen, verfluchter Fremder? Unseren edelsten Gefährten hast du getötet! Aber es soll dein letzter Schuss gewesen sein!“

Odysseus antwortete mit donnernder Stimme: „Wisst ihr, wer ich bin? Ihr Hunde, ihr habt gemeint, ich käme niemals von Troja zurück! Deshalb schwelgt ihr hier von meinem Besitz, verführt mein Gesinde, werbt, während ich noch lebe, um mein eigenes Weib und scheut weder die Gesetze der Götter noch der Menschen! Die Stunde der Vergeltung hat geschlagen!“

Als sie das hörten, wurden die Freier bleich, Entsetzen ergriff sie. Jeder sah sich um, wie er fliehen könnte. Nur Eurymachos fasste sich:

„Wenn du wirklich Odysseus bist, so hast du ein Recht, dich zu rächen, denn es ist viel im Palast und in deinem Land geschehen, was sich nicht gehört! Aber er“, er wies zu dem toten Antinoos, „der an allem schuld war, hat ja nun seinen Teil. Du, schone deine Stammesgefährten und lass dich versöhnen! Jeder von uns soll dir zwanzig Rinder als Ersatz für den von uns entstandenen Schaden bringen, auch Erze und Gold, so viel du willst!“

„Nein, Eurymachos“, entgegnete Odysseus finster, „und wenn ihr mir alles bietet, was ihr besitzt, ich werde nicht eher ruhen, als bis ihr für eure Taten gebüßt habt! Tut, was ihr wollt, kämpft oder flieht, keiner wird mir entkommen!“

Da begann ein Zittern unter den Freiern. Noch einmal sprach Eurymachos, aber jetzt warnte er: „Freunde! Die Hände dieses Mannes wird niemand mehr aufhalten! Also zieht die Schwerter, wehrt seine Geschosse mit den Tischen ab! Dann werfen wir uns alle auf ihn, töten ihn und verlassen Ithaka!“ Damit zog er sein Schwert aus der Scheide und sprang mit einem grässlichen Schrei auf Odysseus zu. Aber noch schneller durchbohrte ihn der Pfeil des Helden; Eurymachos riss im Fallen Speisen und Becher mit zur Erde und schlug mit der Stirn auf den Boden. Da stürmte als Nächster Amphinomos gegen Odysseus an, um sich mit dem Schwert Bahn zum Eingang zu brechen. Aber Telemachs Speer erreichte ihn, sodass der Getroffene augenblicklich stürzte. Dann eilte Telemach zur Tür und in die Rüstkammer. Hier suchte er für sich und die Freunde weitere vier Schilde, acht Lanzen und vier Helme mit wallendem Rossschweif. Damit wappneten sie sich, er und die beiden treuen Hirten. Die vierte Rüstung brachten sie Odysseus.

Solange der noch Pfeile hatte, streckte er mit jedem Schuss einen Freier nieder, dass sie nur so übereinanderfielen. Dann lehnte er den Bogen an den Türpfosten, warf sich eilig den vierfachen Schild über die Schultern, setzte sich den Helm mit dem Busch aufs Haupt und packte zwei mächtige Lanzen.

Im Saal gab es noch eine Seitenpforte, durch die man, freilich jeweils nacheinander, in den Hausflur schlüpfen konnte. Odysseus hatte sie Eumäos zur Bewachung anvertraut; aber während der Schweinehirt sich wappnete, blieb sie einen Augenblick unbewacht. Einer von den Freiern, Agelaos, bemerkte dies. „Wie wäre es, Freunde“, rief er, „wenn wir durch diese Seitenpforte flüchten würden und so in die Stadt gelangen, um das Volk aufzuwiegeln? Dann hätte Odysseus bald ausgewütet!“

Melanthios aber, der Ziegenhirt, der auf der Seite der Freier stand, beschwor ihn: „Die Tür und der Gang hinter dir sind so eng, dass immer nur ein Einzelner sich hindurchdrängen kann! Lass mich rasch unbemerkt hinausschlüpfen, ich hole euch Waffen vom Turm!“ Melanthios führte aus, was er vorgeschlagen hatte, und kam nach wiederholten Gängen mit zwölf Schilden und ebenso vielen Helmen und Lanzen zurück.

Plötzlich sah Odysseus seine Feinde in Rüstungen, lange Speere in den Händen. Er erschrak. „Das hat uns eine der Mägde oder der Ziegenhirt beschert“, sagte er zu Telemach.

Da kam zu den vier Streitern unverhofft ein fünfter: Es war Athene in Mentors Gestalt, Odysseus erkannte voller Freude die Göttin. Als die Freier den neuen Kämpfer bemerkten, rief Agelaos zornig: „Mentor, ich rate dir, lass dich nicht verleiten, dich gegen uns zu stellen, sonst ermorden wir nach Odysseus und Telemach auch dich und alles, was in deinem Haus lebt!“

Athene aber war unzufrieden; zögerte Odysseus auf einmal? „Dein Mut scheint mir nicht mehr der gleiche zu sein, Freund, wie du ihn vor zehn Jahren im Kampf gegen Troja zeigtest! Durch deine List wurde die Stadt besiegt. Jetzt, wo es gilt, in deiner eigenen Heimat Haus und Weib zu verteidigen, zögerst du den Freiern gegenüber?" So sprach die Göttin, schwang sich in Vogelgestalt empor und saß, einer Schwalbe gleich, auf dem rußigen Gebälk der Decke.

„Mentor ist geflüchtet, der Prahler", schrie Agelaos jetzt, „die vier sind wieder allein! Lasst uns genau überlegen, wie wir nun vorgehen. Werft nicht alle zugleich eure Lanzen, sondern ihr sechs da zuerst. Und zielt nur auf Odysseus! Ist er erst bezwungen, so kümmern uns die anderen wenig!" Athene vereitelte jedoch den gewaltigen Wurf: Die Lanze des einen durchbohrte den Pfosten, die des Nächsten fuhr in die Tür, eine weitere blieb in der Wand stecken.

Odysseus aber rief seinen Freunden zu: „Jetzt wir: Gut gezielt und geschossen!" Alle vier schickten ihre Lanzen ab, und keine verfehlte ihr Ziel. Da flüchteten die meisten der Freier in den letzten Winkel des Saales. Nur noch wenige wagten sich hervor und zogen die Speere aus den Leichnamen. Aber die meisten fehlten ihr Ziel, nur die Waffe von Amphimedon streifte Telemachs Hand, und die Lanze von Ktesippos ritzte dem Schweinehirten die Schulter über dem Schild.

Eurydamas war von dem Wurf des Odysseus niedergestreckt. Telemach stieß Leokritos den Speer durch den Leib, Athene schüttelte ihren Ägisschild von der Decke herab und jagte den Freiern Entsetzen ein, dass sie ratlos hin und her sprangen. Odysseus und seine Freunde aber schritten von der Schwelle in den Saal, gnadenlos trieben sie die Feinde vor sich her.

Einer der Freier, Leiodes, warf sich dem Rächer zu Füßen, umklammerte seine Knie und rief: „Erbarme dich! Ich habe nie Böses in deinem Haus getan. Ich habe lediglich die Opfer an die Götter bereitet, soll ich deshalb fallen wie die anderen?"

„Wenn du der Opferer meiner Feinde warst", erwiderte der König finster, „so hast du für sie gebetet!" Er nahm das Schwert des Agelaos, das der im Tode hatte sinken lassen, vom Boden und hieb Leiodes, während er noch flehte, das Haupt ab.

Nahe an der Seitenpforte stand der Sänger Phemios, die Harfe in den Händen. Er überlegte in Todesangst, ob er sich durch die Tür in den Hof retten oder sich aufs Bitten verlegen sollte. „Erbarme dich meiner", rief er und warf sich vor Odysseus nieder, seine Knie umschlingend, „du würdest es bereuen, wenn du den Sänger erschlägst, der Himmlische und Irdische mit seinem Lied erfreut. Ich bin der Lehrling eines Gottes, und wie einen Gott werde ich dich künftig in meinen Gesängen feiern!"

Odysseus hob das Schwert, aber er zögerte. Telemach sprang hinzu: „Halt, Vater, tu diesem Mann nichts an! Auch Medon, den Herold, lass uns verschonen, er hat mich schon als Kind im Haus sorgsam behütet und war immer auf unserer Seite!"

Medon, der sich, in eine Rinderhaut gehüllt, unter seinem Sessel versteckt hatte, hörte die Bitte, kroch hervor und lag Telemach flehend zu Füßen.

Da musste der finstere Held Odysseus lächeln: „Seid ohne Furcht, ihr beide, Sänger und Herold, die Fürsprache meines Sohnes schützt euch. Geht hinaus und verkündet den Menschen, wie viel besser es ist, gerecht als treulos zu handeln!" Die zwei eilten aus dem Saal und setzten sich, noch immer vor Todesangst zitternd, im Vorhof des Palastes nieder.

Bestrafung der Mägde

Odysseus blickte umher und sah keinen lebenden Feind mehr. Sie lagen alle hingestreckt, wie aus dem Netz eines Fischers geschüttet. Da ließ der König durch seinen Sohn die Vorsteherin Euryklea rufen. Sie fand ihren Herrn zwischen den Leichen wie einen Löwen stehen, dem der Rachen und die Brust von schwarzem Stierblut trieften; der Anblick war fürchterlich. „Freue dich, Mütterchen", rief ihr der Held entgegen,

„aber jauchze nicht; kein Sterblicher soll über Erschlagene jubeln. Diese hier hat das Gericht der Götter gefällt, nicht ich. Jetzt nenne mir von den Weibern des Palasts die, welche abtrünnig waren, und die, welche treu geblieben sind!“

„Es sind fünfzig Dienerinnen“, erwiderte Euryklea, „die das Haus versorgten. Zwölf von ihnen haben sich auf die Seite der Freier begeben und weder mir noch Penelope gehorcht. – Ach, lass mich doch vor allem jetzt meine schlafende Herrin wecken und ihr die Freudenbotschaft überbringen!“

„Weck sie noch nicht“, antwortete der König, „sondern schick die zwölf treulosen Mägde zu mir!“ Euryklea gehorchte, zitternd erschienen die Dienerinnen. Odysseus rief seinen Sohn und die zwei Hirten zu sich: „Sorgt dafür, dass die Leichname hinausgetragen werden, und nehmt die Dirnen für diese Arbeit. Dann lasst sie die Sessel und Tische mit Schwämmen säubern und den Saal reinigen. Wenn das getan ist, führt sie zwischen Küche und Hofmauer und macht sie mit dem Schwert nieder, dass ihre Treulosigkeit für immer gesühnt ist!“ Klagend und weinend baten die Mägde um Gnade; aber Odysseus trieb sie zur Arbeit und beaufsichtigte sie, bis alle Toten hinausgetragen, Sessel, Tische und Boden gesäubert und aller Unrat vor die Tür geschleppt war. Dann wurden sie von den Hirten zum Palast hinausgedrängt, wo ihnen ihr Ende bereitet wurde.

Als Telemach und die Hirten dieses vollbracht hatten, war auch das Werk der Rache beendet, sie kehrten in den Saal zurück.

Jetzt befahl Odysseus der Vorsteherin Euryklea, mit der Schwefelpfanne Haus und Vorhof auszuräuchern. Noch ehe sie damit begann, brachte sie ihrem königlichen Herrn Mantel und Leibrock. „Du sollst“, sprach sie, „lieber Herr und unser aller Meister, nicht mehr mit Lumpen bekleidet dastehen!“ Odysseus aber ließ die Kleider liegen und befahl der Alten, die Schwefelpfanne zu nehmen und die unguten Gerüche aus dem Palast zu treiben. Während sie den Saal und das ganze Haus auf diese Weise säuberte, rief sie auch die treu gebliebenen Dienerinnen herbei. Die drängten sich um ihren geliebten Herrn, hießen ihn mit

Freudentränen willkommen, drückten ihr Gesicht auf seine Hände und konnten nicht aufhören, ihn zu küssen. Odysseus aber schluchzte vor Freude.

Odysseus und Penelope

Als Euryklea mit dem Räuchern fertig war, stieg sie zum Söller, den oberen Stockwerken des Palastes, empor, um jetzt endlich der Herrin zu verkünden, dass ihr Mann in die Heimat zurückgekommen war. Die Füße der Alten liefen rasch über die Stufen, aber die Knie versagten ihr fast. So trat sie vor das Bett Penelopes, weckte die Schlafende und sprach: „Liebe Herrin, steh auf, du sollst mit deinen eigenen Augen das sehen, worauf du von Tag zu Tag gewartet hast: Denk nur, Odysseus ist daheim! Odysseus ist im Palast! Er hat die Freier, die dich so sehr bedrängt, die seinen Besitz verschlangen, die seinen Sohn beschimpften – er hat sie getötet!“

Penelope rieb sich den Schlaf aus den Augen und sagte: „Mütterchen, die Götter haben dich mit Wahnsinn geschlagen! Wieso weckst du mich mit deiner Lügenbotschaft aus dem Schlaf?“

„Glaub mir“, entgegnete Euryklea. „Der Fremde war’s, der verkleidete Bettler, über den alle im Saale lachten. Dein Sohn Telemach wusste es längst, aber er musste das Geheimnis verbergen, bis die Freier bestraft waren!“

Als sie das hörte, sprang die Fürstin auf, und unter einem Strom von Tränen rief sie: „Alte, ich kann es nicht glauben; sicher ist es ein Unsterblicher, der die Freier vernichtet hat! Odysseus – ach nein, er ist weit, er ist nicht mehr am Leben! – Lass uns hinabgehen“, sagte Penelope plötzlich, zitternd vor Furcht und Hoffnung zugleich. Sie stiegen beide die Treppe hinunter, gingen zum Saal und traten über die Schwelle. Hier ließ sich Penelope, ohne ein Wort zu reden, Odysseus gegenüber nieder, der im Schein des Herdfeuers auf dem Boden saß. Er lehnte an der Säule, den Blick gesenkt, und wartete auf sie. Aber

Staunen und Zweifel machten die Königin stumm; bald glaubte sie, ihn wiederzuerkennen, bald sah sie ihn als Fremden, und ihr Blick ruhte auf den Lumpen des Bettlers. Endlich trat Telemach hinzu und meinte halb lächelnd, halb schimpfend: „Mutter, wie kannst du so gefühllos sein? Setze dich zum Vater, forsche und frage!"

„Ach, mein Sohn", erwiderte Penelope, „ich kann es noch nicht fassen, nicht verstehen; ich kann ihn nicht anreden, ich kann ihn nicht fragen, ich kann ihm nicht gerade ins Gesicht schauen! Und doch ist er es wirklich!"

Da wandte sich Odysseus mit sanftem Lächeln an seinen Sohn: „Lass deiner Mutter Zeit; sie verkennt mich, weil ich hässliche Lumpen trage! Wir wollen sehen, wie wir sie überzeugen." Und Odysseus ging und badete und salbte sich.

Danach trat er wieder in den Saal und setzte sich in seinen Thronsessel. Er blickte auf Penelope. „Seltsame Frau", sprach er sie an, „die Götter haben in all der Zeit dein Herz gefühllos gemacht; kein anderes Weib würde so hartnäckig ihren Gatten verleugnen, wenn er nach zwanzig Jahren voller Kummer endlich heimkehrte! So wende ich mich also besser an dich, Euryklea, Mütterchen, dass du mir irgendwo mein Lager bereitest!"

„Du bist ein verständnisloser Mann", entgegnete Penelope, „weder Stolz noch Verachtung halten mich von dir zurück; ich weiß recht gut, wie du aussahst, als du Ithaka mit dem Schiff verlassen hast. Wohl denn, Euryklea, bereite ihm sein Bett, jedoch außerhalb des Schlafgemachs, richte es gut her mit Fellen, Mänteln und Teppichen!"

Damit aber hoffte Penelope ihrerseits, einen Beweis zu erhalten, dass dieser Mann vor ihr Odysseus sei. Der blickte nun unwillig auf: „Das war ein schlechter Befehl, Frau! Kein Sterblicher schafft es, mein Bett zu verrücken, und wenn er seine ganze Kraft anstrengte. Ich selbst habe es mir gezimmert, und es gibt ein großes Geheimnis darum. Mitten auf dem Platz, wo wir einst den Palast zu bauen begannen, erhob sich in blühendem Saft ein schattiger Olivenbaum, und er war stark wie eine Säule gewachsen. Da ließ ich unser Haus so anlegen, dass der Baum innerhalb des Schlafgemachs zu stehen kam. Als nun die Kammer aus Steinen erbaut war, kappte ich die Krone des Baums, und sein Stumpf wurde der Fuß meines Bettes."

Der Königin zitterten die Knie, als sie das hörte. Weinend erhob sie sich vom Stuhl, lief auf ihren Gemahl zu, umschlang seinen Hals mit ausgebreiteten Armen, küsste sein Gesicht, die Augen, Stirn, die Wangen, seine Lippen wieder und wieder und begann: „Odysseus, du warst immer so gut, so klug, so voller Verstand, sei nicht zornig auf mich! Mein armes Herz war in ständiger Angst, es möchte mich irgendein schlauer Betrüger täuschen. Nachdem du nun soeben gesagt hast, was kein Sterblicher außer dir und mir wusste, ist mein hartes Herz besiegt!"

Die halbe Nacht verging den beiden, die sich wiedergefunden hatten, unter beider Erzählung des unendlichen Elends, das sie in den zwanzig verflossenen Jahren erduldet hatten. Der Königin kam kein Schlaf in die Augenlider, bis Odysseus ihr von allen seinen Irrfahrten berichtet hatte.

Laërtes

Am anderen Morgen machte sich Odysseus in aller Frühe reisefertig. „Liebe Frau", sprach er zu Penelope, „wir haben bisher den Becher unseres Leids bis zur Neige geleert! Jetzt, da wir beide wieder zusammen sind, sorge du nun für alles, was mir im Palast noch geblieben ist. Was die Freier in ihrer Frechheit verprasst haben, das werden uns die Gaben, die ich aus der Fremde mitbringe, ersetzen. Ich selbst will auf das Landgut gehen, wo mein alter Vater mich schon so lange betrauert. Ich rate dir aber, da das Gerücht von der Ermordung der Freier sich allmählich in der Stadt verbreiten muss, dich mit deinen Dienerinnen in die Frauengemächer zurückzuziehen und niemandem Gelegenheit zu geben, dich zu befragen! Es könnte geschehen, dass die Gefährten der gerichteten Männer zu den Waffen greifen!"

Odysseus warf sich den Schwertgurt über die Schulter und weckte nun auch seinen Sohn Telemach und die beiden Hirten, die sofort alle drei gleichfalls zu den Waffen griffen und mit dem Helden im ersten Morgenlicht durch die Stadt eilten. Ihre Beschützerin aber, Pallas Athene, hüllte die vier in einen dichten Nebel, sodass kein einziger Bewohner sie erkannte.

Es dauerte nicht allzu lange, und die Wanderer hatten das stattliche Anwesen des greisen Laërtes erreicht. In der Mitte des Hofes lag, von Wirtschaftsgebäuden umringt, das Wohnhaus. Hier aßen und schliefen die Knechte, die Odysseus' Vater das Feld bestellten. Dort wohnte auch eine Frau aus Sizilien, die auf dem einsamen Landgut den alten Mann mit Hingabe pflegte. Als sie nun vor dem Haus standen, befahl Odysseus seinem Sohn und den Hirten: „Geht schon hinein und schlachtet ein Schwein für unser Mittagsmahl. Ich selbst will zum Feld hinausgehen, wo schon alle bei der Arbeit sind."

Er schlug den Weg nach den Pflanzungen seines Vaters ein und fand ihn endlich, zwischen den Reihen seiner schönen Bäume stehend, wo er eben beschäftigt war, einen noch kleinen von ihnen umzusetzen. Der Alte hatte einen groben, schmutzigen, an vielen Stellen geflickten Leibrock an; an den Beinen trug er ein paar alte Felle aus Ochsenleder, um sich damit gegen die Dornen zu schützen, auf dem Kopf eine Mütze aus Ziegenfell. Als Odysseus seinen Vater erblickte, gebeugt vom Alter, die Spuren tiefen Kummers im Gesicht, überkam ihn tiefer Schmerz; er lehnte sich an einen Baum, schloss die Augen und ließ seine Tränen über die Wangen rinnen.

Am liebsten hätte er ihn umarmt und ihm gleich gesagt, dass er sein Sohn und heimgekehrt sei. Doch fürchtete er, die Überraschung werde ihm schaden, und beschloss, sich aufs Erste zu verstellen.

So trat er denn zu ihm: „Alter Mann, du scheinst dich gut auf den Gartenbau zu verstehen! Reben, Oliven-, Feigen-, Birnen- und Apfelbäume sind aufs Beste gepflegt, den Blumen- und Gemüsebeeten fehlt es nirgends an der nötigen Sorge. Aber dass du in solchem Schmutz und in so dürftiger Kleidung einhergehst! Sag mir doch, wer dein Herr ist und für wen du diesen Garten bestellst! Ist dieses Land wirklich Ithaka? In meiner Heimat habe ich vor langer Zeit einen Mann beherbergt, der von Ithaka stammte und mir erzählte, dass er ein Sohn des Königs Laërtes sei; ich bewirtete ihn aufs Allerbeste und gab ihm ein stattliches Geschenk, als er wieder von mir ging."

So erfand der listenreiche Odysseus eine Geschichte. Sein Vater hatte sich dabei vom Boden aufgerichtet; Tränen waren ihm in die Augen getreten. „Freilich, guter Fremder", antwortete er, „freilich bist du in das Land gekommen, nach dem du fragst! Aber es wohnen bösartige Menschen darin, die du mit allen Gaben nicht satt machen kannst. Der Mann, den du suchst, lebt nicht mehr. Hättest du ihn noch auf Ithaka getroffen, er hätte dir deine schönen Geschenke reich vergolten! Sage mir, wie lange ist es her, dass dein unglücklicher Gastfreund, mein Sohn, dich besucht hat? Denn er muss es wohl gewesen sein, mein armer Sohn, der jetzt vielleicht auf dem tiefen Meeresgrund liegt oder den die wilden Tiere und die Raubvögel vertilgen."

Dem alten Laërtes wurde es schwarz vor Augen, mit beiden Händen griff er zum Boden, nahm von der schwarzen Erde, streute sie sich auf sein schneeweißes Haupt und begann zu klagen. Jetzt floss dem Sohn das Herz über; der Atem wollte ihm die Brust zersprengen; er umschlang seinen Vater unter Küssen: „Ich selbst bin es doch, ich selbst, von dem du sprichst! Nach zwanzig Jahren bin ich in die Heimat zurückgekommen. Trockne deine Tränen, weine nicht mehr. Ich sage es dir mit nur ein paar Worten: Alle Freier in unserem Palast habe ich erschlagen!"

Staunend blickte ihn Laërtes an. Dann rief er aus: „Wenn du wirklich Odysseus, wenn du mein heimgekehrter Sohn bist, so gib mir ein Zeichen, dass ich es wirklich glauben kann!"

„Vor allen Dingen", erwiderte der Fürst, „sieh meine Narbe von der Eberjagd, lieber Vater! Aber du sollst auch noch ein zweites Zeichen haben: Ich will dir die Bäume zeigen, die du mir einst geschenkt hast. Denn als ich ein Kind war und dich in den Garten begleitete, zeigtest du mir alles hier. Dreizehn Birnbäume hast du mir geschenkt, zehn

Apfelbäume, vierzig kleine Feigenbäume – und dazu fünfzig Weinreben, die in jedem Herbst voller prächtiger Trauben stehen müssen."

Nun konnte der Greis nicht mehr länger zweifeln, er sank am Herzen seines Sohnes in Ohnmacht. Als er das Bewusstsein wiedererlangte, rief er mit lauter Stimme: „Zeus und all ihr Götter, ja, ihr lebt noch, sonst wären die Freier nicht bestraft worden! Aber nun beunruhigt mich eine neue Sorge um dich, mein Sohn! Die edelsten Häuser in Ithaka und auf den Inseln sind durch deinen Rachefeldzug verwaist; die Stadt, die ganze Nachbarschaft wird sich gegen dich erheben!"

„Sei ohne alle Sorge, Vater", antwortete Odysseus, „das soll dich jetzt nicht kümmern! Folge mir in dein Haus, dort warten schon dein Enkel Telemach, zudem der Rinderhirt und der Schweinehirt und haben uns ein Mittagsmahl vorbereitet."

So gingen die beiden zusammen zum Landhaus, wo Telemach und die Hirten mit dem Zerlegen des Fleisches beschäftigt waren und der rote Wein in den Pokalen perlte. Noch vor dem Essen wurde Laërtes gebadet und gesalbt und legte zum ersten Mal nach langen Jahren wieder sein fürstliches Gewand an. Während er sich damit bekleidete, nahte sich die Göttin Pallas Athene und verlieh auch dem alten Mann aufrechte Haltung und leuchtende, hoheitsvoll blickende Augen. Als er bei den anderen eintrat, sah sein Sohn Odysseus verwundert an ihm empor. „Ja, bei allen Göttern", sagte Laërtes, „hätte ich, wie ich mich heute verjüngt und kräftig fühle, gestern an deiner Seite gekämpft, es wäre mancher Freier sterbend vor mir in die Knie gesunken!"

Aufruhr in der Stadt

In der Stadt Ithaka verbreitete sich inzwischen das Gerücht mit Windeseile durch die Straßen und verkündete das grausame Ende, das die Freier getroffen hatte. Von allen Seiten drängten sich die Verwandten der Gefallenen zum Palast des Odysseus, wo sie im Hof die Leichname ihrer Angehörigen fanden. Unter lautem Wehklagen und unter Drohungen trugen sie die Toten hinaus und bestatteten sie. Dann versammelten sich die Väter, Brüder und Verwandten auf dem Markt. Eupithes nahm das Wort. Er war der Vater des Antinoos, Vater des Freiers, der als Erster von Odysseus' Pfeil gefallen war. Eupithes war ein hoch angesehener, noch rüstiger Greis, der vor allen Anwesenden Tränen um den Sohn vergoss. „Freunde", begann er, „denkt an das vielfältige Unglück, das jener, den ich vor euch anklage, über Ithaka und die Nachbarstädte gebracht hat! Vor zwanzig Jahren entführte er uns viele und tapfere Krieger auf seinen Schiffen. Er verlor die Schiffe und verlor die Gefährten. Allein zurückgekehrt, hat er nun die edelsten Jünglinge unseres Volkes erschlagen. Ich rufe euch auf: Ergreift den Verbrecher, bevor er sich nach Pylos oder Elis rettet! Und lasst ihn büßen für seine Taten!"

Die Versammelten wurden von Wut gepackt, als sie Eupithes so reden hörten. Gerade da aber traten der Sänger Phemios und Medon in den Kreis. Die Bürger staunten nicht wenig, die beiden längst verloren Geglaubten noch am Leben zu sehen. Medon, der Herold, bat um das Wort und sprach: „Männer von Ithaka, hört, was ich sage! Was Odysseus getan hat, das tat er, ich kann es euch beschwören, nicht ohne den Willen der Unsterblichen. Ich selbst habe die Göttin erkannt, die ihm in Mentors Gestalt zur Seite stand, dem König das Herz ermutigte und den Geist der Freier verwirrte."

Da erschrak das versammelte Volk. Endlich nahm ein ergrauter Held, Halitherses, das Wort: „Wollt ihr die Wahrheit erfahren, Einwohner von Ithaka? Ich sage euch, ihr selbst seid schuld an allem, was geschehen ist! Warum wart ihr so träge, warum habt ihr meinen und Mentors Rat nicht befolgt und eure Söhne nicht im Zaum gehalten, als sie Tag für Tag hingingen, das Hab und Gut des abwesenden Odysseus verprassten und unwürdige Forderungen an seine Gemahlin richteten? Wenn ihr klug seid, werdet ihr den Mann nicht verfolgen, der sich nur gegen seine Feinde erwehrt hat. Tut ihr es dennoch, so wird auch über euch ein Unheil hereinbrechen, für das ihr selbst Verantwortung tragt!"

Halitherses trat zurück, und in der Versammlung entstand Gemurmel und lauter Streit. Die eine Hälfte erhob sich zornig, ging nach Hause, warf sich in Rüstungen und strebte zum Kampffeld vor der Stadt. Eupithes stellte sich an die Spitze der Schar und machte sich mit ihr auf, den Tod seines Sohnes und der anderen Freier zu rächen.

Sobald Pallas Athene vom Olymp herab den Auszug dieser Streitmacht bemerkte, trat sie vor ihren Vater Zeus und sprach: „Herr der Götter, sage mir, welcher Ansicht du bist! Willst du die ruhigen Einwohner Ithakas mit Streit und Krieg überziehen, oder gedenkst du, beide Parteien friedlich zu einen?"

„Du willst etwas erfahren, was längst beschlossen ist!", antwortete Zeus. „Nachdem Odysseus nun die Freier bestraft hat, soll ein heiliger Bund gegründet werden. Odysseus sei und bleibe König. Uns aber, die Götter, lass dafür sorgen, dass aus der Erinnerung der Betroffenen die Ermordung ihrer Söhne und ihrer Brüder verschwindet; unter allen soll gegenseitige Liebe und Achtung herrschen wie zuvor!"

Diese Entscheidung des Zeus war der Göttin hoch willkommen. Sie verließ den Olymp und flog zur Insel Ithaka.

Der Sieg des Odysseus

Auf dem Landgut von Laërtes war das Mahl vorüber. Alle saßen noch um den Tisch, als der Held nachdenklich zu seinen Freunden sagte: „Unsere Gegner in der Stadt werden nicht gefeiert haben wie wir, es dürfte ratsam sein, wenn sich einer von uns aufmachte, die Straße auszukundschaften!"

Gehorsam erhob sich einer der Söhne des alten Hofverwalters Dolios und begab sich aus dem Haus, um Ausschau zu halten. Und wirklich sah er einen Heerhaufen im Anmarsch – so rannte er erschrocken zu den Versammelten zurück und rief: „Sie kommen, Odysseus, sie kommen!" Da fuhren die Tafelnden vom Tisch auf, legten eilig ihre Rüstung an und griffen zu den Waffen. Es waren der König, Telemach, die beiden Hirten und sechs Söhne des Verwalters – endlich, wenn auch alt,

Dolios und Laërtes selbst. Odysseus trat an die Spitze, und der kleine Trupp verließ das Haus.

Kaum waren sie im Freien, als sich in der Gestalt Mentors ein gewaltiger Bundesgenosse zu ihnen gesellte, die Göttin Pallas Athene. Dies erfüllte Odysseus, der sie auf der Stelle erkannte, mit Hoffnung. „Telemach“, forderte er seinen Sohn auf, „jetzt musst du die Erwartungen erfüllen, die dein Vater von dir hegt. Zeig dich im Kampf da, wo die tapfersten Männer fechten!“

„Kannst du nach der Schlacht mit den Freiern an mir zweifeln?“, erwiderte Telemach.

Über die Worte freute sich Laërtes. „Welch ein Tag, ihr Götter“, rief er, „wie froh ist mein Herz! Einen Wettkampf der Tapferkeit, begonnen von dreien, die zusammengehören: Vater, Sohn und Enkel!“

Da nahte sich Pallas Athene dem Greis und flüsterte ihm ins Ohr: „Laërtes, richte dein Gebet an Zeus und seine göttliche Tochter, dann versuche einen kraftvollen Wurf mit der Lanze!“ So erfüllte sie die Brust des Alten mit Mut, er flehte zu Zeus und Athene und sandte die Waffe aus. Sein Wurf verfehlte nicht das Ziel; er traf das Helmvisier des feindlichen Anführers Eupithes und durchschlug seine Wange; der Vater des Antinoos stürzte mit seinen Waffen tot in den Staub. Odysseus aber und Telemach und ihre Gefährten rannten mit Schwert und Lanze gegen ihre Gegner an. Und sicher hätten sie alle vernichtet, wenn nicht plötzlich Pallas Athene ihre Götterstimme erhoben hätte. „Lasst ab, Ithaker“, rief sie, „lasst ab vom unseligen Bürgerzwist; schont und trennt euch!“

Bei diesen Donnerworten ergriff die Männer Entsetzen, die Waffen fielen ihnen aus der Hand und blieben auf der Erde liegen. Wie vor einem stürmischen Wind flohen die Feinde der Stadt zu, nur darauf aus, ihr Leben zu retten. Odysseus und seine Mitstreiter aber waren beim Ruf der Bundesgenossin nicht erschrocken, sie schwangen Lanzen und Schwerter, um die Fliehenden zu verfolgen. Und Athene zog vor ihnen allen her wie ein Gewitterflug, noch immer in der Gestalt des Mentor.

Aber das Gebot des Zeus war mächtiger, der Friede durfte nicht länger gestört werden. Ein Blitz des Vaters aller Himmlischen schlug vor der Göttin in den Boden, sie zuckte vor dem Strahl zurück. „Sohn des Laërtes", mahnte sie nun, „lass jetzt ab vom Kampf, du könntest den Zorn des unsterblichen Donnerers hervorrufen!"

Odysseus und seine Schar gehorchten willig. Athene zog mit ihnen in die Stadt zurück und auf den Marktplatz von Ithaka. Herolde wurden ausgesandt und alles Volk zur Versammlung einberufen.

Und nun erfüllte sich das Versprechen des Zeus: Aus allen Köpfen und Herzen war der Groll verschwunden. Wiederum in der Gestalt des Mentor erneuerte Pallas Athene selbst zwischen Odysseus und den Häuptern der Stadt den ewigen Frieden und ließ das gesamte Volk dem Helden als seinem Herrscher zujubeln. Die Scharen begleiteten ihren König zum Palast zurück, aus dem ihm Penelope mit all ihren Dienerinnen strahlend und festlich geschmückt entgegenkam.

Lange und glückliche Jahre verlebte das nun wieder vereinigte Paar. Erst in später Zeit erfüllte sich an Odysseus, was ihm einst Tiresias in der Unterwelt geweissagt hatte.

ÄNEAS

Äneas verlässt die trojanische Küste

Seinen Vater Anchises auf den Schultern, seinen Sohn Askanius an der Hand, geschützt von seiner göttlichen Mutter, war der trojanische Held Äneas dem Untergang seiner Stadt entkommen. Am Fuße des Idagebirges, wo die letzten Hügel in das Meer auslaufen, in der kleinen Hafenstadt Antandrus, versammelten sich viele Flüchtlinge seines Volkes, Männer, Frauen und Kinder. Es waren unglückliche Menschen, die ihre Stadt und ihr Vaterland verloren hatten; sie alle waren bereit, sich unter der Führung von Äneas eine neue Heimat zu suchen. Noch ungewiss, wohin das Schicksal sie lenken würde, begannen sie, sich mithilfe der geretteten Werkzeuge Schiffe zu zimmern, bis zum Frühling eine kleine Flotte entstanden war.

Der älteste Trojaner unter ihnen, der greise Anchises, gab das Zeichen zum Aufbruch und sagte dem zerstörten Troja, dem unterjochten Vaterland auf immer Lebewohl. Weinen und Klagen ertönte von den Schiffen, als sie sich von der Heimatküste lösten. Bald waren die vertrauten Ufer aus den Blicken der Flüchtlinge verschwunden.

Nach einer Fahrt von mehreren Tagen landete die Flotte an der Küste Thrakiens, dessen Bewohner, solange der Staat der Trojaner bestand, durch dieselben Götter und durch freundliche Gastfreundschaft mit ihm eng verbunden gewesen waren.

Diese Freundschaft hatte jedoch später eine grausame Wandlung erlebt. Als das Glück der Stadt Troja schon zu wanken begann, unternahm Ajax, der Sohn des Telamon, vom Schiffslager der Griechen aus einen Streifzug gegen die mit Trojas König Priamus verbündeten Thraker. Voller Furcht lieferte der treulose thrakische König Lykurgus den jungen Sohn des Priamus, den er aufziehen sollte, an die Griechen aus und erkaufte sich damit den Frieden. Der Jüngling aber, Polydorus, wurde von den Belagerern vor den Mauern Trojas und vor den Augen seines Vaters Priamus gesteinigt ...

Äneas wusste nicht genau, an welchem Ufer Thrakiens er nun mit seinen Schiffen vor Anker gegangen war. Voller Freude, eine Küste erreicht zu haben, an der er glaubte, sich niederlassen zu können, betrat er mit seinen Freunden das Land und begann, ein Haus zu bauen, ohne von Thrakern, die in der Nachbarschaft lebten, gehindert zu werden. Ja, die Flüchtlinge legten den Grundstein zu einer neuen Stadt, in deren friedlichen Mauern sie sich von den Schlägen des Schicksals zu erholen gedachten und der Äneas – als Führer der Auswanderer – seinen Namen gab.

Die Bauten wuchsen; da wollte der Held für sein Werk den Schutz der Unsterblichen erbitten. Als Erstes beschloss er, Jupiter, dem Vater der Himmlischen, und seiner eigenen göttlichen Mutter, der Venus, einen Stier zum Opfer zu bringen.

In der Nähe befand sich ein Hügel, auf dem Myrten und andere Gewächse üppig wucherten. Äneas bestieg ihn, um für die frisch errichteten Altäre Laub und Zweige zu brechen. Da erfuhr er ein grauenerregendes Wunder. Sobald er einen Strauch mit den Wurzeln ausreißen wollte, quollen schwarze Blutstropfen auf und flossen ringsum auf das grüne Gras des Bodens. Voller Angst warf sich Äneas auf die Erde und flehte zu den Nymphen des Waldes und zu Bacchus, dem Schutzgott des thrakischen Landes, den Schrecken abzuwenden, mit dem das Zeichen ihn zu bedrohen schien.

Dann ergriff er mit neuem Mut ein drittes Bäumchen und versuchte, es herauszureißen, die Knie auf den Boden gestemmt. Da hörte er ein klägliches Stöhnen, und endlich formte sich für Äneas eine Stimme, die in auf- und abschwellenden, von weit her kommenden Tönen sprach: „Was quälst du mich, Unglücklicher? Meine Seele wohnt in dieser Erde, in den Wurzeln und Ästen dieses Waldes, in dem ich als Kind einst spielte. Ich bin dein Verwandter, bin Polydorus, der Sohn des Priamus, der von seinem Pflegevater an die feindlichen Griechen verraten und vor deinen Augen unter den Mauern Trojas gesteinigt wurde. Meine Gebeine haben mitleidige Thraker gesammelt und hier in ihrem Vaterland bestattet. Verletze meine Ruhestätte nicht! Vielmehr meide dieses

Ufer, das dir und allen Trojanern Unheil bringen kann, denn noch herrscht das Geschlecht des Verräters in Thrakien!“

Als Äneas sich vom ersten Schrecken erholt hatte, kehrte er zu seinen Gefährten zurück und berichtete das soeben Erfahrene seinem Vater und dann den anderen Fürsten des Volkes. Alle kamen überein, mit ihm, Äneas, diesen unheimlichen Ort zu verlassen. Die begonnenen Arbeiten wurden eingestellt. Nachdem sie für den unglücklichen Polydorus eine Totenfeier abgehalten hatten, schoben die Trojaner ihre Schiffe vom Strand wieder in die Fluten und stiegen an Bord.

Günstiger Wind führte sie bald weit in die offene See hinaus. Nach rascher Fahrt erschien ihnen mitten im Meer eine liebliche Insel, die sich gleichsam lachend aus dem Wasser emporhob. Ihr Name war Delos. Sie war einst eine schwimmende Insel; Götter hatten sich ihrer voller Mitleid angenommen, als sie zwischen den Küsten umherirrte, und sie in der Mitte der Zykladen am Meeresgrund befestigt, sodass sie fortan den Stürmen trotzen und glückliche Bewohner ernähren konnte.

Die Menschen, die sich dort ansiedelten, hatten ihre Stadt dankbar dem Gott Apollo geweiht, der auf ihrer Insel geboren war, und galten als gastliche Leute. Äneas steuerte mit seiner Flotte also auf die Küste zu, ein sicherer Hafen nahm die müden Seefahrer auf, und sie betraten die Stadt bescheiden und voller Ehrfurcht. König Anius, der zugleich Priester des Gottes Apollo war, ging mit der heiligen Binde um die Schläfen und dem Lorbeer den Ankömmlingen feierlich entgegen und machte in dem greisen Anchises einen alten Gastfreund aus. Mit Gruß und Handschlag wurden Äneas und seine Gefährten aufgenommen, und bald begaben sich alle zum altertümlichen Tempel des Schutzgottes der Insel. Äneas warf sich vor dem Tempel Apollos auf die Knie und betete mit aufgehobenen Händen: „Gib uns, du Beschützer des trojanischen Volkes, gib uns wieder ein eigenes Vaterland, gönne uns eine bleibende Stadt! Möge unser Geschlecht nicht aussterben, hilf ein zweites Troja gründen! Lass uns auch wissen, wer unser Führer sein soll und wohin du uns weiter schickst. Gib uns ein Zeichen, großer Gott, offenbare dich unseren Seelen!“

Kaum hatte der Held sein Gebet gesprochen, als der Lorbeerhain, der den Tempel umgab, und das ganze Gebirge ringsum erbebten.

Aus den offenen Hallen des Tempels ertönte vom Dreifuß das Orakel: „Äneas, Führer deines Volkes, verliere nicht den Mut, kehre in jenes Land zurück, das den Stamm deiner Ahnherren hervorgebracht hat! Von dort aus wird das Haus des Äneas mit seinen späteren Enkeln alle Reiche der Erde beherrschen!"

Als die Stimme des Gottes ertönte, hatten sich die Flüchtlinge in Demut zu Boden geworfen. Nun, als sie die verheißungsvolle Wahrsagung vernommen hatten, umarmten sie einander und jubelten, aber viele rätselten, welches Land Apollo wohl gemeint habe, wo denn den Umherirrenden eine neue Heimat winken könnte.

Während sie noch darüber rätselten, erhob Anchises, der Vater des Äneas, seine Stimme. „Lasst mich", begann er, „eure Hoffnungen deuten! Mitten im Meer liegt eine Insel des Jupiter, des Obersten der Götter. Ihr Name ist Kreta, und sie ist die Wiege unseres Volksstammes. Wie Trojas Hauptgebirge heißt auch die Bergkette, die sich über die Insel zieht, das Idagebirge. Zu dessen Füßen dehnen sich fruchtbare Weiten, prachtvolle Städte schmücken das Land. Von dort soll unser Stammvater Teucer nach Troja gekommen sein, und dorthin führt uns, so vermute ich, jetzt Apollos Befehl; lasst uns ihm folgen! Die Reise ist nicht allzu weit; schickt uns Jupiter günstigen Fahrwind, so befindet sich unsere Flotte schon in drei Tagen vor der Insel Kreta!"

Den Flüchtlingen wird Italien versprochen

Über diese Deutung waren die Auswanderer hoch erfreut. Bevor sie wieder an Bord gingen, schlachteten sie dem Meeresgott Neptun und dem Gott Apollo, der sie mit seinem Orakel getröstet und wieder aufgerichtet hatte, einen Stier. Den mächtigen Winden opferten sie zwei Lämmer, dem wilden Sturm ein schwarzes, dem sanften Zephyr ein weißes. Dann verließen sie den Hafen von Delos, ihre Schiffe durchschnitten unter günstigen Böen die Wellen. Schon waren sie im Meer der Zykladen; die Gewässer schienen von Inseln zu wimmeln, die da und dort mit ihren schneeweißen Marmorfelsen aus den Fluten stiegen. Ein heiterer Himmel begünstigte die Fahrt; von allen Schiffen ertönte der fröhliche Gesang: „Auf, ihr Freunde, Kreta gesucht, das teure Heimatland unserer Väter!"

Am dritten Morgen hatte die Flotte wirklich, wie es von Anchises vorausgesagt worden war, den einladenden Strand der Insel Kreta erreicht, und als die Flüchtlinge an Land gegangen und von den Bewohnern gut aufgenommen waren, begann Äneas erneut, die Umrisse einer neuen Stadt abzustecken. Die Schiffe wurden ans Ufer gezogen, unter fleißigen Händen stiegen bald die ersten Sockel der Mauern und Häuser empor. Pergamus nannte Äneas die Siedlung, nach der alten Burgstätte der vergangenen Stadt Troja. Schon bald beschäftigte man sich mit alltäglichen Dingen; unter den Auswanderern wurden Ehen geschlossen und Äcker verteilt. Die Fürsten und Weisen traten zusammen und berieten über die Gesetze des Volkes. Doch da bedrohte ein neues Unglück die Flüchtlinge. Ein glutheißer Sommer ließ ringsum die Felder verdorren, ohne Regen blieb die Saat liegen, und alles Gras und alle Kräuter vertrockneten. Auf den Bäumen verwelkten die Blüten, sodass keine Früchte hervorgebracht werden konnten, und unter den Menschen wütete ein schreckliches Sterben. Der Hunger ging um.

Auf einer Volksversammlung, wo man über die trostlose Lage sprach, stand Anchises voll Kummer auf und riet seinen Unglücksgefährten, die Schiffe wieder zu besteigen und zum Zykladenmeer zurückzusegeln. Dort sollte man auf der Insel Delos das Orakel des Gottes noch einmal um Antwort bitten, wohin die Flüchtlinge nun zu reisen hätten und welches Ziel sie in ihrer Not ansteuern sollten.

Den Vorschlag nahm das gesamte Volk an; man beschloss, alles bewegliche Eigentum wieder auf die Schiffe zurückzuschaffen und, sobald dies geschehen war, die Anker zu lichten und die halb vollendete Stadt zu verlassen.

Als die Vorbereitungen getroffen waren und unter viel Trauer und Klagen die letzte Nacht herankam, die sie unter Kretas unglücklichem Himmel verbrachten, lag Äneas mit brütendem Kopf, müde von Sorgen, auf seinem Bett in der stillen Finsternis. Plötzlich brach der Vollmond aus den Wolken hervor und erhellte mit seinen Strahlen sein Schlafgemach. Und wie in einem Traum standen in vollem Licht dicht vor ihm die heiligen Hausgötter der Trojaner, sie, die er aus dem Feuer seiner Vaterstadt gerettet hatte. Sie öffneten den Mund, ihre nie vernommenen Stimmen sprachen zu ihm, und was sie sagten, waren Worte des Trostes.

„Apollo selbst", so hörte der Held, „schickt uns und gibt dir auf, uns zu vertrauen! Wir, die wir dir aus dem Brand Trojas folgten und auf deiner Flotte und mit dir durch das stürmische Meer gefahren sind, werden für dein Geschlecht einen bleibenden Wohnsitz auswählen. Wir werden deinen Enkeln Ruhm bringen und ihrer Stadt die Herrschaft über die Welt verleihen! Du selbst aber, Äneas, bist dazu ausersehen, deinen großen Nachkommen den Weg zu bereiten und darfst die Beschwerden des Neubeginns nicht scheuen. Den Ort, wo ihr euch jetzt angesiedelt habt, müsst ihr freilich verlassen, der Apoll von Delos hat nicht dieses Ufer gemeint. Nicht auf Kreta solltet ihr euch ansiedeln. Das Land, auf das dich der Götterspruch hinweist, liegt weit von hier. Es ist uralt, mächtig durch die Waffen seiner Bewohner, reich durch den Segen seines Bodens. Italien ist sein Name, und ihr habt einen Anspruch darauf von euren Ahnen her! Von dort stammen die Ältesten eures Geschlechts. Mach dich denn auf, Äneas, und melde deinem alten Vater fröhlich: Italien solle er aufsuchen! Die Insel Kreta verweigert euch Jupiter."

Ein kalter Angstschweiß hatte den Helden überlaufen, solange die Götter vor ihm standen und redeten. Als sie verschwunden waren, fühlte er sich wunderbar gestärkt; er raffte sich von seinem Lager auf, streckte die flachen Hände betend zum Himmel empor und brachte den heimischen Göttern ein Trankopfer dar. Dann eilte Äneas zu seinem Vater und berichtete ihm ausführlich über das, was sich zugetragen hatte.

Dem Greis gingen die Augen auf, er erkannte den doppelten Ursprung der Trojaner und sah ein, dass er die beiden Stammländer verwechselt hatte.

„Lieber Sohn“, sprach Anchises, „jetzt erst erinnere ich mich, was mir die Seherin Kassandra für die Zukunft weissagte. Sie verkündete unserem Geschlecht ein Land, das sie bald Hesperien, bald Italien nannte. Dies war lange vor dem Untergang Trojas; wer dachte damals im Ernst daran, dass wir unsere Heimat verlassen und zu den fernen Küsten Hesperiens auswandern würden? Ja, wer achtete überhaupt auf die Reden Kassandras, die nicht als Seherin galt! Jetzt aber lass uns dem Wort Apollos und dem besseren Rat folgen!“

So entschied Anchises, und so geschah es.

Sturm und Irrfahrten

Als kein Land zu sehen und ringsherum nur Himmel und Wasser war, sammelten sich über den Schiffen der Heimatlosen graue Wolken, die Nacht und Sturm herbeiführten. Die Wogen stiegen empor wie Berge, die kleine Flotte wurde weit zerstreut, die Schiffe trieben an strudelnden Abgründen vorbei. Drei Tage und drei sternlose Nächte dauerte das fürchterliche Unwetter. Selbst der erfahrene Steuermann der Flotte, Palinuros, wusste nicht mehr, wo sich in dem blinden Dunkel die Schiffe befanden und in welche Himmelsgegend sie getrieben wurden. Am vierten Tag legte sich der Sturm allmählich, und ein Gebirge zeigte sich am Horizont. Der Anblick gab den Verzweifelnden ihren Mut zurück. Als sie der Küste näher kamen, zogen sie die Segel ein, gingen an die Ruder und wühlten sich durch den noch immer gischtenden Meeresschaum.

Das Land, das die Verirrten aufnahm, war unwirtlich und durch seine schauerlichen Bewohner verrufen. Hier lebten die Harpyien, gefräßige Ungeheuer, ein Vogelgezücht mit den Gesichtern von Jungfrauen, die aber, von ewigem Hunger blass, entsetzlich anzusehen waren. An den

Händen hatten sie Krallen, mit denen sie alles ergriffen, dessen sie habhaft werden konnten. Mit Unflat besudelten sie jeden Ort, an dem sie erschienen.

Äeneas und seine Gefährten wussten nichts von den Bewohnerinnen des ihnen unbekannten Ufers. Sie liefen in den Hafen ein, der vor ihnen lag, und waren froh, dass sie sich wieder auf fester Erde befanden. Der erste Anblick des Landes zeigte ihnen nichts Unheimliches; Herden von Rindern und Ziegen waren ohne Hirten auf der Weide.

Der ausgestandene Hunger ließ die Gelandeten nicht lange zögern; sie fuhren mit dem Schwert unter das Vieh, brachten Jupiter und den Göttern ein Schlachtopfer dar und setzten sich endlich zum leckeren Essen in die Runde. Doch sie konnten das Mahl kaum genießen, denn plötzlich, von den nahen Hügeln her, vernahmen sie den Flügelschlag vieler Vögel. Wie von einem Sturm herangetrieben, erschienen die Harpyien, fielen über das Fleisch her, zerrten daran und besudelten es mit ihrer abscheulichen Berührung. Überall ertönten ihre grässlichen Stimmen, verbreitete sich ihr scheußlicher Pesthauch.

Erst flohen die Menschen mit ihrer Mahlzeit an abgelegene Stellen, so unter einen hohlen Felsen, der von schattigen Bäumen eingeschlossen war. Hier zündeten sie Feuer an und begannen, auch ihre Speisen zu holen. Aber aus allen Winkeln und aus allen Himmelsrichtungen kam der sausende Vogelschwarm, machte sich mit seinen Krallen an die Beute und das Mahl erneut ungenießbar. Äneas und seine Freunde griffen endlich zu einem letzten Mittel. Sie versteckten ihre Schwerter und Schilde ringsumher im Gras, und als die hässlichen Vögel sich niedersenkten, brachen er und die Gefährten hervor und versuchten, die Untiere mit ihren Schwertern zu erlegen. Aber kein Hieb, kein Stich vermochte das Gefieder der Vögel zu durchdringen, keine Wunde war ihnen zuzufügen. In rascher Flucht entzogen sich die Harpyien den Angriffen und ließen ihre Beute angefressen zurück.

Nur eine von ihnen, Celäno, setzte sich auf den höchsten Felsen und brach die Fluchworte hervor: „Ist es nicht genug, uns Rinder und Ziegen zu stehlen, ihr trojanischen Fremden? Wollt ihr uns auch noch aus dem Heimatland vertreiben? Nun, so hört die Weissagung, die mir Phöbus anvertraut hat und die ich euch als Rache verkünde. Ihr fahrt nach Italien, ihr werdet das Land auch erreichen, ein Hafen wird euch aufnehmen; aber nicht eher werdet ihr in den Mauern eurer neuen Stadt in Ruhe leben können, als bis euch ein grässlicher Hunger zwingen wird, an euren eigenen Tischen zu nagen und sie zu vertilgen! Das ist die Strafe für das Unrecht, das ihr an uns begangen habt!"

Mit diesen Worten erhob sie sich, schwang die Fittiche und flog zurück in die Wälder. Den Trojanern gerann das Blut in den Adern; sie wussten nicht, hatten sie es mit fluchwürdigen Vögeln oder mit mächtigen Göttinnen zu tun. Endlich hob Anchises seine Hände zum Himmel und riet seinem Sohn und den Gefährten, sich in Eile wieder auf die Schiffe zu begeben.

Äneas an der Küste Italiens

Nach langen Irrfahrten erschien endlich eine niedrige Küste mit dämmernden Hügeln in der Ferne. „Italien!", rief der Held Achates als Erster, der das Land vor den anderen erblickt hatte. „Italien!", schrien nun die Gefährten. Der Greis Anchises nahm seinen Becher, füllte ihn mit Wein und opferte ihn. Auf dem Achterdeck stehend, flehte er die Unsterblichen um günstigen Wind an und um leichte Fahrt. Die Luft wehte wirklich auch kräftiger, immer näher trieb es die Schiffe zu einer sich öffnenden Bucht. Auf einem Hügel war ein Tempel zu erblicken; voll Vertrauen und neuer Hoffnung rollten sie die Segel zusammen und ruderten die Schiffe bis zum Strand. Die Küste bildete, von der östlichen Brandung ausgehöhlt, einen weiten Bogen. An den vorgelagerten Klippen spritzte das Meer schäumend auf, eine Mauer getürmter Felsen senkte sich rechts und links ins Wasser. Da erblickten die Trojaner vier schneeweiße Rosse auf dem Land, die im tiefen Gras weideten. „Rosse bedeuten Krieg", rief Anchises aus, „dieses Ufer droht uns mit Krieg, so gastlich es auch aussieht! Wir müssen umkehren!"

Die Trojaner richteten sich nach dem Rat des Alten und ruderten zurück auf die hohe See. Dann segelten sie an vielen Küsten entlang immer dem Süden zu, vorbei am Meerbusen von Tarent, an dem klippenvollen Skylation. Schon tauchte aus der Ferne Sizilien mit seinem Feuer speienden Ätna auf, da hörten die Seefahrer ein gewaltiges Tosen und sahen heftige Brandungswellen um die Felsen herum. Aus einem tiefen Abgrund sprudelten die Fluten empor, Sand und Wasserschaum stäubten durch die Luft.

„Das ist die Charybdis", rief Anchises. „Legt euch in die Ruder, Gefährten, reißt uns aus der Todesgefahr!"

Eifrig machten sich die Trojaner an die Arbeit. Doch es war schwer. Bald flogen die Schiffe aus den Wölbungen des Strudels empor, bald versanken sie wie in die Unterwelt. Dreimal hintereinander geschah dies. Dann, als sie der Gefahr endlich glücklich entkommen waren, gerieten sie an den Strand der Zyklopen. In der Nähe hörten sie den Feuer speienden Ätna, der unter Donnern schwarzes Gewölk, Pechqualm und glühende Asche in die Luft emporwirbelte und zugleich aus den Tiefen der Erde Steine und flüssige Glut ans Tageslicht brachte.

Äneas und seine Gefährten hatte es bei Nacht an die Küste verschlagen, der riesige Berg war zudem noch von Wäldern verdeckt. Auch umzogen dichte Wolken den finsteren Himmel; so vernahmen die Gestrandeten nur das fürchterliche Tosen, ohne zu wissen, woher es kam. Doch als der Morgenstern die Schatten vertrieb, sahen die Flüchtlinge, die am Strand lagerten, eine entsetzliche, furchterregende Erscheinung.

Sie waren an der Küste des Zyklopen Polyphem gelandet, eines abscheulichen Untiers, eines Wesens, dem einst von Odysseus das einzige Auge ausgestochen worden war. Eben wollten die Trojaner beginnen, sich auf dem Festland einzurichten, als sie auch schon auf der Höhe des Berges den unförmigen Hünen sahen. Er hatte einen Baumstamm als Stock in der Hand und irrte inmitten einer Schafherde – dem einzigen Trost in seinem Unglück – herum. Am Strand angekommen, ging Polyphem in die Fluten, wo sie gleich zu Beginn am tiefsten waren, und bückte sich und wusch die immer noch blutende Wunde in der Stirn, stöhnend und zähneknirschend.

Bei diesem grässlichen Anblick beschleunigten die Trojaner ihre Flucht. Still durchtrennten sie die Seile. Doch bald hörte der Riese den Ruderschlag der Schiffe, ging tiefer ins Meer, folgte ihnen, und nur mit Mühe entging das letzte Schiff seinen Händen. Als er vergeblich in die Luft griff, erhob Polyphem ein so ungeheures Gebrüll, dass die Klüfte des Ätna wie von einem langen Donner widerhallten und das ganze Zyklopengeschlecht, in den hohen Bergen aufgestört, zum Ufer herabgerannt kam. Wie hohe Zypressen ragten ihre Häupter zum Himmel, als sie der absegelnden Flotte ihre drohenden Blicke nachsandten. Um auf der nun folgenden Fahrt der Skylla und Charybdis zu entgehen, segelten die Trojaner am Ufer der Insel entlang. Es dauerte Tage, die Irrfahrt schien kein Ende zu nehmen – und dazu traf ein großer Schmerz Äneas.

Sein Vater Anchises wurde von den Anstrengungen, Gefahren und Schrecken der Reise zusehends geschwächt; er sollte Italien, das Land seiner Sehnsucht, nicht mehr erreichen. Seine Sinne schwanden, seine Zunge verstummte; und ohne nur ein Lebewohl sagen zu können, starb er in den Armen seines Sohnes, als sie eben in den Hafen der sizilianischen Stadt Trepanum eingelaufen waren.

Die trojanischen Flüchtlinge begingen für den ehrwürdigen Vater ihres Führers ein feierliches Begräbnis. Doch hing Äneas nicht länger seiner Trauer nach. Die Verheißung der Götter trieb ihn an, sein Volk ins Land der Ahnen zu bringen und endlich das Reich zu gründen.

Äneas nach Karthago verschlagen

Kaum hatte die Flotte Sizilien wieder aus der Sicht verloren, als die Göttermutter Juno, die alte Feindin der Trojaner, vom Olymp aus den Schiffszug bemerkte und zu sich sprach: „Wie, sollte alles Bisherige vertan sein? Sollte Troja nicht ganz zerstört, sein Volk und Königsgeschlecht nicht mit der Wurzel vernichtet werden? Wird dieser Äneas wirklich von Italien Besitz nehmen? Minerva durfte die heimkehrende Flotte der Griechen zerschlagen und das Meer aufwühlen, nur um die Schuld des Ajax zu rächen; und ich, die Königin der Götter, hätte dieses Volk jahrelang vergeblich bekämpft?“ Mit solchen Gedanken eilte Juno in das Gebiet der Stürme zur Grotte des Äolus, des Königs der Winde. Auf ihren Befehl und ihre Bitten, die sie mit schönen Versprechungen würzte, ließ Äolus alle Winde aus ihren Höhlen.

Und sie wüteten furchtbar unter Äneas' Flotte. Die Ruder zerbarsten, das Wasser brach ein, und die Schiffe legten sich wie sterbend auf die Seite. Drei von ihnen schleuderte der Südwind auf tückische Klippen, drei stieß er auf Sandbänke. Auf eines, das lykische Bundesgenossen mit ihrem Führer Orontes trug, wälzte sich eine ungeheure Welle und warf den Steuermann kopfüber in die See; dann drehte der Wirbel das Schiff dreimal um sich selbst, und der Abgrund verschlang es.

Jetzt endlich hörte der Meeresgott Neptun den Aufruhr und wunderte sich über die losgelassenen Orkane. Er erhob sein ruhiges Haupt aus dem wilden Wasser und schaute sich um. Da erblickte er die Schiffe des Äneas weit zerstreut, von Wogen überrollt oder in Regengüsse gehüllt. Auf der Stelle erkannte er die Handschrift seiner Schwester Juno und rief Ostwind und Westwind gebieterisch zu sich: „Was ist in euch gefahren, ohne meinen Befehl die Wogen so hoch zu türmen, fast bis zu den Sternen? Geht und sagt eurem Herrn Äolus, nicht ihm ist der Befehl und das Königtum über das Meer verliehen, sondern mir! Ihm gehören Felsen und Höhlen, wo euer Gemach ist; dort darf er über euch herrschen, bis man euch braucht und aus den verschlossenen Kerkern holt!“

Mit diesen Worten glättete Neptun die schwellenden Wogen, verscheuchte die geballten Wolken und rief den Sonnenschein, die Lüfte wieder heiter zu machen. Dann glitt er auf seinem Wagen, von Seerossen gezogen, leicht über den Schaum der Fluten dahin, und das Getöse des Meeres versiegte.

Die müden Seefahrer aber sahen ein neues Ufer vor sich liegen, rafften ihre Kräfte zusammen und steuerten dem Land entgegen. Es war die Küste Afrikas. Bald nahm sie ein sicherer Hafen auf. Auf der einen Seite dehnten sich sonnige Wälder auf sanften Hügeln, auf der anderen wuchs ein Gehölz voller schwarzer Schatten an steiler Höhe. Im Hintergrund der Bucht lag eine Felsengrotte mit Quellen und Moosbänken. Dorthin fuhr Äneas mit seinen sieben Schiffen, den Überresten der Flotte. Die verbliebenen Trojaner stiegen aus und legten sich erschöpft, durchnässt und voller Verzweiflung am Ufer zur Ruhe.

Äneas jedoch kletterte mit seinem treuen Waffengefährten Achates auf einen Felsen und ließ die Augen über die weite Meeresfläche schweifen, ob er niemanden von den vom Sturm verschlagenen Gefährten erblicken könnte. Aber das Meer gab nichts von ihrem Schicksal preis. Dafür erblickte er drei Hirsche am Strand, denen eine Herde folgte. Schnell ließ er sich Bogen und Pfeile reichen und streckte einen der Hirsche, der ein gewaltiges Geweih trug, nieder. Ja, er ruhte nicht, bis er sieben Tiere der Herde erlegt hatte, so viele Schiffe er noch besaß. Dann kehrte er zur Bucht zurück und die Beute wurde verteilt. „Freunde“, munterte Äneas die Gefährten auf, „esst und trinkt! Werden wir doch seit Langem vom Schicksal geprüft, selbst mit Ärgerem als dem Jetzigen. Ruft den alten Mut zurück, irgendwann werdet ihr euch an all diese Leiden erinnern und euch freuen, sie überstanden zu haben. Denkt daran, das Ziel so vieler Not und Gefahren heißt ‚Italien‘, und es wird dort ein zweites Troja erblühen!“

Doch Äneas sprach diese Worte der Hoffnung mit halbem Herzen, er musste seinen tiefen Schmerz mit Gewalt beherrschen.

Venus wird von Jupiter mit der Gründung Roms getröstet

Auf der Zinne des Olymps stand Jupiter, der Göttervater, und heftete seine Blicke, die über Meer und Völker flogen, endlich auf die afrikanische Küste, auf das libysche Reich der Königin Dido, wo Äneas gelandet war. Seine Tochter Venus trat zu ihm. In ihren glänzenden Augen schwammen Tränen, und traurig flehte sie: „Was hat dir Äneas getan, allmächtiger Herrscher über Menschen und Götter, dass ihm, der schon so viel Unheil erduldet hat, Italien verschlossen bleibt? Du hast mir versprochen, dass aus dem erneuerten Blut des trojanischen Stammvaters einmal ein Volk kommen wird und dass es die Herrschaft über Land und Meer erhalten solle! Nur dieses Versprechen söhnte mich mit dem Fall Trojas aus; was hat deinen Plan geändert?"

Jupiter lächelte die Göttin an, zog sie an sich und sprach mit jenem Blick, mit dem er die Wolken vom Himmel verscheuchte: „Sei ohne Sorge, Töchterchen, das Schicksal deiner Schützlinge bleibt unverändert. Äneas wird einziehen in Italien, in mächtigen Kriegen wird er siegen, die Völker bändigen und Gesetz und Ordnung begründen. Drei Jahre lang wird er in der Landschaft Latium herrschen, sein Sohn Askanius – oder Julus – wird von Lavinium nach Albalonga übersiedeln. Drei Jahrhunderte wird sich dort das Geschlecht des Priamus auf dem Thron behaupten, bis eine Priesterin der Vesta, aus dem Königshaus stammend, Zwillingsknaben zur Welt bringt. Von ihnen soll Romulus, von einer Wölfin gesäugt, seinem Vater, dem Kriegsgott Mars, neue Mauern errichten und der Gründer des Volks der Römer werden. Die Römer mache ich endlich zu den Herren der Welt, ihrer Herrschaft ist kein Ende gesetzt! Der größte Römer wird ein Nachkomme des Julus sein und Julius heißen. Unter den Menschen aber wird nach beendigten Kriegen der ewige Friede einziehen; eiserne Riegel sollen die Tore der Zwietracht schließen, die, mit hundert Ketten gefesselt, vergebens mit ihren blutigen Zähnen knirscht. Doch bis dahin", führte Jupiter aus, „wird noch viel Zeit vergehen." Mit diesen Worten sandte er seinen Sohn, den Götterboten Merkur, ins afrikanische Karthago, dass den Trojanern zunächst eine gastliche Herberge bereitet werde. Die Königin Dido, die Witwe des Phöniziers Sychäus, hatte Stadt und Burg Karthago erbauen lassen.

Am anderen Morgen machte sich Äneas auf, das unbekannte Land zu erforschen. Nur sein Freund Achates begleitete ihn. Mitten im Wald begegnete ihnen Venus, die Mutter von Äneas. Sie näherte sich in Gestalt einer bewaffneten Jägerin in der Art, wie die jungen Frauen von Sparta sich zu kleiden pflegten; sie trug einen Bogen über der Schulter, das Haar flog frei um ihren Kopf, das leichte Gewand war bis ans Knie geschürzt. „Sagt mir doch, Männer“, redete sie die Fremden an, „habt ihr keine meiner Freundinnen gesehen, in Luchspelz gehüllt, mit umgehängtem Köcher?“

„Nein“, entgegnete Äneas, „aber wer bist du, Frau? In deinem Gesicht und deiner Stimme ist etwas Himmlisches. Bist du eine Elfe, bist du eine Göttin? Wer auch immer, sag uns, in welchem Land wir sind! Der Sturm hat uns hierher verschlagen.“

Venus erwiderte lächelnd: „Du bist in Afrika! Eine Königin namens Dido herrscht über diese Küste; sie stammt aus Tyrus und war dort die Gattin des reichen Sychäus. Ihr Bruder Pygmalion, der König von Tyrus, hasste seinen Schwager und erschlug ihn, geblendet von seiner Goldgier, am Altar der Götter. Da floh Dido und gelangte hierher, wo du jetzt bald die gewaltigen Mauern der neuen Stadt Karthago und ihre in den Himmel reichende Burg erblicken wirst.“

Äneas dankte für die Worte, doch er wollte noch mehr erfahren.

„Wie Dido begann? Anfangs kaufte sie, in Afrika angekommen, nur ein Stück Land. Sie verlangte ein so großes Gebiet, wie sie mit einer Stierhaut umspannen konnte. Diese Haut jedoch schnitt Dido in so dünne Riemen, dass sie damit den ganzen Raum umschließen konnte, den jetzt die Burg Karthagos einnimmt. Von dort aus erwarb sie immer mehr Land und gründete ein mächtiges Reich. Nun wisst ihr, wo ihr seid, Männer! Du, Äneas, gehe weiter auf dem Pfad, den du kamst!“

Venus lächelte nach ihren Worten und wandte sich um. Um sie glänzte überirdisches Licht, ihre Locken verbreiteten einen himmlischen Wohlgeruch, ihr Kleid wallte, die Augen blendend, bis zu den Fersen hinunter. Jetzt erkannte Äneas seine Mutter und rief nach ihr. Die aber umhüllte die beiden Männer mit dichtem Nebel, dass niemand sie erblicken und ihre Absichten erforschen konnte. Dann schwebte sie hoch durch die Lüfte bis zu ihrem Lieblingssitz Paphos.

Äneas in Karthago

Äneas und Achates schritten rasch voran, immer dem Fußpfad nach. Bald hatten sie einen Hügel erstiegen, der sich hoch über die Stadt erhob, und blickten auf die gegenüberliegende Burg. Voller Staunen betrachtete Äneas den stolzen Königsbau, der sich da emportürmte; das steinerne Tor, die breiten gepflasterten Straßen, den Lärm und das Gewühl darin. Noch aber wurde an Karthago gebaut, die Tyrier betrieben das Werk mit großem Eifer; die einen waren an den Stadtmauern emsig tätig, die anderen an der Vollendung der Burg, zu deren Krone sie schwere steinerne Quader emporwälzten.

In ihrem Nebelgewande gingen Äneas und sein Begleiter bald mitten durch das viel beschäftigte Volk. In der Stadt selbst befand sich ein schöner Hain, ein Ort mit kühlendem Schatten. Auch hier hatte die Königin einen Tempel erbauen lassen; Torpfosten und Türflügel waren aus schwerem Erz. Äneas, noch immer unsichtbar, betrat den Tempel und gab sich kühnen Träumen und Hoffnungen hin. Denn während er sich in dem herrlichen Tempelraum umschaute und über die Kunstwerke staunte, die sich darin befanden, stieß er endlich auf eine Reihe von Wandgemälden, auf denen die Schlachten um Troja dargestellt waren. Alles erkannte Äneas, ja schließlich entdeckte er auch sich selbst, wie er von der Mauer herab den ungeheuren Stein auf die Feinde schleuderte.

Während er dies alles mit Schmerz und Freude zugleich anschaute, näherte sich die jugendliche Königin Dido, von einem großen Gefolge umgeben, dem Tempel.

Unter der Wölbung des Portals setzte sie sich auf einen hohen Thron und teilte dem Volk, das sich um sie versammelte, die Arbeiten in der neuen Stadt zu. Dabei sahen Äneas und Achates plötzlich mitten in dem Gewühl Freunde, die sie verloren geglaubt, die der jüngste Sturm von ihnen getrennt und hierher verschlagen hatte. Es waren Männer von jedem der Schiffe. Sie drängten sich bald aus der Menge hervor, und ihr Ältester, Ilioneus, sprach die Königin an: „Edle Herrin, wir sind

Trojaner, die der Sturm von Meer zu Meer geschleudert hat. Lasst uns wissen, wohin wir geraten sind. Man verwehrt uns, am Strand unser Lager aufzuschlagen, man droht uns mit Krieg, mit der Vernichtung unserer Schiffe. Wenn hier von Menschlichkeit nichts bekannt ist, so fürchtet zumindest die Macht der Götter! Und", fügte er hinzu, „du musst wissen, unser Führer war Äneas!"

Die Königin senkte vor den Männern den Blick und antwortete kurz: „Verbannt die Angst aus euren Herzen, Trojaner! Mein Reich ist so jung, dass ich genötigt bin, die Grenzen des Landes durch strenge Wachen zu sichern. Von der Stadt Troja und ihrem unglücklichen Volk, ihren Helden, ihrem Waffenruhm, ihrer fürchterlichen Zerstörung wissen wir vieles. Was euren Fürsten betrifft, so werde ich auf der Stelle Helfer aussenden, um die Ufer abzusuchen, ob er nicht, irgendwo gestrandet, in Wäldern oder Dörfern umherirrt!"

Die beiden, versteckt in ihrer Nebelwolke, brannten vor Begierde, endlich sichtbar zu werden. „Hörst du, Sohn der Göttin", flüsterte Achates seinem Freund zu, „die Schiffe sind gerettet!"

Kaum hatte er es gesagt, da teilte sich der Nebel von selbst und löste sich auf und verschwand in der sie umgebenden Luft. Äneas stand in hellem Licht wie ein Wunder vor allen und wandte sich zur Königin: „Hier bin ich, nach dem ihr suchen lassen wolltet, gerettet aus den Wogen! Edle Herrin, die du die Reste meines unglücklichen Volkes voller Erbarmen in deine Stadt aufgenommen hast, keiner von uns allen kann dir Dank genug abstatten. Mögen dir die Himmlischen vergelten, was du für uns getan hast!" Mit diesen Worten wandte Äneas sich ab, lief auf seine Freunde zu und reichte ihnen voller Freude die Hände.

Als Dido sich vom ersten Staunen erholt hatte, fragte sie: „Du also bist jener Äneas, den einst die erhabene Göttin Venus dem Trojaner Anchises geboren hat? Tritt mit deinen Männern ohne Sorge in unsere Häuser ein! Auch ich bin eine Verbannte, auch ich fand nach langen mühevollen Wegen erst in diesem Land endlich Ruhe. Ich kenne allen derartigen Jammer und weiß, was es heißt, wenn Unglücklichen geholfen wird!"

Damit führte Dido den Helden Äneas in ihren Palast und ordnete für alle Tempel ein prächtiges Opferfest an. Das Innere der Burg wurde mit königlichem Prunk ausgeschmückt, und in den schönsten Sälen wurde ein Festmahl vorbereitet. Kunstvolle Purpurteppiche prangten an den Wänden, schweres Silber lastete auf den Tischen; goldene, erlesene Pokale schimmerten, wohin man schaute.

Voller Freude über diesen Empfang schickte Äneas seinen Freund Achates schleunigst zur Flotte, seinem Sohn Askanius die gute Nachricht zu überbringen und ihn selbst in die schöne Burg zu holen. Auch allerlei Geschenke, die der Fürst aus dem Schutthaufen Trojas gerettet hatte, befahl er zu bringen.

Dido und Äneas

Aber Venus, die himmlische Mutter des Trojaners, fand trotz allem keine Ruhe. Sie fürchtete Verrat im Königshaus von Karthago. Auch dass Juno, Todfeindin von Äneas, die Schutzgöttin des Landes war, machte ihr Sorge. Sie überlegte sich deshalb eine neue List. Ihr anderes Kind, der Liebesgott Amor, sollte die Gestalt des Knaben Askanius annehmen und an seiner Stelle in Karthagos Hofburg erscheinen. Würde Dido den Jungen bei dem königlichen Festmahl auf den Schoß heben und an sich ziehen, so sollte der Schelm ihr das heimliche Feuer der Liebe einhauchen.

Der Liebesgott gehorchte dem Wunsch seiner Mutter, er entledigte sich seiner Flügel und ging, vergnügt über die Rolle, die er zu spielen hatte, dem kleinen Askanius täuschend ähnlich, an der Hand des Achates der Königsstadt entgegen. Den wahren Askanius hatte Venus im Schlaf in einen ihrer Haine entführt und ihn dort in duftenden Majoran unter kühle Schatten gelegt.

Als Achates mit dem kleinen Gott an der Hand in Karthagos Burg eintraf, hatte sich die Königin schon auf einem goldenen, mit köstlichen Teppichen geschmückten Stuhl in der Mitte des Saals niedergelassen.

Äneas und die trojanischen Helden traten ein und begaben sich an die Tische. Diener boten ihnen Wasser und Handtücher an und reichten das Brot aus den Körben; fünfzig Mägde standen in langen Reihen in der Küche an flammenden Herden. Weitere hundert Mägde und ebenso viele Diener trugen die Gerichte auf die Tische und stellten die goldenen Becher vor die Gäste. Auch die Edlen der Königin ließen sich an den Tafeln nieder.

Äneas' Geschenke wurden herumgereicht und bewundert. Dann richteten sich alle Augen auf den angeblichen Askanius, der sich mit heftigen Umarmungen an den Hals seines Vaters warf und ihn küsste. Die Königin beobachtete dies mit Freude und Entzücken. Darauf riss sich der kleine Liebesgott endlich von dem vermeintlichen Vater los und eilte auf die Königin zu. Sie nahm ihn arglos auf die Arme, betrachtete ihn und drückte ihn zärtlich an sich, ohne zu ahnen, welch ein mächtiger Gott sich ihr da anschmiegte.

Äneas wird betört von Didos Liebe

Alles an Äneas – seine Haltung, seine Bewegungen, seine Worte – gruben sich tief in das Bewusstsein der Königin ein. Als die Gäste den Palast längst verlassen hatten und sie auf ihrem Lager keinen Schlaf fand, suchte sie das Gemach ihrer Schwester und vertrautesten Freundin Anna auf und erzählte, was mit ihr geschehen war. „Liebe", sagte sie, „ich habe wunderbare Träume, die mich zugleich ängstigen. Welch ein seltener Gast hat unseren Palast betreten! Man sieht ihm an, dass er von den Göttern abstammt! Und welche Missgeschicke hat er durchlitten, welche Kriege bestanden, welche Fahrten überlebt! Wirklich, Schwester, wenn ich nicht beschlossen hätte, mich keinem Mann mehr hinzugeben, bei diesem Fremden könnte ich meinen Entschluss brechen!"

Anna blickte sie voller Mitleid an. „Dido, willst du deine Jugend als Witwe verbringen? Meinst du, die Asche deines Mannes kümmert sich um deinen Entschluss? Und kommt es dir denn gar nicht in den Kopf, welche Kriege dir vielleicht einmal drohen? Dass du Schutz brauchst? Glaube mir nur, durch die Gunst unserer Schutzgöttin Juno ist es geschehen, dass die trojanischen Schiffe hier landeten. Schwester, wie mächtig könnte unsere Stadt, wie mächtig das Reich durch eine Heirat mit dem Sohn einer Göttin werden!“

Anna entflammte mit diesen Worten Didos Herz nur noch mehr und schläferte alle Scheu ein. Sie gingen zusammen in die Tempel und opferten den Himmlischen.

Dies alles hatte die Göttermutter Juno auf dem Olymp wohl wahrgenommen. Und nun schien der richtige Zeitpunkt gekommen, den Helden für immer um das ihm verheißene Italien zu betrügen und die Trojaner in fremden Stämmen aufgehen zu lassen. Sie ging zu ihrer Tochter Venus und begann heftig, doch auch freundlich, mit ihr zu reden: „Wirklich, du und dein Knabe, ihr habt einen schönen Sieg davongetragen! Doch wozu ein langer Streit? Wir werden zwischen unseren Schützlingen ein Ehebündnis und damit ewigen Frieden schließen! Du hast, was du mit ganzer Seele wolltest: Dido ist verliebt in Äneas! Wohlan, lass uns die Völker verschmelzen; der trojanische Held und die karthagische Königin!“

Venus bemerkte die heimliche Absicht der Göttermutter; sie erwiderte scheinbar zustimmend: „Wie könnte ich dir einen Wunsch verweigern, Mutter? Ich fürchte nur, Jupiter wird die Vereinigung beider Völker nicht wollen. Aber du bist seine Gemahlin, dir steht es zu, sein Herz durch Bitten dafür zu erweichen und seine Zustimmung zu erhalten.“ Venus nickte freundlich, doch in ihrem Inneren lächelte sie über den versuchten Betrug.

Am nächsten Morgen veranstaltete Dido eine große Jagd zu Ehren der fremden Gäste. Vor dem Palast stand das Pferd der Königin, mit Gold geschmückt und mit kostbaren Decken behangen; an der Pforte warteten die Fürsten. Endlich kam Dido heraus, umringt von großem Gefolge. Sie trug ein bunt besticktes Jägerkleid, darüber einen mit goldener Schnalle geschmückten Purpurrock. Ein goldenes Diadem lag auf ihrer Stirn, über der Schulter trug sie ihren goldenen Köcher. Vier

Trojaner waren bereits in ihrem Zug, dann schloss sich ihr der edelste von allen, Äneas, an, mit seinem Sohn und den engsten Freunden.

Als die Jagdgesellschaft das Gebirge erreicht hatte, zerstreute sie sich bald im unwegsamen Gelände. Hirsche verließen fluchtartig ihre Berge, drängten sich verängstigt zusammen und rannten über die offenen Felder. Mitten im Tal war der Knabe Askanius mit seinem Pferd und flog damit bald an diesen, bald an jenen Jägern vorüber; er hoffte, auf einen Eber zu treffen oder dass ein Löwe mit voller Mähne aus den Hügeln auf ihn zukommen würde.

Die Reiter waren so mit ihrer Jagd beschäftigt, dass sie nicht merkten, dass der Himmel sich zu verdunkeln begann, und sie ein Unwetter, das sich in dichten Wolken zusammenzog, erst entdeckten, als der Wind schon durch die Bäume pfiff und Regen und Hagel niederprasselten. Karthager und Trojaner suchten, weit verstreut, durch Felder und Wälder irrend Schutz vor dem Unwetter. Während plötzlich angeschwollene Flüsse von den Bergen stürzten und ein Zufluchtsort vom anderen abgeschnitten wurde, fanden sich durch Junos Listen Dido und Äneas in einer schützenden Grotte wieder. Mit dem Aufruhr der Natur, dem Leuchten der Blitze und dem Krachen des Donners entfesselte sich nun die bisher verdrängte Zuneigung der Königin; sie vergaß alle Scheu und gestand Äneas ihre glühende Liebe. Da vergaß auch er die göttliche Verheißung, das Land Italien; er erwiderte Didos Zärtlichkeiten und antwortete mit einem leichtsinnigen Schwur auf ihre Leidenschaft.

Äneas verlässt auf Jupiters Befehl Karthago

Das Unwetter war vorüber, die Jagdgesellschaft fand sich wieder zusammen. Äneas kehrte an Didos Seite zur Stadt und in den Palast zurück. Ein Freudenfest folgte nun dem anderen, an Abfahrt dachte niemand mehr, und der Winter kam heran.

Nun endlich wurde Gottvater Jupiter auf seinem Olymp aufmerksam und beobachtete das heitere Treiben. Er begann, sich zu ärgern, und er rief seinen Sohn Merkur zu sich. „Was hat Äneas in Karthago zu schaffen?“, fragte er zornig. „Dafür habe ich ihn nicht zweimal den Waffen der Griechen und ebenso oft den Stürmen entrissen. Rom soll er mir gründen!“

Wie ein Vogel eilte Merkur mit seinen fliegenden Schuhen jetzt durch die Luft; bald war er in Karthago und fand hier Äneas, wie er den Bau neuer Paläste überwachte. Sein Schwert funkelte von Edelsteinen, sein Mantel, den Dido selbst für ihn angefertigt hatte, glühte von kostbarem Purpur; er glich vom Kopf bis zur Sohle einem karthagischen Fürsten. Da stellte sich Merkur, allen anderen unsichtbar, neben ihn und sagte ihm ins Ohr: „Hier also stehst du, deine Bestimmung und dein Reich vergessend, und baust an der Stadt einer Fremden! Erinnerst du dich nicht mehr an deinen Sohn Askanius und an die Herrschaft über Italien, die du begründen sollst? Höre, Jupiter sendet mich vom Olymp zu dir, dich endlich von hier fortzutreiben!“

Merkur war wieder fort, noch ehe sich Äneas von seiner Betäubung erholen konnte, aber das Göttergebot hallte in ihm nach. So rief er seine Vertrauten zu sich und befahl ihnen, in aller Stille die Flotte zu rüsten und die Gefährten am Strand zu versammeln.

Aber vor Dido ließen sich die Absichten Äneas’ nicht verbergen. Als ihr die Göttin die Gerüchte meldete, dass die Trojaner ihre Flotte rüsteten und die Abfahrt vorbereiteten, irrte sie verstört durch die Straßen ihrer Stadt und trat endlich vor den Geliebten. „Du Treuloser, du wolltest dich stillschweigend aus meinem Land stehlen! Warum willst du fort, Äneas? Bei diesen Tränen beschwöre ich dich, wenn dir etwas an mir gefällt, so bleibe bei mir!“

Äneas aber, von Jupiter gewarnt, unterdrückte die Bewegung, die diese Worte in ihm auslösten, und er erwiderte kurz: „Solange ich denken werde, Königin, solange mein Geist sich in mir regt, werde ich deine Liebe nicht vergessen! Aber die Götter befehlen mir, nach Italien zu segeln. Dort ist mein künftiges Vaterland! Darf ich meinen Sohn um das ihm verheißene Reich betrügen?“

Die Königin sah ihn schweigend an, dann brachte sie wütend hervor: „Nun gut, ich werde nicht mit dir streiten, ich halte dich nicht, suche dein Italien! Wenn es noch Götter gibt, wird meine Rache dich finden! Mein Schatten zieht dir nach, und wenn du deine Strafe erhältst, weil du mich verlassen hast, so werde ich es in der Tiefe des Hades hören!"

Äneas versuchte, Dido zu trösten, aber dem Gebot der Unsterblichen blieb er dennoch treu. So musste Dido von den Zinnen ihrer Burg sehen, wie sich die Abziehenden am Ufer sammelten, und ihr brach fast das Herz. Sie machte einen letzten Versuch, Äneas aufzuhalten, und wandte sich an ihre Schwester. „Anna", sagte sie, „ich bitte dich: Geh zu ihm, Schwester, ich verlange ja nicht, dass er auf Italien verzichtet, ich will nur eine letzte Frist für meine Liebe, will nur Zeit, bis ich verstehe, dass ich ihn für immer verloren habe!"

Dido flehte, bis Anna ging und dem Held vom Zustand der Königin berichtete. Aber er ließ sich nicht erweichen. Es war, als wenn der Wind eine uralte Eiche packt: Die Krone wird zerzaust, der Stamm erzittert, und fallende Blätter bedecken den Boden. Sie jedoch steht fest im Grund des Felsens. So hoch sie in die Luft ragt, so tief sind ihre Wurzeln in der Erde. Wurde der Held auch von den beiden Schwestern mit Bitten inständig bedrängt, und war es auch quälend für ihn: Er blieb unerschütterlich.

Jetzt sah Dido, dass sie gegen ihr Schicksal nichts ausrichten konnte, und beschloss zu sterben. Sie trat nun, da sie sich entschlossen hatte, gelöst und gefasst, ihr Vorhaben sorgfältig verbergend, vor die Schwester und sagte: „Freue dich mit mir, liebe Anna! Ich habe ein Mittel gefunden, das mir Äneas entweder zurückgeben oder mich von meiner Liebe befreien wird. Ich habe es von einer Äthiopierin. Bitte lass mir, wie die Zauberin es vorschrieb, im inneren Schlosshof einen Scheiterhaufen errichten; lege darauf Waffen des untreuen Mannes, die er in seinem Gemach zurückgelassen hat, seine Gewänder, die Decken seines Bettes. Alles, was an ihn erinnert, soll verbrannt werden!"

Dido brach ab, Totenblässe breitete sich über ihr Gesicht. Ihre Schwester ahnte nicht, dass sich hinter diesem seltsamen und neuen

Opferbrauch ein Gedanke an Selbstmord versteckte; sie wusste nicht, von welcher Verzweiflung Dido ergriffen war.

Sobald aber der Holzstoß stand, aus Kiefern- und Eichenholz aufgeschichtet, erschien die Königin selbst, schmückte ihn mit Zypressenzweigen und zog Blumenketten um ihn her. Dann legte sie ein Schwert, Gewänder und ein Bildnis von Äneas darauf. Danach kehrte die Trauernde noch einmal in ihren Palast zurück, ein letztes Mal sich zur Ruhe begebend.

Äneas lag, nachdem die Abfahrt nun endgültig beschlossen war, auf dem Achterdeck des Schiffes und schlief. Da erschien ihm noch einmal Merkur im Traum und warnte ihn: „Sohn einer Göttin, wie kannst du nur schlafen jetzt? Ein grässlicher Plan bewegt die verlassene Königin! Mach dich auf, solange du es noch kannst, geh zu ihr und versuche sie abzuhalten von dem, was heute geschehen soll!"

Doch Äneas' Entschluss stand fest; er sprang von seinem Lager auf und trieb die Gefährten zur Flucht an.

Der Morgen war inzwischen angebrochen, die Königin hatte den Söller aufgesucht und sah die Flotte mit schwellenden Segeln schon auf hoher See. Voller Schmerz wandte sie sich ab von diesem Bild und befahl der Dienerin, ihre Schwester Anna zu rufen. Sobald sie allein war, ging sie in den inneren Hof der Burg und stieg taumelnd und kaum bei Bewusstsein auf den Holzstoß.

„Ihr Erinnerungen an glückliche Tage", klagte sie, „nehmt dies Leben und erlöst mich von allem Schmerz! Die Königin Dido ist am Ende ihres Daseins angelangt, als ein Schatten wird sie in der Unterwelt bleiben! Ich habe eine herrliche Stadt gegründet, mit allem war ich glücklich, wäre der Trojaner nicht mit seiner Flotte an Libyens Küste gelandet!" – Sie konnte vor Schmerz nicht weitersprechen, drückte ihr Gesicht in ein Kissen und stieß sich das Schwert des Äneas in die Brust.

Landung in Italien

Äneas musste das Ende Didos, das er durch seinen Starrsinn herbeigeführt hatte, eine lange Zeit mit neuen Irrfahrten und Unglücksfällen büßen. Ein Sturm verschlug ihn bis Sizilien, wo er von König Acestes, dessen Mutter eine Trojanerin war, gastfreundlich aufgenommen wurde. Einmal auch warfen die trojanischen Frauen, die genug hatten von der endlosen Seefahrt, Feuer in die Flotte, sodass vier der schönsten Schiffe verbrannten; die übrigen rettete Jupiter jedoch durch einen Regenguss. In der folgenden Nacht erschien Äneas sein Vater Anchises im Traum und überbrachte ihm den Befehl des Gottvaters, die älteren Frauen und unkriegerischen Greise auf Sizilien zurückzulassen; er selbst solle mit dem Kern der Mannschaft weiter nach Italien segeln.

Der Fürst gehorchte; er gründete die Stadt Acesta in Sizilien und siedelte die Greise und Mütter hier an. Er selbst brach mit den kräftigsten Männern, den Jünglingen, Frauen und Knaben erneut auf und verließ die Küste. Neptun gewährte ihm – auf Bitten der Liebesgöttin – ein ruhiges Meer und damit glückliche Fahrt.

Endlich erreichten sie das Land, zu dem sie aufgebrochen waren. Äneas fuhr die Küste entlang und kam ohne neue Hindernisse in die Nähe eines Hafens. Vom Meer aus sah er einen großen Wald, aus dem sich, gelb von Sand, ein Strom mit reißenden Wirbeln seine Bahn ins Meer brach. Bunte Vögel flatterten um seine Mündung und schwebten um das Buschwerk an seinen Rändern.

Die Landschaft, in der sich die trojanischen Auswanderer nun befanden, war das alte Latium; der Fluss, den sie gesehen hatten, war der Tiber. Kleine stille Städte erhoben sich an seinen Ufern, beherrscht von dem schon bejahrten König Latinus. Das Geschick hatte Latinus keinen Sohn geschenkt; aber um seine einzige Tochter Lavinia warben viele Fürsten aus ganz Italien, vor allem Turnus, der kühnste von allen, der Erbe des Königs der Rutuler, Daunus. Ihn hatte die Mutter Lavinias, Amata, insgeheim schon ausgewählt und hoffte, dass ihre Pläne sich erfüllen würden.

Umheimliche Götterzeichen aber standen dieser Verbindung entgegen. In einem der Höfe der latinischen Königsburg gab es einen Lorbeerbaum, der hier schon stand, als König Latinus seinen Palast gründete. Eines Tages besetzte ein dichter Bienenschwarm den Wipfel des Baumes; dicht aneinander klammernd hing der ganze Schwarm wie eine Blumendolde von einem der Äste herab. Man rief einen Wahrsager, der das Zeichen deuten sollte. „Ich sehe einen Mann und ein Heer aus der Fremde kommen und sehe den Fürsten in dieser Burg herrschen!"

Und bald darauf gab es ein zweites Zeichen.

Als Lavinia mit ihrem Vater am Altar stand und der König die Opferflamme anfachte, da schien es, als fingen die Locken des Mädchens Feuer, als würde ihr Haar wie eine Krone aus Gold und Edelsteinen glühen und Rauch und Flammen durch den ganzen Palast senden. Das wurde nun erst recht für ein bedeutsames Wunder gehalten. Zwar gehe Lavinia selbst – so die Deutung des Sehers – großem Ruhm entgegen, aber dem Volk weissage dieses Zeichen einen furchtbaren Krieg. Latinus befragte dann das Orakel seines Vaters Faunus. Aber auch dieses sagte ihm einen fremden Schwiegersohn voraus, aus dessen Stamm ein Geschlecht wachsen werde, dem die Herrschaft über die Welt bestimmt sei.

Nach der Landung am Tiberufer ließ sich Äneas mit seinem Sohn Askanius und den übrigen Trojanerfürsten unter einem hohen, schattigen Baum nieder und befahl, dass ein Mahl zubereitet werden sollte. In der Eile nahmen sie sich nicht die Mühe, das Geschirr aus den Schiffen herbeizuholen, sondern backten flache Weizenkuchen, die ihnen als Tische und Teller dienten und auf denen sie die Speisen ausbreiteten. Als alles verzehrt und ihr Hunger noch nicht gestillt war, griffen sie nach den „Tellern" und „Tischen" aus Weizenmehl und bissen herzhaft zu. Da sagte Askanius lachend: „Wir essen ja unsere eigenen Tische!" Das war ein Zeichen! Voller Freude sprang Äneas vom Boden auf und rief: „Heil dir, fremdes Land! Du bist es, das mir vom Geschick verheißen ist! Auf heitere Weise wird erfüllt, was uns die Harpyie einst als etwas Entsetzliches vorhergesagt hat. Der Hunger werde uns an unbekannten Ufern, so hatte sie gekrächzt, die eigenen Tische verzehren lassen. Es ist geschehen, der Spruch hat sich erfüllt! Jetzt lasst uns Häuser bauen!“

Lavinia wird dem Äneas zugesagt

Danach wählte der Sohn des Anchises aus allen Schiffen des Geschwaders die besten Männer, hundert an der Zahl, die als Gesandte vorausgeschickt werden sollten. Sie traten, geschmückte Ölzweige in den Händen als Zeichen des Friedens, ihren Weg an und gelangten bald zur Stadt der Latiner. Vor den Toren tummelten sich junge Männer mit Wagen und Pferd, andere vergnügten sich mit Wurfspießwerfen und Bogenschießen, mit Faustkampf und Wettrennen. Als nun die fremden Gesandten eintrafen, eilte ein Bote in die Stadt und brachte dem alten König Latinus die unerwartete Nachricht, dass sich eine Schar Männer mit friedlichen Absichten nähere.

Der Palast des Königs war mächtig und prachtvoll gebaut. Hundert Säulen trugen ihn, ein heiliger Hain umringte ihn mit hohen, Ehrfurcht gebietenden Bäumen. In seiner Mitte saß König Latinus auf seinem Thron und befahl die Trojaner zu sich. Als sie eingetreten waren, redete er sie freundlich an: „Euer Geschlecht ist mir nicht unbekannt, Dardaner, ihr wart mir schon angekündigt, als ihr noch übers Meer gesegelt seid. Und ich weiß, obwohl die Sage schon viele Jahrhunderte alt ist, dass euer Ahnherr Dardanus aus diesem Landstrich stammen soll.“

Ilioneus, der von allen zum Sprecher ausersehen war, erwiderte ihm: „Kein Orkan hat uns an deine Küste geworfen, erhabener Sohn des Faunus, kein Stern hat uns in die falsche Richtung geführt! Wir erreichten dein Ufer aus freiem Willen, und friedliche Absichten haben uns hierher gebracht. Wir sind aus einem herrlichen Reich vertrieben worden, der Erzvater unseres Geschlechts war Jupiter. Unser Fürst Äneas, der Sohn der Göttin Venus, aber ist Jupiters Enkel; er selbst hat uns in deinen Palast gesandt. Nun höre weiter: Von dem Krieg, der Troja vernichtet hat, weiß alle Welt; wir konnten vor dem Tode fliehen und bitten nun um einen Ort, wo wir die Götter unserer Heimat aufstellen können! Italien wird es nicht bereuen, Troja in seinen Schoß aufgenommen zu haben. Wie du es sagst: Dardanus stammt von hier und ruft uns hierher zurück. Damit du aber erkennst, Latinus, dass wir auch diejenigen sind, für die wir uns ausgeben, so verehrt dir unser Führer Äneas die Geschenke, die wir für dich mitgebracht haben – und die freilich nur kleine Überbleibsel aus den Schätzen Trojas sind: diesen goldenen Pokal, aus dem der Vater unseres Helden, Anchises, sein Trankopfer verrichtete; dies Gewand des König Priamus, das er trug, wenn er vor dem Volk Recht sprach; schließlich seinen heiligen Kopfschmuck, sein Zepter und noch andere Gewänder, ein kunstvolles Werk trojanischer Frauen!"

Während Ilioneus redete, hatte der alte König Latinus die Augen unbeweglich zu Boden gesenkt, wie jemand, der in tiefen Gedanken ist. Die herrlichen Geschenke, die von den Gesandten vor den Stufen seines Thrones ausgebreitet wurden, beachtete er kaum. Ihn bewegte der Orakelspruch seines Vaters Faunus. Auf einmal wurde ihm klar, dass dieser Äneas und kein anderer der angekündigte Bräutigam seiner Tochter war; aus ihm werde das Geschlecht der Römer kommen, das dazu bestimmt war, über die ganze Erde zu herrschen. Nun wurde seine Miene heiter; er richtete den Blick auf den vor ihm Stehenden. „Mögen die Unsterblichen unser Werk segnen!", entgegnete er. „Ich biete euch die Erfüllung eurer Wünsche, Trojaner, und eure Geschenke nehme ich an. Meine Tochter Lavinia wird nach dem Orakel der Götter einen Mann aus der Fremde finden. Lasst Äneas zu mir kommen!"

Nun ließ der alte König aus seinem riesigen Marstall, in dem an hohen Krippen dreihundert der schönsten Rosse standen, für jeden Trojaner ein mit Purpur bedecktes Pferd herbeiführen. Äneas aber sandte er einen Wagen samt einem Doppelgespann, schnaubende Rosse, aus unsterblichem Blut gezeugt.

Juno stiftet einen Krieg an

Äneas' Glück konnte seiner Feindin Juno nicht gleichgültig bleiben. Sie rief die Rachegöttin Alekto aus der Unterwelt zu sich und beauftragte sie, die Eintracht im Keim zu zerstören. Alekto schwebte zuerst nach Latium und ging dort in das Gemach von Amata, der Mutter Lavinias. Die Königin war voller Zorn, dass mit dem Erscheinen der Trojaner ihre Pläne zur Verheiratung ihrer Tochter zunichte gemacht werden sollten. Alekto warf der Königin nun aus ihrem Schlangenhaar heimlich eine der Nattern auf die Brust, damit sie Streit und Unruhe ins Haus bringe. Die Schlange verwandelte sich sofort in Amatas goldenen Halsring, in ihren langen Schleier und ihren Haarschmuck, womit sie augenblicklich zum König gehen sollte. Zugleich träufelte sie unbemerkt etwas Gift auf die Haut Amatas, das sie sofort durchdrang. Die Königin fing auch gleich an zu weinen und zu klagen über das angeblich ungewisse Schicksal Lavinias. „Grausamer Gatte“, sagte sie zu sich selbst, „du hast weder mit mir noch mit deiner Tochter Mitleid! Diesen Äneas kennen wir nicht! Wo ist deine Sorge um deine Tochter, wo ist das Wort, das du Turnus gegeben hast? Du verschenkst unser Kind an heimatlose Flüchtlinge!“

Alekto war zufrieden; sie hatte den Auftrag Junos ausgeführt. Sofort schwang sie sich weiter in die Hauptstadt der Rutuler, nach Ardea. Dort trat sie als alte Frau ans Bett des Königssohns Turnus, dem Lavinia versprochen war, und stachelte ihn auf: „Ist es möglich, junger Mann, kannst du – ohne zornig zu werden – mit ansehen, wie all deine Hoffnungen vereitelt und das schöne Kind Lavinia, das du erwartetest, an trojanische Landstreicher verschenkt wird? Mich sendet Juno zu dir: Du sollst dein Volk bewaffnen, sollst zum Kampf aus der Stadt ziehen und die Schiffe der Trojaner am Strand verbrennen!“

Noch halb schlafend, erwiderte Turnus mit lautem Lachen: „Alte, dass die Trojanerflotte in den Tiber eingelaufen ist und Juno an mich denkt, wusste ich schon längst; das andere sind Dinge, die dich nichts angehen. Krieg und Frieden ist die Sache von Männern!“

Da packte die Furie der Zorn, Turnus fühlte es sofort. Sein Blick erstarrte, er richtete sich auf, wollte noch mehr erwidern, als ihn die Gestalt, die plötzlich ins Übermenschliche wuchs, mit einem Stoß aufs Bett zurückwarf, aus ihrem Haar zwei Schlangen hervorzog, mit ihnen wie mit einer Peitsche zu klatschen anfing und dazu vor Wut schäumend sprach: „Meinst du noch immer, ich wäre ein altes Weib und verstehe mich nicht auf die Angelegenheiten der Könige?“ Zugleich schleuderte sie eine Fackel auf seine offen liegende Brust, sodass ihr Brand sich in sein Fleisch fraß. Der Schweiß brach ihm aus allen Poren. „Waffen!“, schnaubte er. Eine rasende Kriegswut tobte nun in ihm wie Wasser in einem siedenden Kessel. Sobald der Morgen anbrach, schickte er einen Boten zu den Edlen des Volkes und befahl, gegen den wortbrüchigen König Latinus die Waffen zu ergreifen und sich zum Kampf gegen beide, Latiner und Trojaner, zu rüsten.

Während Turnus die Kampflust seiner Landsleute anstachelte, flog die Furie zum Tiber, wo der junge Askanius mit seinen Begleitern in den Uferwäldern auf die Jagd gegangen war. Hier versetzte Alekto die Spürhunde in eine plötzliche Wut und ließ sie wild kläffend einem jungen Hirsch nachsetzen, einem besonders herrlichen Tier, das seiner Mutter weggenommen worden war und in den Wäldern des Königs Latinus von seinen Hirten aufgezogen wurde.

Als der zahme Hirsch den heißen Ufersand verließ, um den Tiber hinabzuschwimmen, fasste Askanius das Wild ins Auge und ließ den Pfeil vom Bogen schnellen. Das verwundete Tier kam blutig heim, schleppte sich in den Stall und winselte laut, dass es bis ins Haus zu hören war.

Silvia, die Tochter eines Oberhirten des Königs, entdeckte ihren Liebling als Erste und rief mit lautem Geschrei die Bauern der Umgegend herbei. Von allen Seiten strömte jetzt tobendes Volk hinzu – und Askanius kam die trojanische Mannschaft zu Hilfe. Bald waren es nicht bloß mit Prügeln bewaffnete Haufen; es hatten sich zwei streng ausgebildete Schlachtreihen formiert, Schwerter wurden gezogen, Bogen gespannt.

Der erste Pfeil von Seiten der Trojaner, die sich gegen die anstürmenden Feinde zur Wehr setzten, traf den Bruder Silvias in die Kehle, sodass er tot zu Boden stürzte. Danach begann ein schauerliches Gemetzel unter den Hirten und Bauern. Sie flüchteten endlich vor den Trojanern in die Stadt und trugen ihre Erschlagenen klagend und fluchend durch die Tore. Sie riefen die Götter laut um Hilfe an, eilten zum Königspalast und versammelten sich um Latinus, ihren Herrn. Auch Turnus fand sich ein und tönte, dass das Land an die Trojaner verraten werde. So umringten alle, wetteifernd, wer am lautesten klagte, die Burg.

Der Alte horchte lange unbeweglich, dann konnte er dem blinden Toben nichts mehr entgegensetzen. „Weh mir", stöhnte Latinus endlich, „ich fühle es, uns reißt der Sturm fort! Mein armes Volk, ein Gott mag diesen Sturm entfacht haben, und doch glaube ich, dass es noch mächtigere Götter gibt, die hinter den Trojanern stehen; sie werden euch diesen Aufruhr nicht verzeihen. Und auch du, Turnus, wirst ihrem Gericht nicht entgehen! Ich hatte geglaubt, endlich im Hafen des Alters zu sein, und hoffte, in Ruhe enden zu können, nun gönnt ihr mir nicht einmal einen friedlichen Tod!"

Juno, die Mutter der Himmlischen und erbitterte Feindin Trojas, wollte keinen weiteren Aufschub des Kampfes gegen die Trojaner. In der Latinerstadt stand ein Tempel des Krieges mit zwei großen Toren, von hundert festen Riegeln verschlossen. Sein Hüter war Janus, der uralte Städtegott der Latiner. Wenn die Edlen eines Volks einen blutigen Kampf beschlossen, so öffnete der König selbst im feierlichen Kriegsgewand die vor Alter knarrenden Pforten. Und jetzt verlangten die Latiner von ihrem Herrscher genau dies. Der aber weigerte sich, auf diese Weise den Krieg zu entfesseln, und verbarg sich in der Einsamkeit seines Palastes. Da schwang sich Juno vom Himmel nieder, stieß selbst gegen die widerstrebenden Pforten und öffnete sie. Mit einem gewaltigen Donnern fuhren die ehernen Tore des Kriegstempels auseinander.

Äneas sucht bei Evander Hilfe

Ganz Italien, so ruhig und friedlich es vorher auch gewesen war, geriet in Brand. In den Häusern wurden die Schilde geglättet, die Speere gespitzt, die Äxte am Schleifstein gewetzt. Die Trompeten riefen zum Marsch, Fahnen flatterten. Alle Männer griffen zu den Waffen, die einen zogen zu Fuß ins Feld, die anderen wirbelten hoch zu Ross den Staub der Wege auf. Streitwagen flogen hinter schnaubenden Pferden einher, die Ebenen glänzten von Gold und Eisen, von Rüstungen und Schwertern. Aus allen Städten kamen die Männer der alten Geschlechter, deren Vorfahren oft Götter und Göttersöhne waren. Unter den Ersten schritt, schön wie ein junger Gott, Turnus, die anderen weit überragend. Hinter Turnus und seinen Gefährten drängten sich die Latiner und Rutuler, in vorderster Linie Mezentius mit seinem Sohn Lausus, dann Aventinus, der Sohn von Herkules und Rhea. Nach ihnen die Reiterei der Volsker, schimmernd in Erzpanzern, angeführt von ihrer Fürstin Kamilla. Sie hatte ihre Hände nie an einen Rocken oder Webstuhl gelegt; unter rauen Männern war sie aufgewachsen, auf ihrem Ross hatte sie mit den Winden um die Wette laufen gelernt.

Die gewaltigen Kriegsrüstungen erfüllten Äneas und seine Trojaner mit großer Sorge. Da erschien Äneas im Traum der Flussgott des Tiber. Er stieg in meerblauem Kleid, die Augen mit einem Schilfkranz auf der Stirn beschattet, zwischen dichtem Pappelgestrüpp aus dem Strom. „Göttlicher Äneas“, sagte er, „verliere nicht den Mut! Der Groll der Himmlischen auf dich ist geringer geworden. Damit du nicht glaubst, ein unbedeutendes Traumbild zu erleben, will ich dir ein Zeichen geben, damit du tust, was ich dir sage. Unter den Eichen am Ufer wirst du ein großes Mutterschwein finden, das dreißig Frischlinge geboren hat: Das ist die Stelle, wo in dreißig Jahren dein Sohn Askanius die Stadt der Römer gründen wird. Für jetzt aber pass auf, wie du dich gegen Gefahren zu schützen hast, die dich bedrohen. Nicht weit von hier, im Land der Etrusker, haben sich Griechen unter ihrem Fürsten Evander angesiedelt und auf einem hohen Hügel den Ort Pallanteum gegründet, sie sind unversöhnliche Feinde der Latiner. Mit ihnen musst du dich verbünden, sie werden deine Kampfgefährten sein. Opfere für die Göttin Juno, sobald du erwachst, und besänftige ihren Zorn durch Demut! Dann lass die Hälfte deiner Trojaner im Lager sowie bei den Schiffen und mach dich auf den Weg zu Evander."

Der Gott verschwand, Äneas erwachte und befolgte seinen Rat. Zwei Schiffe wurden ausgewählt und mit den treuesten Freunden Äneas' bemannt. Noch bevor der Held mit ihnen aufbrach, sah er das Zeichen, welches der Flussgott ihm im Traum vorhergesagt hatte. Am Rand des Waldes, unter einer Eiche, erblickte er ein Schwein mit dreißig Jungen. Die Mahnung des Gottes bedenkend, opferte Äneas das Tier und dessen ganze Nachkommenschaft der Göttin Juno und versöhnte so ihr grollendes Herz. Dann schiffte er sich auf dem Tiber ein, der, von seinem Herrn gebändigt, glatt und eben dalag.

Am anderen Morgen sahen die Männer in der Ferne Häuser und eine Burg auf einem hohen Berg schimmern. Sogleich drehten sie den Bug ihrer Schiffe dem Ufer zu, wo der Berg, auf dem die Stadt Pallanteum lag, seinen Ausläufer bis in den Fluss schob.

Es war gerade der Tag, an dem der König Evander gemeinsam mit seinem Sohn Pallas und weiteren angesehenen Jünglingen Herkules ein feierliches Opfer darbrachte. Der Weihrauch und das Blut dampften auf den Altären, das Mahl nach der Opferzeremonie hatte schon begonnen.

Als nun die Griechen die Schiffe zwischen den dunklen Uferwäldern unter leisen Ruderschlägen heranschwimmen sahen, erschraken sie und wollten das Fest beenden. Aber Pallas ergriff seine Lanze, eilte den Näherkommenden entgegen und rief noch vom Hügel hinab: „Fremde, wer seid ihr? Wohin reist ihr? Bringt ihr uns Krieg oder Frieden?"

Äneas antwortete vom hohen Vordeck seines Schiffes, indem er das Zeichen des Friedens, den Olivenzweig, in der ausgestreckten Rechten emporhielt: „Du siehst Trojaner zum Kampf gegen die Latiner gerüstet, die uns mit Waffengewalt aus ihrem Land vertreiben wollen! Wir suchen König Evander und wollen ihn um Hilfe bitten!"

Als Pallas hörte, wer da vor ihm stand, staunte er und rief mit Freude in der Stimme und mit Bestürzung zugleich: „Willkommen, seid unsere Gäste! Kommt ans Ufer, begeht mit uns dieses schöne Fest, das wir nicht verschieben dürfen!“ So sprach er, ließ die fortgeräumten Becher und Speisen wieder zurückbringen und die Trojaner auf Rasenbänken Platz nehmen. Ihren Anführer Äneas aber führte er zu einem gepolsterten Sessel aus Ahorn, über den ein zottiges Löwenfell gebreitet war. Der Priester und die vornehmsten jungen Männer setzten den Gästen geröstete Stücke der Opferstiere vor, häuften das frische Brot in Körben auf und reichten um die Wette Wein herum.

Darüber rückte der Abend heran; nach vollendetem Opferfest begaben sich alle in die Stadt. Sie war nur klein; wer hätte ahnen können, dass die Stadt Rom das Bild dieser Gegend einmal beherrschen würde. Die Griechen waren ein ländliches Hirtenvolk und hatten aus ihrer Heimat keine Schätze mitgebracht. Jedoch Mut und kräftige Arme konnten sie den Trojanern zum Beistand anbieten. So gefiel es Äneas im Haus Evanders, das mehr einer Hütte denn einem Palast ähnelte. Bald sank er auf einem weichen Bett aus Blättern, über das ein zottiges Bärenfell ausgebreitet war, in einen sanften Schlaf.

Der Schild des Äneas

Inzwischen ging der Gott Vulkanus auf Bitten von Venus zum Ätna, um dort, in der Höhle der Zyklopen, die Waffen für Äneas zu schmieden, die ihm den Sieg über die Latiner verschaffen sollten. Er näherte sich der donnernden Höhle, die ganz von Schmiedefeuern erleuchtet war. Gewaltige Schläge dröhnten auf die Ambosse, in den Gewölben sprühten zischende Stahlschlacken, und aus den Öfen strömte unaufhörlich heiße Glut. Rußige Zyklopen mit unzähligen Knechten schmiedeten das Eisen Tag und Nacht hindurch. Die einen waren gerade an einem halb fertigen Blitzstrahl beschäftigt, der mit zwölf Zacken versehen wurde; eben schweißten sie drei Hagelspitzen, drei Regenspitzen, drei Glutspitzen und drei Sturmwindspitzen daran und mischten Flammen, Donnergrollen und Entsetzen darunter. Die anderen Riesen bauten für den Kriegsgott Mars Räder und Wagen; wieder andere aus Gold und Drachenschuppen den glatten Ägisschild der Minerva mit dem Medusenhaupt.

„Werft alles zur Seite", rief Vulkanus, in die Höhle tretend, „richtet eure Gedanken auf etwas Neues, Zyklopen! Dem tapfersten Mann wollen wir die Kriegswaffen schmieden, da braucht es Kraft, Kunstfertigkeit und Erfahrung. Also ans Werk und rasch!" Die Riesen kannten die kurz angebundene Art ihres Herrn und machten sich rasch an die Arbeit. Bald floss das Erz in glühenden Bächen durch die Höhle, in den Öfen schmolz der Stahl. Ein gewaltiger Schild wurde geformt und Scheibe auf Scheibe siebenfach übereinander gelegt. Einige setzten die Blasebälge in Bewegung, andere kühlten das zischende Erz im Löschtrog. Dann wurde die Masse mit der Zange umgedreht, und die hämmernden Zyklopen schwangen die Arme im Takt und schlugen auf den Amboss, dass die Höhle dröhnte. –

Am nächsten Morgen übergab der greise Evander, der selbst nicht mehr in den Krieg ziehen konnte, vierhundert griechische Reiter, dazu seinen eigenen Sohn Pallas, dem sich verabschiedenden Gastfreund. Die Reiter trabten aus den offenen Toren, mit ihnen Äneas und ein Teil der trojanischen Mannschaft. Als sie in einem entlegenen Tal zwischen finsteren Tannen angekommen waren und Äneas, müde vom langen Zug, sich an einem kühlen Wildwasser abseits der übrigen Schar unter einer Eiche niedergelegt hatte, ergriff seine Mutter Venus den günstigen Augenblick. Sie senkte sich mit den frisch geschmiedeten Waffen aus einer Wolke nieder, legte sie dem Sohn zu Füßen, machte sich ihm sichtbar und sprach: „Schau her, Äneas, welch ein Geschenk dir die Zuneigung meines Gemahls bereitet hat! Jetzt brauchst du nicht mehr zu überlegen, ob du die stolzesten Latiner, ja sogar den wilden Rutuler Turnus zum Kampf herausfordern willst."

Äneas staunte. Voller Freude über das Erscheinen seiner göttlichen Mutter konnte er sich an dem funkelnden Waffengeschmeide nicht satt sehen und wendete bald den buschigen Helm, bald das gediegene Schwert, bald den Erzpanzer, der rötlich wie Blut glühte, bald die goldenen Beinschienen und den schlanken Speer in seinen Händen hin und her. Am Längsten verweilten seine Blicke auf dem kunstvollen, von schier unerschöpflicher Bilderpracht übersäten Schild. Der Gott des Feuers hatte eine ganze Reihe von Begebenheiten darauf eingehämmert, die Äneas sich ansah – und doch nicht deuten konnte. Es waren Schicksale und Schlachten der Römer, des Volkes, das erst in weiter Zukunft dem Stamm seines Sohnes entsprießen sollte. In der Mitte des Schildes war eine Wölfin zu sehen, der Zwillingsknaben an den Zitzen hingen, zu denen sie sich liebkosend zurückbeugte und die sie mit der Zunge beleckte. Dann war eine Stadt abgebildet, in die von kräftigen Männern sich wehrende Frauen als Beute hineingeschleppt wurden; Rom und der Raub der Sabinerinnen waren hier dargestellt. Eine Geschichte folgte der anderen, bis zu Catilina, Cato, Cäsar und Augustus. Obwohl er alle diese Dinge nicht verstehen konnte, freute sich Äneas über den Schild; dann legte er die himmlischen Waffen an, fasste den Schild mit der Linken und schloss sich im Gefühl eines göttlichen Schutzes wieder dem Zug der Gefährten an.

Turnus vorm Lager der Trojaner

Während dies alles in Tuscien geschah, schickte Juno, deren Groll auf Äneas nicht für lange hatte besänftigt werden können, ihre Botin Iris zu Turnus, dem Rutuler. Sie meldete, dass Äneas sein Lager, seine Gefährten, seine Flotte verlassen und zu Evander gereist sei, und befahl, die Befestigungen der Trojaner und ihre Schiffe zu zerstören. Turnus folgte dem Befehl. Der Held Messapus voran, der Oberhirt Tyrrhus und seine Söhne in der Nachhut, im Kern des Heeres Turnus selbst – so zogen die Rutuler zum Ufer des Tiber. Der Wächter der Trojaner sah sie wie ein dunkles Staubgewölk sich nähern. „Brüder", rief er zu den Schiffen gewendet, „an die Waffen, auf die Lagermauern, der Feind kommt!“ Auf die Nachricht hin stürzten die über das Feld zerstreuten Trojaner durch alle Tore in ihre Festung zurück, wo sie die Rutuler auf Zinnen und Türmen erwarteten.

Turnus eilte dem Heer mit zwanzig ausgewählten Reitern voran und erschien auf einem gefleckten Schimmel unvermutet vor den Mauern. „Wer wagt sich zuerst an den Feind?“, fragte er seine kleine Schar und schleuderte den Wurfspieß durch die Lüfte. Jubelnd taten seine Gefährten es ihm nach und verhöhnten die Trojaner, die sich verschanzt hielten und nicht ins Feld zum offenen Kampf herauskamen. Zugleich spähte Turnus hoch zu Ross, den goldenen Helm mit dem roten Federbusch auf dem Kopf, die Befestigungen aus und suchte eine schwache Stelle darin. Sein Blick fiel auf die Schiffe, die an den Seiten des Lagers, umgeben von Dämmen, auf den Wellen schaukelten. Da wies er seine Freunde an, sie in Brand zu stecken, und ohne Zweifel wäre die Flotte der Trojaner vernichtet worden, wenn nicht ein göttlicher Zauber Jupiters das Feuer abgewendet hätte, indem die Schiffe plötzlich wie lebendig wurden, ihre Seile zerrissen, wie Delfine in die See tauchten, und wieder aufkommend, in Gestalt schöner Jungfrauen durch die Flut schwammen.

Entsetzen ergriff die Rutuler. Nur Turnus behielt seine Zuversicht. „Merkt ihr nicht, Freunde“, sprach er, „dass dieses Wunder sich dennoch gegen die Trojaner richtet? Jupiter hat ihnen alle Hoffnung auf Heimkehr abgeschnitten! Das Land aber ist in unseren Händen. Tausende in ganz Italien bewaffnen sich für uns!“

Voller Angst und Sorge verstärkten die Trojaner nun ihre Tore, versahen die Bollwerke mit Brücken und schleppten Lanzen und Köcher mit Pfeilen zu den Türmen. Das Ganze leiteten Mnestheus und Serestus, die Äneas vor seiner Abfahrt als Führer über das Lager eingesetzt hatte. Aber die Not war groß.

Nisus und Euryalus

Im trojanischen Heer befanden sich zwei kühne Jünglinge: Nisus und Euryalus. Nisus war einer der besten Speerwerfer und Bogenschützen. Euryalus aber war der schönste unter allen Knaben; der erste Flaum eines jugendlichen Bartes spross ihm auf den Wangen. Beide waren durch enge Freundschaft verbunden, gingen stets zusammen in den Kampf und hüteten auch jetzt eines der Tore, nebeneinander Wache haltend. „Ich möchte doch wissen", fing Nisus an, „ob es die Götter sind, die Tatenlust und Mut in uns wecken! Hör zu, Euryalus, welcher Gedanke mir gekommen ist. Wir alle wollen, dass Äneas zurückgerufen wird und dass man einen schnellen Boten zu ihm schickt. Ich würde es wagen und wüsste auch, den Weg ins Etruskerland und zum Berg von Pallanteum ausfindig zu machen!" Euryalus bot sogleich an, ihn zu begleiten. Sie weckten die nächsten Posten, die zu ihrer Ablösung bestimmt waren, und begaben sich vor den Hohen Rat der Trojaner.

Die Fürsten des Heeres berieten sich bis tief in die Nacht über die wichtigsten Angelegenheiten der neuen Siedlung. Askanius, der schon an seines Vaters Stelle in der Versammlung saß, ließ die Knaben eintreten und Nisus als den älteren zuerst reden.

„Hört uns an", bat der Jüngling, „wir, Euryalus und ich, haben die Gegend ausgekundschaftet. Nicht weit vom Tor, das wir bewachten, finden sich große Lücken zwischen den Wachtfeuern der Feinde; dort ist genug Raum, sich durchzuschleichen. Wenn ihr uns erlaubt, es zu versuchen, so wollen wir als Boten zu Äneas gehen, und ihr werdet uns vielleicht mit viel Beute zurückkehren sehen."

Voller Bewunderung vernahmen die Helden den Entschluss der Jünglinge. Dann ergriff Euryalus das Wort. „Ich werde alles daran setzen, unseren Entschluss auch mit Erfolg zu erfüllen. Nur um eines bitte ich dich, Askanius! Meine Mutter, die von Priamus abstammt wie du, hat mich auf unserer Reise bis hierher begleitet. Ich verlasse sie ohne Abschied; tröste sie, wenn das Schicksal mich nicht zurückkehren lässt!" Dies versprach Askanius mit feierlichen Worten.

Dann wurden die Boten bis ans Tor gebracht. Bald hatten sie die Gräben überwunden und kamen im Dunkel der Nacht zu den schlafenden Posten der Rutuler. Die lagen berauscht und weit voneinander entfernt auf dem Rasen zwischen Wagenrädern, Riemen und Waffen. „Die Gelegenheit ruft“, flüsterte Nisus dem Freund zu, „halt du mir den Rücken frei; ich will aufräumen und uns eine Gasse machen!“ Während er so mit gedämpfter Stimme redete, machte er den ersten Wächter, einen Seher des Königs Turnus, samt drei allzu sorglosen Knechten nieder, danach den Waffenträger von Remus, den er mitten unter seinen Pferden überraschte, und schließlich den Herrn selbst. Euryalus half ihm, dann rief Nisus ihn zurück. „Weiter, Freund! Der Morgen bricht bald an, und unser Weg ist frei!“ Sie ließen alle Beute liegen – nur Euryalus setzte sich den Helm eines edlen Kriegers auf den Kopf –, durchquerten das feindliche Lager und gewannen das Freie.

Um dieselbe Zeit jedoch waren dreihundert Reiter mit Schilden unter ihrem Führer Volscens unterwegs, den Belagerern zur Hilfe zu kommen. Sie waren schon nah, als sie zwei verdächtige Gestalten bemerkten; einer von ihnen trug einen Helm, der im Morgenrot verräterisch schimmerte. „Da sind Bewaffnete!“, schrie Volscens. „He, wohin wollt ihr?“ Die Angerufenen antworteten nicht, sondern flohen in den nahen Wald. Aber die Reiter kannten sich aus, sie umstellten das Gehölz und versperrten alle Ausgänge. Der Waldboden war mit Eichen und wilden Sträuchern dicht bewachsen, kaum sichtbar führte ein Pfad durch das Dickicht. Nisus entkam glücklich, doch Euryalus blieb zurück.

Als Nisus merkte, dass der Freund fehlte, rief er und klagte: „Euryalus, wo bist du, wo finde ich dich?“ Er kehrte um zum Wald und sah die Reiter, die den übermannten Euryalus mit sich fortschleppten.

Nisus hielt an, hob den Speer und schleuderte ihn mit aller Kraft; er traf den Rutuler Sulmo in den Rücken. Erschrocken blickten sich dessen Freunde um. Da erreichte das zweite Geschoss des Nisus sein Opfer. Volscens, der Anführer der Reiter, geriet in Wut, nirgends sah er den Speerwerfer. „So bezahl denn du mir mit deinem Blut für beide!“, schrie er und ging mit gezogenem Schwert auf Euryalus los.

Entsetzt brach Nisus aus seinem Versteck hervor. „Ich bin der Täter!" Aber sein Rufen kam zu spät, Volscens hatte dem Knaben schon das Schwert durch die Brust gestoßen; das Blut strömte aus der Wunde, lief über seinen Körper; sein Hals neigte sich auf die Schulter wie eine Blume, die dahinsinkt. Da warf sich Nisus unter die Feinde, lief gerade auf den Führer Volscens los und hieb sein Schwert in den Schlund des schreienden Mannes, dass er vom Pferd fiel. Dann warf er sich über seinen getöteten Freund und starb, von den Waffen der Reiter durchbohrt.

Sturm des Turnus abgeschlagen

Jetzt ertönten schmetternd die Trompeten der Rutuler. Ein Schrei erhob sich im ganzen Lager und hallte von den Bergen wider. Von allen Seiten stürmten die Feinde gegen die Befestigung der Trojaner und rückten unter ihren Schilden vor; schon legten sie Leitern an die Mauern. Die Verteidiger, durch den langen Kampf um ihre Vaterstadt bestens geübt, warfen Steine und Felsblöcke auf die Schilde hinab und stießen die Emporkletternden mit Spießen nieder. Bald setzten die Rutuler das Gefecht gegen die gesamte Breite der Bastion nicht mehr fort, sondern richteten alle ihre Streitkräfte auf einen hoch emporragenden Turm der Trojaner, der durch eine Brücke mit der Lagermauer verbunden war.

Turnus schleuderte eine Brandfackel, die an der Seite des Turmes hängen blieb und das trockene Holz ergriff. Ehe die Verteidiger fliehen konnten, stürzte das Gebälk zusammen. Die einen wurden von den Trümmern des brennenden Holzes verwundet, andere, die noch unverletzt waren, wurden von Turnus' Scharen umringt und niedergemacht. Doch die Trojaner wehrten sich der Anstürmenden. Der Knabe Askanius, der bisher nur fliehendes Wild mit seinen Pfeilen erlegt hatte, traf Remulus, den Schwager des Turnus, mit einem sicheren Schuss. Schon wollte er nachsetzen und sich ins Getümmel stürzen, da stellte sich ihm plötzlich Apollo in der Gestalt eines alten Waffenträgers in den Weg und sprach: „Sohn des Äneas, es mag dir genügen, dass du einen Helden gefällt hast; den Beginn deines Ruhms hat Apollo dir vergönnt. Von jetzt an aber meide den Krieg!“

Nach dem Fall von Remulus wagten es die Trojaner, sich in dichteren Scharen zusammenzurotten; ein Handgemenge entspann sich, und die Rutuler wurden zurückgedrängt. Als Turnus, der an einer anderen Stelle kämpfte, davon erfuhr, stürzte er, vom Zorn angefacht, mit einer auserwählten Schar von Kriegern herbei. Die Trojaner wichen zurück, die Rutuler folgten ihnen, und schwer umkämpften die Parteien das Tor. Da fasste Äneas' Freund Pandarus die Torflügel und warf sie mit aller Kraft zurück, sodass das Tor verschlossen war und viele der Verteidiger draußen blieben, viele Rutuler jedoch innerhalb der Mauern eingezwängt waren. Pandarus hatte nicht gesehen, dass sich unter den eingeschlossenen Feinden Turnus selbst befand; Turnus war wie ein Tiger, der in einen Stall eingelassen worden ist. Voller Entsetzen erkannten die Trojaner nun den schrecklichen Kämpfer. Nur Pandarus, ein Riese wie er, erschrak nicht. Er stellte sich dem Feind entgegen und rief: „Hier bist du nicht im Palast der Königin, du verhinderter Bräutigam! Dies ist keine Weibersache!“

Turnus erwiderte ruhig: „Fang an, wenn du es wagst! Und wenn du ein Hektor wärst – du sollst deinen Achill finden!“ Pandarus schleuderte darauf seinen Wurfspieß; aber Juno lenkte das Geschoss ab, die Lanze flog in den Torflügel. Jetzt schwang Turnus sein Schwert. „Diesem Streich wirst du nicht entkommen!“, schrie er und spaltete dem Tapferen die Stirn.

Schreiend stoben die Trojaner auseinander. Wäre der Sieger nun auf den Gedanken gekommen, das Tor wieder zu öffnen und seine Freunde hereinzulassen, so wäre es um die Trojaner geschehen gewesen. Stattdessen ließ er seiner Mordlust freien Lauf und drang mit den wenigen Kriegern immer tiefer in das Innere des Lagers ein. Schon gerieten die Verteidiger in der Mitte der Ansiedlung in Verwirrung. Da brachte der Feldherr der Trojaner, Mnestheus, die Freunde zur Besinnung: „Wohin wollt ihr, was für andere Mauern, was für andere Burgen besitzt ihr noch? Habt ihr euer Vaterland, euren Führer Äneas, die Götter eurer Heimat so schmählich vergessen?“ Mit diesen Worten beschämte er die Fliehenden, dass sie, in eine dichte Rotte zusammengeballt, wieder standhielten.

Turnus aber erlahmten die Kräfte. Zum Tor zurückzugelangen konnte er nicht hoffen; so kämpfte er sich mühsam dorthin, wo das Lager an den Fluss grenzte; hier gab es keine Mauern. Er zog sich zurück bis ans Ufer. Noch flogen die Geschosse ihm von allen Seiten nach, Steine trafen seinen Helm, der Schild steckte voller Speere und wurde so schwer, dass seine Linke ihn kaum mehr zu halten vermochte. So kam er fechtend bis an den Fluss. Dort erst kehrte Turnus dem Feind den Rücken zu und warf sich in voller Rüstung in die Wogen des Tiber. Der Fluss nahm den Fliehenden willig auf und trug ihn aus dem Bereich des Lagers hinaus, bis er, von Blut und Staub rein gewaschen, seine Gefährten erreichte.

Äneas kommt ins Lager zurück

In einer Götterversammlung hatte Jupiter sich die Klagen seiner Gemahlin Juno und die Bitten seiner Tochter Venus angehört und beschlossen, ohne Einmischung der Himmlischen alles dem Schicksal zu überlassen. So dauerte denn die Belagerung der trojanischen Niederlassung fort, und der Kampf der Rutuler gegen die Fremden wütete weiter.

Inzwischen hatte Äneas mit seiner griechischen Reiterei die etruskische Stadt Agylla erreicht. Dort hatte man den grausamen König Mezentius vertrieben. Weil der Verjagte aber zu Turnus geflohen war, lebten die Bewohner in tödlicher Feindschaft mit Rutulern und Latinern.

Äneas wurde also mit offenen Armen aufgenommen! Es dauerte nicht lange, und der Trojaner sah sich an der Spitze einer Flotte und segelte, nachdem er griechische und etruskische Reiter auf dem Landweg vorausgeschickt hatte, mit dreißig Schiffen zurück zu seinen

Gefährten. Als er nun in der Nacht am Steuer saß und die Fahrt seines Schiffes, dem die anderen folgten, lenkte, umringte ihn auf einmal ein Chor tanzender Nixen. Dies aber waren die Schiffe der Trojaner, die sich kürzlich an der Mündung des Tiber verwandelt hatten, um den Brandfackeln des Turnus zu entkommen. Sie erkannten ihren Herrn; eine der Wasserfrauen fasste sein Schiff mit der Rechten, streichelte besänftigend die Flut mit der Linken und sagte: „Schläfst du, Äneas? Wache und lass den Wind in die Segel blasen! Beeile dich, mein Freund, dein Sohn Askanius, den du zurückgelassen hast, wird von den Rutulern belagert, der Kampf tobt um eure Mauern! Auf, sei so schnell du kannst! Wenn der Tag anbricht, wirst du in der Tibermündung sein; dort ergreife den funkelnden Goldschild, den Vulkanus dir geschenkt hat, und strecke ihn deinen kämpfenden Gefährten entgegen!"

Dann gab sie dem Hinterdeck des Schiffes einen Stoß, dass es schneller als Lanzen und Pfeile durch die Wellen glitt. Und als hätten sie Flügel, eilten ihm auch die anderen Boote nach; mit dem ersten Morgenlicht hatte Äneas sein Lager im Blick. Da dachte er an den Befehl der Nixe; er ergriff seinen flammenden Schild, stellte sich damit aufs Vorderdeck, hielt ihn mit der Linken hoch in die Luft und reckte ihn zu seinen Freunden hinüber. Wie eine Sonne, die aus den Fluten taucht, blinkte und glühte er den Trojanern entgegen, die den Schiffszug vom Wall aus sahen. Mit einem Jubelschrei verdoppelten sie augenblicklich ihre Lanzenwürfe. Die Rutuler und ihre Führer begriffen nicht, was geschah, bis sie auf einmal in ihrem Rücken das Meer voller Segel sahen und eine Flotte, die dem Strand entgegenlief. Und dann leuchtete auch ihnen wie ein blutroter Stern Äneas im Schmuck seiner Götterwaffen entgegen; wie ein Brand strahlte sein Helm, rote Glut entströmte dem Federbusch darauf, und der goldene Schildbuckel spie Feuer aus.

Doch den kühnen Turnus verließ das Selbstvertrauen nicht; er hoffte, durch Schnelligkeit vor den Feinden den Strand zu halten und sie vom Ufer zu verdrängen. „Solange die Trojaner nicht in einer Schlachtordnung sind", schrie er seinen Männern zu, „solange sie mühsam aus ihren Schiffen steigen, greift sie an! Das Glück ist auf der Seite der Kühnen!“

Doch er war nicht rasch genug. Schon landeten die Trojaner und ihre Verbündeten; teils setzten sie über mitgeführte Brücken an den Strand, teils schwangen sie sich mithilfe der Ruder hinüber oder ließen sich von den Brandungswellen ans Ufer tragen.

Äneas und Turnus kämpfen

Als Turnus das sah, raffte er seine Kämpfer in aller Eile zusammen, stellte sie auf und ließ die Hörner zum Angriff blasen. Auch Äneas hatte die Trojaner und ihre Bundesgefährten schon geordnet, warf sich zuerst, um den Kampf wie spielend zu beginnen, auf die Scharen des latinischen Hirtenvolks und richtete unter ihnen ein heftiges Gemetzel an. Dann wandte er sich gegen die mächtigeren Feinde. Heer stieß auf Heer, Mann drängte sich an Mann, und lange wogte die Schlacht ohne eine Entscheidung.

Seitlich vom Hauptkampfplatz, wo ein Waldfluss Felsen in den Weg gewälzt und Bäume entwurzelt hatte, stritt Pallas, der Sohn des Königs Evander, mit seinen Griechen. Der unebene Boden erlaubte es ihnen nicht, vom Pferd herab zu kämpfen, und weil sie es zu Fuß nicht gewohnt waren, wurden sie von Latinern und Rutulern zurückgedrängt. „Bei den Siegen meines Vaters“, rief da der Fürst, „bei meiner eigenen Hoffnung beschwöre ich euch, Männer, steht dem Feind entgegen!“

Das beflügelte seine Kämpfer. Bald führte der kühne Pallas sie aufs Neue vor und focht wie ein Löwe, mit Lanze und Schwert bald diesen, bald jenen niederstreckend. Schon sammelte sich ein Keil um ihn her; Schritt für Schritt gewannen die Griechen an Boden, bis ihnen Lausus, der heldenmütige Sohn des vertriebenen Königs Mezentius, Einhalt gebot. Die Griechen mussten sich zu ihren Freunden, den Etruskern und Trojanern, zurückziehen. Endlich standen sich Lausus und Pallas einander gegenüber, im gleichen Alter, von gleicher Gestalt – und beide einem frühen Tod in diesem Kampf bestimmt. Doch keiner sollte den anderen töten.

Turnus, der mit seinem Streitwagen das Heer durchjagte, erblickte die zwei. „Halt", schrie er von seinem Wagen, „ich allein will mit Pallas kämpfen! Mir ist sein Leben zugesagt, wenn er wollte, könnte sein Vater Evander ja zuschauen!"

Verwundert wandte sich der junge Mann ihm zu, dann rief er mutig: „Entweder erbeute ich heute eine Feldherrnrüstung, oder ich sterbe einen ruhmvollen Tod! Beides wird meinen Vater nicht beleidigen, darum erspare uns dein Drohen!" Er schritt in die Mitte der Gasse, die sich jetzt auf Turnus' Zuruf öffnete, der Rutuler sprang von seinem Doppelgespann. Als Pallas ihn auf Wurfweite vor sich sah, schleuderte er den Speer mit aller Jugendkraft ab und riss sofort das Schwert aus der Scheide. Die Lanze war gut gezielt, sie durchschlug bei Turnus den Rand des Schildes, seinen Riesenleib aber streifte sie nur.

Jetzt wiegte der Rutulerfürst lange seinen Spieß mit der scharfen Eisenspitze. „Nun merk auf", schrie er, „ob mein Geschoss nicht besser ist!" Und wirklich fuhr sein Speer dem Jüngling durch Schild, Panzer und Brust bis tief ins Herz. Turnus war im nächsten Augenblick bei ihm, setzte den Fuß auf den Toten und löste ihm den goldenen Gürtel vom Leib. „Das Grab", verkündete er, „will ich dem Feind nicht verweigern; bringt ihn seinem Vater Evander, Griechen!" Dann wendete er seinen Streitwagen. Klagend trugen die Griechen ihren erschlagenen Königssohn aus der Schlacht, und Etrusker und Trojaner, von den weiter vordringenden Rutulern in Massen niedergemäht, zogen in ungeordneter Flucht nach.

Die Botschaft vom Zurückweichen der Gefährten kam endlich zu Äneas, der an einem anderen Flügel des Heeres focht. Da raffte sich der Held mit den mutigsten Männern auf, brach sich eine Bahn und suchte nach Turnus. Er war voller Schmerz und Lust auf Rache. Acht Söhne seiner Feinde ergriff er lebend und ließ sie aus der Schlacht führen; sie sollten nach dem Kampf als Sühneopfer für Pallas bluten. Dann aber gebrauchte er sein Schwert wieder und verschonte niemanden.

Turnus wird von Juno gerettet. Lausus und Mezentius werden von Äneas erschlagen

Die Rutuler wären verloren gewesen, wenn nicht Juno den Göttervater im Olymp um Erlaubnis angefleht hätte, ihren Schützling Turnus vor Äneas' Schwert zu retten und aus der Schlacht zu führen. „Wenn du nur einen Aufschub seines Todes verlangst", entgegnete ihr Jupiter, „so mag es sein! Hoffe aber nicht, den Ausgang des Krieges zu ändern!"

Juno, von Wolken umgeben, ließ sich vom Sturm durch die Lüfte tragen und hatte bald das Lager der Rutuler erreicht. Hier schuf sie ein Schattengebilde, das der Gestalt des Helden Äneas täuschend ähnlich war, gab ihm auch den Anschein von Panzer, Schild und Helm der Rüstung des Göttersohnes und verlieh ihm endlich den Klang seiner Stimme. Turnus eilte der Gestalt entgegen und warf die Lanze nach ihr, da wandte sie sich zur Flucht. Er folgte mit gezogenem Schwert und merkte nicht, dass er schon die Schlachtlinie verließ. Am Strand lag eines der etruskischen Schiffe, dorthin lief das fliehende Bild des Äneas und schien sich an Bord verstecken zu wollen. Turnus sprang über die Brücke und fasste Fuß auf dem Vordeck. Jetzt hatte Juno ihren Zweck erreicht. Kaum war Turnus auf dem Schiff, da kappte sie das Seil und ließ das Fahrzeug von der zurückrollenden Ebbe in die See hinaustragen. Das Schattenbild aber flatterte, unbemerkt von Turnus, mit dem Wind davon.

Als Turnus seinen Feind nicht fand und das Schiff von den Meereswirbeln fortgerissen wurde, blickte er zum Land zurück, ratlos und ohne Dank für seine Rettung. „Allmächtiger Vater", rief er, die Hände zum Himmel erhebend, „warum bestrafst du mich? Alle Freunde habe ich im Kampf um Leben und Tod zurückgelassen! Wie kann ich nur zu ihnen zurückkehren? Oh, der Abgrund des Meeres soll sich unter mir auftun, oder die Winde sollen mein Schiff an einer Klippe zerschellen!" Schon überlegte Turnus, sich ins Schwert zu stürzen, doch dann wollte er wenigstens versuchen, seine Gefährten zu erreichen. Bewaffnet wie er war, sprang er ins Meer. Aber Juno trieb ihm die Wellen hart entgegen. Die Strömung riss den Körper mit sich, und erst bei seiner Heimatstadt Ardea spülte ihn das Wasser ans Land.

Die Schlacht vor den Lagermauern wütete weiter. Die Trojaner waren im Vorteil und jubelten. Aber jetzt brach der vertriebene König Mezentius, der wildeste Bundesgenosse der Rutuler, in die vorderste Reihe vor und stürzte sich auf die Gegner. Als die Etrusker ihren Todfeind herankommen sahen, stürmten sie in ihrem alten Hass alle auf den einen los. Er überragte sie wie ein Fels im Meer und streckte zu Boden, wer es wagte, ihn anzugreifen. Da erblickte Äneas den Etrusker von Weitem und wandte sich ihm entgegen.

Als sie sich einander auf Wurfweite genähert hatten, ergriff Mezentius mit der Linken die Hand seines Sohnes Lausus, der an seiner Seite kämpfte, hob mit der Rechten den Spieß, schwenkte ihn in der Luft und rief: „Auf, du mein Arm, von jeher mein einziger Gott! Und du, mein Speer, jetzt gilt es! Du, Lausus, mein Sohn, sollst die erbeutete Rüstung des Räubers tragen!“ Damit warf Mezentius die zischende Lanze auf seinen Gegner. Die Waffe prallte vom Schild Äneas’ ab und traf einen Griechen, der mit Evander nach Italien gekommen war.

Danach schleuderte auch der Trojaner seinen Speer ab. Er durchbohrte den dreifachen Erzschild des Feindes und fuhr dem König in die Hüfte. Als Äneas das Blut des Etruskers fließen sah, riss er sein Schwert aus der Scheide und drang auf den verletzten Mann ein. Der Sohn des Mezentius weinte, als er den Vater bluten sah; er streckte seinen Schild vor und lief dem Trojaner, der schon zum tödlichen Hieb ausholte, in die drohende Klinge. Seine Gefährten folgten ihm; alle schleuderten ihre Geschosse, sodass Äneas in Deckung gehen musste. In einem Hagel von Lanzen rief er Lausus zu: „Wahnsinniger, warum willst du sterben? Deine Liebe zum Vater ist kein Grund dafür!“ Zugleich aber verdoppelte sich sein Grimm, und er stieß dem Jüngling das Schwert durch die Brust.

Als Äneas auf den Sterbenden blickte, da erbarmte es ihn; dieses Bild einer kindlichen Liebe rührte sein eigenes Vaterherz. Er streckte die Hand nach dem Jüngling aus: „Unglücklicher, du hättest ein besseres

Los verdient! Deine goldene Rüstung soll dir nicht fortgenommen werden. So wie du bist, sollst du bei deinen Ahnen liegen!“ Mit diesen Worten hob Äneas den Toten von der Erde empor und trug seinen Gefährten auf, ihn sicher zu betten.

Mezentius hatte sich inzwischen an den Tiber gerettet und stillte, am Ufer sitzend, seine blutende Wunde. Sein Helm hing am Ast eines Baumes, die schwere Rüstung lag im Gras, er selbst, schwach und keuchend, stützte den Kopf mit der Hand. Da näherte sich die Schar der Freunde, die den toten Jüngling in ihrer Mitte auf dem Schild trugen. Mezentius streute Staub auf sein graues Haar, er streckte die Hände zum Himmel und beugte sich über den Leichnam des Sohnes. „Weh mir“, rief er, „jetzt erst wird mir die Verbannung aus dem Etruskerland zur Qual! Jetzt erst fühle ich meine Wunde! Ist es denn möglich, dass ich noch lebe, dass ich das Tageslicht und die Menschen nicht verlasse? Aber ich will sie verlassen!“

Mit diesen Worten verlangte er nach seinem Pferd. Schon stand es mit gesenktem Haupt da, die Mähne floss regungslos über den Hals. „Wir haben lange genug gelebt, gutes Tier!“, redete der verwundete Held sein Pferd an. „Heute wirst du als Sieger mit mir meinen Sohn rächen und den Kopf und die Rüstung des Mörders heimtragen, oder wir fallen gemeinsam!“ Schnell bewaffnete sich der Greis, so gut es die Wunde erlaubte; der Helm leuchtete auf seinem Kopf, der Helmbusch flatterte durch die Luft. Er hielt ein Bündel Speere in der Hand; so ging er mit Schmerz und Mut hoch zu Ross wieder in die Schlacht.

„Das ist ein Geschenk Jupiters und Apollos“, rief Äneas, als er den Gegner auf sich zukommen sah, „dass du den Kampf mit mir erneut suchst!“ Und schon eilte er Mezentius mit erhobenem Speer entgegen.

„Glaubst du, mich noch erschrecken zu können“, rief der König, „nachdem du meinen Sohn getötet hast? Ich fürchte den Tod nicht, ich frage nach keinem Gott! Sterben will ich, aber zuvor schicke ich dir mein Geschenk!“ Sprach’s und warf einen ersten Speer auf seinen Feind und einen zweiten und dritten, dreimal umkreiste er ihn auf seinem Ross. Äneas drehte seinen Schild nach den Würfen und fing die

Geschosse eins nach dem anderen mit seinem goldenen Schutz auf. Dann brach er vor und schleuderte seine eigene Lanze – dem Pferd des Feindes in die Schläfe. Das Tier bäumte sich auf, streckte seine Vorderhufe in die Luft und begrub, niederstürzend, seinen Reiter unter sich. Ein einziger Schrei stieg aus beiden Heeren zum Himmel. Äneas sprang herbei; er riss das Schwert aus der Scheide und rief: „Wo ist nun der wilde Mezentius, wohin hat sich der Trotzige verkrochen?"

„Es ist grausam", seufzte Mezentius, „einen Gefallenen zu verspotten. Sterb ich doch den edlen Tod in der Schlacht! Nur um eines bitte ich dich: Lass meinen Leib begraben, wehre die Wut der früheren Untertanen von mir ab, die meinen Körper den Hunden zum Fraß vorwerfen würden – gönne mir ein Grab zusammen mit meinem Sohn!" Mit diesen Worten reichte der Verwundete seinen Hals dem Schwert des Feindes dar; sein Blut strömte über die Rüstung, und er hauchte sein Leben aus.

Waffenstillstand

Die Morgenröte stand über dem Schlachtfeld, das nun die Trojaner beherrschten. Äneas errichtete auf einem Hügel sein Siegeszeichen. Dazu wurde der Stamm einer riesigen Eiche mit der funkelnden Waffenrüstung des Mezentius bekleidet, rechts wurden der Helm, die zerbrochenen Speere des Fürsten und sein Panzer aufgehängt, links der eherne Schild und an dessen Gurt das Schwert in der Scheide aus Elfenbein. Alle trojanischen Führer drängten sich darum, um es zu besichtigen; dann weihte Äneas die Beute mit feierlichen Worten dem Schlachtgott.

Inzwischen waren Gesandte aus der Stadt des Latinus mit Ölzweigen in den Händen gekommen und flehten um die Erlaubnis, ihre Toten bestatten zu dürfen. Äneas erwiderte ihnen: „Was nur, Latiner, hat euch unsere Freundschaft ausschlagen lassen! Ihr wollt Frieden für eure Toten? Wie gern hätte ich ihn auch für die Lebenden! Niemals wäre ich an eurer Küste gelandet, wenn sie mir nicht durch das Schicksal zugewiesen worden wäre. Hört noch eins: Ich führe nicht Krieg mit eurem Volk! Wenn Turnus die Trojaner durchaus nicht in eurem Land dulden will, so soll er sich in seine Rüstung werfen und mit mir, Mann gegen Mann, kämpfen. Jetzt aber geht und legt eure armen Mitbürger auf den Scheiterhaufen!"

Äneas gewährte ihnen einen Waffenstillstand für zwölf Tage. Da streiften unter seinem Schutz Latiner und Trojaner miteinander auf den bewaldeten Berghöhen umher; Eschen und Fichten sanken unter den Äxten, Eichen, Zedern und Buchen wurden mit Keilen gespalten, und dutzende Wagen, schwer mit dem Holz beladen, fuhren der Stadt der Latiner zu – und ebenso dem Lager der Trojaner.

Volksversammlung der Latiner

Alle hatten ihre Toten unter Tränen und Opfern bestattet. Trauernde Mütter, Witwen, Schwestern, Knaben, ihrer Verwandten beraubt, irrten durch die Stadt des Latinus. Sie verfluchten den Krieg und Turnus' Unnachgiebigkeit, auf seinem Verlöbnis mit Lavinia zu beharren.

Die Niedergeschlagenheit der Bürger wurde endlich durch eine Botschaft noch verstärkt, die eine letzte Hoffnung, Äneas besiegen zu können, zunichte machte. Im unteren Teil Italiens, in Daunien, saß der Griechenheld Diomedes, der Sohn des Tydeus, und hatte dort die Stadt Argyripa gegründet. Gleich beim Ausbruch des Krieges hatte Turnus einen Boten dorthin geschickt, der Diomedes melden sollte, dass Trojaner, von Äneas, dem Schwiegersohn des Königs Priamus angeführt, sich im Latinerland festgesetzt hätten und ein zweites Troja errichten wollten. Er müsse helfen, sie zu vertreiben. Nun kehrte Venulus, Turnus' Botschafter, aus der griechischen Siedlung zurück und brachte keine günstige Antwort mit.

Voller Kummer befahl der alte Latinus die Häupter des Volkes zu einer großen Versammlung in seinen Palast, setzte sich mit düsterem

Gesicht auf seinen Herrscherthron und hieß den heimgekommenen Boten berichten.

Lange sprach der über die Begegnung mit dem Griechen. „Die Geschenke, die ihr mir bringt“, so hatte Diomedes erklärt, „überreicht Äneas! Ich habe mich im Kampf mit ihm gemessen. Glaubt es mir: Er ist ein gewaltiger Gegner! Wären nach dem Tode Hektors noch zwei Helden wie er in Troja gewesen – niemals hätten wir siegen können. Darum bietet ihm die Hand zum Frieden, solange es Zeit ist; seinen Waffen seid ihr nicht gewachsen!“

Unruhe entstand in der Volksversammlung. Als es endlich wieder still wurde, sprach König Latinus von seinem Thron herab: „Bürger, wir führen einen unglückseligen Krieg, mit unbezwinglichen Männern, mit einem Göttergeschlecht! Hört, was ich euch deshalb verkünden will. Nicht weit vom Tiber besitze ich ein Gebiet von alters her. Das will ich den Trojanern abtreten und sie in mein Reich aufnehmen; dort können sie sich ansiedeln und ihre Stadt gründen. Entscheiden sie sich aber, ein anderes Land aufzusuchen, so wollen wir ihnen Erz und Holz für den Schiffbau geben, genug, um fünfzig Ruderschiffe zu bauen und auszurüsten.“

Danach stand der alte Drances in der Versammlung auf, ein reicher, beredter Mann, der seit langer Zeit den Ruhm des Turnus mit Neid betrachtete: „Vortrefflicher König, es fehlt nur eines! Du solltest zu den Geschenken, die du den Trojanern machst, auch die Hand deiner Tochter Lavinia geben und so den Frieden mit einem ewigen Bund besiegeln!“

Doch es sollte nicht dazu kommen, diesen Vorschlag und weitere zur Rettung der Latiner zu besprechen. Denn während sie sich noch über die Lage ihres Reichs berieten, kam Äneas mit seinem Heer vom Tiber herüber, und den Palast erreichte die Botschaft, dass die Trojaner und Etrusker anrückten.

Neue Schlacht. Kamilla fällt

Die Versammlung stob auseinander, aus allen Straßen eilten die Bürger auf die Mauern der Stadt. Die Tore wurden mit Gräben verschanzt, Steine wurden gesammelt und aufgehäuft, Palisaden in die Erde gerammt, die Männer erstiegen die Türme. Auf einem hohen Wagen fuhr Königin Amata und an ihrer Seite ihre Tochter Lavinia, die Ursache so vielen Leids, die Augen auf den Boden gesenkt, durch die Menge der Bürger zur Burg, um dort im Tempel der Minerva Gebete und Opfer darzubringen.

Turnus, der eben in die Stadt gekommen war, gürtete sich eilig zum Kampf. Bald stand er in seinem Erzharnisch da, legte sich die Goldschienen an die Beine und schnallte sich das Schwert an die Seite. Dann setzte er sich den goldenen Helm auf und eilte, funkelnd vom Kopf bis zu den Sohlen und voller Siegeszuversicht, von der Königsburg herab. Am Tor begegnete ihm Kamilla, hinter ihr folgte der Zug ihrer Volsker. Als sie Turnus erblickte, sprang die jungfräuliche Königin vom Pferd. „Fürst", sagte sie zu dem Rutuler, „ich gelobe dir heute, vor den Kämpfen des Äneas zu bestehen und mich ihm mit meinen volskischen Reitern allein entgegenzuwerfen!"

Dies hörte der Held gern. „Dein Mut", erwiderte er, „erhebt dich hoch über den Rat der Männer! Von nun an werden wir die Führung des Krieges miteinander teilen. Meine Späher melden mir, dass Äneas seine leichten Reiterabteilungen vorausgeschickt hat, er selbst kommt mit seinen Schwerbewaffneten über den Bergrücken auf die Stadt zu. Dort will ich ihm in einem Hohlweg einen Hinterhalt legen und beide Eingänge mit Kriegern besetzen. Du aber musst die etruskischen Reiter empfangen!"

Währenddessen rückten die Trojaner und ihre etruskischen Bundesgefährten mit ihren Kämpfern näher an die Stadt. Die Pferde stampften durch die Ebene, die Felder leuchteten von den erhobenen Waffen. Ihnen gegenüber traten die Latiner an, Messapus mit seinem Bruder an der Spitze, und die Reiterei der Volsker, von Kamilla angeführt. Als die

Heere einander auf Speerwurfweite nahe gekommen waren, standen sie einen Augenblick still, wie um sich zu sammeln, und brachen dann plötzlich mit lautem Geschrei voran. Sie feuerten ihre Pferde an, von allen Seiten flogen die Pfeile wie Schneeflocken. Sobald jedoch die feindlichen Scharen Speer gegen Speer miteinander kämpften, schien die Schlachtordnung der Latiner zu wanken, sie warfen die Schilde auf den Rücken und jagten auf ihren Pferden zurück zur Stadt. – Aber dies war nur eine Finte; als sie bei den Mauern angekommen waren, wandten sie sich um, wie die Ebbe, die in die Flut umschlägt, und kehrten sich mit erneutem Feldgeschrei gegen die sie verfolgenden Etrusker. So ging es zweimal, und erst beim dritten Mal wurde der Kampf zur stehenden Schlacht.

Die Volskerin Kamilla war mitten im Getümmel; sie schoss ihre Pfeile, warf ihre Lanzen und griff zur Streitaxt. Über ihrer Schulter hing ihr goldener Köcher. Selbst wenn sie vor einer Übermacht ausweichend über das Kampffeld hinflog, wandte sie noch den Bogen rückwärts und schickte einen Pfeil im Fliehen ab. Sie war umgeben von tapferen jungen Frauen, und viele Trojaner stürzten unter ihren Schüssen und Hieben.

Dann aber traf Kamilla auf einen kühnen Gegner in den Reihen der Etrusker. Der Held Arruns umkreiste die rasche Amazone mit seinem Speer und wich ihr nicht von der Seite, zu welcher Stelle des Kampffeldes sie sich auch bewegte. – Nun verfolgte Kamilla gerade den Priester Chloreus, dessen schuppiger Erzpanzer mit einem goldenen Geflecht sich wie ein Federkleid um seinen Leib legte. Ein goldener Helm strahlte auf seinem Kopf, ein Köcher aus Gold hing über seiner Schulter, von seinem Bogen schoss er die spitzesten, durchdringendsten Pfeile. Seine kostbare Rüstung samt der Waffen erregte den Neid der volskischen Jungfrau, und sie näherte sich ihm. Darüber ließ sie Arruns, der sie verfolgte, aus den Augen, und dieser warf, zu Apollo flehend, unversehens seinen Speer nach ihr. Die Volsker sahen und hörten die Lanze und wollten ihre Königin warnen. Sie aber achtete auf nichts um sich herum, bis ihr das Geschoss die Brust durchdrang. Zitternd eilten die Gefährtinnen herbei, um ihre Herrin aufzufangen. Arruns aber, als wäre er erschrocken über seine Tat, floh und versteckte sich hastig unter den Reitern.

Kamilla zerrte sterbend an dem Eisen in ihrer Brust, ihre Augen brachen, das Blut wich ihr aus den Wangen. Mit schwacher Stimme sprach sie zu Akka, der liebsten ihrer Freundinnen: „Beeile dich, denn um mich her wird alles Nacht! Turnus soll von nun an den Kampf der unseren führen.“ Sie ließ die Zügel los und glitt, noch immer widerstrebend, vom Pferd auf den Boden, neigte den Kopf und starb.

Als die Volsker dies sahen, erhoben sie ein Geschrei der Verzweiflung, aber die Schlacht entbrannte nur noch wilder. Dabei traf den Mörder Kamillas, den Etrusker Arruns, ein Pfeil von unsichtbarer Hand; es war ein Schuss der Göttin Diana, die ihre Jägerin rächte.

Inzwischen drang die Nachricht vom Tod der Volskerin auch zu Turnus in das dunkle Waldtal, denn Akka suchte ihn auf und berichtete, was geschehen war. Voller Wut und Schmerz verließ Turnus den Hinterhalt und stürmte mit seinen Gefährten in die Ebene. Kaum hatte er seine Deckung hinter sich gelassen, als Äneas, vom Gebirge kommend, die Schlucht durchzog und dann, ohne Widerstand zu finden, sich weiter der Stadt zuwandte. Da sah er plötzlich die Mannschaft des Turnus. Und auch dieser hörte den Marsch des Heeres hinter sich, erblickte umgewandt den grimmigen Äneas und stellte die Kämpfer sofort in Schlachtordnung auf. Aber die Sonne war schon im Sinken. Für heute mussten die Waffen schweigen.

Unterhandlung. Versuchter Zweikampf. Friedensbruch. Äneas verwundet

Als Turnus in die Stadt kam und sah, dass die Latiner, von ihren Feinden gedemütigt, mit ihren Blicken allein ihm die Schuld dafür gaben, überflog Schamröte sein Gesicht. Wie ein verwundeter Löwe sich zur Wehr setzt und den Speer des Jägers, der ihm im Leibe sitzt, mit blutigen Zähnen zerbricht, so stürmte auch ihm neue Kraft zu; doch sie sollte in andere Richtung gelenkt werden. Turnus trat vor König Latinus und sprach: „Lass Opfertiere herbeischaffen und beschließe die Abmachung über einen Zweikampf zwischen dem Trojaner und mir! Entweder schickt mein Arm heute noch den Flüchtling in den Tod, oder ich unterliege und er mag deine Tochter Lavinia zur Frau nehmen!"

Und so geschah es. Ein Bund wurde beschlossen von den latinischen Kämpfern, und Turnus rief einen seiner Gefährten und befahl ihm, Äneas vorzuschlagen: „Lassen wir allen Streit der Heere ruhen! Nur wir beide wollen, sobald sich die Sonne am Himmel erhebt, mit unserem Blut den Krieg entscheiden und damit auch, wem Lavinia gehören wird."

Nun ließ Turnus seine schneeweißen, windschnellen Pferde vorführen, wappnete sich, ergriff die Lanze und bereitete sich auf den Kampf vor. Auch Äneas, dem die Botschaft des Rutulerfürsten willkommen war, legte sich seine von Vulkanus geschmiedete Rüstung an. Kaum brach der Tag hervor und das frühe Sonnenlicht strahlte auf die Berge, als schon Rutuler und Trojaner vor den Mauern der Stadt das Feld für den Zweikampf ihrer Helden ausmaßen. Dann ergoss sich das gesamte Volk der Latiner aus den Toren; von der anderen Seite rückte das Heer der Trojaner und Etrusker an.

Auf ein Zeichen zog sich alles auf seinen Platz zurück, ein großes Feld wurde freigehalten für den Kampf. Die Krieger stießen ihre Spieße in die Erde und lehnten die Schilde daran an.

Jetzt trafen die Fürsten ein. Latinus kam auf einem vierspännigen Prunkwagen; auf seiner Stirn blitzte ein Diadem mit zwölf goldenen Strahlen zum Zeichen, dass er vom Sonnengott abstammte. Turnus fuhr mit weißen Rossen vor, zwei Wurfspieße in der Hand. Aus dem trojanischen Lager kam Äneas herbei, neben ihm Askanius, sein heranblühender Sohn. Dann brachte ein Priester ein Ferkel und ein langwolliges Lamm und opferte die Tiere auf den von Flammen leuchtenden Altären. Die Fürsten wandten sich der aufgegangenen Sonne zu, streuten gesalzenes Mehl auf die Opfergaben und gossen einen Trank auf die Altäre. Danach beschworen Äneas und Latinus mit feierlichen Gebeten den Vertrag: Würde Äneas besiegt, so sollten die Trojaner Latium auf der Stelle räumen und sich in die Stadt Evanders zurückziehen; wäre aber er der Sieger, so sollten sich Latiner und Trojaner, jedes Volk frei und selbstständig, vereinigen, Latinus sollte König sein, Äneas die Tochter zur Frau nehmen und sich und seinem Volk eine Stadt bauen und sie Lavinia nennen.

Doch den Rutulern erschien der Kampf ungleich. Ihre Sorge nahm zu, als sie Turnus erblickten. Plötzlich war nichts mehr zu bemerken von der Kraft und dem Mut ihres Helden. Mit gesenkten Kopf, bleich im Gesicht und mit eingefallenen Wangen, sahen sie ihn vor dem Altar stehen, und sie befürchteten seine rasche Niederlage. Auch Turnus' Schwester Juturna, eine unsterbliche Nymphe, gewann den Eindruck seiner Schwäche und wollte es nicht dabei belassen. Sie nahm die Gestalt eines Mannes an und mischte sich unter das Heer. „Freunde“, flüsterte sie, „schämt ihr euch nicht, so viele streitbare Männer, dass ein Einzelner über euer Schicksal entscheiden soll? Turnus wird zu den Göttern, an deren Altar er betet, emporsteigen, wenn er fällt; wir aber werden unser Vaterland verlieren, um einem trotzigen Herrn dienstbar zu sein. Und es geschähe uns recht; warum saßen wir abwartend hier im Gras, während wir hätten kämpfen können?“

Doch Juturna ließ es nicht bei diesen Worten bewenden, sie tat noch mehr. Sie schickte ein Vorzeichen, das die Ereignisse in ihrem Sinne lenken sollte. Ein Goldadler Jupiters schwebte nieder, scheuchte die Ufervögel des Tiber in die Luft, packte mit seinen Krallen den schönsten Schwan und schwang sich mit der Beute zu den Wolken auf. Aber er konnte seine Beute nicht halten. Die Rutuler sahen staunend, wie alle Vögel plötzlich ihren Feind, den Adler, verfolgten, bis er, gezwungen von ihrer Übermacht, den Schwan erschöpft in den Fluss fallen ließ und in den Lüften verschwand.

Rutuler und Latiner begrüßten diese Erscheinung mit Freuden, legten die Hand an das Schwert und hörten ihrem Seher Tolumnius zu, der ihnen das Zeichen als günstig auslegte und sie zu den Waffen greifen hieß. Er selbst warf als Erster sein Geschoss auf die Feinde, dass es zischend durch die Luft fuhr. Lärm erhob sich, alles geriet in Aufruhr: Denn Tolumnius gegenüber standen neun Söhne des Griechen Hylippus. Einen von ihnen hatte der Speer getroffen. Die acht Brüder aber waren nun voller Schmerz über den Sterbenden, warfen ihre Lanzen weg und zogen die Schwerter; auf sie stürzte sich augenblicklich die Macht der Rutuler. Nun brachen alle auf der Gegenseite los: Griechen, Trojaner und Etrusker. Die Altäre wurden zerstört, ein Sturm von Pfeilen und ein eiserner Hagel aus Speeren durchzog die Luft. Latinus selbst floh mit den Götterbildern; einige seiner Edlen schirrten ihre Wagen an, andere schwangen sich aufs Pferd, und wieder andere stürzten sich mit gezogenen Schwertern ins Handgemenge. Ein fürchterliches Morden begann.

Äneas streckte die Rechte zum Himmel, warf sich mitten unter seine Gefährten und rief: „Was tut ihr, Freunde? Bezähmt doch eure Wut; der Vertrag ist ja geschlossen!“ Aber während er noch sprach, traf ihn von unbekannter Hand ein Pfeil, und verwundet musste er den Kampfplatz verlassen. – Als Turnus sah, dass Äneas das Feld räumte und die Führer der Trojaner nun in Verwirrung gerieten, verlangte er Pferde und Waffen, schwang sich auf seinen Wagen, lenkte ihn in die Schlacht und richtete wie in den Kämpfen zuvor ein verheerendes Blutbad an. Zur gleichen Zeit brachten Mnestheus und Achates gemeinsam mit Askanius den verwundeten Äneas ins Lager zurück, wobei er sich blutend und Schritt für Schritt auf seinen Speer stützen musste. Vergeblich strengte er sich an, den im Oberschenkel steckenden Pfeil herauszuziehen. Japis, der Arzt, erschien. Äneas stand unbewegt vor ihm, gegen seine Waffe gelehnt. Sofort versuchte der Alte mit seinen Heilkräutern den Pfeil in der Wunde zu lockern, fasste ihn mit der Zange, zerrte mit der Hand daran. Aber trotz all seines Könnens schaffte er es nicht, das Geschoss herauszuziehen. Während Japis sich vergebens abmühte, sah man schon die Staubwolke über den feindlichen Reitern. Pfeile flogen ins Lager, und das Geschrei der Kämpfenden näherte sich.

Äneas wird geheilt. Sturm auf die Stadt

Da erbarmte sich Venus ihres gefährdeten Sohns. Sie pflückte auf dem Idagebirge das Kraut Diktamnum mit seinen fleischigen Blättern und purpurnen Blumen, brachte es, in eine dichte Wolke gehüllt, ins Lager und träufelte von dem Saft der Pflanze heimlich etwas in den Kessel, in dem die Heilkräuter des Arztes brodelten. Japis ahnte nichts davon; aber als er mit dem Kräutersud noch einmal die Wunde wusch, da verschwand plötzlich der Schmerz, auch der Pfeil löste sich wie von selbst aus Äneas' Wunde, und zusehends kehrten ihm die Kräfte zurück. „Worauf wartet ihr noch?", rief der Arzt erleichtert. „Rasch, bringt dem Helden die Waffen! Was eben geschah, kam nicht aus menschlicher Macht, nicht aus den Gesetzen der Heilkunst! Ein Größerer als ich hat es getan, und zu größeren Taten treibt er dich an, Äneas!"

Der Held, erneut voller Kampfeslust, legte Schienen und Panzer an und war froh, als er endlich den Helm auf dem Kopf sitzen hatte und den Speer in den Händen schwang. In voller Waffenrüstung umarmte er seinen Sohn, küsste ihn und sprach: „Lerne von mir die Tapferkeit, Askanius, und die Beharrlichkeit; das Glück aber lerne von anderen!"

Dann schritt Äneas, der gewaltige Held, aus den Lagertoren; Antheus und Mnestheus drängten ihm mit ihren Reiterscharen nach. Das Volk strömte hinaus, und eine riesige Staubwolke verkündete auch Turnus das Nahen seiner Gegner.

Die Nymphe Juturna aber stieß Metiskus, den Wagenlenker ihres Bruders, von seinem Sitz, schwang sich in seiner Gestalt selbst in den Wagen, ergriff die Zügel und schwirrte nun wie eine Schwalbe mitten durch den Feind, bald hier, bald dort den starken Turnus an ihrer Seite zeigend, um ihn dann wieder hinauszuführen aus dem dichten Getümmel, sodass ihn niemand einholen konnte. Äneas verfolgte den Wagen, blieb ihm auf der Spur und forderte Turnus zum versprochenen Zweikampf auf. Sooft er aber näher kam, kehrte Juturna um und entwich ihm aufs Neue. Nach und nach machte dieses Verhalten den Verfolger zornig; auch ließ seine Aufmerksamkeit nach – erst im letzten

Augenblick wich er einem Speer aus, den der Latiner Messapus auf ihn geworfen hatte. Die Waffe flog über ihn hinweg, doch so, dass seinem Sohn der Helmbusch vom Kopf gestoßen wurde. Da rief er die Götter zu Zeugen des gebrochenen Vertrages an, stürzte sich unter die Feinde und wütete schonungslos unter ihnen.

Während er dann Turnus' Wagen verfolgte, fiel sein Blick auf die Mauern, und Äneas sah die Stadt, die noch immer unberührt vom Krieg dalag. Er rief seine Hauptleute zu sich, und die Trojaner drängten sich, ohne Schild und Lanzen niederzulegen, im Kreis um ihren Führer.

Äneas stand auf einem Hügel in ihrer Mitte und sprach: „Soll ich warten, bis es Turnus beliebt, mit mir den Kampf zu wagen? Vor euch liegt das Ziel des Krieges; schnell holt Fackeln und erinnert die Stadt des Latinus mit Flammen an das, was wir vereinbart hatten!" Kaum war das letzte Wort gesprochen, da bildete eine Abteilung seines Heeres einen Keil, und die Männer drängten sich dicht an dicht gegen die Mauern. Sturmleitern wurden angelegt, Fackelbrände leuchteten, an den Toren fielen die Wachen, die ersten Trojaner erkletterten die Brustwehren.

Unter den verängstigten Bürgern entbrannte Streit. Die einen verlangten, man sollte den Trojanern alle Tore öffnen, andere schleppten Speere und Schilde herbei und machten sich bereit für die Verteidigung. Die Königin Amata aber klagte sich selbst vor allen Leuten als die Urheberin all des Unglücks an, zerriss ihr Gewand und erhängte sich in ihrem Gemach.

Turnus stellt sich zum Zweikampf und unterliegt

Zur gleichen Zeit setzte Turnus auf dem äußersten Flügel des Schlachtfeldes einigen Fliehenden nach, aber seine Pferde wurden müde und liefen langsamer. Da scholl aus der Stadt verworrenes Geschrei und Getöse zu ihm herüber; er ahnte, dass sich dort ein Unheil ereignet haben musste. Rasch fiel er der Schwester, die noch immer in Gestalt des Wagenlenkers Metiskus neben ihm saß, in die Zügel und brachte die Pferde zum Stehen. Juturna sagte ärgerlich: „Warum zögerst du, Turnus, willst du den Sieg verschenken? Lass uns die Trojaner verfolgen, für die Verteidigung der Stadt können andere sorgen!“

Erstaunt sah Turnus sie an und sagte: „So hab ich mich doch nicht getäuscht! Mir war längst, als würde nicht mein Wagenlenker Metiskus an meiner Seite sitzen, sondern dass du es bist, Schwester! Sag mir, wer sandte dich vom Olymp? Bist du ausgeschickt, den Tod deines Bruders zu begleiten? Oder habe ich ein anderes Schicksal? Ich habe die edelsten und tapfersten Rutuler um mich her fallen gesehen! Soll ich nun als Letztes erleben, dass die Stadt erobert und verwüstet wird? Ihr Götter der Unterwelt, seid wenigstens auf meiner Seite, die Zuneigung der Himmlischen habe ich offenbar verloren. Gern will ich zu euch hinuntersteigen!“

Kaum hatte er die Worte gesprochen, als mitten durch die Feinde der Rutuler Saces, dem das Gesicht von einem Pfeilschuss blutete, auf seinem schäumenden Ross heranstürmte und zu Turnus flehend rief: „Du bist unsere letzte Hoffnung! Äneas ist in der Stadt und bedroht die Burg; Feuerbrände fliegen in die Häuser! Der König wird dich kaum zu seinem Schwiegersohn machen, die Königin ist durch eigene Hand gefallen, und nur Messapus und Atinas halten das Vordringen der Feinde noch auf!“

Turnus starrte, zwischen Scham, Kummer und rasender Liebe wechselnd, mit irren Augen in die Weite. Endlich glitten seine Blicke zur Latinerstadt. Er sah, wie von Stockwerk zu Stockwerk des höchsten Turmes die Feuersäulen emporloderten, eines Turmes, den er selbst einst aus riesigen Balken gezimmert hatte. „Jetzt, Schwester“, seufzte er, „jetzt besiegt uns das Glück der anderen! Halte mich nicht länger auf! Ich bin entschlossen, mit Äneas zu kämpfen; mag kommen, was da will, feige und ohne Ruhm soll mich niemand sehen!“

Mit diesen Worten sprang er vom Wagen, stürmte durch die Lanzen der Feinde und durchbrach, die trauernde Schwester zurücklassend, die Scharen der Trojaner. Wie ein Felsblock vom Gipfel des Gebirges in die Tiefe hinabrollt und Wälder, Herden und Männer im Sturz mit sich fortreißt, so sprang Turnus noch einmal durch die zersprengten Reitergeschwader zu den Stadtmauern, hob die Hand und begann laut zu rufen: „Haltet ein mit eurem Kampf, Rutuler! Lasst eure Bogen sinken, Latiner! Ich allein bin nun der, der kämpfen muss!“ Als die Streitenden dies hörten, bildeten sie eine Gasse, und Äneas, der Turnus' Herausforderung gehört hatte, wandte sich ihm zu.

Der greise Latinus selbst musste staunen, als er die zwei gewaltigen Männer aufeinander zugehen sah, um den Krieg durch das Schwert zu entscheiden.

Von den zurückweichenden Streitern war ein offener Platz im Feld gebildet worden, hier warfen die beiden nun die Speere und rannten dann mit Schild und Schwert aufeinander zu. Es folgte Hieb auf Hieb; beide Kämpfenden waren tapfer, und endlich holte Turnus zu einem entscheidenden Schwertstreich aus. Trojaner und Latiner schrien laut auf. Aber die Klinge zerbrach dem Rutuler mitten im Schlag; sie war nur von Menschenhand gemacht, vor der von dem Gott Vulkanus geschmiedeten Waffe des Helden Äneas splitterte sie wie mürbes Eisen. Die Stücke lagen schimmernd im gelben Sand.

Nun wandte sich Turnus zur Flucht – doch er konnte nicht entrinnen. Denn die Trojaner umschlossen ihn auf zwei Seiten dicht an dicht, auf der dritten versperrte ihm ein Sumpf den Weg, und auf der vierten, hinter seinen Latinern und Rutulern, erhoben sich die hohen Mauern der Stadt. Das nächste rettende Tor war weit. –

Äneas verfolgte den Fliehenden und blieb ihm auf den Fersen.

Unter den zuschauenden Heeren ertönte wildes Geschrei, die Hügel waren weithin erfüllt davon. Turnus rief, während er rannte, den einen oder anderen Rutuler und verlangte ein Schwert. Äneas aber schlug alle zurück, die versuchten, ihrem Führer zu Hilfe zu kommen.

So umkreisten sie das Rund fünfmal, und beide ließen nicht nach. – Mitten auf dem Kampfplatz befand sich ein wilder Ölbaum, er war dem Faunus geweiht, und in seinem Stamm steckte ein Speer von Äneas, von seinem Wurf zuvor. Im Vorbeilaufen versuchte der Trojaner, seine Waffe herauszuziehen, um den Feind, den er nicht schaffte einzuholen, mit der Lanze zu verfolgen. Turnus merkte es, er betete laut: „Oh ihr gütigen Götter des italischen Bodens, erbarmt euch meiner, haltet den Speer des Gegners fest!“ Die Götter des Ölbaums, der Faun und die Faunin, hörten den Ruf, und Äneas bemühte sich vergeblich, die Lanze aus dem Holz des zähen Stammes zu ziehen. Während sich der Held noch abquälte, rannte die Schwester des Turnus, wieder in die Gestalt des Wagenlenkers Metiskus verwandelt, auf ihren Bruder zu und drückte ihm ein Schwert in die Hand. Venus aber, entrüstet, dass einer gewöhnlichen Nymphe eine so kühne Einmischung erlaubt sein sollte, kam hinzu und half Äneas, den Speer aus dem Baumstamm zu ziehen.

Beide Helden waren nun also mit neuen Waffen versehen und von neuem Mut beseelt; beide reckten sie sich, der eine mit dem Schwert, der andere mit dem Speer. So standen sie sich mit fliegendem Atem zum letzten Kampf gegenüber.

Da sprach Jupiter, der vom Olymp dem Streit zusah, zu seiner Gemahlin Juno: „Beenden wir diesen Krieg! Du weißt selbst, dass Äneas vom Schicksal auserwählt ist! Warum hast du Turnus durch Juturna wieder ein Schwert gegeben? Du hast die Trojaner über Land und Meer verfolgt, du hast den Krieg entfacht und den Palast in Trauer versenkt. Ich verbiete dir weiteres Unheil!“

Juno antwortete ihm mit gesenktem Blick: „Gegen meinen Willen habe ich die Erde und meinen Schützling verlassen. Hätte ich dir nicht gehorcht, so würdest du mich jetzt nicht hier in den Wolken sehen, sondern ich würde, von Flammen umtost, vorn im Treffen gegen die Trojaner stehen. Dass ich der Nymphe Juturna geraten habe, ihrem Bruder in seiner Not zu helfen, ist wahr; aber ich schwöre dir, dass sie ohne mein Zutun Turnus das Schwert gegeben hat! Nun will ich mich nicht mehr in den Kampf einmischen, ich bitte dich nur um eines: Wenn Turnus unterliegt und Äneas die Königstochter zu seiner Gemahlin nimmt, zwinge die Latiner nicht, ihren alten Namen aufzugeben und sich Trojaner zu nennen; zwinge sie nicht, ihre Sprache aufzugeben, nicht, fremde Kleider zu tragen, fremde Sitten und Gebräuche auszuüben! Lass sie das Volk bleiben, das sie gewesen sind, lass das kommende Rom aus italischer Wurzel wachsen!"

Lächelnd erwiderte der Göttervater: „Kind des Saturnus, Geliebte, was für Zorn tobt noch in deinem Innern? Bezähme deinen Groll! Was du begehrst, sei dir gewährt. Latium wird seine Sprache, seine Sitten und den Namen beibehalten. Die Trojaner werden mit dem Volk dort verschmelzen und die Gebräuche des Landes annehmen. Die Römer, ein neues Geschlecht, aus dem verbundenen Blut entstanden, sollen das Volk sein, das dir, Juno, einst die meiste Ehre erweisen wird!"

Nun beschloss Jupiter, Juturna aus dem Kampf zu entfernen. Drei furchtbare Schwestern, Töchter der Rache, mit Schlangengürteln und Flügeln, Furien genannt, stehen immer vor Jupiters Thron bereit und werden von ihm zu den Sterblichen geschickt, wenn er Seuchen, Krieg und andere Nöte zu ihnen bringen will. Eine von ihnen schickte der Göttervater nun aus und befahl ihr, Juturna als ein Unheil bringendes Zeichen zu begegnen. Die Furie flog zur Erde hinab wie ein Pfeil. Sobald sie die beiden feindlichen Heere erblickte, zog sie sich in die Gestalt eines kleinen Käuzchens zusammen, wie es als Unglücksvogel auf Scheiterhaufen oder verlassenen Häusergiebeln zu sitzen pflegt. Die Furie im Federkleid flatterte vor dem Gesicht des Turnus hin und her, kreiste um seinen Schild und schlug nach ihm mit den Fittichen. Dem kämpfenden Helden sträubte sich das Haar, seine Glieder erstarrten bei diesem unheilvollen Anblick. Juturna aber erkannte die Übermacht Jupiters und verwünschte ihre eigene Unsterblichkeit, die sie nun von dem geliebten Bruder trennen würde. Gern wäre sie ihm ins Reich des Todes gefolgt. Sie lief verzweifelt fort, dem nahen Tiber entgegen.

Äneas drang wieder vor, er wog seinen baumlangen Speer in der Hand und rief dem Gegner zu: „Warum zögerst du, Turnus, wieso sträubst du dich noch? Zeig jetzt, was du an Können und Mut besitzt!"

Turnus schüttelte den Kopf: „Nicht deine hitzigen Worte fürchte ich, mich schrecken das Götterzeichen und die Feindschaft Jupiters!" Mehr sagte er nicht, sondern blickte auf einen gewaltigen Stein, der neben ihm lag, ein Markstein, der die Fluren voneinander trennte. Er war so groß, dass zwölf Männer ihn kaum auf ihre Schultern heben konnten. Diesen Stein ergriff der Rutulerheld, richtete sich hoch und wollte ihn auf den Feind werfen. Aber seine Arme waren müde, seine Knie schlotterten, sein Blut erstarrte zu Eis. Der Felsen, durch die Luft geschleudert, erreichte sein Ziel nicht, er fiel auf den Boden, so, wie man im Traum einen Anlauf nimmt und nicht gehen und nicht sprechen kann. Da wandte sich Turnus voller Angst zur Flucht, zugleich den Speerwurf seines Gegners erwartend. Vergeblich sah er sich nach seinem Wagen um, vergeblich nach seiner Schwester.

Der Trojaner zögerte nicht.

Aus Leibeskräften schleuderte Äneas die tödliche Lanze, sie glitt wie ein Blitzstrahl dahin. Durch Schild und Panzer fuhr sie dem Feind in die Hüfte; und Turnus sank in die Knie.

Die Rutuler schrien laut auf. Turnus streckte flehend seine Rechte dem Sieger entgegen. „Ich habe es so verdient und verlange keine Schonung! Gib mich, darum bitte ich dich, meinen Rutulern zurück, tot oder lebendig! Lavinia ist dein, nun setze deinem Hass ein Ziel!"

Äneas hatte schon zum Streich ausgeholt, da hielt er sich zurück. Plötzlich kam Mitleid in ihm auf. Doch dann, als er an der Schulter des bezwungenen Helden das Wehrgehenk des griechischen Fürstensohnes Pallas erblickte, des Jünglings, den Turnus erschlagen hatte – da entbrannten sein Schmerz und sein Zorn aufs Neue. Er rief: „Du, der sich mit dem Raub an den Meinigen schmückt, sollst mir entrinnen? Pallas opfert dich mit diesem Stoß und nimmt Rache!" Und damit drang das Schwert des Äneas in die Brust des Feindes.

Turnus sank zu Boden. Kälte durchlief seine Glieder; sein Schatten floh aus dem erstarrenden Leibe und glitt hinab zur Unterwelt.

So endete die Irrfahrt der Flüchtlinge aus dem untergegangenen Troja. Sie ließen sich nieder in Italien, wie die Götter es wollten; Äneas und sein Sohn Askanius aber wurden die Stammväter eines mächtigen Geschlechts. Und ihre Nachkommen wurden die Herren der Welt – wie prophezeit.

NAMEN- UND SACHREGISTER

Die Schauplätze der vorstehenden Sagen zeigt die Karte des griechisch-kleinasiatischen Raumes auf der folgenden Doppelseite.

OLYMPUS
OSSA
PELION
THESSALIEN
EPIRUS
OTHRYS GEB.
PHOKIS
PARNASS
ÄTOLIEN
AKARNANIEN
Leukas
LOKRIS
Jtea
Delphi
HELIKON
Theben
Kephalon
ACHAIA
EUBÖA
Athen
ELIS
Korinth
Olympia
ARKADIEN
Nauplia
Trözen
Messene
LAKONIEN
Sparta
Jonisches Meer
Mittelländisch
Ägä
KRE
KARTHAGO